南北风味

二集

王稼句——选编

九州出版社

图书在版编目（CIP）数据

南北风味二集 / 王稼句选编. -- 北京 : 九州出版社, 2024. 6. -- ISBN 978-7-5225-3068-0

Ⅰ. I267.1

中国国家版本馆CIP数据核字第2024E41C40号

南北风味二集

作　　者	王稼句　选编
责任编辑	李黎明
出版发行	九州出版社
地　　址	北京市西城区阜外大街甲 35 号（100037）
发行电话	（010）68992190/3/5/6
网　　址	www.jiuzhoupress.com
印　　刷	三河市东方印刷有限公司
开　　本	880 毫米 ×1230 毫米　32 开
印　　张	24.5
字　　数	640 千字
版　　次	2024 年 6 月第 1 版
印　　次	2024 年 6 月第 1 次印刷
书　　号	ISBN 978-7-5225-3068-0
定　　价	148.00 元

出版说明

本书全部文章选自民国时期出版的期刊与报纸。作者各自有其文字风格，各时代也有其语言习惯，因此我们不按现行的用法、写法与表现手法去改动原文，以保留当时语言的原貌。同一名物在不同文章中的表述，也未统一处理。在编辑过程中，只对讹误之处作了订正。请读者明鉴，特此说明。

九州出版社

引　言

王稼句

我国幅员辽阔，由于各地的气候、地理、食材、风俗、嗜好等等的不同，饮食活动也就有很大的差异。钱泳《履园丛话·艺能》"治庖"条就说："饮食一道如方言，各处不同，只要对口味。口味不对，又如人之情性不合者，不可以一日居也。"又说："同一菜也，而口味各有不同。如北方人嗜浓厚，南方人嗜清淡；北方人以肴馔丰、点食多为美，南方人以肴馔洁、果品鲜为美。虽清奇浓淡，各有妙处，然浓厚者未免有伤肠胃，清淡者颇能得其精华。"

早在春秋战国，已有南北口味的大致区别。《周礼·天官·膳夫》有所谓"珍用八物"，郑玄注："珍，谓淳熬、淳母、炮豚、炮牂、擣珍、渍、熬、肝膋也。"这是北方食单。《史记·吴太伯世家》所记专诸刺王时所进的"炙鱼"，《吕氏春秋·孝行览·本味》所记"洞庭之鲋"、"东海之鲕"、"醴水之鱼"、"云梦之芹"、"具区之菁"、"江浦之橘"、"云梦之柚"等，则当列入南方食单。一个地方独特风味的形成，离不开区域间的经济文化交流，如《楚辞·招魂》有一份南方菜谱，其中"和酸若苦，陈吴羹些"，反映了吴楚饮食的融合。《淮南子·本经训》说："煎熬焚炙，调齐和之适，以穷荆、吴甘酸之变。"高诱注："荆、吴，二国名；善酸咸之和而穷尽之。"同样反映了这种融合。南北朝时，北魏为了让江南人安心入仕，在洛阳城南的伊洛两水之滨开辟鱼鳖市，《洛阳伽蓝记》卷二引杨元稹语曰："吴人之鬼，住居建康，小作冠帽，短制衣裳。自呼阿侬，语则阿傍。菰稗为飰，茗饮作浆，呷啜鳟羹，唼嗍蟹黄，手把荳蔻，口嚼槟榔。乍至中土，思忆本乡，急急速去，还尔丹阳。若其寒门之鬼，□头犹脩，网鱼漉鳖，在河之洲。咀嚼菱藕，捃拾鸡头，蛙羮蚌臛，以为膳羞。"这也是南方口味，包括江南和岭南，同时反映了两地口味的相近。

食材是决定口味的重要因素，魏晋时张华《博物志》卷一"五方人民"条就说："东南之人食水产，西北之人食陆畜。食水产者，龟蚌螺蛤以为珍味，不觉其腥也；食陆畜者，狸兔鼠雀以为珍味，不觉其膻也。"近人柴萼《梵天庐丛录》卷三十六"嗜好不同"条也说："国人嗜好不同，述之颇饶趣味。如苏人喜食甜，无论烹调何物，皆加以糖；鄞人喜食臭，列肴满席，非臭豆腐臭咸芥，即臭鱼臭肉也；赣人、楚人喜食辣苦，每食必列辣椒一器，有所谓苦瓜者，其苦如荼，而甘之若芥焉；鲁人好食辛，常取生葱、生蒜、生韭菜等夹于馒饼中食之；晋人喜食醋，有家藏百年以前者，其宝贵不亚于欧人之视数世纪前之葡萄酒也；粤人嗜好最奇，猫鼠蛇豸，皆视为珍品，酒楼菜馆有以蛇鼠作市招者；鄂人喜食蝎子，捉得即去其毒钩，以火炙而食之，云其味之美，逾于太羹。前清时，襄阳某关兼课蝎子税。又鲁人亦食蝎子及蝗蝻，常去其头于油中炸食之，谓有特殊风味。而潮州人尤奇，常取鲜鱼鲜肉任其腐败，自生蛆虫，乃取而调制之，名曰肉芽鱼芽，谓为不世之珍。"一九四八年，范烟桥《食在中国》更作了通俗的解说："中国的肴馔，因地域的不同，与人民嗜好的不同，各有其不同的烹馔方法，而最大的差别，是甜酸苦辣，各趋极端。大概黄河流域以及长江上游，都爱辣的，长江下游都爱甜的，易地而处，便觉得不合胃口，虽出名厨，也不会津津有味的。所以孟子说的'口之于味，有同嗜也'，大约他没有到过江南来，所尝到的，都是黄河流域差不多的滋味，按之实际，是不合理的，口之于味，不尽同嗜的。还有动物、植物的取舍，也是不同的。江南人爱虾蟹，西北连虾蟹都没有见过，或许要怀疑，和江南人见广东人吃蛇猫一般，舌挢不下了。有几个广东青年，不敢吃西湖莼菜，是同一理由。”

至明清时期，各地主要菜系已经初步形成，徐珂《清稗类钞·饮食类》说：“肴馔之有特色者，为京师、山东、四川、广东、福建、江宁、苏州、镇江、扬州、淮安。”近几十年来，研究菜系者成为时髦，众说纷纭，意见并不一致，有四大菜系说，八大菜系说，也有十二大菜系说等，争议很大。其中鲁菜、川菜、苏菜、粤菜是公认的四大菜系，其他有影响的菜系，还有京菜、豫菜、沪菜、闽菜、湘菜、鄂菜、浙菜、徽菜、秦菜等。有人归结内陆各地的口味，说是东酸、西辣、南甜、北咸，那是并不尽然的。

全国各大菜系，在食材选择、烹饪方法上各有不同，这里以鲁菜、川菜、苏菜、粤菜为例，简略介绍一下。

鲁菜，发祥于鲁之曲阜、齐之临淄，故形成济南、胶东两大菜系，为北方菜的代表，在华北、东北流传广泛，京菜、豫菜则为其分脉，满汉全席就是鲁菜和满洲菜的结合。鲁菜用料讲究，善于用燕窝、鱼翅、鲍鱼、鱼肚、海参、鹿肉、蘑菇、银耳、蛤士玛油等，做出厚味大菜。由于北方寒冷期较长，蔬菜品种较少，故以高热量、高蛋白的菜肴为上馔。济南系名菜，有脆皮烤鸭、九转肥肠、脱骨烧鸡、八宝布袋鸡、锅烧黄河鲤等；胶东系名菜，有红烧海螺、炸蛎黄、芙蓉蛤仁、清蒸蟹合、蟹黄鱼翅、绣球海参、烤大虾等。甜菜拔丝亦其所独擅，苹果、山药、蜜橘、香蕉、葡萄等都可用于拔丝。善于做清汤，以母鸡、母鸭、猪肘等为主料，汤清见底，味道鲜美。也善于做奶汤，色白而醇，济南的奶汤蒲菜、奶汤鸡脯，就久负盛名。技艺上重视爆、炒、烧、炸、溜、煽、扒，烹制的菜肴具有脆、嫩、鲜、滑的特点，调味以咸为主，酸甜为辅。注重面食，如硬面馒头、高庄馒头、煎饼、酥饼等，都是山东的首创。

川菜，发祥于巴蜀，自古以来，就与诸夏、诸羌和百越各族有饮食文化交流。川菜的特点是重油重味，偏爱麻辣，这与四川盆地的气候、环境有关，雾多、阴天多、湿气重，麻辣使体表容易发散。如“毛肚火锅”、“麻婆豆腐”等麻辣菜式，都具有川菜的传统色彩。川菜善于用普通食材，做出美味菜肴，即以猪肉来说，就有油煎肉、回锅肉、鱼香肉丝、酱爆肉丁、锅巴肉片、甜烧白、咸烧白、粉蒸肉、咕噜肉、白煮麻辣肉等。川菜经典之作有一品熊掌、樟茶鸭子、干烧岩鲤、香酥鸡、红烧雪猪、清蒸江团等，大众化菜肴有清蒸杂烩、宫保鸡丁、豆瓣鲫鱼、干煸鳝鱼、怪味鸡以及“三蒸九扣”等，都久负盛名。川味的特点是味美、味多、味浓、味厚，有“一菜一格，百菜百味”之誉，且多复合味，个性强烈，如白油、咸鲜、糖醋、荔枝、酸辣、麻辣、椒麻、蒜泥、香糟、鱼香、姜汁、酱香、怪味等。在技艺上，擅长小煎、小炒、干煸、干烧。小吃也是一大特色，有小笼蒸牛肉、灯影牛肉、夫妻肺片、棒棒鸡、酱兔肉、担担面、泡菜、汤元、八宝饭、五香豆腐干等。

苏菜，发祥于苏州和稍后的杭州、扬州、淮安等地。由于大运河的开通，华东各大城镇成为这条纽带上缀着的珍珠，故苏菜味兼南北，既有清炒、清溜、清蒸的南方爽口菜，又有火腿炖肘子、狮子头、炒鳝糊、黄焖鸡、八宝鸭等高热量、高蛋白菜肴，食单中较多南北都能接受的中性菜肴。苏菜强调突出本味，使用调料也为增强主料本味，并讲求菜肴的色、香、味、形、声。由于盛产鱼腥虾蟹，河鲜菜特别突出，如有蟹黄狮子头、蟹黄燕窝、虾羹鱼翅、拆烩大鱼头、松鼠桂鱼、西湖醋鱼、清炒虾仁、清蒸鲥鱼、浓汁太湖鲫鱼汤、鲃肺汤、莲子鸭羹、黄焖鳝、响油鳝糊等名馔。在技艺上，以煨、炖、焐、蒸、烩见长，特别讲究文火功夫。点心和小吃也很丰富，如松子水晶肉甜糕、灌汤包子、蟹黄烧卖、宁波汤元、虾肉馄饨、千层油糕、黄桥烧饼等，都驰名全国。苏州、扬州、杭州的汤面，浇头品种丰富，各有时令。

粤菜，发祥于广州、潮州，用料广泛，以海鲜、野味为上馔。海鲜最推崇石斑、鲳鱼、鲜带子、明虾、膏蟹、海龟、鳗鱼、娃娃鱼等，野味最推崇山瑞、甲龟、穿山甲、果子狸、龟、蛇、鸽子、鹧鸪、鹌鹑、禾花雀等。选料讲究，如鸡以清远鸡和文昌鸡为上乘，石斑鱼以老鼠斑为上乘，鲳鱼以白鲳为上乘，虾以近海明虾和基围虾为上乘，龟以金钱龟为上乘，鹅以黑鬃鹅为上乘。口味偏重清、鲜、爽、滑，追求原汁原味。做法则以蒸、炒、溜、煲居多。粤菜名肴有三蛇龙虎凤大会、五蛇羹、竹丝鸡烩王蛇、脆皮鸡、烤乳猪、盐焗鸡、酥拌三肥、叉烧肉、出水芙蓉等。冬季则多浓香型、油气重菜肴，如开煲狗肉、炖扣肉、炸生蚝、红焖白鳝、红炖猪肘等。配菜丰富，有冬菇、鲜草菇、竹笋、白木耳、石耳、石花菜等，不论寒暑，都有嫩绿甘脆的蔬菜作佐料。还按时令以水果、香花入菜，如菠萝、荔枝、梅子、椰子、香蕉、风栗、剑花、夜香花等。粥品是一大特色，用母鸡、猪骨、干贝、腐竹等熬成，食时加入鱼丸、肉丸、虾丸、猪杂、鸭杂等粥料，配以姜、葱、胡椒粉等。粤式点心特别丰富，各大茶楼饭店都有数百款点心底单，曾每星期推出数十种，谓之“星期美点”，使人百食不厌。

民国时期，由于社会开放，交通方便，饮食交流更加频繁，南北各大城市除本帮菜肴外，都有外省帮式，尤其在北京、天津、南京、上海、重庆、广州等城市中，各地菜肴汇聚，特别是上海，鲁馆、平津馆、豫馆、徽馆、闽馆、粤馆、川馆、杭馆、湘馆、苏馆、镇扬馆等皆有，在影响本地风味的同时，各地风味也得以交流，出现了饮食业的繁荣局面。

这本《南北风味》，选辑民国时期记录各地饮食的文章，可以让读者了解一点当时各地饮食的风情和掌故。一卷在握，看天下之吃，或就是我编选这本书的初衷。

二〇二一年十一月四日

目　录

北平的“味儿”

纪果庵

若想以一个单词形容北平的话，那只有“味儿”一字。朋友们一提到北平，总是说：“北平有味儿。”或是说：“够味儿。”什么是“味儿”？我倒先要问你，我们吃砂锅鱼翅或是烤涮羊肉，大家抢着说：“有点味儿，不错！”这里味儿当什么讲？你明白了吃饭的所谓味儿，则生活的所谓味儿，亦复如是——不，北平的味儿，并非专像砂锅鱼翅，或是烤涮羊肉，倒有些像嚼橄榄，颇有回甘，又有些像吃惯了的香烟，无论何时都离不了。要把菜来比附，还是北平自己出产而天下人人爱吃的“黄芽菜”有点近似吧。因为它是真正人人可以享受的妙品。

闲园鞠农《一岁货声》把北平一年到头卖东西的叫卖声都记出来了，冬晚灯下阅读，好像又回到“胡同儿”里，围着火炉谈笑一般。我想，“货声”也要算北平的“味儿”代表之一，其特点是悠然而不忙，隽永而顿挫，绝不让人想到他家里有七八口人等他卖了钱吃饭等等，这就给人一种舒适。有时还要排成韵律，于幽默之中，寓广告之用，有时加上许多有声无义的字，大有一唱三叹的风致，例如早晨刚起床，就有卖杏仁茶的，其声曰：“杏仁——哎——茶哟。”那是很好的早点，在别处很少吃得到。卖粥的铺子都带卖油条，北平叫“油炸烩”，《一岁货声》记其叫卖声云：“喝粥咧，喝粥咧，十里香粥热的咧；炸了一个焦咧，烹了一个脆……好大的个儿来，油炸的果咧。”（果，即烩之谐音）又云：“油又香咧，面又白咧，扔在锅里漂起来咧，白又胖咧，胖又白咧，赛过烧鹅的咧，一个大的油炸的果咧。”一个大，即一文钱，亦即后来之一个铜板，而可抵今日之法币五角者也。北平之油条，要炸得脆松，故云云。但亦别有一种，是较软的，内城多不卖，而前门及宣武门一带有之，常与豆腐浆、杏仁茶合组一摊，应早市者也。区区一粥一油条，而有如许花样，这就是北平的“味儿”。照此例极多，再说两个，以为参考，卖冰激凌云：“你要喝，我就盛，解暑代凉冰振凌。”卖桃云：“玛瑙红的蜜桃来噎哎……块儿大，瓤儿就多，错认的蜜蜂儿去搭窝。”卖枣云：“枣儿来，糖的咯哒喽，尝一个再来哎，一个光板来。”又衬字多的如卖酪：“咿喓嗷……酪……喂。”卖砂锅：“咿叫咦喓呕嘀嘀咟砂锅哟咟。”后者真是喷薄以出之，有点儿像言菊朋的戏词了。

观察北平的特点，总是在细微地方着眼才有发现。如吃饭，北平人是不愁没米没面的，有小米面、棒子面（即包芦）、黄米面，等等。小米面可以蒸“丝糕”，名字满好听，吃起来也不难，道地的北平人，可以在里面放了枣、赤糖，格外甜美；还有一种街头摊子，专用小米面作成厚约半寸的饼，放在锅边烘熟，上面是软的，下面有一层焦黄皮，很好吃。棒子面可以煮成粥，蒸为“窝头”，又可以切成小块，煮熟加一点青菜，好像我们吃汤面似的，北京叫“嘎嘎儿”。老实说，在北方，只有这些才是“人间味”，大米白面只有付之“天上”了。不过是像这些琐屑的食品，北平人也要弄出一个“谱儿”，使它格外适口些，好看些，从先我常看见贫苦的老太太到油盐店买调料及青菜（北平每胡同口皆有油盐店、肉店，而油盐店都带卖青菜，或带米面，不像南京之买小菜动辄奔走数里以外也），一个铜板，要香菜（即芫荽），要虾米皮，要油，要醋，要酱油都全了，回家用开水一冲，就是一碗极好的清汤，普通常叫这种汤为“神仙汤”，一个铜板而包罗万象，真是“神仙”！吃韭菜饺子必须佐以芥末，吃烤羊肉必有糖蒜，吃打卤面必须有羊肉卤，吃炸酱面之酱，必须是“天源”或“六必居”，抽烟要“豫壹”，买布则八大“祥”，烧酒须东路或涞水，老酒要绍陈，甚至死了人，杠房要哪一家，饭庄要哪一家，执事要全份半份，都要细细考虑，不然总会给人讪笑，这就是所谓“谱儿”，而我们在旁边的人看了，便觉得有味儿。

请放弃功利的观点，有闲的人在茶馆以一局围棋或象棋消磨五十岁以后的光阴，大约不算十分罪过吧。我觉得至少比年青有为而姘了七八个歌女什么的对人类有益处。若然，则北平是老年人好的颐养所在了。好唱的，可以入票房，或是带玩票的茶馆，从前像什刹一溜河沿的戏茶馆，坐半日才六至十个铜板，远处有水有山，有古刹，近处有垂杨有荷香有市声，饿了吃一套烧饼油条不过四大枚，老旗人给你说谭鑫培的佚史，说刘赶三的滑稽，说什刹海摆冰山的掌故。伙计有礼貌，不酸不大，说话可以叫人回味，“三爷，你早，沏壶香片吧？你再来段，我真爱听你那几口反调！”亲切，而不包含虚伪。养鸟或养虫鱼，北平也有不少行家，大清早一起先带鸟笼子到城根去遛遛，有未成名的伶人在喊嗓子，有空阔的野地，有高朗的晴空，鸽子成群的飞来，脆而悠长的哨子声划破了空气的沉寂，然后到茶馆吃杯茶，用热手巾揩把脸，假定世界不是非有航空母舰和轰炸机活不下去的话，像这样的生活还不是顶理想的境界吗？

在北平有一句话非记熟不可，是什么？就是“劳驾”。这在日文，可说是“敬语”，一定要加“依他惜妈死”的。北平的劳驾一语，应用很广，并不一定是托人作了什么事，就要表示谢意的说句“劳驾”，大街上脚踏车和包车互撞了，打得头破血流，旁人或警察来劝架，一造必说：“不是，您不知道，这小子撞了人连劳驾都不道，简直不是东西！”那一造就说：“他妈的，谁先撞谁，我凭什么给你道劳驾，你还应该给我道劳驾呢。”外乡人听了，会疑心到劳驾是什么宝贝东西，要不为什么争得这样利害？其实劳驾不过一句空话，可是北平人就非常在乎这句代表礼貌的空话，所以，欠了债还不出固然可以道劳驾，就是和人借钱，也未尝不说劳驾，于是劳驾之声，“洋洋乎盈耳哉”。这种表现，十足证明了北平人之讲礼貌，好体面。七百年帝都，贵族、巨宦、达官、学者，哪一条胡同里没有几个？把这块位置在沙漠地带的北狄之国，涵茹成文教之邦，也是势有必至，理有固然的了。在《探亲相骂》一剧中，乡下亲家大受城内亲家之揶揄，这里所说城内，当即暗指北平，北平骂人常以“乡下人”三字代表之，意即谓其无礼貌与鲁莽也。有时我看见担了担子卖酪的旗人，在通衢遇见长亲，立即放下担子请一个“蹲安”，“您好，大叔！”又响亮又柔和，冲口而出，从容而不勉强，雍容而不小气，此亦他处看不到之“王化遗风”也。比邻而住，昨天晚上还见面来的，今天一清早，第一次相会，一定要问：“您好，您吃茶啦？”这也是旗人的规矩，而侵淫至于一般住户者。但此风在商店里更明显，无论多大的门面，只要你进去，一定很客气地招待，即如瑞蚨祥，是北平第一等绸缎店，顾客进去敬烟敬茶，虽然翻阅许久，一点东西不买，也绝不会被骂为“猪猡”，况且，在这样殷勤招待之下，随你什么人，也不好意思不买他一点，这也未尝不是最好的广告术呢。最近十年，海派作风，才渐有流入北方者，如三友实业社、中原公司、兄弟商店之类，都是带理不理，眼高于顶，道地北平人，很少有人愿意看这副嘴脸，除非大减价，一块钱可以一条全幅被单的时候。

除去上述特殊的味道以外，北平可以咀嚼的东西太多了，最老的大学，最老的书店，仅存的皇宫苑囿，这是代表文物的；最讲究的戏剧，最漂亮的言语，最温厚的人情，这可以代表生活的艺术……《越缦堂日记》云：“都中风物有三恶：臭虫，老鸦，土妓；天苦多疾风，地苦多浮埃，人苦多贵官；三绝无：好茶绝无，好烟绝无，好诗绝无；三尚可：书尚可买，花尚可看，戏尚可听；三便：

火炉，裱房，邸钞；三可吃：牛奶蒲桃，炒栗子，大白菜；三可爱：歌郎，冰桶，芦席棚。凡所区品悬之国门，当无能易一字者矣……”李氏说话是以刻薄著称的，又特别回护其家乡（绍兴）的好处，然此处亦不能不标举可爱、尚可数点，且李氏后半生几乎三十年的光阴，都住在这古老的城内，光绪以后的日记，很少谈到京师之可厌。现在去李氏之死，又五十年，他所认为多的、恶的，如今亦大都变作供人回想的对象了，所以，不要就别的说，只就历史一项说，北平已竟是比任何城市“够味儿”了。

北平的味儿，不知何日再享受一番。

十二月十七日红纸廊

（《人间味》1943 年第 1 卷第 1 期，署名果厂）

北京的市声

叶　枫

我在北京住有二三十年了，最能使我低徊向往、留恋追怀的，就是北京的市声，那声音无论是在僻静的胡同，抑在繁华的街市上，听到永远是那么抑扬袅袅，宛转深沉。有时是在午夜梦回的时候，独自卧在小楼一角的床榻上，耳边飘入一声声“馄饨开锅”、“半空儿多给”的市声，多少带有一点凄恻的风味，随着这声音而来的，仿佛是一团阴沉浓雾回旋在我的脑海里，这浓雾的幕上又仿佛刻有无数的文字，如怨如慕，如泣如诉，将过去许久的生活痕迹，在我惨痛的记忆里重温一遍，不知赚去我多少凄怆热泪。

凡是在北京住久的人，都知道北京季节是最正确的，而最能表现这季节的，就是应时的市声。我们可以不用翻日历，就能知道现在是春是夏是秋是冬，因为在小贩们的吆喝声里，会告诉我们现在是什么季节的。

在春天，从正月起，每晚上可以听见卖元宵的市声；在二月，街市上渐渐听到“凉粉爬糕”的吆喝声；三四月里，无论在大街小巷，都能听到“江米小枣儿，好大的粽子儿”、“买竹帘子”的声音，间或有卖“芍药花”、“江米藕”的声音；一进了榴火舒丹、槐隐结绿的五月，沿街小巷就有卖冰激凌、冰棍的小贩了，他们的吆喝声是“冰激凌败火”、“冰棍败火”，卖粽子的亦非常盛行；等到莲花盛开的六月，街巷中最有风趣的市声是卖菱角与卖莲蓬的，他们吆喝着“河鲜儿来，买大莲蓬来”、“鲜菱角来，卖老菱角来”，非常地悦耳动听；在雨天的时候，小巷中有孩子们卖豌豆，味美而香，声音也悠扬宛转，是“豌豆来多给，赛豆腐干香”；到了绿柳渐黄西风紧的七八月，卖花生与卖葡萄的卖枣儿的又该风行了，吆喝的声音是“脆穰儿的，落花生啊”、“买甜葡萄来，好大的枣儿来”，抑扬宛转，亦颇动听；九十月里，天气渐寒，每天晚上，胡同中渐有卖半空儿、萝卜的小贩；在北风砭骨、雪花纷飞的暗夜，深巷中飘来一声声“半空多给”、“萝卜赛梨，辣来换啊”的市声，该是多么有诗意呢。

当我五六岁的时候，生活非常舒适，住在自己高大的房子里，享受着父母的爱护，真是幸福极了。那时每到深秋的时节，便听见胡同里卖花生的老者苍凉的吆唤着“脆穰的，落花生啊，没有核儿的大海棠”，渐渐地这声音和我熟稔了，有时我就找母亲要一大枚买花生吃吃。现在呢，时过境迁，母亲已经弃我而逝了很久，自己的住房亦已卖掉，人事沧桑，何堪回首！又到了蟹肥菊黄、落叶满阶的深秋，那亲切而熟稔的声音已经听不到了，我祝福那卖花生的老者依然健在。

偶然在静夜里听到一两声凄凉的市声，便掀起我无限的悲伤，仿佛我从那委曲宛转苍凉的调子里，读出许多如怨如慕、如泣如诉、缠绵悱恻的文字，又仿佛那声音里带来了一层黯淡的愁雾，笼罩住我这渺小的魂灵。

（《中国公论》1939 年第 2 卷第 3 期）

讲究吃的“国”
——《闲话北京》一章

老　风

孔夫子说过，“食色，性也”。好吃既然是人的天性，再加上北京在过去是天子脚底下的地方，关于饮食之道，可称是极尽其能事了。在咱们中国的穷乡僻壤的地方，有一辈子吃不着一口肉的老百姓，在这里就不能与那里同日而语了。这里是“天子脚底下”，商贾云集，山珍海错，应有尽有，只要你有钱，想吃什么是都可以办到的。说吃馆子罢，有前外全聚德的烧鸭子、西四砂锅居的“烧、腊、白煮”；说零售肉食品的商店罢，有前门内月盛斋的五香酱羊肉、门框儿胡同的烧羊肉、东四普云楼的酱肘子。这都是瓜顶瓜的解馋医院，这类的医院很多，勿庸枚举。

在从前的时候，单有一伙卖杂货菜的商人，这些商人每日清晨穿了一身“油耗子”的衣服，担了一副木桶，或者一副煤油桶，到各大饭馆去买杂货菜。杂货菜的别名叫“折罗”。卖“折罗”的把货买到手，用大锅把它炖好，挑到前门车站的地方，卖给一般出卖苦力气的哥儿们吃。当着一碗两三个大铜板的热腾腾的“折罗”，端到鼻尖下边的时候，苦哥儿们的口涎拖下来了，肩拱起了，脖颈伸长了。“折罗”入口之后，眉开了，眼笑了，满面得色，然后付了钱，抹抹嘴，挺起了胸脯，又去拉他的排子车。《礼记·礼运》上说“物尽其用”，所以“折罗”留给苦哥儿们。这几年来，“折罗”

不大有了，于是乎更苦了那些苦哥儿们。听说他们近来有了新的发明，吃窝头佐以花生仁，可说是解馋的代用品啊！

北京人每逢旧历年节是要吃好饭的，由一进腊月的门起，初八日喝腊八粥，那讲究大了，不必细表，二十三日祭灶也得吃顿饺子。大年三十日，那不用说，大概是整天的肥酒大肉煮饺子。过了年，由初一到十六日每天全是好饭食。二月二是龙抬头，当然得吃顿春饼，二月二十三、二十五日是大小添仓的日子，向例也是吃春饼。五月节与八月节，这两个日子，是不用说的了。冬至是应当吃馄饨，夏至那一天呢？是该当吃顿面。九月九日是重阳节，登高避灾，也藉口得犒劳一下。于是乎又轮到了旧日年关。

我小的时候听老人家讲过，北京人是讲究吃的人，北京是讲究吃的地方，而一般人民所最喜食的是饺子——煮饽饽，所以到了大年三十日那一晚上，您听罢，家家户户都有着菜刀与案板相碰的声音，那就是预备煮饽饽的序曲。为什么三十日那一天家家晚上都吃煮饽饽呢？原来为的是迎接下界的神的。因此，煮饽饽这项食物是有些神圣化了。这且按下，却说有这末一所住房里，住户不是一家，到了三十晚上，各屋里都响起刀声与木板声——剁煮饽饽馅子。有一家极为困窘，是日并无煮饽饽之预备，但是怕人知道他们连煮饽饽都吃不起，于是夫妻二人含着泪水，举起刀来剁了一晚上的空案板。圣明的读者啊，你们想一想，这一家穷得连迎神的贿赂——煮饽饽都没有，那下界的诸神能够降临到他家吗？这是几十年前太平年景时代，讲究吃的地方内讲究吃的人中的一件实事。

您早喝茶啦？在中国，茶是产生南方的，可是谈到喝，北方并不比南方落后。不用说别的地方，北京这块儿，总不能不算是坐第一把交椅讲究喝茶的地方罢？

只要您刚一进友人或亲戚的门，主人家的仆人或者主人自身必定要沏一壶新茶，然后捧来放在您的面前，说：“您请用茶！”这在主人方面是一种礼节，他是不管你渴不渴的。

北京人的习惯，自要一起来，生过火后，必要沏上一壶茶，喝他几碗来冲冲夜来一宵的心火。您也许在前一代的老人们的口中，在清晨见面时候听到的一种口头话：“您早喝茶啦？”

您一进了澡堂子，伙计们过来问您：“先生给您沏一壶，多儿钱一包的？”——“好，沏一壶，两毛一包的！”于是洗过了澡，慢慢地喝起茶来，一壶，两壶。

彼此交往的商店们，见了面的时候，定是要说的：“啊，李先生来啦，茶刚沏的，您喝一碗。”然后再谈买卖商情。到了临别的时候呢，主人还得要说一句：“忙什么的？再喝一碗罢。”遇到了那能喝茶的客人呢，他就毫不客气地说：“好，我再来一碗。”于是又一碗茶喝到了肚里。

到了年节，送礼的人们，大概常常是要把茶叶这一项礼品算在礼物当中一份子的，如同茶叶、果子、酒、点心，凑成了四色。

戏园子里面，是兼操卖茶这一项营生的，原因呢？就是因为客人爱喝呀，所以戏园子主人雇了一批卖座的来应酬客人。有的客人打算擦油——听蹭戏时，那就必得结识卖座的，那么听完了戏后，您就一定而且必得给卖座的一笔“茶钱”了。

在北京城里是在随处都可以找到茶馆的，于是北京城里就有一批在茶馆里“泡”的人们，那么这些“泡”的人们，当然都是些位能喝茶的老将了。读者们或者要问吧，“这些整天在茶里泡的人都什么营生呢”？那笔者这个老北京可以立时奉告您：“他们有的是拉房纤的，有的是肩不能担担、手不能提篮的穷公子哥们，有的是卖力气的老哥儿们。”

在从前，也可以说一直到现在还保持着这种风气的是，北京的茶馆是排难解纷的场所。北京人有时打起架来，或者犯了意见，有和事佬出来调停，时常在茶馆里说合。笔者写到这里，应当捎带着提一下，在早年的时候，北京城里有一种“贰荤铺”的也是调停事的地带。这种买卖是卖茶兼卖饭，如果您要喝茶，他给您沏过茶来；

如果您要吃饭，他给您端上饭来。倘然二者兼用，那对您是更方便，对他呢，他也更欢迎。可惜现在这种营业不多了，差不多可以说卖茶与卖饭“分工”化了。如果您要寻找这种贰荤铺的遗迹去考古，现在是不可能了，可是现在还有两家开的，一个前门大街的南天汇轩，一个东四牌楼西的天宝楼，然而都已改了门脸，不是先前的面目了。

您要是下乡去的话，沿途上有野茶馆，有茶摊。您要是朝山进香的话，有助善的茶棚。啊，当您走得口里都要冒了烟的时节，忽然间在您的面前现出一座棚来，您听到里面的助善的人们拉长了声地喝着“喝——茶——来——呀！”这悠扬的含着“善”的意味的歌声，随着风的鼓荡，趁着山的回响，煞是好听。这时您走进了茶棚，端这一碗茶来，喝至腹内，这时是何等的畅快。还有一样，您喝完茶，并不用给钱，那又是何等方便啊！

北京城里虽然是这末爱喝茶，虽然有许多的茶馆，可是您要见到这些茶馆都是怎样设备时——几张破桌子，几把破茶壶，几只破茶碗，您大概不会不叹息着说“哎，中国是太穷了哇”吧？我告诉您，那些座破茶馆还算是高级的，那低级的卖茶的，就是那些每日只能吃个半饱的小花子卖茶者们和那些老乞婆卖茶者们了。这种是大概是三分钱一大饭碗，车夫们喝起来时，是与有钱的人们喝三角钱一包的茶叶一样解渴的呀！

朋友，您是一位喜欢喝茶的人么？假如是，我愿意告诉一个买茶叶方法。您到茶店的柜台前面一站，说“掌柜的，您给拿一包”，您递给他一角或二角钱。回家后，您打开包子一看，茶的量比平日买的时候给得多，沏上后，喝到口内，味道也比平日好。您知道什么缘故？这是茶店知道您是一位品茗的行家啊。

（《新轮》1942 年第 5 卷第 6 期）

北平的饭店

魏精忠

所谓人生四大要素的“衣食住行”，其中尤以“食”的问题在生活上为第一件重要事，于是在这富于东方艺术的古老的北平，包括有上至官商僚绅之流，下至出卖体力的劳动者，即在经济上有悬殊的不同，就“食”一项来看，有钱的阔老虽一饭千金，犹嫌无味，可是一般穷小子们，每天一毛洋也能过得去，只要在十字街头上一看，即知我言之不谬也。

现在先谈一谈出名的饭馆，据我所知道加入饭馆同业公会的，约三百六十馀家，店员庖师等共五千多人。其区别或以省分，或以教分。省别的名称有山东、山西、河南、四川、广东、江苏，还有名天津及北平（或北京）本地饭馆的。以教分的，有回回馆，以牛羊肉为主要食品，还有恪守佛戒的专售素菜者，如功德林一类的馆子，不过为数甚少罢了。出名的馆子呢？就拿官席和果席来说，如有专长的手艺，味道多不相同。如以菜驰名的，东来顺的涮羊肉一类的菜，厚德福的熊掌，正阳楼的烩三样与清炖羊肉，全聚德、老便宜坊的烧鸭，一条龙的炒菜，玉壶春的炸春卷，各具特色，非他家所能及也。再如东兴楼等家，发行的流通席票的菜品，亦可谓价廉物美，好吃者，莫不知之。

近年来的北平市，似乎西长安街一带多为大饭馆荟集之区，其牌名多缀以“春”字，曾号有“长安十二春”的俗称，假如你走在西长安街上留心数数看，似乎不假，真是山东、四川、贵州、广东及江苏的无一不备呢！

再该说的是现在应时的番菜馆子，在北平更是受一般军政学各界的所欢迎，也可说是摩登的人们所乐此道吧！如北京饭店，六国与德国饭店，中国饭庄，中山公园的来今雨轩等，东四的中美食堂，陕西巷的美华，廊房头条的撷英，西单的大美与小食堂，东安市场的森隆，东单的福生号等颇为驰名，不特布置雅洁，而建设的西化，并有的中西餐俱全的部分。惟这番菜的营业，除夏季营业可以利市三倍外，春秋冬三季则似乎较中菜馆稍逊一筹了。

总观之，追溯故都饭馆的事业，其极盛时代在满清末叶是最为发达，原因自然是王孙公子的贵族，藉以为交际之地。自入民国以来，此风犹炽，不过是一般军阀的以吃享乐，政客假饭馆来铺张，及谋差受贿的，也多为饭馆造成了生意兴隆的地位。不幸自国都南迁后，有钱有势的达官阔老们，多已随之南去，而祸不单行的又加国难的发生及社会经济破产的不景气，虽饭馆尚可勉强维持，但回首当年，实有今非昔比之感。

（《北平晨报》1936 年 6 月 4 日）

故都古典化的砂锅居淡写

董非繁

到过北平的人，当然的，都要去领略领略全聚德的“焖炉烤鸭”，或东来顺的“爆、烤、涮”……惟独西城缸瓦市的一家砂锅居——充满了古典空气的特殊饭馆，向来不能够引起人们的注意力，自然更提不到走去光顾。像砂锅居这样带有特殊性的饭馆，在北平只有他一家，而北平以外的任何地方，凭你作梦，也许梦想不到有这样的铺子，所以砂锅居门前，大大地写着“京都只此一家”，其实说起来，曷止京都“只此一家”，恐怕全中国再也找不出第二个来了！惟是砂锅居之如此特殊化，所以值得来谈一谈。

砂锅居释名

未曾谈到砂锅居的一切之前，先要释“砂锅居”之名。“居”字，是故都小型饭馆的专用代名词，自然无庸来作赘语。那末现在所要解释的，乃是砂锅居的“砂锅”二字了，砂锅居，本名和顺居，因为以出卖“白煮猪肉”为主体，而他们煮肉的家具，系用“砂”质的大锅，同时他们用砂锅煮出来的肉又特别好吃，所以人们便送他一个绰号“砂锅居”。后来砂锅居自己也就利用人家所送他的“砂锅居”三字来号召，所以现在有好些人只知道砂锅居，而不知其本名原是和顺居。就是现在砂锅居门前的匾额“砂锅居”三字，恐怕要比“和顺居”三字大出好几倍呢!

开幕于清季

这一座砂锅居，资格是很老了，虽然比不上严嵩题匾的“六必居”酱菜铺、“鹤年堂”药店……然而他开设于亡清中叶，时代方面，自然也是很可观的了！试看他那一所老式的矮瓦房，门前的装修，里面的陈设，无一不带有古典气。听他们讲过，亡清时际，许多王公贵胄，因为嗜吃此物，不时地出入此间，所以当时的砂锅居营业，的确含有一种贵族化。现在虽然时光不同，可是砂锅居依旧存在着，有的时候，他门前也和大陆春、玉华台一般地呈现“车水马龙”，可见现在还有一般人来赏识砂锅居的“白煮肉”。

里面卖什么

砂锅居的主要东西，即如上述的“白煮猪肉”，简称之曰“白肉”，所以砂锅居门前是这样标着的，“和顺居白肉”。所谓“白肉”，系用砂锅盛清水煮猪肉，煮成了之后，用刀切成片状，佐了酱油来吃，虽然油腻不堪，但也别具风味。砂锅居以卖此为主，附带的也卖菜蔬，但菜蔬中只限定猪身上的一切：猪肉、猪肠、猪肝之类，除掉猪以外，无论什么东西都不卖的，而他们所制的菜蔬，又特别得很，因为制作的方法，不外乎烧、烤、炸……诸种，所以他们统称此项菜蔬曰“小烧”，若综合“白肉”而并言之，则称之曰“烧燎白煮”。所以到砂锅居，只好吃几盘“白肉”，吃几样“小烧”，再有的，只是“老米饭”。散吃也可以，论桌也可以，吃半桌也未尝不可，不过，吃半桌的，只得全桌的“小烧”之半罢了。

下午不卖座

砂锅居的最特别处，乃是上午营业而“下午休息”，这种办法，到现在还是这样的。所以你想去尝试尝试砂锅居，非要在正午以前不可。听老年人讲说，砂锅居从前在营业的时间上比现在还严苛，虽然法定的时间是正午截止，假如在十点钟光景把所有的“白肉”卖光了，再有客人来，只好谢绝他的光顾，因为他们每天所煮的肉量是很固定的。这种营业方法，究竟是长是短，我们不能知道。

白肉的风味

用砂锅制成的菜蔬，本来都是顶呱呱的，惟一的原因，就是砂锅不走本味，所以既有“砂锅鸡”，复有“砂锅豆腐”，以至“砂锅狮子头”……都是利用砂锅来烧制，至于用砂锅煮猪肉，当然的，也要具有相当的妙处。据说砂锅居煮肉，系用柴火，而煮肉时候，肉与水有固定的比例，目的是在肉熟了，汤也尽了，所以他们煮出来的肉，与众不同些。吃白肉，虽然比不上吃燕菜席、鱼翅席，然而能得猪肉之本味，也是很难得的。

（《北平晨报》1936 年 6 月 4 日）

谭家菜与周家酒

见　微

前天绿叶谈到“谭家菜”，南谭北谭并举，据予所知，南谭（组庵）名虽大，实不如北谭（瑑青）之精美，其中最大异点，则南谭馔品，制出庖师，北谭则出夫人手制也。北京“士大夫”阶级，无不知有“周家酒”与“谭家菜”者。

周为周作民先生，家备陈绍精品至多，每斤二元，周氏与人宴饮，非自家之酒不饮，友好知之，座客有周，必向周宅贳酒，或不得已而向市上贳酒，亦须用二元一斤者，故人有谓周氏饮酒，意含豪兴。

周家酒殊不若谭家菜之名副其实也。谭菜最脍炙人口者，为“鲍”、“参”、“翅”、“肚”四种，色色精绝，而鱼翅尤美。最高者，一碗鱼翅，须耗本二十金，三日乃能制成。如一席为六七人，则仅此一菜，已够饱矣。瑑青先生为故提学使荔村先生之嗣，系出名门，又生长于擅名脍馔之粤东，不求闻达，燕居自适，故交多一时名流，如去年作古之散原老人陈三立，每次莅京，友朋款宴，非谭家菜决不一顾也。

予曾闻之瑑翁，京市最著名之饭馆，如东兴楼、丰泽园之类，所作鱼翅之红烧者，多带黑色，此则黄色，又馆肆之翅，亦无整个不碎者，至于西来顺等之清炖翅，则根本掩没翅之特点，因翅是带液质的，一清炖便无液汁，岂非糟糕。诚实验之谈。

予因一般尽称道谭家菜之美，而绝少道出其美之所以然者，故申而言之。惟谭家现在已为各方友好聚餐及借地宴集者所苦，不堪再有增加，尚因余文而愈为谭翁添麻烦，则余诚不胜抱歉矣。

（北京《益世报》1939 年 2 月 4 日）

北平的夏天

老　舍

在太平年月，北平的夏天是很可爱的。从十三陵的樱桃下市到枣子稍微挂了红色，这是一段果子的历史——看吧，青杏子连核儿还没长硬，便用拳头大的小蒲篓儿装起，和“糖稀”一同卖给小姐与儿童们。慢慢的，杏子的核儿已变硬，而皮还是绿的，小贩们又接二连三地喊：“一大碟，好大的杏儿喽！”这个呼声，每每教小儿女们口中馋出酸水，而老人们只好摸一摸已经活动了的牙齿，惨笑一下。不久，挂着红色的半青半红的“土”杏儿下了市，而吆喝的声音开始音乐化，好像果皮的红美给了小贩们以灵感似的。而后，各种的杏子都到市上来竞赛，有的大而深黄，有的小而红艳，有的皮儿粗而味厚，有的核子小而爽口——连核仁也是甜的。最后，那驰名的“白杏”用绵纸遮护着下了市，好像大器晚成似的结束了杏的季节。当杏子还没断绝，小桃子已经歪着红嘴想取而代之。杏子已不见了，各样的桃子，圆的，扁的，血红的，全绿的，浅绿而带一条红脊椎的，硬的，软的，大而多水的，和小而脆的，都来到北平，给人们的眼、鼻、口以享受。

红李，玉李，花红和虎拉车，相继而来。人们可以在一个担子上看到青的红的，带霜的发光的，好几种果品，而小贩得以充分地施展他的喉音，一口气吆喝出一大串儿来——“买李子来，冰糖味儿的水果来耶；喝了水儿的，大蜜桃呀耶；脆又甜的大沙果子来耶……”

每一种果子到了熟透的时候，才有由山上下来的乡下人，背着长筐，把果子遮护得很严密，用拙笨的、简单的呼声，隔半天才喊一声：大苹果，或大蜜桃。他们卖的是真正的“自家园”的山货。他们人的样子与货品的地道，都使北平人想像到西边与北边的青山上的果园，而感到一点诗意。

梨、枣和葡萄都下来得较晚，可是它们的种类之多与品质之美，并不使它们因迟到而受北平人的冷淡。北平人是以他们的大白枣、小白梨与牛乳葡萄傲人的。看到梨、枣，人们便有“一叶知秋”之感，而开始要晒一晒夹衣与拆洗棉袍了。

在最热的时节，也是北平人口福最深的时节。果子以外还有瓜呀！西瓜有多种，香瓜也有多种。西瓜虽美，可是论香味不能不输给香瓜一步。况且，香瓜的分类好似有意的“争取民众”——那银白的，又酥又甜的“羊角蜜”，假若适于文雅的仕女吃取，那硬而厚的，绿皮金黄瓤子的“三白”与“蛤蟆酥”，就适于少壮的人们试一试嘴劲，而“老头儿乐”，顾名思义，是使没牙的老人们也不至向隅的。

在端阳节，有钱的人便可以尝到汤山的嫩藕了。赶到迟一点的鲜藕也下市，就是不十分有钱的，也可以尝到“冰碗”了——一大碗冰，上面覆着张嫩荷叶，叶上托着鲜菱角、鲜核桃、鲜杏仁、鲜藕，与香瓜组成的香、鲜、清、冷的酒菜儿。就是那吃不起冰碗的人们，不是还可以买些菱角与鸡头米，尝一尝“鲜”吗？

假若仙人们只吃一点鲜果，而不动火食，仙人在地上的洞府应当是北平啊！

天气是热的，可是一早一晚相当的凉爽，还可以作事，会享受的人，屋里放上冰箱，院内搭起凉棚，他就会不受到暑气的侵袭。假若不愿在家，他可以到北海的莲塘里去划船，或在太庙与中山公园的老柏树下品茗或摆棋。“通俗”一点的，什刹海畔借着柳树支起的凉棚内，也可以爽适地吃半天茶，咂几块酸梅糕，或呷一碗八宝荷叶粥。愿意洒脱一点的，可以拿上钓竿，到积水滩或高亮桥的西边，在河边的古柳下，作半日的垂钓。好热闹的，听戏是好时候，天越热，戏越好，名角儿们都唱双出。夜戏散台差不多已是深夜，凉风儿，从那槐花与荷塘吹过来的凉风儿，会使人精神振起，而感到在戏园受四五点钟的闷气并不冤枉，于是便哼着《四郎探母》什么的，高高兴兴地走回家去。天气是热的，而人们可以躲开它！在家里，在公园里，在城外，都可以躲开它，假若愿远走几步，还可以到西山卧佛寺、碧云寺，与静宜园去住几天啊。就是在这小山上，人们碰运气还可以在野茶馆或小饭铺里遇上一位御厨，给作两样皇上喜欢吃的菜或点心。

（《四世同堂》第二部《偷生》，老舍著，上海晨光出版公司1946年11月初版。篇名为编者另拟）

北京之河鲜儿

冰　翕

京市为古帝王都，历辽金元明清五朝，历史悠远，人文盛蔚。一般士庶，对于一饮一食，群趋考究，因而北京食品，集南北之大成，故凡土著，于滋味之选择，莫不有一定之考究，虽微至一瓜一果，亦莫不各有其妙道。然所谓“考究”及“妙道”，非专指制法及滋味言，除制法及滋味外，所最考究者为“谱儿”。谱儿云者，即俗名之“尚讲究”，俗谚“北京人，处处有谱儿”，即此之谓也。

北京人对于饮食之谱儿，以出产地道、应时当令等二者为最要。有“地道拿手物”及“地道出产物”之俗谚，如酱肘子，必须西单天福号；清酱肉，必须前外煤市桥普云斋；酸梅汤，则必琉璃厂信远斋；豌豆黄，则必前外门框胡同魁素斋。其馀如阜外虾米居之兔脯，地外桥头广兴居之灌肠，前外大街都一处之炸三角，西外广通寺亿禄居之大薄脆等，皆为各商号之著名食品，是为“地道拿手物儿”。又如董四墓出产之桃，宣化出产的葡萄，北山的柿子，西山的杏儿等，皆为各地特有之著名出产物，是名为“地道出产物”。在北京最讲究吃而又有“谱儿”者，吃熟物，必须地道拿手；吃瓜果等生物，必须地道出产。此为食品选择方法上的“谱儿”。

除选择方法上的“谱儿”外，尚有季节的“谱儿”。

季节的“谱儿”，就是吃喝讲究应时当令，如点心中之玫瑰饼，为五月应节点心，菉豆糕为六月应节点心，过期即不食之。又如元宵，必自十月一日开食，至明年正月十五日即停，绝不能八月吃菉豆糕，九月吃玫瑰饼，二月吃元宵也。又如西瓜，自上市至七月十五，为应时当令期，过期为残瓜，残瓜不只不应节，且能致病，盖立秋后食瓜，必罹秋后痢也。又如肴馔中之八宝莲子江米饭，必在五月五日以前，九月九日以后，杏仁豆腐为夏秋食品，核桃酪为冬春佳肴，烧烤鸭子必过中秋节，爆烤涮必始于立秋，绝无三伏天儿内吃烧鸭子或火锅者，即小馆子中之“爆三样”及“爆羊肉宽汁儿”，亦绝无人索要。若有之，即群目之为“怯杓”。盖讲究“谱儿”者，一入三月节，除烧羊肉外，非至中秋节，绝不将大块牛羊肉入口内大嚼也。故民国后，每届立秋日，贴秋膘于正阳楼，大涮牛羊肉；初伏日，贴伏膘于全聚德，大烧肥鸭子，莫不嗤之为“花钱找罪受的傻小子”。然而在事实上，如现在饭馆，在六月内，以高加索烤肉及纯奶油香草冰糕，同时为号召，冰糕与烤肉同时入腹，是否舒服，诚为一大问题。故讲究“谱儿”者，一饮一食，皆必应时当令也。

吃东西讲究应时当令，因为“谱儿”中之重要条件，然若在“谱儿”中再加一层“谱儿”之讲究，成为“谱中谱”，则其方法超应时当令，名之曰“迎节”，又曰“吃鲜儿”。

如藤萝饼在四月，而三月十五藤萝方含苞时，即欲饱尝。玫瑰饼在五月，而四月十五即先尝之，故有“鲜花藤萝饼”及“鲜花玫瑰饼”之名称。因其皆在花初开时即尝之，故名之曰“鲜”。又因其在节令之前，故曰“迎节”。及藤萝与玫瑰盛开时，则已至应节当令，无所谓“鲜”，故名之曰“应节”。今人皆目“鲜花”云者为“尝鲜”之鲜，其实此二种食物之制成，在应节时，其原料亦为新开之花，并非干花也。此为糕点中之“鲜”。又如老玉米，五月初上市，名之曰“五月鲜”。腊正月黄瓜为熏货，不名之曰“鲜”，必二月底三月初上市的小黄瓜，方能谓之“鲜”。其馀如三月的小红萝蔔，四月中的西葫芦等，皆为菜蔬中之“鲜”，及届大批货物上市，则已失去“鲜”之意义矣。总而言之，凡在节令之前，而又新嫩之者，皆得谓之为“鲜”。“吃鲜儿”，虽为讲究“谱儿”中之又一层“谱儿”，以新嫩为上乘，然而在北京最讲究之“河鲜儿”，其“鲜”的结果，则反是。

京市人，俗称河塘中所产之新物，如莲藕菱茨等为“河鲜儿”。河鲜儿在旧历六月，为正盛旺时期，至七月，则已稍失去“鲜”之意味。然河鲜儿真正之分别法，则不若此之简单，盖荷叶、莲蓬、藕根、荸荠、菱角、茨菇、芡米（老鸡头）等之应时当令期（指北京一地言），多在秋季以后，甚或远至冬季或明春，皆与“吃鲜儿”之期相距甚远。只荷叶一物，为六七月之应节品，故河鲜儿之为“鲜”，在理由上，只可称之为“新嫩”，而不能目之为“迎节”。然此为概括言之，若一详细分解，则菱角、荸荠、茨菇、芡米等绝对以“老”而香为上选，尤其是满口清气之鲜藕鲜莲子，绝无糖或蜜制或清蒸之干莲子，与春冬之老藕，香脆而味永也。然而在“谱儿”上，或诗人所谓“写意儿”上，若不在盛暑熏蒸之时，若不尝点儿冰镇鲜莲子及糖拌鲜藕，使郁馥之清气沁满口齿，真仿佛没有诗意而有些缺点，或不够摆阔“谱儿”的味儿似的。

京市之藕分两种，制馔用的曰“菜藕”，形状细而长；当果品用的曰“果藕”，形状肥而短。菜藕之聚处在各菜市场，间亦售果藕，而果藕之佳品，则在各果局子，然而精致里脊肉丝炒新上之果藕丝，或以新上河之果藕佐甜豆酱制成三鲜烫面饺或烧麦，都是讲究“谱儿”者之美食。盖果藕之甜香，则非菜藕所及也。京市藕之出产地，路远如汤山者除外，只就城郊附近者言，分“玉河藕”及“泉水藕”二种。玉河藕以静明园、万寿山、南坞村和海甸等处者为最佳，因临近玉泉山之泉水，故藕之白、嫩、香、脆、甜，可称之为五绝。故北京最大之“藕市”，以西郊海甸为一，自颐和园绣漪桥（罗锅桥）南闸口外，沿长河自长春桥（蓝靛厂），经麦庄桥、豆腐闸（广源闸也，又名斗府闸）、小白石桥、大白石桥等迄至高梁桥，沿玉河两岸之莲塘，所灌溉者，虽亦为玉泉之水，然因处居下游，水之滋养力，已不若海甸以西之丰富，故所产之藕，逊于海甸以西之上游，自下游高梁桥至上游之玉泉山，藕虽有优劣，然花则多白色，红花占少数，即俗所谓之“京西白花藕”也。自高梁桥以东，如各城门外之护城河，自德胜门迤西铁棂闸（水关），入城之净业湖（积水潭），自德胜桥出月桥，至澄清闸（又名海子闸，即后海之响闸也）之后海，自后海至什刹海而至莲花泡子（即什刹海东南隅之荷塘），上述水道，虽亦为玉河一脉，然因水行地上，挟泥沙而变性，且土质亦非西郊沃壤可比，故各城门护城河及净业湖、后海、什刹海、莲花泡子之藕，则又逊于玉河下游之藕。玉河自德胜门入城，其水名曰“金水河”，故高梁桥以东，什刹海、莲花泡子以北，所产之藕，名曰“金河藕”，因其花多红而少白，又名“金河红花藕”。此种藕，在讲究“谱儿”者，恒目之为“肉藕”，不能列入河鲜之上品，因不如西郊白花藕之白、香、脆、甜、嫩也。今人游什刹海荷花市场者，每以得尝什刹海土产河鲜为目的，而事实则大误。盖什刹海所售者，皆非本地产，皆为西郊之白花藕，盖什刹海河鲜上市时，海内藕根尚未成熟，届什刹海刨藕时，则“鲜”之期限已过，荷花市场已至收市时，尤其是藕根一动，花叶即伤，则荷花市场将无荷可观，况区区数十亩所产河鲜之全部，即皆分配于一溜河沿一带之藕局子，尚且不足数日之销售，而欲自五月底至七月望，以供游人之饱腹，岂可能乎？

金水河自什刹海南之西步粮桥下，入北海，经中海入南海，为金水河之下游。所产之藕，在清时，奉宸苑向清室呈进西苑河鲜时，名曰“太液玉藕”。往时聆此名，以为必佳于西郊者，共和后，三海藕产包于商，外间人始能一尝“太液玉藕”之佳味，则所谓太液玉藕者，乃真正地道之菜藕居大多数，形细而长，名曰“藕阡子”，与硕短而肥壮之西郊白花藕名“藕棒子”者，大异其趣。初见此，甚疑之，以为奉宸苑之太液玉藕种，亦随故国之鼎革而绝乎？后读奉宸苑档，则所进呈之太液玉藕不交御果房，而交于茶膳房之菜库，至是始憬然悟，盖三海之河鲜，又次于金河上游藕，乃玉河藕中之最劣者也。近年三海藕，亦间有白花者，然传种二年后，则亦变为藕阡子，而原有之红花藕，则往往成为藕棒子，形虽似棒子，而味则绝西郊白花藕之香脆而甜者。

以上所述，皆为玉河藕类者。其属于泉水藕者，则以南郊为第一，如万泉寺、鹅房营、水头庄、南河泡子、莲花池等处皆其著者，而以万泉寺最驰名。其在道咸以上最著名之“行宫藕”，则已无人知之，行宫藕即南苑团河藕也。泉水藕，在风雨调和之年，泉水清而冽，无论红花或白花，其香脆甜嫩，皆在西郊白花藕之上，若涝年，则脆嫩皆失，旱年红则不甜，此为泉水藕之弱点。今年自春至夏雨水缺，护城河之荷叶不及锅盖大，即五塔寺以东之玉河下游，以产大荷叶著名之“伞荷”，亦不如往年之巨。以此忖之，恐今年北京藕市之牛耳，将为泉水藕所执。玉河藕，只万寿山以西，玉泉山以东，附近各村庄稻田副产物之白花藕，尚堪一述也。

北京城郊藕之产地略状，即如上述，而附属于藕之莲蓬及荷叶之生产情状，则亦如之。然荷叶，则以红花者最著名，故京谚有“白花藕，红花叶，早上河的莲蓬个个空”之说。盖藕以白花者甜嫩，叶则以红花者香馥而圆整也。莲蓬在北京有名而无实，白花者，上广下狭，形如喇叭嘴，俗曰“漏斗莲”；红花者形如碗，底部作半圆式，俗曰“盖碗儿莲”。莲味之佳否，京市有两说。因俗有“白吃藕，红看花”之谚，故谓花莲蓬子，形肥而甜香，因红花者既以花色鲜艳称，则其果实必不劣，此一说也。其另一说，则谓“佳种生佳果，根茂果必盛”，白花藕既著名，则白花莲子亦必孔孔丰满而香甜，此又一说也。然以笔者个人之经验，则玉河莲以白者佳，泉水莲以红者为上选。读者如不信，试购城内三海或积水潭、什刹海及护城河等所产之红花莲蓬，其实必十孔而九空，绝不如万泉寺红花莲蓬之莲子孔孔肥满而香嫩也。然在清代，西郊玉泉山、万寿山一带之奉宸苑官莲塘，如功德寺、瓮山御稻田、六郎庄、北坞村、火器营，骚达子营、黑龙潭、青龙桥、树村等内务官荷花地所产之莲蓬，则不论红白花，皆在泉水莲以上，尤其是远距玉泉水脉之龙泉坞及石景山之三旗荷花地，则更著名，此固为水质与土壤关系外，然因御用之关系，不惜大量之肥料，则为重要原因之一焉。故京市喜食河鲜者，宁肯多花钱购于果局子，绝不肯向什刹海摊贩或沿街叫卖之河鲜挑子购把儿莲蓬焉。然述至此，有一重要之声明，即什刹海各茶棚或河鲜摊子，所售之剥去外皮冰镇鲜莲子之门市货，乃有选莲子，为货真价实之鲜物，与把儿莲蓬为两事，盖冰镇莲子之价昂，早将莲衣之销耗及“瞎子”（即有孔而无莲子者之莲蓬）之损失，计算价内矣。往往有游客，因亲口嚼尝冰镇莲子之香嫩，临去时，必恣购莲蓬十馀把，及归家剥莲衣，则虽不能十孔而九空，而损失必不在少数。俗所谓——“阔秧子（阔大爷）逛什刹海，是哑八吃黄连，有苦不能说”，即指此也。然而讲究“谱儿”者，绝不上此大当焉。

以上所述之藕、荷叶、莲蓬三者，为河鲜之主要食品，除此外，尚有所谓“晚鲜”及“树鲜”，为河鲜之陪衬。

晚鲜亦产于河，即菱角、芡米、茨菇是。此三者，皆以“老”为上选，故“老菱角”、“老鸡头”、“老茨菇”为北京著名之货声。然因“摆谱儿”而尝鲜儿的关系，此三老亦勉强称之为“晚三鲜”，乃对藕、荷叶、莲蓬之早三鲜言者。早三鲜在五月中六月初，即可上市，而晚三鲜之鲜菱角，不至六月小暑节不能熟，如节气晚，则在大暑节前，始能上市。而老鸡头（芡米），则必过立秋，或在暑节后，始能成熟。其茨菇，则愈老愈佳，最早亦必至秋分，届寒露后始大熟。盖鲜菱角为六月鲜，嫩芡米为七月鲜，茨菇为八月鲜也。俗称此三鲜为“连升三级”，其“级”字则改成“急”字，为“连升三急”，盖一鲜比一鲜晚，至茨菇上市，则已将至霜降制棉衣时矣。晚三鲜虽以愈老愈佳，然其“鲜”之妙处，则在出水不久，故有“新上河”之俗谚。货声中之“老鸡头喂！新上河哎”之韵调，为“鲜”字之表示．而此“鲜”字则最使人有将迈入“秋”的势力圈内之感。除此晚三鲜外，尚有荸荠一物，此虽亦产于河，然不列入河鲜内，因荸荠之鲜者，味嫩而不甜脆，必在泥中经冬后，至明春冰化地暖，于泥淖中刨出之，其味始香嫩脆甜焉。故春季新出泥的荸荠和茨菇，较当年出水者味更隽永也。

树鲜生于树而不产于河，即鲜栗及鲜核桃是也。此二者，虽不产于河，而“讲究谱儿”者之吃河鲜，若无鲜核桃以为衬，则简直不能称之为吃河鲜。此中理由为何，则殊不可解。鲜核桃与莲子及鲜菱角，同为冰镇河鲜中之上品，然剥鲜核桃及剔去嫩皮，必有专门艺术，数寸小竹刀左右挖剔，以将弯曲如云之桃穰嫩皮，块块脱去，既不准桃穰破碎，更不许皮落肉脱。此种艺术，除售此之摊贩能之外，而各饭庄饭馆及口子上之茶行人，亦颇精熟。惟剥剔整个桃穰，所谓“鲜狮子头”者，则以清宫御膳房及内果房之技术最佳。

果局及饭庄所用之莲蓬藕，内行人每日担送，其荷叶亦如之，而荷叶又分“盖荷”、“钱荷”二种。盖荷即大荷叶，用以包裹肉蔬及河鲜，其钱荷为小荷叶，如制荷叶粥、荷叶肉等皆用之。然事实因经济关系，用钱荷者甚罕见。

沿街巷叫卖之河鲜小贩，分二种，一曰“藕桃子”，凡整藕、把儿莲、荸荠、茨菇等，皆归此类人售之，业此者与前述之内行人皆为水田之农人，因此辈所售之货，皆自种者，故价廉，然实质则非佳者；二曰“菱角筐子”，乃城内之小贩，每日赴藕市或种有荷塘之农人家，大批购莲藕及菱角，至家内，莲子剥去莲衣，藕则选其嫩芽与鲜菱角等，皆用鲜荷叶分包之，盛以长形之圆筐，筐外四周钉亮铜荷叶及大艾叶铜锁链等，筐上蒙月白布，缝五福捧寿之花纹，以宽带系左右，而斜背于肩，随行则十数枚亮铜大艾叶，锵锵叮叮摇击其筐，衬以“鲜菱角喂哎！老菱角嗳”，或“河香儿莲子儿嗳！藕芽嫩来啵”等悠扬之货声，此种小贩，在内城多旗籍青年人，白面皮而油头，漂亮短装，细嗓滑腔，叫售于朱门宅邸之门道内，此种情形与晚香玉小贩，为四年前京市六七月河鲜儿季节中，各街巷最有妙趣之点缀。本文所述，皆为河鲜之略状，其河鲜儿之食法，则缺略焉。

（《国民杂志》1941 年第 9 期）

京华春梦录（节录）

陈莲痕

北地产果，畿辅为最，凡市阛所有，曲院罔不罗致，若杏，若桃，若苹果，若葡萄，味隽沁脾，美逾琼葩，灯红酒绿间，解渴醒酲，品诚无上也。西瓜出通县，霞梨出天津（北音霞字，与雅字近似，故南人称为雅梨，然以霞字为准），爽冽甘美，妙味各擅。而沙田之柚，闽粤之橘，台湾之蔗，适于时令，弥不毕陈，恣客啖嚼，足润燥吻。即海南鲜荔，亦以轮轨利便，采供甚易，有杨太真癖嗜者，不虑佳果之迟延矣。冬令，雪深街头，小贩担筐，多有呼售鲜萝卜者，甘冽之馀，微含辣性，然爽脆异常，较霞梨为胜，且值炉炭殷红之际，偶啖一二片，可解除焰毒，则尤不仅以味擅美也。惟青莲雪藕，以都门素鲜荷池，求过于供，价值乃昂，暑筵初列，盛以晶盘，出诸瑶席，老饕鲜有不攘腕而争取者矣。

干果惟良乡栗子，最擅盛名，或炒砂糖，或煮香酱，纤手轻剥，入口而化，不异胡儿塞上酥也。他若松仁榛仁，则清而弥香，酒兵茗战之馀，出供咀嚼，其味隽永，直视花生瓜子为腊味矣。

姑苏稻香村，以售卖糕饼蜜饯著名，招额辉煌，谓他埠并无分出。然都门操糕饼蜜饯业者，以稻香村三字标其肆名，几似山阴道上之应接不暇。南姬初来，以北土人情，多有未谙，即食品起居，亦时苦不便，以是饮食所需，多趋稻香村，名酒佳茶，饧糖小菜，不失南味，并皆上品。以观音寺街及廊房头条两肆为巨擘，然其居停伙伴，来自维扬，皆非江南产，而标名则曰姑苏分出，商侩薄德，惟利是图，作伪袭古，正彼惯技耳。

频年作客，乡思弥剧，童时在故乡所食之雌饭团（糯米蒸熟，中和糖馅，团成圆饼，名曰雌饭，实则乃煮饭之转音也）、汤包、蟹壳黄等，都中均无购处，惟寒葭潭之某小肆中则有售者。宿酒初醒，春眠慵起，嘱奴购取，颇足慰秋风莼鲈之思。

东粤商民，富于远行，设肆都城，如蜂集葩，而酒食肆尤擅胜味。若陕西巷之寄园、月波楼，酒幡摇卷，众香国权作杏花村，惜无牧童点缀耳。凉盆如炸烧、烧鸭、香肠、金银肝，热炒如糖醋排骨、罗汉斋，点心如蟹粉烧卖、炸烧包子、鸡肉汤饺、八宝饭等，或清鲜香脆，或甘浓润腻，羹臛烹割，各得其妙。即如宵夜小菜及鸭饭、鱼生粥等类，费赀无几，足谋一饱。而冬季之边炉，则味尤隽美，法用小炉一具，上置羹锅，鸡鱼肚肾，宰成薄片，就锅内烫熟，瀹而食之，椒油酱醋，随各所需，佐以鲜嫩菠菜，益复津津耐味。坠鞭公子，坐对名花，沽得梨花酿，每命龟奴就近购置，促坐围炉，浅斟轻嚼，作消寒会，正不减罗浮梦中也。

（第四章《香奁》）

京华逆旅，旧称曰店，布置简陋，聊蔽风雨，环外城北隅，栉比皆是，而艳阎毗邻，若升官、三元等店，则均勾栏院龟鸨之巢窟也。近顷俗趋奢侈，故西河沿、打磨厂等处，多有设置旅馆者，如中西、金台、燕台、第一宾馆等，均为此中翘楚，间有丽姝赁为私舍，名之曰小房子，或觅得素心，避曲院尘嚣，而假此作高阳台者。他如李铁拐斜街之同和旅馆，及樱桃斜街之华兴旅馆，则逆旅之外，兼营媒介生涯，轻薄少年，群焉趋之，莫不利市三倍焉。若售卖番菜之酒肆，亦多有设置旅舍者，则如内城之北京饭店、六国饭店、东安饭店、长安饭店、华东饭店，及外城之东方饭店、宣南饭店等是也。

酒肆饭馆，所在多有，然烹调之法，各有特长。若泰丰楼之清炖燕菜、锅烧鸭、烩爪尖，醒春居之粉蒸肉、糟熘鱼片，致美楼之红烧鱼翅、四炸鲤鱼，致美斋之烩鸭条、红烧鱼头及萝卜丝饼，天和玉之软炸鸡、锅贴金钱鸡，百景楼之软炸鸭腰、烩肝肠，万福居之高鸡丁，桃李园之锅烧鸭、罗汉斋、生扒鱼翅，正阳楼之烤羊肉，东升楼之酱汁活鱼，小有天之炸胗肝、高丽虾仁，宾宴春之辣子鸡，浣花春之川笋汤，便宜坊之挂炉鸭，南味斋之糖醋黄鱼、虾子蹄筋，颐芗斋之红烧鱼唇、烩海参，通商饭庄之虾子笋，杏花春之熘鳝片，东兴楼之清蒸小鸡，同福馆之红焖豕蹄、四喜丸子，皆脍炙人口者也。而山阴人所设杏花春、颐芗斋之绍兴花雕，味擅上林，口碑尤胜。年来颇有仿效西夷，设置番菜馆者，除北京、东方诸饭店外，尚有撷英、美益等菜馆，及西车站之餐室，其菜品烹割虽异，亦自可口，而所造点饥物，如布丁、凉冻、奶茶等品，偶一食之，芬留齿颊，颇觉耐人寻味。

都中茶肆，多附设商场间，肠肥脑满者，餍饫既深，则乞灵七碗，亦自得宜。如劝业场之荔香、玉楼春，第一楼之碧岩轩、畅怀春，宾宴华楼之绿香园、第一茶社，东安市场之德昌、沁芳、玉泉，青云阁之玉壶春，小轩数楹，位置雅洁，檀楠几椅，鼎彝杂列，夕阳将坠，座客常满，促膝品茗，乐正未艾。茶叶则碧螺、龙井、武彝、香片，客有所命，弥不如欲。佐以瓜粒糖豆、干果小碟，细剥轻嚼，情味俱适，而鸡肉饺、糖油包、炸春卷、水晶糕、一品山药、汤馄饨、三鲜面等，客如见索，亦咄嗟立办，阮囊羞涩者流，利其值贱，多于此鼓腹谋一饱焉。

（第八章《琐记》）

（《京华春梦录》，陈莲痕著，竞智图书馆 1925 年初版）

都门饮食琐记

杨 度

京师人海，服用奢侈，酒食征逐，视为故常。一饮一食，无不争奇立异，以示豪侈，见之载籍者，指不胜屈。民国成立十五年，凡百无改良之可言，惟风俗日趋浮华而已。京中之饮食物，亦因习尚所趋，精益求精，且交通便利，各地之制作原料，烹饪材料，运载极易，专制时代，玉食万方之帝王，所不能致之者，现在已登平民之饪席矣。加以酒食征逐之风，变本加厉，饮食物之需要既繁，供给自相应而来。记者寓京既久，对于京师饮食之所，不止鼎尝一脔，拉杂记之，以供朵颐。

（《晨报》1926 年 11 月 22 日，署名虎公）

一、山东馆

京中各种商业，由山东人经营者，十之六七，故菜馆亦不能逃此例。民国以前，大都均系山东馆，间有京中土著经营之菜馆，虽为京菜，亦多山东风味。民国成立之后，因有新式之山东菜，遂以此种为老山东馆，然迄今凡大饭庄，仍多属此类。著名者如聚寿堂、聚贤堂、燕寿堂、福寿堂、福全馆、同兴堂、同和堂、天寿堂、惠丰堂等，虽为饭庄，率为人赁为喜庆寿诞招待之所，以及吊祭之用。客席数十桌，措置裕如，惟肴馔千篇一例，无记载之价值。就中如什刹海之会贤堂，则在夏季，尚有游人小酌，间有一二可口之菜，然不脱老山东菜之窠臼。惠丰堂因在闹市，亦有人小饮者。近于此类之大饭庄，而专供饮宴者，则有致美楼、福兴居、泰丰楼等。致美斋最初为湖州人经营，继亦为鲁人主持，故或谓系南方馆，实则仍为山东馆，而著名之菜有红烧鱼头，初为敬菜，不售卖，现敬菜之例已取消，遂亦售卖矣。此外佳者，有糟煎中段、软炸肝，虽为普通之山东菜，然致美斋此味极佳，能嫩不见水；虾米熬白菜豆腐，亦较他家为佳，惟新丰楼差能近是。点心有萝卜丝饼、青油饼，亦极擅长。致美楼近经改良，楼房轩爽，并有屋顶，夏季亦可设座，肴馔除普通之山东菜外，近传广和居之厨子在致美楼，故亦有“潘鱼”、“江豆腐”等菜，然试之绝不类，或系传闻之误。泰丰楼本为老山东馆，而生意极佳，梨园行宴客多在彼，而擅长之菜，除普通之鲁菜外，竭力模仿东兴楼与新丰楼，虽不能青出于蓝，但尚可口。广和居在南半截胡同，离市极远，而生涯不恶，因屡经士大夫之指导品题，遂有数种特别之菜，脍炙人口。“潘鱼”以汤胜；“江豆腐”为清季赣省某太史所指点，以豆豉、火腿、虾米、香菌及豆腐丁作羹，味极鲜美；辣炙粉皮、清蒸山药，初登盘时，片片清楚，一箸匙即成泥，故擅名；冬菜鸭块、瑶柱肚块、糟蒸鸭肝，虽亦著名，但不如东兴楼者佳。东兴楼地居东城，规模极大，且座位整理极清洁，故外人之欲尝中土风味者，率趋之。菜以糟蒸鸭肝、乌鱼蛋、酱制中段、锅贴鱼、芙蓉鸡片、奶子山药泥为著名，而整席之菜虽十数桌，亦不草率，均巨客咸乐用之。除上述之各鲁菜馆外，则民国四年杨梅竹斜街开一明湖春，以新式之山东菜著名，如奶汤蒲菜、奶汤白菜、川双脆、面包鸭肝、龙井虾仁、红烧鲫鱼、红烧鱼扇、松子豆腐等，蒸食有银丝卷，为京中向来未有，生涯遂极一时之盛。继以地势狭小，迁西柳树井，生涯渐减。继之者有济南春、新丰楼，而新丰楼近来极发达，肴馔亦精，著名之菜仍为新式之山东菜，特别者有干蒸鱼，而糟蒸鸭肝、乌鱼蛋、油淋鸡等亦佳。明湖春今又迁至新华街，不甚著名矣，济南春亦然。

（《晨报》1926 年 11 月 23 日、25 日、27 日、28 日，署名虎公）

二、川菜馆

川菜在京本无专门菜馆，自瑞记在骡马市街开张后，嗜之者，遂特成一格。著名之菜，为宫保鸡、脆皮鱼、椒盐鱼、红烧羊肚菌、黎窝菌、回锅肉、云腿白菜、鸡绒豆花，甜菜有扁豆泥、夹沙豆泥，味趋厚重，多辛辣之品，不如鲁闽菜之清淡，但因别有风味，故能独树一帜也。继之者香厂之浣花春，菜虽不如瑞记之佳，然以地点适宜，且当新世界初开幕时，生涯之盛，大有夺瑞记之势。嗣后以股东欠账太多闭歇，然亦支持七年矣。当浣花春盛时，以各种鱼著名，特在通州设鱼池，备严冬取材，规模之大，可以想见。骡马市大街，有宾宴春，亦以川菜名，而肴馔并不可口，红烧牛肉、扁豆泥等尚佳，惟价极廉，故贪省费者均趋之，车马常盈门，近且内建戏台，备堂会之用。瑞记后在中央公园分设一长美轩，菜均如瑞记，惟公园注重点心，长美轩遂以火腿烧饼、脆烧面（即焦炸牛肉丁之面）、干拌面著名，菜有“马二先生汤”（为马夷初所指导），系三鲜煮豆腐汤，并不佳。瑞记发达之后，川菜盛行，经营川菜馆者极多，而粉房琉璃街南头之陶园，以蚝油豆腐著名，甜菜以皂仁为奇，晚香玉、川海蜇曾极一时之盛。此外如南园都一处、益华均成立不久。西长安街之宣南春，迄今营业尚发达，大陆春、长安春继之，然不如宣南春。香厂天南地北楼，开不多时，菜肴近似川菜，实系广西菜馆云。川菜流行之后，如红烧羊肚菌、鸡蓉菜花、宫保鸡等，与鲁菜之面干鸭肝、川双脆等，已成普通菜矣。

（《晨报》1926 年 11 月 30 日、12 月 1 日，署名虎公）

三、闽菜

福建菜馆最初在京中开设者，为劝业场楼上之小有天，菜以炒响螺、五柳鱼、红糟鸡、红糟笋、汤四宝、炸瓜枣、葛粉包、千层糕著名，兼售肉松，亦著名，当时生意极佳。遂有大规模之闽菜馆，名醒春居，在小李纱帽胡同开张，肴馔极可口，而以神仙鸡、生蒸鸡、纸包笋、五柳鱼、锅烧鸭为最著名，资本雄厚，生涯极好。嗣因营业发达，又在东单二条开一分号，不久因内部关系，营业不振，小李纱帽胡同之醒春居先歇业，东单二条亦继之闭歇。劝业场被火，新世界成立，小有天即迁入。东安市场当时亦有一小闽菜馆，名沁芳楼，不甚佳。忠信堂开张后，始又有大闽菜馆，主之者郑大水，为闽厨之最，以整闽席著名，外会及宴客者，日常数十桌，又夺东兴楼之席，用伙计至百数十名。著名菜有鸭羹粥、炒战血、红糟鸡、熏炒鱼、清蒸鲳鱼等为最。年来生涯稍不如前，已在天津开一分店，颇发达。春记饭庄初在米市胡同，亦以闽菜名，继因营业佳，迁至南新华街，以局面大，渐不支，已闭歇久矣。香厂曾有一三山座，纯系闽菜，有“鸡塔”及点心数种为不普通之闽菜，嗣因偷电被罚倒闭。小有天迁入城南游艺园，现迁六部口，游园开一南轩，仍为闽菜，东四七条亦有小有天。

（《晨报》1926 年 12 月 6 日、8 日，署名虎公）

四、淮扬菜

淮扬菜种类甚多，因所代表之地域亦广，北自清江浦，南至镇扬，而淮扬因河工盐务关系，饮食丰盛，肴馔精洁，京中此类菜极多，但规模大者少耳。初醉琼林即是，中西饭庄、庆元春，均不甚著名。春华楼在五道庙，地址极小，而每逢饭时，必坐无隙地。著名之菜为软兜带粉（即炒鳝丝加粉条）、脆鳝、生敲鳝鱼、松鼠黄鱼、红烧鲫鱼、烧鸭、炒豆芽菜、荠菜、炒山鸡片、川青蛤，冷盘以肴肉、抢虾等为佳，甜菜有“夹沙高丽肉”。近迁韩家潭，厨手已换人。旧春华楼之厨子伙役，均迁至交通部对门，开一芳湖春。老半斋在四眼井，初开时，座客常满，以狮子头、红烧野鸭、松鼠黄鱼等著名。继有一新半斋，在半壁街，不久即闭歇。宝华楼在排子胡同，亦系扬州馆，著名之菜，与春华楼相仿。淮扬菜馆除肴馔外，以各种点心著名，如汤包（系一种小包子，而内有汤卤，非苏式之汤包，系小包子另外带一碗汤者）、水饺子、白汤面。从前韩家潭之庆元春，专售淮扬点心者。松鹤园之白汤面，亦甚佳。通商饭庄为淮扬菜馆之开设最久者，而以外会为多，其整席从前八元席，即有鱼翅，现在须九元，较他家价廉，菜清淡可口，故外会不少，惟门市则从前尚佳，近则过问者不多。先农坛开放后，有藕香榭，亦系淮扬菜，继因坛内驻兵，迁入城内兵部洼。著名之菜，如红烧野鸭、红烧黄鱼等，而以煮干丝最为擅长。天和祥在六部口，亦为扬菜，而专应外会，与通商相仿。西交民巷之振元春，亦系淮扬菜，但内有川菜几色，但不甚佳，故虽新开，而生意并不佳。再上述春华楼厨役，调入芳湖春，现经调查，仅一厨伙与茶役数人辞职，此外均仍旧云。

（《晨报》1926 年 12 月 9 日、12 日、13 日，署名虎公）

五、豫菜

汴中因河工关系，亦精研饮食，遂有汴菜之名。而汴中陆多水少，且离海远，故以鱼类及海菜为珍品，加以烹调。京中豫菜馆之著名者，为大栅栏之厚德福，菜以两做鱼、瓦块鱼（鱼汁可拌面）、红烧淡菜、黄猴天梯（海蜇川管挺）、鱿鱼卷、鱿鱼丝、折骨肉、核桃腰子、炒腰子小块、盘子，以酥鱼、酥海带、风干鸡为佳。其面食因面均自制，特细致，月饼亦有名。后分一店在城南公园，继迁骡马市大街，名厚德福西号，座位宽展，然生涯不如东号（即大栅栏之厚德福），恐不久将收歇矣。厚德福在项城、东海当国时，京中汴人多，名誉益盛。所制月饼有枣泥、豆沙、玫瑰、火腿，味极佳，且能致远，与南方茶食店所制者，迥不相同。劝业场楼上，有一玉楼春，亦系豫菜，而有一种小烧饼，为厚德福所无，味极好，肴馔则不如厚德福远甚。

（《晨报》1926 年 12 月 27 日、1927 年 1 月 17 日，署名虎公）

六、苏馆

苏馆与徽馆，系上海通用之名词。苏馆系指苏州菜馆而言，并不包括江苏全省之菜馆。徽馆指安徽菜馆而言，但均系皖南的风味。徽馆在上海为最通俗的一种菜馆，其菜以鱼类为最著名，但北京竟然无徽馆。至苏馆，在上海并不为上等，而京中从前虽有，并不著名。近年自东安市场四时春、五芳斋相继开市，虽脍炙人口，然除应时之点心，如盘香饼（系一种烧饼）、成盘香，咸者有葱油作馅，甜者有糖、豆沙等馅。“蟹壳黄”系一种小烧饼，馅也有甜咸之别。苏式之烧饼，面中有油酥，故烤成后较北京之烧饼为松，是其特长，而烤饼之炉，亦为北京所无。此外，汤包、紧饺馒头，均有特别风味。菜调味较淡，著名者有“煎糟”，即糟成之青鱼，再红烧之“川糟”，即以糟鱼川汤，有不用青鱼而用鲤鱼者，则肉较坚实而不肥。咸炖鲜，即以冬笋煨家乡肉（杭州之一种咸肉），其汤极鲜美，家乡肉味本极咸，川汤之后，味即淡，而笋得咸味，即鲜美矣。此外如炒虾仁、蟹粉。炒蟹粉即以蟹肉及蟹黄合炒之，倘单用蟹黄，即名炒蟹黄。炒面筋，或面筋夹肉，面筋系麸皮之制成品，形似油炸豆腐较厚实。雪笋汤，即以咸雪里红川冬笋片，味清而鲜，炒雪笋亦佳。此外如酱肉、酱鸭、酱鸡，可作冷荤，味的可口。上述之菜，为苏菜之特别者。西单牌楼之四如春，上座极盛，最初在绒线胡同，则生涯不甚发达，东安市场闭歇之后又重张，近又闭歇矣。现城内著名者，仅有东安市场之五芳斋、西长安街之四如春，城外旧有王广福斜街之长乐意、韩家潭之聚丰园，现在长乐意虽在，而非苏馆矣，聚丰园亦不如前之佳。纸巷子新开之侬乡馆，确为苏州菜，局面较五芳斋、四如春为大，价较贵，而菜则并不较上述之二者为优。

（《晨报》1927 年 1 月 20 日、21 日、23 日，署名虎公）

广东菜

广东菜馆，曾在北京为大规模之试验，即民国八九年香厂之桃李园，楼上下有厅二十间，间各有名，装修既精美，布置亦闳敞，全仿广东式，客人之茶碗，均用有盖者，每碗均写明客人之姓氏（广东因有麻风，防传染，故饮具无论居家或菜馆妓寮等处，均注明客之姓氏），种种设备均极佳，宴客者趋之若鹜，生涯盛极一时。菜以整桌者为佳，如红烧干鲍鱼、罗汉斋（即素什锦）、红烧鱼翅等均佳。惜后因市面萧条，营业不振而闭歇，继起者绝无。此外宵夜馆如陕西巷之寄园，李铁拐之乐园，均系宵夜馆兼菜馆。宵夜系一种广东小吃，规定一冷盆、一炒一汤为一客，上海从前每客仅两角，极盛行，京中为五角，而食之者不多。

（《晨报》1927 年 1 月 30 日，署名虎公）

都门食物

黄 濬

旧京呼汤圆为元宵，昔惟灯节常供，今则长年有之。中以果实蜜糖为馅，符诗所谓“桂花馅裹胡桃”者是也。方海槎诗“元宵更糁糖”，此则指纯以白糖为馅者。《周礼》有糁食，谓以米屑和肉煎为饵，正是馅意。海槎此诗，题为《咏都门食物作俳谐体》，云：

“旅食京华久，肴羞亦遍尝。山珍先鹿兔，海物首鲟鳇。烧鸭寻常荐，燔豚馈送将。鸡如春笋嫩，鱼比面条长。火鼎膏凝雉，炎炉胛熟羊。煮鸦真琐细，炙雀漫张皇。压汁虾成卤，调羹蟹去匡。晨凫掌堪擘，夜鸽卵难藏。驴肆嫌生脯，屠门陋贯肠。蒲抽聊当笋，劈蓝却无瓤。出瓮怜菘白，堆盘爱韭黄。蔓菁腌作腊，薯蓣熟为粮。钉小蘑菇掇，珠圆豌豆量。菜名跟斗异，瓜类醋筒详。萝卜兼称水，芫荽独号香。是人皆食蒜，无品不调姜。恶汉葱三斗，贫儿荠一筐。炊糜要和合，说饼即家常。扁食教濡醋，元宵更糁糖。窝窝充糗糒，饽饽佐餦餭。油馓松盘髻，牛酥莹割肪。卷蒸高饤座，和落细排床。着手麻花腻，粘牙豆粉凉。碾缠银线短，锅炸玉砖方。缓火詅羹担，通薪卖腐坊。茶浓和炒面，粥薄饮甜浆。果有频婆美，仁称巴旦良。蒲桃青掇乳，柿子白留霜。杏酪醍醐味，楂糕琥珀光。露芽烹茉莉，红唾嚼槟榔。糖栗充饥餺，酸梅解暑汤。淡菰夸易水，苦酒说良乡。定许供饕腹，从教慰渴羌。方言多掎摭，故实任评章。戏作俳谐体，谈资餔餟场。诗成还一笑，匕箸早相忘。”

案此诗可考证者虽多，然泰半皆眼前习见物，久居北地者率知之。惟“茶浓和炒面”句，乃指茶汤而言，茶汤以炒面和糖为之，以湆水浇食，如南方之藕粉然，乃蒙古食品，遗于朔方。旧京制此，以鲜鱼口内之天乐园对面某肆为良。饽虽入声，在月韵，然北音读作波波，此则北人读入作平之恒例也。

《旧京琐记》中，亦有关饮馔者，附摘数节：

其一云：“饮食以羊为主，豕佐之，鱼又次焉。八九月间正阳楼之烤羊肉，都人恒重视之，炽炭于盆，以铁丝罩覆之，切肉至薄，蘸醯酱而炙于火，其馨四溢。食肉亦有姿式，一足立地，一足踞小木几，持箸燎肉，傍列酒樽，且炙且啖且饮。常见一人食肉，至三十馀柈，柈各肉四两，饮白酒至二十馀瓶，瓶亦四两，其量可惊也。水鲜，惟大头鱼、黄鱼，上市时一食之，蟹亦然。如食某鱼时，则举家以此为食，巨室或至论担，但食此一种，不须他馔，亦不须面或饼。”

其二云：“饭以面为主体，而米佐之。本京人多喜食仓米，亦谓之老米。盖南漕入仓，则一经蒸变，即成红色，如苏州之冬籼然，煮之无稠质，病者为宜。”

其三云：“酒肆之巨者曰饭庄，皆以堂名，如庆寿、同丰之类是也。人家有喜庆事，则筵席、铺陈、戏剧，一切包办，莫不如意。其下者曰园馆楼居，为随意宴集之所，宴毕皆记之账，并可于柜上借钱为游资，亦弗靳也。三节始归所欠，然非至年节，索亦弗急。”

其四云：“南人固嗜饮食，打磨厂之口内有三胜馆者，以吴菜著名，云有苏人吴润生阁读善烹调，恒自执爨，于是所作之肴，曰吴菜，余尝试，殊可口，庚子后，遂收歇矣。士大夫好集于半截胡同之广和居，张文襄在京提倡最力，其著名者为蒸山药；曰潘鱼者，制自潘炳年；曰曾鱼，创自曾侯；曰吴鱼片，始自吴润生。又有肉市之正阳楼，以善切羊肉名，片薄如纸，无一不完整。蟹亦有名，蟹自胜芳来，先经正阳楼之挑选，始上市，故独佳，然价亦倍常。城内缸瓦市有砂锅居者，专市豚肉，肆中桌椅皆白木，洗涤甚洁，旗下人喜食于此。”

其五云：“月胜斋者，以售酱羊肉出名，能装匣远赍，经数月而味不变。铺在户部街，左右皆官署，此斋独立于中者数十年，竟不以公用征收之，当时官厅犹重民权也。曰二荤馆者，率为平民裹腹之地，其食品不离豚鸡，无烹鲜者。其中佼佼者为煤市街之百景楼，价廉而物美，但客座嘈杂耳。”

方诗所纪土宜品物，为三百年来之习俗，而夏记则近三十年者京僚所闻见，两人虽截然不同，信手掎摭，皆足流涎。夏记作时，广和居尚未歇业，今已闭七八年，相传有二百馀年之账簿，及名贤字画甚多。光宣以来，饮此肆何啻百回，及今闭目寻思。壁间赵尧生侍御之字幅，几上潘鱼、江豆腐之佳肴，犹宛然浮目而餍口也。

（《花随人圣庵摭忆》，黄濬著，上海古籍书店 1983 年 10 月影印初版。篇名按本版条目索引）

同光时代京都饮食回忆
——抱膝丛谭

退　叟

北京之地，溯自辽金元明清历代建都以来，已阅七八百馀年矣，而城郭之崇闳，街市之洞达，道路之开辟，楼阁之峥嵘，车马喧阗，百货骈集，凡一切居处服用饮食游艺之类，无不争奇斗胜，其繁华景象，固非罄竹所能形容者也。

兹先以饮食一项而言，京城内外大小饮食之所，曰堂，曰庄，曰楼，曰斋，曰轩，曰园，曰馆，奚啻千数百家，屋宇辉煌，栉比鳞次，酣呼之声，达于户外。则各家所制肴馔之烹调者，均皆各擅特长，竞求精美，以投食客之所好，虽山珍海错，不是过也。

回忆六七十年以前，同治光绪时代，有万福居，在正阳门外杨梅竹斜街路北，以烩螺羹、烧鲇鱼、蜜腊肉、翡翠羹各味最为著名。三胜馆，在打磨厂戥子市路南，以熘肥肠、烧紫盖、炒肝、熘丸子各味为特品。广和居，在宣武门外大街北半截胡同，以吴鱼片、潘鱼、江豆腐、韩肘子、陶菜、胡鱼等味最受达官文士之欢迎，其烹调制法，乃当年诸大老所授，实为别出新裁，而得味外之味。东麟堂，在樱桃斜街中间路南，以糟煨冬笋、清蒸甲鱼、炒鳝鱼丝、红烧鱼翅、红烧海参为特色，与别家制法不同。义胜居，在宣武门外大街校场胡同，以葱烧海参、四喜丸子、醋熘鱼片、拔丝山药等味为出色。富兴楼，以廊房二条胡同路北，以糖醋山药、酱汁鱼、酱炮鸡丁、青韭水饺等最为鲜美。如松馆，在正阳门外观音寺中间路南，以烩鸭条、红烧白菜、炒面鱼、十锦攒丝各品为最佳。五和楼，在正阳门外肉市南头路东，以清蒸丸子、烩鱼脯、熘八块、炒肥肠等最擅长。东兴居，在打磨厂西头路北，以黄焖肉、红焖肘子、辣子鸡、鸡血汤、焦炒鱼片各味最为特品。福兴居，在观音寺西头路北，以烩鸭条、山药泥、橘子羹、焖猪蹄、鸡丝面、鸡丝花卷等为最著名。龙源楼，在西河沿东头路南，以东坡肉、炒鳝鱼丝、红烧鱼翅、烩鸭腰等极有研究。致美斋，在煤市街北头路东，以焖炉烧饼、红烧鱼头、萝卜丝饼、鸡蛋卷等为特品。万兴居，在煤市街中间路东，以糟鸭、酱肉、酥鸡、辣肠、葱烧海参、烹烤对虾、熏鱼等别有风味。青梅居，在大蒋家胡同西口外路东，以烩肝肠、干三件、焦炒鲤鱼片、炸小丸子等享盛名。普云斋，在煤市街南头路东，以瓦鸭、香肠、酱肚、熏鱼等为特品。西湖馆，在正阳门外西月墙路南，以烧鸭子、攒盘、炒十锦豆腐、糖蒸山药等味美价廉。珍味斋，在打磨厂内东深沟路北，以汤羊肉、羊杂碎、蒸羊蹄等特别鲜美。天庆楼，在肉市北头路东，以羊肉扁食、糖醋鱼块、羊蹄筋最有特味。便宜坊，在宣武门外大街米市胡同北口路西，以烧鸭、烧鸡、攒盘、酱肚、香肠等四远驰名。东便宜坊，在观音寺中间路南，以桶子鸡、糟鸭肝、糟十件等擅长。天全斋，在鲜鱼口内路北，以烧紫盖、澄沙包子、猪肉馒首、黄杠子饽饽、猪油白糖方圃最著名。大亨轩，在大栅栏西头路南，以鸡油烧饼、水晶包子、盐水烧饼、醋熘里脊片等为特色。鼎和居，在观音寺东头路北，以炸里脊片、小碟炮羊肉、炒面片俱为特品，与众家不同。德月楼，在正阳门外西月墙路南，以腌羊肉、蒸羊肉等为特味。大来坊，在宣武门外大街北头路西，以素点心、蜜麻花最著名。月盛轩，在户部街路东，以酱羊肉、烧羊肉等极受都中人等欢迎。永顺楼，在东四牌楼北大街路西，以清蒸鱼翅、盐炮羊肚条、烩虾仁、枣泥蒸饼、炒面鱼为王公大老所赞许。裕兴堂，在灯市口东头路北，以红焖鱼翅、八宝饭、水晶肘子、莲子羹等为著名。德兴堂，在崇文门内大街东单牌楼路西，以烩虾仁、清炒虾仁、赛螃蟹、抓炒鱼、清蒸山药、冰糖莲子等称第一，与别家制法迥异。福全馆，在东四牌楼北隆福寺街东口路北，以清蒸江瑶柱、盐炮羊肚条、奶子山药、酱汁鱼、甜酱爆鸡丁、糟鸭肝、枣泥蒸饼、拌廷菜各味最为特品，当年王公达官、文人词客于公馀之时，皆以该馆为宴饮之所。和顺居，即俗呼砂锅居也，在西四牌楼南缸瓦市路东，以白片肉、烩肝肠、烧下碎、烩下颏等，其做法清洁，而味之鲜美，洵称独步矣。西域楼，在正阳门外大街大栅栏之东口，以烧羊肉、炮羊肉、烩羊肚丝、糖醋瓦块鱼、冰糖莲子羹等，为清真教之著名大饭馆也。九和兴，即今之东兴楼也，在东安门外丁字街路北，以锅贴鳜鱼、奶子山药、盐爆羊肚条、烹烤虾、熘吴鱼钱、枣泥蒸饼、鸡丝卷等，皆受中外食客欢迎。同和馆，即今之同和居，在西四牌楼路西，以红烧鱼翅、清炒虾仁、烩鱼脯、葱烧海参等，皆为著名之品。

惟此事已隔多年，旧时之各商肆，半多遗忘，仅将尚能记忆者录之，其馀尚有著名之服用游艺及饮食各家，容日后陆续登载。

（《立言画刊》1940 年第 77、78 期）

北平食话
——《北游录话》一节

瞿兑之

铢庵：北平吃东西的观念，与他处不同，他处的人，开口闭口是吃饭，而北平人见面必问："你吃了么？"而绝不说："你吃了饭么？"这是什么道理呢？北平人之主要食品，不一定指饭而言，就是说饭，亦不一定是指米饭而言。他们普通日食，极贫的是杂和面所做的窝窝头，这杂和面富有极强厚的滋养料，又有天然的甜味，我们虽然不能常吃，偶尔吃一两顿，是很可口而且易饱的。这种食品，自然无须用菜蔬来帮助，至多再喝点小米粥或豆汁，嚼几根咸菜丝，既清洁，又适口，而所费极有限。境况稍好的人，便不吃窝窝头而吃炸酱面与烙饼，其中有豆酱、肉酱、香油、葱、盐，而以细切之生菜为辅，调味的工夫便复杂多了。像这样的夏天，或者还要来一碗荷叶绿豆大米稀饭。至于有闲阶级，想再换点口味，便偶然吃一顿饺子之类以资调剂。刚才所说的这些，除了窝窝头之外，大概自王公以至于厮养都不外乎此，不过有钱的人吃肉较多一点而已。所以他们的食物需要是那样的简单而又合理，不费无益的人工，而又得着多量的天然养料。这倒很近于外国风俗，因为北平承袭契丹、女真、蒙古、满洲的文化不少，胡风是大概如此的。不像我们南方，专门吃米饭，而且专门吃煮的菜，费人力，少变化，缺滋养，其最大之缺点，便是贫富太相悬远。吃米饭而无精美的菜蔬，颇难下咽，不似吃面饭可不用菜蔬也。

春痕，你如不信这话，我可以举一个强的例证。旧日的王公，无论如何的阔，尽管在衣服、装饰、游戏上讲求，却从没有讲求饮食的。北平的有名菜馆，占第一势力的是山东馆，其馀是南方馆，而本京的馆子除肉与面以外，从没听见什么珍贵的菜。山东馆子何以能居第一位呢？这就是因为北平人与南方口味格格不入，只有山东菜还略略相近的缘故。据我看北平人不甚讲究饮食，却正是因为饮食合理，容易满足。这不是可耻的事，而是可羡的事，正与现在西洋人一样。西洋人的日食已经品物咸备了，纵要加以变化，也是非必要的，所以说英文里没有烹调、菜单等字，诚哉其可不要也。

还有一日两餐的时刻，在旧式人家，午餐总在八九点，晚餐在三四点，这也是古代残馀的风俗。因为古代禁夜行，日入以后，便无所事事，而不得不早息。至于一切公务，都是在清晨办理的，虽贵为天子，不得不日出视朝。在正式两餐以外，只是零碎在街头巷尾买点零食充饥而已。零食之中，最美的是芝麻酱烧饼。这种烧饼形圆而其中有层，外面敷一点芝麻，里面略略有香油与盐之味，刚一出炉，热香喷鼻，有四五个便抵得一顿饭了。汉灵帝所爱吃的胡饼，大概就是这个东西了。其次便是烤或煮白薯，在冬天尤其甘美，既适口而又充肠。这些都是没有阶级性的食品，在贵人吃起来也不会嫌其不卫生，而贫人吃起来也不会过费他们血汗所挣来的钱。

北平人又会利用天然的产物来充食物，人家庭院中的桑葚、海棠果与枣，都是不用一钱买而俯拾即是的。甚至于紫藤花、榆钱、荷花，都可以用来做糖饼。藤花饼与榆钱糕，是春夏之间街头唤卖最清雅的小食。

在冰淇淋未输入中国以前，北平早已享受过了。自从西周时候，已经有国营的冰厂，《豳风》上所描写的是“一之日凿冰冲冲，二之日纳于凌阴”。自此以来，藏冰颁冰为国家大政之一。北平是保存古代典章文物最完备的地方，所以一直有大量的冰的供给。在隆冬河冰凝结的时候，整块地砍伐下来，运藏于冰厂。次年四月以后，全城的居民便可用之不尽。冰价之廉为全国之冠，每天送冰十斤，一个月不过费一元，所以其实北平的夏天是毫不足忧虑的。每到四月以后，有卖冰而兼卖各种凉食的，或铺家，或负贩，都用冰盏为号。冰盏者，两个铜碟叠在手中，互相播击，暗含节奏。这种声音，据我所见到的史文记录，从明朝直到如今未曾改变过。

春痕：一种声音绵延不断六百年之久，那真是使人发思古之幽情了。午门的钟鼓声，换过两三个朝代，也曾停歇，连钟鼓楼上报时的钟鼓，象征两千年来之公共生活者，也从此不再奏其深严悠永之音节了。谁知还是这冰盏之声，在委巷之中，始终不绝于耳。由此看来，政治力量起伏无常，而社会制度自在地生存、自在地发展，不是骤然间所能变革的。今日人民生活习惯虽然如刚才所说，已经很受外来的影响，而其粘固不移者还是很多。即此一端，可见了解中国人民生活不能不根据历史了。

铢庵：讲到北平的市声，不妨附带地再说几项，博你一笑。冰盏之外，最古的恐怕是磨刀剪的所用“惊闺叶”了。那是几片铁叶，绾在手中摇的，因为主顾是深闺的妇女，声音小了恐怕她们听不见，所以叫做“惊闺叶”，其初本以磨镜为主，铜镜淘汰以后，便专磨刀剪了。其次就是卖破铜烂铁的敲小鼓，卖线的敲小锣之类。若所卖之物可以敲击作响的，例如瓦罐之类，即敲所卖之物以为标识。而其他没有专门标识的，则乞灵于喉舌。他们叫唤的时候，还有一种习惯，以手虚掩一只耳朵，据他们说，不如此则不能听见远处叫卖的声音。

许多食物可以冰镇（俗写误作“振”字），瓜果之外，最受人欢迎的是酸梅汤，酸梅汤是用果子加上糖浆制成的，加水煮开而又冰透，其味不亚冰淇淋。冰淇淋在中国虽然是新东西，然而在北平也不算很新奇。北平很多蒙古、满洲的习俗，他们是爱吃牛羊乳的，用牛羊乳做成的酪，加上糖果再用冰镇，便成所谓“冰酪”。这才真与英文的 Ice cream 相当，不过其制法太粗，不免膻气，普通人是吃不惯的。

（《宇宙风》1936 年第 23 期，署名铢庵。篇名为编者另拟）

夏季北京的家常菜

识 因

偶然忆起北京唱莲花落的曲子有云:“要吃饭,家常饭;要穿衣,粗布衣。”此两语至可玩味,盖绚烂者易引人,而不能持久,平淡者少刺激性,日日伴之,不觉其妙,一旦隔离,未有不怅然者矣。

凡少年荒唐之浪子,大梦一醒,一定唱出“野花不如家花香”的论调,亦即此意也。旅居故都已久,生活习惯几与之同化,觉得古城中酒楼饭庄以“春”名者多至十数,反不如家中厨子所做的茶饭可口。长夏无俚,把笔记之,聊与南中戚友共作“故都春梦”耳。

北京的规矩,普通人家饭食都是早顿面食,晚上吃饭。到了夏季,面食除了面条、饼、包子、馒头、蒸饺子、煮饺子、盒子、馅饼以外,又添上一样“糊塌子”,就是把西葫芦、黄瓜或青倭瓜擦成丝儿,和面糊,打上两三个鸡蛋,和好,在铛上塌成小茶碟大的饼,蘸姜醋吃,外焦里软,很是不错。可是烙的时候,厨子站在灶旁一烤,真是受罪。吃面条除了家里有生日或红白棚里,大概没有什么人吃油腻滚烫的“打卤”,或是其热非常的“川卤”。普通是用芝麻酱、炸酱油、烧茄子或烧羊肉拌面,很细的“把儿条”,用凉水一过,用芝麻酱、芥末、老醋一拌,再加上切细的黄瓜丝、芹菜丝的面码,又酸又辣,吃到嘴里冷冷的,真叫清爽。炸酱油又叫“炸汁子”,用好酱油,加上羊肉丝或虾子炸好,用它拌面。烧茄子用大虾米或猪肉红烧茄子,加上毛豆,放宽汁儿来拌面。由街上羊肉床子上买来烧羊肉或羊脖子多要汤，也照样可以下面吃。夏天饺子就不大吃煮的了，大概都改成烫面蒸饺，馅子大概是西葫芦、冬瓜、扁豆、茄子、倭瓜为最多，羊肉冬瓜或羊肉西葫芦最普通。晚饭的时候，家家都熬绿豆汤，用豆汤泡饭，就着咸鸡蛋、咸鸭蛋或是清酱肉，不再做旁的菜就吃饱了。家里饭馆里都有荷叶粥，可是家里荷叶粥，只用荷叶盖在锅上，热气一蒸，粥自然变成黄绿色，有荷叶香；馆子里是用小锅熬荷叶水兑上去，颜色深，也许有点苦，不如家里的好。家常饭菜不过是在茄子、冬瓜、毛豆、扁豆、蓁椒、黄瓜、苤蓝这几样上想法子，茄子有荤素好多种做法。

从新年以后，菜市上就有洞子货的茄子出卖，不过有包子那么大，不是普通人家吃得起。五月节以后茄子不贵了，大家才能吃，荤的素的有好多样吃法。红烧茄子是把茄子切成片，用油炸过，用肥瘦适中的猪肉切成片，放宽汁水，加上团粉，把茄子片加入烧好，加口蘑丁和青毛豆或嫩蚕豆为配，颜色鲜明，颇能引人食欲，北海仿膳斋出名的菜就是烧茄子。有人不用猪肉，改用大虾米，也很好。

再有一个法子就是“酿茄子”，把茄子削去外皮，切成二三分厚的片儿，用刀划上些横竖的纹，用油炸过，把肥猪肉剐成碎丁，用酱油和好，一层肉一层茄片夹杂放在大海碗里，在火上蒸烂，味儿浓厚，颇为下饭，只是好淡素的人不很欢迎。

其他作法，如把茄子切成丝，用羊肉丝炒成，作好加老醋、胡椒末，叫“炒假鳝鱼丝”。再有把茄子切成斜方块，用砂锅，不加油，只用盐水加黄豆煮成，叫做“清酱茄”。烩茄丝加韭菜，叫“老虎茄”。还有一法是把茄子切片，夹上和好剁碎的猪肉或羊肉，用面糊一裹炸好，就叫“炸茄饺”。有时茄片切得厚了，炸不透，吃到嘴里，觉有生茄子味，不大好吃。

用大海茄放在灶口一烧，烧熟了，剥去外皮，里面已经烂了，加上芝麻酱一拌，或加黄瓜丝或加熟毛豆，拌好凉吃，叫“拌茄泥”，淡素宜人，最为可口，真是夏季的好家常菜。

冬瓜最大的用处是作馅儿吃，其次用小冬瓜蒸冬瓜盅，或冬瓜鸡，家常的吃法就是羊肉川冬瓜汤，羊肉用好酱油煨好，最后下肉，做成以后汤鲜肉嫩，加上老醋胡椒，是夏天最鲜的汤。

毛豆除了肉丝炒毛豆外，没有别的吃法，就是“毛豆丸子”，把生毛豆和羊肉剁成碎末儿，混合拌好，加些团粉，作成丸子，放汤川毛豆丸子，汤也很鲜。更有一法把生毛豆用小石磨磨成浆，加上花椒油熬熟，叫“小豆腐”，这是乡下传到北京的吃法，平常人家不大爱吃。

夏天遇见连阴天的日子，出不了门，想喝两杯酒，过阴天，没有别的下酒，把毛豆用花椒盐水一煮，放凉了，一手端杯，一手拈豆，一人独酌固好，两三知心且谈且饮也好。若是手摸空盘，豆子已尽，或是瓶罄杯干，酒兴未阑，望瓶生叹，惆怅不已。此中意趣，决非大方肉、大碗酒者所能梦见，亦非列鼎而食者所堪告语。或谓毛豆下酒不免寒乞相，岂其然乎。

（《古今》1944 年第 49 期）

故都百业偶拾（节录）

蒋竞仁

故都操微业者，有技术之精妙，年代之远久，为遐迩人士所称道，其人乃冠于侪行，于是其姓名，乃为众口加以其事业之名，如磨刀杨、狗肉陈等是也。

狗肉陈

狗肉陈，北平人，世居德胜门小市，专事收买死狗，剥去外皮，取出脏腑，用水洗净，作以五香料，煮熟，在城门脸摆摊营业。其煮狗之原汤，经年不换，味美异常，年久名扬，家道小康焉。民元，将次女嫁冯国璋旧部某营长为妻，乃婿以丈人业卖狗肉，颇以为羞，遂商之陈，允为养老，陈亦以作孽多年，愿从此休，于是尽售房屋，举家迁南京。冯任总统，又复偕婿北返。近因坐食山空，闻已落拓不堪矣。又有狗肉李者，业此在陈之后，住居亦在小市。性极残忍，除毒狗外亦毒猫，剥皮卖与皮局子，肉即煮烂，切块零售，每一小铜元吃五块，所得仅能免冻馁，不甚富有。民国六年，忽患奇疾，遍身肿疼，昼夜狂喊“打狗”，谓有恶犬多头环绕身旁狂吠。盖其平夙杀狗太多，精神刺激所致，故此说亦不为无因。

驴肉杨

驴肉杨，平北人，住平西青龙桥，以收买病瘸小驴为生，买来之后，杀死剥皮，下锅煮烂，分散售卖，以各郊关厢门脸为畅销地点，各小酒馆皆有专人叫卖。此业城内亦有推车售卖者，惟其出品系在田村附近之马肉锅房，且皆病死骡马，食之易生疾病。驴肉杨所售者为活驴，故其味鲜美，不似死马肉之臭而咸也。旅居北平日久之醉翁，每当春秋佳日，不惜郊行数十里，到青龙桥上大啖驴肉。年来市当局提倡卫生，关于非食品之肉类，已有禁止明文，故此业行将无形倒闭。

羊肚王

羊肚王，通县人，住西城砖塔胡同一带，以羊血灌入羊肠及羊肚五脏煮熟，挑担在西四一带，供各小贩叫卖为生，积资甚巨。民元以后，改卖鸦片烟泡，以此业虽禁例，而有利可图，较之专卖羊肚易于发财，故将羊肚业停止，屡被抄办判罚，将小珠帘一带房产，早已售卖殆尽，现已潦倒，几至无法维持生活。

烤肉宛

烤肉宛，回教人，三十年前在宣内一带土甬路旁，摆摊车推售卖，十年前始在安儿胡同口外租房搭棚，近来营业日盛。所用烤肉支子，有二百年悠久历史，相传六代，最可称道者，其切肉向来不用外人，算钱不备笔墨账本，不记欠账，故其营业日盛，又能长久不事铺张。秋初以后，小店内顾客麇集，拥挤不堪，而破门面前，常有汽车数辆，则阔顾客也。

下水侯

当明末清初之际，有下水侯者，在今之缸瓦市砂锅居旧址，挑担卖猪下水为生，以其研究得法，别有风味，故极著名。后以营业日益，支棚设座，又进一步而建平房，展转相传，始倒租于现在之砂锅居，仍以猪下水为业，拿手菜为炸鹿尾、肥肠。二百年来，东伙合作到底，铺长与学徒团结一致，抱定不外溢主义，故外间向无分号。

馅饼周

馅饼周，回教人，百年前在煤市街一带摆摊卖粥，兼卖馅饼，取价低廉，附近娼寮妓女，多往购食，营业发达，乃租房扩充，兼卖普通炒菜，而尤以其馅饼为顾客争传。清末，分设南北两号，又复购买左右铺房。国都南迁之后，市面萧条，八埠游人渐少，营业一蹶不起，现勉强存在一号。民元座无隙地营业之盛，本市饭馆无与伦比，已不见于今日矣！

供王四

供王四，以卖蜜供得名。光绪初年，得一笔外财，原因传说不一（因其迹近迷信，故从略），兴义学，设粥厂，广置房产，房产之多，甲于全市，每日派老仆二人，分乘骡车，收取房租，接连不断，每车上载房折子半布袋之多。惜无子，抱某姓子养为子。廿年前，住居西城粉子胡同。王子字信萱，取巨绅毛姓女为妻，夫妻伉俪甚笃。信萱当民六七年以后，染有鸦片嗜好，又与某医院女看护结婚，且生有子女，夫妇因此涉讼多年，王旋病死，家事无人整理，日见衰落。前年哄传满城之先农坛大窃案，被窃珠宝、贵重金饰、契据价值在百万之巨一案，即王之旧仆孙六，因孙在先农坛养病，王妻毛氏携一女仆带皮箱数只与孙共居一室，甫经数日，即报被窃，该管警探，曾大卖气力，迄今亦未能知盗宝者为谁。闻被窃失单有金条四十根之多，每根重十两。

果子陈

果子陈，旧都社会，以果子著名之陈姓有二。一为在逊清时代，专供御用果品，名陈士成，人皆呼为小陈，东安门内外一带，有果局多处，现已故去多年。一为专供各大饭馆及贵族家庭应用之果子陈，字子刚，光绪末季，由内务府大臣继子受出资，在新世界、中山公园，均设有茶饭馆，不久亏累甚巨，先后歇业。其由光绪卅二年承租之三贝子花园之豳风堂，现虽仍勉强存在，而营业亦远不如前矣。

（《实报半月刊》1935 年第 1 期）

燕都小食品

张次溪

北平王老农先生，尝贻书与余，盛称昔年故都小食品中有口味绝佳者五，一曰邱家之酸梅汤，二曰刘家金糕，三曰天福楼之酱肘子，四曰西鼎和之十香菜，五曰半村之薄脆。按此五家之名，已见《都门纪略》、《朝市丛载》诸书中，但诸书中仅载各肆所在地，不详其他。一日余谒王先生于西直门北草厂浣香吟社，先生曾为吾详言之，今尚能追忆也。

一、酸梅汤

邱家旧在西单长安街西口路北，现今庆兴小酒铺，即其旧址。每年夏际，邱家之酸梅汤摊即在道南设案，汤味极醇，色清，碗内不置冰，而凉气透碗，且梅味扑鼻。

二、山查糕

刘家在西直门外大街路北，以制金糕著名，光绪末年已不售糕，而铺内仍存金糕标识。今刘家已改为小酒肆矣。

三、酱肘子

天福楼在西单西长安街西口，铺内所售酱肘子，以香烂著名，至今生意犹盛。

四、十香菜

西鼎和在阜成门锦什坊街南头路西，铺内所售十香菜，丝细，有姜之味，而无姜之辣，为食粥食素者佐食佳品也。

五、薄脆

半村居在西直门外广通寺迤西路南，以所制薄脆，能酥而薄，以是著名，且其甜者，犹较咸者，薄而且香也。今肆尚存，惟所用芝麻，不若往时多矣。

（《实报半月刊》1935 年第 4 期）

故都食物百咏

卓　然

杨米人昔作《都门竹枝词》，凡土俗民风，形容殆尽，独于零星食物，则未尝专事描写。予不自揣，爰就目前所忆及者，吟成百首。惟所咏各物，兼四时，并美恶，杂冷热，难于诠次，姑以物名首字笔画为先后而已。呜呼！风云日紧，时事多艰，报国有心，回天无力。兹于繁华消歇之馀，风雨飘摇之际，一述曩岁升平景象，不仅如白发宫人，谈天宝遗事，回首春明，聊资寄慨已也；亦实有怵于荆棘铜驼之叹，黍离麦秀之悲云尔！

一、大糖葫芦

“葫芦称大自非同，出现新年岁首中。一串竟长三四尺，归途摇曳亦威风。”

大糖葫芦，多于新年各庙会售卖，荆虽粗糙，游人多买一二串而归。

二、大馒头

“山东惯制大馒头，玉面新蒸软实柔。一样砂糖和麦粉，京华到底不相侔。”

名为大馒头，实不大也。早年系用上好重罗面，异常洁白柔软，今则概用面粉矣。此系论个沽者，在精不在量，与论斤者不同也。

三、大麦米粥

“香甜滑腻汁稠浓，豆麦熬成一色红。适口充肠堪果腹，问名却教米双弓。”

大麦米粥，为常见之食物，即用大麦仁和红豇豆煮之即成，色深红，稠浓滑腻。

四、小炸食

“全凭手艺制将来，具体而微哄小孩。锦匣蒲包装饰好，玲珑巧小见奇才。”

小炸食，为一种面炸小食品，能制成各种点心，全以巧小见称，儿童买来，可吃可玩，并有打成小蒲包或小锦匣者，物虽微，足见手艺之巧妙也。

五、五毒饼

“端午龙舟竞渡欢，新奇制饼列金盘。饼形无异花纹异，大胆能将五毒餐。”

五毒饼，亦即平常点心铺所制饼饵之类，惟饼面上印有蛇、蝎、蜈蚣、蟾蜍、壁虎五种毒虫之形，遂名五毒饼，为端节应时食品，非真五毒所制也。

六、什香菜

“什香小菜亦堪奇，巧手切成一握丝。春色暗藏增隽味，独家无两久名驰。”

什香菜一物，各油盐店均有，惟西城之独家无二，制法秘不传人。

七、元宵

“诗吟圆子溯前朝，蒸化熟时水上漂。洪宪当年传禁令，沿街不许喊元宵。”

元宵，由每年十月上市，可以售至翌年二三月。本名圆子，亦名汤圆，后人因元宵煮之，遂呼圆子为元宵。此物熟时，则浮于汤上，宋周必大有咏圆子诗。民国四五年，袁世凯当国时，北京曾有不准吆喝元宵之令，盖以“元宵”音同“袁消”也。

八、切糕

“燕市推车卖切糕，白黄枣豆有低高。凉宜夏日冬宜热，一块一沾一奏刀。”

平市售切糕者，多系外乡人，率推小车一，沿街叫卖。有江米、黄米之分，而小豆、红枣，切块零售，故名切糕。

九、太阳糕

“一岁一回祀太阳，太阳鸡象近荒唐。香糕为供陈庭院，故事流传更渺茫。”

太阳糕，每年二月初一日售卖一天，专用以祀太阳，并无美味。民间传说，清时为纪念明思宗，诡言太阳生日，盖暗以日喻天子也。糕上必印鸡象，谓日中有鸡也，或云有鸟。

十、月饼

“中秋佳节与新年，巧手何人制饼圆。象取蟾宫陈月下，形成宝塔供神前。”

月饼有两种，中秋者，面上印有月宫景象，且均系单个者；新年月饼，则不印花纹，而以五套为一堂，每堂五个，由下而上，等比而小，作塔形，最上加一面制之桃。此中秋月饼与新年月饼之大别也。

十一、牛奶酪

“鲜新美味属燕都，敢与佳人赛雪肤。饮罢相如烦渴解，芳生斋颊阔于酥。”

以牛乳和糖入碗，凝结成酪而冷食之。置碗于木桶中，担挑沿街叫卖。味颇美，制此者为牛奶房也。

十二、包子

“包儿种类最繁多，新屉声声现出锅。荤素甜咸别回汉，尝来几个味如何。”

包子种类甚多，有甜有咸，有荤有素，回汉均有售者，四时常有，美恶亦殊不同也。

十三、扒糕

“色恶于今属扒糕，拖泥带水一团糟。嗜痂有癖浑难解，醋蒜熏人辣欲号。”

热天之扒糕，用荞面蒸成饼式，浸凉水中。售时以小刀割成小条，拌以醋蒜酱油等而食之。

十四、玉米花

“改良进步实堪惊，玉米花儿炒得神。白雪一堆差仿佛，訇然巨响启锅声。”

新发明之炒玉米花（即玉蜀黍）法，用球式铁锅，满装玉米，严闭其盖，用火烤之。熟时一启其盖，则玉米訇然迸出，均爆成花矣。

十五、冰糖葫芦

“葫芦穿得蘸冰糖，果子新鲜滋味长。燕市有名传巧制，签筒摇动兴飞扬。”

冰糖葫芦为北平名产，各样鲜果，均可穿蘸。早年抽签之赌，北平不甚流行，惟售冰糖葫芦者，率多带有签筒。

十六、冰碗

“六月炎威暑气蒸，擎来一碗水晶冰。碧荷衬出清新果，顿觉轻凉五内生。”

冰碗为炎夏妙品，以洁白之果，鲜藕、杏仁、核桃仁、莲子、菱角等，置于冰碗中，下衬以碧绿荷叶，一见即令人五内生凉，顿觉暑气立消也。

十七、冰糖子

“异想天开生意寻，招摇过市奏清音。儿童个个齐争买，口嚼冰糖耳听琴。”

北平有一种卖糖者，不敲锣，不口喊，携四弦胡琴，沿街拉弹，最能引诱小儿。人多目为拍花者，故近已不多见矣。

十八、回头

“光明何处苦难求，前路茫茫正可忧。座客群惊名目别，蓦然听得唤回头。”

回头为一种煎饺之类，清真教人多售者。“回头”，盖为“回饨”之讹。

十九、江米酒

“光阴游水感居诸，又把新桃换旧符。生意兴隆元旦日，酒称江米饮屠苏。”

元旦所售之江米酒，微有辣味，盖亦献新之意，“辛”、“新”同音。古时元旦，有饮屠苏酒之举，今无屠苏，而以江米代之。

二十、江米藕

“江米都填藕孔中，新蒸叫卖巷西东。切成片片珠嵌玉，甜烂相宜叟与童。”

江米藕者，以江米入藕孔中，蒸烂后，沿街叫卖，切成小片，蘸白糖而食之。售此者，多清真教人。

二一、羊头肉

“十月燕京冷朔风，羊头上市味无穷。盐花洒得如飞雪，薄薄切成与纸同。”

冬季有售羊头肉者，白水煮羊头，切成极薄之片，洒以盐花，味颇适口，可以下酒。

二二、羊腱子

“肥羊腱子佐庖饔，饮得三杯酒意浓。膻气居然无半点，风干美味在隆冬。”

羊腱子，为清真教人冬季所售之食品。法以羊蹄在高汤中煮熟，风干之，即成。北平羊肉，名闻全国，冷食之，真无半点腥膻气也。

二三、羊肚汤

“纵使荤腥胜苦齑，充饥何必饮灰泥。清贫难得肥甘味，莫笑卫生程度低。”

羊肚汤，肮脏无比，汤及羊肚、羊血、灌肠均作灰色，尘土飞扬中，食者颇多，此亦生计艰难，有以致之。

二四、老豆腐

“雪肤花貌认参差，已是抛书睡起时。果似佳人称半老，犹堪搔首弄风姿。”

老豆腐，较豆腐脑稍硬，形状则相同。豆腐脑如妙龄少女，老豆腐则似半老佳人。豆腐脑多在晨间出售，老豆腐则率在午后。豆腐脑浇卤，老豆腐则佐酱油等素食之。

二五、老玉米

“五月尝新五月鲜，老农辛苦种春田。黄粱虽餍乡人口，不及都人惯占先。”

玉蜀黍，一名老玉米，五月即上市，北平谓之五月鲜。盖农人特别早种，专为销于北平者。

二六、吹糖人

“称名香印溯前朝，手把铜锣尽力敲。一气呵成诸景象，空空如也实堪嘲。”

吹糖人者，宋名香印，避艺祖讳，改敲铜锣，至今仍之。

二七、杏仁茶

“清晨市肆闹喧哗，润肺生津味亦赊。一碗琼浆真适口，香甜莫比杏仁茶。”

杏仁茶，以米粉及杏仁粉同熬之，即成。

二八、豆腐浆

“云英不必捣元霜，应感淮南菽水香。食罢一瓯真如醉，醍醐何异饮琼浆。”

豆腐浆，为植物性之滋补品，成分几同于牛奶，清晨多喜食。此品在中国颇普遍，不止北平也。

二九、豆腐脑

“豆腐新鲜卤汁肥，一瓯隽味趁朝晖。分明细嫩真同脑，食罢居然鼓腹归。”

豆腐脑一物，卤汁之好丑，犹在其次，最佳处则在豆腐之细且嫩，称之为脑，名实尚符。

三十、豆渣糕

“豆渣糕儿价值廉，盘中个个比鹳鹣。温凉随意凭君择，洒得白糖分外甜。”

豆面蒸球，外粘豆瓣，担挑叫卖，有凉热两种。每以箸一双，扠糕二枚，故有比鹣之语。尚有方块者，亦名豆渣糕。

三一、豆汁粥

“糟粕居然可作粥，老浆风味论稀稠。无分男女齐来坐，适口酸咸各一瓯。”

豆汁，即绿豆粉浆也，其色灰绿，其味苦酸。分生熟二种，熟者多担挑叫卖，佐咸菜食之。

三二、松花

“京都模仿制松花，青出于蓝亦足夸。美誉糖心传各处，发明难溯是谁家。”

松花本江南制，其后北平仿之，发明糖心者，名遂噪起。现无论南北，莫不以糖心者为尚矣。

三三、果子干

“杏干柿饼镇坚冰，藕片切来又一层。劝尔多添三两碗，保君腹泻厕频登。”

夏季之果干，系以杏干、柿饼等浸水中，镇之以冰，上层覆以藕片，食者不免有腹泻之虞。

三四、果脯

“果脯燕都最有名，黄桃红杏味芳馨。即斯已是非凡品，火枣交梨事不经。”

北平各项果脯，制造最精，久已驰名南北。如苹果、沙果、桃、杏、梨、枣，均具有特别风味。

三五、油茶面

“一瓯冲得味殊赊，牛骨髓油炒面茶。不比散拿吐瑾好，却来说品产吾华。”

油面茶，即牛骨髓油炒面也，味颇不恶。固不如散拿吐瑾之名贵，然却为国产平民化之滋补品也。

三六、炒红果

“山楂劣性味奇酸，精制糖煎顿改观。记取芳名炒红果，甘香爽口自欣欢。”

炒红果，以去皮核之山楂，用糖炒之。山楂经煮，酸味大减，糖炒后，则变硬堪嚼，渍以糖汁，格外甘芳，北平冬季最畅销之果品也。

三七、炒肝

“稠浓汁里煮肥肠，交易公平论块尝。谚语流传猪八戒，一声过市炒肝香。”

炒肝，以猪肠脔切成段，团粉汁烩之，间有猪肝。平谚有“猪八戒吃炒肝，自残骨肉”之语，故诗中云云。“炒肝香”三字，则卖者吆喝声也。

三八、花糕

“佳果嵌来枣作泥，重阳糕宴事堪稽。登高好把新诗赋，何故刘郎不敢题。”

北平之重阳花糕，率多以蜜及枣泥作馅，两饼之间，嵌以各样佳果，此点心铺之花糕也。蒸锅铺亦有蒸花糕者，中多嵌以红枣。

三九、南糖

“鸡骨牛皮与鹿筋，南糖精细早名闻。冬初上市经时久，可代黄羊祀灶君。”

南糖，为点心铺应时售品。由十月初一日上市，至腊月廿三日止。糖有十数种，鸡骨、鹿筋等，即糖之名色也。

四十、炸三角

“三角炸来香且脆，卤为馅子面为皮。价廉物美平民化，买得充餐可疗饥。”

以卤子作馅，亦称闷子，以面为皮，入油锅内炸之，即得。大都均系担挑沿街叫卖，平民化之食品也。

四一、玻璃粉

“疑是盘中贮水晶，温柔如玉洁如冰。玻璃雅号真不负，入目能教暑气澄。”

玻璃粉，为夏季所售之品，小儿多喜食之。其原料则用石花菜（俗称洋粉）所熬成，澄清透明，水晶不啻也。

四二、蒸饼

“重罗白面正新蒸，红枣椒盐热气腾。柔软甘香真适口，盘中叠得一层层。”

蒸饼系一种酸面所制之点心，有红枣、椒盐各种，所谓千层饼者是也。

四三、蒸云豆

"云豆新蒸贮满篮，白红两色任咸甘。软柔最适老人口，牙齿无劳恣饱啖。"

云豆者，即扁豆之种子，蒸之使烂，或洒椒盐，或拌白糖，均可。豆分红白两种，每在晨间售卖，老人多以之为点心。

四四、烤羊肉

"浓烟熏得泪潸潸，柴火光中照醉颜。盘满生膻凭一炙，如斯嗜尚近夷蛮。"

铁篦之下，烧以木柴，以羊肉（或用牛肉）之薄片，蘸酱油或虾油，就篦上烤食之。

四五、烤白薯

"新传烤薯法唐僧，滋味甘醇胜煮蒸。微火一炉生桶底，煨来块块列层层。"

烤白薯，在北平不过有二三十年之历史，唐僧明瓒有煨芋法，烤白薯或其遗意也。烤法，系在大木桶内，生小炉，其上架铁丝网，将白薯列于网上烤之。其味胜于蒸煮者。

四六、臭豆腐

"异味居然臭作香，翻于臭里见芬芳。也如不洁蒙西子，丽质难为秽气伤。"

北平臭豆腐，为有名食品，向以王致和制最佳，豆腐极细腻，别有风味，嗜者颇多。

四七、茶汤

“大铜壶里炽煤柴，白水清汤滚滚开。一碗冲来能果腹，香甜最好饱婴孩。”

茶汤，有摆摊者，有挑担者，其惟一之标识，则大铜壶是也。此物尚甜，咸食者殊不见，小儿多喜食之。

四八、清酱肉

“故都肉味比江南，清酱腌成亦美甘。火腿金华广东腊，堪为鼎足共称三。”

北平清酱肉，味殊佳，可以代替火腿，凡不喜火腿等之陈味者，可以食此。

四九、凉粉

“粉有拨鱼与刮条，洁明历历水中漂。凭君选择凭君饱，只管酸凉不管消。”

以极稠之绿豆粉制成，不易消化。此物各处皆有，特不如北平名目之多耳。

五十、雪花酪

“冰凝炎夏亦堪夸，六月如何降雪花。饮罢一杯真觉爽，胜于沉李与浮瓜。”

雪花酪类冰激凌，即白糖水凝结而成者，价尚廉。

五一、焖炉烧饼

“烧饼圆圆入焖炉，馅分什锦面皮酥。金台佳制名闻久，异地相充总不如。”

焖炉烧饼，亦为北平特制，馅有甜咸荤素，种类极多。

五二、棉花糖

“砂糖经火运轮机，顷见纤维釜外飞。白絮一团棉仿佛，只堪适口不成衣。”

以蔗糖入能转之釜中，下炙以火，使釜旋转，糖经热而融，藉旋转之力，遂成絮状之丝，由釜旁出，望之如棉絮然。

五三、梨膏

“砂糖入釜制梨膏，火候全凭手艺高。名色繁多难尽数，堆来块块与条条。”

梨膏为秋冬最盛之糖果，原料即用砂糖熬成，如核桃、花生、芝麻等，均可入糖内成梨膏，名色繁多，不可胜数。担挑售者，为制成之货，摊贩则多有随制随售者。

五四、汤爆肚

“入汤顷刻便微温，佐料齐全酒一樽。齿钝未能都嚼烂，囫囵下咽果生吞。”

以上方块之生羊肚，入汤锅内，顷刻取出，谓之汤爆肚。以酱油、葱醋汁、麻酱等，蘸而食之。

五五、猪头肉

“猪头不叫叫熏鱼，巧手切来片纸如。夹得火烧堪大嚼，夕阳红柜走街衢。”

有卖猪头肉者，煮而熏之，兼有熏鱼，切时肉薄如纸，多夹其带卖之火烧（饼类）中食之。

五六、硬面饽饽

“饽饽沿街运巧腔，馀音嘹喨透灯窗。居然硬面传清夜，惊破鸳鸯梦一双。”

硬面饽饽，即火烙饼饵之类，惟多于夜间售卖，为可异耳。

五七、酥盒子

“佳节天中剪艾蒲，端阳好画赤灵符。城隍庙里人如蚁，盒子煎来分外酥。”

酥盒子，多于五月间售卖，尤以都城隍庙会内为最多。有各种馅子，皮则层层包裹，异常酥松，故名。

五八、酥烧饼

“干酥烧饼味咸甘，形有圆方贮满篮。薄脆生香堪细嚼，清新食品说宣南。”

酥烧饼，味有甜咸，形有方圆，薄脆生香，亦颇可食。

五九、爱窝窝

“白粘江米入蒸锅，什锦馅儿粉面搓。浑似汤圆不待煮，清真唤作爱窝窝。”

爱窝窝，为回人所售食品之一。以蒸透极烂之江米，裹以各色之馅，用面粉团成圆球，而冷食之。

六十、温朴

“温朴佳名著故都，糖腌蜜渍艳红珠。严冬御冷多煤气，此物传闻善解除。”

温朴为北平特产，用一种小型山楂制成，说者谓原产关东，并云此物能解煤气之毒，故冬季食者最多。

六一、煎灌肠

“猪肠红粉一时煎，辣蒜咸盐说美鲜。已腐油腥同腊味，屠门大嚼亦堪怜。”

市有售灌肠者，以染红色之豆粉，灌入猪肠，煮熟后，刀削成块，猪油煎之使焦，蘸盐水烂蒜而食之。

六二、煎饼

“传闻煎饼是宜春，裹得麻花味特新。今日改良多进步，一年四季市间陈。”

传说煎饼为宜春饼，春间食之，今则不拘矣。

六三、煮豌豆

“沿街雨后喊牛筋，豌豆新蒸趁夕曛。浸透五香堪细嚼，未经吹绉已成纹。”

雨后各街巷，多有儿童携小篮，卖五香豌豆者，吆喝必曰“赛牛筋的豌豆”。

六四、煮白薯

“白薯传来自远番，无虞凶旱遍中原。应知味美惟锅底，饱啖残馀未算冤。”

北平之煮白薯，售期极长，且他物率多以新熟者为上，独此物以残馀为美，因煮时过久，所谓锅底者，其甜如蜜，其烂如泥，食者特别欢迎，不以剩货为忤。

六五、粳米粥

“粥称粳米趁清晨，烧饼麻花色色新。一碗果然能果腹，争如厂里沐慈仁。”

粳米粥为清晨点心之一，将粳米煮得极烂，可泡烧饼、麻花。

六六、蜂糕

“燕市蜂糕最有名，软柔颇好佐晨羹。素荤异味分回汉，黄者油香白者清。”

蜂糕为米粉所制，中多蜂窝，故名。荤者色黄，中有脂油及核桃仁；素者色白。回教售者，均为素糕；汉人售者，则黄白俱有。柔软易消化，病人宜之。

六七、辣菜

“辣菜何人始发明，白云片片碗中生。沁凉最是能除热，况复辛芳味独清。”

辣菜为芥头所制，切成薄片，佐以萝卜丝，加热，严封数日即得。辣中有清香味，冬季最佳之食品也。

六八、卤煮炸豆腐

“油煎豆腐角三尖，椒水一锅渍白盐。卤煮声声来午夜，竹城战士兴增添。”

即三角块之炸豆腐，点花椒盐水煮之，附带豆粉丸子、茶鸡蛋等。彻夜穿街叫卖，盖为赌钱者最妙之食品，因味咸利口也。

六九、卤煮鸡熏鸡

“朱朱唤到叫胶胶，不必翻金论翅膀。酱炖烧熏兼卤煮，用来浮白是佳肴。”

鸡之制法颇多，不胜枚举，沿街叫卖者，有熏鸡、烧鸡、卤煮鸡等，颇堪下酒。

七十、蜜供

“满洲名产出关东，砌渍油煎手艺工。堆砌应师泥瓦匠，方圆宝塔太玲珑。”

蜜供为满洲点心，以油煎蜜渍之小长方面条，粘成浮图式，中空，有方圆两种，高则由一尺至三五尺不等，为新年中之供品，故曰蜜供。

七一、酸梅汤

“梅汤冰镇味甜酸，凉沁心脾六月寒。挥汗炎天难得此，一闻铜盏热中宽。”

暑天售酸梅汤者，以冰镇之，凉沁心脾。售者每敲铜碟二枚，名冰盏。

七二、酸菜

“菜分酸白与酸黄，芥共菘兮姊妹行。市上酸黄不常见，只惟酸白历时长。”

酸黄菜为芥缨所制，常与辣菜同售，食者甚少；酸白菜则与火锅同时上市，居家食者最多，历时亦长，可由秋季至翌年春末，俗止称曰酸菜，制法传自关东。

七三、饸饹

“饸饹条儿细且长，群言隽味在酸凉。价廉却合平民化，终恐贪多害胃肠。”

饸饹为夏季最盛行之食物，与扒糕有同工异曲之妙。惟原料系荞面等制成，多食颇不利于肠胃。

七四、粽子

“更谁湘水吊灵均，益智徒传菰叶新。角黍于今成故事，端阳时节馈嘉宾。”

角黍一名粽子，由来甚久，据谓为吊屈原而设。今则成为应节物品，亲友互相馈送，到处皆然，不仅北平一隅也。

七五、豌豆黄

“从来食物属燕京，豌豆黄儿久著名。红枣都嵌金屑里，十文一块买黄琼。”

以去皮之豌豆，入砂锅内，煮之成粥，用勺研之，入以红枣，切成三角形，陈列售卖。近有精制者，价则昂矣。

七六、豌豆粥

“燕京豌豆大行销，豆馅豆黄与豆苗。豌豆粥儿无别味，新年腊底趁良朝。”

豌豆一物，在北平用途极多，销行颇巨。豌豆粥多在新年中各庙会售卖，无甚美味。

七七、豌豆糕

“豌豆为糕柜里盛，小锣敲得一声声。色涂手捏真污秽，土落尘飞碍卫生。”

豌豆糕者，以蒸熟之豌豆面，随意捏制物事，或用模子磕之，涂以颜色，主顾多为儿童。然手捏千万遍，尘土飞落无数，更加以有毒之颜色，极不合乎卫生之物也。

七八、面茶

“午梦初醒热面茶，干姜麻酱总须加。元宵怕在锅中煮，调侃诙言意也赊。”

面茶多于午后售卖，为午点之一种。面茶锅里煮元宵，“浑蛋”之调侃语也。

七九、烧羊肉

“烧羊肉味美尤鲜，都道全无半点膻。不是都人偏嗜此，清真妙制万方传。”

烧羊肉为故都清真教人最佳之制品，不仅羊肉好，而制法亦特别精妙。他处虽有烧羊肉之名，而味则远逊矣。

八十、烧鸭子

“作俑何人把鸭烧，填来强使长肥膘。春明美味群称道，一脔真堪餍老饕。”

烧烤填鸭，为故都名产，今则各处多有仿制者。

八一、烧饼麻花

“麻花烧饼说都门，名色繁多恣饱吞。适口价廉随处有，一年四季日晨昏。”

烧饼麻花，名目极多，一年四季，每日早晚，到处有售者。在晨起以之作点心，较吃任何物为宜。

八二、烫面饺

“穿街过巷小车推，饺子包成入釜炊。新屉一盘堪大嚼，从来好吃莫怀疑。”

沿街售烫面饺者，推小车一，车上一应俱全，现包现蒸，食者可立而待之。平谚有“好吃不过饺子”一语，故云。

八三、糖咂面

“全凭手艺见工奇，一握糖条细似丝。儿女喜谀齐叫买，札花长辫各成词。”

以饴糖一块，两手频扯之，顷刻成丝。“札花长辫”，则当年卖者之唱词也。

八四、糖炒栗子

“苍蓬自古著渔阳，糖炒甘甜认擘黄。燕市当年独擅此，冬来处处有芳香。”

栗子为燕赵名产，自古著于渔阳、范阳。北平之糖炒栗子，尤见称于时，今则津保各处，亦有擅此者。

八五、糖瓜关东糖

“关东糖块与糖瓜，购买无分大小家。都在嘉平廿三夜，虔诚供献灶王爷。”

关东糖、糖瓜，均系饴糖所制，为祭灶君之专用品。虽事属迷信，亦一年中有限几日之生意也。

八六、糖耳朵蜜麻花

“耳朵竟堪作食耶，常偕伴侣蜜麻花。劳声借问谁家好，遥指前边某二巴。”

糖耳朵、蜜麻花，为清真教人所制之食品。其原料不外砂糖、面粉及小糖等，小糖即俗所称之糖稀也。

八七、甑儿糕

“担凳炊糕亦怪哉，手和糖面口吹灰。一声吆喝沿街过，博得儿童叫买来。”

售者担高凳或担挑，一端置小火炉，一端置木柜。木甑中空活底，以面及糖置甑中，蒸之，顷刻即得，推其底，则糕自甑上出，儿童颇喜之。

八八、馄饨

“馄饨过市喊开锅，汤好无须在肉多。今世不逢张手美，充饥谁管味如何。”

馄饨一物，四季常有。沿街叫卖者，自不如饭馆所制之佳，然唤到门首，咄嗟立办，用以充饥，亦殊方便也。

八九、馅饼

“居处长安未足忧，平民食物尽堪求。至市煤市街前过，犹有当年馅饼周。”

馅饼为回教人所制之食物，到处均有，价亦极廉，固不仅馅饼周一家也，且饼馅早年即有，亦非馅饼周所创始。不过馅饼周以此得名，馅饼一物，亦遂遐迩皆知矣。

九十、黏糕

“黏糕寓意稍云深，白色如银黄色金。年岁盼高时盼利，虔诚默祝望财临。”

黏糕一作年糕，有黄白两色，象征金银，并含有年年高之意。嵌红枣者，无非盼早发财耳。

九一、槟榔膏

“小锣一面任情敲，膏合槟榔色似胶。陶母留宾曾截发，而今发竟为糖抛。”

以糖合槟榔屑，熬之成膏，摊成薄片，分块而售，至可消食水。售者多以膏易人家之乱发，故词中云云。

九二、萨其玛

“满洲饽饽饶名糕，穆出萨其玛最高。关外谁言无妙品，舶来难与共称豪。”

萨其玛，为北平著名糕点。“穆出萨其玛”者，译言葡萄糖缠也。其先以宫中所制最佳，市间售者稍差，然各处仿制者，尚不能及也。有桂味、牛奶等之分，其美实出舶来品糕点之上。

九三、酱羊肉

“朔风凛冽雪漫漫，畅饮围炉可御寒。佐酒佳肴酱羊肉，五香隽味出长安。”

五香酱羊肉，为冬季最佳之食品，惟北平方有此妙制耳，他处者远不及也。

九四、酱肘子

“酱肘独称天福斋，肥甘香烂冠同侪。老馋若欲尝鲜味，记取西单大市街。”

酱肘子，本为普通食品，各猪肉铺均有售者，不过群以天福斋者为佳耳。

九五、酱小菜

“素食相宜是野蔬，盐齑风味胜肥鱼。燕都酱菜家家好，不止名传六必居。”

北平酱小菜，名传遐迩，尤以酱萝卜为最佳。六必居之得名，不仅在其制造良好，且缘字号之古老也。

（《正风半月刊》1936 年第 3 卷第 9 期－1937 年第 4 卷第 11 期）

谈到北京的小吃

知　否

要说起吃来，总还得让北京人。或曰四川馆子菜好，或曰广东馆子菜好，其实它们不单不能代表了本地的特色，不过是新奇、别致而已矣，至于滋味方面更不敢说了。作个譬方吧，北京人作的家常爆羊肉，烙的家常饼，大概外省外地的人多半能吃得了，并且或者多半喜欢吃。若是广东的美食龙虎斗（蛇与猫的肉），或是山西人喜食的自造的醋，或是各样奇怪的菜，美是美极了，可不敢说像北京人的吃食那样普遍地受欢迎！其实却也有个原因，北京为有清三百多年的帝皇之都，会集了各地的贵宦显爵、巨商大贾，再加上光拿粮不做事的王亲国戚，整天价没事，不是讲究玩，就是讲究吃，一直相沿下来，于是乎各种吃物和吃法都有因做得特别拿手而出名，像都一处的炸三角、烧麦，耳朵眼的炸灌肠（西单会仙居，现已拆除，只有后门了），会仙居的炒肝（鲜鱼口的会仙居），致美斋的馄饨、萝卜丝饼、焖炉烧饼，以及中秋月饼，金家楼的烫面饺（王皮胡同口），砂锅居的烧碟儿，穆家寨的炒疙瘩，南孝顺胡同某号之金丝蜜糕（即山楂糕，惜忘其铺名，以晶糕著），门框胡同之豌豆黄，信远斋之蜜饯果脯及酸梅汤，天馨斋之蜂糕（前外梯子胡同口），桂兴斋之鸡油饼（菜市口桂兴斋，其鸡油饼较正明斋者尤美），再有同兴堂熟疙瘩（该饭庄自以鸡鸭汤或白汤煮得者，惟不外卖，其味自是美极），至于天原之酱菜，天福之酱肘子，门框胡同南口之酱牛肉，户部街月盛斋之酱羊肉，什刹海的莲子粥，那早是大家所知道的了。不过也有许多不符实的，像馅饼周并不是以馅饼出名，凡是羊肉馆的馅饼都不错，不过它的掌柜的以推车子卖馅饼起家而已。再有木厂胡同的饺子王，也是以卖水饺发迹的，并不是水饺出名。东来顺也不是以煮杂面出名，正是以杂面摊子发的财。这都是以讹传讹的，外省人不要被哄了。

以上所提出的几处，就着嘴边的写出来，不过九牛一毛而已，有的是知道地方而没法写出的也很多，总之，仅就小吃方面已是可观了。至于饭庄饭馆之独有出名之菜等等，不在本文之内，有暇再论。还有许多没有铺面下街卖的吃食甚多，加上北京街上小贩的独有的吆喝声音，真是千奇百怪，外省人初到北京，什么吆喝声音也听不出来，就是北京人，东城的到西城去也听不懂吆喝的是什么，只有看了他的道具，或是凭着记忆才能知道。由清晨到夜晚，凡是一个普通交通不算杂烦的胡同，每时都会有小贩吆喝而过，各式各样的吃食，大约分起来，上午多是属于点心，午后多属于零食。清晨起来，首先听到的是卖豆腐浆、杏仁茶、粳米粥的，和卖烧饼、麻花的梆子互相呼应，大街上二三流的小饭铺都有在铺外卖炒肝和包子、烧饼（山西馆子有大肉火烧，山东馆子有肉馒首），此外还有炸油饼、切糕、炸糕什么的。于是卖茶汤的卖面茶的，卖豆腐脑儿的陆续地过来，近午的时候卖牛肉的推着车子，吆喝："还有二斤哪！"

吃过午饭卖零吃的多起来。打锣卖豌豆糕、蒸芸豆，吹糖人的，卖蚕豆，卖豆面糕的，卖层儿糕（以模子蒸）。春天卖江米藕的，夏天卖凉粉儿、爬糕的，秋冬卖果子干、豌豆粥的，卖糖葫芦的，不用说吃，看着担子那分干净漂亮就让人想吃，尤其像黏糕、渣糕、蜂糕，冬天的炸货，做得干净极了。在这下午三四点钟的时候，午饭吃得早的人若是觉得饿了，街上有的是吃的，冬天的烤白薯，初夏的五月鲜，再有炸三角，推车卖烫面饺的，卖馄饨的，卖炸丸子豆腐的，卖老豆腐的，卖炸糖麻花的，卖大麦米粥的（早晨卖粳米粥，到下午就又卖大米粥），卖豆汁的，卖灌肠的，卖面茶的，卖羊肚子的（其实竟是羊杂肠），卖卤煮小肠的，此种卤煮小肠不比苏造肉，家做的炖下水及馆子的苏造肉油腻，现在要算广和楼内的一分干净，既不临街招土，佐料也好，吃着管保比什刹海的苏造肉香美而不腻。卖熏鱼、炸面筋的，卖酱牛肉或驴肉的，由一过立秋一直卖到转年四月的羊头肉等等。其中有许多属于夜宵的，像卖馄饨，卖炸丸子炸豆腐，卖熏鱼的，都卖一夜。再有卖豆渣糕的，卖豆沙包的，卖酪的，都在傍晚的时候出来。尤其冬天夜里卖水萝卜，卖元宵的，卖酥糖的，卖糖葫芦的，卖瓜子的，一递一声地吆喝，有时过日子忘了时候，听见一声“桂花的——元宵……”真能起一身鸡皮疙瘩。午夜睡觉，一声“硬面——饽饽”，加上冬夜风嘶，一两下惊柝声，听了会使人兴起一阵莫名的感叹。打夜牌吸大烟的人，或是看完夜戏电影归来，不必愁饿，一碗馄饨或炸豆腐，来两块硬面饽饽一吃，肚里舒服极了。要是爱吃零食的人，这一天各样卖吃食的那么多，简直肚子里没有吃饭的馀地了。

此外像卖爆肚儿的只是摆摊，下街的很少，羊肚子虽是好吃，除家中做的以外，总嫌外头卖的不干净；在从前是金家楼的旁边，王皮胡同东口外下洼子爆肚出名，现在除去上馆子外，天桥南来顺旁边的石爸儿还很干净。再有卖煮杂面馅饼的很多，大半是附属于羊肉铺（刀前刀后便可作馅子），此犹之乎二三流馆子之卖包子与褡裢火烧，亦不过是打发肉头子筋头巴脑的一种出路。

以上拉杂写来，不成东西，不过因为今天雨夜，门外寂寞之极，忽忆及昔日旧居胡同中热闹的情况。每逢雨天，车夫王二和厨子老李总在门过道和卖鸭子糖麻花的抽签子，我和二哥时常去凑热闹。一时故景全非，凄然有感，就着所想到的零吃小贩信笔写出。

（《三六九画报》1940 年第 5 卷第 3 期）

吃小馆

觉 簃

如今在本地说吃小馆，也就说说而已，根本连大馆子也没有可吃的烹调，还说什么小馆？倒退多少年，本地大馆子，不是因为“八大居”就剩一家同和居，成了“鲁殿灵光”，遂感可吃的不多。就是“八大居”全都存在，也只是吃一个庖人一两味拿手菜，不像以后开设的小馆，地方纵然不大，菜味样样可口，而且每家真有几味在大馆中难以吃到的菜。菜价却由于馆子不大，开支无多，并不昂贵。

吃小馆，在那时人们最喜欢的一件事，等于天津人讲究吃“八扒馆，四扒馆”，江北人讲究吃早茶点心，上海人讲究吃“饭店弄堂”。不过民国纪元前，南省人在旧京居住的，究是少数，当地小馆，大都是小山东馆，还有带卖茶的“二荤馆”，这两种小馆，都是迎合中下阶层人口味，价格也不很低廉。民国成立，“二荤馆”由于设备欠缺完善与卫生，食桌是长条的，坐凳亦复如此，炒菜滋味，和现在切面铺烧灶的相等，所以先受淘汰。最后，南式小馆时兴，大酒缸又带灶兼售菜蔬，小山东馆便受挤迫，纷告歇业。

这里所说吃小馆，多数指南式小馆言，却是爱吃的人，并不以地域为区别，只要这家小馆有可吃的菜，管它是“山东屋子”、“山西屋子”、“本地屋子”、“江南屋子”，一样去吃。有人关于吃来吃去，以南式小馆烹调，比较着多数精美，于是吃小馆一说，多数认是吃南式小馆，对于其他小馆，直以那家字号为标准，如“吃都益处”、“吃会仙居”了。以后，这种情形，渐渐消灭，而吃小馆一说，亦不及原先盛行了。

民十前后，是旧京小馆最兴盛时期，任是吃什么，都有固定有名的地方。小馆风头最健的，如五道庙的春华楼，四河沿的宝华楼，陕西巷的恩成居，李铁拐斜街的越香斋（先名南味斋），石头胡同的颐芗斋，四眼井的老半斋（？），东安市场的五芳斋，西单菜市的玉壶春，杨梅竹斜街复源馆，骡马市大街即升店内的宴宾春，还有售卖番菜的小馆，如石头胡同雅兰，西交民巷华美，都是每天座上客满的地方。那时，西车站平汉食堂番菜，声势驾撷英番菜馆之上，华美便有小食堂之称。宾宴春以售川菜著名，所有到瑞记川菜馆被摈出来的吃客，即便到宾宴春一快朵颐，那里因有小瑞记的雅号，现在宾宴春虽然存在，讲到治菜，迥非当年百分之一了。

小馆做菜之所以好，只在原料取材的严格，佐料采用上品，连调和菜肴的汤汁，也都采用浓郁的鸡肉汤，和大馆专用白开水熬汤真不同。因此小馆纵然地方不大，讲究吃的，都趋之若鹜，门前汽车常列，官僚军阀，不恤屈尊。往往一餐所费，在柜上所开账单，反不如代垫款项多，因为舆夫与仆从车饭，以及代购烟酒水果所耗，超过菜馔代价，那也是喧宾夺主的畸形现象。

（《北平时报》1948 年 10 月 25 日）

烤白薯

觉 簃

记得很清楚，在民初要吃烤白薯，买主总要满处去找，也许能在巷口，把烤白薯卖回来，也许跑出二三里路，找不着一个，不比煮白薯，准能在胡同口外把它买到。总而言之，卖烤白薯不如卖煮的多。原因那时当地人们，大都爱吃煮的，都说煮的有汁水，又甜，比烤的好吃。烤白薯只有南省人爱吃，喜欢它爽口，没有煮白薯那末腻。

可是到得现在，好像卖烤白薯的，比卖煮白薯的多，因为卖烤白薯省事，不比煮白薯，一锅货上市，先得在家煮个半宿，等煮绵软了，才推着上市，锅底下炉火还不断。白薯以外，得带筷子、碟子、刷家伙水，还得带菜叶，预备买主用菜叶托白薯，才好拿着走呢。

这些零碎，真够麻烦的，卖烤白薯就用不着这些。再说，一锅煮白薯卖完，如果第二锅没有煮好，后继为难。烤白薯却方便多了，一壁卖，一壁烤，烤完一炉又一炉，生白薯卖完，临时上新货，决计断不了档。因为如此，卖烤白薯的便越来越多。吃主也觉吃烤白薯比吃煮的省劲，先不先干净利落，用不着又使碟子又使筷，吃的当儿不能顾别的。久而久之，爱用白薯点饥的，非得闲才照顾煮白薯呢。这是事实问题，并不尽是受了南省人爱吃烤白薯的影响。

（《北平时报》1948 年 11 月 1 日）

再谈烤白薯

觉　簃

江南人称烤白薯为烘山芋，卖这个的，十九在巷口，守着“烘炉”卖，很少有推车下道卖的，却是缺欠手艺，没有本地干这个的精。他们只知道把白薯搁在“烘炉”，靠微火慢慢地烘，烘软一面，再翻个过儿，到烘透为止。不像这里，嫌大块白薯烤不透，等到软和一小半，便把它攥在手内使劲捏，硬怔把它捏软了。这样，不但省煤火，而且省时间。不过捏软的白薯吃来不很香，不用火力用人工，终归差着劲呢。南人卖烘山芋，这种情形不敢断定他没有，有也是少数。

每年烤白薯乍上市，生意人抢先登场，总有个说词，掩饰货品不到时候不对味。新上市的烤白薯，绝妙说词是有“栗子味儿”，由于白薯太干水分不多，干不批儿的有些风干栗子味，生意人便说“栗子味儿的烤白薯”好吃，藉此招徕主顾。自然有一般爱尝新鲜的人，买来试试。据说，那种白薯不好烤，容易烤糊，卖主对此，也很用心，即便烤糊，他们也是用它当燃料，不会白白扔掉。

现在流行的日本种白薯，块大而干，都有栗子味儿，却是他们也不肯用它烤，自然因为费火而不易透。这和不用红薯烤，恰成反比例。红薯固然味甜，却是小块的多，买主因薯皮可以占分量，爱挑大块，而且小块容易干糊，小商人自然不肯多牺牲，故此在当地便很难买到烤红薯。北方人们吃实在而不吃味儿，不像南方对于烘山芋，趋重红皮红心。小小的一件事，也分出南北习俗之不同，倒是一件趣事。

（《北平时报》1948 年 11 月 2 日）

故都食货志

于非闇

故都食饮财货布帛，予所知则自光绪中叶后，耳所闻，目所见，累然有不可不志之者，此意存之且若干年，未遑也。长日扃户，潜晦以消月岁，说不即时志所知，则故都食货大有就湮之感，日书一二纸，投之《艺圃》，固无当于大雅，然而茶馀酒后，或亦足为消遣之助耳。

芸扁豆

环故都菜园皆产芸扁豆，食者食其荚，有所谓红芸豆者，尤肥美甘脆，初夏最好之“饭菜”也，严冬煴王瓜扁豆，值昂味亦涩，惟初夏，荤烹素炒无不宜，民间食之，可以佐“白干”酒，可以咽窝窝头，犹之冬日白菜，火腿、白鸭固佳，即两大枚“熟荤油”煮之，亦堪下饭焉。

妻为爱新觉罗氏，所传炒扁豆法，食之颇有味。不用油，忌水，以脂油略煎，纳以极精之“炒酱”，不用葱蒜，惟姜一二片，火须文，约二十分钟即熟，色犹翠碧，味则香甘。若入水，则色变味涩不堪食。

当两大枚铜元可市豆一斤也，黄稀酱两大枚，抹之黄色类宋瓷碗半边，再以一大枚市香油，油与酱同居碗内，不和合，厘然分。

他物且不需，新蒜头则非具不可。以油酱与豆入釜炒，频添水，豆色黑紫作茄皮色，置之碟，蒜不去皮，横嚼之，热香满口，既饱且祛病，盖俗谓生蒜防疫祛暑之功焉。

（《北平晨报》1935 年 6 月 1 日，署名闲人）

霜　肠

卖羊肉者不曰铺而曰床，床之意，殆指卖羊肉者长案而言，而其形非床也，仿佛古寺之供桌然。羊之肠灌以羊血，入少许香料，缚扎两端，环若圜，入釜煮，俟血凝，骤入冷水，肠皮皎然白若霜。有灌以羊脑髓者，有否者，其用羊血清杂脑髓者，色尤洁白，味尤隽美。

晨间甫出釜，用特制之木盆附以架，置门前待售。视其肠，色莹然白者为新肠，色晦暗，以手按之微坚，则为陈肠，昨日未曾售出，食之味不鲜美。

断为半寸许，入“高汤”中煮，佐以王瓜豌豆，为故都最恒见之食法。其鲜嫩全恃汤沸之度，与火力之猛。至于入汤之后，又以高醋酱油杂团粉和之，使汁浓稠，俗谓之会霜肠，亦别有味。

以木圈为笼，置巨釜，霜肠沿釜围为圜，中置羊肚之属，釜下生小火炉，为一笼。另一笼下为水桶，上承方盘，杂置碗箸及一巨罐，中纳盐醋之水。以“扁担”插两足，列笼前，食者以碗计，坐“扁担”上，称之曰卖羊肚。其肠与肚，皆羊肉床未曾出售之物也。

（《北平晨报》1935 年 6 月 3 日，署名闲人）

炮羊肚

我所谓“炮羊肚”，非如山东饭馆之“盐炮肚条”与“油炮肚仁”之谓。若大酒缸，若市场，若杂技场之一隅，列巨案，案足距地才尺又五，案前与左列长条凳，案右以美孚煤油箱凿孔为小火炉，破铁锅洞其底，置炉上，承小铁锅，俾风不侵火，火旺。案后则售者据凳操刀待客。案上列巨碗，或高脚盘、笔筒、小缸，中实麻酱、酱油、醋、香菜、葱花、辣椒油，另以箸插笔筒内，巨盆盛碗盏，巨盘置方冰，冰上陈羊肚之“食信”、“磨姑”、“伞带”、“肚领”、“肚板”之属。炮之术，以嫩鲜脆为工，纯视火之力与入火之时。其技之精者，脆嫩虽患齿者，亦堪入口咀嚼焉。

业此者皆回教中人，其为术有精粗，其选肚有老嫩。若以其不洁，市其“伞带”或“肚领”等，使之去皮（俗谓之草牙），携归家中自炮之，则肚领之时间较肚板为促，伞带又速于肚领，大约不过五分钟，尚须开阖锅盖一次也。而说者谓总不如坐长条凳，擎白干酒而咀嚼之，最耐人寻绎，盖其味岂可仅在食中求之耶！

（《北平晨报》1935 年 6 月 14 日，署名闲人）

猪头肉

猪肉而至于头，至于头之“拱嘴”，其为肉之味，犹之乎猪之蹄，盖别堪玩索者也。驴之势，谓之“驴灯台”，涤其皮，去秽恶，内实竹签，杂香料老酱煮之，嗜者谓味之美在熊掌上。猪头肉虽不必如驴势之味美，而肩椭圆小红柜，上覆硃油长方小木板，沿胡同吆喝，“熏鱼炸面筋”，或“烂肉”，柜内实猪脸半片，肥肠一节，猪肝一叶，又杂置猪小肠所谓“苦肠”，猪嘴圈所谓“拱嘴”，猪芒肠所谓“十信”者，一小称，一巨大而方，薄才如纸之双十字刀，刀非双十字打造者不能佳也。遇买者各蹲身，翻转其硃油小木板，肉肠置各有次，不少紊，上覆小方盘启其盖，待买者指肠肉拱嘴，少则一二枚，多则论斤两。围柜，有白面小烧饼，以十二枚铜元买拱嘴，劈两烧饼夹之入，横嚼之，齿颊发奇香。论斤两，则切肉不甚薄，出钱令切，则肉片片薄逾纸，其为技，不减正阳楼切羊肉片也。最是少妇女御短衣蹲身买肉时，卖者往往目光视妇女，手不停，切肉乃不至于切其手焉。

（《北平晨报》1935 年 6 月 15 日，署名闲人）

豆汁

即树荫浓翠下，圆口上承大方木盘，中置圈笼，实釜，纳洗碗水及碗。两对角各置大瓷盘，内咸菜，一切骰子块，一切细丝，红者萝卜，绿者堇菜，红丝者又有辣子也。另一头圈笼架巨锅，锅实豆汁，腾腾釜上，气若朝雾。小板凳七八具，围列方盘。柳条小筐纳烧饼油果，距方盘之一隅。汁为豆浆之馀沥，已酵，味酸而芳甘，嗜者日不饮不快也。

劳力者日奔驰烈日下，饥与渴骈，而渴乃过于饥之难忍耐。饮冷水，渴已而饥至，不可驱。热茶，茶甫下而腹鹿鹿作雷鸣，饥且愈不耐。故群趋于豆汁，祛疫清暑，消渴止饥，劳力者初不知之，而知奇渴大饥，得豆汁一两碗，花钱四大枚，仍可执车把，跑三五里，再以所得买一饱也。呜呼，豆汁之活穷人，且小也哉！

（《北平晨报》1935 年 7 月 1 日，署名闲人）

酸梅汤

夏日消暑而不能已渴者，厥惟酸梅汤。在昔盛推前门大街九龙斋，民元而后，琉璃厂信远斋之梅汤，颇有名。二者予曾以梅花喻之，九龙若绿萼，信远则江表红梅，二者之差，在惟淡而味惟隽永耳，而惜乎九龙斋久已不存，不足以证吾喻也。

市四两乌梅，煮烂熟，预与糖庄订购“太古”席包（包糖所用之竹皮），入釜煮之，澄其泥污，视所需多寡，以冷水冲兑，入乌梅汤，纳破瓷大罐中，俟冷，镇以冰。若不入冷水而入熟水，则俟冷之时太久，误贩卖。冰盛以箱，位大罐于中，围以十二枚一瓶之汽水，阖木盖，盖凿圆洞，洞纳提酒所用之“竹顿”。担其挑，手捧两小铜碟形曰“冰盏”者，声琅琅然。遇买主，以铁锥敲冰，作胡桃块，然后以“竹顿”提梅汤，大约一大枚一顿，冷沁心脾，嚼冰齿格格作响。此为沿街巷之冰镇梅汤。小儿女尤嗜之，而肠窒扶斯等症，小儿女不知其所由来也。

（《北平晨报》1935 年 7 月 15 日，署名闲人）

薄　饼

伸面条与烙饼，为华北最美食物。故都伸面条，虽不如山右，而烙薄饼，则为华北之冠。吾人生逢此世，他皆不得谈，欣值立春佳节，书所知烙薄饼者。

烙饼之为类，曰清油饼，曰家常饼，曰草帽饼，曰酦面饼，曰薄饼。其为面，曰白面，曰混面，曰黑面，曰荞麦面，曰油麦面。其技巧，以酥松柔软为贵，而酦面饼之为味尤美。烙之器有二，以铁制之鏊为普通，穷苦之家，有所谓“支炉”者，沙泥制，透若干孔，文火，烙熟以不焦为贵，尤佳。

所谓薄饼也者，贵族食，民间年至立春始食一次。其为贵不在饼而在卷饼之菜，故民间不恒食。薄饼径五寸馀，表里两饼合烙者曰单合，表面四饼合者曰双合。单合有表里灼焦之嫌，双合则中两饼未着火，酥而不韧，柔而不腻，蘸以黄酱，佐以“羊角葱”，不必吃烤鸭、锅烧半只，而味绝不同。制此者，饭馆不如饼铺，饼铺不如故旧之家，盖故旧之家烙薄饼，咸以沸水烫面，烙后又入笼蒸之，故别有味。

（《北平晨报》1936 年 2 月 8 日《闲谈》栏，署名闲人）

烙烧饼

于非闇

北京烙烧饼，虽不必如南京煮干丝，尚存有大明宣德年制之汤，而为我辈穷人日常生活之必需品，则大人先生近始知之，此谣不攻自破矣，窃幸窃幸！顾北京之烧饼，其烙法不同，名称各异，不可以不详述之，以供参考，爰成烧饼篇如后。

马蹄烧饼

所谓马蹄烧饼者，就形言。马蹄视驴蹄而大，相对言，又有所谓“驴蹄烧饼”也。以砖砌为炉，形方，宽高四五尺，穹内置火，火灼炉奇热。以精面团为饼，刷油，阖两饼，团圆，蘸芝麻，贴炉腔。数分钟，面遇热，其阖合处，以有油，分离，以火灼，隆然高，铲而下，对炸油条横嚼之，有奇香。本市所谓粥铺者，咸售此为早点。

驴蹄烧饼

视马蹄而小，特厚，有胡椒盐。炉与烙马蹄者相类，面用已酵，不两合，蘸椒盐团为心，外贴芝麻，置炉内，火烈面酵，往往作龟坼。饼铺、二荤铺咸有，为晚间最好食品。

芝麻酱烧饼

麦粉以本地产者为主，其为效，殆重于黑面包。四木架以砖泥砌为炉，炉有墙，口巨腹短，墙上嵌铁圈，留一口，上盖铁钲，火须文，忌烈。半酵面展为长条，技精者展薄才如纸，涂芝麻酱，洒盐，自其一端卷曲之，层累呈螺旋文。团圆，十数列案上，栉比，以刷蘸麻酱涂其面，一面贴芝麻子，置钲上，反覆烙，半熟，启钲，移入炉墙内，盖钲灼之，发奇香。

吊炉烧饼

吊炉者，火有上下，下火元煤，上火干木，盖古焙法也。面合矾碱盐，团法若马蹄烧饼，惟差小。下炉如芝麻酱烧饼。当钲处为吊炉，吊炉以泥砂为之，下承铁板，一面有洞，纳柴木，另以铁索吊柁间，横木把可移动。团面下炉，以吊炉盖之，下灼上蒸，烧饼极酥脆。

（《北平晨报》1935 年 1 月 10 日，署名闲人）

小　吃

于非闇

小吃也者，非西餐之开场白，亦非一二知己，占一架桌头，要两壶白干酒，一碟花生仁，然后各吞五七个肉包，一小碗馄饨也。我居北平久，我能知白薯之所以烧，萝卜之何以赛过梨，于是笔而传之，皆吾侪小民之吃也，因以名其篇。

烤牛肉

下午五六点钟，道经宣武门小市，往往肉香扑鼻，使人肠益鹿鹿，馋涎至不可耐，则往往随其味若蝇之逐臭，偻身钻入外障灰布棚乌烟瘴气之“老五”烤牛肉也。棚中张两巨锅，锅罩钲，火熊熊若不可耐，人翘一足横围之，无隙地，北且盛于南。“老五”左手按牛肉，右执刀，腕悬，左足屈向前，以膝与肩作关节切肉，肉独薄。“老五”目视客，默记：几碗酒，几碟葱香菜，几张大饼；口算：一包糖，一碗粥，一吊钱糖蒜……不少误。筷长而巨，从未闻涤洗。碟盘皆磁州产，类宋元窑。时手尚挥蒲葵扇，衣尚轻纨，夕阳尚如火，即已围炉而啖，汗味与肉馨交，而食者津津有馀芬也。

（《北平晨报》1933 年 11 月 17 日）

猪头肉（上）

棉袄裤上罩及膝蓝布衫，青布皮背心，布以油垢磨擦，光泽若公司缎。左肩背朱油箱，椭圆而方其盖，盖可为砧。箱贯皮带，套左臂，曲肱，左手入背心左洞取暖。右手握耳，“熏鱼”、“面筋”或“烂肉”而喊，绝口不言猪头肉。所用刀，巨而方，刃薄于纸，便于切。下午三时后，肩箱自“作房”出，沿曲巷喊，右手冻痛，臂酸，易左手，右手又入背心右洞暖和之。最是午夜，烟馀牌罢，“面筋”之声，清越闻里许，呼之来，启箱，猪脑猪肝灌肠……诸精品已售罄，只馀猪拱嘴一片，苦肠数根，切极薄，独有滋味。

（《北平晨报》1933 年 11 月 18 日）

猪头肉（下）

卖猪头肉者分两派，其原一，以利竞，不能相容，始析。卖猪头肉而兼售熏鱼者为左派，肉不甚烂，而熏味较佳，使人陶淬，以用杉木锯屑熏也。专售肉与灌肠猪肝肚，不售鱼与面筋者为右派，肉惟烂，腻而欠香，其喊售，惟“烂肉”二字，音促而短，呜咽，不若左派叫喊闻里许也。各有“作房”，市猪头肝肠等，奇秽恶。房有长，长下有熏煮肉师，沿街喊售者谓之伙计。屋角掘巨坑，深及丈。肉价有涨缩，缩则市之来纳坑中，备数日用，不腐不坏。列巨锅，以斧劈猪首若腕解，取其脑，另制，然后纳诸锅，锅中汤不尽清水，以陈汤和之，陈汤谓之“老卤”，秾稠最有味。煮时汤面浮有脂，起之出，有按时来取者，论斤两，售出。取脂者曰“白油局”，再炼，为洁白之油，以供若天福斋酱肘铺零售熟油之用。煮后，涂以红蘖，以锯屑熏。伙计自计其售量，以斤两领出，剩馀不退还，翌日再售。卖肉虽歧两派，其作房之秽恶不堪则一也。

（《北平晨报》1933 年 11 月 20 日，署名闲人）

“萝卜赛过梨”

萝卜以甘酥水嫩为上品。东郊之“大底红”，西郊小屯之“苹果青”，八里庄之“落八分”，南苑之“心里美”，虽其形色各有不同，其甘酥水嫩则各臻其妙，确能赛过梨。向者尝为《京报》草《卖萝卜》一文，传卖者之苦，颇为人传诵。卖萝卜者利最厚，合脚力、损毁、涤洗、灯火、沿街巷叫计，为利已微，故此著名上品，不若叫售恒品之为利也。

荆条椭圆筐，内围麻袋，实“大底红”三四枚，杂以恒品可四五十斤。“大底红”每百斤约铜元五百枚，叫售合千枚且过之，恒品才二百馀枚，叫售则可得八百馀枚，故以售恒品便。虽有佳者，不遇其人，不能识，翻以恒品为佳。卖萝卜者，亦未尝不慨然叹知者之少。筐沿树铁签，备置灯，以马口铁为骨柱，四面嵌玻璃，内置三号煤油灯，背其筐提之。沿巷叫，嗓音高亮而清，叫至“梨”字则故拖其音使曼长，然后以清脆斗转而下曰“辣了换”。此叫售，与喊口号、书标语同，不必真“赛过梨”，而“辣了”固十九不换也。

（《北平晨报》1933年11月22日，署名闲人）

羊头肉

自立秋迄立夏，沿巷有叫售白煮羊头肉者，味淡而美，下酒最宜，书之如后。以藤条竹篾编巨筐，径四尺馀，高才五六寸，筐有盖，纳羊头之肉，为前担。后担为木筒，加盖，纳未劈之头。羊头自顶囟纵剖，连皮之部曰“脸子”，附于颊骨，肉色赤。下腭之部曰“信子”，肉腻而味醇。劈其脑，连二目，曰“脑眼”。特嗜者，就其鼻腔软骨韧胰而食，曰“鼻须”。羊之足，以热铁炙，略焦，筋与皮独具而无肉，以手自其指际横劈，蘸椒盐咀嚼之，咋然有声。

嚼维缓，口含维久，久则味出，饮酒引之下，又嚼，嚼无肉，惟馀筋骨，则力吮，吮之咋咋然，与饮酒沾唇之声翕然以和，乐融融虽珍错不顾也。肉之切独薄，是其特长。若以铜元五六枚使切，其薄且逾纸，若买其“脸子”或“信子”使切，则仅在精处切十馀片薄肉，所以敷于上，虽力嘱，不肯精切。以此一块肉，已全售出，自无虞乎争多少也。

（《北平晨报》1933 年 11 月 24 日，署名闲人）

烤白薯

白薯为天赐穷人美食，煮而食，佐以小米，一家四五口，一餐不过铜元三十枚，既饱且温暖。若蒸食，且可省两枚咸萝卜钱。煮与蒸，“春薯”佳，春薯皮赤肉黄，绝类所谓“中华闽国”之国徽，味甘芳，块大。烤白薯，妙在文火，徐徐使之熟，块大且不易透，故以“麦叉”为佳。所谓“麦叉”者，五月刈麦之后，就其地略耘，即以薯种就地布之，所收吸皆麦馀之养。种又晚，故块小而长，奇嫩，筋脉少，故佳。以大木桶实泥制为炉，中以铅丝络为网，环其周，生火，不需旺，就铅丝上置薯，桶上蒙以盖，煴之，久久始熟。煮与蒸，洗涤维密，独烤，不须洗，洗则味散，不佳。闻乡人有食猬者，以黄泥生涂之，掷火烬中，泥干裂，猬熟，发奇香。烤薯不须洗，或者以此乎？严冬猬缩，市烤白薯数枚，握之而嚼，饱且身与手咸暖。若袖烤薯行，尤胜于暖水之瓶焉。

（《北平晨报》1933 年 11 月 27 日，署名闲人）

羊腱子

前者所为羊头肉，经艺术家郑颖荪先生试食，亟告我曰：“香嫩！”足可引以自壮。羊之头与蹄，既为卖羊头肉者所包办，其馀若前腿膝关节之“猴儿头”，后腿膝关节之“拐子”，羊脖左右两条之“板筋”，附于羊胃之“沙肝”，与夫胫骨之筋，前膝以下之腱，则另有“卖羊腱子”者包销之。其时亦自立秋后至立夏前也。卖者有作房，作房役“跑外”，诣各羊肉铺收，灶架大锅，以陈汤和清水煮，陈汤有五香之味，有盐。煮熟，以马兰叶扎，筋则成束，腱则排比，候冷，肩贩以荆条椭圆筐叫售。小儿女以两大枚买一“拐子”，既食拊骨之筋，又以其骨染各色，凿孔，中注铅，以手或足作势横击之，骨与骨相撞，视远近为赢输以戏。小巷屋角，壁画乌龟之形，旁书“君子自重”，肩贩左右顾，背其筐，撩衣，溺，滔滔然继以淅沥，则探手出，提裤又左右顾，惧为人见，疾行去。再叫，至夜半始已。

（《北平晨报》1933 年 12 月 4 日，署名闲人）

泡羊肚

羊之头蹄膝腱，已各有售者。羊胃谓之肚，肚通食之部曰“食信”，特厚者曰“领”，褶为薄叶曰“伞带”，胃皱文呈六角形者，曰“胡卢”，无草牙，皱襞滑腻，色赤，曰“蘑菇”，其下口小而厚，曰“蘑菇尖”，馀大部曰“板”，剥其里表之皮曰“仁”。以松木板支为案，左右置巨盘，盘列肚板蘑菇之属，两间，醋一盎，麻酱一罐，葱、香菜、酱油、辣椒油各一器。案前列短足窄板凳，右置小火炉，炉架木盖小铁锅，旁置水桶储水。案上列竹筷小碟，及高足碗、刀坫，另一磁小罐盛香料。入座，举其名求食，售者刀切，调油醋，俟沸，又入冷水少许，此少许水关老嫩，过不及皆不佳，亟以肚入，阖盖，分许时，启以勺搅，捞出水，合拇食指掏，断其火候，盛入高足碗，勺麻酱，撒香菜，蘸油醋食，松脆有奇香。其小磁罐所蓄，云为香料，实不类，在夏日俟熟，就锅淋之，足以祛腥腐。此摊贩，以天桥及各市场露摊为最佳，酒肆前者次之。

（《北平晨报》1933 年 12 月 5 日，署名闲人）

窝窝头

闲人前写《有闲阶级》，人遂认我为此阶级中人，实则我岂得闲！今写《小吃》，友又误会，以为邀我小吃，或投脾胃。其实我病于胃且十馀年矣，我之吃独以不恒为则，而羊腱子、烤牛肉、猪头肉等，我不敢吃亦十馀年矣，惟我能想像其味，故笔出之，以为“地道京腔”而已。窝窝头者，以形言，美其名兼色，曰“黄金之塔”，举之聊解嘲。此食最于我有缘，自我入市为人佣，家落，日食此，迄今约三十年，病发，食良得，往往功参药饵。我妻出贵族，来寒家日蒸窝窝头，以习之久，和碱、兑水、团丸、用火，皆造上乘，非他人所及。小米面和水，兑入碱，手合之，团为圆椎，当其团，以拇指入内，四指平伸，拢面而旋转之，拇指与馀指中间面，随转随按，俟厚薄停匀，椎体之下已为拇指洞巨孔，置笼蒸之，约四十分钟即得，过则米失香，不及则香且不发。我归迟，饭罢，以冷者切为片，置炉上烤，焦黄，香内含，外酥脆，撚腌萝卜条而食，食后饮两碗淡茶，往往读书作画达午夜不饥，斯则闲人所最嗜者也。

（《北平晨报》1933 年 12 月 8 日，署名闲人）

羊杂碎

独轮小手车，两辕之间，以煤油铁筒砌为炉，上置黑铁锅，炉腔小，少容，火文然而锅温。车之上，并列两巨屉，上罩以曾经洁白而已为灰尘油垢所染之灰黑色布。另一罐盛水插竹筷，一盎盛温水备洗盏。牙黄色瓷碗，巨大而扁浅，边沿绘写意菊花，视八大山人笔墨尤恣肆，盖古磁州产也。“掌柜”而兼“掌灶”、“跑堂”、“徒弟”（皆饭馆专名，掌灶司烹调，跑堂司设摆，徒弟司洗涤盏碗），败色蓝布外褂，罩以肩心，双足御“毡塌拉”，胜祁寒不冻。

羊之头蹄肝胃，已自有出路，惟其肠与心肺，若煮之烂熟，佐以酸白菜红辣椒，呷几口白干之酒，啖两枚硬面“火烧”，在拉车、叫售、运贩……之馀，就尘灰飞扬，呜呜汽车风驰之后，斜睨乘者，以咽烂杂碎，未尝不恨天之弄人也，然而力嚼之馀，问心亦堪自傲。

（《北平晨报》1933 年 12 月 12 日，署名闲人）

炒 肝

青布老羊大皮袄，袖长及膝。青绒绳织为护耳套帽，耸然高。足登皂布棉靴，凌晨缓步行。手有提：水磨竹六十条白骨鸟笼二，月白布笼罩，赛银抓，两笼腰贯十三股蓝色绦，蜡地红花湘妃竹管，合两笼自其孔以两抓贯之，左手提。手有架：雕镂龙抱柱乌木架二，以蓝绳白丝脖索各扣山喜鹊一，两架端交于掌心，手微侧，以拇指扣之，鹊飞落右手随其势以行。不须问，知笼中物为善效“油葫芦”（视蟋蟀而大）山喜鹊之黄鸟也。左提右架以行，谓之“溜”，供溜者以荤腻，在小饭铺于门前列长桌，桌上置圈笼，笼藏小火炉，笼上锅纳猪肝及肠，以酱油元粉和之，浓然若酱卤，另一罐储蒜汁。每碗肠五六块，肝一片，铜元十二枚。肠切为环，厚分许。若二十枚，则此五六块肠中，必匀出三两块未及扯净之白色肠油，而其肝之片，面积亦稍拓而加厚。备有箸，以提架不便，左手奉其碗狂吸，虎吞狼咽，感眉瞪目，噜噜有声，鹊咋然斗，蓝绳互纠结，不可开，则不暇吃，先排解，比竣，炒肝已冷，冻凝不复可吞，则曰：“再来一碗！”

（《北平晨报》1933 年 12 月 15 日，署名闲人）

卤煮炸豆腐

豆腐切为三角形，入豆油炸之，焦黄。黑粉与豆粉之条团为丸，径七八分，入油炸，黄而微赤，谓之“小丸子”。以柳木板为圆笼，二笼制各异。前者纳入小火炉，架砂锅，笼旁曲铁为半圜，备落担而支受“扁担”及锅盖之用。后者笼有盖，纳炸豆腐与小丸子等。盖上合五六碗。锅之盖周围镶以圈，圈曲柳木之板，高寸许，为栏，内置醋一小壶，辣椒油、韭菜各一器，沾布筷等。沿巷担叫喊，小儿女围食小丸子，一大枚与丸子四，加汤，布韭菜醋。汤从不沸，沸则丸烂豆腐腐。呼之前，蹲身，撚两箸，售者亟自后笼取其碗，启锅盖，以勺自锅底上搅。豆腐埋在底，遇热，已蔫软，色微白，随匀随示蹲者曰：“透的！”以箸夹入碗，又搅，又夹入，售者目不瞬，惟视夹入豆腐数。比食，淋辣椒油，丹珠沿碗而滚，衬以碧韭，盛以灰白之碗，色彩至堪爱也。

（《北平晨报》1933 年 12 月 20 日，署名闲人）

炖狗肉

狗肉味最美，耐咀嚼，食馀，狗肉丝塞齿隙，以舌舐，馀馨久久且不绝。犬有三，以功用分，曰田犬，曰吠犬，曰食犬。食犬既不能守，又不善吠，饱食而嬉，肥硕供人割宰。剥其皮，去脏腑，以新泉涤血污，支解，辨肉丝斜切之，若牛头之块。京酱入锅炒，纳肉于内，老葱甲白断二寸长，沿锅缘平置，姜三片，大蒜十馀瓣，敷肉上，入水，以淹过肉寸有五为度，密盖。草藁灶烧，初惟猛，已沸，洒盐粒，火愈猛，肉已缩，火力渐杀，自后历一句钟，火文，肉成，香四溢，墙角之猫，篱边之狗，若蝇逐臭，灼灼然望诸锅频掀其鼻。烧酒呷两口，夹肉吞，随撚生蒜纳诸口，大嚼，酒与肉内哄，汗且涔涔，周身毛孔毕张，挺其胸，抚腹而鼓，自笑口福匪浅也。

（《北平晨报》1934 年 1 月 5 日，署名闲人）

豆汁

方木盘中置圈笼，纳小铜锅于内，满盛碗，注水。傍笼竖铁叉，叉旁缚磁瓶，瓶插白竹箸，林立。盘两角以木圈架两巨盘，盘盛咸菜。咸菜以时蔬而变化，其主则老咸萝卜，无夏冬。切细丝，色赤黑，佐以红萝卜、碧堇菜、大赤辣椒，色调和，光闪闪夺目。另一盘切为骰子块，无辣味。三寸小碟一二枚覆其旁，备调剂。一角纳柳丝编扁筐，罩以布，盛烧饼、油烩等。一角叠架短足凳，备坐。其担之他端，圈笼大而高，火炉、砂锅、木勺、锅盖、煤球、豆汁咸俱。木扁担，一端架叉，一支锅盖，冬日择背风向阳，夏则通风树阴。售以碗计，咸菜不取直。豆汁为制“团粉”之馀浆，已醇，泉甘则芳冽，不则酸而不甘。蒸一笼窝窝头，买两大枚豆汁，多取咸菜，半盏白干，撚细丝菜小酒，杯空，嚼窝窝头，热豆汁润肠腑，腹果，自问无自怍，泰然卧，虽穷何害！

（《北平晨报》1934 年 1 月 6 日，署名闲人）

春饼猪头肉

厌 汝

在不知不觉中，春节随着时序的演进，已经转动过去，可是还有个尾声，就是许多人希望它快到来的二月二了。在俗例中，这一个小小的节令，虽然不怎样稀奇，然而在吃的方面，确有使人欣羡的地方。因为它不比春节，它固然和春节一样的年仅一度，而春节日期太长，它仅仅只是一天。一天的光阴，不是够短的么?

二月二日（旧历），正逢阳春，从气候回暖上来说，宜于吃饼，不知那位明公，老早以前，便研究出来一种薄饼，宜于春天吃，所以又唤它做“春饼”，惟其状类菡萏之叶，故复得一个雅号叫“荷叶饼”。自然了，自己有古怪脾气，春饼由它“春”其名，而偏喜欢“冬”其吃，那当然也没有什么不好，不过，那种饼薄，宜于热吃，而又难保其不凉，自己家的饭厅，距离厨房，稍微远一点，它必要见凉，它的表皮，渐渐地干枯，吃到嘴里，坚俏难咽，已失其佳味，还有什么特殊的风味可言。和暖的天气，风儿不似那样劲，不像那般寒，烙好的饼，也就不像那般坚俏了。

吃春饼在二月二，乃是正应节的东西，尤其是生活方面奇窘的穷朋友，除在春节随便吃几顿美食之外，仅有元宵节的一顿，那么，再吃呢？只有这二月二比较着日期近些。他们平日里的饭食，以粗粮为主体，吃饼的事，不可轻谈。想要玩一个花花招儿，还烙什么荷叶饼，直等于做梦。等熬着时光，熬到了这天，把素日对荷叶饼的“苦相思”，马上要打消啦！于是大人在烙，小孩子在看，直到烙好了饼，炒熟了菜，大家聚在一起，狼吞虎咽，加足马力地吃一气。老实讲，吃完这顿，又须盼到那一个二月二，才会吃到，一年的时光，熬着吧！穷朋友在这天吃春饼，也就像清明必须包饺子，端阳节的粽子，中秋节的月饼，春节的年糕，上元节的元宵是一样，只要不是叫花子，都要勉力而为，在节令中，好像故意给穷朋友一个解馋的机会哩！

烙春饼最忌方法不当，把饼烙得坚俏，俗语讥它为“脚后跟饼”，状其皴裂的形象，仿佛人的脚后跟一样，咬着颇费劲，岂能谈到好吃？因为这种饼，第一须用沸水烫面，把烫好的面，散开晾起，一俟晾得凉了，再行揣在一起。做饼的时候，是拿两个圆厚面饼，合在一处，中间不必擦太多的油，杂以干面粉少许，为的擀的时候，虽然把饼擀的成了荷叶形，烙熟后，能够一扯立时分为两片，毫不粘扯。好饼烙出来，讲究软中透韧，不脆不黏，不枯干，不皱裂。吃春饼必当卷菜吃，假使以白水煮白菜，而去佐饼吃，那便辜负了它。人家讲究的，一定要炒几样适口的菜。所谓适口，并不是怎样新奇，乃是炒得是味，在饭馆所吃不到的。如炒酸菜粉、白菜丝黄花、韭菜、面筋、甜面酱、生葱丝（如果佐以烤鸭和熟肉丝，均佳），都是不可缺少的菜品。

吃的时候，分“文吃”、“武吃”。文吃是把一合饼揭为两片，一片一片卷菜吃；武吃是把一合饼揭开之后，将两个片和边缘，交搭起来，做为一个长圆的大张，多多地卷菜，卷好了仿佛一个大茄子一样，恁管它从后屁股流汤，也要吃它个风卷残云。顶可怜的，乃是亲朋们盛意，专请旧式的新妇去吃春饼。请想春饼还比不上饺子，又卷菜又不是好嚼东西，而新妇在礼仪上，又须像个样，所以，仅以半合饼卷少许的菜，卷好放到碟里，以筷子夹着，慢慢地受用。这样吃不香，更哪里吃得饱，分明吃得不够三成饱，还客气地说吃得过多啦。所以请新妇，不大相宜吃春饼。

吃春饼以外，要推“爬猪头”。二月二这天，讲究吃猪头，佐干饭。把整个的猪头，修理洁净，所有的毛根，都拿火烧红的铁烙，依次烙下，用水泡到相当时候，以刀把表皮刮净，剖开放到锅里煮，不过，须酌量水的多寡适度，总希猪头极烂，而没有显著的汤为恰合度数。因为这种烹调，同红烧相似，各类的作料，都要齐备，做熟的时候，香气扑鼻，颜色又是红红的，称得起是一件美馔。

这一天，不仅要吃好的，还要休息一天。旧式的妇女们，为着春节，业经过去，每天不免“窑头三把火，照旧烧青砖”的工作了，到了这天，要休息，说不是不做女红，因为不敢动针，恐怕这天龙抬头，刺了龙头。哈哈哈，好个假借名义的啊！

（《北平晨报》1936 年 2 月 20 日）

回忆三十年前夏季里的羊肉杂面

棣　华

夏季一到，街头巷弄里都充斥着冷食铺和冰棍小车子，可是另外又有一种平民化的点心。夏季属伏东西，并非凉的饮料，也可说卖担子也跟着上市了，这就是羊肉杂面了，也可说是卖馄饨的改行。但他们为什么要到夏季属伏改行卖杂面呢？其中有个原因，最要者是馄饨馅子一到夏季，受溽暑的熏蒸不能久存，早晨拌好的，赶到下午恐怕就要坏了！所以才改卖杂面，因为杂面没有馅子，不容易败坏。

卖杂面担子，与卖馄饨担子无异，只是货品差别而已。说到杂面，也是从切面铺趸来的，不过，放在羊肉汤内煮，汤是羊肉熬得极肥，铁锅子里老冒着泡，上面有一块木板，陈列着成块的肉，肉不算在杂面内，主顾得另外出钱，才能给切呢！肉的旁边架着预先煮熟的杂面，主顾若来购买，重入锅内再温，须臾即会得的。杂面与羊肉混煮后，始能鲜美，故此卖杂面的小贩，率多清真回回。

佐料方面，与吃馄饨又不同，除去酱油、米醋必须有的，还加香菜、葱丝、辣椒油，如果送到嘴唇边，非常适口，绝无油腻之弊，因为它是羊肉的。人无贵贱，恒喜围着担子狂啖，一饱口福。小贩极其干净，家具力求卫生。每当夕阳西下的时候，便闻在门口吆喝，晚风吹来，非常清脆悦耳。不过，近来卖杂面的被挤得很少了。

甚么都有一代兴衰，卖杂面的也不能逃出天演公例。回忆三十年前，卖杂面的算不了甚么，同时在一条胡同上能过来三两个，卖馄饨的夏季属伏改行，都去卖羊肉杂面。乘值现在，卖杂面的却成为凤毛麟角了。

（《三六九画报》1940 年第 3 卷第 16 期）

北平之白肉铺

姚拙存

北平白肉铺，前清时，凡帝后祭祖祭神及冬至皇帝祭天需用猪肉，皆由铺中承办，祭后，皇帝升座食胙肉，召王公大臣赐坐，随同食肉，礼节隆重，所食白肉，亦由铺中供奉。平时惟在职京官，与驻城旗人，得享此口福，民间欲稍分鼎脔馀沥，一尝异味，实不可得。

清帝逊位后，祭典已辍，而白肉铺仍在，一般平民，始有吃白肉的机会。白肉铺在城内（旧皇城内）西四牌楼缸瓦市，铺名和顺居，其地俗称砂锅居，以用砂锅煮白肉得名。余前数年游北平，曾到此吃白肉。定价：整桌二十件，计银二元八角（饭酒外算，下同）；半桌十件，计银一元四角。余等入座四人，定半桌，连饭酒小账，共计一元九角。十件，为二冷碟（肚丝、心），四烧碟（肝、肠、耳、腰，腰装入肠内），胡肉一七寸盘（薄片如纸，烤皮），白肉一七寸盘（亦切薄片，去皮），红白血块一碗（血装入肠内），杂碎汤一碗（肚肺等物），虽云半桌，实极丰富也。猪之全身，几无不备。其二十件者，照式加配。取材略仿南方之羊汤饭店，分类又略仿南方之和菜，惟亦可点菜，并可外送，价极廉，味极美，无怪脍炙人口，四远驰名，进屠门而大嚼，洵足快我朵颐。

闻白肉之特异处，全恃砂锅。砂锅由来已久，历史甚远，铺主王姓，本亦旗籍，自言前清为皇室办差二百馀年。锅之上截，为寻常缸磁，如遇破坏，可以更换；锅之下截，则为砂锅，祖传珍物，至今不换。每日宰猪一头，售银三十六元，售完为度，绝不贪多，客迟到者，便遭拒绝，恕不延接，语云："以闭门羹待之。"斯言有时可为该铺写照。

又闻白肉入锅，不加色素，亦不加任何味质，清汤白煮，白肉之命名，实由于此。近年人家寿喜庆贺，及生孩宴客，皆以席有白肉为名贵。（凡外送，以及家宴之白肉，皆须预定，且有限制。）铺主告余："销售白肉，系专门生意，全城只此一家，别无分铺，所有宰法烧法，谨守祖先留传秘诀，他家不能仿冒。"但余考商务印书馆出版之《增订实用北京指南》食宿游览饭馆门，白肉铺分载数处：（一）和顺居，地址：西四牌楼缸瓦市；（二）华安居，地址：地安门外大街东；（三）德福居，地址：东四牌楼西，路北；（四）双顺居，地址：东单牌楼北，大街。共有四家，似与铺主之言未符。询之久居北平诸亲友，必对以砂锅居白肉铺最著名。意者缸瓦市白肉铺，为真正老店，其他诸家，皆后起晚出者欤？

（《紫罗兰》1944 年第 14 期）

吃白肉

李家瑞辑

“吃肉”这一个名词，本来是极平凡的。可是旧京那就不问可知吃的是“白煮肉”。“白煮肉”是由满清入关后，才逐渐推行到民间去，所以后来皇帝往往赏群臣“吃肉”（即吃“白煮肉”）。在从前的《宫门钞》上，时常可以见到“明日□刻皇上升座吃肉毕……”，“吃肉”这样一个俗不雅驯的名词，在黄皮报上，竟致大书特书。

这一种肉，多是用“白沪”法的，里面仅仅搀一些香料上去，将肉的脂肪都溶泄到汤里去，所以肉的本质尽管软烂如豆腐，而不腻人。不过，在皇帝面前的吃法是与外间不同的。

第一，肉是沪熟了而不切的，端上来，由各人带的“小刀子”（小刀子和火镰、荷包、小手巾等等，都拴在带子上，通名之曰“活计”，从前满洲习惯是“刀不离千”的），自加切削。

第二，肉不放在瓷碟碗里，而放在大红硃漆的肉槽子里，一样地油光水滑，和皓皓的白肉，列在一起，更是相映成趣。那木槽则是桦木根作成的，用以分吃的小碗，以及筷箸，也都是桦木作的。

第三，实行吃“蟲饭”主义，并不预备酱油米醋等佐料。于是这里就生出艺术来了，因为一些大臣们，衣锦食玉，对于这样实“白”的沪肉，如何能够下咽？就有人发明出来一种油纸，以极纯极净的酱油提炼出来，带在身边，每逢上肉拔刀脔切之后，就用这种油纸假作去揩刀揩碗，再经热汤一嘘，立时就会化成精品的酱油，而且与汤汁混合在一起，外人再也觉察不出来了。这和化学用的药纸，本来是同一原理的，惟有用到吃上，所以额外显着新奇些。

关于这，自然都是满清从关外野蛮民族逐渐进化到衣冠之裔中的馀痕，还在未能蜕尽。因为桦木在宁古塔是大量的生产，当地人作笨薄大车，还在斫它作轮，其贱可知。但是到了旧京，那些桦木的价值，也就不下于精瓷了。

至于普通旗民家里吃白肉的时期，除去红白婚丧以外，差不多年年一度的便是废历六月二十四（祭关羽）。由官厅起始，都是先期由作“白活”（旧京管着专作“白煮肉”的技术，叫作“白活”。这个“白”字，并不犯忌讳）的厨子，备办停当。在关羽的灵前一献之后，实行“解馋”策略。白馥馥地肥胾的酥烂，映着红滟滟的关羽脸颊上的威严，色彩的调和，从强烈中见出美感。此外便是在举行“祭天”，所有的牺牲——猪——也是要“白煮”吃的，并且用着一口“大锅”，来的人无论识与不识，只要经过“道喜”之后，就可以据坐大啖。记得笔者在幼年时，家里举行祭天，所有来的贺客的马鞭，捆在一起，都是有小吊桶来粗的。

吃白肉的佐料，习见的则是酸菜、腌韭菜末，与酱油、醋等。而应“白活”的厨子，所以见出技术高超的地方，就在另菜（普通叫作“小烧”）。除去鹿尾、血肠等外，有着许多特别的精馔，如用肉作出来的木樨枣（即蜜煎枣）、蜜煎海棠、蜜煎红果、大红杏干之流（各有别名，如枣名“枣签”之类），完全是甜性的，而用猪肉制成。其馀种类繁多，由二十四件起码，到三十二、四十八、六十四。除非“吃白肉专家”，决定不会叫出准确的来。“白肉馆”在北平，现在还有几家，但多已落伍，甚或变成一个普通的“小馆子”，不见得专卖白肉了。惟有在西四牌楼缸瓦市的砂锅居，营业依然在茂盛着，他那里煮肉的家具，是用了平西斋堂特产的砂锅。每日营业时间，仅在午前，过午来了客人便不再去应酬。

（《北平风俗类征·宴集》，李家瑞编，商务印书馆 1937 年 5 月初版。篇名为编者另拟）

北平鸭

永　财

看过《御香缥缈录》关于慈禧太后和鸭这一段的描写，使要想到北平的鸭。北平鸭，凡到过北平的，大概没有不尝过这异味的烧鸭。

北平鸭和别处的烧鸭，可以说在根本上就不同。

（一）饲鸭特法：对于鸭一切的食料都经过精细的选择，每顿总是把鸭喂得饱饱的，因为怕鸭多运动了而减瘦，不许到水中游泳，整天都是关在园子里。

（二）烧的方法：虽和他处同，但燃料又不同，烧鸭的燃料并不是普通的柴木，而是枣树枝干，据说这也是北平鸭之美味的一个原因。

（三）食的方法：在南方罢，烧鸭总算是一种陪菜，虽有时也拿作主菜，但可以说很难得，北平鸭就不是这样了，北平就最少有十家专吃烧鸭的馆子。上馆子坐定了，店伙们便会拿了几只生鸭给你挑选，一会儿他便拿刚挑选的鸭烧成，整个的再给你看，然后有两个店伙就站在门外，一个切，一个装，一盆盆的将肉和皮送上来。吃的方法是把鸭肉和皮卷在面粉做的薄饼中，俗称荷叶饼，涂上了些酱，一齐吃。鸭骨和鸭头照例是不送上来，而却加上些天津白菜煮成一大锅汤，假使你吃了还不够饱，那可以叫他们用鸭油炒一大盘面。

（四）吃的价目也不贵，像一只够三个人吃的鸭和其他食物合起来，无论如何不出三元，这也是北平鸭普遍的主因。

提起北平鸭，谁也会想到北平前门外的玉华台，据说这铺子已有五六十年的历史，专售烧鸭，至今营业仍是不衰呢。

（《申报》1934 年 8 月 25 日）

焖炉烤鸭

江左文人

故都的烤鸭，在吃的形式上和制造的方法上，虽然有许许多多人批评它是“迹近蛮野”，但是摒却主观的见解，而专从其“风味”上头来推敲，则诚如北平人之所谓“旱瓜”——别具一番特殊的“美味”在里头。于是烤鸭的“吃气”，便更热烈地充塞在这古城。本地人固然嗜此，即客居于此的外地人，也都以“到北平吃烤鸭”，为旅居北平的必要吃件，所以一般人常常拿故都的烤鸭，比做西子湖边的“醋溜鱼”、广东的“龙虎斗”，到此不可不一尝之！最近，美国游历团到北平来，他们对于北平的烤鸭特别赏识，于是在某一家烤鸭铺定烤了很多，用封筒贮存起来，不晓得他们是准备带回国去，还是作旅程中的“路菜”，总而言之，大可以证明他们赏识此物之一斑。其实说起来，偌大的北平城有什么可吃的呢，也只有这样东西可以在人前露一露，所以在八月中秋过去，当烤羊肉上市之际，不分时节的烤鸭，因为这时候天凉气爽，也就因之而更畅旺起来，大家纷纷去吃烤鸭，而构成一种“吃烤狂”。

北平卖烤鸭的铺子，大约有两种。第一种是挂炉铺，所谓挂炉铺云者，因为铺中高吊起一座破炉，用来烤鸭炙猪，所以叫做挂炉铺，这种铺子的烤鸭，大半是拿来批售于各个小的熟肉店，而供他们去零卖的，譬如一元一只的烤鸭，也可以买半只，也可以买一角，不过，这种烤鸭因为距离烤成的时间太久了，所以早已失去其真味，真正讲究吃烤鸭的，当然不肯尝此。最好的烤鸭出产地，还是第二种地方——便宜坊，或以卖烤鸭的主体的饭馆子，不过，现在北平的便宜坊，既已日渐淘汰，即以出卖烤鸭为主的饭馆，也大有“只见其闭不见其开”之势，几乎成为硕果的一家全聚德，在前门外肉市，好像是现在北平吃烤鸭的必要地方了。这一座古典气的旧式饭馆，素以出卖“焖炉烤鸭”享名，他们烤鸭的程序及方法是，于宰好的肥鸭，腹中放满清水，缝起，炉中架起固定的木料——大约是松木，鸭子放进炉内，架起相当的火候，把炉门严闭，用“外烤内煮”之法，而产生“外焦里嫩”的信条，因此称为“焖炉烤鸭”。只要有人提起“焖炉烤鸭”四个字，会有许多人要蹈曹孟德“望梅止渴”的故事而流出馋涎呢！

吃烤鸭，的确其有一种特殊的风味，不但鸭的本身如此，即吃的方法以及馆子中的一切一切，好像都与在其他普通饭馆吃便饭不同。譬如到全聚德去吃烤鸭，当你一进它那乌旧的大门，就可以看见许多宰好的鸭尸，比栉地悬在架上，一座砖制的大炉，熊熊的火光，依稀地可以看见，这时候，假如是一位笃信佛法的禅子，他会诅咒这是一座刑场，不禁要默念一声：“善哉！”拂袖而去。

经过“小便处”上楼，拣个座位坐下，伙计们于一句刻板的“沏茶不”之后，便要向你很恳切地说：

“拿鸭子看看？”

在他们的意思，认定是凡到这里来的，必定是抱着吃烤鸭的目的而来的，假如有一个人进到全聚德而不吃烤鸭子，那末，在那些山东胖子一定要窃笑你是“老赶”了！那些伙计问过了上面这句“拿鸭子看看”之后，立刻跑下楼去，提着几个大小不同的鸭子，笑嘻嘻地指给你说：“这个一块八，这个一块二，这个……”你选好了一只，伙计便拿下去烤，而在这“烤”的时间中，你正好喝酒吃菜，因为北平人之吃烤鸭以及北平馆子之卖烤鸭，向来是拿烤鸭蘸着甜酱、大葱而作“饭食”，并不以它作下酒的菜蔬，所以有的南方人到北平，初次吃烤鸭，酒喝过三巡，还不见烤鸭端上来，一催二催，催得那些山东胖哥哥的肚皮快要胀破了，骂你一声："外行！"

烤好的鸭子，黄得可爱，一个"油人"托着"油盘"，盛着油滴滴的烤鸭送到你的面前，向你很郑重地说一声：

"鸭子到！"

这一刹那的景况，很像从前杀人时候向监斩官所说的那句："首级到！"这种作用，无非是证明他们并未曾把吃客所选的鸭子换了一个小的，其实说起来，就是这样也颇难证明。

烤好的鸭子既已看过，他们便在你的座位附近用刀子片起来，这种片鸭子的刀法，的确与切羊肉为独一功，并不是容易的事情。一个人一面片，另外一个人用盘子送到桌子，这时候你便可以用那种特制的"荷叶饼"——称"片火烧"卷起来，送到唇边，正是"吹小喇叭"，风韵十足！

等到两片"鸭头"送上来的时候，正无异于告诉你："尊驾的鸭子已然吃完了！"可是伙计犹恐你不明了他们的暗示，必定又向你郑重地说：

"鸭子齐！"

"齐"者，"完"也！剩下的鸭骨——他们称做鸭"嫁妆"，照例的，命他作菜汤也可以，作蛋糕也可以，甚至于带回家来也未尝不可以的。

——这样的一幕"吃烤鸭"，的确与吃什么"鸭果席"不同风味！

（《北平晨报》1936 年 6 月 4 日）

汤羊肉

崇　璋

本刊第二十二期中雪庵君曾记广来永之“汤羊肉”，因而引起笔者研究之兴趣，兹谨将笔者所知，志之如次。

汤羊肉，应作烫羊肉，因此种羊非经屠宰乃以滚水烫毙者，仿佛通县著名之“烫驴肉”。据传凡牲畜屠宰后，污血出净，其肉虽鲜，然原味已失。故往时清宫之祀神白煮猪肉及御膳房之汤羊肉，味香而嫩，迥非市售者所能及。

昔满人祀神祭竿，皆以活猪上祭，香烛供妥后，二庖人冠红缨帽，以黄绳牵猪入，至神案前，二庖人扶猪作人立状，黑豕气咻咻，面向神，猪首结鬃作辫，编红绳，插红色纸榴花，长喙巨耳，红花绿叶插脑际，其状亦颇奇特。主人上香毕，行灌耳礼，乃举热酒祝神毕，向猪耳内灌之，酒入耳，烫而辣，达脑际，猪大嚎跳而思逃，乘其惊骇挣扎全身颤动，血液沸腾达极度时，一庖人以长数尺刺形刀名曰阡子者，以极迅速之手段，自猪五肋斜刺而入，不俟猪之挣动，而刀尖深入猪心，心房破，猪即毙，即燖毛而剖之，虽肝肠摘出，而始终不见滴血之外溢。此种屠宰技术，为北京厨行之特有，名之曰“阡猪”，盖满族以神猪见血为不吉也。阡猪自牵入，以至于死，始终未感任何之长久痛苦，而血液又未出，故其肉鲜嫩而香。往时清宫及各府邸与旗籍之满人家，每祭神皆如此，故清代之白煮肉为北京别具风味之珍馐也。

蒙古人亦祀神，然蒙人忌用猪，而以全羊为盛供，汤羊之制即始此。其法系以沸水烫羊，自表达里，羊痛极，血液皆凝于肉间，脱皮后，不破腹即蒸之，名曰“祀神全羊”，为蒙古祀神之珍供，而亦为宴飨嘉宾之佳肴也。盖汤羊血内凝，故其肉色多红而紫，此为纯粹蒙古之汤羊。

《后汉·阴兴传》载：“阴子方，腊日晨炊，而灶神形见，因以黄羊祀之。”清内务府《年班事例》谓“黄羊即汤羊，黄羊产蒙古，为山谷野羊之一种，肉嫩味甘，然忌出血，血出即膻。每岁蒙古王公年班，例呈此物，坤宁宫祀灶，期前由掌仪司进汤羊一只……”又乾隆御诗集中之《辛酉坤宁宫祀灶诗》有谓“五祀旧俗沿，黄羊盆瓶置；嘉平迓新禧，坤宁设神位”句，又《癸亥坤宁宫小除夜作》中亦有“五祀循周礼，拜天祖制详；迎禧迓青律，从俗用黄羊”。据上述，则汤羊即黄羊，乃专用于祭品者也。然东汉时代，阴兴既用此为祭，则汤羊之创始，非必创自蒙古人明矣。

北京市售之汤羊肉，最著名者为“珍味斋”，址在前门外深沟南口外路北，其详见杨静亭之《都门杂咏》。该斋以汤羊肉及羊杂碎著名，相传已有二百年历史，光绪庚子后，即不闻其名。今日以汤羊肉驰名京市者为“广来永”一家，铺址在前门外鲜鱼口内路南，门牌三十三号。此铺之历史颇为奇特，该铺长姓杨，在民国初年不列于商会之内，因该铺每年夏季售草帽、蕉扇等物，秋冬则售毡帽及毡鞋，惟冬腊两月改售汤羊肉，至正月则又售鞋帽矣。以营业论，则该铺非鞋铺，非帽店，非洋货庄，且其为佛教人亦非天方教，故又不能列入羊肉行。民国十五年左右，京师警察厅以该铺用沸水毙羊，不用屠宰，殊为残忍，又因其并无系属，乃取缔之。后该铺应南洋兄弟烟草公司之约，为批销处，乃以烟商资格入商会，其汤羊肉则列为代售品，因清时北京有代售蒙古汤羊者也。事变后，营业既发达，而“广来永”三字亦誉满京市，一般有口腹欲者，咸趋之若鹜焉。故该铺乃抛去烟卷生涯，专营汤羊肉，又于冬腊两月外，又加售正月一个月，每年售三个月汤羊肉，其馀各月仍售鞋帽等杂货，惟羔羊则禁售。

广来永在京市虽负盛名，然其铺肆则只小屋一楹，颇为狭陋，悬诸门外之标帜（幌子），为半尺宽二尺长之红漆木牌，系红绳，缀红布，书黑字，为“送礼羔羊”、“祭祀全羊”、“南式汤羊”、“美味杂碎”等词句。送礼羔羊，即明令禁止之羔羊，往时有用此为嫁娶纳采（过礼）时之礼品者。祭祀全羊，则专为祭神用，而清时有一部分满洲旗人，如“觉禅氏”等族，祭祖于亡人棺前，例不许供猪肉，而以全只汤羊为珍供。其南式汤羊则为该号之特品，因蒙古之汤羊大半皆腥而膻，该号则用内地所谓“喂羊”，故其所售闻名遐迩也。近年京市羊只缺乏，所谓“喂羊”不过仅存其名，故所售之汤羊肉不论生熟，用以川汤，则多少必有些须川散丹之膻味也。按上述，则广来永之汤羊，既非汉代之黄羊，亦非蒙古年班之汤黄羊，乃独创一格之北京汤羊也。

广来永之烫羊手术，为北京特殊技能之一，屠宰厂成立后，为求肉类之卫生起见，禁止肉商私屠，故广来永羊肉之来源，亦成问题。现闻系由场方为之辟屋一楹，专作烫羊用，烫毕脱毛后，始运至铺而售也。

（《晨报》1940 年 3 月 2 日）

狗肉汤锅

崇 璋

《曲礼疏》载:“狗犬通名，若分而言之，则大者为犬，小者为狗。故《月令》皆为犬，而《周礼》有犬人职，无狗人职也。”又《尔雅·释畜》载:“未成毫狗。”即狗之未生乾毛者。上述，乃古时狗犬之分别。惟《说文》则载谓:“犬，乃狗之有悬蹄者。”悬蹄，即狗腿胫骨处，所生之悬掌，今人分别狗犬之方法，尚以有无悬蹄而定。

因为古时以大小定犬狗之名，故后世有“吃狗肉”之称，而无“吃犬肉”者，因为“大”则肉老，“小”则肉嫩也。故古代帝王燕礼，在《礼记注疏》上载，有“享狗”，而无“享犬”。然供人所食者，并非凡狗皆可食，《埤雅》载:“犬有三种，一者田犬，二者吠犬，三者食犬。”田犬即猎狗，吠犬即守夜狗，食犬一名“菜狗”，即供人食之嫩狗也。其例，仿佛牛类中之有耕牛、驾牛、菜牛者。

菜狗肥而嫩，饲以美食，洁其居处，不与家犬为伍。生满一年者宰而烹之，名曰“嫩狗”；逾年者，曰“肥狗”；不足一年者，曰“雏狗”。然此种菜狗，多产江南，北京则无，北京所烹之狗，皆为商店住户守夜之家犬，即《埤雅》所谓之“吠犬”者也。

北京之家犬，除洋种及哈巴狗外，什有九皆污秽已极，其所饲，既无精美之品，而又喜食粪污，更为劣点。故北京之狗肉，若以江南烹狗之法制之，则腥臭恶气，甚于腐尸。故北京烹狗之法，另有秘传。因为北京之狗不洁，故北京所制之“五香狗肉”，不能登大雅之堂，稍有身份之人，莫不掩鼻而过，因一见其肉，即忆及癞腥淋淋，或踞厕食粪的情况，而作呕也。故北京人之嗜狗肉者，分三等，最上者曰“酒缸腻子”，次者曰“力气行”，再次为“蹲桥头儿”。酒缸腻子，多为各酒店之熟主顾，而其人之身份，则皆为北京土著中之中产阶级者；其力气行，则为车夫舆卒以及殡葬舁棺之扛夫等；其蹲桥头，则为各城门外关厢之乞丐。因有上述三种身份之不同，故狗肉之种类亦不同。酒缸门外所售之狗肉，为肥嫩鲜新之精肉；其次者，则叫卖于城门外关厢各酒铺前，为下级劳动家佐酒；若零星碎肉，断筋剩骨，则以荆筐陈售于穹桥头上，以供乞丐之解馋。

北京制狗肉之处所，曰“狗肉作坊”，又名“狗汤锅”，东西南三郊最少，泰半皆麇居于北郊之德胜、安定两门外之关厢。然在北京警察未兴前，则安定、德胜两门内之北城根一带之狗肉作坊，可十数家，而崇文门外南岗子以南，宣武门外虎坊桥以南，及永定门内，亦有十数家。警察创办后，则因有碍卫生，及窝藏偷狗贼之关系，皆驱逐罄尽，然而私有屠宰者，是否尚有，则无法考证之。

北京之煮狗肉，必用柴锅，若煤火则罕见，因为火烈炽，则肉糊，然而只用柴火，则肉不易烂，必用数块布质而泥污之破鞋子烧火中，其肉始烂。此种作用，科学上之理由如何，则无法证明之。又煮肉之佐料，必用黑酱，否则肉白如浮尸，且酱味不入肉里。其最重要者，则不论加入若干之香料，其味皆腥臭难闻，且食之有中毒之虞，惟若将干蒜瓣子，杂肉中同煮之，则去毒解腥，且一变而为香嫩，仿佛酱羊肉焉，故五香酱狗肉，可冒充烧羊肉也。

狗之肉，可供佐酒；狗之肝，名“狗宝儿”，可医乳孩之惊吓，及各种积病；而狗之势，俗曰“狗鞭”，又曰“狗肾”，则暗售于参茸庄，用以冒充海狗肾，形愈小者，值愈昂，此种黑幕，则非局外人所能知。民初宣外南下洼子，有名李三者，即以售狗肉成小康，冒充海狗肾之说，即聆之于此公者。狗之骨，可作骨□工厂之原料；狗之皮，则草黄色而毛细者，可充草狐，惟不如关东产者之佳，其他色者，则做褥制袄，俗呼之曰“蹲门貂”。

煮狗肉之技术不难学，最难者为剥狗皮。剥狗皮之刀，只三寸许，如小裁纸刀，剥时，将狗吊悬于木杠上，自下腭之中央，沿胸腹至阴门以至于尾尖端，须划剥一直线，沿此直线，左右分剥之，须剥下一整张，不许少破分厘，盖微破一孔，则此皮在刮硝时，即破成巨洞矣。

盛京亦多狗肉作坊，且兼及猫，然其猫狗之来源，则有专以售猫狗为业者。北京之狗，则来自“坐狗贼”，坐狗贼分二种，一曰“引狗”，一曰“围狗”。以毒物和面食内，见狗之卧街巷，或在院内者，抛而饲之，及毒发狗毙，狗主人将狗尸或埋或弃，彼则俟夜内无人时，刨而获之，销售于狗肉作坊，是为“引狗”。其“围狗”，则为专门技术，乃乘狗之卧巷内者，于暮夜无人时，披大皮袄，至狗前，以背向狗，骤然下坐，一手力握狗喙，一手力握狗后腿，以皮袄蔽狗身，而用臀力坐狗腹，在此时，手段须极捷，而用全身力，既防狗喙之噬人或嚎叫，而又须防狗躯之翻起，以五六分之时间，将狗胁、狗肠、狗五脏等坐碎之，其时之久暂，以狗粪狗尿溢出为度，乃起身将狗围于腰际，仍一手握狗喙，一手握狗腿，闪披大皮袄，扬长去。

然上还二者，必须在冬季，因为冬季狗毛丰软而肉肥，且冬季暮时，天黑风烈，路无行人，便于偷盗也。因偷狗必行之于冬季，故北京之狗肉，春夏秋三季无售者，必至十月一后，狗肉始上市也。

狗肉在古时，为很珍贵之食品，可以祀宗庙，《说文》载：“宗庙，犬名羹献，犬肥者以献之。”《曲礼》亦载：“犬曰羹献。”且为帝王御膳之一，朝廷燕享亦以此为贵馔。而北京人，则视狗肉为最下贱之食品，且易藏盗。如《都门杂咏》载：

“新添无数狗汤锅，大酒缸前几度过。非但伤生求利溥，逾墙穿壁此中多。”

此诗盖指狗肉作坊而言，狗之来源，皆为偷盗而来者也。又家犬被盗后，当夜即送狗肉作坊，在东方发晓以前，即剥脱完毕，于上午下锅升火，下午二三点钟，则已出锅，分配肉之精粗为三等，次等及下等肉，于四五点钟即上市，其售于酒缸门外之上等肉，则非灯时不能一尝也。

狗肉之次者及下等肉，名曰“瞪眼食”。因为购此肉者，多为下级之贫民，为防争论起见，将肉皆切成二寸许见方之肉片，购肉者来，售者授以箸，每食一片，售者即以铜钱一文置其前以为记，及食毕，只数其铜钱多少，即可知其食肉多少块，以便计值。然每一肉摊前，食肉者恒十数人，售者以一人之精神，须照顾此十数人所食之肉块数目，每一块肉入口，售者即以眼注而瞪之，此处方毕，而彼处肉又入口，则又移视线而瞪彼，故名之曰“瞪眼食”焉。

（《国民杂志》1941 年第 10 期）

谈烤肉

曹见微

故都一到立秋，羊肉馆的门前便贴上了“爆烤涮”的红纸黑字大市招，爆、烤、涮中以烤肉最脍炙人口，这已凉天气未寒时，更是烤肉的黄金时代。傍晚每条大街上，都飘漫着松枝烤肉加杂着大葱的香气，这股气息带有强烈的诱惑性，使人闻着真是馋涎欲滴。

烤肉又名应吉思汗炉，想系蒙古传来的，这吃法多少带有点原始的风味，一张桌子上放着烤肉的炙子，下面烧着松枝，吃的人一脚站在地上，一脚踩在长板凳上，一手端酒杯，一手拿着一尺多长的大筷子，从碟子里夹起一片片猩红的生肉，蘸了佐料，放在炙子上烤，烤熟了，从炙子夹起来便送进嘴里。想想这样子是怪粗野的，可是吃起来都非得这个架子才够味，要是文文雅雅的，别人看看不顺眼，自己也似乎觉得别扭。

吃烤肉看起来很简单很容易，其实也大有讲究。第一肉要切得薄，薄得透亮才有工夫，烤起来容易熟，又容易进味儿；第二炙子要老，老炙子烤出来的肉特别香；第三烤的火候要恰到好处，时候一长，肉便老了，时候少，吃到嘴里又生又腥。

北京卖烤肉，最出名的是安福胡同口外的“烤肉宛”，看看这馆子其貌不扬，外面没有招牌又没有门面，一共只有两进，两间屋子各放着一张放炙子的桌子和四条长板凳，此外只有钱柜和肉案子了。别看不起这小铺子，每晚居然车水马龙，门庭若市。

这馆子据说有二百年历史，他们的祖上最初便在安福胡同口上摆摊卖烤肉，慢慢的发了家，便在这里盖起两间草房来，世代相袭，永远是在这里卖烤肉。现在掌柜是弟兄俩，都是大胖子，不知老大还是老二，能够一面切肉一面算账，他算账无须算盘，伙计向他报吃肉几碟，佐料多少，伙计报完，他也算好。

烤肉宛所以出名，第一自然是因为炙子老，二百多年的老炙子，在北京可算独一份，其次便是肉切得薄。具有这两个必备的条件，无怪乎饕餮是要趋之若鹜了。

每到黄昏，烤肉宛里食客接踵而至，来晚了要等，等的人多了又以先后排号，有了客位子，一号补上去，再有客位，二号再补上去。吃饭要排号，总算别开生面。

雷嗣尚任北京社会局长时，慕烤肉宛之名，坐了汽车去吃烤肉，到了那里，已有人满之患了，顺排号是十一号，当时雷的随从告诉老板这位食客是大有来头的，不料老板却回说："我们这里不论官次，是论先来后到的。"雷嗣尚听了，便吩咐汽车开到别处去弯了弯，再来时，排号已经到十六号，因为十一已经有"补缺"的了。这是事实，可是听了倒像是笑话。

烤肉外省人不大吃得来，前两年南京夫子庙的厚德福和国府西街的东来顺都卖烤肉，可是炙子是新的，切肉的师傅也不行，总不够味儿，今年却连这不够味的烤肉也吃不着了。

（《人间味》1943 年第 3、4 号合刊）

北京的茶食

周作人

在东安市场的旧书摊上买到一本日本文章家五十岚力的《我的书翰》，中间说起东京的茶食店的点心都不好吃了，只有几家如上野山下的“空也”，还做得好点心，吃起来馅和糖及果实浑然融合，在舌头上分不出各自的味来。想起德川时代江户的二百五十年的繁华，当然有这一种享乐的流风馀韵留传到今日，虽然比起京都来自然有点不及。北京建都已有五百馀年之久，论理于衣食住方面应有多少精微的造就，但实际似乎并不如此，即以茶食而论，就不曾知道什么特殊的有滋味的东西。固然我们对于北京情形不甚熟悉，只是随便撞进一家饽饽铺里去买一点来吃，但是就撞过的经验来说，总没有很好吃的点心买到过。难道北京竟是没有好的茶食，还是有而我们不知道呢？这也未必全是为贪口腹之欲，总觉得住在古老的京城里吃不到包含历史的精炼的或颓废的点心是一个很大的缺陷。北京的朋友们，能够告诉我两三家做得上好点心的饽饽铺么？

我对于二十世纪的中国货色，有点不大喜欢，粗恶的模仿品，美其名曰国货，要卖得比外国货更贵些。新房子里卖的东西，便不免都有点怀疑，虽然这样说好像遗老的口吻，但总之关于风流享乐的事我是颇迷信传统的。我在西四牌楼以南走过，望着“异馥斋”的丈许高的独木招牌，不禁神往，因为这不但表示他是义和团以前的老店，那模糊阴暗的字迹又引起我一种焚香静坐的安闲而丰腴的生活的幻想。我不曾焚过什么香，却对于这件事很有趣味，然而终于不敢进香店去，因为怕他们在香合上已放着花露水与日光皂了。我们于日用必需的东西以外，必须还有一点无用的游戏与享乐，生活才觉得有意思。我们看夕阳，看秋河，看花，听雨，闻香，喝不求解渴的酒，吃不求饱的点心，都是生活上必要的——虽然是无用的装点，而且是愈精练愈好。可怜现在的中国生活，却是极端地干燥粗鄙，别的不说，我在北京彷徨了十年，终未曾吃到好点心。

十三年二月

（《晨报副镌》1924 年 3 月 18 日，署名陶然）

关于硬面饽饽

槿　斋

旧都小贩，沿街唤卖之声，抑扬宛转，韵味无穷，恒为人所称道。尤以长宵漏永，曲巷深衢，“硬面唵，饽，啊饽饽”一声，凄远悠长，最能动人心弦，较之其他夜宵食品，如“抓半空儿多给”、“炸丸子开锅”等吆喝之声，其感人皆不及也。

硬面饽饽为故都特有之食品，《光绪顺天府志》卷五十“饼饵之属”中所称之“印面饽饽”（原注云：无馅以面和糖为之），印面为硬面之伪（此卷纂者为蔡赓年，赓年德清人，故有此误），制售者皆为外乡侨居北平之人，每日在“锅伙”中制就，分至各处售卖，或置担挑于通衢，或荷筐沿街唤卖，向于傍晚开始，午前绝未有售者，盖纯为昔年都人夜生活者及儿童点心也。

关于硬面饽饽之名色，闲园鞠农辑《一岁货声》中，记之甚详，计有“子儿饽饽，双喜字加糖（按即俗称鼓盖之一种），硬面镯子，咸螺蛳转，油酥烧饼，鞋底子鱼，五福捧寿，奶油饽饽”，又附说明云：“有担笼，有握筐者，有带白糖麻花、芝麻馓子者。通年夜间卖，晓归早睡，午后烙。”

友人徐霞村曾于《宇宙风》为《北平的巷头小吃》一文，内中及硬面饽饽，对于此种点心之批评云：

“……‘饽饽’是北平话，意即‘点心’。硬面饽饽，就是用面粉制成的一种点心。这种点心因形状之不同，又有‘镯子’、‘凸盖'、'馓子'、'白糖饽饽'、'红糖饽饽'等名目，但其不好吃则一也。买它的人，多半是吸鸦片的人或五更饥的患者，半夜两三点钟，家中既没吃的，街上又无处可买，不得已而买它聊以充饥。"

以上为徐君对于硬面饽饽之批评，颇有不中肯綮之处。此种点心虽名硬面饽饽，然并非皆为硬面之食物，如双喜字鼓盖、油酥烧饼等，皆以酥爽胜，尤别有风味，其不好吃则非一也。不过往年制品精致味美，具有特色，自沦陷后，制品日低，而深夜又不能唤卖，于是售者遂稀，今恐更绝迹故都矣。

至于唤卖之声，徐君则谓：

"在北平，每当夜深人静的时候，往往有一种凄凉而深长的吆喝扰人清梦，那便是卖硬面饽饽的小贩的叫卖声。一般人差不多既不爱听这种声音，也不爱吃这种饽饽，因为它实在是太淡而无味了。"

徐君对于"硬面饽饽"恐无好感，既称其食品淡而无味，复谓其货声扰人清梦，此盖个人之观感如此，然谓其吆喝之声凄凉深长，则其声音之动人，皆有同感矣。又冬荣老人俞阶老（平伯先生尊人）尝有《浣溪沙》一阕，赋硬面饽饽市声。郭蛰云《清词玉屑》卷十云：

"市声可憎，亦往往可怜。斐盦外舅《乐静词》，有《浣溪沙》数阕，皆追忆之作……又屡试春闱，下榻东华门外亲串宅，深夜有唤卖硬面饽饽者，声哀而长，闻之客愁撩乱。词云：'孤馆沉沉动客思，传声凄怨绕墙迟，夜寒深巷暗风吹。 然烛名心将烬除，孤灯乡梦乍回时，当年情味几人知。'……声音之道，其感人深哉。"

阶老此词上阕"传声凄怨绕墙迟"及"夜寒深巷暗风吹"两韵，写硬面饽饽，寒夜吆喝之声予人感触之深，颇能曲曲传出。硬面饽饽市声入词，盖自《乐静词》始，可为东华添一掌故也。

又余煌《京师新乐府》，有《卖饽饽》诗一首，乃写唤卖硬面饽饽者，寒夜踯躅街头之苦况，最为动人。其诗云：

“卖饽饽，携柳筐，老翁履敝衣无裳。风酸雪虐冻难耐，穷巷局立如蚕僵。卖饽饽，深夜唤，二更人家灯火灿。三更四更睡味浓，梦里黄粱熟又半。数文交易利几何，家有妻母弟与哥。一夜街头卖不得，归去充饥还自吃。张灯忽见朱门开，一声高唤老翁来。中堂杯盘馔狼藉，主人门前正送客。”

忆故都沦陷之前，东四十二条一带，有一老翁深夜荷筐沿巷唤卖:“玫瑰馅的……油酥饽饽。”其声凄楚而长，每寒宵梦回之际，往往闻之，使人感伤不尽。余煌《新乐府·卖饽饽》一首，可为此翁写照，固不独其声可哀而其情亦可悯也。

（《新生报》1947年5月2日）

旧式饽饽铺

棣 华

北京的旧式饽饽铺，现在一天比一天少了！硕果仅存的，真没有几家，因为讲究吃旧式饽饽日形衰微，都被新式点心铺取而代之，一般昔日好买旧式饽饽铺的主顾，大半家业凋零，无力购买，醉心欧化摩登的人儿，又不认货物。也难说，请把摩登的人儿，让到旧式饽饽铺，许多固有美味的饽饽，他就没有见过，叫不上名来，空腰缠累累，干买不出东西，除非有向导带领，后者能指名，否则柜上人问您要什么，瞠目不知所答。

近来，旧式饽饽铺也知维新，也设玻璃格子、玻璃罐子，陈列各种饽饽，不独标名，并且标价，实在给予摩登的人儿方便，不致张荒歧途，六神无主了！门口也有木牌书出应时上市的饽饽。早先哪有这种规矩，不就柜里有四只红漆箱子，所有的饽饽，全盛在箱子内，主顾进到屋里，连饽饽影儿也看不见，只好点名，柜上伙计给拿。现在居然也周围浏览，随便挑选，受时代的压制，不能不这样做法，不然更无生意了！不明这是进步，这是退化，但是营业迥不如前，遂扩张广告，门口尽力宣传。

从前的旧式饽饽铺，门脸彩画鲜明，玲珑透体的雕刻，挂金镂钿的花纹，匾额蓝字阳文凸起，地为泥金，漂亮之至。门前悬着小型木牌，长方约有七八寸，雕刻也很精致。上覆荷叶，下有莲座，中间均标饽饽名，每四个为一串，用绳穿着普通八个，还有四个大型木牌，也是长方约有一尺馀，金地墨香，若“玫瑰细饼”、“五毒细饼”、“重阳花糕”、“中秋月饼”，参差悬于门前，是为“幌子”。现在有的取消，这种装饰，渐次落伍。

所谓昔日饽饽，即是满洲饽饽。有清一代，建都北京，制做满洲饽饽，非常讲究。不意关东风味，相沿二百多年，垂今总算沦落了！现在所能选购的，已经不如昔日，甚至完全凌夷，有钱也难尝试。“奶油光头”、“杏仁干粮”、“火纸筒”、“七星饼”、“套环”、“棋炒”、“太史饼”、“二屋眼”、“松饼”、“疤瘌饼”等，小些饽饽铺就没有，他就不预备，因为销路很微，太不好卖，何必賠垫许多本钱。从前北京内城拱卫紫宸的八旗营阵，住户上自王公府邸，下至百姓黎民，率多旗籍，迎合社会需要，所以满洲饽饽发达。彼时遐迩驰名的“金兰斋”，货品无不称赞，凡热闹街衢，都有分号，自入鼎革，相继歇业了！

制做饽饽的工匠，俗称“烘炉”，因为饽饽全仗炉火烘熟。烘炉是白灰所造，如同坟起，有口预备添柴，昔日要算西单牌楼迤北路西（即今西单临时商场对过）庞公道，最负盛誉，北京饽饽铺，都在那里定造。柴以枣木为佳，不能用煤火。将炉吊在房梁，有铁链连系木杠，用手搬动木杠，炉虽很巨，移置却易，此借“杠杆”原理。炉中有泥砌成的圆槽，将要烘的饽饽，罗列圆槽内，令火熏蒸，一半又仗烤劲。

除去旧式饽饽铺，尚有一种类似的，即是茶汤铺，俗呼“茶汤棚子”，凡热闹街衢多有，概为清真教人所设。饽饽通属素质，而形式与满洲饽饽，无何轩轾。不过，饽饽选逊，价钱略低，讲究吃旧式饽饽主顾，不喜往购，但给清真教人送礼，则非茶汤铺不可，不然应为不敬。因为旧式饽饽用猪油制做，回回焉能入口。近来，新式点心铺林立，各种新颖点心罔不具备，最得欧化主顾欢迎，愈使旧式饽饽铺，相形见绌，无法较量。

所谓“茶汤棚子”，本以卖茶汤做主，饽饽成为附属。陈列桌上饽饽，供客取食，每桌有十数碟，盛着各样饽饽。一边喝茶汤，一边吃饽饽，随意取食，颇称方便，也很经济，足能充肠果腹了。可叹自兴咖啡馆，“茶汤棚子”大受影响，现在不能不改良，也添卖咖啡、红茶、蔻蔻、牛奶、面包、果酱等，努力追随摩登，可称“知时务者为俊杰”，果然不差。

（《三六九画报》1939 年第 1 卷第 7 期）

上次谈及旧式饽饽铺一文，还有未尽的意思，再补述一些。

其实旧式饽饽铺，一般老北京，又叫“大饽饽铺”。大饽饽铺出品，不仅都为满洲饽饽，兼卖南式点心，满洲饽饽固然自关东传来，南式点心是为从前就有的，所以旧式饽饽铺，中间匾额书字号，两旁则写“满汉”、“饽饽”，从前又可见到，满汉结合，不只现在为始了。

北京的旧式饽饽铺，预备的食品，有季节的分别，若春天的‘玫瑰细饼”、“藤萝细饼”，端阳的“五毒细饼”，夏天的“绿豆糕”、“酥盒子”，秋天的“状元细饼”，中秋的“月饼”，重阳的“花糕”，十月一起，添卖“细馅元宵”、“八宝南糖”，冬天的“萨骑马”、“芙蓉糕”，新年的“月饼”、“蜜供”，一年到头总有应时当令的饽饽，供客选购。至于“大八件”、“中八件”、“小八件”、“缸炉”、“槽糕”、“油糕”与各种细致饽饽，都是长川预备。

现在正值冬天，正是吃“萨骑马”、“芙蓉糕”的季节，记些制法，也算应时的东西，不可忽略，也像电影，特来一个大写镜头。萨骑马有写“萨其马”，因为是由蒙古传来，纯粹译音，不必专在字面研究，所以萨骑马又不受满洲饽饽由“黄袍马褂”发明。清朝崇拜喇嘛，凡来内地赞佛，都要整佛萨骑马，彼教更能用蜜炼清油浇出番佛容貌，配有云山，非常雍丽，从前可见萨骑马，当由喇嘛传来了。北京的旧式饽饽铺，仿效制法，用香油调和糯米粒，放在文火上炸，但是糯米首先下水煮，不俟其烂，即捞出。这种功夫，全仗“烘炉”手艺。再用蜜炼，须要甘而不腻，酥而不胶，始能耐嚼。切作长方形，上面佐以青梅、山茶糕、瓜子仁，香醇适口，美味难宣。与萨骑马并立的，还有芙蓉糕。其实芙蓉糕的材料，与萨骑马类似，不加青梅、山茶糕、瓜子仁，多加一层粉色饧霜，也有白色饧霜。北京土著有称为“红面”、“白面”的，却含讥讽没吃过的不知其名。

昔日旧式嫁娶“通信”过礼，除去“鹅笼”、“酒海”，有“龙凤喜饼”这种饽饽，必须先期赴旧式饽饽铺定造，平常概不预备。还有馈赠丧家的“饽饽桌子”，也要先期商酌。层数多寡，普通率为“官三层”，多的有五层、七层、九层等，议妥后交纳半价，到时由饽饽铺伙计送去，摆在灵前致祭。饽饽桌子，也由饽饽铺预备，装饰绚烂夺目，金碧辉煌。

现在盛行“汽车”、“乐队”，要“龙凤喜饼”何用？“两天接三”，“三天举殡”，要“饽饽桌子”哪摆？力趋维新，因陋就简，无庸弄此排场了！正值米珠薪桂，生活孔艰，何不学学摩登，又经济，还落一个脑筋灵活，不像死守“顽固不化”，不过，只苦了旧式饽饽铺。

（《三六九画报》1939 年第 1 卷第 8 期）

玫瑰花吃法甚多
——京人最喜食玫瑰饼

箦　厂

玫瑰花为多年生木本植物，其花深紫色，颇为美丽，其味清香而不浓，种植之法虽易，惟不宜于普通土地，性喜沙土，故山地栽种最宜。京市所售玫瑰花，大多数产自妙峰山者，现正届盛开之时，故街市上售者甚多。山东平阴县产之玫瑰花甚为驰名，为该县出产之大宗，其花朵较京师者为大，因该县多山地，种植最相宜也。在济南各制酒公司，每当花盛开后，必派人赴该县购买，以备作玫瑰酒之用，闻该县以种玫瑰花为业者甚众云。

关于玫瑰花之食法甚多，京市人最喜食玫瑰饼，各大干点心铺（京人呼作饽饽铺）均有售者。其作法系将花瓣洗净后，用猪油白糖拌之，再以上好白面将糖馅包在其内，成为烧饼形，然后用微火烙之成熟，即成为玫瑰饼。或以面将糖馅包好后蒸食亦可。又可以用花瓣置白糖内捣之烂后，糖作微紫色，即为玫瑰糖。或以之泡酒、酿酒均佳，在酒店所售玫瑰露酒，有红白二色，惟白色花小不似紫色者之香，故紫玫瑰销路较广。

（《晨报》1940 年 5 月 29 日）

中秋节近的北平的“吃”

老　圃

北平人最讲究过节，俗说“一年三节”，即“五月初五端阳节”、“八月十五中秋节”和“腊月三十除夕”；此外还有许多小节日，并不十分注重，也不过稍有应时点缀而已。中秋节为三节中大节日之一，所以很占重要地位。北平各商家原本都随旧历三节结账、讨账，自国民政府成立以来，厉行国历，改为国历五月、八月、十二月三个月结账，不遵者罚钱。可是一般商家结账奉行国历，要账仍按旧历，所以旧历三节一到，自杀、杀人、偷窃、抢劫，以及因索债讨欠而斗殴，都是因节而生。

其实过节的主要目的，无非藉机大吃大喝而已，除去一般普通的吃外，还有特殊的吃，端阳吃粽子，中秋吃月饼，过年更讲究吃，有几句歌谣说：“小小子，你别馋，过了腊八就是年。”可见过年更好。

现在已经在旧历八月初旬当中了，距离中秋节也不过还有十天，要过节的样子已经完全呈露出来了，在点心铺的两旁都立了两块大木牌，黏上两张大红纸，上写“中秋月饼”，南点心铺也同样立上大木牌，写上“广东月饼”，或者是“肉馅月饼”。其实无论什么地方的月饼，都没有什么好吃，但是家家到这天都要买点，不论经济如何，一年一度的中秋月饼，没有吃着，是引以为无上遗憾的。

除去点缀中秋节的主要食品月饼外，其次要推各种鲜果了，在北平附近所有的鲜果，如梨、枣、柿、葡萄、苹果、沙果……都次第成熟上市了，在大马路两旁的果摊，摆的红红绿绿的果子，真是鲜艳可爱。在北平的人，除去必吃月饼外，果子也是中秋节的必食品。

中秋节在北平真是最好的季节，天气不冷不热，应时的食物，除去点缀节日的月饼、果子而外，还有螃蟹和爆、烤、涮牛羊肉。北平的螃蟹大部来自天津附近，虽然没有长江流域的湖蟹大而味美，但也相差不多，最好最著名的要推“胜芳蟹”，真是可与湖蟹比美，在七月中旬以后，北平的街头巷隅，都可以看到食馀的红甲残壳，可见北平人的嗜蟹之深。爆、烤、涮牛羊肉，更是北平惟一美品，可以说全国无可与之比美者，因为北平的羊肉又嫩又香又甜，据说是“青草羊”，其实还不是同别的地方一样，又有人说无论什么地方的羊，一走进北平的城圈，饮过北平的水，肉立刻变嫩，并且不膻。这三种牛羊肉的吃法，在南方是很少有的。“爆”是由饭馆爆好送来，愿意吃嫩一点，则少爆一会儿，加以葱蒜酱油酒，五味一烹，味儿真香；“烤”是自己动手，在一个炭盆上，支一铁箅子，吃的人一只脚站在长板凳上，用两支极长的筷子，把生牛羊肉，夹在铁箅上，烤得半生半熟，放在调好的调和汁里一蘸，往嘴里一放，味道很不坏，就是吃的方法和样子野蛮点；“涮”比较文明点，用一个铜火锅，把切好的牛羊肉一片一片地放到里面去涮，以自己所好，而定涮的时间长短，涮好后也放在调好的调和汁里一蘸，比烤的又换一个味。这三种的吃法，还是北方胡人留下的方法，方法虽野蛮，可是极易消化，颇合卫生。

在中秋节的左右，各种佳味都有，不像端阳、除夕味道的单调。

九，十二。

（《人言周刊》1933 年第 1 卷第 33 期）

冬至馄饨

佚　名

平市俗语有云："冬至馄饨夏至面。"此言至冬至日须吃馄饨，至夏至日须吃面条，世人共知共晓，无须赘述。在昔明清时代，冬至节祭天于圜丘，百官贺节，刑部实行处决各人犯，举行种种政典。今日（即夏历十一月二十八日）为冬至日，记者与读者，共同与馄饨作一度应节之聚首。惟馄饨一物，为谁人发明，有何种历史，其种类与名称，又共有多少，恐向之世人，而知者尚寡。

考馄饨一物，其发明之人，约有两说，一说系为三代浑氏、沌氏之所发明，因为冬至令节阴气已极，万物均在混沌状况之中，以面包肉，作成圆形，以象天地混沌之义，故定名为馄饨；一说系六朝时梁武帝所发明，取法于诸葛亮之馒首。遗传至今，世人食而美之。

至于馄饨制法，以其馅言之，例以冬季之白菜、韭菜、菠菜为最普通，用猪羊肉末拌成馅，搦裹面成各种形式，煮后热食之。其种类之名称，据庖师谈述，共分四种，一种为元宝形者，名曰元宝馄饨；一种为浅沿扁食回头接连成形者，谓之花盆儿；一种为方圆形者，谓之锭儿；一种小馅大皮状如面片，即街市上小贩所售卖者，谓之飞燕儿，又名燕儿飞。

每至冬至令节，平市人家，大抵皆食此物。在昔清代内廷中，届期亦令膳房，预备此物，除食用外，尚以之供奉神袛。至吃馄饨佐料，现在虽有葱丝、香菜末、冬菜、虾米皮、紫菜、酱油、醋、粉条等物，均系后人踵事增加，当初并未有此种佐料云。

（《亚洲民报》1935 年 12 月 12 日）

北京民间之腊八粥

啸　庵

岁已云暮，又届腊八粥节，笔者特摭拾燕市民间习俗，以实周刊。

北京熬腊八粥之风相传已久，在有清盛季，上自宫廷，下至庶民，届时皆不能免此一幕。民间之腊八粥，因贫富不同，故粥之原料亦异，而乡村之粥，则又另具一种风味。城内富室之熬粥，多在十一月十五以后，即行开单采买原料，名曰“买粥果”。粥之原料，分粮、果二部。粮曰杂粮米，如粳米、糯米、大麦米、小米、黄米、薏仁米、高粱米、鸡头米、菱角米、绿豆、红豇豆、白芸豆、红芸豆、白莞豆、红小豆等，皆杂粮米也，无论贫富皆不出此数种。其果则曰果料，如红枣、生栗、莲子、核桃仁、松子仁、花生仁、糖莲子、糖核桃仁、糖花生仁、榛子仁、瓜子仁、红琐琐葡萄、白琐琐葡萄、青梅、瓜条、青丝、红丝、桂圆、荔枝、金丝枣、金糕、杏仁脯、苹果脯、桃脯、柿饼条，以及堆摆粥花之橘子、苹果等鲜果，毕其数，达百十样。故在清代盛季，富家之一次果料费，可供贫民数月粮焉。

果料齐，自十二月初一、二日即开工，至初七夜，全家五更时即起，熬粥，兑糖、摆果，灯影幢幢，男妇老幼，莫不为粥忙。及天明，乃将头锅粥供佛堂及祖先，二锅粥全家啜食，三锅以后，乃遣人赠友好，故是日晨间，大街小巷中之送粥专使，踵相接也。甲家粥至乙家，乙家粥至甲家，皆互相审视粥花美观否，滋味如何，果料是否齐全，皆一一品评之，仿佛粥之成绩佳否，有关一年之吉凶者。然自共和后，贫者已无力熬粥，而富者，亦不敢扩大铺张，施粥于戚友，而各寺庙及善士所办之粥厂，仗诸大善士力，有于腊八时在小米粥中略加红枣，以饱灾民者，此粥虽亦名曰腊八粥，然其滋味已不足道矣！

（《晨报》1940 年 1 月 13 日）

炒　粥
——御膳房之特产

雪　庵

北京的腊八粥都是用锅熬煮，故叫作“熬粥”，惟独清宫的腊八粥，名叫“炒粥”。制造炒粥的厨房，是御膳房的“素局”。先用大锅煮各色杂粮米，煮熟后，用笊篱盛出，滤净水分，分盛各盆内。再用沸水泡各种果料，如山查、蜜金丝枣、青梅、桃仁、葡萄干之类，亦分盛各盆内。

上述各种手续，自十二月初一日，即行开工。至初五日报齐后，乃用大铜锅熬煮白蜂蜜（光绪庚子前，用吉林乌拉打牲总管衙门所贡吉林蜜户的野蜜），蜜沸后，将各种煮熟的杂粮米徐徐兑入。兑米的时候，另用一人握二竹板，在锅内搅而炒之，不准米与蜜焦糊锅底。蜜与米搅匀，因无水分，故蜜米相凝如团。乃于此时，将泡透的各种蜜果，连果带汤频频兑入锅内，仍用力搅炒，必至蜜米相结的大蜜团融解成糊泥状，始将锅离火，分盛碗内，炒粥工作乃成功。

碗内粥，陈列冷屋内，俟粥冷，则粥上发现一层厚膜，名曰“粥皮”。乃又由摆果子工人，制做粥花，即用瓜子仁、核桃仁、葡萄干、青梅、红丝、橘子、苹果、莲子、金糕等五色干鲜果品，在粥皮上缀摆各种图案花纹，以不露粥皮为度。又在图案花上，叠堆各种玩物，如狮子滚绣球、宝塔献瑞、龙凤呈祥、鸩鹿同春、五福捧寿，八仙人物大花篮等。凡花草人物、禽兽古玩，皆堆高尺许，眉目羽毛，无不毕肖，名叫“粥花”。粥花摆毕，已至初七夜，乃由供粥大臣、司香太监，分供在宫内各佛殿及进献帝后妃嫔尝用。其馀的王公大臣，非特旨赏粥，不能一尝。然而赏粥以后，必须专折谢恩，名叫“谢粥”。

这种腊八粥，自宣统出宫后即停炒，乃是北京粥节中特别的美味，因为它的滋味，是甜而不腻、酥香可口啊！

（《晨报》1940 年 1 月 13 日）

北平菜蔬
——北平的特产

金受申

北平菜蔬种类，及菜行情形，我另有单题记载，本文只记些特殊的。所谓特殊也者，即某一种菜蔬，只北平某地区有出产，如为北平四郊皆能生长，即不列入。

先谈萝卜，萝卜生食熟吃均可，是一种极能养生的菜蔬。北平萝卜种类很多，但四郊各产一种或两种，决不相混。有“象牙白萝卜”，长约七八寸，径如小银元大小，纯白色，每年秋季收获后，即入地窖收藏，或冬天发卖给鲜菜店（北平俗呼为菜床儿），以备人家购来做饭菜用，或春天担来下街生卖（以前北平春二月间，有人用圆木水盆，内置象牙白萝卜，手执刮挠，现卖现刮皮，糠心味辣管换，我和翁偶虹每天下学，必各持一根，大嚼锣鼓巷道上，现在这种买卖已然数年不见了），但大宗则为秋天收获后，即送入城内各大酱园，以备做“小酱萝卜”之用。小酱萝卜为中级以上的酱菜，所以选择必须精细，尺寸大小差不多，只在五六寸之间，不许有瘢痕破伤，看起来须透玲不发乌，尤其不许糠心，发售人对酱园须负责任。北平所谓“京酱园”（也是特产，另节细谈），有规模极大、行销各省的大酱园，前清时以平西四王府东天义酱园，及蓝靛厂酱园，驰名平市，大概因水的关系，所以甜美。平市则以西长安街天源酱园为最大，各大酱园以用马家象牙白为号召，马家在永定门外正南四五里苏家坡，所产象牙白萝卜，能一律大小，不乌不糠，可供大酱园之用，近年经地主马北田，研究肥料土质，所产尤较以前佳美，天源酱园即用马家产品，每年先期豫定。再有“灯笼红水萝卜”，所谓水萝卜皆以生食之用，以前老北平吃水萝卜，皆以灯笼红为主。灯笼红为鲜艳深红皮，上端小，下端近根处渐大，穰为白色，微带淡绿水晕，入口酥脆，因其上小下大，所以俗呼为“大屁股红”。这种萝卜产于朝阳门外八里庄，以齐家、刘家所种最佳，各地用其籽粒栽种，其皮色即渐淡，心的绿色，也没有了，味亦不能像八里庄所产的甜脆。近年有“口红水萝卜籽”输入，为张家口一带的籽粒，皮更淡浅，且有白筋，不只鱼目混珠了。再有“心里美水萝卜”，绿皮红穰，味亦甜脆。心里美在平市不过有三十年历史，种籽不知由何处传来，起始在海甸一带种植，近年仍以该处为多，但不似初年的个大，红穰亦渐粉淡。北平冬夜有下街卖水萝卜的，酒饭之后，且深居饱吸炭气，吃水萝卜确能清热去毒。早年皆卖灯笼红，心里美出现后，便代替了它的地位，以致形同绝迹，近一二年才又有灯笼红和心里美可卖的。还有一种心里美，形小，皮穰色皆淡，产于西红门（南苑西面），但颇甜酥，较大心里美为佳，只在前门外澡堂、娼寮、旅店售卖，不为普遍的北平人所周知。再有“绿水萝卜”，产于东直门、安定门外之间，大小如西红门的心里美，绿皮绿穰紫芽，所以又名“紫芽青”，味不甜不脆，十分之八有辣味，春天也担水盘下街售卖，夜间卖水萝卜的决不带紫芽青，一则本质不佳，二则紫芽青非过年不能出窖。再有“真假卫青儿”，也是水萝卜之类，真卫青儿即天津萝卜，形如北平的象牙白，而形体较小，萝卜本身微弯，皮作深绿，穰作绿色。真卫青儿在北平市上售卖，尚不及十年，起初不过市场果摊上代售而已。近三四年来，有以天津萝卜种籽在北平种植的，皆在广安门外西南，右安门外一带，也许是水土的关系，形体已较真卫青儿为大，且本身也没有了微弯，和小的象牙白萝卜相似，皮色亦为渐浅淡，是谓之假卫青儿。天津吃萝卜，以味辛辣为主，谓为“不辣吃么劲儿”，以为吃了辣萝卜，再喝热茶，痛快无比。北平则以不辣为主，吆喝卖货声，也是“萝卜赛过梨来，辣来换”，或“糠了辣了换钱”。假卫青儿经过北平水土种植，不但形色已变，味也不辣了。再有做饭菜用的“便萝卜”，上部作极娇美的粉红色，渐下渐淡，以至于尾端全作白色，人称为“娃娃脸儿便萝卜”，产于安定门外小关（即元代安贞门，至今尚有元代铁铺，所做铁犁锄，驰名平东二三百里之外，与元城东面极北城门光熙门道儿李家，皆为元代旧住户），为北平特产中的特产，且只产此一地，用来羊肉白熬便萝卜，有形容不出来的美味。安定门便萝卜，至少也有一二百年历史，前二十年为一山西客人杨用义，每年出全价包售所有出产的便萝卜，获利很多，事变那年，杨用义离开北平，不意粉红色娃娃脸儿便萝卜，慢慢变成浅红色，仿佛和大萝卜串了种似的，虽然味道没改，观感上总有些不愉快。再谈“大萝卜”，名字虽有大字，形体并不大，且在萝卜形体中为变态，用途销场也极小。大萝卜作扁形，比柿子大，比柿子还要扁些，色作淡红，味极辛辣，每用作北平专有的“辣菜”、“大萝卜丝汤”中配料，也有挖去中心，种蒜和麦子，吊在屋中，经过暖气的烘焙，萝卜也生了芽，蒜、麦子也生了叶，为北平旧家冬日的室中点缀，虽然蒜气难闻，也称它为三清之供吧。再有“大绿萝卜”、“大白萝卜”，为萝卜中最硕大的，以西直门、阜成门外远郊所产最多，生食做菜皆不能用，只能送到小酱园油盐店，去做大腌萝卜、人参萝卜、萝卜干之用，为平民大宗佐食的咸菜。以上是北平特产中的萝卜，大约可分生食、做菜、做咸菜的三部。以外还有“红萝卜头”，为西餐里小吃之用，及日本的“大白根”，是近年传入之品，“大白根”已成平市食品中的一种了。上述只扁形大萝卜各郊都有，以外还有“小红水萝卜”，一年四季皆有，四五个作一把，生食做汤，以及羊肉馆做烧锅萝卜，均无不可，也是各郊皆种的出产（安定门外不多产，以阜成门为最多），不必细谈了。

前谈北平的鸭子，某君看见了说，还差了一个“凤还巢鸭子”，我才想起，应名“凤凰出窝”，给改了一个雅名。即整鸭洗净，将发好的黄鱼翅子，填入鸭腹，加妥作料，蒸至糜烂，味颇深厚。但庄馆做此菜，为图省事，皆将鸭煮七八成熟，翅子亦煮半烂，然后同蒸，实不如家庖，二物皆生蒸的味美。红烧鱼翅以各大庄馆所做，即为合度，若必如谭家菜之糜烂如泥，我真不敢以为然。总之这是贵族菜，我们的金钱是劫搜脑子来的，哪里敢问津于既鸭且翅之前欤？金质甫兄以为上海电炉烤鸭（北平近来也有以此为号召的了，反正有人卖，就有人吃，卖得贵就有贵人吃，为万古不易之原则），火力均匀。我却以为应和吃烤肉相比，一般人皆以烤肉支子密，则火不上冲，方为腴美，一人以此唱，十人百人以此和之，于是到吃烤肉的地方，皆以能挑剔烤肉支子为充内行，我实在太外行了，到处露出外行来，窃窃以为烤肉支子不露火光，实不如吃钲炮肉，我对电炉烤鸭，也如此见解。还有一则，北平近二十年来，吃钲炮肉多要“炮糊”，请你打我俩耳光子，也不附议吃炮糊的，你问我什么理由，我还问你为什么要吃炮糊呢！

本文仍继续谈北平特产中的北平的菜蔬。

北平菜蔬中，实应以“大白菜”为特产，周颙说：“春初早韭，秋末晚菘。”实为北平特别风味。北平羊肉馆及老家庭吃涮火锅，民国以前，皆以酸菜、水粉（今用油丝粉，火锅也有许多吃法，兹不另加旁笔）为配，后来东来顺逐渐发达起来，才以大白菜头下火锅，油腻之后，甜脆异常，三十年传遍了北平市，东来顺之功不可没也。以前北平春末、夏季、秋初，只有小白菜，在夏末另有一种挑敞竹担，售卖带根小白菜的，担上排列（不加捆）整齐，为初伏所种的白菜，拣择出来的，是时羊肉铺烧羊肉下锅，浮油正多，浮油熬小白菜，又吃荤腥又省钱，近年这种担子也很少见了。以前夏日决无大白菜的，近年因为南菜盛行，夏日也有了雪白的大白菜，不过不容易做得糜烂。北平大白菜是对小白菜而言，本无大字。白菜是冷吃、荤吃、素吃、甜吃、咸吃、生吃、熟吃、穷吃，阔吃，无往不宜，极没阶级的一种菜蔬。北平白菜因水土不同，分青口菜、白口菜、半白口菜三种。青口菜，叶绿味甜，喜以羊肉熬做（北平老家庭熬白菜，用羊肉加酱，用猪肉不加酱），但笔者却不喜吃青口菜。青口菜产于西直门外水多地带。白口菜，叶白微带晕出淡绿，甜味则稍逊，但生吃，下火锅，烧白菜，猪肉炉肉丸（北平猪肉铺特有的肉丸子），海米熬白菜，则宜白口菜。白口菜产于东直门外水少地带。半白口菜，近于白口菜，各城郊均有，但以南郊为最多，阜成门外以南多“水浇地”，尤产半白口菜。

再谈韭菜（韭字正字没草字头），韭菜为北平各城郊皆产的菜蔬，所以不谈，只谈一两种特殊的。北平有一句俗语：“韭菜王瓜吃两头。”所谓两头，即一年的初春、秋半，中间的长时期是没什么意思的。韭菜最鲜美的为“冷韭”、“盖韭”，即初春将去年窖中遗留的宿根，移植畦中，畦深尺许，夜盖蒲帘，日间揭去蒲帘，施肥浇水，所产韭菜长只三四寸，尖端深绿，下渐黄色，叶极肥大，有“野鸡脖儿”、“花腰子”之分。二十年来，左安门外于家坟农民戴德江，以种植花腰子办法，一层土夹一层肥料，培出黄绿相间的颜色，但长高及尺，是为“大花腰子”，每年春分节前后（即国历三月二十日前后），即可上市，非大庄馆大宅第不敢用，价较小花腰贵五六倍，但仍供不应求。至清明节（四月五日前后），则又生出“大白根”来，价较大花腰稍逊。冬日韭菜以“韭黄”为最佳，北平人称“黄芽韭”，市上称“卫韭”，全系火洞烘出。稍逊者为“蒜黄”，形如韭黄，只是由蒜烘出，味极辛辣，价较韭黄廉三数倍，附志于此。普通的为“青韭”，菜极细长而冗，作浅绿色（系由“明火洞子”烘出，北平西南郊，烘冬鲜的有明火、暗火洞子之分，暗火烘珍品，明火烘普通品，明火在北，暗火近丰台，容另述），产于广安门外一带，平市销售极多，价亦廉。

王瓜实应名黄瓜，考以古书，王瓜实另为一种，今从俗仍称王瓜，北平人则仍呼黄瓜（王字北平音读 wáng，黄字北平音读 huáng，上海二字音相同，故不得不注明）。王瓜种类很多，自刺儿瓜、包瓜以下有十数种，我们外行是分不清的。王瓜是普通菜，所以不详谈，特产只有暗火洞子所烘出的冬鲜，价值昂贵，王瓜味全无，只暴发户发邪财的，冬天吃王瓜以示阔绰。我以为冬日王瓜，只有一个妙法，切大王瓜丝，加鸭梨丝，与白糖同拌，名为“赛香瓜”，倒可供我一醉。另有特产的王瓜，即平东八里桥“黄瓜园”所产王瓜，条小只七八寸，色较浅淡，形如平市的秋王瓜，汆汤最美，切王瓜为片（北平有一种自命高等人吃王瓜去皮，我真下愚，莫名其妙），另以精致羊肉片，浸于净水中，肉内血丝，注入水中，更以手指捏净血丝，汆时以原水加入，味极清美，但忌多加香油，香油味虽香，却能掩一切鲜味，吃北平茭白、济南蒲菜的人，必有此感觉。黄瓜园的王瓜，平市所见不多，以秋王瓜代之即可。

“果珍李奈，菜重芥姜”，这两句诗，凡在三家村念过“三百千”的，谁也知道《千字文》上的两句名言，实在却是我这穷而有食癖的写照，珍重二字，简直是对我说的。今年夏秋以来作为下酒之物的，就是李子和奈子（北平称为沙果），每次法币一百元，永不换样，永不多买，试问哪个大宴会席上会摆上一盘李奈，珍字岂非对我们这般人说的，有生以来，未有此福，真不敢“感”而“想”了。芥姜在宴会上不过是作料，但我却十分重视，因有其辛辣的刺激，可以不辨所食是否为肉类，也就是北平以辣椒为“穷汉子肉”的道理了。但实在说起来，菜蔬并不比肉类的趣底。然而萧伯讷请罗丹吃饭，因为没有肉，以致罗丹不终席而去，留了一个笑话。美国矿工因为没得肉吃而罢工，但美国人，终是美国人，请到门头沟煤窑去看看，走窑的（挖煤工人之称，俗称窑黑儿）曾以肉为念否？大饭庄酒楼有肉的地方，“梦到神仙梦亦甜”，我们连梦也不敢梦的。此吾之谈菜蔬之所以为人所不反对者，良有以也。自古是人民有菜色，从不闻劫搜员之无肉也！吾于是接写北平菜蔬。

北平四郊之各有特产的菜蔬，略如上述，其非特产的，自然不在其内。北平俗语有“庄家钱万万年，园子钱六十年，作官的钱随手完”，还有两句什么似水船，谁谁还，不在本文之内不谈了。庄家即种旱地的农民，因为千辛万苦得来的钱，水旱由天，靠大自然吃饭，所以可用万万年。园子即种菜蔬的菜园子，因为种园子一年可获利重重，巧夺地力，但仍为辛苦的收获，所以也可维持六十年一甲子而不败，天道好还，我不算迷信罢。北平西南郊有一种介于旱地、园子之间的，称为“水浇地”，阜成门、广安门之外，土地因水源关系，特别肥沃，各种新兴菜蔬，大半由此试种，农民也极富研究性，东北郊所不种的瓢儿菜、瓮菜，此间皆有，洋桑葚（洋梅，洋不应为杨字）弥望皆是。更有分成垄沟，不是方畦的旱地，也不用水浇，所以称水浇地，水浇地可以种大小麦等，早熟而肥大，但不在菜蔬之内。菜蔬以芸扁豆、豌豆为大宗，销行全市，走外庄，出产量非常大。我们在城内遇见一个乡间人卖芸扁豆的（不是城厢趸售的菜贩），试一问他家住哪里？哪里的扁豆？必给你背出什么金家村、古庙、靛厂、小井、大井、什方院一套地名来，可见北平菜蔬各有特产的地方了。还有烘焙冬鲜的洞子，也由金家村为起点，南行直至丰台，北一方的全为“明火洞子”，南面才有“暗火洞子”。笔者好游，虽然终年不进北海门（至今年重阳，已三年没去北海了，今年自杀的之多，益发使我凛然），但近郊各地，却喜闲走，明火洞子、暗火洞子不但参观过，且在洞子中和人斗过梭胡，所以知之较审。明火洞子专熏青韭，洞子形式和北平城内各花厂的花洞子相同，前面高，后面低，作成扬头式的房子，左侧开门，洞内挖下二尺馀深，除进门有一方空地，及中间走道外，完全用土打成方畦，畦深不及一尺，畦和畦的中间留出水沟，畦中密排韭菜根，一点土没有，水沟贴地部分，造成水眼，按时拔塞，往畦中放水，和泡花瓶相同，借着火的热力，催出韭菜的新叶来。入门空地砌一大煤炉，所以称为明火。洞的前面是秫秸插成窗槛，上糊东昌纸，外有极厚的蒲帘，白天揭天蒲帘，以透阳光，夜间完全遮蔽，以免寒气袭入。春天洞子取消，则蒲帘可以作为盖阳畦之用（阳畦是初春园子中培种菠菜、韭菜的田畦，有人认为应作秧畦，是错误的）。明火洞子所烘出来的青韭，一冬可以割三次（时已至二月，北方天寒，春已逾半，已过花事，天气仍然寒威甚烈），割成后，捆成大捆，每捆多至三五斤，运入市中，可获厚利，但在应割之时，行市低落（北平俗以快马赶不上菜行市），或煤价骤涨，也会赔钱的，甚至看出苗头不佳，末一次青韭不割，便舍去了洞子的也有，所以北平以开洞子为凭运气的。烘青韭用的韭菜根，有人以为是洞子中用籽粒种出，固然不对，有人以为是一年之中，割剩下的韭菜根，也是不对。凡是打算冬天安洞子的，须在春天下种，在园子边上闲畦中，照普通种韭菜方法一样，也浇水，入秋以后也施肥，只一年不割，一次也不割，则韭菜生殖力仍然存在。秋深以后，先拔去野草，再割去韭菜叶（所割之叶，已老不能吃，只须仍去），另雇乡间妇女儿童理韭菜根，以后便可以入洞排畦了。北平冬天，青韭是一种中等以上菜蔬，水饺馄饨，春饼炒青白蛇，下至大饼卷十香菜青韭，都是可以的。暗火洞子外形和明火洞子相同，洞内砌成土坑，坑上置土分畦，炕下砌成洞道，烧煤在外边，火力由火道传布，洞内不见火星，但温度却比明火洞子为高，须和夏天气候相等。暗火洞子所烘焙皆为细货，炕上畦中，种五瓜、茄子、扁豆，靠窗部分种豌豆，靠后墙部分种香椿（明火、暗火皆为南向，窗门朝阳，后墙背北）。王瓜、茄子、扁豆、豌豆，皆以籽粒下种。香椿则为预先在地边上种的香椿秧子，高不过二三尺，称之为“熏秧子”（香椿秧子经过烘焙后，春天取消洞子时，只须抛置，种植十不一活），香椿省火力，易于生长，但在冬鲜中价钱则为不贱，所以暗火洞子以香椿为我补亏欠的菜蔬。暗火洞子，一则用煤较明火多至数倍，二则培种须有把式，烧火须为内行，火力大了，秧根已熟，岂能长生？火力小了，或火力不匀，一冷一热，也是不得成功。所以暗火洞子本钱大，所产冬鲜也因之特别昂贵，冬鲜只是价昂而已，北平有句话："贵人吃贵物。"我这非贵人，真不敢以为然的。北平菜蔬，止于此罢！我有一首旧作，写在后边，聊表酸兴：

"细雨微寒嫩绿天，骑驴斜过韭畦边。田家初熟鹅黄酒，漫话前尘四十年。"

北平的物产中菜蔬，已为上述，现在再谈一些关于"吃"的特产，其中也有一两种失传的，不妨一并写出，诸位如以读《都门纪略》方法来读，那是极欣幸的。

（《一四七画报》1946 年第 6 卷第 2 - 4 期）

北平的食品
——北平的特产

金受申

北平食品，而能成为物产的，不可胜数，记起来不免漫无头绪，今略为分类，以别先后。

先谈关于羊肉的部分。不知为什么缘故，凡吃过北平羊肉，再吃外地羊肉的，总说北平羊肉特别肥美香嫩，尤以炮烤涮为然。有人说北平北面有一道河，口外的羊经过这条河，喝了河水，便更肥起来，膻味也去了。说者言之凿凿，而且北平人都如此说，使人不敢不信。但我总以为是羊种关系，真正西口大尾巴羊，瘦的部分微紫而不淡红，肥的部分雪白，加以酱缸中起出的高白酱油（不是化学酱油），无论如何也是鲜美的。抗战末期的北平，几乎山羊占大部分，近来绵羊也没有以前的肥大，加以羊肉铺已不自己捆羊（北平称杀羊为宰羊，也称捆羊），薄而不鲜，怎样也美不了，直待西北交通恢复吧！

"烧羊肉"，为北平特有美食，实际清真教家庭中的"方子肉"，即与此有关。将精致羊肉（牛肉亦可，惟以前羊肉铺不烧牛肉），整方加五香料或七香料，酱或酱油红煮，煮熟搭出，吃的时候，切块加汤，即为炖羊肉，过油煎炸，即为烧羊肉，不过做方子肉的，没有铺子的烧羊肉味咸罢了。烧羊肉所包括种类，除羊肉外，有羊脖子、羊头、羊腱子、羊蹄、羊蝎子（脊骨）、羊排岔（肋脊）、羊杂碎、羊沙肝。所有各类，除羊头外，皆以过油与现炸。熟食最美，渗酒则以排岔、沙肝最好。以前均讲究过油，近来有的杂碎，已不再炸。二十年前，羊骨头也下锅，每日不出锅前，即有人预定，啃完骨头，仍交还羊肉铺，近年已不再见了。烧羊肉汤为夏日傍晚食过水面的好浇头，大王瓜、大蒜在握，足以解一日之疲劳。用 烧羊肉汤，加炸茄片、鲜羊肉片，打茄子卤，尤为美味。北平羊肉铺卖烧羊肉，差不多都由立夏到立秋，九十日之间，看天气寒热，可以前提或后展。每日下午三时左近，方可出锅，所以北平家庭没有上午吃烧羊肉的。北平以卖烧羊肉出名的羊肉铺，也有一段小小变化，早年北平没有不知道“谢家胡同烧羊肉”的，地在安定门大街谢家胡同东口外路西，字号是鸿三元（《都门纪略》记为成三元，但今为鸿三元，不知是否改名），但知道字号的很多，真有从西南到此来端（即买）烧羊肉的，大府第更非此不可。民国二十年以前，鸿三元没修理门面时，门前夏日还挂一古老的红纸牌子，上写谢家胡同烧羊肉，实在烧羊肉的王冠，早已转移了。继谢家胡同而起的，为东城干面胡同张家羊肉铺，再转为隆福寺街白魁羊肉铺。白魁在路北时，很享了几年盛名，加以灶温（饭馆名读遭瘟音，肉名隆盛馆）的龙须细面，更为平市食客所习知。白魁移到对门路南后，声势远不如前，东口外路西的同义羊肉铺，取而代之，成为最后的有名烧羊肉制做者。近年材料贵，肉价昂，又以旧家衰落，欣赏北平特产烧羊肉的，日渐减少，只有羊肉馆里的烧牛肉可以下酒，烧羊肉可以下面了。以前到羊肉馆吃烧羊肉的，是几乎没有，前二年我在德胜门果子市北益兴酒缸旁边，发现一家好烧羊肉，今年夏天，同着清真教朋友王逸轩兄乔梓，又吃一次，味道如前，差可自慰。

再谈“蒸羊肉”，蒸羊肉不但为北平所特有，且为马店薛家所特有（《都门纪略》只记肉案在马店路东，未记何姓），前同陈树人大夫吃过两次，味极美，与一切烧羊肉、酱羊肉不同，纯为薛姓所发明，系用最好大块羊肉，以水洗净，上抹高黄酱一层，放于大盘肉，上笼屉蒸熟，系用文火，所以酱已渗入，咸淡适宜。平市销售，只在德胜门内外一带，外省行匣，销路也很广。据说薛某已死，再传即绝，继起无人，有几家仿效的，也只是普通的煮，而不是蒸了。有黄姓兄弟二人，及一张姓妇人，每日在果子市售卖酱羊肉、酱羊头，除尚能糜烂以外，只真咸而已，虽人称为是薛姓蒸羊肉的遗法，但吃过真蒸羊肉的，决能知其不似。

再谈“酱羊肉”，北平酱羊肉，驰名各省的，只有正阳门内公安街月盛斋，月盛斋的开设已数百年，在以前正阳门内棋盘街商店林立，六部各衙署有在之时，月盛斋正是礼部紧邻，本是繁盛之区，原来没有什么可奇怪的，但自民国以后，这一段市街，只剩了三个机关，大楼旁边会存在这末一个孤零零的酱羊肉铺，自然要有它的存在理由了。月盛斋的酱羊肉，确能以味道引诱人，如果遇见顺风，且正赶上酱羊肉快要出锅时，人一走到邮政管理局门口，便能闻见肉香。据说月盛斋酱羊肉，除似通常酱羊肉，更再加香料以外，还有所谓“万年汤”，即由开市以来，汤一锅一锅地递沿下去，下一锅里有上一锅的一小部分老汤，有人说是由开市时存下来的汤，每锅兑入，那是不合理的。烧羊肉只卖一夏季，所以不能有隔年的陈汤，万年汤在大号庄馆中，也差不多都有万年汤，但也是一节一节往下沿，两节相连的都很少，因为端阳、中秋两节，天气温热，一修理炉灶，便是十天八天，所以不容易保存老汤，实际也不必需要老汤。月盛斋向不卖汤，但笔者却借着附近某机关人之光，吃过一回酱羊肉汤浇面，是某君以二角辅币，麻烦来的肉汤，虽为可笑，但也可骄傲一般了。近年大栅栏门框胡同，也有仿照月盛斋做酱羊肉，色味俱佳，又因地势冲要，营业也非常发达。以前各羊肉铺，皆例于夏日烧羊肉外，不做熟肉，近年冬春之间，也做酱羊肉。酱羊肉有的小羊肉铺更做酱牛羊肉杂碎，不过偶为酒徒所采购，不在特产之内了。

再谈“羊头肉”，所谓羊头肉皆为白煮，羊头外只有羊蹄，羊头拆开，分脸子、信子（羊称舌为信子，牛为舌头，猪为口条）、脑儿、眼睛等部分，及羊蹄拆下来的羊筋，以切为纸薄，方耐咀嚼，蘸花椒盐以佐酒，乐且未央。羊头白煮，看似容易，实在不但火候不容易，而且我们一煮，便觉肉色乌暗而不鲜明。北平卖羊头肉的，老例应于立秋日上市，如以立秋之时还热，或有事不能卖，也须在此日卖一天应节再停业，否则违例，同伙的作坊，拒绝加入，近年这个陋习已取消了。前些年卖羊头肉的担细竹篾大筐，后面圆桶，近年多改揹白柜子了。羊头肉以冬日带冰凌的，吃主售主，均以为最美，我实不知美在哪里。北平卖羊头肉的，皆为大教人，只有一清真教马姓，每日只在廊房二条裕兴酒店（即以前《北平的酒》中，所谓三家站着喝酒的酒缸之一）门前售卖，并不下街，其他固然也有在酒缸门前摆柜子的，但仍白日下街。羊头肉虽为贵人之所不屑食，然在清洁上，风味特殊上，不能不算为北平特产之一。

上节也可以说第二节，《北平的食品》前一段，所记为羊肉类的特产食品。其实关于这一类的，当然还有很多，不过有的太琐碎，有的不够特产性质，有的可以附入羊肉馆，但又可以独立一段，所以便以羊头肉为此段的结束了。还有我每次写稿，总算不清每次要登多少，因之每次便标一小题目，如《北京菜蔬》便标了三次，就是这个缘故，而且每次之前，全又有一些叙文似的随感，尚希读者明察。

羊肉谈完，再谈猪肉。

先由猪身上谈起，“烧猪”是北平的一种礼品，前清时各王公府第，及在旗各宅门，皆以烧猪为馈送盛礼。各省虽然也有烧猪，但总不及北平火候合适。北平以前以普云斋、普云楼、金华楼烧猪最有名。烧猪须用出生不及六个月的奶猪，将头蹄取消，退尽猪毛，平撑使平，当然要从腹部剖开，取去五脏了，然后上大炉火烤，和烤鸭相同，烧得以后平放于屉子中，大小须要适合，颜色要如紫玉，较普通炉肉稍深，肉皮须焦脆，皮下连肉处的肌理，本是一层黏膜，但烧猪须使此黏膜轻松，而不粘黏，且不似烧鸭凉后便觉皮软，须与炉肉一般的焦脆，方为成功。食时可以蘸甜面酱或烂蒜酱油，或加汤重蒸重烤。猪骨可以熬菜，笔者二十馀年未吃此物，抑且不见此物了。

“炉肉”只系用五花三层精致猪肉，火烤如深黄色，或清蒸，或用以炖大白菜，均极腴而不腻。我的老友孟仲芹二兄，则喜蘸酱油生食（实在已然烤熟，只不再加火罢了），我后来也颇以此佐酒，甚为有趣。以后的涮火锅及什锦火锅，在北平旧家庭所谓锅中料中，是少不了炉肉的。

再有为北平特有，也可以说由满洲传来，但已和满洲异趣的，便是所谓“烧燎白煮”，北平俗音读此燎字如啦的音，无形中便成了烧啦，以后再白煮，实在烧是烧，燎是燎，白煮是白煮，本是一出的三幕剧。烧即是烧碟，内行称为小烧，系用五寸小碟，做出卷肝、卷里几、烧鹿尾、炸肥肠、烧面码、烧紫盖、炸阡儿……可以到三十二样、四十八样、六十四样，甜的（炸阡儿就是甜的），咸的，凉的，热的，无不赅备。以烧燎白煮出名的砂锅居（和顺居），小烧并不怎样，只拌穰子、拌双皮，为口子上厨子所未有，其馀小烧只一二十样，而且也没甜的。北平口子上厨子，全都能做烧碟，前清及民初，兵部洼有一家专做烧燎白煮的口子，因为这种席面，为南人所不惯食，只北平旗人和北平土著汉人，才能欣赏，所以近年烧燎白煮很衰落了。烧燎白煮为夏日筵席，所煮之肉，油已出尽，并不腻人，烧之适口，已如上述。燎即砂锅居所谓“糊肉”，但与白煮肉相同，只肉之上皮微黄（白肉煮熟，例除外皮，以外皮切丝为拌穰子，俗呼拌皮渣，渣第三声。此所谓上皮微黄，系指去皮后而言）而已。我在老友卢洁庵兄家吃过一回地道东北味的糊肉，系将肉先用木柴烤（直可以说烧）透，再刮去黑焦皮，然后水泡半日，再下锅煮，切片食之，有烧猪炉肉的风味。砂锅居始于乾隆六年间（西历一七四一），所煮白肉糊肉，极为软烂，但能立刀，能切成大片，这和酱肘子铺煮酱肘子的手法相同，外行办不到。再砂锅居在白肉席中（有全席，有半席，有一角，有零要之分），有红白红肠，可以当汤菜，口子上厨子有的很少。吃白肉席，先上烧碟，过半以后，即上肉片，老例肉片可以增添，直到卷里几一上，便为尾声，因白肉席是肉汤齐上，不能以上汤为完的。前几年西城开了一家那家馆，是沈阳一位姓那拉氏（即纳兰氏）的老翁所开，为满洲式的白肉馆，也可以说地道东北味的白肉馆，但和北平白肉馆及旧家吃白肉方法，相差十之七八，有名且为东北同乡所欣赏的“炮锅儿”、“全羊”，北平白肉席中就没有，一源殊途，即有此等差别了。

再谈“炒肝”，炒肝之妙在有蒜，而名人雅士，念惯了秋碧乐府，便不敢欣赏这种晨点了。炒肝并不是用炒，而是用团粉勾纤来烩，只有一个炒的名字，而且主要的也不是肝，是肥肠（大铺子用肥肠，小铺子和担子上用肠皮）。炒肝以汁稀而不太稠为主，且须汁纤透明，颜色不太深，内行所谓“蚂螂纤儿”的便是。再则蒜米放入，也须再翻一开，以免生蒜味。以前西单的会贤居，和现在鲜鱼口几家炒肝，非常有名，但汁稠色暗蒜生，一个条件也不合。只二十年以前的灯市口同和馆，不但条件皆合，且用陈汤，味道迥异。现在只有东四西同和楼能做，惟须现勾，清晨不列门摊了。更莫名其妙的，现在有许多带炒肝的饭馆，整日出售，实则已失原有风趣了。晨起外出，喝一碗，吃两个马蹄或包子、烧卖、烫面饺，可以御寒果腹。附带一点说明，北平人也有不懂北平物名真名的，何能使外地朋友都明瞭？此“北平通”之责也。

北平所有的马蹄，真较烧饼有趣，酦面一面粘芝麻，一面贴在炉内，烤熟则底面光平，但时有凹进之处（有人以马蹄底面拓片，请阮文达公鉴定，文达认为是三代以上古物拓片，当时传为笑柄），入口酥脆甜软。北平称大一些的为马蹄，小一些的为驴蹄，且称国子监东口一家饼铺，驴蹄为北平第一，这可以说大部分北平人皆如此承认。在此家饼铺没关闭时，我曾访问了一次，据说无论大小皆为驴蹄，大小只是价钱的分别，火微烤的到肯刷糖色，哪家都能好吃。至于马蹄，是薄薄的两层皮，稀稀的芝麻，可以夹油炸烩的才是。后来我问了许多内行人，皆如此说法，可见生在北平的人也不能全通了。（还引起一个粥铺、马蹄铺的分别，因为也是特产，容后另述。）

再谈“灌肠”，庙会市集及下街的细灌肠，名为灌肠实只红曲揉粉子，并没有肠皮，用的也是汤油，可谓油腥蒜臭，所以不值一谈，而且外地也有此物，名为“扒糕”（北平另有扒糕），所以不列特产之内。北平特产的灌肠，即所谓“后门桥吃灌肠”的便是。先只路东福兴居张铁嘴一家，后来对门合义斋开张，也做灌肠。北边已然关闭的万顺居，也以后门桥灌肠标榜过。这种灌肠，系以巨粗大肠皮洗净，内灌肢油和的粉子，微染淡红曲，不似细灌肠红得吓人，然后上屉蒸熟，风吹晾凉，刀削大薄片（用削不用切），上铁铛加肢油炮焦，有愿吃外焦里嫩的，有愿吃里外焦的，各蘸盐水泡蒜，有几位南来的朋友，很远地跑来，请我领他去吃，并说久闻大名（藻肠大名），一何可笑？灌肠有时内心觉粘，我先以为炮得不得法，后经询问，方知是蒸时不透，除非炮得全糊，怎样也是粘的。再则炮灌肠也很奇怪，有人买没炮过的灌肠，到家自炮，还用的真正好大油（即肢油，亦称箱子油），但无论如何也没后门桥炮的是味。

上节谈食品中的猪肉类，其中如南馆中的红烧蹄筋，北馆如致美斋、明楼的红烧爪尖，固然味美，但非北平特产，所以不谈。谈一谈“苏造肉”，苏造肉原称“南府苏造肉”，系升平署（称南府）大司务苏某所发明，有人以为是江苏做法，有人以为是苏东坡所发明（我的朋友吴静漪兄即如此说），即东坡肉，实在完全错误。二十年前发明人苏某的徒弟李老翁，在鼓楼前宝隆源酒缸门前设摊卖苏造肉（尚有苏造鱼），每日下午摆摊，晚间立一古老的方灯笼，上写南府苏造肉，笔者曾亲自听其述说制造源流，想必可靠。李老翁无子，只有一女，出嫁李姓，生子李广明，在李老翁生时，即由李广明母子代做，李老翁死后，李广明又制售了十年，今已绝迹了。现在做苏造肉的很多，小饭馆也代售，但全不是原来的味道，只好骗没吃过苏造肉的罢了。只有烟袋斜街义和轩酒缸门前，有一戚姓老者，所做苏造肉，尚还保持原有风味，只是汤比较清一些，因此公既为北平北城土著，又久在内务府人家中走动，所以还能模仿（升平署即南府，属于内务府）。做苏造肉须先做苏造酱，以前内务府的官宦人家，多有作苏造酱的，每年有一平西老人，来平给各家做苏造酱，据说是苏某所传。苏造酱并不专为做苏造肉之用，家庭中做菜也可以用苏造酱，并每年以此送人。以前七姨母家（北辰街故宅，至今仍名关家胡同），即每年送我家苏造酱，所以知道较详。卖苏造肉的李老翁，即自做苏造酱，熟人也可以匀买一些。交道口北天源酱园，在十几年前，也卖苏造酱，现在门前抱柱上的“南府苏造酱”的市招，已经取消，不知尚制售否。苏造肉系以猪肉及下水猪爪（无大肚等），加苏造酱香料红炖，肉极糜烂，爪尖下酒，尤为绝妙。汤为红汤，肉皮炖成黑紫色。另有火烧（叉子火烧），可以浸在锅中，切丝浇汤，大可果腹。每年什刹海临时市场也有卖苏造肉的，吃了令人心头作恶。戚老者除做苏造肉外，尚做烧碟中的鹿尾、卷肝、卷里儿，但不大量的预备，晚一点即已售完，且有买了拿走的。

再有一种“卤煮小肠”，与苏造肉品类相同，只是白汤，用花椒盐水白煮。北平所谓“卤”的，有两个讲法，一个是团粉勾纤，一个是花椒盐白煮。如卤煮炸豆腐、卤特口，全是第二类的。以前有人在《实报》上作文章，以为卤煮小肠是苏造肉勾纤，那真不但没吃过，连见也没见过了。卤煮也泡火烧，并加炸豆腐，肉较苏造肉为硬。从前以广和楼门前卤煮小肠有名，近年每日傍晚在东四南鸿源长酒缸门前有一份售卖卤煮小肠的担子，今年夏天，一个雨夜，到此喝酒，卖卤煮小肠的曾自称为苏造肉，未免蒙外行了。还有一个区别，苏造肉用肥肠，卤煮小肠用肠皮，如用香烟比较，苏造肉是一级，假苏造肉是二级三级，卤煮小肠就是四级了。

再谈猪头，北平除炖猪头以外，当然要算熏鱼了，普通都以凡揹红柜子的，皆为卖熏鱼的，更以为熏鱼就是猪头肉，实在不一样，北平人也有许多分不清的。劈了猪头，连同猪心、心宝盖、帘帖、双皮、清肺、肝、大肚、小肠，一齐下锅，煮熟染红曲，另灌粉肠，煮猪脑，做苦肠（猫的食料），不另外用柴火熏的为猪头肉，加熏的为熏鱼肉。卖熏鱼的，另有熏鸡子，熏豆腐干，春天带熏黄花鱼，常时带小火烧，在肉下久放，非常香软，较猪头肉柜子花样多多了。卖猪头肉的，多半在乡村，买主都以分量计算，如买几两一斤半斤，切时也切厚片，或直接切块。卖熏鱼的皆在城内，并加熏猪肘子，切片以纸般薄为主，以此见手艺，实在羊头肉与猪头肉，非切极薄，没有滋味。以前外馆（蒙古喀尔喀馆，在安定门外三里）盛时，猪头肉柜子（此地多用车子），在此颇获厚利，作坊也立在这里，有一老姚，因此置了一顷多地，老姚的外甥小贾，今已六十多岁了。外馆衰落后，作坊移在城内，此为猪头肉中的特出的花絮。熏鱼作坊皆在城内，东城如万历桥、隆福寺，皆有作坊，且有因熏鱼作坊在此而得“熏鱼作坊胡同”巷名的，可见北平吃熏鱼肉之盛了。卖猪头肉和熏鱼肉的，皆有一定的道，每天由此走一遭，外来的不能在这条道上售卖，卖也没人买的。以前通州还有“八宝烧猪头”，这个烧字，和烤鸭相同，近年已少见了。前几年有一家饭馆，专做“扒烂猪头”，猪头本是平民食物，居然做成了肴馔，登于樽俎之间，也是猪头的大幸了。

再有猪肉铺的熏肉、酱肉，北平的猪肉铺的确有些特别手艺，匾额除字号外，另有“南式魁”，或“苏式魁”的横匾，并加“姑苏分此”的小字，自然自认是南法北传了，实在全是山东朋友经营的买卖，和姑苏酱味，决不相同。北平称专卖生猪肉的为猪肉铺（实际无不带熟肉），或称猪肉杠、大杠，带熟肉的为盒子铺，以做烤鸭、烧猪、炉肉为主，以带生熟猪肉为辅的，为挂炉铺（早年挂炉铺向不带猪肉）。猪肉铺的生肉部分，不必来谈，熟肉有炉肉、酱肘子、酱肘花、酱大肚、酱爪尖、酱猪尾巴、酱鸡、熏肉、熏爪子、熏鸡、熏鸡子、熏排骨、咸肉、青酱肉，另外做卤肝、卤什件、鱼冻、鸡冻、酥鱼、熏黄花鱼、熏大虾、香肠、小肚、腊肠，新添有叉烧肉。附带营业，有应时鱼虾、活鸡、烤鸭等。酱肘火候的佳妙，已如上述。青酱肉比火腿，有其香郁，无其“哈喇”味，青酱肉皮用糖炒，趁热食之，尤为妙绝。酱爪尖和熏排骨（北平俗呼为熏骨头马杓），下酒更佳。猪肉铺有一种肉丁裹面糊炸的扁丸子，冬天才有，加炉肉千字米熬大白菜，是北平独有惟一下饭持有佳馔。以前包熟肉皆用红色豆纸，包成尖顶的包，为一特别现象。二十年来才改扁包，用抄子纸或鲜荷叶，整洁文雅多了。猪肉铺所以称盒子铺的，因为有苏盘和描金盒子，以大小分一二三号，内分数格，形如樽盒，每格有木垫，颇有俎豆遗意，木垫上放置各种熟肉。以前旧家庭吃春饼，可以叫苏盘或盒子。人死第三日，由出嫁女儿供盒子之后，方能上祭席起始上祭，谓之“开烟火”，这也是北平风俗之一，实际即《礼记·礼运篇》“饭置而苴熟”的苴熟，可见民间俗礼有许多是古礼慢慢演下来的。猪肉铺冬天还带什锦火锅，也以大小分一二三号，装好了之后，锅子内不放汤，另以锡壶装汤，一个担子，一头火锅，一头汤壶，使我见了不禁魂销。近年猪肉铺花样繁多，上面所述品类，有些不是以前所有的，不必分列了。

连日感想太多，因为太多也，便有些似大栅栏的洋车，不能通行了，只好不谈。我写长篇小说，决不成功，因为写没多长，便想结束，那如何能成？即如北平的特产，本可娓娓而谈，但又犯了老毛病，想把它结束了，另换新题，实在则写北平的特产，正是描摹北平真面貌，这种情绪，不知何时能变更过来。

肉类的羊肉、猪肉，已然就算写完了，再谈一次食品，结束此节。世界各进步国家，科学等一切都进步到了最新时代，但仍不忘最初时代的一饮一酌，一种极小礼节，这在中国人看来，又以为开倒车（？）了。美国在他们的建国纪念日，必吃烧鸡及倭瓜派，国内外的美国人，皆以此聚食欢呼。因为英国一部分不堪宗教压迫的自由民，始迁到美洲的时候，只有鸡和倭瓜为食料，后民不忘先民之功德，所以一遇上纪念日，便吃烧鸡及倭瓜派，一咸一甜，确实好吃。我对于美国饭中的 Hat dog，真不敢赞成，真没有烧燎白煮中的炸鹿尾（做法相似而不相同）好吃。

今天我们先谈一个象征原始的吃法，即为“打包”，打包就是吃菜包，有人说是清太祖遇难，只有菜叶包饭，所以后来为纪念这个难日，每到八月二十六日便在宫中起始吃打包，实在这句话并不完全可靠，理由另述。

我以为这是象征原始生食，因为北平白菜叶特别肥硬，北平又是讲究吃的地方，所以打包便成了北平特别吃法之一了。吃打包须用肥大的白口菜、白菜叶（白口菜、青口菜已见本文第一节），并备必须有的老虎酱（蒜酱），另以白米饭拌炒菜，白菜叶上抹老虎酱，拨入拌得了的饭，包起来两手握着吃。《儿女英雄传》上记载：“二姑娘打了一个挺大的包，捂在嘴上吃。”便有人不知道这是什么个吃法，实在北平有一个吃包的秘诀，便是“包不离嘴，嘴不离包”，又必须两手捧着吃，所以说捂在嘴上。打包的炒菜，花样很多，无尽无休，全看吃者的财力，有的炒麻豆腐、炒豆腐、炒白菜丝，外加熏肉丝、酱肉丝、小肚丝，这可谓贵族的吃法，最贵族的还有加熏鸡丝、烤鸭丝的，决非我辈所敢望津的了。贫家吃打包，只炒白菜丝和炒豆腐，有时还只用一样。深秋以后，白菜已肥，人在室中，久受炭火熏蒸，吃打包确乎有益的。民国二十五年，一位朋友（非北平人）约我吃饭，偏要做北平菜，炒麻豆腐和北平酒缸所做的“水炒麻豆腐”相同，又吃打包，因为恐怕菜叶上有微生菌，先用沸水浇过，使我吃了不好意思笑，也不好意思就吃，真太难为情了。

再谈“炒麻豆腐”，这个是北平特有的炒菜，麻豆腐本是绿豆的粉渣，外省只用来作猪的食料，没有炒来人吃的，北京则为特产之一。北平的豆汁和麻豆腐，以东直门外中街西头，葡萄园东北的四眼井粉房为有名，所做干粉、团粉，也驰名全市。据说粉房中有井，井水清冽，所以出产特佳。但据弹套的瞽目艺人王宪臣说，只要绿豆好，不羼杂质，出品便佳。因为王宪臣老家三河县，有自设的粉房，所漏出来的干粉（粉条），能回锅四次而不糟，试之良然。近年北平的麻豆腐，能求其为真正漏下来的绿豆粉渣，良不多见，差不多都为豆汁拌豆腐渣（用黄豆做豆腐剩下来的豆腐）。卖麻豆腐的，不嫌我给你泄漏秘密吧？

北平以前东北城，有人凌晨担着小筐子专卖四眼井麻豆腐，大半为北平土著的老翁老太婆，只卖一个上午。近年只有卖豆汁（生豆汁）的车子上，代卖麻豆腐，以外便是油盐店代售了。北平炒麻豆腐，以家庭所炒为最完备，最好吃，其次则为羊肉馆中所做，家庭炒先以肥羊肉切丁，炸成小焦块，炸出油来，另将焦肉丁搁在一边，然后用羊油、羊浮油，加黑酱炒麻豆腐，必须大的时间，所以北平有“炒麻豆腐大估都”之说。麻豆腐，必须的要加大豆芽（有须的，夏天可以加鲜毛豆），盛出之后上撒韭菜段儿（冬天加青韭，夏天加青根嫩韭菜），再将先炸出来的焦肉丁，撒匀其上，以之佐米饭为餐，诚为佳妙。以前北平人家有老米时（前清官员俸米为白米，军米为老米，内监亦食白米，所以逗小孩玩常说：“割下你的××下，吃白米饭去。”现在白米饭之难吃，诚有愿意阉割而不可得者，燕市闲人兄以为然否），尤以煮老米饭炒麻豆腐，为无上而且常吃的食品。炒麻豆腐必须加辣椒油，有人告诉我，如能以猪肢油、香油、羊油、羊浮油、牛浮油同炒更佳，我曾试由门框胡同，购得牛羊浮油，试过一次，味道虽好，不过太麻烦了。羊肉馆则以大锅炒出来麻豆腐，另在火旁估都着，要此菜时，临时盛在杓内加大豆芽，不加韭菜段，因为有的客人不吃韭菜，也不加焦肉丁。羊肉馆的炒麻豆腐所以有名的缘故，便是油多估都的时间长，为家庭所不及。

再谈“豆汁”，北平以外的人，多半不喝豆汁，北平人则不喝豆汁的很少，我虽然是北平人，也不一定不喝豆汁，但喝豆汁时极少，几年能不喝一次，尤其是豆汁饭，一次也没吃过。北平豆汁也以四眼井所产为佳，实在北平地方辽阔，西南城距离四眼井几有二十里，哪里能到四眼井去买豆汁去。这还是在质纯上，和熬豆汁的功夫上火候上，以分优劣。熬豆汁必用老浆方可，但不能一锅完全是老浆，没有稀浆也不行，更必须用文火，豆汁一经沸起，必已丧失佳味，须使微见沸势，不致翻腾才好，如以烹茶煮水来比喻，连一煮如蟹眼都不够，只是水面一凸一凸而已，更不用说二煮如松涛了。熬豆汁以前都用马粪，取其火力不大的缘故。笔者幼小时候，在一庙中私塾念书，里面就有一个豆汁作坊，天天看熬豆汁的。以前下街卖熟豆汁的，有豆汁挑子，近来多用车子。街面有豆汁摊子，以琉璃厂张家豆汁摊最有名，此君不但熟知豆汁三昧之法，而且热心公益，北平冬赈捐款，向不后人，可谓十室之邑必有忠信了。卖豆汁最主要为咸菜，因为豆汁是酸性，虽然卖豆汁的吆喝为“甜酸的豆汁，麻豆腐呀”（腐念发的音），但究是酸素为主，所以卖豆汁的咸菜，永不许加醋。普通以辣咸菜为主，最普通以切水咯哒丝，或加芹菜梗，或以花椒蓁椒面干揉，为就豆汁的妙品。以前豆汁以碗计，咸菜随便吃，近年百物昂贵，而且以往习惯，常有挟着饼子喝豆汁，以吃咸菜为目标的，所以不免也有了限制。大豆汁摊子，也预备酱黄瓜、酱笋、十香菜，夏天有冰苤蓝，可以随便购食。我虽然不喜喝豆汁，但到北平来的人，却没有不知道北平豆汁的。

以上打包、炒麻豆腐、豆汁三种，是一位初到北平的朋友，问我真正可以代表北平风味而且普通化的食品是什么？才举此三种为对，也就此结束《北平的食品》。

（《一四七画报》1946 年第 6 卷第 4 期 – 第 7 卷第 1 期）

北平零吃
——北平的特产

金受申

现在因为有许多朋友约我写谈吃的文章，这些朋友以为我纵然有没吃过的，也必见过，即不然也必听见过。我最怕另起炉灶，因为作文章不难，只是找题目难，这“北平的特产”，包括多么大，哪能轻轻把这五个字放过去，何况我对于它还希望出单行本呢？所以不妨移樽就教，把关于吃的，再写一节“零吃”。

吃就一时谈不清，以前谈过六七百段、五六十万字的吃不算外，就是普通常吃的东西，也能随时发现新吃法，只是添一点材料，便又变成一种新鲜吃，有了特别味，活到老学到老，吃过见过听过又有什么用？又一个“过”字，便注定了失败，何况区区不才在下的我，并没真全吃过见过听过呢。北平零吃的范围更大，只拣有意义的，写出一些，供读者考究。

一、“糖葫芦”。这是多么平凡的一种食物——零食，除去冬天新年大串山里红蘸小糖子的大糖葫芦以外，便是所谓冰糖葫芦了。冰糖葫芦现在所蘸并非冰糖，只是好白糖（二贡蔗糖）熬的而已。糖葫芦种类很多，海棠（皆为白海棠）、山里红、海棠夹澄沙馅、山里红夹澄沙馅、海棠熟扁儿、山里红熟扁儿、葡萄（圆长两种）、荸荠、山药、山药豆儿、橘子、核桃、大杏干、苹果插果料，夹馅的除澄沙外，还有夹金糕、夹核桃仁的，种类既多，粗细不同。

有下街的，多半用木提盘；有在街头的，则用高挑儿；有在市场卖的。市场所卖，既没风吹砂扬，又多为高等顾客，所以品质便须提高，色泽漂亮，价钱便须多一点。市场所售的糖葫芦，不能像下街头，糖都脱落了，还可将就着卖，一天一净光，不留剩货。市场卖不出的，明天便须另蘸。市场所预备的糖葫芦，凡娇嫩一点的，如葡萄、橘子、苹果等类，不能多预备，以外有的能改造，有的须再蘸，他们在案下有一个水坛，凡流下糖来的，便头向下，放在坛内水中，糖自然全溶化水中了。收摊以后，将糖水再熬成糖汁，但糖汁已然不似先前的漂亮，且有糊底和糊味，可以预备明早蘸色泽深的糖葫芦，如荸荠、大杏干之类，其上层稍为清明的部分，也可以蘸山药豆、澄沙馅的糖葫芦。退下糖的海棠、山里红，煮熟（实在沸水一浇便可），可以做熟扁儿。以前我喜欢吃海棠熟扁儿，后来便只吃海棠和山药的了。下街卖糖葫芦的，早年只是一路价钱，后来为应付小孩和专注重价廉的顾客，都已分成大枝小枝两种，街头（则在家中的也如此）、市场所售皆为一路价。蘸糖葫芦，皆削竹签，选果子，配合每串果子的大小，熬糖，下锅蘸糖，才能成功。市场（街头也有这种糖葫芦摊子）有时货不够用的，且为号召顾客，表明果鲜糖高，当场熬糖，当场下锅，但只为葡萄、橘子、果签（即苹果插果，也名狮子头），有时也蘸一些海棠、山里红，不信试试看，决没蘸大杏干的。下街穿胡同，串公寓饭店娼寮（澡堂则多为门前高挑儿，因为糖葫芦不能进满布热气的浴室）卖糖葫芦的，十之八九皆带签筒子，三十二根骨牌竹签，在筒中澎澎跳跃着，人们便赌博起来，赢了吃糖葫芦，输了付钱，输得太多了，又和卖糖葫芦的厮熟，最后也可吃一枝。有签筒子的糖葫芦价钱，总较比稍微贵一些。抽签有半筒、独抽之分，半筒即五把，四把三根，一把四根，独抽则只抽三根，抽的花样，有的十一、十二、十三独点儿，有的抽大点儿，有的抽真假五带十八，总之赢的机会多，得的糖葫芦便少。娼寮妓女则喜抽一根签，谓之“抽么”，只要带么就赢，一筒三十二根，有十个机会，很容易赢，卖糖葫芦的畏之如虎，但又不敢得罪妓女，常常发出哀告的呼声说：“× × 姑娘免了吧！”也有“抽牌九”的，小组织则卖糖葫芦的为庄抽两根，抽的人也抽两根，互相比点，以定输赢；大组织则凑几个人抽，就要赌钱了，卖糖葫芦的不为抽头钱，他也加入赌钱。也有和玩扑克一样性质的，谓之“偷鸡”，也是赌钱。但这末两种都非熟人不可。

谈北平的吃，要紧的在保持真诚性，尤其要能代表北平的真风格，方为合理。《北平的特产》中关于吃的部分，即以此为目标。前曾在北平食品一节中所写炒肝，深得几位读者，认为谈的可以代表北平真正的炒肝，还有一位忆青先生，在一个刊物上作文章，和我所谈方向相同。我以为谈“北平通”而蒙不懂北平实际情形的人，那是最大罪恶，吾将以此自勉。

前谈糖葫芦，有人以为我必卖过糖葫芦，听来好笑，但也可以此自慰。

二、“豌豆黄”。北平从暮春天气的时候，街面上有了“小枣儿的豌豆黄儿，大块来”的货声，会令人心境一清，顿除烦恼的。小手车上，（北平做生意的小手车，自有的很少，差不多都以极低租价赁来的，以旬付租，或以月付租，但皆以日计，不过小贩更能欺人，又只凭熟人一句话作保，和赁棉被、孝衣一样，所以有时拖租，更有时连车子都拐了走。这不是本文之内的材料，但是北平社会情形之一点，因之附记于此。）罗列了几个二号砂锅，整个的豌豆黄，便在诱惑的吆喝声中，一块块切着卖出去，这便是所谓“糙豌豆黄”，熬豌豆至八成熟时去皮，以槟榔瓢马杓碾碎（用豌豆面的很少），嵌以煮过的小枣，凝结一处，便是豌豆黄，味淡不加糖，枣亦有虫，只幼童喜吃，但切碎洒糖，用以下酒，味道也很好。我们几个人在同和楼、润明楼小聚时，特意叫他预备果子干、玫瑰枣、煮小花生、糙豌豆黄，以之佐酒。这本是以前北平旧式酒家酒肴，现在都一处、德盛居山东黄酒馆，除没有糙豌豆黄外，仍在夏日分别预备这种酒肴，我们也可以说是想象升平、重温旧梦吧！各大庄馆和点心铺，则做细豌豆黄，不加枣而加糖，上放金糕几片，豌豆也很细致，旧式筵席中的四干、四鲜、四冷荤、四蜜饯里，多半都有“细豌豆黄”。北平丧事伴宿日晚席，和寿日晚席，喜用果席，里面也有细豌豆黄。市场和庙会，也有卖细豌豆黄的，每方装一方纸匣，价亦不昂，惟手艺欠佳者，则水分多，味道稍逊。庙会卖细豌豆黄的，以牛街清真教沙姓所做最佳，水分少密度大，色较深黄，几十年来，至今仍保持原有滋味，不过逛庙以“穷大奶奶逛万寿寺”（单弦）之流为多，难邀玻璃时代原子时代各式女郎的青盼的。又有“绿豌豆黄”，系用春天鲜豌豆，去皮碾细，加糖制成，别开生面，娇嫩清香，淡绿可观，比干豌豆所做的豌豆黄，又别致可食，看见就有一种清凉的意思，可惜现在已然没有再做的了。绿豌豆黄也是牛街一个清真教人刘姓发明的，这事大约有十年了吧，郑尚杏编一个报的时候，主笔是清真教人，我在他家吃过一次，宗祐古雪兄想能记得是什么所在的。

三、“火菜”。凉粉火菜，也是春半以后一种有趣而清凉的零吃，凉粉、粉拨鱼、和乐、扒糕，都是北平的凉吃，前两种是元粉做的，后两种是荞麦面做的，北平俗语“管凉不管酸”，不但指着凉粉，四种都是如此。扒糕应用上好的荞麦面，北平卖这种荞麦面的，以安定门内天德粮店为最有名，普通都因为他的市招称他“铜幌子”、“铜老倭瓜”，字号反被人忘掉，但笔者居住此地附近已十六年，并未买到过制扒糕的白荞麦面，据说只是卖给卖扒糕的。扒糕也有上鏊热吃的，创始于隆福寺后阁（阁音稿），但笔者不敏，真不敢以为然呢！火菜儿的确要算老北平一种美味，的确可以使人系恋，市面上不见火菜的踪迹，不到二十年也差不多了。火菜也是用粉子做成极细极短的面条，泡在水盆里，担子的前面，放一个八楞六角的或圆口的旧式花盆（没有底孔），青花白地，古雅洁净可爱（大都如此）。里面盛有凉卤，卤料也是肉片、口蘑、白果全备，火菜上浇卤，加咸胡萝卜丝，或加烂蒜，味极清腴，妙在卤凉而不凝冻，色泽极其透明。早年的零吃，也有不同凡响的啊！

四、“茶汤”。粆子面茶汤，以前是北平的一种晨间点心，茶汤铺大半为清真教人所设，以北新桥真素斋最著名。喝茶汤时，桌上罗列了许多饽饽碟子，什么焖炉烧饼、糖耳朵、蜜排岔、钟儿糕，可以随便取食，以枚计价，铜搬壶中，永远有着沸水，可以冲茶汤。下街的茶汤挑子，也有铜搬壶（小三号的），只没点心罢了。又有所谓“月亮门合碗茶汤”，在搬壶前面，置一白木板，茶汤冲得以后，即合在白木板上，而不流散，加糖后再盛入碗中，以示冲茶汤的手艺高超，今已无人能够仿制。月亮门在烟袋斜街东口内路北，后改鑫园澡堂，去年也关闭了，鑫园年近不用说了，合碗茶汤，还在人口中念道着。近年糖贵，茶汤已不绝如缕，还有一个衰败的原因，便是受了牛骨髓面（通称油炒面，外地有称油茶的）的影响，油炒面以前只牛街的卖的，后来渐渐流通社会间，十几年前，东四北七条胡同口外，有一个清真教胖子，投摊卖油炒面，可以现冲，远处市民，也有到此买了带走的。近年茶汤铺（已自动提高地位，改称点心铺了），以及新旧饽饽铺，也都带了油炒面，更分加糖和不加糖两种（以前面糖是分开的，现在行市，大约有糖的三千二百元一斤，没糖的二千四百元一斤），但仍不若牛街所卖油炒面货物地道，前三四年由牛街经过，曾买过一斤，这原因大概是真用牛骨髓油否？

一提起“狗不理”的包子，谁也知道是天津的产物；一提起“把子肉”、“奶汤蒲菜”，谁也知道是济南特产。这便是能代表一个地方的风格。谈北平特产，不能以今日北平市面见得着的为限，您到南馆中能吃煮干丝，吃能吃肴肉，能吃过桥面，不能因在北平吃的着，即谓之北平货色，同时也有许多街面上有的食物，因为污秽不洁，不为士大夫所齿的，只为一小部分低级社会吃喝，那也不能代表整个北平，不见得北平人全吃街头的炖羊霜肠的，所以我作此文，全在“特”字上注意，或为读者所谅许的。

五、“硬面饽饽”。深夜的燕市上喊“硬面唵——饽饽”，把唵字拉长了声音，饽饽急促地喊出（上一饽字念第三声），会使手托黑叶子斗梭胡的牌客，一灯孤对，身曲如犬的鸦片烟客，执笔为文的稿子匠，颤动了心弦。卖硬面饽饽的生意，和卖卤煮炸豆腐、桂花元宵、馄饨的，是常要卖到后夜，十几年没听见卖硬面饽饽的了，炸豆腐等零吃小贩，又因为我的舍下僻近城隅，总可听而不可即的，入黄昏即是深更，加以冀北电力公司德政，只好一黑天就睡觉，后夜再起来写稿，夜间零吃，没福享受的。前十几天，夜晚去访一位由辽宁回来的朋友，竟自听见卖硬面饽饽的货声，重温旧梦，哪能不买几个吃吃？哪能不写在《北平零吃》中？二十年前我住在十二条胡同时，隔壁便是一家硬面饽饽作坊，他们都是冀中一带的籍贯，凑起几个人来，搭“锅伙”同住，共同和面，共同使一个炉烙硬面饽饽，我便在他们刚出炉时买热硬面饽饽吃（实在没有凉的好吃），并和他们闲谈。据说北平内城东部卖硬面饽饽的，只有他们这一处。硬面饽饽以“子儿饽饽”为大宗，系用半发面混糖烙成，但小孩们却欢迎“硬面镯子”、“鼓盖儿”、“芝麻拍子”，鼓盖儿的面儿上有模子印成的花纹，里面有流着的黑糖，但烙出来，盖便凸出来，而且焦脆。北平的满汉饽饽铺，（内城满式饽饽铺称饽饽铺，外城汉式称南果铺，也只卖饽饽，不卖鲜果，近三十年这个分别已然取消，知道的也很少了，但满洲式的萨其玛，仍然卖到六千四百元法币一斤，保持了中式点心的最高价钱，西藏式的吧拉饼，蒙古式的奶油棋子，仍在制售中，加上清真点心铺的莲子缸炉，北平可以说集汉满蒙回藏中西点心之大成了。）学红炉——制造饽饽的学徒，以能学到烙鼓盖儿，为成绩优良，准许毕业。不过饽饽铺的鼓盖儿，平常吃的很少，只人家有了出天花的孩子，要在第十二天那日，供痘神娘娘，供品以鼓盖儿为主。大概意思是，痘神娘娘既给了孩子的痘粒圆凸饱满，理应还给娘娘鼓盖儿。因为烙鼓盖儿在用面上，火候上，一不成功，便为破碎，所以最难。据卖硬面饽饽的人说，也是烙鼓盖儿为学成表现。卖硬面饽饽的，每日午饭后制烙，黄昏后即又提着小纸灯笼，揹着筐子，下街吆喝售卖去了。

六、“杠子饽饽”，卖硬面饽饽的在已然绝迹十年的今日，又复出现在市头，杠子饽饽则久已绝迹，只旧式饽饽铺中的棋子，还仿佛有一点相像，“天泉，裕顺，高明远”，是旧京无人不知、无人不晓的三个大茶馆。（有铜搬壶为大茶馆，称为江南茶社，没铜搬壶的称为贰荤铺，有红炉的为窝窝馆，外表看来，皆是一样，现在只剩朝阳门荣盛轩两家了，容写“北平茶馆”，再为一述代表北平风味的聚会场所。）高明远在正阳门外东荷包巷外，傍桥背河，规模宏大，六部书吏差役，说官司，拉官司纤，全在此相会，盛极一时。高明远和今已改为真光电影院，昔为大茶馆的汇丰轩，皆以杠子饽饽出名。杠子饽饽是以硬和白面，制成小圆形饽饽，放入钲内，与石子拌炒，妙在不似其他钲烙点心的有里有表，杠子饽饽是通体深黄而无焦痕，水分已无，可以存放多日，夏天亦无妨碍。笔者幼时，常到一位亲戚家看望，我们便以炕案瓷盘中的杠子饽饽，下“老头上山”的棋玩，赢的棋子——杠子饽饽，便统通作了口中物，惹得那位老姻翁白眼。现在白眼相加的老姻翁久已仙逝，足以代表以前北平社会的杠子饽饽，也不可再见。后堂吃烂肉面、肉丁馒首的大茶馆、二荤铺，更走了灭亡的途径，北平社会的确改了样子。

有一件关于大茶馆的花絮，就是今年春天，北平教育局长英千里先生，视察朝阳门外芳草地的女四中，公事完毕，由英先生宴请全体教职员在荣盛轩，英先生以老北平资格，一谈大茶馆历史，可惜那几位跑泰图，一点不能领略，英先生的闲情逸致，是值得一记的。

七、“卤煮炸豆腐”，北平所谓卤煮，全是花椒大盐白煮，并不用元粉勾纤，这在本文第二节北平食品“卤煮小肠”中，已然谈过。炸豆腐最要紧的，就是肉厚，若只是两层皮，便不堪咀嚼了。

北平卖卤煮炸豆腐的，可以分为三种。第一种最普遍的，是砂锅小担子，黄昏前后下街，直卖过午夜。卖炸豆腐的，多半是北平附近的乡间人，他们的炸豆腐，差不多都很薄，几乎成了两层，吃炸豆腐没有搁作料的，二十多年前（最多如此），他们添了炸粉头丸子，才有了香菜、韭菜末、蓁椒糊、醋，后来有吃炸豆腐的，他们也如法加作料，殊不知豆腐怕醋的。近年喧宾夺主，卖炸豆腐的全以炸丸子为主了。十几年前，一元法币可以买四千六百个卤煮炸丸子，九百二十块炸豆腐，现在价钱如何？请您自己打听吧。二更牌散，蹲在路边吃炸豆腐，确乎别有风味。第二种为清真教烧饼铺门前，代售炸豆腐，用铜锅卤煮，块大肉厚，价钱较大一些，自从物价上昂，平市献铜，全改了砂锅卤煮炸丸子，北平以安定门外桥头高巴所做最佳，但不下街。第三种是北平人营业的高挑儿，前为馄饨挑子式，但用铜锅，后为圆笼，代售“豆豉炸豆腐”，以清洁见长。这种豆豉炸豆腐，也是用三角块，不似酒铺中用方丁炸豆腐泡的，这种高挑炸豆腐，市面久已不见了。三种卖卤煮炸豆腐的，全是自炸自卖，豆腐早在豆腐房定制的一种，买来豆腐，须压放一夜，方能打块油炸，一则可以省油，二则煮时可以生发。炸丸子以前也是自己制炸，现在各菜市晓市（多半在晓市），有发卖炸丸子的，以斤计价，但煮起来，总不生发。近年——也可以说近二三年，新兴一种“炸丸子”，是要勾纤的，并且以大块煮猪肉来号召，买炸丸子的，要肉另算钱，上浇烂蒜，或加酱油，但我以为黏糊糊没有什么意思。发明人是安定门大街父子两个胖子，卤煮炸豆腐，炸丸子，卤丸子，皆以铜锅、砂锅为主，尤其卤丸子，必须铜锅，曾见一个用铁锅的，卤黑丸子暗，观感上就差多了。

写北平零吃不应再写肉类，但所要写的马肉脯，原是街头零吃之一，姑为附记于此。如以为必须移动，那么整理全稿时，再为迁移到第二节《北平的食品》里去，否则便不另报户口，以免马君肉脯我保不易。

八、“马肉脯”，北平早年所谓“瞪眼食”的，即专指马肉脯。民国二十年前后，德胜门晓市的早晨，北新桥精忠庙和鼓楼后面的下午，（因为我虽不喜进大戏院，却喜到鼓楼后路西戏棚子听破桌破形头的小戏，觉得散戏时，月挂鼓楼之角，老树参天，很有诗意。五六年前我还约过一两位诗人来此，以酒代茶，别有奇趣，张醉丐曾大醉马肉脯摊边。）尚还有卖马肉脯的。做马肉脯也有专门批发的“作坊”，清末民初的时候，鼓楼东大街路南还有三家，两家在宝钞胡同以西，一家在东，可惜字号忘记了。我陪同张醉丐吃马肉脯时，（我没吃，因为我只吃猪羊牛，没吃过的肉，不敢下箸，驴肉的敢吃，也在七七事变以后，肉价高涨的时候。）问过他们现在的作坊，城内已没有踪迹了。马肉脯作坊的肉的来源，当然不专是马肉，更不是活牲口现杀，凡街面上有了死骡子死马死驴，即有街头的闲汉，急忙到“马干儿铺”（马肉脯作坊）去报告，因为驴肉作坊不在城内（下节另谈），所以全是到马干儿铺，报告的名称，非常难听，称之为“报丧”，虽非父母大故，但必须匍匐奔讣以闻的，报丧后即有作坊伙友随往，虽非含喚，却须亲视。报丧的报酬是因之成交的，酬以若干，议而未成交的，报酬减半，所以便有许多闲汉，很愿作报丧的丧僮，清末民初的报丧费，是四吊两吊。作坊买了死牲口，立刻动手，剥皮另卖，已够全体的本钱，五脏除马肺有偷猫偷狗的匪人，买去作诱猫狗的食品外（因为马肺味长），其馀绝对一概不往马肉脯锅中放。马肉的切块，确乎是一种手艺，和都一处切糟肉一样，系用刀削，中间厚四面薄，块的大小，是以精糙来分，总因价值取齐的。卖马肉脯的很奇怪，不知他们是什么传授，都以不带釉子的洗衣服瓦盆盛肉（连汤），另备铁锅，锅盖上放酱油盆，卖的人坐在马杌上，以铜钱打码子，食客蹲在锅前面，每人一副竹箸，一个白碗，任意在锅中选择，夹出任意在盆中蘸酱油，酱油盛在碗里时，很少酱油盛在碗中，吃时岂不从容，但大家以这乱忽劲为一乐，食客夹一块，卖主便在此食客名下打一个铜钱码子，多少人他也不会打错，有那夹起又放入换一块的，他也不能记错。还有一件奇怪的事，食客用的白碗，非常之小，至多能盛二两白干酒，卖马肉脯盛汤的杓子，也非常小，和白碗差不多，形式和现在铝制饭杓相形。锅中的马肉脯，永远保持八妢满状态，肉皆堆积锅边，减少了便由瓦盆中兜取，往锅心添肉，锅下的小煤炉，足以应付一阵子忙买卖。据说马肉脯最能渗酒，可惜笔者不才，未能一尝试之，但看卖马肉脯的，看吃马肉脯的，甚至给朋友会账，就不只一次了。我访问北平老赌博，就是干烧酒马肉脯的功效，在我个人算为“不食马肝，未为不识味”了吧！

因为舍下有人患病，而且相当的严重，在多番抢救下，算是已可化险为夷了。至于调养问题，自然以各种中西点心，牛奶鸡子为合适，但我们那两位门神爷看着都有点眼生，不肯验照放行。虽然病者本人以传统的喝“杂合面粥”为主，不过旁人岂肯如此简亵，只好允执厥中的吃“缸炉”吧，现在于是谈缸炉。

九、“缸炉”，缸炉也可以算零吃吗？这自然是中式点心一种，但北平旧家却也常有以此作点心零吃用的。昨天到学校上课，一位同人王桂中先生说：“北平烟铺，不只卖烟，而且管往烟荷包中装烟，这是满洲兵进北京时，留下的惯例，如不管装，就要杀头。”又说：“饽饽铺卖萨其玛，也是满兵强迫饽饽铺非做不可，以便供应满兵食用。”王先生的话，我没辩白，因为我何必白费唇舌呢？因之我想起燕市闲人兄的《宫闱秘话》中《太监》中，第三十二节“合堂验净”，说验净如有毛病，主事人凌迟，其馀皆有罪……真是给妄谈安德海、李莲英如何如何的，一个极大知识。现在有好多不明事实，没见某种食物实形的，即敢信笔写来骗稿费用，求其能如《东京梦华录》、《辍耕录》、《野获编》，流传千百年不朽，那如何能够？即或流传，岂不失了北平真面目。像北平市府发行的《旧都文物略》，其中也有可修改的地方，何况其他。总之人之智力有限，最好还是圣人那句话：“知之为知之，不知为不知，是知也。”为顶可靠的。前在杠子饽饽中，谈了一点满汉饽饽铺的分别，前清时（改变变通作法，不及四十年）饽饽铺，内城（所谓TAR）TAR（City）称为满洲饽饽铺，有喜筵桌面，有丧事送礼的饽饽桌子（五成熟的七星饼，又名七星点子，事后分送亲友，可以烤着吃，笔者幼时极喜吃七星饼），而没有龙凤喜饼，却可以带卖鼻烟儿。中饽饽里没有南饶饼、茯苓夹饼。外城（所谓Chiaese City）称为南果铺，有龙凤喜饼，没有奶油饽饽，萨其玛有奶油，所以外城没萨其玛。如果是满兵真强迫饽饽铺卖萨其玛，为什么不强迫外城南果铺呢？所以只好不辨白，写在这里，不是为给不明北平社会过去现在（现在二字非徒然下的）情形的人看，也是为骗稿费的。现在才谈缸炉，缸炉在北平，谁也知道是生孩子三朝浴儿的礼物，有整边、破边之分。整边缸炉，又名“桂花缸炉”，形如硬面饽饽里的子儿饽饽，也像大一点的没芝麻的烧饼（烧饼在唐代名胡饼，也是外来的一种外国点心的），但稍薄，色为紫褐，上加红戳记或红点，为洗三送礼大宗，不过总有一种苦阴阴的后味。破边缸炉，又名七宝缸炉，或边缸炉，烙起来一炉二三十块，确数不记得了，切成每块如六角形，但皆为没烙之时，先用竹刀界出，烙成一掰即分，整的时候，宛如一个大龟盖子，每块高如厚墩，上皮较桂花缸炉色浅，内心也较桂花缸炉色白，有两三块桂花缸炉之厚。桂花缸炉吃到口中发黏，七宝缸炉则不粘，东西吃到口中发黏，北平人称为“打扁儿”，常人不喜吃桂花缸炉，就是因为它爱打扁儿。七宝缸炉在北平以新街口西边路南一家为最有名，大概是桂兰斋，字号记不清了。洗三送礼因为蒲包打的鼓不鼓关系，所以用七宝缸炉的很少，只有产妇的娘家，和娘家至近亲友，才送七宝缸炉，实在价钱也不太贵，现在才一百至一百二十元法币一块。清真教饽饽铺，有一种“莲子缸炉”，形式和七宝缸炉完全一样，只较细致一些。据陈三兄说，莲子缸炉中有莲子粉，但我没吃出有什么特别味。莲子缸炉以北新桥庆明斋为最有名，也是陈兄所告，倒是我常在那里买茶叶。

北平有一种传说，是缸炉原料为各种饽饽粉屑，混合而成，这大概因为桂花缸炉颜色紫褐，里外差不多，且有如糖精苦味的缘故，实在不然，全是好面做成。我问过德丰斋张先生，他说，您试想凡是有渣屑能掉下的饽饽，多半为油合面酥皮饽饽，油合面且为烙熟的饽饽渣屑，能够令它再发酵吗？不发酵的面，能够烙成入中即化的缸炉吗？思之良然，这也是给我们这一耳食的人一个教训啊！

（《一四七画报》1946 年第 7 卷第 8 期 - 第 8 卷第 3 期）

吃　鱼

金受申

江南鱼米云水之乡，刀鱼、白鱼、鲫鱼、鲥鱼，各称上品，做鱼方法不同，吃鱼自然是很讲究。就是河南黄河的两岸，也极讲究吃赤尾金鳞的“黄河鲤鱼”，醋溜啦，酱汁啦，糟溜啦，都是不错的。但是“鲂鱼赪尾”，黄河鲤鱼也以红尾为上品，什么不足一斤为“拐子”，一斤以上为“鲤鱼”啦，都是极细嫩的。鲂鱼赪尾表示用力太过，才变成赤尾，黄河水劲，鱼逆游费力，所以更是赤尾，尤其以入海地方，淡水鱼不能入咸水，所以便须用大力上游，尾就更红得很了。鱼用力太过，肉必细嫩，因此红尾鲤鱼便是鱼质细嫩的表示，黄河鲤鱼之所以贵重的，就是这个道理的，并不是因为它能鱼龙衍化啊！北方以天津为产鱼之乡，“贴饽饽熬小鱼子”是天津家常便饭，产鱼的地方，做鱼当然出色当行，但除海鱼外，只有卫河银鱼等。北京既不靠河，又不靠海，鱼当然不是出产，所吃的鱼，大半是由外庄运来，东路天津，西路汉口，于今交通便利，晨间天津捕得的鱼，晚间即可供京市盘餐，没有以先吃陈鱼的毛病了。北京五方杂处，鱼类无所不有，无类不被人吃，即所谓清江鲥鱼，亦可应时出现市上。至于北京特产的鱼，只有黑鱼、厚鱼、草包鱼、鲇鱼、团鱼几种次等鱼。最好的是北京“金翅鲤鱼”，分量不重，味最新鲜，可为鱼中一宝。更有一种“昆明金鲤”，产于万寿山昆明湖，只不多见罢了。北京既非产鱼之乡，做鱼自非擅长，求一专做鱼的饭馆，实不可多得，但也各有拿手，集各饭馆所长，分别品题，也可以成“吃鱼大观”。现在分别谈谈，以鱼为主，以擅长饭馆为宾，作一次谈吃鱼。濡笔至此，不觉涎长三尺了。

四做鱼

近年来南菜馆林立，喜吃鱼的人，以为南菜馆必善做鱼，遂将旧有佳馔反倒无人过问，岂不可惜！“四做鱼”就是北京旧山东馆致美斋的拿手菜，我最爱吃“红烧鱼头”，以为是下酒的好菜，已经吃过一二十个饭馆的红烧鱼头。有的将鱼头分成数块，鱼皮尚未剥除，滋味更不必谈了。致美斋所做乃是将鱼头炸碎，糖醋红溜，酥香可口，色味无一不佳，可为京市第一。四做鱼系活鲤所做，伙友以活鲤请食客寓目后，当时摔死，一做“红烧鱼头”，二做“糟溜鱼片”，三做“酱汁尾段”，各具殊味，可以下酒，可以佐饭，末上四做“烩鱼胗”（胗音炸儿），乃是清烩鲤鱼五脏，汁稀味淡，酸辣适口，真是解酒的妙品啊！

胡适之鱼

所谓莫利逊街（王府井大街）莫利逊御料理的，就是原来的承华园现在的安福楼，承华园鼎盛时，许多文人因着名人故居，所以多半去诗酒流连，也是旧苑访马守真的遗意啊！承华园承受广和居、同和居的遗法，杓口的确不坏，哲学博士胡适之，曾到这里大嚼，发明用鲤鱼脔切成丁，加一些三鲜细丁，稀汁清鱼成羹，名“胡适之鱼”。胡博士是奉阃命止酒的，“胡适之鱼”当然也只是下饭佳馔的。

潘　鱼

北半截胡同广和居，当晚清百十年间，成了名流雅聚的所在。辛未暮春，曾同几位酒友去品题，已然灶冷无烟，俨同关闭了。广和居盛时，许多名流曾创兴了许多“名人菜”，“江豆腐”、“潘鱼”便是很有名的。潘鱼是潘公祖荫所创，用整尾鲤鱼，折成两段，蒸成以后，煎以清汤，汤如高汤色，并无作料，鱼皮光整，折口仿佛可以密合，但鱼肉极烂，汤极鲜美。五柳鱼系仿西湖做法，也是广和居的拿手菜。广和居关闭后，另开广和饭庄，仍以广和居来标榜，但不是原来味道了。

抓炒鱼·酱汗中段瓦块

抓炒鱼是山东馆的普通菜，本无所谓谁优谁劣，我到饭馆从不要抓炒鱼和酱汁中段瓦块等，以为黏糊糊的毫无滋味。但福寿堂的抓炒鱼，汁薄味鲜，色彩喜人，的是抓炒鱼中的殊味，即东城著名中外的 ×× 大饭馆，也是比不上的，可见各有拿手菜，是一点不错的。这两种鱼最怕味咸，也怕太淡，咸能遮鱼鲜味，但酱汁做鱼太淡也不适口，润明楼做酱汁中段、酱汁瓦块，颇能有增减一分不得的妙处，所以记在这里。

清蒸鳜鱼

“桃花流水鳜鱼肥”，鳜鱼在三月时最肥嫩，并且因为没刺，很受食者欢迎。最不使鳜鱼失味的，就是清蒸，清蒸鳜鱼全以脂肉口蘑提味，不过西来顺的清蒸鳜鱼以螃蟹提味，另有一番鲜味，但必须活螃蟹，否则全鱼味道全坏。

干烧鲫鱼

鲫鱼最鲜，尤以汆汤为上，六合龙池鲫鱼天下驰名，干烧未免乏味。干烧鲫鱼系将鲫鱼炸成酥软，全无水汽，入口便化，南菜馆最能做这菜，以春华楼最擅长。

干烧青鱼

干烧鲫鱼以干出名，并无汁水，大鸿楼做“干烧青鱼”，和酱汁、烧汁相近，以作料菜丁佐味，在有汁鱼馔中最好。

松鼠黄鱼

在有汁无汁之间的鱼馔，要算是松鼠黄鱼了。将大黄鱼去骨，肉里隔刀，炸成翻做鼠形，裹以薄汁，甜淡适口，以江苏饭馆中的淮扬馆能做，尤以玉华台最擅长。

五柳鱼

在西子湖边以“五柳鱼”、“西湖鱼”出名，北京所做既无西湖特产的鱼，烹制手艺也未必果佳，所以欲求西湖佳味移向长安，实不可得（即西湖各饭馆也只一家特长）。五柳鱼还勉强可食，以前广和居能制五柳鱼，现在以春华楼最佳（北京专做鱼馔饭馆自属春华楼了）。五柳鱼形同红烧，因所加鲜菇丝、笋丝、火腿丝、红辣椒丝、口蘑丝共五种，所以称为五柳，如果火候不差，也颇能下酒下饭的。

家常熬鱼

家常熬鱼似易实难，火候不到，味不入内，便觉不好。北京家庭炖大头鱼，饭馆家常熬或“尖钻”比目鱼、黄鱼，全各有殊味，尤以同福居家常熬鱼，为京市首屈一指。同福居是天津馆，熬鱼自其特长，微火熬鱼，必须经过长时间。熬鱼虽为“糙菜”，同福居所做，食者只知香美，不觉其大路货的，佐以贴卷子，仿佛身到七十二沽了。

银鱼 · 面鱼

卫河银鱼、高丽面鱼，在京市全可吃到。这两种鱼形体相近，金眼为银鱼，汆汤最好，各大饭庄用来醒酒佐饭；黑眼为面鱼，裹以鸡蛋元粉油炸，为小吃中妙品，以两益轩等清真教馆所长。两益轩并有假面鱼，以面筋代鱼，焦酥也很可吃。

炒鳝鱼丝

“软肚加粉”，我以前最爱吃鳝鱼，由年前石焕如院长招饮大鸿楼时，老宣先生解释吃鳝鱼的残忍，以后才立誓不吃鳝鱼。清炒鳝鱼丝，加香菜末，比其他有鳞鱼又是不同。软肚加粉系用巨鳝白肚切丝，加粉条炒成，又较炒鳝鱼丝好一些。北方饭馆向不做鳝菜，以江苏、四川、贵州专长做鳝菜，仔细品题，江苏馆的苏沪馆和淮扬馆又不同，五芳斋、玉华台的鳝菜，味在众上。

清蒸、红烧甲鱼

元鱼大补，较鳝鱼尤甚，制元鱼以红烧为上，清蒸次之。北京做元鱼的饭馆，以前首推山东馆的同和馆，红烧很得法，将元鱼裙烧成鱼翅味一样。近年来南菜馆兴起，做元鱼的手艺也还不坏，吃元鱼的也渐渐加多，在盛馔中又多了一番美味。

以外鱼翅、鱼肚、鱼唇，名属为鱼，却非全鱼；蚶子、青蛤、虾蟹、海蜇、海参虽为海味，究属非鱼。现在姑且不谈，以后另文记载。北京做鱼方法很多，以上所记不足一二，姑举一隅，聊供春初饮助，友朋谈料。吃鱼的除海味以外，以吃活鱼为上，北京非产鱼之乡，活鱼太少，既以鲫鱼一种来说，人人皆知汆汤最鲜不过鲫鱼，但北京无白鳞鲫鱼，也很少有人认识鱼美，岂不可惜！鱼的死活，入口便知，活鱼质脆，死鱼质软，不容冒充的。北京鱼既少佳品，手艺亦差，所以不及南国，近来南菜馆加多，吃鱼较前方便多了。关于普通吃鱼，容另文记载，粗记北京吃鱼如右。

（《立言画刊》1939 年第 26 期）

再谈吃鱼

金受申

上期谈的“吃鱼”，以“吃”和“在北京”为主，以致南国美味、吴越佳羹，都没能介绍，虽以“北京通”范围所限，也未免可惜。春夜微寒，炉火犹温，小饮读温庭筠诗，意态殊清，适内兄携韵文侄来舍，赵兄新由江浙倦游归京，既饱看邓尉梅花、龙湫悬瀑，又尝遍江海湖塘的鱼鲜，挑灯话“鱼”，也足以消此好天良夜了。赵兄对于吃鱼，极有研究，盛称东南水云乡中口福为他处不及，绝对是新上水的鲜味，并没有北京“擦胭脂抹粉儿”的毛病，（北京外来鱼类，日久不能售出，以致陈腐，乃有“擦胭脂抹粉儿”的手段兴出，像鲤鱼、大头鱼红鳞的，陈腐以后红色退落，不能再卖，鱼商往上涂胭脂红色，名为“擦胭脂”。鱼陈肉枯，没有新鲜时丰满，鱼商想出妙法，由鱼的中段后第几鳞下灌入元粉汁，便能显出凸满，名“抹粉儿”。至于鱼陈可以由腮内颜色看出，鱼商用鳝鱼血涂抹，可以遮外行的眼目。总起来说，都是鱼商作伪，也是北京鲜鱼少的缘故，味道就不能问了。）举杯赏景，饱食鱼鲜，岂不是人生大幸！本期记一些赵兄所谈的吃鱼，即或溢出“北京事故”以外，也没关系，一则因大部所记鱼类北京可以买到，二则偏重做法，且极详尽，可供读者尝试，所以也乐得介绍的。

鳑鳇鱼

这鱼产在苏州，周身没鳞，有圆形骨，身如花骨，皮像粗石，肉细作粉白色，皮内黄油有几分厚，大的七八十斤，小的也有几十斤。以前北京不易买到，从京沪通车开行以后，江南远路，两日便到，鳑鳇鱼也能供京市盘餐，不过价太昂贵了。红烧鳑鳇鱼最好，做时加入猪肉，鱼多少猪肉多少相等。做法先将鱼肉切成大方块，如四喜肉大小，先用白水煮开，去水再用酱油料酒作料配合焖炖，以猪肉烂为度，加白糖少许，味美且极醇厚。

太湖青鱼

一名“螺蛳青”，因此鱼专吃大田螺，所以味极清隽，到北京者活的很少。此鱼头尾清氽最鲜，中段或红烧，或做熏鱼，或作鱼丸子，或炒鱼片、氽鱼卷、做鱼粥皆可。如头尾氽汤，做法将头尾剁成瓦块鱼大小，用料酒加盐少许一泡，用香菇三四块以水发开，候锅中水沸，将鱼块、香菇、料酒等放入锅内，锅再开即熟，盛在碗内，加一些青蒜丝、味之素，另有一种其他鱼类所不及的清香。熏鱼做法，将鱼切成指宽大片，用酱油、料酒浸泡，过油炸好，以花椒抹白糖掺和，抹在鱼的两面，味过稻香村所卖熏鱼。青鱼五脏肠肚也很好吃，但很费手续，必须用剪刀将鱼肠剪开，用盐拿过，再用水洗净，切成大块，过开水焯过，控净水后，以烧开滚油，放入青鱼五脏肠肚，加入酱油作料，切豆腐如大骰子块，一同烹炒，加白糖，撒青蒜丝，脆嫩非常好吃。

鲫　鱼

“最鲜莫过鲫鱼”，上期已然谈过，诚以鱼的鲜在刺多肉细啊！

鲫鱼南北皆有，只鳞的黑白不同，北方大鲫鱼少罢了。鲫鱼上品讲究“六合龙池鲫鱼”，通称“龙鲫”，大的可至二三斤一尾，味甲天下。或清蒸、清氽，或红烧，或穰鲫鱼、瓦糕鱼、酥鱼、萝卜丝氽鲫鱼汤、扬州鲫鱼面，做法很多，以清蒸、清氽为最好。清蒸做法，先将葱姜料酒放在鱼腹内，加一些盐面，上配火肉、冬笋、香菇，切片摆好，蒸熟便成。萝卜丝鲫鱼汤做法，先将鱼用料酒浸泡，后将白萝卜丝用水烧开，再将鱼和酒一齐放入，以熟为度。穰鲫鱼做法，将鱼腹内洗净，再以猪肉剁成肉馅，加点冬笋末，酱油料酒作料调和，均放入鱼腹内，过油微煎，两面煎黄，再用酱油料酒按红烧做法，将鱼烧好，汁水不要太多。扬州鲫鱼面做法，将小鲫鱼洗净，锅内放入少许肢油烧开，再将鲫鱼放于锅内炒，放水不可放酱油，烧成奶白色，用筷子将鱼搅碎，将鱼骨肉皮全都取出不要，口味务须适合，然后将切面另用锅煮熟，捞出放在鱼汤内，重煮一二分钟，盛出碗后，撒青蒜丝，便可大嚼，此法简而易行，诸君不妨一试。瓦糕鲫鱼做法，鱼半斤上下洗净，连葱姜料酒盐齐放碗内蒸熟，再将鸡蛋一二个（以碗大小而定，海碗两个，中碗一个）打好，重复倾入碗中再蒸，味道的鲜美，绝不是北京普通鸡蛋羹所能比拟的。

白　鱼

白鱼为塞外鱼鲜上品，如以江南产鱼来比，绝无逊色。产于松花江的，肥美异常，大者三二十斤，脊背有油，长江所产不肥，北方各地所产不大，不过二三斤，所以称为塞外上品的了。清蒸，红烧，或熏，或腌，均无不可，腌好用酒糟糟上，味绝胜张恨水兄所称赞的江南糟雁。熏白鱼做法，用酱油料酒浸泡，过油炸熟再熏，如能樟木或松塔来熏，更有一种清逸的风味了。若在冬天，可以多买一些腌好，用酒糟抹在鱼的两面，入坛封固，不可泄气，放置背阴处所，吃的时候，或炸或红烧，冷吃热食全好。

鲥　鱼

此鱼为南方时鲜，上海鲥鱼大部来自宁波，但总不如镇江所产。北京鱼商大标“清江鲥鱼”，姑不论其果产何处，就以鲥鱼日久即不鲜美来论，北京也吃不到好鲥鱼。每年四五月间，江南鲥鱼上市，曾记一笔记小说中有江南某县，例供每年第一尾上河鲥鱼，可见此鱼算为时鲜了。鲥鱼过时，不可再得，价也随之昂贵了。鲥鱼做法，可以清蒸或红烧，但均不可刮去鱼鳞，因鲥鱼的鲜美以至肥油，全在鳞内，至临下箸时，将鳞拨去便可。蒸鱼时间不可过久，时间火候过度，则不鲜美，反失鱼味，鲥鱼的妙处也不能领略了。若做红烧，先用网油将鱼包好再烧，才能保全特有的鲜味。

鲞　鱼

此鱼只每年四五月间上市，平日不多见，一年所吃，全在此时腌好，所以平时只能吃“咸鲞鱼”的。咸鲞鱼做法，将鱼洗净，切成四方一段，再将猪肉剁成细肉馅，少放些酱油，多加些料酒，调匀糊在鱼的两面，厚厚糊严，然后上锅再蒸，咸鲞鱼的鲜味全串在肉内，入口香味鱼肉相兼，自不同凡响了。还有广东商店代卖一种“油泡鲞鱼”，非常好吃，做法就用泡鱼的油干炸，炸成熟透，尤其味美。鲜鲞鱼做法，红烧清蒸均可。鲞鱼的“鲞”字，南人音“响”，即名响鱼，有人以为鱼行有声，就未免附会了。

海鲫鱼

北京称做“大头鱼”，肉厚刺少，虽肉粗老，以“侉炖”甚便，北京家庭多应时炖来以快朵颐。此鱼每年四月出海，北京市上以此和黄花鱼算应鱼节，商号于此时炖食，名为“加犒劳”。因此鱼一锅要炖十斤八斤，至少也要三五斤，所以只有侉炖为省事，北京妇女也擅长炖大头鱼。但近年以来出产甚少，价甚昂贵，并且一到四月半以后，即要绝迹，到端阳节时，市上所盛卖形如大头鱼之红而稍长窄的，却又是刺多的“藤萝鱼”了。大头鱼别样做法很费事，酱汁大头鱼也颇好吃。北京穷人有吃臭大头鱼方法，用贱价买来陈腐有臭味的大头鱼，将鱼洗净，蒸锅笼屉内铺满小白菜叶，上放洗净的鱼，蒸熟，揭锅时千万堵着鼻孔，俟熏人鼻孔的臭气放净，然后或炖或烧汁，绝没一点臭味了，至于鲜嫩是不能问的，也是穷人解馋的办法。

吃鱼方法还没记完，容再谈一次，以答诸公雅意。

（《立言画刊》1939 年第 27 期）

三谈吃鱼

金受申

第二十五期所谈的“吃鱼”，以北京各庄馆所擅长的鱼馔为主，所列的都是鱼馔名称。上期所做的“再谈吃鱼”，是奎华内兄赵君南游所得，目的在介绍鱼的做法，想供献诸位几种心得，所以以鱼名标题。本期“三谈吃鱼”，仍然是继续完成上期的不足。北京虽不产鱼，但以交通方便，各地产鱼都能到此集中，除特殊不能转运的，像四腮鲈鱼一类娇贵鱼类以外，都荟萃到长安市上了，因此谈做法也是一个办法。

黄花鱼

黄花鱼即所谓“石首鱼”，又简称“黄鱼”，为海鱼中最普遍的，渤海产得尤多，已成北京市家庭饭馆中日常鱼馔佳品。在三四月未开雷以先，黄花鱼与对虾于此时大批上市，有时价值极贱，虽贩夫走卒，贫困人家，也要称两斤黄花鱼尝尝，熏黄花鱼，炸黄花鱼，到处可见，但一闻雷声，鱼沉水底，捞网不易，鱼价也随之增高了。黄花鱼有大黄鱼、小黄鱼两种，大黄鱼肉肥厚，但微嫌粗老，小黄花鱼刺多肉嫩，不过饭馆所用仍是大黄鱼。黄鱼非江河湖塘可比，海鱼绝吃不着活鱼，只以新鲜为佳，若日久失去鲜味，就不香美了。黄鱼做法很多，糖醋鱼、尖钻鱼、干炸鱼、醋烹鱼、松子鱼

（即所谓松鼠鱼）、烩鱼羹、炒假螃蟹肉、抓炒鱼、红烧鱼，都可算为美味。家庭所做黄鱼，以“侉炖”为主。黄花鱼肉如蒜瓣，脆嫩比淡水鱼好，值此春日昼长、庭花绽蕊、柳眼舒青的明媚时节，大青蒜头伴食家厨自做黄鱼，也是人一乐啊！

鳜　鱼

鳜鱼普通称做“花鲫鱼”，即厨人鱼贩讹称桂鱼的便是。鳜鱼四时皆有，尤以三月鳜鱼最肥，张志和的词“桃花流水鳜鱼肥”，吴雯的诗“万点桃花半尺鱼”，可见鳜鱼被古今文人所称赞的了。鳜鱼肉细，没有冗刺，在没刺的鱼类中是最鲜嫩的。鳜鱼最妙是清蒸，在《清真饮馔》中谈过一次西来顺的活蟹蒸鳜鱼，尤其淡远有致的，是不多加作料清蒸。丁卯孟夏朔日，友小平绥方翁招饮，柳花入座，丁香盛开，饮日本清酒，食清蒸鳜鱼，即席填《点绛唇》一词，闲适清隽，至今还留很深刻的印象。饭馆中平日所做整鱼，常用鳜鱼，醋溜、红烧、酱汁、五柳都可。零做如瓦块、滑溜、糟溜、锅煽鱼、葱椒鱼、高丽鱼条、抓炒鱼，全和黄鱼做法相同，比黄花鱼还要普遍得多，是北京最常用的鱼。

刀　鱼

刀鱼是南方一种细条鱼，北京市上也能买到很鲜的，不过京市人不大喜吃罢了。清蒸做法，将鱼洗净，带头去尾尖，一条一条依次摆好，配春笋、香菇、火肉、肢油，放于刀鱼面上，蒸好其味极鲜，只不太肥而已。刀鱼在清明节以前，鱼刺嫩软，而且刺多，过清明节后，其刺硬劲，所以清明节前的刀鱼，也比较好吃一些。刀鱼出水即死，如出水日少，青皮不变白色，也还鲜嫩。红烧做法，将鱼洗净，一刀切成两段，用鸡蛋一个打碎，将鱼蘸蛋汁，放油锅内一煎，两面微黄如明玉，再将酱油料酒放入，烧熟为度，但不必加入其他零碎作料，因吃刀鱼是取其冲淡的。

鲢　鱼

鲢鱼有两种，一种是“白鲢”，一种是“花鲢”。鲢鱼鱼头最好吃，红烧或侉炖均可。北方大鲢鱼很少，南方大鲢鱼有的到三五斤、十斤，有的鱼头即能到十多斤。侉炖鲢鱼头做法，将鱼头一劈两半，用油一煎，将油控出，大作料、酱油、料酒、猪肉丝，放汤大炖，好吃辣的可以放入一个干蓁椒。炖烂之后，吃的时候，将新鲜粉皮切成大块，放在锅内，一开即算成功，撒些青蒜丝提味。

塘鲤鱼

关于鲤鱼，像黄河鲤鱼、北京金翅鲤鱼、万寿山昆明湖金鲤，已然分别介绍过，做鲤鱼方法，也谈过一些，现在不再来谈。北京鲤鱼用途很大，在筵席上整鱼，北方馆子多半用鲤鱼，有时做得不能入口，上次学校同人聚餐，由东城某饭庄备饭，其糖醋整尾鲤鱼，炸得皮焦肉老，几乎没有一点鲜肉，更不用说味道了。另外有一种鲤鱼别种，即所谓“塘鲤鱼”，是江南苏州、无锡、常州、镇江等地湖塘最多的土产，俗名“虎头鲨”，此鱼大的不过四五两，和北京做酥鱼的小鲫鱼大小差不多，形似松江鲈鱼，滋味特别鲜香，比只有醋味的酥鱼，不同太多了。做法以清汆最好，干炸还不坏。干炸做法，用酱油料酒泡好，过油炸黄，不可太焦，否则便失鱼味，炸好外撒花椒盐，又是一种特别滋味了。塘鲤鱼最合小吃，比那豆豉鱼、鱼冻一类渗酒的东西，好得多了，只可惜北京不能运到罢了。

黄鳝鱼

泥鳅、黄鳝形近而不相同，泥鳅在庄、馆、居、轩中很少见，只家庭中有些做着吃的。己巳春天在华北大学教书时，吴起凡先生邀饮湘乡会馆，所吃都是湖南家乡菜，里面有一器“炸泥鳅”，炸得焦而不老，嫩而不皮，很耐咀嚼，十几年来没尝此味了。黄鳝是北京南菜馆中拿手菜，小菜馆中所做，多半是小条鳝鱼，不但不能做“软肚加粉”，连肉也不能挡口的，只大菜馆中所用大条鳝鱼，还能令人朵颐称快。鳝鱼中有一种“望灯鳝”，食之有毒，可以致死，所以鱼商、饭馆对于望灯鳝的选择，很是严重的。鳝鱼做法有几样，“炸鳝鱼丝”以无锡做法为最好吃。无锡炸鳝鱼丝的做法，将鳝鱼丝炸好，再用酱油、料酒、白糖一烹，切细姜丝撒在表面上，又酥味又美，北京可以仿制。“红烧黄鳝”做法，将鳝鱼剁成寸段，将猪肉切成马牙块，葱姜作料加点蒜瓣，用油将鳝鱼炸黄，然后连猪肉作料放入锅内炒，加放酱油料酒，烧五分钟，再放水，汤汁不可太多，以烧烂为度，将出锅时放点白糖。至北京饭馆所做，则以“炒鳝鱼”为主，或做“马鞍菜”，和红烧做法相近，我以为颇可仿效南方做法，多做几样，就更好了。

甲　鱼

相传甲鱼大补，于是老饕家便藉名解馋了。甲鱼做法有清蒸、红烧两种做法，先将甲鱼杀死，用凉水放在锅内煮六七成开，不可太开，用指甲将甲鱼肉裙上黑薄皮剥下来，不可再烧，将硬壳揭开，去掉五脏，洗净里面，一剁四块，然后用顶上白蘑清蒸，或用四方块猪肉红烧均可。又有人说将活甲鱼放在笼屉内，旁开一小孔，孔外放酱油料酒一碗，下面生火，甲鱼遇热伸头出孔，饮酱油料酒解热，鱼熟油酒已尽，自然鲜美。其实这是渔船一种简便吃法，没有笼屉，下面可点洋烛，但五脏不除，污秽不清，又哪里能吃呢？

西湖鱼

西湖鱼并非本名，因西湖做法精良，于是便加上西湖的美名，实在本名是“草青鱼”，味鲜美，别处所做是比不上的，缘故是西湖所产草青鱼，平日用竹篓养在湖内，现吃现杀，比北京饭馆在木盆内用井水养鲫鲤，又鲜得多了。西湖鱼妙在清淡，所以做法很简单，将鱼杀死，一劈两半，稍一戒刀（戒刀就是将鱼身上斜划几刀），加葱姜料酒一蒸，时间五分钟至十分钟，以鱼熟为度，如功夫过久，鱼的鲜味丢失，蒸成用上好鸡汤作稀汁浇上，必须多加一些醋，不可放糖，所以有“醋溜鱼”的名称，至于传为“糖醋鱼”的就不对了。尤其要注意的是，鱼熟汁成，才能鲜美，如互有先后，就失之毫厘，差之千里了。

带　鱼

也是海鱼一种，做法很窄，吃的人很少，北京也很常见。鱼形似宽带子，肉薄，身上无鳞，上有一层银霜，用马蓝根锅刷，将鱼身上银霜擦掉，洗净，切二寸多长小段，过油炸焦，用酱油醋糖烧成，然后糖醋焖好。

鲳　鱼

鲳鱼圆阔似河豚，北京叫做“瓶儿鱼”，厨师傅常语是“瓶儿爱好，我不爱瓶儿”。此鱼也是海鱼，肉最细，皮似鳜鱼，没刺，若是新鲜的也可蒸食，稍陈可以红烧。

以上所记鱼类，只区区十七种，有的是北京不常见（也可以说根本就见不着），像四腮鲈鱼、河豚鱼等，有的是只可代替小菜，索然寡味的，像咸鱼、蚂蛤鱼等，都不赘述了，

（《立言画刊》1939 年第 28 期）

谈鸡的吃法

金受申

吃鱼谈了三次，虽不足天下做鱼方法万分一二，也兀自占了本刊宝贵篇幅不少，耗了读者诸公不少精神，所以如此刺刺不休的，良以鱼为百馔中最鲜之品，甚至“鲜”字都从羊鱼，其味可知了。

鱼以外鲜美之品，要算鸡鸭，以价值来说，鸭贵于鸡，以做法多少来说，鸡多于鸭。普通人全都以价值贵贱推重鸭子，实在一个人春雨闭门，挑灯夜饮，或久别重逢，浊醪共话，就以杀鸡具黍，来抵十年尘梦了。鸡多易得，冷食热烹，攸往咸宜，虽极贫之家，村农野老，也常要养上几只“九斤黄”大油鸡，风雨五更，可以唤回甜梦，生些鸡卵，可以换些御寒的棉絮，鸡的可爱，又岂止在能佐我们渗酒下饭呢？我在春残柳老、花事将阑的时候，常喜欢买上“一把抓”的“熏笋鸡”，坐在薜荔墙阴，伴着拍红水萝卜，喝上几杯“喝亦未必醉”的酒，解襟迎爽，凯风自南，又比清蒸鳜鱼容易得了。崇效寺牡丹将开，社稷坛丁香绽紫，以至陶然亭白石桥春苇抽青，西山下阡陌上花黄麦绿，诸位如有提壶携榼的雅兴时，最便莫如做些嫩鸡。清明那日郭松亭丈送我珍藏“鱼半常”精制四节鱼竿，丝纶网罟全份，约我同往北窑钓鱼，咂壶盛酒，带上“盐水鸡”两只、“窑西馆”，畅谈终日，我认为是己卯年我的幸福日。做鸡方法很多，赵奎华兄又讲给我许多鸡的吃法，不肯独秘，录来实我“北京通”。

普通鸡馔很多，如炸八块、碎溜鸡、炒辣子鸡、酱爆鸡丁、宫保鸡丁、纸包鸡、炒生熟鸡丝、炒菜心鸡丝、溜鸡片、芙蓉鸡片、鸡丸、鸡饼、扒鸡、锅烧整只半只、红烧鸡、黄焖鸡、熏鸡、腊鸡、风鸡、酱鸡、桶子鸡、三鲜鸡、肥卤鸡、烧鸡、鸡松、鸡蓉鱼翅、鸡蓉菜花、炸鸡胗、软炸鸡胗肝、炒溜什件、软炸鸡丁、烩鸡丝加蜇头、鸡骨酱、烤鸡、白蘸鸡、鸡冻、豆豉鸡、王瓜拌鸡丝、鸡丝拌粉皮、五香鸡、咖喱鸡、鸡蓉鸽蛋、鸡丝拌洋粉、清炖鸡汤、砂锅鸡、红烧鸡翅、八宝鸡、素鸡、锅爆鸡、什锦全鸡、酥鸡、酱瓜鸡丁、酱瓜鸡丝，以至家常炖栗子鸡、猪肉炖鸡，凉吃热吃，真是指不胜屈，一言难尽了。但是以上所说的鸡馔，有的各饭庄、馆、居、轩，都自有擅长，有的是各地特产，现在不来谈它，先谈一些简而易办、试验良好的鸡馔，目的不在空谈，为的是供读者尝试，以示本栏不仅敷陈故事，也要注重实用的。何况天下家鸡相同，虽南北做法各异，也不妨仿来试做的啊！

盐水鸡

盐水鸡不是普通饭馆所做的“卤牲口”，也不是保定府出名的“卤煮鸡”，是家庭中自饱馋吻，或款待不速之客的妙品，虽黄粱粗粝，淡薄水酒，也能藉盐水鸡的淡永，消此良辰，畅叙幽怀的。盐水鸡的做法很简单，最要紧的是不用笋鸡，也不用多年老鸡，要用当年大鸡（鸡已长成，试其老嫩的方法，由胸骨上试出，应手折断的最嫩，应手弯软的，也在当年，若是隔年老鸡，就不是普通人指力所能屈动的了），杀死，退尽鸡毛，洗净以后，一劈两半，放入锅内，最好用南京砂锅，或大同府沙钴。放水须浸过鸡肉，必须多放些食盐（盐少不美，但不可像沿街叫卖肥卤鸡的过咸），加入料酒，微火慢煨，至汤剩一锅底时，放入花椒，最后出锅时，汤已无多了。冷吃可以渗酒，热吃可以下饭，较市头出卖的，高出百倍，原故是原汤完全浸入鸡肉，和既煮鸡又要汤的不同，但千万不可使鸡太烂，否则也要失却美味的。诸君不妨试做，必较五芳斋的“肥油鸡”还要好得多。

鸡丝巧冻

四时风光不同，食物也随之而异，鸡馔也是如此的。盐水鸡是四时咸宜的食品，夏天宜吃“酒醉鸡”，冬天宜吃“糟鸡”，春天色味全好的，要属“鸡丝巧冻”了。鸡丝巧冻的做法，用当年大鸡一只，退尽洗净，再加猪爪尖一个，用盐水、料酒煨烂，捞出，不要猪爪尖，将鸡汤撇清，澄去渣滓，倾入大鱼盘内，然后把鸡脯撕成细丝，撒放汤内，但鸡肉不可太多，过多就不美观了。鸡汤成绍兴酒色，如透明黄玉，如带花纹琥珀，更将香菜掐成寸叶，摆在鸡冻上，凝成，切骨牌块，盛以白盘，色美味佳，是春天小酌的妙品。

酒醉鸡

夏天吃酒醉鸡，味最闲远。做法用笋鸡以淡盐水煮好（不可太咸，太咸则无清淡消暑之意），至八成熟捞出，控干鸡汤，切成方块，以阳面摆在碗底，形如粉蒸肉、扣肉、南煎丸子的摆法，兑入极好陈绍酒，最好用“真竹叶青”，取其色彩青青，令人见之心喜，烦暑尽除。上扣罩碗，上蒸锅重蒸（千万不可再放鸡汤），少时酒已浸透，即可取出。食时合在细瓷盘中，阳面向上，极富殊味，凉吃尤好，如能得旧瓷中绿白菜盘，就更妙不可言了，所谓美食不如美器的，就是这个意思。

糟鸡糟肉

糟鸡和糟肉，是连带的肴馔，同时做出，所以要一同说出的。

做法，用当年大鸡，连同猪肉（忽硬五花）和猪爪尖，一同下锅白煮，少加料酒、盐粒，不可过咸（也不可像酒醉鸡那样的淡），以调和适度为准。煮至九成熟，以猪肉能利刀为度，不可太烂，捞出后，趁热倾入坛中，用新布口袋盛好香糟，摆在肉上，糟袋要摆得严密，坛内贮入少许鸡肉汤，不可太多，用纸糊严坛口，然后用猪尿泡和布扎紧，放在凉爽地方（千万不可令其上冻），一星期后便可食用了。吃的时候，肉切厚片，鸡切大块，有咸鸡咀嚼的滋味，没有板鸭咬不动的毛病，在夜雪初霁、冷月窥人时，小饮三杯，恍如身到江南了。

荷叶鸡

在夏天吃荷叶肉，确较肥肉大炖强得多，使人有一种清香风味勾上鼻头，但荷叶肉仍不免肥腻呕人，最好是荷叶鸡，绝没使人腻膈的地方。按本来荷叶鸡做法，也是鸡肉一块、猪肉一块，一齐包起，现在只谈用鸡，屏除猪肉，以便名副其实。用笋鸡（当年大鸡尚未长成，一年以内的鸡即可），切成骨牌长块，先用酱油浸泡，后用料酒、葱姜蒜丝一拌，以炒米粉裹好（不要外买米粉，自己炒的米粉不碎，粒粒分明，最有稻香），外包荷叶，摆好上锅蒸熟，冷吃热食均可。

麻油鸡

鸡馔无论何种做法，外浇作料的很少，只夏天麻油鸡，别有新味。做法，用笋鸡煮烂，切成方块，再将荠菜用沸水抄过，撒在鸡肉上，以麻油（北京所谓香油）、酱油调合，浇在荠菜上，味清而不腻。饭庄饭馆可用做冷荤，家庭也可做为佳肴，并且方法简单，容易仿效的。

泥裹灶塘鸡

乡间小儿烧北瓜玉米，以瓜当锅，虽陌上野吃，却别具一种不可思议的滋味，令人忘俗，几有出尘之想了。奎华兄住太湖洞庭山二年，活鱼野味，享了不少清福，曾独出心裁，发明“泥裹灶塘鸡”，试验多次，味美绝伦，虽山中因陋就简的吃法，实在不是大都市庄馆盘餐中所能有的。做法，用六七月笋鸡，杀死出血后，毛不拔去，不可开膛，将翅膀下开一小洞，放下葱姜、料酒、酱油调好的作料，空虚地方以干净鲜荷叶填满，然后鸡外糊满黄土稀泥，放在柴锅灶火塘内用秫秸烧，火不要太旺，以能将黄土烧干，即可取出，剥下黄土，鸡毛鸡皮一齐脱下，里肉白软，香味喷鼻，望之已然馋涎三尺了。用手将鸡肉撕开，酥嫩异常，鸡任何做法，也不能保持原味，只有此品能有，加以荷叶清香，更不是语言能形容的。至于鸡的大小多少，下酒佐饭，又不必以文字语言来形容的了。

还有几种鸡的吃法和鸭的做法，容下期补谈罢。

（《立言画刊》1939 年第 29 期）

再谈鸡的吃法
——附谈“吃鸭”

金受申

上期所谈“鸡的做法”，还没有完毕，再补写一些，不足的补谈“吃鸭”。

清炖辣子鸡

北京饭庄馆居，所做辣子鸡、酱爆鸡丁、宫保鸡丁，都是切丁炒食，辣子鸡只以加蓁椒为主，夏秋之间，加铁皮青大海椒丁，黄绿相间，色彩尚佳，冬春时间，加红海椒丁，更有一种富丽色彩。炒辣子鸡以勾汁为本，间或有勾纤的，反黏糊无味了。炒辣子鸡以只用鸡肉不带骨切小丁为本，用笋鸡的，有时可以带些细骨。清炖辣子鸡和炒辣子鸡不同，用当年大鸡，或大只笋鸡，带骨切成寸块，炒挂糖色，用鲜红海椒切细丝，加入锅内，文火微炖，必须极烂，不加酱，少放酱油，汤求其淡，与家常炖鸡、红黄焖鸡、炒辣子鸡均不同，而味过之。

油焖鸡

五芳斋的“肥油鸡”，所谓“油鸡”是和“柴鸡”对称而来的，并不是外加的油。油焖鸡的做法，用当年大肥嫩鸡剁成骨牌大块，再用真正香油（不可用其他油代替，尤不可用荤油）炸成深黄色，能有烤鸭、烤鸡的焦黄更好，将油澄出，另加生油（取其味纯），更放酱油、料酒、葱酱作料煨烧，但不可放水，至汤里肉外有一层油时，才能好吃。与五芳斋肥油鸡只是白煮的，不可同日而语了。尤妙的是，虽鸡皮上油色汪然，但绝不腻人的，实在是老饕的恩物啊！

穰冬瓜鸡

鸡穰冬瓜和肉穰冬瓜不同，鸡穰的冬瓜，要大高装冬瓜，重在一斤多（肉穰冬瓜用极小的毛冬瓜，意在只够一簋）。将嫩鸡切成大骰子块，火腿切成小骰子块（肉穰冬瓜要将肉剁成细馅），将冬瓜刮去外皮，切去上盖，掏出冬瓜内穰，用水洗净，再将鸡块、火腿、料酒、盐填满瓜中，盖好上盖，放于盘内，入蒸锅蒸熟，连盘取出，即可用杓分食，是多人聚食的妙品。

田　鸡

田鸡虽有鸡的名字，实际并不是鸡，应归入“吃鱼”内，现在以鸡连类，附志于此，好在事不离吃，文关大嚼，也是可以比拟相合的。田鸡即是青蛙，通俗所谓蛤蟆、虾蟆的便是。蛙类有所谓“金蝉”、“青蛙”、“蚧蛤子”三种。刘海所戏的三足金蝉，那是蛙的稀种贵族，不常见的动物。青蛙周身绿色，筋起金线，金眼黑睛，虽常见普通，因后腿肥嫩，实在也是一种酒徒下酒的好东西。至于蚧蛤子，周身草黄色，凸起不等一的大小疙瘩，俨如一脸粉刺，实在满体毒素，真是一见令人作三日呕的下等动物啊！我们每常走到市场熟菜摊上，常看见累累盈盘的田鸡（青蛙）腿，熏得焦黄，虽香味深长，但没一毫鲜风韵的。菜市上鱼市上，也时常看见一串一串的鲜田鸡腿，任客购买回家，随意做些酒肴饭菜的。田鸡的捕得，十分的容易，只要丝纶拴着虫饵，即可应手得来，不必用什么铁钩的。田鸡只吃后腿两只，肉细嫩脆，颇耐寻味。或照市场肉商熏食，先用酱油、料酒浸泡，然后油炸微焦，微火熏烤成熟，可以下酒。或用豆苗相伴清炒，稍勾稀汁，可以下饭。但一般北京的“窑坑钓鳌客”，钓得大批田鸡以后，多半用来打卤，拌面条或拌粉皮，的确是本地风光，所谓“田鸡卤”的便是，和京西青龙桥的“斑鸠卤”，同是食品中的别味的。

南京桶鸭、板鸭虽驰名天下，但烤鸭却是北京第一的，鸭的肥嫩，也以北京为巨擘。北京鸭子分“春鸭”、“秋鸭”两种，小鸭自孵出蛋壳后，八十日即可食用，此八十日内应用北京特有的填鸭的方法，填得肥大。春鸭嫩而易烂，清蒸后皮白肉粉，瘦肉不似干柴，若稍老的大鸭，可以用为烤鸭，也很嫩烂，带汤的可以做“蒸炉鸭”，以肉市全聚德，和已关闭的米市胡同老便宜坊为专做烤鸭及鸭席所在，以外各挂炉铺、各庄馆均各擅长鸭馔。鸭的吃法很多，糟鸭片、拌鸭掌、大炉烤鸭、焖炉烤鸭、蒸炉鸭加白菜（加川冬菜或冬瓜也很好吃，吾友火神庙田道长以菠菜蒸炉鸭，味果特殊）、烩鸭条（烩白肉末加糟为假鸭条）、川鸭肝、川鸭腰（做鸭五脏以全聚德最好）、烩鸭腰、卤鸭胗、酱鸭胗、风干鸭肫、烹炉鸭片、酱鸭（以苏州为第一）。南京板鸭以秋天最好，八月为“桂花鸭子”，又嫩又香，春夏太咸，味逊一筹，南京人最擅此味，北京虽有板鸭运到，不但不能吃着新鲜货，烹炙也不得法，所以板鸭在北京，很少有人注意。以外广东腊鸭、波罗鸭，都属鸭馔别格的。野鸭也另有乡村味道，有葱烧野鸭、炸野鸭、卤野鸭、五香野鸭几种，北京以同福居“两做野鸭”，风味新奇，虽冗骨太多，但因此反能生出咀嚼之乐的。鸭的吃法很多，严格说起来，“烤鸭”、“烧鸭”并不相同，北京土著则呼烤鸭为烧鸭，相沿日久，反不知谁正谁误了。现在略谈几种鸭的吃法，以资点缀。

加馅鸭

用肥嫩大鸭洗净，只取其鸭脯地方，由上至下，一刀劈开，切成大骨牌块，再将瘦火腿切薄片，与鸭块大小相等，以鸭块、火腿相间，面朝下摆好碗底，蒸熟，吃时合过大汤碗内，浇好清汤，上撒青笋尖、豆苗、冬笋，算是汤菜的一种。“火腿加馅冬瓜”，与此做法相同。

红烧鸭

用鸭块红烧，加冬菜，名“冬菜烧鸭”；加川冬菜，名“川冬菜烧鸭”，比蒸炉鸭味更深厚。

江米鸭子

将江米洗净，再将火腿切成米星小丁，拌匀，填在鸭腹内清蒸，可为饭菜，可为点心，均有清远的滋味。

清蒸鸭子

此馔本为普通菜，但庄馆所做，以鸭、鸡、猪肘同煮，将鸭子原味失去，所以重述一次，以作参考。应将大肥鸭放于砂锅内清煮，不加别物，煮至八成熟以后，以火腿、猪肘切块，与鸭同蒸，春冬时节可配鲜笋，夏天可配青笋，味有原味，且极鲜美。

干贝鸭子

与清蒸鸭方法相同，不过只配干贝，不配他物，另有特别新味。

淡菜鸭子

亦与清蒸鸭子相仿，只配淡菜、火腿、鸡膀、干笋而已。

北京烤鸭，通称烧鸭者，“大炉烧鸭”、“焖炉烧鸭”两种。烧的方法，早年有“汤烧鸭子”、“葱烧鸭子”、“菜烧鸭子”三种方法，以鸭内填馅来分。近年以来，只重鸭的皮肉，不重内容，所以只剩了汤烧一种。并且近年挂炉铺已日渐衰落，烤（烧）鸭已成庄馆的名馔，凡有名一时的庄馆，都各有自用的“大炉”、“焖炉”，也各自精心研究火候、方法，此节在前几期“北京通”中已然谈过，不再赘述了。

（《立言画刊》1939 年第 30 期）

北平信远斋喝酸梅汤之回忆

嘴 张

这几天天气渐渐热起来了，走在爱多亚路大世界附近，则郑福斋铺子里头的酸梅汤生意，已颇不寂寞，店伙和主顾，“一个大杯”、“两个小杯”的吆喝，铜子跌在钱柜里鏦鏦铮铮的声势，做他们商标的齐天大圣画像，以及招牌上“北平分此”的字样，随在都发出引人注意的力量，尤其是“北平分此”四个字，最会勾动我们旅行过故都者脑海中的憧憬。

极度健忘的我，对于北平郑福斋总店的情形如何，虽在记忆中极力冥索，而结果是一无所得，却因极力的冥索，而使我想起了北平信远斋的酸梅汤来。

由南方而寄居北平的人，一定要买一点北平的土产寄赠亲友，这是人情世故之常。我那时虽在学生时代，却也未能免此，不过学生的身份所送的礼物，也就限于墨盒、铜尺等之类。卖墨盒、铜尺的店铺子都开设在琉璃厂一带，因为暑假的时间较长，总有几位回南度夏的同乡，故我每每在暑假以前一二个星期，上琉璃厂去订购这一类的礼物，预备在暑假开始时候请同乡们给我带回南中。铜尺、墨盒上边的上下款等，都不是现成的，一定要有主顾去定下了才镌上，所以自定货至取货，一定要跑好几个来回。从海淀到琉璃厂，差不离要有三十里地，坐学校的公共汽车只到得南池子，却要化四毛钱，颇不合算。故我上琉璃厂，一定出两毛钱先坐洋车到西直门，然后再在那里换乘电车到前门，前门下车以后，还有一段路，则安步当车徐徐踱去。

太阳射在北平的沙土上，显现出分外的热毒，而地上的沙土经这热毒的太阳照射，也显现出格外的轻狂，任你泼水的清道夫来回不住的泼水，它依旧毫不让步地扑向行人的身上脸上，甚至鼻中口中，也会乘隙而入。所以这仲夏的天气，在北平是踱不多路，便会让你感觉到口干舌燥的。当我感觉到口干舌燥，浑身有爆裂之虞的时候，则在路旁找到了信远斋的字号，便是找到了一个“救命王菩萨”。

一间门面的小铺子，打起帘子，侧身进去，里边被柜台一隔为二，柜台里面排列着盛各种蜜饯的磁罐，有一个账桌，由掌柜的独个子镇守着，柜台外边的半间，正中靠屏门有半个圆桌子，安放着两条极细瘦的长凳，这长凳细瘦得真是异乎寻常，和西洋镜担子上的长凳差不多细瘦，旁边靠墙的地方却安放着只京漆的大圆木桶，圆桶上漆着“信远斋冰镇酸梅汤”字样，这里边便安放着行人的恩物，著名的酸梅汤。

客人进门便坐在圆桌子旁边的细长凳上，一个穿得很朴素干干净净的小伙计，用竹节制成的杓子，揭开了圆桶的盖，在四围被冰围绕起来的一个磁罐子里头，打起一盏酸梅汤来给客人喝，那盏子上大下小，颇与吾们苏州酱园里头盛以黄酒的酒碗相仿佛。碗里头的梅汤，厥色金黄，厥气芬芳，而质浓味厚，盛在碗里头，有满而不溢之致，而尤异于凡品。入口以后，凉沁心脾，齿颊生津，微有酸意，而不致使牙软，收口颇甘旨，而不觉丝毫黏腻。据说他们的梅汤里头，有真蜂蜜，我想这话也许是准确的，要不然味儿怎会这样的隽永呢。小伙计给客人打了一碗梅汤以后，他照例是不跑开的，一手提了竹节杓子，一手扶住大圆木桶的边，彬彬然站着。他看见客人的盏子将要空了，便问客人道，您再来碗吧，这样好的梅汤，客人当然不以仅尝一盏为已足的，尤其我这个没节制的人，往往自一碗二碗灌起，灌到六碗七碗而不肯休歇。

这铺子就布置方面、装潢方面看来，确然像一所老店，然它和北平其他老店有一点殊异的地方，便是将这古老的店面收拾得特殊的整洁，清清楚楚，有一尘不染之概。梅汤吃下肚去，决不让你心中发生停会要不要闹肚的观念。

客人来得多了，细瘦的长凳上坐不下，则后来者便站在地上喝，其中也有时候会夹杂着一二对求爱的男女学生，请爱人吃酸梅汤，在阔绰的上等学生看来，是真可以引为笑谈者，然而北平式的青年，都似满不在乎的。

梅汤已灌足，付过账，戴着一个已被梅汤镇得冰凉的冷静头脑，跑上卖铜尺、墨盒的铺子里，和掌柜的打交涉，便觉得神智井然，条理清明，一切不大习惯的挑货论价等事，都能应付裕如了。铺子里跑出来经过旧书摊子，虽则阮囊羞涩，不敢效大教授们整捆的挟着往家里跑，但颇有精神踏上前去乱翻一阵，虽不得书，而也很可快意。不过这样乱糟糟一阵子以后，回头经过信远斋的时候，则又非进去喝上二杯梅汤不足以荡涤胸襟了。“无一不过店”，当时的毫无胜概，自以为虽水浒传上武都头再世，庶几乎亦无以复加。

极度健忘的我，一二年以前的事，已模糊得像烟雾一般，连信远斋酸梅汤几大枚一碗也记不清楚了，偶然想起一点影子，不敢不赶快捉住记下，然而所记下的，也仅仅一点影子而已。曾经享用过故都信远斋酸梅汤的同好，预备读了这篇文字，以求望梅止渴，则我想一定会失望的。

（《时报》1934 年 6 月 1 日号外“饮食特刊”）

北京的大酒缸

宁行庸

“酒中有真情”，这是一句中西通有的谚语。我国自来文人对于酒的颂赞文字，真是琳琅满目，不一而足。的确，酒对于人生是有莫大的魔力。藉了一点麻醉便显得精神格外兴奋，不由得吐露出心底的积蓄，信口漫谈，毫无挂碍。虽说“酒后无德”的也有，但人性的真实暴露，多半都在酒中。醉意既浓，豪兴渐发。从来有多少人藉酒成事，反之，也有不少人因酒败事。我们逢着这个时代，似乎不该耽于酒肉，甚至暗示酒风。可是我们觉得人生不能永远总在板着面孔去做作，多少应该有个机会流露一些真情。所谓“痛快”，在目前的环境，除了与二三知己把盏纵谈之外，恐怕再难找到吧！

寻求痛快

不过，我们觉得可惨的是目前只有藉酒遣怀，不管有量无量，多少人都在酒中寻求片时的“痛快”，惟有杯中物，足以慰幽思！在理想上，我们自然需要清醒的永长的“痛快”，藉着这个痛快做我们前进的动力。而事实上，从来何尝有过这样的“痛快”呢！迫不得已，求其下者，只有寻求片时的“痛快”而已！

所以，在这古老的都市里，人们渐渐都趋向于饮酒。这话似乎不至过于武断，因为只要巡视一下目前京市各处的酒馆，便可相信了。我们说的酒馆，不是洋味儿的酒吧间，或是什么咖啡馆，而是京市历史悠久的最平民化的“大酒缸”。

酒缸设备

“大酒缸”之所以命名，顾名思义，概可想见。京市内外城差不多每一条大街或繁华的大胡同里，都有“大酒缸”的开设。一般的都是在店铺里摆了几个或几行大的缸，各个缸上面都盖着一块代替桌面的木板，有的夹用八仙桌。从外观上讲，大都不怎样干净。大缸便是这个酒铺的幌子。柜台里面摆了一列酒坛子，旁边是一个台架，摆满了各色各样的小吃。这些小吃，看起外观来虽不如洋大人的小吃，总也够花色的。至于味道，则大可不必挑剔，因为根本是平民化，取材既简，售价又廉。既入之，则安之，不必过于从卫生上从食道上去讲求，否则顶好不去照顾。

这里所说的酒，只是一种高粱酒，俗称白干，或名烧酒，是一种烈性的麻醉品。三年前每斤售价不过十二吊几（合铜元一百二十枚），如今中品售价已逾一元二角馀，上品酒多称“原封”，意指不曾搀水的原酒，实则市上殊少真正原封。造酒的地方，名曰“烧锅”。据说近京各地不过有数的几家烧锅，因为造酒所用的原料是高粱，而高粱又是民食之一，所以从前对于烧锅的开设，是要予以限制的．以免影响民食，而京市城厢向无烧锅，也是这个缘故。因之酒的来源便仰仗京外各地的出品，可是据说因为同业组合关系，多受排制。大酒缸的烧酒，都是从烧锅贩卖而来，由酒店按时运送。

小吃一斑

至于小吃，多半是原质最廉的东西，都是已经做成的酒菜，陈列在一个玻璃罩里面。四季通有的如卤煮花生米、炸开花豆、炝白菜、拌干丝、酱菜、青豆嘴儿等约十馀种。春夏季有炸黄花儿鱼、炸青虾、卤煮对虾等，秋冬季添酥鱼、蒸蟹等。通常顾客大多以花生米、青豆等为佐酒物。取价以碟计，小碟五分，大碟一角，虽较以前增价，究属平民化。至于鱼虾等为上品菜，多论条计价。此外有熬鱼炮羊肉。除了酒铺所备的酒菜以外，围在酒铺门口的，尚有多种多样的专售佐酒物的小贩。我们随便走到哪一家大酒缸门口，总是堆着小摊或背筐的，他们有的卖熏肉、羊头肉，酱牛肉，有的卖炮肚儿、炒肝儿。这些小贩可以出入于酒铺，招揽生意。

喝酒论个

提到大酒缸的食品，各家通有的多是叉子火烧、饺子、包子、馄饨等。其中足以为大酒缸之特色的食品者，即“刀削面”，普通都是论碗计价，大碗现卖二角，小碗一角。因为大酒缸的经纪者，以山西人为多，“刀削面”便是他们拿手作。

大酒缸的最少卖酒单位是一两起码，用小型茶碗似的酒盅儿盛着，不说几杯或几盅，而说“个儿”。喝酒的人多说：“掌柜的，给来一个酒。”意指一盅酒也。最省钱的也许仅仅吃一小碟花生米、喝一个酒便扬长而去。二两以上多论斤两。伙计对各桌顾客用酒多少的浮记方法，也很有趣，大多用一块木牌摆在柜上，上面写明各桌号数，如“一桌”、“二桌”，然后用预先写各种分量数的圆纸片摆在木牌上，如一桌吃酒半斤，便把写半斤的纸片摆在木牌的一号上，凭此算账，以免误漏。这个法子说起来实在笨得很。

顾客形色

大酒缸的顾客，形形色色，十分杂沓，除去一部分洋化的年轻人不屑一顾外，差不多各界各层的人都有，上至大学教授，下至贩夫走卒，多出入其间。西服革履、臂夹皮包者有之，袒领露胸、手提鸟笼者有之，甚至时代姑娘们也有光顾的。不过，依开设地区之不同，而增减其各层的人色。

那些顾客的身份，已充分从他们不同的穿着与气度上表现出来，同时从喧嚣的谈话中，亦可窥知他们不同的人生。有那得意之气溢于眉梢的工头人物，一似囊中饱有，毫无客气，酒肉环列，不让珍馐，豪情奔放，旁若无人；有那环视左右，似未明此中妙味的外邦人士，指手画脚，不知所云。

我们可以说，“大酒缸”是北京特有的一种历史性的酒馆，虽然以卖酒为主，而不喝的只去吃亦未尝不可。最后，我们要敬佩山西人的经营本事实在高，据说全北京的大小酒缸都是山西人经营的，而且都是山西太谷的人。

十一月十日夜写

（《国民杂志》1941 年第 3 期）

谈北京之酱园

渔

北京为华洋荟萃之地，商贾云集，繁华鼎盛，为各省冠，而商业之发展，亦日新月异，只酱园一行，即有久远之历史。考市上酱园有“南酱园”及“京酱园”之别。南酱园多开设于宣武门外铁门一带，以“桂馨”、“馨远”等号为最佳，所出货品，如黄酱、酱油、酱菜等，滋味均为甜性，故业务极为发达，京市中之菜馆及住户等，均乐用之。

京酱园以西长安街之“天源”，西斜街之“公和永”，新街口之“天裕”，后门外大街之“宝瑞兴”，东四之“东天源”，前外之“天章”、“六必居”，兴隆街之“黄天昌”、“黄天泰”，宣外菜市口之“洪源昌”，延寿寺街之“王芝和”、“大新”（回教）等较著名，所制黄酱、酱油、酱菜等，味虽沉，而清芬适口，其制造之工匠（行话称掌作的）多为保定府人，因保定府水甜土沃，素称产酱著名区域也。

“天源”号之股东为刘姓，俗称“当刘家”，为清时北京著名当业四巨商常、刘、高、董四姓中之一（俗称四大总管），彼时管辖有当铺四五十家，私宅在东四六条，豪富气概俨如王公府邸。原籍为京西八里庄人，在该处置有田园甚多，年中出产亦巨，故天源酱园所用之原料，如萝卜、芥菜等物，均系自己园中所产，不足时，始购自京西一带著名之菜园。原料既佳，制造又精，故较他号所制之酱菜驰名也。天源号在冬季时，所售之咸菜，有名“萝卜干”者，甚为甘芳适口，萝卜之选择，以不糠不辣为准，加五香料腌之，嫩脆甘馨为他号所不及。

京西山场内，尚有酱园数处，计四王府与香山之“天义”等号，蓝靛厂及海甸之“万顺”等号，亦甚有名，出品较城内者另有一番风味。因该号等位近山场，园址宽阔，空气清洁，晒晾酱曲极为得宜，酿造时所用之水，又系取自山泉名井，故能得天独厚也。该号等在前清时最负盛名，宫廷府第多喜食其制品。每晨该酱园等以大批包篓，车载入城，分送各处，极形忙碌，而各酱园之墙壁上亦书有“上用”等字样，生意之兴隆可知。然若非货色纯实，焉能上达九重宫闱。但其后卒因距城遥远，而城内之酱园又栉比林立，故生意日渐凌替，现只有海甸“万顺”号一家尚称兴旺焉。

北京酱园中年代最久远者为“六必居”，该号开业于前明。然与六必居同时者，尚有一“寿昌”号，设于西单头条把口，民元间关闭，改为“和顺布铺”，和顺关闭后，又改为“恒丽布店”，现则改驻西单宪兵队部矣。寿昌之匾额，亦系严嵩所书，传此匾在该号关闭时，已以微价售与古玩商，今不知落于何处，故六必居之匾，乃为硕果仅存者焉。

（《晨报》1940 年 5 月 25 日）

溥仪菜单一页
——食品史的重要发现

醉　舲

菜的派别

诚然，我们别的不敢自豪，只有烹调一道，足以睥睨天下而惊列国。单说李公杂烩汤和中国什碎菜，不过是李鸿章小弄花巧，改造几样普通肴馔，哄骗外国人而已。不料而今而后，这两种小菜，居然名闻五洋，且尝试过的外国贵族，人人叹为异味，津津称道于没有吃过的朋友之前，而尚未吃过的朋友，又居然像没有到过埃及金字塔一样的懊丧，大有辗转反侧、寤寐求之之概。总而言之，统而言之，我国的烹调方法，诚与外国科学有同样的神秘。说起国菜的派别，可就多啦，头等的有徽馆、川馆、粤菜、闽菜、天津馆、镇江馆，其次有宁波馆、南京馆、苏州馆、山东馆、河南馆，以及不烧猪肉的教门馆。而北平菜馆，乃是个顶儿尖儿，集合各地烧法之大成，无论大江南北，广东广西，都一致欢迎，都吃得来。

京菜解说

先说京菜的特色，我们以前，确有一句俗谈："东酸西咸，南甜北辣。"这是说各地的口味不同，但吃京菜就毫无关系，它是不酸不咸，不甜不辣，一切采取中和方式，各地人都能吃，这是它的第一特色。其次，要算它的花色翻新，京菜素有全羊菜、全鱼席，一种原料居然翻出数十种的花样，并且口味各别，这就不能不钦佩他们的技巧了。第三，讲到的烧法，像他们的种类齐备，也非其他菜馆所能比拟。果必有因，假定我们加以研究，那至少可以归纳到三大原因:（一）地位的关系，北平以前是都会，五方杂处，菜馆要发达营业，势必迎合各地的口味，结果造成今日的大众可吃的菜。（二）习尚关系，前清官吏，业馀消遣，既没有舞场可跑，又没有影馆可坐，无非逛逛窑子，顽顽花旦，抽抽大烟，吃吃酒菜而已。读者当能明白，广东人善吃，所以广东菜也会顶刮刮，京菜经不得你爱吃我也爱吃，最后自然是愈吃愈精。（三）皇帝关系，说起京菜能和皇帝发生关系，那简直是大笑话，其实此中大有道理呢。原来清朝传位到了宣统，已经是末路的时代了，三岁小娃娃，居然南面做起皇帝，称寡道孤，况且幼时环境的启示，无非造成一十足道地骄奢淫逸的纨袴皇帝。同时孩子是喜欢吃的，宫内侍从人役便在此中下功夫，来博他的欢心了。满清宗室子弟，生下就有粮吃的，后来就无一不是好吃懒做。皇家厨房今天发明了某菜，过几天皇亲逐渐仿造，久而久之再传入民间。由是观之，京菜而能如是精巧绝伦，谁说溥仪无功？

皇家菜单

当时宣统有两位烹调的圣手，在食品史上很有地位，那善于制点的名叫郑思福，专门做菜的名叫宋登科。他们追随溥仪，年代很久，后来革命军兴，溥仪被迫出宫，这两位先生便从此默默无闻了。作者有一故都世家子弟的朋友，父亲做过前清显宦，生平嗜吃，对于烹调的书籍，尤搜罗无遗。此次承他借我一张废帝的菜单，真是食品史上的重要史料，所以特地转载本刊，提供读者研究，从此我们也可明白当日宣统的生活状况，和皇家厨役的技巧高明。

十一月初五日之菜单

早餐（宋登科作）：

川菜鸭子，镶苹果，扒海参，烧菠菜，炒山冬，糟煨银鱼，汤炮肚，炒鸡酱，川冬瓜，炒蒜苗，炖英桃肉，炒掐菜，莞豆酱，清蒸驴肉，炒三笋丝，片汤，卧果汤。

熏菜品：

肘花，小肚。

蒸食品（郑思福作）：

肉丁馒首，萝卜饼，大馒首，烧饼，紫米膳，白米膳，甜油炸果，咸油炸果，八宝甜粥，粳米粥，玉米身粥，大麦仁粥。

晚餐（宋登科作）：

川银鱼，炸凤尾虾，熘桂鱼片，锅煽山鸡，炖肉，炒冬笋，炒鲍鱼丝，五香鸡，清蒸山药，川丸子，大虾米炒韭黄，拌熏鸡丝，清蒸扣肉，摊鸡子，糖醋白菜，肉片焖熏肝，柳叶汤，木樨汤。

熏菜品：

酱吹桶，小肚。

蒸食品（郑思福作）：

羊肉白菜馅包，大馒首，脂油包，叉子火烧，紫米膳，白米膳，甜油炸果，咸油炸果，八宝甜粥，玉米身粥，大麦仁粥。

（《食品界》1934 年第 8 期）

天津食谱
——关于天津吃的种种

王受生

“衣”、“食”、“住”、“行”，虽为人类生活四种要素，仔细地研究，固然缺一不可，要说最重要的，是莫过于“食”，“衣”、“住”、“行”三样，似乎都是次要。一个人在不能吃饱的时候，万万不会讲究穿衣服、住房子、坐车子。必得要对于吃饭没有问题了，然后才能讲究到“衣”、“住”、“行”三个问题上去，是一定而不可移的道理。人生要素，简直只有“食”的问题，是惟一要素，“衣”、“住”、“行”，实在不算要素。因为每个人把“食”的问题解决了，附带需要解决的问题，实在还不只仅有“衣”、“住”、“行”这三个问题呢。

解决“食”的问题，并不简单。按照现代一般人类，对于解决这个问题的程序，先是解决“量”的问题，后是解决“质”的问题。一个人生在社会上最大的目的是谋“食”，没有图谋成功的，用脑筋用劳力去图谋，既然达到目的以后，依旧不断地用脑用力，为的是图谋继续有得吃，以及预备将来不能用脑用力的时候也可以有得吃。这是关于谋“食”的“量”的问题，无论某种人类，某种阶级，最初都是这种趋向，经过这样以后，有的是因为对于现在或是将来，都不忧虑“量”的问题了，于是就要研究“质”的问题，不仅肚子吃饱了算完事，还得要讲究怎样适口充肠，怎样滋补身体。

现代人类，对于“食”多半数要谋解决“量”的问题，而少半数却是研究“质”的问题。其中还有一种畸形现象，有一部分人本身的“量”的问题并未解决，或是有生以来都没有努力图谋过，却尽着力量研究“质”的问题，尽可以常常吃不饱肚子，却是到了吃的时候，非研究食品的“质地”不可，如果达不到目的，宁可忍饿，这种人随时随地都可以看见。还有许多人，他本身的谋食能力，解决“量”的问题已是绰绰有馀，只因为只顾注重“质”的问题，却使能力不济，常常发往恐慌。以上，却是现代社会的畸形现象，在大都会里尤其是习见。

我所要写的，并不是研究“食”的根本问题，右面所写的确是经验所得，我在提笔以后，突然所发生的一点感想，和本篇却也并非毫无关系。

这篇东西既是标名为“天津食谱”，所写的是关系生活要素“食”的质地问题，是供给居留天津的土著，以及初来天津或是久在天津的客籍，不大明瞭目下天津有食所情形的，作为参考。天津既是个大都会，当然如我所说的，一定有很多谋食的注意“质”而不注意“量”呢。

我另外应该声明的，这篇东西，不是仅指天津本地的吃的种种，更不是我所发明关于天津的出产制成了食品的食谱。这里所叙述的，是在天津市区以内的各种饭馆，无论大小，也无论南北，只要是在天津市范围以内的，都逐项记载。因为要使得标名受听些，叫着“天津食谱”，广义点叫着“天津吃的种种”。

为着著笔程序不乱，不至于头绪不清起见，特地列成纲目，划分门类，逐项列举。

一般人对于天津的饭馆子，只分为两项，往往在口头上常说南方馆子、北方馆子。所谓南北，实在笼统得很。我们应该知道，南方的地方很多，北方也是一样，“天津食谱”若单单划分南北，实在太笼统了。我因为学术界常把全国分为三大流域，于是下面也把天津的馆子，分成三大流域，每一个流域，再按照原来的派别性质分别标出。

一、黄河流域

冀、鲁、豫、晋，都是黄河流域，在天津的以上各地的饭馆颇多，都具有特殊风格。以下先从冀省的天津叙述。

A. 天津派

“天津派”的馆子，在外埠凡是比较重要的商埠，很有不少地方有人开设天津馆，有的连字号都不标明，只名“天津馆”。虽然未必尽是天津人所经营，却以“天津派”的菜点号召，不拘甚么地方，凡是有开设天津馆的，很能吸引食客，也不必尽是北方人照顾，当地人多也有欢迎的。在外埠，固然天津馆也略有相当势力，却不料天津本地，却有些不很发达，很有日渐衰微的现象。

“天津派”的馆子，天津人或是非天津人，在天津都一律称为“本地馆”。至于本地馆可以分成三级，其分别在于营业的范围不同，和资本的厚薄。三种分别如下。

甲，饭庄

“饭庄”的名词，不是天津馆所独有，这名词是创于北京化的山东馆。创此名词的用意，无非表示营业范围广大，内部设备完善而已，本地馆凡是大规模的，于是就沿用了。饭庄这一类的本地馆，过去的毋庸列举了，现在，却推南市的“先得月”，在天津的本地馆，也只有他家可以居首席。但是，除了他家也没有第二家可以并驾齐驱。由此，我们很看得出本地馆营业不佳呢。

乙，饭馆

“饭馆”与“饭庄”的分别，并没有十分显著的分别，只不过以规模大小为分别。但是，从前也尽有标名“饭庄”规模并不很大的，和标名“饭馆”规模与饭庄差不多的，现在却很少见。我们之所以为之区别，纯以规模大小为主。谈到现在次一等的本地馆，实在是寥寥无几。比较著名的，日租界“鸿宴楼”和侯家后“慧萝春”等等，还有大胡同有一家“真素楼”，专卖素菜，历史很久，所作的素菜，除掉清洁可取，别无佳处。天津人的胃口喜欢浓厚，这一家素菜馆，能维持久远，却是异数。

丙，八扒馆

“天津派”的菜，能为一般人所熟记，认为是天津菜独有的，便是所谓“八扒”了。“八扒”是甚么东西？如果没到过天津或是没吃过天津“八扒”的，一定要纳罕这个名词的特别。笔者也曾尝试过这“扒”，所知道的“八扒”的八种名词如下：一“扒海参”，二“扒肘子”，三“扒肉”，四“扒鸡腿”，五“扒鱼翅”，六“扒面筋”，七“扒羊肉条”，八“扒鸭条”。究竟是不是这八种，还不能断定，因为除此以外，还有的是，也许在从前仅止“八扒”，后来陆续发明又添了不少样。天津本地馆的“八扒”，既是有名，所以有很多专以“八扒”标名的馆，也有只称“扒菜馆”的，大约也因“八扒”是包括不尽的原因呢。大凡标名为“八扒”或是“扒菜馆”的，其规模比较饭馆又小一点，甚至于小得相差很巨。不过规模大一点的饭庄和饭馆，亦未尝不卖“八扒”，只因为号称“扒菜馆”的，较为珍贵的菜肴（如燕菜鱼翅）没有，所以无形中就规模不及普通饭馆，居为三等地位了。现在南市的“十锦斋”、“天一坊”，皆属此类。

丁，包子铺

天津的包子铺纯为“本地派”，很少其他地方人所经营。按包子铺又分为两种，一种是专门卖包子，并无其他菜肴，偶有略备凉菜的；另外有一种名为包子铺，实际亦兼卖炒菜、汤菜，以及锅贴、火烧、干饭、馄饨等，不过菜的种类不多，较比标名“扒菜馆”的，规模又小得多了。

戊，小饭铺

较包子铺范围更小，在街头巷尾又有所谓小饭铺者，亦多兼卖包子，或锅贴、切面、大饼等，并有预备凉菜一二种者。此种小饭铺，亦可谓之“天津派”，然间有冀南人及鲁人所经营者。小饭铺虽各地均有，惟天津的小饭铺与他处所不同的，是大多兼卖包子（较纯粹包子铺所卖的个儿大、价值廉，味则不佳）。

己，酒席处

除了以上的不同的等级本地馆外，还有一种叫着“酒席处”的，是专门供给有喜丧事的人家待客用的整桌酒席，在本地很有几家，却纯粹为“天津派”的手艺，专门包办酒席，并不设座招待顾客。

“天津派”的饭馆，大致可分为以上六级。至于“天津派”的菜肴，确乎具有特点，我们可以拿几种为一般人所熟悉的东西，约略地叙述，加以研究。

“天津派”以“扒菜”最为远近人所称道，所以不限于号称“扒菜馆”的方有“扒菜”，无论规模大小的饭馆子，无不具备。即如兼卖菜肴的包子铺，只要预备炒菜的，往往也以“扒菜”为常备菜肴之一。

“扒菜”的分类，在上一节里，既已介绍过了，关于“扒菜”的实质以及制法等，据我们所知道的，并没有甚么出色。这种菜的名词，固然也许可以引起一部分外乡人士认为奇怪，若是分析它的制法，实在稀松平常。

除开天津以外，别的地方对于鸡鱼鸭肉的制法，不外红白两种制法，简单地说，就是分别制法，一种加酱油，一种不加酱油。加酱油的，在南方或是天津以外的北方各地，都叫着“红烧”、“红炖”、“红熬”、“红靠”等等。无论是鸡鱼鸭肉，凡是加酱油，都叫着“红烧鸡”、“红炖鸡”，或是“红烧鱼”、“红炖鱼”等等。“天津派”的制法，也是分为红白两种，不过，凡是加酱油红制的，不用

“烧”、“熬”、“炖”的名词，而用“扒”字，仅仅就是名词上特别而已。

虽然，我感觉到天津的“扒菜”，无异是别的地方“红烧”、“红熬”，但从前也有过本地朋友硬要不赞成我的话，非说“扒”和“烧”、“熬”、“炖”不同，另有其“扒”的价值。我也曾问过，究竟不同点在甚么地方，却又说不出其实在道理。后来，我特地问过本地的厨师，却不否认我的话，只不过强词夺理地说“扒”的意义，和“烧”、“熬”、“炖”等不同，仅仅在乎火候的功夫大小，所有“扒菜”比较烂熟一点，并无多大区别。他的话，也不可靠，谁也知道凡是“烧”、“熬”、“炖”的东西，何尝不以烂熟为主呢。

“扒菜”在天津虽有深远的历史，以及得到一般人的赞美，按照我所论列的种种，简直毫无可贵，毫无特殊价值。若是再进一步，论到“扒菜”真正的风味，尤其是毫无可取，最大的弱点，凡是“扒菜”都把主要的真味失去，对于人的食欲不能具有强大刺激性，到嘴以后，仅仅使人感到肥腻、黏滞，而无馀味可寻。尤其是“扒三样”，把猪肉、海参、鸡腿三种不同味的东西，在一起合制，结果，三种原味尽失，使你无法品试，充肠而已，适口便谈不到。

“扒菜”的最大弊病，一、用油不得其法，二、茜粉太多，三、火候失当，这以上三种弱点，也不仅“扒菜”，一切“天津派”的菜肴，都有这种趋向呢。

我所说有朋友和我抬杠，不承认“扒菜”与“红烧”等一例，这另外还有一个原故，因为“天津派”的馆子，除掉驰名的“扒菜”，也有“烧”、“熬”、“炖”等名词，比如“扒海参”，同时也有所谓“烧海参”，以及“红炖鸡”等等，都是经过我的实地尝试。我认为“天津派”的烧炖等菜的风味，和“扒菜”简直没有多大区别。朋友虽和我抬杠，却不能推翻了我的主观呢。

除掉所谓远近知名的“扒菜”而外，“天津派”的菜肴，的确也不少。不过，所有其他一切的菜肴，多半是与其他地方的原料和名词相同。天津既是北方惟一的商埠，因为历史交通和其他各地发生直接间接的关系很多，因之，所有菜肴除特产外，一切制法名词，多半是由各地传来，只因经过若干变化，形式和手续，渐渐不同，到现在成了一种特殊的派别。

“天津派”的菜肴，既与各地有关，那末，究竟以哪一派的制法影响天津最深呢？按照现状，以及过去的历史而论，自以所受“山东派”的影响深切些。这固然由于“山东派”的势力普遍，也实因天津人的口味相近，天津与“山东派”发生关系最早的原故。

除掉“扒菜”而外，大半是山东化。例如一样极普通的“炒虾仁”，这种菜，不能说天津从前没有，但是细考究它的制法，和山东馆却有相同的地方，但若和纯粹南方制法相较，则迥乎不同了。不过，山东馆的“炒虾仁”，有人说是仿效南方的制法，但我们却只承认天津是受的“山东派”影响，不能说是仿效南方，只因为天津与山东的关系深。不过，虽是仿效，却不能完全相同，而且毛病百出，失去风味。

“天津派”的菜肴弱点，我们既已指出，难道说，就毫无佳点么？这我们也不能一概抹煞，细研究起来，确不容易，若简单地说，“天津派”的菜肴，并不是完全不能使人称快，有一部分人也未尝不欢迎。社会上谋食的人，既是分为两种，一种求解决“量”的问题，一种求解决“质”的问题，“天津派”的菜肴，实在可以使一部分求解决“量”的问题的欢迎。无疑的，凡是不甚讲求食品质地的，大半是些中下阶级，在我们认为“天津派”的菜所具的弱点，但在中下阶级的，却有的正以为那几种弱点，合乎他们的需要。因为他们平时绝对得不到这种菜肴佐餐，一旦到口，大快朵颐，绝不会嫌恶的。只因这种关系，所以本地馆至今得能保持地位。

世界上一切的事，都是优胜劣败。遥想当年交通闭塞的时候，天津也只有本地馆，一切制法墨守成法，不知改良，人也不感觉到制法不佳。及至后来，各派的饭馆渐多，相形之下，本地馆于是暴露弱点，不为人欢迎，至今便日就衰微了。

人类多半喜新厌旧，明知道他派的菜肴，比“天津派”好，但吃得久了，却又喜欢重新尝试“天津派”的风味。基于这个原因，本地馆得以支持营业。至于另受中下社会一部分人欢迎，也是一个原因呢。

我们笼统所论的“天津派”的弱点，当然还嫌不大详尽。关于现在所存在的各本地馆里一切菜肴，或优或劣，本想也仔细地加以论述，实在有些太嫌词费。前面所说的关于“扒菜”，也很可作为“天津派”的菜肴代表。另外的特产为“镀面筋”、“熬鱼”等，也尝得人称道。

关于面筋这样东西，可算是全国各地都有，它在素菜里的位置是很重要的，更可说是中下阶级都有，极易得到的食品。虽然不见得怎样美，的确，是和豆腐白菜具有同等价值的素餐品，而且所谓上流社会的，也不嫉视它。虽然，它本身上并不具有何等美味，实在也不难下咽。不过虽无美味，却不宜和他种美味的东西合制，根本它是一个落落寡合、我行我素的东西。至于制法各地不同，我最反对的是天津本地馆的“镀面筋”。因为它既孤芳自赏，不宜矫饰，而宜率真，偏是本地馆把它加上酱油猪油大煮而特煮，名之曰“镀”。我始终不明白，“镀”得稀糊烂浆，有何滋味，一样毫无美味的东西，任是如何“镀”，也不会“镀”出美味的，而况，再加上酱油猪油呢。有人说，“镀面筋”其所以也成为特产，只因为它的形式和肥肉相仿佛，使吃的人很有过屠门大嚼之意，只因它的价值既廉，又具有这种效用，以是为普通人所欢迎。我想来想去，这却不能否认发明这种理论的无稽。

“熬鱼”，虽也是特产，在许多大一点的本地馆里，其制法并无特长，和山东馆的制法大致相同，不过许多小的本地馆里，却因为制法简单，的确，很具特殊风格。天津一般土著居民，平常饭菜，有所谓“贴饽饽”、“熬鱼”的，不拘上中下三等人家，莫不常常制食。略悉天津社会人情的，大多知道这两种东西是天津人家常食品，而且也算特产。

所谓“贴饽饽”，是用玉蜀黍面，或小米面和成饼样，贴于锅之四围，其锅中空隙，便熬上鱼，添薪炽火，直至饽饽成熟，而鱼亦成熟，时间空间均十分经济。这原是中下人家经济简单的饭食，因为具有特殊的风味，上等人家于是亦多制食。这两样东西的妙处，是真味不失，的确，是比较“扒”什么、“烧”什么好吃得多。其实也并不是好到了不得，大约在从前天津一般人的口味，因为吃“扒菜”，都已食而不知其味了，一旦乍得此物，就不觉叹为妙品。按照制法品质而论，实在不算上等饭菜，而况，把“饼”硬叫着“饽饽”，也实在费解。听说这事，还有一段幽默故事，在从前普通都是叫着“棒头面饼”，只因有一个爱吹牛皮的穷酸，有一天，人问他，今天吃甚么菜？他说“熬鱼”。人又问，吃甚么？他想说“棒头面饼”，恐人窃笑，于是信口说出“饽饽”（饽饽在北平为饺子别名），以后就被人叫开了，这不过笑话罢了。但，这种饭菜是穷人所发明的却无疑。

“贴饽饽”、“熬鱼”是天津不朽的特产，凡是到天津来的客人，很想尝试，或是虽携带眷属，不明制法，或是并无本地朋友的，愈想吃愈不能得到，愈觉这种东西真有无限神秘似的。大家都急于尝试，谁想，竟有人投机，开设小饭铺，专卖这两样饭菜。南市曾经开过两家，现在已不知是否存在了。也有专卖这两样居然出名的，在日租界厚德福间壁巷内，有一家小饭馆子，没有名号，以主人的外号作为店名的，那主人是个秃子，人叫他“秃老美”。这小饭馆开设了多年，一直到现在，几乎凡在天津稍久的，无人不知道有一个“秃老美”的饭店，专卖“贴饽饽”、“熬鱼”。但是谈到风味，却绝对比不上家里所做的美。原因是下等人家做饭，有用柴草作燃料的，火候比较煤火周到。住居天津的客籍，假使要试作“贴饽饽”、“熬鱼”，不但应该知道火候，又关于“饽饽”原料，亦须以棒头面、搀豆面，鱼须小鱼为佳。这几个条件，可惜一般以此营业的，都不注意，因而风味便不能美妙。

B. 天津派的回教馆

以上所谈的本地馆，虽然共有好几等的区别，至于本地的回教饭馆，还没有谈到。因为天津回教人很多，于是回教饭馆适应需要，也就开设了不少。回教馆的菜，是另有一种特殊风味，本以清洁见长。天津的回教馆，也可分为以下三等。

甲，饭庄

回教馆大一点规模的，也有叫着饭庄的，设备以及菜肴都很完备，专供回教同胞便餐或正式宴会，以及包办喜寿事酒席。所有菜肴种类很多，山珍海错，都很齐全。现在，当以南市“宾宴春”及“会宾楼”为回教饭庄中规模最大的，即是非回教人士，亦尝假以宴客，营业颇可维持。至日租界的“鸿宾楼”，资格最老，且负盛名。

乙，饭馆

规模比较“宾宴春”、“鸿宾楼”小一点的回教饭馆，在本地很有几家，如南市“燕春坊”等。所制菜蔬，和回教饭庄亦大同小异，较贵重的菜肴，却不常预备。营业目的，专供教友便餐而已，至价值却较饭庄为廉。但此种饭馆，在本地分两种，一种是羊肉馆，一种是牛肉馆。所有菜肴名称制法都微有不同，不过羊肉馆的关于牛肉肴馔，不及牛肉馆所设备的多，甚且有不预备的，却是显著的区别。

丙，包子铺

天津的羊肉包子，各地很驰名，本地的羊肉包子铺，多得难以数计，无论城市以及租界，几乎随处皆有。只因为价廉物美，所以很受多数人欢迎。包子铺也有售简单菜肴的，除了包子主要营业外，米饭或是蒸食亦多预备。

本地的回教馆，也可算“天津派”的特点。不过，所制出的菜肴，不见得怎样美味，不但比不上南京回教厨师的手艺，即比北京回教厨师也觉得稍差。始终还能维持营业的原因，却因为天津回教同胞，在全市人口中，年有增加，回教馆仅供同教的需要，也就可以维持了。

本地回教馆的菜肴，因为制法太欠研究，简直无风味之可言。制菜时，但用香油，所以难得美味，而北京及南京回教馆制菜，纯用鸡油，所以风味绝佳。不过，本地回教馆的特长是清洁，这一点大可取。偶尔尝试，并不难于下咽。至于饭庄饭馆的甜食点心，却很为适口，但有时点心太多，又似乎失却调和的美。

“鸿宾楼”和“会宾楼”的烧菜，实在比炒菜好，所制的各式鱼，也还不错。整席上翅子和燕菜，实在有点不大得法。红扒鱼翅，也大用香油，简直弄成和炒粉条差不多，而清汤燕菜，在汤内加酱油，我有一次曾尝试，简直叹观止，认为生平所仅见，我吃了一杓后，直不禁为燕菜叫屈不止！

所谓甜食点心，在羊肉馆里成为例菜，而且一年四季，几乎完全不更改，所以使人不愿常常尝试。咸食点心，如合子、饺子，更是多而无味，纵使因为天津人食量大，才如此预备，然而往往不终席，即使人奇饱，主人还殷殷劝饭，我很见过许多天津朋友，也半途逃席，这实在必须改良。

牛肉馆很宜于便餐，不过，菜肴太不精致。虽然价廉，总觉不能使人适口。“风味”二字更谈不到了。

羊肉包子实为大众食品，东马路东门脸的包子铺，在天津最最有名，近年以来，却被日租界的恩玉德抢做了不少买卖去。谈到羊肉包子，既充饥而适口，不过南方人或是胃口不佳的，大都不愿多吃。至于名称羊肉包子，实际却是用的牛肉，这，恐怕还有多数人不会知道。我曾经调查过，天津卖羊肉包子的，几乎都是用的牛肉，在你吃到嘴里后，同样也觉到有羊肉味，原来是用的羊油。这其中原因，只因羊肉价昂，而且煮熟了以后，质地收缩太小，不似牛肉丰富，例如一斤羊肉，熟了顶多半数，而牛肉却比羊肉多出小半数。因此，羊肉包子因价值太小，为着维持成本起见，所以不得不用牛肉，而以羊油搅和，使你无从辨别了。

羊肉包子铺，如恩玉德等，是兼卖其他简单菜肴的，爆肚、爆肉及砂锅炖牛肉等，亦算是特产，很受中下阶级欢迎。此等包子铺，在全市无论冲要或偏僻地方皆有，而营业都还不错。

C. 山东派

天津的各地方手艺的饭馆，营业最佳，势力最厚，却要算山东馆。我们每问起朋友："哪儿吃饭？"每听朋友说到，今天是吃的"山东馆"。也无论南北人，无论宴会便餐，总计起来，多数是爱上山东馆。但是天津的山东馆，究竟是谁家好呢，这倒没法答覆，但凡是一个山东馆，它的菜肴制法，都是一种传授，不过因为特殊关系，却有几家已失去了原来"山东派"的风格，而和别的地方同化。也许有人忽略了这一点，硬要说同一山东馆，为甚么这家和那家有相差的地方？

山东馆，实在并非纯粹山东风格，我们统叫着"山东馆"，本来就不很适当。因为山东包含一百多县，山东是省名，难道所谓山东馆是一百多县的技艺都已完备了么？要知道山东馆不过是一种代表名词，是一个地方人的技艺，拿"山东"两字代表而已。

平津两地的山东馆，完全是山东省登州府属的福山、蓬莱等地人，那么，若按实在就该叫登州馆多么确当。可是已经既流传了许久，只要一提到山东馆，多数人也知道这完全是登州人的技艺。直到现在，登州人可算是山东馆的创始者。至于山东馆的技艺，若说是登州人的研究而得，还可；若说是登州特有的技艺，却说不过去。

因此我们对于山东馆一切的菜肴，绝不认为是登州人所发明，是由登州人逐渐研究而成。当陆续研究各种菜肴，一定是受了各地方的影响，或南或北，在当时为着迎合一部分人意旨，久而久之，遂成为山东馆的拿手菜了。

据我想，山东馆受北京的影响最深，目前我们所习见的许多山东馆，几乎完全是在北京所创立，即不是曾在北京营业，也是在北京的山东馆习艺。至于一切的菜肴，大半都不是纯粹山东风格。

我尝以为在各地的山东馆，简直可称为北京馆，不必称为山东馆，而上海、南京、汉口等地，规模稍大的山东人所经营的纯粹登州人技艺的饭馆，皆称着“京馆”。在天津几家大规模的山东馆，如“登瀛楼”、“致美楼”、“致美斋”、“天和玉”、“泰丰楼”、“蓬莱春”、“忠兴楼”、“松竹楼”、“东兴楼”、“丰泽园”等，这以上许多家的山东馆，厨师完全是旧登州府属的人，虽都被人称着山东馆，但细考其历史，以及菜肴的风格，可以说完全是北京化。只因技师是登州人的关系，都被人称着山东馆了。

山东馆在天津的营业佳、势力厚，也不过近二三十年来才蒸蒸日上，在光复前，虽然也很可观，却不及现在。“天津派”日渐衰微，却是受的山东馆致命伤！从前天津凡是规模大和设备全的饭馆子，完全是“本地派”，山东馆万万敌不上，不料经过了二三十年的变化，情形完全相反了。

天津本地馆失败的原因，是由于只知保守，不知改良，根本所造的菜肴，就不很高明，有种种不能受人欢迎的毛病（在前一章里已谈过了）。不过，在从前交通不便，缺乏别派的馆子对敌竞争，还能巩固势力，及至山东馆的势力渐渐伸张，一般人换了口味，两相比较，觉得“山东派”的菜，实在比“本地派”有研究有滋味，于是逐渐使“山东派”得以发展了。

若把“山东派”和“本地派”比较，双方的弱点和优点，是极其易于解决的浅鲜问题。不过逐项比较，却不是简单的言辞可以形容。概括地说，“山东派”的优点很多，弱点很少，“本地派”则反是。即如“本地派”被人所厌恶的毛病，用油不得其法，茜粉太多，火候失当等等，正是因和“山东派”比较，才使人感觉到的毛病。“山东派”还有最大的优点，不拘任何菜，都能独具风味，不像“本地派”往往失去原来风味。

“山东派”的菜，难道可称起尽善尽美、毫无弱点可言么？这也难说。古语：“人心不同，各如其面。”人的嗜好，何尝不是如这两句话。各人有各人嗜好，因嗜好不同的关系，“山东派”的菜自然不会完全使大众满意。不过按照全国中外各派菜肴所占的势力，以及各地人士舆论而断定，似乎“山东派”的菜肴，不失为大众化。

我们知道，“山东派”造成今日的现势，固非一朝一夕之功，所具的特长，是能研究不懈，随时有新的发明，以迎合时代的需要。例如，有许多菜，在从前是没有，后来才仿造别派，或自己发明，又能冶中外于一炉，融南北于一镬。除掉“广东派”，也稍具它这种特长，别派是没有这种魄力的。

“山东派”在北方各地，并不仅天津一地占特殊势力呢。我尝想，别派容或有受淘汰的一日，而“山东派”永远可以保持势力，是可断言的。它又常常把别派同化，别派的拿手菜，一经它仿效了以后，不知不觉就变成本派的基本菜，这也实是别派万万比不上的。

在天津的山东馆，也可分别等次如下。

甲，饭庄

如右面已记的“登瀛楼”等，规模是很大，设备是很全，可称为最大的山东馆，不但“本地派”难与比拟，实可代表全市最大的中餐馆。不过在不景气的社会中，每一单位的营业，都不免间有营业不佳。但综合起来都很可观，他派的饭馆，是不能抗衡的。饭庄平时的营业，纯持盛大宴会，便餐似乎价值稍贵一点。“登瀛楼”有西式中餐，颇合潮流，冬令又备牛肉锅，系仿自“广东派”。至“丰泽园”、“东兴楼”等，有纯粹北京式的菜肴点心。

乙，饭馆

次于“登瀛楼”等饭庄的，若“鼎和居”、“天瑞居”、“全聚德”等，菜肴略比大饭庄有粗细的差别、价值的差别，制法都没有什么差别。这类饭馆，是不在专供大宴会所需，目的供普通人士便餐。就中“鼎和居”，每年冬季以涮烤羊肉为号召，“天瑞居”亦有，“全聚德”则又以烤鸭名。这颇足证明北京化。

丙，小饭馆

“山东派”的小饭馆，无论租界和城区，为数颇多，“本地派”的小饭馆、包子铺等，也颇受影响。这不容说，由小喻大，“本地派”大规模的饭庄，既敌不过“山东派”的饭庄，当然，小饭馆也一样不中用了。“山东派”的小饭馆，却没有甚么有名的，虽有好多家，而营业种类却差不多，并且都是菜肴简单，着重售卖供给中下级人食用的饭与面食。不过，有几家却并非登州人的事业和登州人的技艺，东昌府和济南府、德州等各地的人颇不少，所制的菜肴，固然尝不到风味，却可称得道地的山东馆，不信，试与登州手艺相比，一定会承认有显著的区别。自然会相信，我所说的登州人的技艺北京化的话，一些不假。在许多小饭馆中，只法租界有一家“东海居”，那里却也是具体而微的北京化的山东馆。在小饭馆中向以卖烤鸭得名，并有简单的北京化的山东菜，营业很不恶。

我们虽承认“山东派”现在已北京化，却并非完全受了北京式的菜肴同化，只不过因历史上，山东馆在北京曾占有特殊势力，“山东派”在北京因时制宜，随时研究进步改良，是受了北京的环境上的影响而已。至于“山东派”的优点，前面已说过，无须赘述。再从山东的菜肴论断，在别派或以汤菜见长，或以炒菜见长，而“山东派”却无论汤炒红白烧炖，都能恰到好处，尤其对于色香味三个条件，绝不偏重一项，完全顾到，而种类繁多，能撷众派之长，也是不可掩的特点。不过，山东馆应该改良的，各种菜价，应定明码，不应随时定价，以免堂倌蒙蔽主客。

D. 济南派

济南是山东的省会，要说拿“济南派”厨师所制的菜肴浑称着“山东派”，也未尝没有理由。只因为登州人向以制菜著名，在历史上有了地位，于是袭了“山东派”的名称，而横行南北了。我们从根本上考证，知道登州人的技艺，完全是受了北京的环境上影响，成为一种举世闻名的“山东派”。若是追本穷源，登州府的各地，并没有甚么特出的菜肴，即今所有“山东派”一切的菜肴，几乎没有一样是登州原有的。谈到济南，的确很有几样特产，为他处所不及，因为济南是个大都会，本身上的也有很悠久的历史，所以绝不似僻处海隅的可比。只可惜“济南派”的特产，已有多数被登州厨师摹仿利用，变成了“山东派”的特产，人但知道是“山东派”的拿手菜，并不知道是济南所产，成了数典忘祖了。这真是“济南派”的不幸，也足证明登州人善于仿效呢。

目今各地，北京化的“山东派”饭馆，所有的汤菜，例如汤泡肚、清汤肥肠、溜角醋、奶汤蒲菜（蒲菜在北方为济南特产）等，差不多都是蹈袭“济南派”的制法。至于炒虾仁、两吃鱼等，点心如素包等，也是用的“济南派”的制法。大凡曾到济南研究过济南菜肴的，总该可以知道的，只是知道的人究竟不多，而“济南派”到各地推广又多失败，因而“济南派”的名望不能普及，致被北京化的“山东派”所淹没了。

“济南派”的菜肴，无论汤炒，都具有“漂亮”两字的特长，尤以汤菜，绝非他派所及，普通所预备的高汤亦极有研究。据说，因为济南有天然的泉水，泉水味极清醇，所以制出汤菜，特别风味。其实，这不过一种理想，实际上，“济南派”的技艺，是有独到之处，非他处可及。现在山东馆里所有的汤菜，若和道地的“济南派”相比，实在貌似神离，所以不好的原因，材料并无大差，只不过制法稍差而已。又如济南地临黄河，因而烹制鲤鱼，与河南馆有异曲同工之妙，绝非他派可比，盖不但制法好，而所用的鲤鱼，亦有特点。

在从前有一个时期，“济南派”也曾向南北推广过，各地很有标名为济南馆的。有的因为技艺太劣，而且认识道地济南菜的很少，因而停歇的。也有的名为济南馆，实际仍是山东馆，不能引起识者同情，因而改为纯粹山东馆的。究其实在济南本地，尚且渐渐受北京化的“山东派”排挤，多有资格很老竟不能立足的，于是人材凋零，改变趣向，舍去原来纯“济南派”的技艺，兼习北京化的“山东派”。根据地尚且如此不振，何能向外发展？

我们要谈到在天津的“济南派”，似乎实在没有甚么可说的。因为现在天津地方，竟没有纯粹济南馆，即有一二家，早已改变作风，和北京化的“山东派”同化了。

天津的济南馆约略可分两种。

甲，饭庄

在天津标名济南馆的，实在寥寥可数，经过种种变迁，已经停歇很久的，且不必谈了。单就目前尚存在，规模稍大，可与北京化的山东馆大饭庄比肩的，只有一家“明湖春”，但是有许多人并不把它看成济南馆，都看作是普通山东馆。在津变前，“明湖春”是在日租界，后来迁移到法租界永安饭店，因为受永安饭店的条件束缚，遂改称“明记中菜部”。不过，还不忘“济南饭庄”四个字，只因为天津的济南馆已经淘汰殆尽，只剩这一家，或者可以因“济南”二字，号召一般曾到过济南，知道济南菜有特殊风味的。再就济南人初到天津的，也可受这“济南”两个字吸引，来尝一尝家乡风味。但若研究它所制的菜肴，实在有点名不副实，简直没有一些济南的特殊风味，只是道道地地的山东馆，北京化的山东馆而已。它这样只知道空口宣传，以“济南”两字号召不要紧，生生地竟把济南风味给抹煞了。因为一般在天津没有到过济南的人，若尝试过它的菜，满以为“济南派”没有甚么特色，和“山东派”并无分别呢。

乙，便餐馆

“明湖春”而外，在天津的小规模的济南馆，还有“文升园”和“同乐园”。“文升园”是设在德庆商场内，后来因该地改为澡堂，就迁到新旅社旁。始业时，只卖纯粹济南式的小吃和点心，如油圈、酱蹄等，均为济南的特产。迁移了以后，扩张营业，兼卖其他菜肴，不过规模不像“明湖春”的广大，至于菜肴的风味，虽然也非完全“济南派”，较比“明湖春”却能保持“济南派”相当的作风。不料久而久之，因经理不善，屡易厨师，一切售品均退化，以致营业不佳而倒闭。当其营业尚能维持时，又有人开设“同乐园”，期与抗衡，所售各物，与“文升园”无大分别，终以市面不佳，两家未及长时期竞争营业，不久以前，相继倒闭。本来天津从无油圈一物，此为济南特产，各地所设之济南馆，既无制此者，在济南亦惟小饭馆预备。天津之“文升园”，系袭用济南专卖油圈等点心。“文升园”之名，盖济南今仍有此名号之小饭馆，资格甚老，脍炙人口，分店达六处之多，平时营业甚佳，其设在济南府学街之“文升园”系总店，据云已有二百馀年历史，颇与北京有历史的小饭馆资格相等，凡曾游济南的，无不知有此小饭馆。天津初沿用此名，计亦良得，独惜不善经营，未能长久，殊为可惜！我所以不嫌词费，于此两家俱以停业犹叙述其历史者，只因为油圈一物，已在一部分津人士脑中留有印象，大家想已都知道它是济南特产，因而叙述于此。

我们在天津，似乎在最近已无法尝试纯济南风味的菜肴点心了！关于济南菜的制法，固然一时也举不了许多，即连已被北京化的“山东派”所袭取的，也实在繁不胜书。不过，另外有一事，我们还须知道的。我们每遇到上南方饭馆子吃饭，有时因为三四个人你推我让，对于点菜，都不肯随便地点，或是竟想不出甚么好吃的菜，往往吩咐堂倌随意地配几样，虽然未必尽是美味、适口的，可是比较零点，一定便宜。这种办法，我们时常采用，至于配来的菜，叫着“和菜”。这名词是南方馆子的特有，据说是仿效自上海，和者，是供给“碰和”而用（碰和即是打牌），用意如此。到北方馆子也有用这种办法的，如果是到山东馆，也有一种特有的名词，叫着“自磨刀”，用意无非是让厨师自己看着办。这或者是堂倌对厨师的术语，久而久之，客人也知道引用，成为大众语了。若论到这

"自磨刀"的名词，却纯粹是创自济南馆，你若到了济南，不拘大小饭馆，只要你说出这三字，都能完全领略，因为是从济南所创。如果你到北京化的山东馆，从前还间有不懂这句话的，不过，现在都差不多都能了解援用，也能说出这本是济南馆术语。至于一般食客，恐怕知道这济南大众语的很少，纵有能说这三个字的，也许当是一般山东馆所创行的呢。

E. 河南派

"济南派"的饭馆，在天津既无势力可言，而且到了现在，像是已无立足之地。和"济南派"同感末路的，还有"河南派"。谈到"河南派"，名义上和"山东派"差不多，"山东派"既不是包括全山东各地，"河南派"亦复如是。河南的省区，比山东小不多，在平津的河南馆，我们只知道统名之为河南馆，庶不知这只是一个代表的名词而已。河南菜肴的制法，也很有分别，不过，河南省会里菜馆，是集其大成。在平津的河南馆，所有的特殊菜，也就是开封的拿手菜，这却有些和"山东派"不同，"山东派"不能以省会济南代表"山东派"，而河南省会开封，却能代表"河南派"。

因为冀、鲁、豫同在黄河流域，人民的习性嗜好，大约相同。"河南派"的菜，自然与冀、鲁两省的菜肴，间有相同的。其不同的，或因为未能普及使人尝试，或因为只可适合河南局部的需要。至于有几样早已脍炙人口的，早已被"山东派"蹈袭，加以摹仿，加以改善，一般人都认为是"山东派"的菜，不承认是"河南派"所发明的了，例如红烧肥肠、瓦块鱼等，从前都是"河南派"的特长。

"河南派"的菜，和"济南派"却略有相同的地方，都因为离黄河甚近，都善于烹制黄河鲤，取法不过微有出入。其不同的地方，除去制鱼而外，"河南派"的味着重浓厚，而"济南派"以清醇为主。

天津的河南馆，只有一家"厚德福"还存在，其规模设备，略次于一般饭庄，因为厨师多半是河南土著，而是辗转习来的技艺，所制的菜也只有几样保存风味，多数都已山东化了。若是去尝试他所制的菜，如果你不点明要道地河南菜，准会使你认为他家分明也是山东馆。

“河南派”的菜，凡是肉类和鱼类，虽着重厚味，却都能别具风格，也很讲究高汤，不过，不如“济南派”的高。又有铁锅炖鸡子，在偏重浓厚风味的许多菜中，比较清爽可口。又如醋溜鱼，如果吃得只剩半个，可以拿到厨房里拌面条，较一般南方馆的炒面为佳。我们习见南方馆子普通炒面，有用鸡肉、火腿、虾仁的，绝没有用鱼的，这不能不说是河南馆的特色。

“河南派”在平津，不能发展，固然因为河南菜不能使一般人欢迎，而客居的河南人很少，难以维持营业，也是个最大原因呢。而况，即有若干河南人，大多换了别种口味，更使河南馆难以普遍了。天津只有一家“厚德福”，可算硕果仅存了。

F. 保定派

河北省的幅员很大，重要繁盛的地方，除去天津，要算保定。因为有一个时期，曾作省会，所以外埠人对于保定这个地名，知道的人很多。天津其所以有保定馆，固然是因为有不少的保定人，在天津客居或是常来逗留，也实在因保定在一般人的脑筋中，有相当印象，别处人常在外面活动的，到过保定的，也很多曾尝试过“保定派”的菜肴，到了天津，偶然看见保定馆，都想重新尝尝保定风味的菜，于是保定馆在天津得以立足了。

保定既是个比较繁盛的地方，并非偏僻小县，又曾经成为北方政治策动的次要地点，人口既多，贸易亦盛，“保定派”的饭馆，当然也有相当发展，供给需求。至于“保定派”的技术，却并没有甚么特长，一切都脱不了内地的色彩，所制的菜肴，略带“天津派”和“山东派”的风格，但简陋不堪，绝难与其他各派抗衡。

在天津的保定馆，约有十多家，都是规模甚小的便餐馆，甚且有小得仅有一间屋子的地方。至于营业状况，除掉“山泉涌”、“保阳春”等，尚具普通中级饭馆的规模，常备菜肴也有数十种，并能包办酒席，其馀的多卖凉菜、面食、点心等，略备炒菜数样而已。

“山泉涌”在初创时，规模甚小，原设在日租界花园里，以熘火烧、烩饼为中级以下人士所欢迎。后以营业发达，迁至芦庄子，并分设秋山街，俨然成为次等饭庄，炒菜应有尽有。去年春，又斥资开设“保阳春”，意在成为保定馆托辣斯。若论所制之菜，早已脱尽保定风味，厨师已尽易“本地派”，除掉标名保定馆，实际上已成为本地馆。这也实因道地的保定菜，绝难受普遍欢迎。惟所售酱肉、酱肘等，各项酱菜，依然保定制法，因保定的制法，较比别处不同的原故。至其熘火烧、烩饼等，亦属保定特产，至今还保持着。

保定馆为谋立足计，于是名存实非，失掉本来面目，而成为本地馆，实因为保定菜，根本不高明，实在难登大雅之堂。不过，蜕化成为“天津派”，未免取法乎下，终究还要失败的。若就现在改变作风后的保定馆而论，因为定价甚廉，自可受若干人欢迎。若就其出品而论，殊不足取，即如所制的“扒菜”，较比纯粹“天津派”所制，又逊一筹。且妄作聪明，蹈袭南派荷叶肉、烧黄鱼等，反而弄得不南不北，更不为一般人所称许。

G. 北平派

北京旧为首都，论理应该有特具风格的“北京派”的饭馆才对，却不料除掉南方把北京化的山东馆称为京馆外，别处简直见不到纯“北京派”的饭馆。不过，即便到了北京，最驰名的，只有回教馆堪称为准“北京派”的饭馆。除回教馆外，只有三五家有历史的古老的“北京派”饭庄，差不多的人，连知道的都很少。次于饭庄的小饭馆却很多，在北京号称为二荤馆，但丝毫引不起人的注意。

“北京派”其所以不能发展，实因为没有特别技艺，又因为在北京的山东馆势力太大，而且“北京派”里较比能受一般人欢迎的菜，“山东派”又蹈袭了去，因此“北京派”的饭馆，日渐淘汰，无法立足。现在，北京仅存的几家老饭馆，绝不能久持，将来也只有“山东派”代表“北京派”，要想找纯粹的北京馆，是办不到的。

倒是“北京派”的回教馆，前途很有希望！各地也足可图谋发展，所制的各种菜肴，都还可取。天津的北京馆，简直可算一家都没有。例如“东兴楼”、“丰泽园”，虽是袭的北京的旧有名称，根本不是纯粹“北京派”，是“山东派”。只有“华兴楼”、“永元德”两家回教馆，营业很能维持，一般食客也有好评。每年秋冬时候，烤涮羊肉，极受人欢迎，虽然天津的羊肉不如北京的好，若较比别的地方，还算不错。至于所制的炒菜，也还不失北京风味，因为所有的厨师都是北京人，制法当然也是纯粹“北京派”，所以富于北京风味。

H. 山西派

山西馆在天津的历史很浅，据说民国十年以后才有的。十七年北伐成功，第三方军几完全为晋籍军人，平津既在晋军范围，其时，山西馆曾经盛极一时，截止最近，却逐渐淘汰，虽然繁盛地方仍有山西馆踪迹，却比较前几年少得多了。

天津的山西馆，完全是小规模的饭馆。山西也是一个大省区，有名的地方很多，山西馆却不是代表山西全省各地，也不过仅仅代表省会太原而已。因此山西馆所制的菜，完全是取法太原，至于普遍驰名的面食，却是山西全省各地全能的技艺，只要是一个山西厨师，没有不会制面食的。

山西馆的菜，并没有甚么奇能绝技，实在卑卑不足道。各种菜里，喜欢用醋，那种酸溜溜的味儿，却是“山西派”的特殊风格，而制法和取材，则不脱乡村气习。

“山西派”的面食，如刀削面、拨鱼、撑条面等，却是一种特技，天津的山西馆，完全以卖这种特别面食支持营业，一般人到山西馆，也为的是这种面食在别的馆子里吃不着。至于菜肴，毫无号召的能力。不过，近年来山西馆的菜，多已改变作风，效法本地馆，加雇本地厨师制“本地派”的菜，更于冬季，效法山东馆，大卖其涮羊肉和十锦火锅。倘真要想尝试道地的“山西派”的菜已不能够，因为都已名存实非了。

山西馆在天津的状况，谈不到有何势力，只不过一般中下社会，有的还因为吃那种特殊制法的面去照顾。既无特长，恐怕将来要被淘汰而不能长久立足呢。天津各饭馆用女子招待，却以山西馆有一时期最盛，到了如今各派小饭馆都已感觉女招待之不足奇，大都辞退不用了，独有山西馆依然照旧，用意不过仍想藉她们的力量吸引顾客维持营业，亦算取法乎下了！至于在店门前大书“特备女子招待”字样，至今贻留笑柄，亦是作俑于山西馆，这却是天津社会的小小史料。

二、长江流域

平津两地，对于饭馆，大率称南方馆、北方馆。至于北方馆的派别很多，虽然有人能指出，而南方馆的派别，却不甚了然，只能笼统称为南方馆，不能分绎各派。在天津所有的饭馆，南方馆约占三分之一，若按照全国幅员而论，三大流域，除掉黄河流域完全为北方馆，若长江流域应该称中原区，珠江流域方算得南方。但在北方，一般人在习惯上把长江流域也看成南方，对于长江、珠江等流域的各地方派别不同的饭馆，一律认为是南方馆，很多不能指出派别。

说到长江流域的各派饭馆，在天津也有相当历史，现在也占一部分势力，虽不能与北方势力大的各派饭馆抗衡，却始终能保持相当地位，营业方面，没有甚么特殊的起落。

客居天津的长江流域的人，对于家乡风味的饭馆，自能判断优劣。至于北方人，但知道南北风味不同，优劣是很缺乏判断能力的。

纵然也有平素很研究饮馔的北方人，除非曾在产地勾留过长时间的，却绝对不能证实优劣。

天津所有各派的南方馆，几乎有大部分的菜肴，都已失掉本来面目。为着迎合北方嗜好及心理起见，往往已随着北派同化，所以天津各派的南方馆，虽然标名某地某地，因为所制的各种菜肴既多北化，把本派的特点消灭，因而也成了被人笼统称为南方馆的原因之一。

在天津的长江流域的各派饭馆，仅有五个派别。

A. 江苏派

山东馆、河南馆，在名义上虽然很像拿一个总名词包括全省，实际上并非把全省各地的特长都能擅场。江苏，也是省名，所以称为“江苏派”的原因，都是包括能制江苏所属的几个地方的菜肴。

江苏省也有好几十县，有名的大都会很有几个，在天津的江苏馆，却非对于各派都能制作，只不过因为略能制作三五处地方的菜肴，所以也只好笼统称为“江苏派”。这种情形，和“山东派”是登州人的技艺，以省名代表，成立了“山东派”不同，因为江苏有各地的派别，而绝无总其成的“江苏派”名词。“江苏派”三字，也只限于平津通用而已。

天津所以有“江苏派”，最初也没有这个名词，它是由“苏州派”，或是“扬州派”的饭馆蜕化而成。比如原来初开张时，原以“苏州派”号召，后来却又兼制“扬州派”的菜，或是“镇江派”的菜，“淮安派”的菜，久而久之，成为混合制，只可统称之为“江苏派”了。始作俑者，用意无非是掠他派之长，以号召他派的顾客，寖假而新创设者，也就援例而效法此种混合制，于是“江苏派”的名词得以成立了。

江苏各地的饭馆，现在并不多，而“江苏派”的饭馆，严格地说，只有一家，就是法租界的“小食堂”，所制的菜肴，如“苏州派”的烧头尾，“镇江派”的红烧狮子头、肴肉，“扬州派”的煮干丝，“淮安派”的软兜鳝鱼、蟹黄汤包等，虽然仅标名南方馆而不楬橥某派，按照它的情形，当然只可称为“江苏派”了，而且也可算天津惟一的“江苏派”的饭馆子呢。因为，别家虽然也有的兼制他派的菜肴，却多以本派为主，不似它能包罗很多，连“山东派”、“广东派”等名产也仿制，不过没有江苏的名品多，它几乎把江苏几个有名地方驰誉的特产，都被它蹈袭了，所以我承认它却可代表“江苏”两个字而不狭义。

江苏各派的菜肴，因为种类名称包括很多，不易笼统批评。像天津“小食堂”的所制各派的菜肴，我们对于它，却不妨就事论事，而加以论断。它所制各派的名品，实在不敢恭维，虽然也不乏略可称道的一二种，大部分却是有名无实，不过藉此号召一般闻名而未尝试过的人而已。我们虽不必苛求，而于理上实在说不过去，因为江苏各地的名品，其所以享名，都各有一种特殊技能，苏州人所能，万不是淮安人所能仿效，反之，淮安人所能，苏州人又何能仿效。一个地方尚且不可，何况欲将各地所长一体仿效。我想，世界上绝无此等空前绝后的天才厨师。“小食堂”的厨师，亦不过普通人材，也难怪所制的所谓名品，名不副实呢。在“小食堂”当局，或者还以为博采众长，却不料虽能“博”，而“众长”万不能采去，转因此一无所成呢。

关于“江苏派”饭馆“小食堂”的营业，却很能维持，很得到北方人的认识，规模比北方各饭庄虽略差，在天津江苏各派的饭馆中，总不能说不在第一级。

B. 苏州派

苏州在江苏是个极负名望的都会，因为那里曾作过江苏省会，无论在历史上政治上地理上……都是占着重要地位。人生要素的“衣”、“食”、“住”、“行”，凡是大都会里，是比内地特别讲究，苏州既是江苏的一个大都会，关于“食”字，向来是极注意，而且各地闻名，无疑的，“苏州派”菜肴，绝不是平凡而湮没无闻的。

谈到“苏州派”，北方各地向来很少见纯粹标名“苏州派”饭馆的。平津两地，虽然也曾有过几家，却不能持久，现在天津仅存的也只有三家，并且不能得多数人注意。

“苏州派”何以不能在北方驻足而谋发展，我认为只因“苏州派”的菜肴，实在有些曲高和寡，它又具有深刻的地方色彩，不能得到非苏州人的多数欢迎。不过，我所说它曲高和寡，我知道“苏州派”的菜肴，的确很有特色，而且研究有方，它的特色，和“山东派”异曲同工，其精细有味或在“山东馆”之上。这种论断，恐怕没尝试过道地的苏州菜的人，不会同情的。

虽然，天津的“苏州派”的菜馆不很发达，不过有几样略能适合普通人胃口的菜，如红烧头尾、冬笋烧肉、烩虾仁等，已被普通南方馆，如江苏馆、扬州馆等所仿制，却是很少有被人知道是苏州名产之一，一般人多当作普通南方菜，甚且有被“山东派”所蹈袭的，如雪菜炒冬笋、南扣肉等，人都当作“山东派”的菜了。

天津的“苏州派”饭馆，虽有三家，却可分为二级。

甲，饭馆

法租界的“紫竹林”，日租界的“新旅社中菜部”，这两家都已有相当历史，地方好自然要数“紫竹林”。这两家都是以“苏州派”号召，而所制的菜，也都依苏州制法，尤以“紫竹林”较比精细些。不过，若较道地苏州菜的风味，却很有差别，而且也不齐备。这许多年来，两家没改换作风，能保持苏州风格，不与他派同化，很难能可贵，惟所制的点心，却有一部分效法“扬州派”，但非主要者。至其营业情形，在前两年，“紫竹林”甚佳，近年来却有些退化。内部规模，两家都差不多，外表上，以“紫竹林”布置精美些。因定价都很昂贵，非中下社会所能光顾，只限于一般富翁或小资产阶级，营业范围太狭，这实是不能发展的原因。

乙，面馆

新中央电影院旁，有一家专卖烧饼、包子、汤面、馄饨以及简单菜肴的小馆，名叫“第一楼”，虽然规模太小，而制品简陋，的确也是“苏州派”。虽有人说它是“上海派”，却不很对，因为它所卖的汤面，有一种过桥面，完全是“苏州派”，上海纵有，也是学的苏州，所以我们对于这个小馆子，不得不承认它是“苏州派”。这“第一楼”从前地势很窄小，仅卖点心，后来原址翻盖楼房，于是稍稍扩充营业，成为一个小规模的“苏州派”的饭馆了。所制的菜，既是非常简陋，更不能有真正苏州风味。所谓过桥面，是把面上的浇头（如熏鱼、鳝鱼、划水等），另外用碗陈着，以供食客佐酒，虽然不见得怎样美味，倒是道地的“苏州派”的经济吃法。它因为地点冲要，每天清晨所卖的点心，营业甚好，不过顾客多数是南方人，本地人甚少光顾。烧饼的制法，也是纯粹“苏州派”，而包子系在锅内煎烤，在苏州名为生煎馒头，北方是从没有这样制法的。天津市内，除了他家，还有二三家同样的小点心铺开设在南市，以及英租界等地，营业都不如他家好，规模也不及他家大。河东特别二区有一家叫“大庆楼”的，点心、菜肴都和“第一楼”差不多，而苏州风味更差得远呢。

天津的纯粹“苏州派”的饭馆，在过去虽然不断地有人开设，现在却只有以上所叙述的几处了。

C. 扬州派

江苏各地各派的菜肴，除掉苏州，要算扬州最好，而且最能受别处人欢迎。天津的“扬州派”饭馆，从前倒很有几家，因为受市面不景气的影响，以及主办人缺乏相当资本，和菜肴订价稍昂，不能受普遍欢迎，有此种种原因，到了现在，所存在的很少。法租界的“通商饭庄”和“新泰和”，都可称得起是天津仅有的“扬州派”饭馆。

“扬州派”本有特长，一切的菜肴，名称种类，和他派迥不相同。不过天津的“通商”和“新泰和”两家“扬州派”的饭馆，却已失去扬州风格，颇近乎混合制的“江苏派”。只因为它所制的菜肴，还没有把江苏各派的制法都蹈袭，又因为主办的人是扬州人，所以我们称它为扬州馆而不称江苏馆。至于这两家关于所制的“扬州派”菜肴，既已失去扬州风格，而完全北化，尽管还保持“扬州派”的菜名，实际上毫无可取，它更兼制“苏州派”的菜，更是名不副实。只因它的菜价低廉，还能受人欢迎，普通顾客倒是北方人很多，在天津的扬州同乡，固然感觉到它所制的菜，家乡风味尽失，而不愿光顾，其他的江苏人，以及曾尝过真正扬州菜，或是苏州、镇江等派菜肴的，也都不愿光顾。

虽然“通商”和“新泰和”两家，并不以“扬州派”号召，仅含混地称为南方馆——“江苏派”的南方馆，这其间还有个原因，其所以不能有纯粹扬州风味，实因为技艺不很道地，所有的厨师，很多北平人。这种情形，也不仅他家如此，如“江苏派”的“小食堂”，“四川派”的“蜀通”、“美丽”等，所有的厨师，也多半是北平人，并非“江苏派”厨师是江苏人，“四川派”厨师是四川人。最初，他们习艺也许是从北平的道地各派土著厨师所学，辗转流传，便成为一种有南方技艺的北平厨师了。各人的天赋不同，有能独得真传的，也就有仅得貌似，甚且有自出心裁，加以融化贯通而迎合北方人口味的，于是弄成现在名存实非、风味尽失的现象了。不过完全“苏州派”的厨师，还很少北平人侵入，所以天津的“紫竹林”以及“新旅社中菜部”所制“苏州派”的菜肴，虽未必完全无误，仅是技艺优劣问题，而不是根本非土著厨师问题。

总而言之，在天津，是无法可以尝试真正扬州风味的菜肴，“通商”、“新泰和”实际上不能代表“扬州派”，是毫无疑义的。

D. 宁波派

“浙江派”虽不邻近长江，但因为江浙夙为唇齿，浙江省的“宁波派”的菜，因而也列入长江流域。天津的纯粹宁波馆，若不严格地论断，法租界的“村酒香”，还可算“宁波派”的代表。

“宁波派”的特殊风味，在长江流域，也只有苏沪等地，或者还有人能吃得来！一过了江，实在有点难受欢迎。根本上，“宁波派”的各样菜肴，并无惊奇高超的特色，一切都是迎合局部的人士嗜好而已，宁波人自己认为美味而已。

在这里，我们且不必从根本上评论“宁波派”的优劣，要说“村酒香”所有关于真正宁波名称的菜肴，实在没有几样，例如芋艿鸡骨酱、咸菜烧鳇鱼等，这在南方，早已经大众许可，认为是没有甚么地方色彩，至于到了北方，而好像已经过一番甄别，才得以存在，而他种道地宁波菜，不但“村酒香”不能制，即是预备了，恐怕除掉“阿拉”同乡，还卖给谁去？即如宁波的蟹酱，“村酒香”也尝预备，但除掉南方顾客，北方人死也不肯吃那又腥又臭的东西。芋艿鸡骨酱，的确是一样特别的菜，可惜在天津也只有江浙人喜欢吃，北方人也许少数的，多数的是不愿尝试。由此可证明，“宁波派”的饭馆，不易维持了。“村酒香”本来是以卖酒为主要营业，所卖的绍兴酒，姑无论它是不是真的从绍兴贩来，只因为既是卖酒为主，绍兴又是浙江的地方，所以我们虽不必认为“村酒香”是纯粹宁波馆，但绝不能说它是江苏馆，而况，它还能略卖几样宁波菜，自然还是应该称宁波馆。

“村酒香”到了近两年来，实际上也成了一种名不副实的南方馆。所有的厨师，几乎完全是北方人，而且多半是距天津不远的地方青县人，以青县人而作南方菜，而作地方色彩浓厚的宁波菜，真要使人不敢相信它的出品会有特殊风味。既不是宁波厨师，又不是其他南方人厨师，细调查研究它的出品，简直变成“四不像”。因为他家“宁波派”的菜也有，“江苏派”的菜也有，连“山东派”的菜也有，甚至连“本地派”的“扒菜”也预备，他家的厨师真可称得起万能。

论到“村酒香”的营业，却颇为发达，酒的获利，比菜要多得多。一般顾客，倒成了“醉翁之意只在酒”，如果不是因为酒的关系，恐怕早就关门大吉了。其实，它要是能做真正宁波风味的菜肴，别看销路不广，单靠“阿拉”同乡，也未尝不可维持，因为我尝听到天津的“阿拉”同乡的论调，多数因尝不到真正家乡风味的菜肴而感觉不便呢。

说起“醉翁之意只在酒”，天津在从前很有几家以卖酒驰名的小饭馆，现在只有“村酒香”和日租界新开设的“柳花春”，按照市面饭馆情形，实在很需要，有一两家像苏沪一带的暖酒馆卖碗酒。不过，绝不能像“村香酒”这种方式，应该纯粹以卖酒为主，只备冷肴佐酒。现在我很知道一般在天津喜欢吃酒的南方同乡，也都认为没有这种酒馆，无法过真正酒瘾。

和“村酒香”规模大致相同的“柳花香”，最近成立不久，营业也还不错，所制的菜，较“村酒香”更要博览群收，不过几样有名无实的宁波菜，还预备着。本不应该把它也列在“宁波派”里，只因为它也标名为“绍酒栈”，又是效法“村酒香”，所以也只可算为“宁波派”。据说，它也是“村酒香”东家所创办，与“村酒香”是有相当关系的。

E. 四川派

在北平，虽然川菜馆很发达，天津却始终没有怎样发达过。至今只有三家川菜馆，一在天祥旁门名叫“美丽”，一在新中央对面名“蜀通”，还有一家在河北叫着“大陆春”，而河北好像还有一家，却记不起名字，而且并不是纯粹四川式的饭馆呢。

四川是省名，又和山东、河南一样是一种概括的名称，我没到过四川，不敢说平津的川菜馆究竟所称的川菜，是四川哪几个地方所特有的，但据和我认识的一个曾开过川菜馆的四川朋友说，不拘沪、汉、平、津，所有的川菜馆，制法大都以成都和重庆两个地方的制法为依从。

如果详细分析，现在川菜馆，哪几样是重庆的？哪几样是成都的？很难指出。而平津所有川菜制法，有大半数是不能和原产地相比，早已失去原有风格，即拿上海的川菜和汉口的川菜相比，就很不同，若拿以上两个地方，和北平相比，更有不同。这实因受环境影响，为着迎合一个地方的胃口，而改变作风，这不仅川菜，无论哪一派的菜，只要离开本地，都是如此。

川菜在北方一般人所称的南方菜中，比较上颇能受多数人欢迎。因为川菜的制法，考究风味，清醇浓厚兼而有之，一般非四川人，都能吃得来。至于作风改换，北平和上海最大不同点，川菜喜用辣味，上海人士却也每多喜欢辣味，因而川菜在上海，只顾及其他改革的地方，而不必将辣味改革；北平人士多不喜欢辣味，因而川菜在北平，首先改革辣味（由多改少或竟不用），再改革其他的地方，以迎合惠顾之北方人胃口。至汉口人士喜欢辣味，较上海人为甚，与四川人士是同一嗜好的，所以川菜在汉口，却能保持原来作风不变，凡是到过汉口的，当能感觉我这话不是理想而是事实。

各种川菜，未必完全是产在成都、重庆，从前四川人有在北京作官的，每有发明，这是四川人士所公认的。不过，若仔细考证，也很难枚举呢。

天津的川菜馆，从前以秋山街的“菜羹香”制法最佳，“美丽”虽也不错，却嫌有点受“江苏派”的同化。自从“菜羹香”停业，继以新中央对面开设了一家“蜀通”，所制的菜肴，远不如“菜羹香”的好，但“蜀通”的厨师，就是“菜羹香”的厨师，却不知道为甚么会换了地方就不好？据闻，因为“蜀通”价格求廉，材料不能讲求，所以不如从前，但风味尽失，似乎还不仅是材料问题呢。

“美丽”的菜肴，比“蜀通”虽好些，但同一离开真正川菜风味太远，是无可讳言的。至于河北大马路有二家川菜馆，更只有名无实了。

川菜馆在北平的，比天津要好得多，不过也谈不到风味，原因呢？不外厨师大多北平人，而四川土著甚少。至于因欲求普遍欢迎，纵有能做真正川菜的，恐怕一般顾客未必尽能认为适合嗜好呢。

三、珠江流域

因为天津人和一般北方人，对于除去黄河流域各地各派的饭馆以外，凡是山东以南的各派饭馆，通称之曰南方馆，很多人并不知道南方馆有种种派别，所以我从地理上分成三大流域，本节所要叙述的，便是珠江流域的各派饭馆。至所谓珠江流域，也只有“广东派”的饭馆，在天津可以见到。福建虽介乎长江和珠江流域之间，因为它和广东接近些，故而也列在珠江流域内。不过，天津却没有纯粹的福建馆，而“广东派”的饭馆，在天津也没有多大势力。

A. 广东派

天津的“广东派”饭馆，约共有六七家，比较为人所熟悉的，只有“中原酒楼”、“北安利”、“金菊园”、“宴宾楼”等四家，其他的若“奇香食堂”等，不很驰名，而且规模简陋，仅可称点心店而已。

要将天津的“广东派”饭馆区分等级，也可分为三级。

甲，酒楼

在港、粤、沪等地的“广东派”饭馆，凡是名为酒楼或是酒家的，大都规模甚大，设备甚全，天津只有中原公司所附设的“广东派”饭馆名叫酒楼，论情形，较比港、粤、沪等地的大酒楼，或者比不上，但在天津，的确可以说是首屈一指呢。不过，“中原酒楼”自开幕以来，营业似乎不见得怎样发达，北方人士都不很认识，这实因北方人根本不甚嗜好“广东派”菜肴的原故。

乙，便餐馆

若“北安利”、“金菊园”等，按照一切情形，似乎都不足和“中原”媲美，相差不仅一筹呢。就中惟以“北安利”的菜肴，大致还预备得齐全，若“金菊园”，不过比宵夜馆稍胜一筹，然而这几家在天津，也只好称为“广东派”的二三等的饭馆了。

丙，宵夜馆

法租界绿牌电车道的“宴宾楼”，虽然平常也有简单的菜肴，不过，总还脱不了小规模的宵夜馆气息，以卖点心为主，正式宴会，或多人进餐，很少光顾他家的。至于以廉价号召的“奇香食堂”，更是等而下之，完全为宵夜馆。

总论“广东派”的菜肴，风味自然特殊，而且种类极繁，各式各样，无论荤素菜肴，谈到量的问题，远非其他各派所可比拟。至于所制的菜肴风味，却也清醇浓厚，兼而有之。广东各地各有特长，所谓“广东派”，仅是师法广州，因为广州在广东是省会，一切菜肴，较比各地讲究，且能采取各地的特长复加以研究，并且还能蹈袭西菜制法。各地所称广东馆，不啻就是广州馆呢。

“广州派”的菜肴特长，有誉为精美无匹者。据我考究，精则精矣，美则未必，虽不乏风味绝佳之菜，然而多半只求质料高贵，以及博采群收，对于技艺上颇多缺点，甚且有他处人难以下咽者。即如“龙虎会”，八珍中之熊掌、猩唇等，港、粤、沪等地大酒楼，每备此飨客，质料不为不珍贵，然舍粤人外，嗜之者极少。又如波罗鸭、枸杞鸡、陈皮鸡等，以性质不同之果物与药材而与肉类相佐，不问原则上是否合宜，惟以标奇炫异是尚，纵使风味绝佳，其如不合脾胃何？

俗语有“吃在广州”之说，以为广州人吃尽吃绝，其实广州人或能享吃尽吃绝的口福，他处人似乎难以同享呢。

严格地而论，“广州派”的菜很像写字似的专走偏锋，又如唱戏的不通大路。不过，偏锋取胜，正有其偏锋的长处，也不可一概抹煞。因为全国人都是一个祖宗，一脉留传，也不乏和广州人同一嗜好的呢。

在天津的广东馆，和一般其他南方馆差不多，全不能保持固有的风格，有若干的菜稍稍改变作风，甚且有完全失掉原来风格的，至于过于走偏锋、不通大路的菜肴，也多不预备。通常所预备的，都是非广东人都能吃得来的，为着营业计，却也不能不这样变通。

“广东派”的点心，如鱼生粥、鸭粥等类，在广州都是沿街喝卖的小贩专卖这种粥，如北方的馄饨担之类。不过，也有专卖粥的小馆。饭馆内附卖鱼生粥，最初是创自上海，以后，凡是广州馆都兼卖粥了。在上海的广东馆，不但卖广东菜，还卖简单的西菜，中西合璧的饭馆，也是先由上海广东馆创行。因此，我们再细一考查天津的广东馆，也无一不卖西菜，这可证明完全是上海式的广东馆，当然不能保持完全的广东风味了。

B. 福建派

各地的闽菜馆，都是以“福州派”为主。现在北京还有几家闽菜馆，无论它是否纯粹“福州派”，总算名义上还存在。至于天津，简直找不到闽菜馆了。

日租界从前有一家“小有天”，标名闽菜馆，不幸，早已停业了。后来又有一家“忠信堂”，是蹈袭北京“忠信堂”的名称，亦以闽菜号召，不过，却已大部分与“山东派”同化。“忠信堂”闭歇不久，原址改为“鹿鸣春”，虽未明白宣示是闽菜馆，所造的菜以“山东派”为主，但还能存留几样福建菜的名称，亦可使福建朋友过屠门而大嚼。我们也只有权且认它是天津惟一的福建馆了。

闽菜以制海鲜以及甜食为体，尤其以制蛤蜊最拿手，风味极佳。其他菜肴，种类亦甚多，有几样富于地方色彩的，非闽人也是吃不来。

“鹿鸣春”所制福建名称的菜，完全山东化。所有的厨师，一个福建人也没有，因为厨师都是山东人，几样福建菜是辗转习学而来，也难怪它没有真正福建风味呢。

四、外国

以上所叙述的都是国内各派的饭馆，至于国外的餐馆，因为近二十馀年来，国人嗜好渐渐移转到外国食品，一般西餐馆在前专做外人买卖的，后来渐渐也有中国顾客，并且有专为国人而设的西餐馆。

天津因为有租界的关系，和上海同为海口商埠，得风气之先，而沾染外国习惯的人士，逐年加多，所谓洋化，在近年来逐渐普遍，"衣"、"食"、"住"、"行"，摹仿外国，而西餐馆得以维持营业，不致衰落，一部分中国人吃西餐，也成为习惯了。

天津的西餐馆，纯粹国人资本所开设的，在各租界很有几家，至于外人资本的也不少，若论到派别，却有英、法、俄、德等国，而菜肴的名称种类，自然也随各国而异了。不过，国人所经营的，却纯粹是英国式或混合式，一般人的嗜好，也只有英国式，或者还不知道有俄、法、德各派的区别，以为只要是外国菜，无非是面包、牛排等等，不见得像中国有各派的饭馆。

A. 华人经营的混合式的西餐馆

本想把天津所有的中外人所经营的西餐馆，一律叙述一下，只因纯粹外人经营的餐馆，大多很少普通中国人光顾，只限于一部分中国食客罢了，所以我不愿替外人作广告，而叙述他们的内容加以论断。这里，所写的是几家中国人经营的西餐馆情形。

天津外人所经营的餐馆，计有"皇宫"（英）、"利顺德"（英）、"六国"（英法）、"裕中"（英法）、"美国"（美）、"起士林"（德）、"回力球场餐厅"（义）等各处，而小规模的俄国饭馆却很有几家。不过如"利顺德"等，尚有所谓高等华人不时照顾；若俄国小饭馆，中国人问津的很少；日租界还有几家日本料理店，绝难得少数中国人光顾，更无叙述必要。至于天津华人资本的西餐馆，略分等级，分叙如下。

甲，饭店

所谓饭店，在天津有两种，一种是旅馆所附设的食堂，一种是稍大的西餐馆。几家规模稍大、设备稍全的，如"大华"、"永安"、

"西湖"、"国民"、"惠中"等都名饭店，在天津算是第一级的西餐馆，营业情形也还不恶。就中如"西湖"、"大华"，间或有外人光顾，馀下都是中国顾客。至于所制的菜肴和定价，大都不相上下，人家喜庆宴会，多假其礼堂。随意便餐的收入，却不多。

乙，餐馆

饭店和餐馆，在字义上原没有甚么分别，不过为着略分等级，所以把餐馆认为是次于饭店的代名词。这就如中菜馆大一点的称饭庄，小一点的称饭馆，同一用意。天津次于"大华"等饭店的西餐馆，有"太平洋"、"新明食堂"、"德义楼西菜部"、"交通旅馆西菜部"、"北洋饭店西菜部"、"文利西菜部"等，以上不过规模设备，较次于"大华"等饭店，而列为二级。至这几家的营业情形，以及菜肴本身上，都不很一律。"太平洋"的技艺比较他家讲求，器具亦甚完美，惟不售零菜，除此，皆售零菜。"文利"虽开设不久，因地位冲要，于夏令售冰激凌时已号召不少主顾，至今甚有声誉，因之西菜营业很好。"德义楼"、"交通"、"北洋"等，纯为其寓客谋便利，外客惠顾者绝对没有。

丙，附属西餐馆

再次于"太平洋"等西餐馆的，如"中原酒楼"、"紫竹林"、"北安利"、"新旅社西菜部"、"宴宾楼"、"冷香室"、"奇香食堂"等，都是中西餐俱备，或以西餐为副业，以中餐为主要营业的。除"紫竹林"、"新旅社"、"冷香室"外，全是粤菜馆。因为各地"广东派"饭馆都是中西兼备，"紫竹林"等不过效法"广东派"而已。这种附属的西餐馆，所有菜肴，都不很完备，而且多为混合式，有英国式的牛排，有法国式的牛排，有俄国式的小吃，不过只存其名，其制法完全中国化，都没有道地风味。凡是喜吃西餐，洋化十足的中国人，多不喜光顾，只供给一般对于西餐没有深刻研究的顾客。至于价值，则较比其他正式西餐馆特廉，有五毛一客的，还有一毛五分一样零菜，这在正式西餐馆，是没有这种价格的。

天津的华人资本的西餐馆，大小共有二十家左右，约分三种等级，不过，其派别则同为混合式。最高价值晚餐，每客二元，午餐多为一元五毛，及一元以下至五毛。在从前，最低价都是每客一元。近年来因营业不佳，不得不减价，于是有每客五毛的所谓经济西餐。至大规模的饭店，遇有人家借地办喜庆宴会的，普通却多为八毛一客，甚少一元以上的。

各西餐馆的菜肴，既是混合式，凡是有西餐技艺的厨师，大都一脉相传，天津各家西餐馆的厨师，此去彼来，无非是那几个人。即有从外人经营的西餐馆外籍厨师习学得来的技艺，到了华人经营的西餐馆，为着供应华人顾客，也不得不把原来所学道地外国的技艺改变作风。不过，这要看餐馆的规模营业如何，大都较为完备的餐馆，材料考究一点，虽然制法不必怎样求精，若较小规模的餐馆，对于材料因陋就简，当然风味稍好了。

天津华人经营的西餐馆，历史悠久，资格最老的只有“德义楼”一家，它是日租界初圈地开辟市面的时候，就创立的，到现在很有年头儿了。至今虽然营业不很好，还支持局面，凡是有年纪的中外人士，差不多都知道他家是一个有资格的西餐馆。若干年前，曾客居过天津的欧美以及日本人士，如果再到天津来，每每不忘前去照顾，但一年也不知道是否能碰到一两起呢。它的营业不很佳，纯持旅馆里旅客叫零菜维持，而所有的厨师，也早已换了不知多少次，无论技艺和材料，比从前真有天渊之隔。因为资格关系，主办人孙姓，日本朋友不少，凡是日本领事馆居留民会，遇到有盛大宴会，也都常照顾它。孙某因为旅馆里有特种营业，也常常与日人联欢，不愿意使日本人尽知内幕，还常向日本人表示饭店营业不错，借此作为特种营业的幌子。每天尽管一文不进，也得支持着局面，不愿停业，这也可算得是日租界一个畸形的事业呢。不过，能够使这么一个天津资格最老的西餐馆存在，也很足供爱谈天津社会掌故的人，资为谈助呢。

除掉“德义楼”的西餐部，外人经营的，要算“起士林”资格最老，也是初辟德租界就有的，直至去年复易主继续经营。除此，所有中外人士所经营的西餐馆，大多不满二十年的历史，虽有前清时创办的，已闭歇的亦复不少。至以上所叙述的，都是资格很浅，没有甚么资格。

写到这里，又想起一件掌故。“太平洋”初开设在劝业场三层楼，地址虽不大，布置很为不错，所制的菜肴，风味虽未必绝伦，而非常丰富，绝不似普通西餐馆，每样菜戋戋无几，例如牛排、炸鱼等，足抵别家同样双份，而冷吃罗列数十样，任凭尽量大嚼。中国人素以食量宏大，为外人所不及，一般人凡遇吃西餐时，虽觉适口，未能充肠。“太平洋”主人有鉴于及此，使食量大者，得以尽量，然颇多因贪食冷吃，已觉腹饱，转致正式汤菜无法下咽，比比皆然。该馆得以至今营业不衰，未尝不因此故。至该馆所用一切食器，非常精美，在天津华人经营之西餐馆，实无其匹。所用汤盘、菜碟、刀、叉、瓶、樽，皆为德国制造的贵族用的佳品，此种物品的来源，却有关掌故。盖所有各器，原非该馆所有，凡一盘一碟，一刀一叉，或底或末，悉有“津浦”二字，假使不知其内容的，稍一留意，恐怕都要在咀嚼菜肴时，发得种种怀疑，或将认为该馆是津浦路的副业，否则，何以器具上有“津浦”字样。在我初到天津，有人约我到那里聚餐，就曾经如此地怀疑过。后来得知内幕，原来“太平洋”的主人，曾经包办过津浦路的饭车，那时是所谓军阀时代，因为接办时曾交过几千块钱的押款，接办后，火车的途程和□军防线一样，渐渐缩小，由天津只能达到全线三分之一的途程不用说，饭车的营业赔折不堪，勉强把合同上的期限支持过去，不愿接续再包，曾向路局索取押款时，路局里无论零整的存款，都被军事机关提走，员司们都是枵腹从公，饭车的几千块钱的押款，一个也还不了人家。经再三交涉，路局就把饭车上西餐器具，给了折充押款。“太平洋”主人，本来不肯要，但不要也是白不要，只得拿几千块钱的代价，换了些西餐器具。别管这些东西如何精美，可是绝不能当钱使，也只好自认晦气。后来，劝业场成立，他就开设“太平洋饭店”，拿这些器具待客，倒很能使顾客欢迎。不知道内容的，也只有空自怀疑，谁还有心去寻根究底呢！这，在我看当然认为是内战史里一页小小的资料，凡是到“太平洋”吃饭的人，假使知道这一档子事，说不定也会在酒酣耳热时，痛心中国从前的政治腐败，军阀万恶！而“太平洋”既是西餐馆，保不定常有外国顾客，若是也知道这事，岂不要引为莫大笑谈。

闲话少说，以上所叙述的天津西餐馆，虽然不很详细，大致的情形，总算已都叙述在上面了。总而言之，天津的西餐馆，在一般饭馆，并没有多大势力，虽说近几年来大众洋化的程度增加，平均算起来，还有多数人对于西餐不甚嗜好，不甚信任，不甚提倡。这因为西餐根本并没有特别的风味，中国人别管怎样处处洋化，身体既是中国种，习惯也不能完全脱离中国的习惯，口舌脾胃的感觉和容受，绝对和外国人不同。而况所有的西餐馆，即使再把价值订得便宜些，较比准平民化的中国小饭馆还贵得多。虽然，爱吃西餐的未必完全属于贵族化的人士，然而也多半是些小资产阶级的分子。因此，天津的西餐馆，绝不能与各派中菜馆抗衡，只求勉维现状，就不容易，遑论发展，更遑论普及。不过，现在虽仅二十家以内的大小西餐馆，在国内除去港、粤、沪而外，以人口、面积比例，也算不少，北平就没有天津多。这还得说天津是因租界的关系，人民洋化的程度深一些呢。

结　论

天津市上约共有十四个不同派别的饭馆，连西餐馆算有十五个。所叙述的，虽然文字简陋，但统系自觉不很杂乱。至于现有的各派饭馆，总算没有漏掉，都已约略地把内容分别论列。至于各派的各种饭馆所有营业上实在情形、创办的历史和出品种类名称，却都不及详细介绍，虽然也大致地叙述些，总觉得不大详尽，这也实因限于篇幅，没法求详。至关于笼统的批评各派技艺，有不对的地方，很希望知者指正。

写完了这篇东西以后，我对于人生要素之一的吃饭根本问题，没有较切乎实际的意见，虽然在开始叙述时，也曾写了些空论。

在目前，人人都闹饥荒，随处都喊着“吃饭难”，究竟是怎样难法，却又要牵涉到种种问题上去，不是容易解决的事。若仅从吃饭的本身上说，除了根本问题外，找不到适宜的饭馆，大凡乍到一个生地方，或是对于社会情形不大熟悉的，都感觉到不便。

人人都有点经济恐慌的都会生活中，不拘谁虽然怀中有了钱，走到饭馆子里，却不能不打算打算，而开饭馆子的，却因此都感觉到“营业难”。凡百事业，现在都已到了厄境，在这种吃饭和卖饭的都有痛苦的情形之下，究竟用甚么方法去补救，真不是容易解决的事。我因为耳畔既不断地听人喊“吃饭难”，又常常到每一个饭馆子里，差不多地都说营业不很好，即使有好的，也不过不赔而已，赚钱是很难的。

至于现在所有的各派饭馆，比较前几年的数量，是日渐减少，尤其租界以外的规模稍大的饭馆，停业的很多，所有照常营业的，维持现状而已。又如各小饭馆较比大饭馆的营业，却反而有很多能赚钱的，这实是由于一般人对于吃饭的用费紧缩，不愿到大饭馆多所耗费，这些情形实在有些非常感慨！

末了的感慨，就算这篇东西的尾声罢。也许，有人认为我，并不是无意义地写这样很长的社会调查文字。

（天津《大公报》1935年1月1日，3日－9日，11日－14日，17日，20日，22日，25日－27日，29日，30日，2月1日－3日，7日－10日，13日－15日，20日－24日，27日－3月2日）

吃的社会阶级
——旧腊中之津市民生

佚　名

天津卫的确是一个上登天堂、下入地狱之畸形社会，任何事业，任何类人，细细分析，也要有数十等级之多，以饮食而论，亦不能越此范围。兹将上自饭店，下至食摊，分别叙述如下。

当初以估衣街、侯家后为繁华重心。估衣街现虽仍保持其向日态度，然较之租界，则已大有逊色，其繁荣则为租界分去不少也。至于侯家后，虽有一落千丈之势，一般乡下老未到过天津卫者，一提到天津卫之一切名称，彼即知有一侯家后，其历史之悠久，可想而知矣。以大饭庄一项而论，当时即皆集中于侯家侯，庚子以还，东南日滋繁华，一切事业，均侧重南市一带，截至现在，侯家后则仅存惠罗春、燕春坊两家。自租界一切事业发达，兼十馀年来之政治变迁……南市之聚庆成、聚和成、义和成、庆荣成、聚乐成“五大成”，倒闭其三，现惟聚庆成、聚和成尚保持旧观。羊肉馆如富贵楼、迎宾楼、会芳楼、会宾楼，西餐馆之华安、华楼，亦相继倒闭，挺然而立者，会宾楼一家而已。以上为全盛时代至衰落时代华界饭庄之沿革。自华界饭庄事业衰落，租界则取而代之，实亦受租界之影响也。

此种事业，大别之，可分四类，一曰贵族化，八元以上之客席，五元以上之便宴属之；二曰普通化，三元以上之宴客或便吃属之；三曰平民化，一元以下二角以上之单餐属之；四曰贫民化，单座二角以下之食摊或便馆属之。

甲　贵族化者，有下列之等数：(一）南市天和玉，蓬莱春，日租界山东馆明湖春，全聚德，松竹楼，百花村，北平馆忠信堂，洋饭店利顺德，裕中饭庄，西湖饭店，山东馆东兴居等，是为特等，出入多富绅阔老。其出名菜类，东兴楼清蒸松江鲈鱼，全聚德烤鸭子，百花村荷叶肉，忠信堂冰糖肘子、老虎肘子，明湖春之汤菜。(二）南市新芳楼，聚源楼，聚庆成，聚和成，登瀛楼，羊肉馆会宾楼，鼎和居，醉春楼，泰丰楼，南饭馆五芳斋，日租界羊肉馆华兴楼，文升园，鸿宾楼，二荤馆鸿宴楼，西餐新旅社、天津两店，德义楼，熙来饭店，北洋饭店，英法租界四川馆美丽，菜羹香，河南馆厚德福，东海居，广东馆广太隆，山东天瑞居，南馆新泰和、村酒香，西餐惠中饭店，国民饭店，正昌饭店，福禄林，皇宫，大华，是为头等，主顾与上略同。西餐虽有一元以上一份之便餐，因其局面阔超，亦不得一概而论。其出名菜色，东海居烤鸭子，美丽五柳鱼，菜羹香宫保鸡，厚德福瓦块鱼，村酒香四季螃蟹，新泰和烧鳝鱼、炒三泥，聚庆成、聚和成之燕翅席，五芳斋之栗子白菜，醉春园之河豚鱼白。鼎和居为盐商、富户之外厨房，以炒面片、烧牛尾、炖羊肉、炒板虾出名。

乙　普通化者，南市同福楼，山东天源楼，惠丰楼，日租界南馆聚丰园，保阳馆，上三泉涌，下三泉涌，英法租界致美斋，二荤馆二合居，宴宾楼，西洋点心铺其士林，紫竹林，小食堂，西洋饭馆松记、显记等，多普通商人、富户顾客。名菜有聚丰园清蒸鲥鱼，其士林冰淇淋，紫竹林稀米粥，小食堂苹果排，宴宾楼番茄虾仁，致美斋酱羊肉，惠丰楼烤鸭子。

丙　平民化者，南市、北大街之大一妨、十锦斋以锅贴出名，南市永元德专卖羊肉涮锅子，大胡同、北马路小山东馆之炸酱面、脂油饼、鸡油火烧，熏鸡、腊肠、爆羊肉、饺子、锅贴、包子等，北马路、东马路小山西馆之拨鱼子、割豆子、漏面、刀削面、伸条面等，每人至多三四角，少则二角以上。大胡同真素馆为风雅饭馆，当时严范孙、华世奎等不时光顾，故馆内名人字画，满目琳琅，每食由一角至数元，客席至数十元，鸡、鸭、鱼、肉，无所不有，皆豆腐皮卷花生仁面制成，最饶兴趣者为海参，炒稻米合淀粉浆煮熟而成，一切伪造品，无不惟妙惟肖，味亦似之，虽名为吃素，仍不忘情于野味也。日本租界恩义德之蒸饺，吃几个买几个，概不退换，外兑角票三十六枚，该铺虽按三十四收价，而食客仍拥挤不动，三层楼坐客常满，平民小馆中之铮铮者也。其他各地之饺子铺、包子铺兼爆羊肉、牛肉、爆肚，饺子、包子二枚一个，爆肉大碟二角，小碟一角，食包子、饺子不过一角以上。日租界桥立街西之肉火烧，一角即可吃饱，故各馆常患人满。

丁　贫民化，北大关桥口之大面，前此两个子一碗，现八个子一碗，青酱、醋、油、麻酱、垫菜应有尽有，三碗管饱。南门脸之干饭猪头肉，干饭四个子一碗，猪头肉半碗、白菜两条肉四个子，四碗饭一碗肉，即将肚子填满。西马路及西头有“猪头会”，为大规模之贩卖场，专售熟猪头肉、猪杂碎，起码一个大子。三不管之涮肚六个子一碗，饺子一个子一枚，大烧饼十个子一个，与二十子一个者，羊灌肠六枚一碗，猪杂碎二枚一碗，热酒四枚一壶，发面，死面，搅豆腐渣的棒子面窝头，大如海，碗重约六两，四枚一个，锅巴菜、小米粥一个子一碗，水煎饺一大子一个，熬鱼大小不等，价钱亦贱，烂子两个大子一碟。“吃小枣红豆的切糕吧，四个大子半斤”；“一个人吃不了，俩人不够”，真贱；“三不管，三宗宝，窝头、猪肉、枣切糕”。狗肉较猪肉又贱矣。鼓楼东锅巴菜，四个子一碗，每晨乡下柴贩子拥挤不动，利市三倍。

戊　介于平民、贫民之间者，有“天津卫的吃法大全”，“又便宜又好贱”，贱即便宜，便宜即贱，莫若改为“又好又多又便宜”。吃法大全分十六处，即石头门坎的素包，东门外的羊肉包，东马路元兴斋的元宵，狗不理的包子，袜子胡同的肉火烧（现已倒闭），耳朵眼里的炸糕，十锦斋的坛子肉，单街子饺子孙五的锅贴，西头穆奶奶熬鱼，晒米厂的糯米饭，肉架子胡同的锅巴菜，粉汤刘胡同的粉汤，大夥巷口的烧牛肉，归曹胡同的酱肉，北浮桥口的大面，牛圈的切糕。

己　女招待，普通以下饭馆多有之，每月工资平均约分十元、八元、六元三级，外分小账，早来晚归，其阶级以招待手段高超者为上选，姿首次之，须经过考验而后定，其职务多数专担任斟茶、递水、点烟卷、打手巾把，重要责任为收钱。人多谓女招待为不正经之妇女，其实也不尽然，好家女子也保不住不正经，不过不肯充女招待耳，是直一种可怜的女工也。

旧年已近，各种饭馆例有封灶之举，“吃年”，“吃年”，因一般社会特别准备大吃，专门的吃“机关”，反不得不歇业而歇其锋，实为见惯不怪之“奇事”也。

（天津《大公报》1931 年 2 月 10 日）

津门杂谈（节录）

刘炎臣

应节的吃

天津卫习俗，逢年到节，各有应景的吃喝，而且是有些有关年节的吃喝，是出自妈妈经里。一般人多知其当然而不知所以然的，也就马马虎虎地从俗随时来一顿应时到节的吃喝而已。

一年四季里，以过旧历新年时的吃喝最繁多。像天津妈妈大全所相传下来的吃喝日程："二十六熬鱼肉，二十七宰公鸡，二十八白面发，初一的饺子初二的面，初三的合子望家转。"一般人全要按这个里俗所相传下来的流口辙式食谱歌预备吃喝。

由旧年元旦起到上元灯节，在这一段落里，统称之为正月节。旧正初五，俗称"破五"，这一天，津俗照例吃饺子，谓之"捏小人嘴"。初八、初九两天，也是吃合子的日子，俗谓"合里加八，越过越发；合里加九，越过越有"。

十五是上元佳节，俗名灯节，这天是以吃元宵为主，元宵就是汤圆，津市做元宵，俗谓之"打元宵"。十六俗名走百病的日子，在这天过去，所谓正月节的景象便渐渐消失了。

旧正二十五，俗称"填仓"，在这一天里，津俗是以吃干饭鱼汤为主，所谓"填仓填仓，干饭鱼汤。"填仓过去，便是二月初二，俗名二月二，是所谓"龙抬头"的日子，这天是吃焖子的日子。等到二月二再过去，已是年也飞了、节也跑了的时际，忙年的妇女全要恢复常态，照旧安心过日子了。

寻常的吃喝

谈到吃喝，我们不是吹牛，在世界上当以我们中国的吃法大全最齐备，最讲究，能世界上居于第一位金把交椅，这是有口皆碑，为世人所一致津津乐道的，那么，这也足以自豪了。不过，我国地大物博，各处各样的吃喝，恐怕是任何人也不能够一一道出来，我更是自愧弗如。现在把空间缩到极小圈，只简单谈谈天津卫的吃喝。现时的天津，已由当年一个简单的卫扩而大之，跃为一个国际间大都市，单就在吃喝这一方面讲，也是月新月异，各国各式的大菜，无不应有应有。关于这些现在全置而不谈，仅仅谈一谈具有天津卫风味的吃吃喝喝。

天津是一个吃喝玩乐的所在，向来是以讲究吃喝闻名的地方，除去过年吃饺子、灯节吃元宵（汤元），以及五月节吃粽子、八月节吃月饼……而外，在别的小节日，照例是有特殊的吃喝，作为一番应景的点缀。如同“填仓”（正月二十五）吃干饭鱼汤，津俗有句俗语：“填仓填仓，干饭鱼汤。”所以每到填仓这天，家家户户，要吃干饭鱼汤，作应节的点缀。此外，二月二吃焖子，冬至吃饺子，腊月初八吃腊八粥等等，这全是一种有关节令的吃喝，而为一般熟于妈妈大全的主妇们所记在心头的。至于遇有喜庆事，是以吃“捞面”为主，表示庆贺大团圆意思。

天津习惯，除去早晚两餐外，对于吃早点心，颇为重视，也是要大吃大喝一顿，常吃的有烧饼果子、面茶、嘎吧菜（锅吧菜）、煎饼、果子、包子、豆腐浆等等，种类繁多，实不胜枚举。

除此，带有天津卫风味的吃喝，有油炸蚂蚱（蝗虫）、贴饽饽熬鱼、天津包子，这全是各层居民的日常吃食品。贴饽饽熬鱼是一种一锅熟的办法，既经济省事，又香甜好吃。炸蚂蚱就是用油炸蝗虫，炸好了以后再配加点酱醋葱花，吃着具有那么一种香脆味道。天津包子是有一吃一包油的特点，在北京、济南、上海等大都市，常见有售卖天津风味包子的，为引人注意，特别大书特书“天津包子”招牌，这足证天津包子是驰名遐迩的了。

每到冬天，大白菜在天津是特别畅销，无论是炒菜、熬汤、包饺子，全离不开白菜，成为家家必吃食品。比较珍贵的，有银鱼、紫蟹，是吃火锅的一种美食。银鱼也可以炸着吃，极清香适口，这是天津河里一种物产品。其他如大直沽烧酒、小刘庄萝卜，全是属于享名遐迩的吃喝食品。

关于天津卫风味的吃喝，一时是说不全，挂一漏万，只简单地谈了这一点。

炸蚂蚱

蝗虫在天津俗称蚂蚱，据说它一年能卵化两次，每一个雌性蝗虫，一年之中能蕃殖小蝗虫几十万个之多，它为害农人之田园庄稼极烈。每逢在闹蝗灾年头，它们是常常遮蔽天日成群结队在空中飞过，及至飞到田园里，有时候竟可将一二十亩以至百八十亩之庄稼，如高粱、玉黍蜀之类的农作物，顷刻之间，吃作一空，成为光杆。故一般农人每提及蝗虫之为害，真有如“谈虎色变”一样。有时他们——农人——并乞灵于所谓之“蚂蚱神”，多加慈悲，乞求别加害于他们的田园庄稼。以上系略述蝗虫——蚂蚱——为害田园农作物的简单情形。

蚂蚱虽为一种害虫，但在北方，尤其是在天津，却成为食品之一。每当闹蚂蚱的年头，常有人以捕卖活蚂蚱为生，他们将捕得之活蚂蚱，盛在篓内，按斤出卖。津人吃蚂蚱之方法，分为用油（香油或花生油）炸或炒两种吃法。其法先将活蚂蚱之翅膀撕去，浸入盐水内略煮一次，晒干以后，再入油锅内去炸，炸好，又加上点葱花、蒜瓣、酱、醋一类的东西，更觉得特别提味。至于炒蚂蚱吃的手续，大致与炸法相同，只不过变炸为炒，比较省一点油而已。

馒首、窝头、白米干饭……虽然皆可以作为吃油炸蚂蚱之饭食，但总不如用烙饼卷着吃为适切可口，故津谚有“烙饼卷蚂蚱挟着吃”之一句俗话，在嗜蚂蚱者，吃来颇觉有一种津津有味、其美无穷之味道，犹之乎南人之嗜吃蚕蛹一样。

（《津门杂谈》，刘炎臣著，三友美术社 1943 年 7 月初版）

天津卫的炸蚂蚱

今　中

凡是天津卫的人，没有不喜欢吃蚂蚱。

假使你不是我们天津卫的人，那我断定你头一次听到或看到吃蚂蚱时，一定非得惊讶的，给你吃你全不敢吃，要是我们告诉你，炸蚂蚱是如何美味好吃，你定要摇头不信。但是，有机会时，你不妨冒一下险，试试看。

笔者因为在北京住得久了，最近也很少吃到炸蚂蚱，偶然亲友从津门带了些来，那也全是不新鲜的，吃起来总不如在天津吃得有味，提起总也是口里生津。

吃蚂蚱最好的时期，是从五月到七月，这时候蚂蚱最肥，早了还没成熟，晚了产卵之后也没有什么吃头了。愈是旱灾的年头，蚂蚱愈多，也愈好吃，夏天弄好贮藏起来，留冬天吃，虽也过瘾，但是没有新鲜的好吃。

新捉来的蚂蚱，要先把翅膀撕了去，把第三对足的后半部也拆下去，然后用水稍微一煮，再放到油锅去炸，炸好，用酱油、醋、葱花、蒜花一拌，倍加提味，这是炸蚂蚱。如果煮时用的是盐水，把蚂蚱和作料放在少许的油内一炒，叫做炒蚂蚱，味道稍微逊色于炸蚂蚱，不过这是由于油质的多少来定，于此油价高涨之时，大多全吃炒蚂蚱了。

蚂蚱最好吃的部分是孕着“子”的腹部，否则，两层皮没有什么吃头，所以雌的要比雄的好吃。弄熟了的蚂蚱，雌雄很容易分辨，雌的尾部是两个尖，有些像方形，雄的则是一个尖，是圆锥形。

“烙饼卷炸蚂蚱”，这是最香脆的吃法，用盐水煮过的蚂蚱，冬天拿出来炸了或炒了，斟上一壶“白干儿”，赏雪或烘炉，也全极富诗意的。

从前，蚂蚱很便宜，新捉的一面粉口袋，只消几十子的代价，而去年，炒熟了的每斤就要两三毛钱，今年恐怕要卖到五毛以上的。

你若是有好奇心的话，尽可以尝一尝我们天津卫的特产品“炸蚂蚱”，以你的感觉一说，看看香不香。

吃蚂蚱在科学上，我想也可以说是消灭害虫的一个办法。

（《华北新报》1944 年 6 月 21 日）

天津人的早点心

佚　名

在天津吃早点心，这是最普通的一件事，实在不算新鲜，但别的地方，也是否这样，是不敢断言的。大凡是在天津市区住的人们，亦不论是铺店或住户，一切的人们吧，大都如此，很少有例外者，早晨起来，吃一些东西，即谓吃点心，莫不尽然。在晨起漱洗之后，便是吃点心的时间，这吃点心，实在和吃饭不相同，吃点心只是吃一点，不能和吃饭似的，吃得要饱，不得吃好些东西，不过吃一点，以调助心内不觉那种空虚而已。到了午时，便呼为早饭，方得吃饭呢。缘因这地方，不似农村里，人们起床那么早，所以不得早早地即吃早饭。农村的人，多为黎明即起，往田地去工作，每天是三餐。在农村人吃早饭的时候，天津市的人们，还都在甜睡中，还作着美梦呢。因为起床是较晚些，不吃早饭，未免腹内是空虚，所以早起吃点心，到了午时再吃饭。

然而这点心的吃法，实在不与吃饭一样，不是一样往嘴里吗，但这吃点心，已有表示，所以不名曰吃饭，这点心，即是吃一点，补助腹内空虚的意思，

但这早点心，都是吃什么，并非茶食店买来的糕饼，那种点心，也只是大饼、烧饼、馒头等等的食品，但佐食的东西，也有好些种类，如锅巴菜、秫米饭、果子、面茶、杏仁茶、茶汤这几样。在这几样内，最普通则属于豆腐浆与锅巴菜了，在晨起吃早点心的

时候，为这两样销路最普遍，较其他的东西为便宜，化不了几大枚就可买一大碗，实在便宜得很。每天早起卖锅巴菜的挑子，各巷口胡同都有，是专卖与住户妇女们的吃点心，卖豆浆的，却没有担挑穿巷的，只在各街头都有铺子，名曰豆腐房，锅巴菜也不都是担挑穿胡同，也有这种铺店。每天早晨，各豆腐房、锅巴菜铺都是拥挤着吃点心的人，这种铺子，也卖烧饼、果子，一切点心食品，也有不少的人，自己带着饼类的东西，往那里只是喝豆浆或吃锅巴菜的。如以上所述，都为平民化的点心。

秫米饭，八宝饭，这种食物似较高尚一点的点心了，这种点心铺店，较豆腐房、锅巴菜铺清洁得多，不是那样噪噪闹闹，有些静雅的意味。但这种点心铺，不只是八宝饭、秫米饭，有油酥烧饼、各种甜馅的蒸食、茶鸡蛋、素包子这类食物，亦很适口，吃个痛痛快快，但它的价值，是较豆浆、锅巴菜贵一些，莫不一倍和两倍了。

（《三六九画报》1942 年第 16 卷第 10 期）

津市鲜果业概况

孟　梅

秋风送爽，暑气全消，寒蝉敛迹，蟋蟀初鸣，而冰淇淋与刨冰等冷食，亦将追踪炎酷的夏神，联袂下野。同时，本市各鲜果铺里，也全都改换阵容，将准备着经营秋季的生意。鲜果业在交际场中，占有绝大的势力，不论是寿事、喜事，或是年节馈送礼物，全缺不了鲜货这一色。就是在盛大的筵席上，鲜货也占有一席地。实在因为不拘春夏秋冬四季，全有它应时的货色，所以就显着格外的兴盛。尤其是端午、中秋、废历年关各节，鲜果店的顾客，总是里三层外三层地围个风雨不透，生意兴隆，自在意中。于是鲜货铺之设立，亦日渐增多了。不过，据该业中人谈："鲜货本是一种奢侈品，可有可无，决不似米面之受人重视，当升平之世，经济充裕，才有闲钱来吃鲜货；如今，经济窘急，购买力薄弱，中下级人家，一日三餐，还在拚命地谋寻，又焉有馀钱来买这冷不搪暖、饿不搪饱近于奢侈的鲜货？所以鄙行这种生意，也渐渐地式微了。若想起当年兴盛的情况，实不胜今昔之感！虽然现在一家家的开设如是之多，这种畸形的发展，总不会长久，因为如今的各项挑费开销，非常的大。法租界某号日非三四十元不办，到底一天又能够卖多少钱？长此下去，决不会得到好结果的。何况开设日多，营业上竞争甚烈，所以近年来鲜货一行的生意，迥不如昔了。"以上所谈不过是鲜货业的一部分，不能代表全体的。兹将笔者调查所得，关于鲜货业的鸟瞰，略述于下。

鲜果业是一个整个的名词，若按内体分析起来，约分四类，计为行栈、下南家、鲜货铺、摊贩等，兹分别言之。

一，行栈

行栈，亦名梨栈——其实不止卖梨一种，不过该业中人皆称此，不审何故，或以梨为大宗（？），乃是居间买卖双方，而得佣之介绍处所。鲜货业主或所有者之代表人，来至津市行栈——谓之老客，请求行栈代售其货物，行栈方面乃将货物分销于各鲜货家及赶羊的——容后论——至期由行栈派人讨欠，如老客急于用款，不及讨齐时，可由行栈垫出，所以行栈非有大量资金不可。至行栈则买卖双方各得三分佣金，及栈租、筐底等费用。不过，外欠也甚多，催讨不齐，或行贩亏累，无力交款，呆账也不少，因此损失甚巨。时至今日，经济紧急，行栈为免除此项损失起见，卖货须用现款，即使赊欠，也必须在三五天内交款，苟至期货款不清，下批鲜货就不赊给了。因此，他们这种大量的损失，也就渐渐地减少了。此类行栈，多在车站码头附近，以为交通便利，津市老车站左右就有多家，锦记、锦泰为其著者。

二，下南家

下南家者，多与南省各地交易之谓。河东粮店街为伊等之大本营，南省香港、汕头、上海等处，皆派有老板，经理一切。其主要业务为南鲜、北鲜两种。南鲜，为南省之产物，包括橘子、蜜柑、橙子、甘蔗、荸荠等等，每年春季二三月，则陆续装轮运津售卖，谓之南鲜。北鲜，乃北方之出产，以梨为大宗，又分为胎黄梨、青梨、菠梨、白梨、红梨、烟台梨、鸭梨、鹅棉梨等品，每至七八月间，胎黄梨与青梨一下来，就由轮运往上海、香港等地销售。南鲜运北，北鲜运南，其货款，就川换家互相抵销清算，往来现款交易，不过只是尾子了。下南家以粮店街中之兴茂、杜利源、同源等号为翘楚，尤以兴茂号为该业之托拉斯，操纵梨业，颇负盛名，今则大不如昔矣。

三，鲜果铺

即门市家也，只在门市上做零星之售卖，并不作内庄，其所售之货，多由梨栈、下南家或晓市买来，间亦有自南省独自来货的，不过是有限的几家罢了。现在的鲜果铺，在夏天多附设冷食，如刨冰、汽水、冰淇淋等，营业甚为发展，也有的附设茶食店，或自设炉灶，或与某茶食店订立合同，为其代销。不过，这总是一种副业罢了。据笔者的经历结果，租界之货物，每斤较华界昂贵二三分钱，或不止于此。本来租界多为购买力较强者，租界的生意花费，又较华界多上好几倍，明乎此，价钱稍贵，自在意中了。鲜果铺在法界梨栈和天增里大街最多，其著者如鹊华春、文利、益林春、汉宫秋等，不下十数家，也可谓极一时之盛了！

四，摊贩

俗称赶羊的——音声这样，然按字义则无讲，虽经笔者再四哨问该行中人，终不明其真义，好在无大关系，可不必深究。锅店街及归贾胡同一带，为其聚处。其鲜货多由梨栈或下南家买入，经一番整理后，明日清晨拂晓拉至估衣街晓市去卖，至九句钟后，又相率返家，谓之下市。其主顾则多属肩挑小贩、糖摊掌柜等，然亦有用主自己上市去买的，其价又较鲜货铺为廉。往往下南家有大批的南鲜到来，急于脱售，不得不低价卖给赶羊的，如此，据该行土语谓之“喂羊”，实属可笑。在从前晓市摊贩，本有摊捐，已在去年董市长任内，与菜市等八种苛杂，一律免除了，现在除去清洁费以外，并无任何花销了。

关于本市鲜果业的情况，大概如此，拉杂地写来，尚望识者教之。

八,二四，于善哉室

（《商职月刊》1936 年第 3 卷第 1 期）

保定吃的风味罩火烧

台　子

在小学读书的时候，读过一篇《口的文化》，现在我写这篇“罩火烧”，不觉想起那里的一句：“中国人是善吃的民族。”这无论是讽刺也好，论说也好，我总爱着保定的罩火烧——尤其是当我吃上混合面的丝糕的时候。

罩火烧的别名又叫猪头肉锅，是把火烧撕碎，上面加以猪肉，再用肉汤浇数次，数次愈多愈佳，外加些葱，则更成美味。

不过到保定此种饭馆时，你得向茶役声明，你是吃几两肉，或肥，或瘦，甚至如是猪身上什么地方的肉——当然是以身子肉（猪背上的肉）为佳——和你需要几个火烧。普通人的饭量，以二两肉罩四个火烧可也。

假如你问我，罩火烧滋味究竟如何？这正好拿梁启超先生所说的“如人饮水，冷暖自知”。我就是把罩火烧滋味的形容词说尽，也形容不出来，除非你到保定去尝一下。

最后我告诉你，罩火烧，保定此种饭馆，以二道口子（地名）之为佳。

它的用费，以现在白面一百二十元钱一斤来说，二两肉、四个火烧也不过一百元而已。

（《新风周报》1945 年第 1 卷第 5 期）

中原食品谈

陈承荫

余曩游古汴，对于豫省食品，略知一二。本刊编者索稿及余，姑拉杂记之。观察所及，难免未见尽然，幸豫省读者能读而正之。

开封为河南省会，即古汴京是也。其地为一平原，黄土遍野，晴则风沙满天，雨则泥泞没踝。气候亢燥，雨不常见。人民风俗习惯，因天时地理之关系，多醇厚可风，迥异南人。生活至为简单，食为人生不可或缺之事，亦属草草。

粮食以面粉为主，贫苦之家以高粱磨粉，或柿子之粉代之；中等之家，间食米。面粉作成之食品至夥，其形式、食法，非本地人不能道其详，约有五六十种之多，即面条一种已有四五种做法。然普通之食法为馍馍、馒头、面条、薄饼、烧饼、油条、饺子而已。其中以馍馍为最普通，盖实心无馅，易做亦经济也。

中人以下食麦馍者不多，有之亦惟土面粉，而非机器面粉。土粉味正，富原质，味甜，食之有益。佐食之肴，一汤一碟足矣。食麦必以汤佐，否则难下。汤以面粉和水做成，最稀薄之浆糊也，名曰“甜汤”，其实并不加糖。汤可以面作，高粱粉作，山薯粉作，随地随人，依物价产量而异，初无一定。中人及中人以下不常食肉，一碟素菜，或咸萝卜，或豆芽、豆腐均可。中人之家咸大头菜为常食之品，间亦助以别种素菜，贫苦者惟咸菜、萝卜是尚。

常人一餐食面粉一斤，可四十至六十枚铜子，咸萝卜一碟，可四枚，甜汤自作不及一枚，盖一匙面粉，一碗沸水，值殊无几，终日合计所费一百四十枚至二百枚耳。银元一枚可换六七百枚铜子，折合大洋只二角至三角而已。彼一日所食，较之都市，尚不足一碟素菜所贵也。常人以下之家，所食更不费，银元三枚可敷一人一日之用。

此固常人之食品，以无肉味论。食肉亦不赀，价与上海所差无几，故不常用。因食品之简单，其食法、食相亦有异于江南。一汤一馍，馍中夹些咸菜，或火烧中夹一根油条，即可一手一物，立了吃，蹲着吃，悉听尊便，其自然之态，迥非南人一双筷、一只碗之便宜行事。余友豫人，执教于开封，食时必集家人，据一案，陈肴四五事，人目为官僚化。盖本地人并不据案聚食一也，并不须佐饭四五碟二也。此在吾人视之，将作笑谈，实则食品不同，有以致之。

鱼为席上珍品，盖河流希少，无可口之鱼。有之惟鲤鱼，鲤以产于黄河者为贵，鳞作黄色，细嫩可口，别处之鲤，作黑色，粗而无味。“黄河鲤”奇昂，平时一元左右一尾，入冬四五元不等。酒家必以活鱼示客，以验真伪，如认可用，即请示以制法，或溜，或炸，或陈制，或做汤，一鱼可分三段三种制法，任客自择。酒家请示毕，将鱼猛摔于地，啪的一声，以示此鱼将死，不能掉包欺卖主也。鲫鱼殊小，无南方风味，鳗、鳝皆有。

山药为河南名产之一，产于淮阳县，故有“淮山药”之名，粗长不亚于塘栖甘蔗，据之以小细者为美。食法殊多，可以煮肉，可以做糕，可以和面粉做馍、饼。席间以山药为甜品之一，分（一）拔枝山药、（二）山药泥、（三）山药饼等。

“拔枝山药”者，以白糖加油炒为流质，将已熟之山药片条倒入搅之，顷刻即带糖盛盆中。食时糖已复凝成半流质，以筷夹山药，即见银丝一条，缠缠绵绵随山药起自盆中，骤入凉水中一浸即出，糖质已冷，送诸口中，其味至美。“拔枝”云者，象征此物自根拔起，“有丝随之”之意也。“山药泥”者，以山药捣成泥，合之成丸，加油加糖即成。“山药饼”者，以其粉作成饼形之谓，中夹馅。席间所陈山药做之甜品，余以为惟拔枝山药为佳，惜做得可口者不多见耳。

甜品中尚有莲子一物，亦为上品，亦有“拔枝”之制法，惟不及山药。尚有莲子羹亦常见。

鸡殊贱，但无味，一元可买三四头，熏鸡殊美。鸡蛋极贱，一元可易七八十个。鸭少，极昂。

此外名菜尚多，惜多半遗忘，不能一一道其详，上所述者什之一二而已。

日货抵制后，海鲜在汴不多见，酒家贴有“吃海参鱼翅，好比吃砒霜”之标语。究竟国人不吃砒霜者有几，即非余所能知矣！

（《食品界》1933 年第 1 期）

闲话开封的吃

蔗

我并不是想推翻“吃在广州”这个定律，我承认广州人吃蛇，吃猫，吃水虫，吃禾虫，这些都是“武吃”，而中原“汴梁城”（是开封本地人称）里的吃，却是“文吃”。

虽然我们晓得清末慈禧太后——不，应该改称叶赫那拉氏——的御厨房，用的是中州厨役，河南菜在北京（平）鼎盛一时，而河南菜的所以得名，和它的成因，是在当年黄河工程上的治河大员，但是谁也不明白这其间的历史遗传，却为着北宋都城之故。

我也是熟读《东京梦华录》者之一，我曾在开封城厢内外遍找宋代遗迹，除龙亭、铁塔以外，所得很少。当年灯火樊楼的李师师艳窟，却变了北书店街的一爿小书店，虽则令我有废然欲返之势，毕竟汴梁城里的“吃”，使我十二分留连！

城中心鼓楼、马道街、南北书店街、河道街、相国寺后街等等大饭庄、小吃馆里堂倌们的笑脸，至今还留在我的脑筋里：进门一碗试尝的清汤，清得可以鉴人，竭力打捞，只多得到一两条石花菜（雪菜），然而鲜洁的程度，在他处是莫由望其项背的。

一条金鳞泼刺的黄河鲤，要活泼泼地恭送到贵客面前，然后宰烹，可以弄到“三作”或“四作”，悉听尊便——醋溜、酱煮、干炸、清蒸……变换口味，再经济也没有了。

假如你爱肉食，他们就来一个“黄香管”；吃素，就来一个

“烧佛猪”。“只要大老们喜欢”（是开封堂倌的口头话）。总而言之，中州菜是精细而减少油腻见长的，像狮子头般的扬州菜，汴梁城里的吃客，一定要见而大吐的。

吃罢处账，堂倌们还要再三推托说“大老们不给钱，不要算吧”的客气话，而左一样右一样的“敬菜”，决不计较小账。你只要在开封城里住上半年或一年，包你上夫子庙吃饭要头痛。雅声兄，你道对不对？

（《星华》1936 年第 1 卷第 22 期）

解馋在开封

耿 火

我留恋着开封，然终于脱离了。

开封的乞丐，他们的口气太大，张口就是老爷太太给我点钱，买个馒头吃吧！这大概是产麦区的缘故。是的，开封确是富的美的，有几种值得我赞美的产品，长圆形通红的柿子，甜润得惊人，个大好吃价又廉的石榴，饱仁价又便宜的花生，尤其是丰富的牛羊肉。

在大街小巷随时可以看到，卖牛羊肉汤的铺子，门口烧着一口锅，煮着牛肉或羊肉。当我们走进一家铺子的时候，小伙计便托着一盘馒首放在桌上道："先生，要多少钱的肉？"你要多少钱的，就按所值切好，放在碗里用锅中热汤一冲，搁上香菜，加些辣椒，吃之虽无特别香味，倒也可以解馋，可谓此地最普通的吃。穷人一样的也能吃着肉，所差的就是钱多多吃肉，钱少多喝汤。

这里习惯，早点讲喝羊肉汤，和北平喝豆浆一样。

（《北平时报》1947 年 7 月 11 日）

西安之食宿

陈光垚

西安之饮食住宿处所，现在多聚于中山大街一带地方。此街即从前之钟楼东大街，因西安与潼关二处间，往来之汽车、骡车、大车、洋车等，搭客载货均在此处起卸，故此街食宿营业特别发达。但将来陇海铁路通至西安北门外，则今日之情形又当稍有变化。现在东大街中，如义仙亭、曲江春、长乐楼、玉顺楼、西来堂、北平饭馆等，均为较大之饮食处。此间用饭，一人每日至少须一元之伙食费，若于他处食之，则有六角即足，然亦甚贵。又如西北饭店、长安公寓、关中旅馆、中西旅馆等，均为较大之住宿处，而青年会之宿舍，尤较整洁。以上各处，一人每日之宿费，由五角至二元不等，但茶水小费均在外，侍役亦不灵敏。西安之牛羊猪鸡，价俱低廉；米面鸭鱼，价俱昂贵（羊肉一元可买五斤半，而鸭鱼则有“鱼龙鸭凤”之称）。酒席中最好用鱿鱼。饮品多为凤翔白酒及长安甜酒（一名撇白酒，略如醪糟），又有一种“醪糟”，即甜酒。“锅盔”即大饼，以及夏日之糖粽子，冬日之柿面饼等，则皆为民众所好之物。此外西安尚有一大苦难，即饮水问题。因全城从来只西门内及东门外各有一甜水井，旧价极贵，其馀各井则均为苦水，不能供饮，且彼甜水之中，亦泥汁太多，大有碍于卫生。故今后西安之自来水建设，实为一急务。

（《西京之现况》，陈光垚著，西京筹备委员会 1933 年 11 月初版）

西京的生活（节录）

倪锡英

西京的食，和其他较大的城市一样，各色口味全备，近年来因为国内外的考察团和旅行团一批批不断地前去，因此，西菜在西京也成了一种很普通的食物。在从前喝一瓶汽水得化一元的代价，喝啤酒便更贵，现在铁路通达后，价目较为便宜，但是捐税很重，售价仍嫌过昂，只有上等人士吃得起。西京市上的菜馆，著名的有西京招待所（西菜）、南京大酒楼（江苏馆兼办西菜）、西北饭店大餐间（西餐）、玉顺楼（河南馆）、天锡楼（教门馆）、第一楼（陕西馆）、十锦斋（天津馆）、鸿源饭庄（河南馆）。这许多菜馆，大都集中在东大街一带，专供外来的旅客和当地的富绅官员们宴乐之用。

至于西京一般人民的饮食，大都是很简单而刻苦的，人民大宗的食料是面粉、高粱及各种杂粮，米饭简直是不吃的。平时粗菜淡饭，充饥便可，很少上馆子狂喝狂饮的。在西京市内的人民，饮料尤其成了严重的问题，西京市上的饮水，有甜水和苦水两种，甜水只限于西门一带的井内，因此全市人民的饮料，都得化钱到西门去买，而水价又特别昂贵，里面还满含泥汁。其馀各处的井水，全是苦汁，不能取饮。最近省政府和西京筹备委员会的建设局，都组织了凿井队，在市内开凿自流井，以便民众付低价购水，解决这饮水的大难题。

西京有一种“凤酒”，是很著名的，这种酒出于西京邻近的凤翔府，酒色很像徐沛一带的白干，而酒性比白干还烈，就是善喝酒的人，也容易醉倒。李白斗酒诗百篇上所谓“长安市上酒家眠”，大概就是饮了这种烈性的凤酒所致的。凤酒以外，有二种仿绍兴酒制法的南酒，一种叫甜南酒，一种叫苦南酒。苦南酒很像绍酒，但是浑浊不堪；甜南酒很少酒味，近乎是一种“五加皮”。此外还有一种“醪酒”，酒性很和平，味道更甜。当地人喜欢喝凤酒，这大概是他们性格刚强的缘故。

（《西京》，倪锡英著，中华书局 1936 年 11 月初版）

汉中人民的吃

征

孔子曰:“食色，性也。”谚云:“千里做官为吃穿。”

证古及今，贯通中外，在人生中占着重要位置的事情固然很多,但是“吃”谁也不能否认其重要性。然而人总是有理性的动物，他并不像猪子整日吃饱了就没事，也不像其他动物“有则饱之，无则饥之”，没一点计划的。

人对于“吃”是有计划的，这我们走到每一个乡村，每一家人家，都可很清楚地看出，不过他们所给与在自己经济圈内的分量不同而已。譬如说某地人“好吃”，或说某地人“爱穿”，正是这种差异。

我来到陕南差不多有三年之久了，陕南人民可以列入“好吃”之列。

我曾经在一个不到二百户的乡镇住过半年，这乡镇有十四家肉铺，每家每天要宰二个肥猪，每个猪就按八十斤计算吧（实际此地所宰肥猪，百斤以下者很少），你想这是如何一个庞大的数目啊！这时候或者有人要反驳我说:“这猪肉不只是这镇上的人用啊！”，对，不错！就是这样说，也是个可惊的数目啊！别的地方我不甚清楚，就按我们河北省乡村中情形来说吧，整年价人们吃肉的次数是可屈指数清的。

在这个镇上与我同院住的有一位老太婆，她的年岁大约有五十几了，田无一块，地无一垅（本地称稻田曰“田”，水不能常灌溉之地曰“地”），整天以纺线及洗衣为生，我眼看着她断炊的时候是很多的，但是当她抱着辛苦所纺成的线到集上卖了回来的时候，你会在她手中发现半斤或一斤那么大的一块肥肥的猪肉。

本地有句俗话：“一个月不吃肉，身体就要出毛病。”所以无论怎样贫穷的人，他宁愿平日多饿几顿，他宁愿穿着破烂的衣服，而必须达到他这每月有肉食的欲望。

此地人的饭，每日是三餐，早饭在十点钟左右，午饭在三点钟左右，晚饭吃得很晚，饿则食，不饿就不吃了。

饭以大米为主，小米此地名为“粟米”，其价值比大米还贵，在这里是不易吃着的。

此地人民不但“好吃”，而且也“懒惰”，譬如说“披星戴月”到田里去工作的，在这里很少见。

人总是适应着自己的环境而生活着的。此地人民所以有此现象，正因为优良环境之所致，假如没有汉水流灌的肥沃的土地，假如没有高巍的秦岭，阻塞着北面的寒风，他们一样地会与环境奋斗，一样会与大自然斗争啊！

但愿它没有北面的秦岭，可是，高耸的秦岭像一垛墙，不透丝毫的暖与热给北地的居民，守着肥沃土地的中华公民，你们大量地去吃罢！

（《公教学生》1941 年第 1 卷第 4 期）

兰州的吃

敬　典

北方以食面为主，米的产量很少，当然比面价高。兰州产的米质量很好，颗粒大而软，一个人到兰州，食粮必定增加，可见米质不错，有各地所产之长，而无各地所产之短。一般人说甲于全国，大约是气候与土壤的关系。

肉食以牛羊肉最多，猪肉次之，的确满街都是牛肉与羊肉，羊肉是绵羊肉，牛肉是毛牛肉。鸡与鸡蛋很贱。鱼更珍贵，想吃一尾好鱼，很难办到，一斤鱼比一斤肉要贵三四倍。

谈起蔬菜，比任何地方肥大，自属土壤好。有种青萝卜，可以当水果吃，也就可以当药吃，有些小毛病，吃一个就会好，大约是心理治疗罢。吃辣椒都说湖南人利害，但是兰州人并不亚于湖南人。兰州辣椒，比饭碗大，实在令人生爱。马铃薯很大，大的在一斤以上。百合人说南京好，但南京百合有点苦，兰州百合，不加糖也甜。红薯摆在水果摊上玻璃缸里卖，当地不产，更显得名贵。

（《和平日报》1949 年 4 月 11 日）

武汉的饮食检阅

岳　博

中国人喝热茶，西洋人喜欢饮冷沙滤水，朝鲜以粥汤代茶，南洋土人又以椰子汤解渴，可见饮食一道，常以民族的地理环境而转移。武汉同属国土，但饮食状况，已与江浙大异。作者侨居斯土，历有年所，爰将平日见闻，分类为读者告。

武汉三镇——武昌、汉口、汉阳——可以说湖北的精华尽萃于斯。现在我们谈武汉人的饮食，尽可当作全湖北的饮食概况。

武汉人遇事，喜欢张大其词。一个小偷，偷了一些东西去了，他们便会称小偷做强盗，家里被窃去几件破旧衣服，他们便会说给强盗抢了几件值钱的衣服。因此他们的饮食，也是名目繁多，什么“过早”、“过中”、“中饭”、“夜饭”、“宵夜”等等，究其实际，则亦平平而已。

所谓“过早”也者，就是擦开眼睛，洗面洗手以后，买根油条买碗豆浆吃吃而已。然而，这种是起码的过早。上焉者，有面吃，有包子吃。除油条以外，还有烧饼、馍馍、糯米饭、油炙糯米糕、油汆葱饼、雪饺之类。烧饼有形圆如饭碗大小的，有粗长像木柄的，有圆厚厚像月饼的。还有油酥做的葱花饼（油酥饼薄且油，质量较少，有钱者吃之）。劳动阶级，则恒愿以相等的代价，购两三倍其质料的烧饼吃。馍馍是没有馅的馒头，食量小的，只要有一个就可以吃饱了。至于糯米饭油条、油炙糯米糕，各处情形相同，故不赘。

而油余葱饼，却为别处少见，做法先用很少的葱花（切碎的胡葱）包在米粉饼内，中间揿得极薄，四周稍厚，放到油锅里一煎，四周便成很厚的高边，中间空薄，又脆又韧，本地人很喜吃。雪饺是用米粉包了馅，外面涂了白糖的一种饺子，常有小孩儿托在木盘里叫卖的。

汉口小街大街、小弄大弄，都看不见有一家老虎灶。家庭之中，无论吃水用水，一定要生煤炉。于是卖豆浆便应运而生了，每天早上，每条弄堂门口（租界除外），总有一副卖豆浆的担子，豆浆盛在一只大洋铁或瓦磁的茶壶里，茶壶四周围护着稻草破絮，再把它紧紧地放在一个大木桶里。哪位吃油条烧饼没有茶喝，就拿出两三五个大角子（双铜元），到那弄门口买一大碗，既解渴又补身，一举两得。惜乎有钱的人，嫌它渗水太多，不能十分滋养，还得向豆浆店去定买，天天把豆浆瓶封着红绿纸条送来。

豆浆要用黄豆磨煮，既费本钱，又费人工，价钱当然不能十分便宜，卖茶便出来供应劳动者的需要了。一般八九岁的小孩，终日价提了一把铅铁壶，拿了一只毛摊碗，“喝茶！喝茶！两角子一碗”地叫喊。到了天热时候，各街都有慈善家设立的“卫生茶亭”，那卖茶为生的小孩，又不得不暂时消声敛迹。

到了秋凉，酒酿圆子和莲子又上市了。武汉的圆子、团子，特别细嫩，我素来不喜欢吃米粉的点心，但是我吃了汉口的圆子、团子，却有“尝不忍释”之感。后来仔细考察，原来他们在糯米里放了一些黄豆在里面，所以圆子混着了一些粉嫩的物质，吃起来自然细腻而粉嫩得多了，这事我们可以学得的。莲子咸分太重，有些还有火分不到的弊病，虽价廉也不惹人吃。

现在再讲“过中”。过中有些人家吃稀饭，有些人家下面吃。穷苦的人家，就在九十点钟的时候吃顿饱饭，到下午三四点钟的时候，再来一顿饱饭，到了七八点钟，便上床睡觉。这是两餐制，除了两餐以外，连过早也是取消的。这种现象，在城市里面虽不多见，可是乡村里面，那就滔滔者皆是了。中饭总在下午一两点钟，吃夜饭则在四五点钟，到了晚上九十点钟，吃餐稀饭，叫做宵夜。这宵夜一餐，在普通人家或已免除，在商店方面确还遵守。四五点钟吃了夜饭，到九十点钟却有宵夜的必要。这一点倒是湖北老板很能体恤小伙计的地方。如果伙计们敌不过空腹的叫喊，要每天掏出腰包去买点心吃，那是个人经济，也要损失不少哩。

湖北人吃的饭，都用蒸笼蒸的，并不和水煮。饭粒之硬，可比石子，不吃惯的人，简直不消化。又，湖北不产盐，酱油亦坏，因此菜肴多淡而无味。汉口的酒楼，反以广帮、川菜、徽帮、苏帮、天津、北平而出名（冠生园汉口分店，设有饮食部，商界欢叙，官场宴客，莫不萃集于此），湖南馆也不少，本地酒馆，则反默默无闻。

武汉的酒，以汾酒为最普通，价钱也很便宜，每两自一二分至五六分。绍酒很贵，普通所饮黄酒，本地制造，大率淡而无味，所以饮者泰半喝汾酒了。

（《食品界》1933 年第 6 期）

武汉人吃的“汤”

白　文

人活在世界上，恐怕没有比“吃”更重要的了。试看古往今来，一大半为着“吃”而争。孔子曰:“民以食为天。”又曰:“食色，性也。”可知道一个“食”字，是多么重要呀！真的，为人在世，如果能离开食，一定能省脱许多的麻烦。听说闹饥荒时，人便吃人。数月前各学校发生风潮，原因也是为着吃。因为人不吃则死，还有比吃更重要的问题吗?

闲言丢开，言归正题。本人虽跑过不少的地方，可是对于吃的经验不多，半生认为印象最深的，是武汉人吃的汤。汤的滋味，只有武汉人最知道享受，湖南人同四川人虽然不是不会如此吃，但那味道是另一样的，所以这里就不说。武汉本地人每天吃饭，普通是三餐，但是三餐的时间与有些地方是不同的。武汉人早晨多半不开餐，仅仅吃些点心之类的东西罢了。武汉人的第一餐是中午左右，称之为“早饭”；第二餐在下午五时至六时之间，俗名“中饭”；第三餐则在下午九时以后，甚至有些欢喜做“夜皇帝”的人家，上午一时左右吃的也有的，这一餐就叫作“消夜”。

第一餐与第二餐以及第三餐，多半都有汤，可是这汤就不同，第一餐吃的是“参汤”，第二餐是“煨汤”或“炖汤”，第三餐又是吃第二餐所剩下来的，有的则重做“参汤”了。

先谈“参汤”，参汤的做法最简便，汤的材料以节令为转移，性质分荤素两种，随人所好，不过有些人因为吃素不能吃荤汤，那就无话可说。素汤以冬菇、木耳、鲜笋、黄花菜为主，或加青粉，或加豆腐等。做法是将水置锅中，俟沸，则将主物，如冬菇、木耳等放下，再俟沸，加以“作料”（即麻油、酱油、味精等），然后把豆腐等放下去，等到所加的豆腐等煮得“将火候”，即出碗盛出，就可上桌子了。这汤的味以主物冬菇等的汁煮出，而豆腐或青粉并未煮老最上。

其次是“荤汤”，该汤因为材料多，所以变化与味道就大不同了。诚然，这亦是吃的人为主，喜欢吃什么，就以什么为材料，因为是荤，所以猪肉片、牛肉片、鸡片、猪肉丸、虾米等都是好材料。做法与素的差不多，火候是第一要紧，有时同是一样材料，因为两个不同的人做的，那味道就会有天渊之别的。

第二我就要谈到“煨汤”和“炖汤”了，这两种汤是武汉人所独享的，浙江或江苏人我是没有看见他们吃过，北方几省一带人，南方闽粤滇一带人，也不见得有他们这样的做法。关于煨汤，是用沙罐，这沙罐有大有小，普通八口之家，一尺高了八寸对径的，就够用了。这沙罐以越年多越好，一只沙罐用十年二十年不足为奇。主要的材料是猪肉、牛肉，都切成方块，多则一手指长，此外鸡、鸭、猪腿、猪蹄、猪肚等，均以吃的人胃口而定，副材料是萝卜、藕洞、海带、东瓜、鲜笋。做法将沙罐储冷水，把主要材料放进去，以熊火煨之，约两句钟即沸，加以合量之盐、油，再把副材料投进，俟副材料熟，即可食之。食时蘸以酱，其味之美，非笔墨可以形容。

在武汉吃第二餐饭——即中饭，这类汤是吃完一大碗再添一大碗的，所以有时家人怕麻烦或为使桌上丰盛起见，常是摆上两碗，吃的人不慌不忙，侍者也可以将空着的时间为主人及客人盛饭，或烫酒及做其他的种种事情。关于炖汤，主要的材料虽然与煨汤差不多，可是做法却较简便。在武汉，考究吃的人家，大半备有炖炉，炖炉为铁制，约一尺五寸高，分二层，上层为炖炉，下层为炭灰；

炖罐为瓦料所制，较炉小一倍，置炖炉之中心，不用煤，而只用炭巴，每次多则四枚，少则三枚，过多装不下，过少火力不成也。炖法，以主要材料及副材料，以适量之热水置罐中，主要材料已如上述。副材料，则非煨汤时所用副材料矣，盖炖汤不能如煨汤用大量水也，炖汤时所用之副材料如青笋、火腿、虾米，其他之海物。煨汤宜用熊火，炖汤宜先加“作料”，炖约八小时，即成，其汤既清而淡，爽口而不腻。据武汉人云，炖汤之养身，较其他均优，故武汉有钱人家没有不时常炖汤的。

武汉人认为最珍贵之汤，是回鱼汤，回鱼产于长江上游，色白鳞细，形如海产之鲨鱼，味颇鲜美。汉口馆子里很多出卖回鱼汤，战前有一家“武鸣园”，做来最出名。凡是外省去的人，非要到该园赏此味不可，而所有到那里去的，差不多桌桌回鱼汤，个个回鱼汤，你也回鱼汤，我也回鱼汤，实实在在可以说是专卖回鱼汤的酒楼。

“今夜有空吗？请你家吃回鱼汤。”这是一句武汉人常说的话。

（《茶话》1947 年第 17 期）

漫谈湖北菜

你　家

行遍天下，大小餐店，无以湖北菜为号召者，不如川菜、粤菜、湘菜、闽菜等之各自成帮也。实则湖北菜亦佳，且有独擅胜场，为他处所无者。如鱼圆、野鸭，即湖北所专精，未食过者不知其妙，已食过者任到何处，决不愿再食此二菜，以其断无鄂味之美也。旧汉阳府属各县，尤尚蒸菜，别省所能，不过粉蒸肉而已，且系粗肴，不若湖北蒸菜之能上席也。闻有全蒸席，数十品尽系蒸菜，无一煎炒煨熘者，此尤难能，惜未曾见过。鳝鱼一物，嗜食者少，湖北京山县乃以鳝鱼为最名贵之菜，其法先隔水蒸熟，敷以作料，后用滚猪油淋之，名曰鳝酥，席上有此一味，馀肴皆成嚼蜡。余有表嫂，为京山蔡理双太史之女，擅作此菜，余尝遣家厨亲往学习，亦得其法，每宴客必极叫座。

（《世界晚报》1947 年 1 月 23 日）

江汉路上的冠生园

湖北佬

武汉因地势关系，和省政治的中心，是以饮食事业，非常发达。记者旅汉日久，此次承本刊编者再三索稿，且指定题目，为答谢凤石先生之盛意，与夫提起读者兴趣也，乃秉平日见闻，写述以实本刊，观察容欠详尽，尚请高明指正。

一、苏广争逐下的糖果概况

武汉糖果市场，可分广帮、苏帮与本帮三派。执广帮之牛耳者，当推冠生园。苏帮以小苏州、大光华两家，最得当地人士的信仰。本帮墨守成法，原料又不甚讲求，反处于默默无闻的地位。冠生园糖果久以质料名贵闻天下，上中阶级大都是他们的主顾，政商学界领袖的眷属们，更常来采办食品，真是门前喧闹，车马成群，武汉的糖果市场，实际上他们已得着领袖的地位了。武汉分店大部分推销本厂产品，以及著名的国产，舶来品仅占极小部分，不过供应顾客偶然需索罢了。最受人欢迎，大概是十大糖果、老牌陈皮梅、无花果、饼干之类，就是其他出品，武汉人都有极好的印象。小苏州专售苏式糖果，营业十分兴旺，且深得地理的优胜，地位恰处四面弦歌的区域中，北里佳人，恒视闲食为消遣的，若夫促膝谈心，卿卿我我，诚非此物不足以言欢也。惟势力均敌，出品且又过之，只有大光华瓜子店一家，光华位于冠生园之侧，装潢颇精美，悬红灯一盏，路人皆注目而观，货物以苏式为正宗，同时推冠生园之独家出品。足征国内糖果，商家愿推销，主客愿购买，惟冠生园始足言斯，但非出品精良，与悠久光荣历史，又曷克臻此。官场送礼，戚友馈赠，假如礼物是糖果，则必为冠生园之出品无疑，夫如是，始能送者放心，受者欢迎。武汉一方，竟有如此魔力，吾人诚不能不敬佩主持者的精神与才力焉。

二、武汉的饮食事业

武汉不但为政治枢纽，不仅是一切重心，且水陆可通，它还是商业的重镇，昔日□□□□，武汉成为军事上的重要后方，于是冠盖纷纷，市面顿时热闹得多。看官须知，武汉毕竟还在新旧的两种风度下发展，中古习俗未尽去，西方形式初学得，地方人士为联络感情，为事业活动，仍不能不假借嫖赌吃玩的四大工具。男女饮食，人之大欲，是以他们不酬应则已，否则势必乞灵于饮食。因之，武汉社会的活动忙，连酒家饭馆也特别的多。

本地馆子，价格方面，总算得便宜了（和菜更廉），但是正式宴会，高级请客，反向广东馆子里跑。规模最大的粤菜馆，连冠生园饮食部供有两家，又似乎在一般人的印象里，冠生园居最高等。以前国际调查团莅汉，民众深知自己无武力，希望公理战胜强权，还我山河，大家都梦想，调查团是和平之神，我们的和事佬，此次不远千里，实地调查，来作我们的声援，举国上下，都已竭诚欢迎。我们武汉以前首先起义，推翻满清，此次岂敢后人，至于尽力供应，诚理所当然。但是，吃是最大问题，中菜呀，西菜呀，讨论了许多，后来果决定请冠生园办理了，虽然他们不能容纳这许多人，宁可席设对面西菜馆里，酒菜则由冠生园承办。平时无论主席请客啦，委员设宴啦，市长请酒啦，冠生园好像是指定的食堂。就是银行家、教育界等等，也必在冠生园宴客，不然的话，似乎不足以示恭敬。

他们有何名菜乎？曰：有，多得很啦，脆皮乳猪就是他们顶刮刮、独得秘密的名菜，每天平均要卖掉二三十只，假如要买一二元的话，须得预先定好，等到零售凑满全猪之价，刀斧手才三一三十一地分配各人呢。为什么乳猪能誉满武汉？且请客者必用之而后快呢？其中就有大道理，据说为了脆皮乳猪，他们聘请一人专理，薪金着实比我们高上几倍。惟经过此公之手，猪皮就脆嫩异常，而别家出品，未免有些硬绷绷。柱侯乳鸽也是他们独家制造，并未传出的一菜，且主客的重视程度，亦不在乳猪之下。

讲到他们的管理，颇值得我们赞美，招待功夫，真说得上谦恭和顺，客来大有“宾至如归”之感。江汉路上，高楼一座，屋分四层，最高层为烹调间，无烟灰袭人之弊。其次为冰间，大暑天气，在此居高饮冰，回想当时凉风习习，腹中阴冰冰，真是一件快事！

深夜作稿，睡魔濒袭，武汉的冠生园，我已经写过了它的轮廓了，就此带住吧。

（《食品界》1934 年第 9 期）

长沙的吃

王象尧

俗语云：“吃在广州，穿在杭州，死在柳州。”这就是说广州讲求吃，杭州讲求衣着，柳州出产楠木、阴沉木，由此可知我国地大物博，处处都是好地方。可是说到吃，长沙也是名不虚传的，“湖广熟，天下足”，米便是为一大宗。今天不妨把长沙的吃，略述一二。

长沙菜馆，可分广东菜、教门菜、川素菜四类，曾经当要人所赏识的厨师，有罗凤楼、宋善斋、萧荣华、毕河清等，颇负一时盛誉，烹调之法，奇珍异馔，浓淡肥腻，以手法和火工关系之玄妙，虽各有不同，要亦皆能脍炙人口。广东菜，以岭南酒家（坡子街）为著名，擅长之菜，除烧腊外，有糯米蒸鸡、鱿鱼卷、原盅冬菇、炸糟白鱼，夏季有荷叶饭，冬季有腊味饭、边炉等，广东点心，若鸡球包、澄面饺、叉烧包，均价廉物美，就食者甚多。南国酒家之冰冻凉糕、鸡蛋糕，以及各种糕饼，取值低廉。惜长沙粤菜馆颇少，无衡阳之盛，如珠江酒家，每星期更换点心一次，颇得顾客之欢迎。教门菜以三兴街李合盛、围墙背徐长兴二家著名。李合盛擅长之菜是牛肉、脑髓豆腐、红烧蹄筋，尤以麻辣子鸡冠绝长市，孙科、白崇禧、梁寒操诸氏，均对该店优予品题，颇为生色。徐长兴擅长之菜有烧鸭、肚鱼鸡丝饺、胰子白等，据云老龙潭为养鸭之处，均喂以面条，所以有“甜鸭”之称，惟近来颇为冷淡。长沙帮菜，以大东茅巷玉楼东、新怡园、潇湘酒家，中正路天然酒家、奇珍阁，育婴街老怡园等为最著名，各有擅长之菜，以前有“姜单”、“俞单”，名极一时，姜即姜詠洪菜单，俞即俞勅华菜单，如天然酒家之去骨鸡，即其拿手戏。奇珍阁之萧单，即名记者萧石朋之菜单。育婴街怡园之奶汤鲫鱼，玉楼东之麻辣子鸡、汤泡肚亦已著名于一时。其次中山东路大成，新街口新生，中山西路万胜园，南门口一品香，喻家巷挹爽楼，又一村青年馆等，均各有各的味道。素菜先以居士林为最佳，擅长之菜，有炒冬菰、素油鸡、炒三冬等。其馀有中正路老天津，伯陵路新天津，各有特长。西菜有□寿世主办红叶庵，唐伯华主办万利春，营盘街罗精武国际大厦，一切陈设尚精致，巧格力和菠萝汁、鸡蛋糕点心为最可口，咖啡、啤酒应有尽有，皆可称为长沙华贵的酒楼。

茶是我国的国饮，同时也是光荣的出产。长沙茶馆为道光十八年开市，但无夜市，每日黎明，即行营业。茶资各有不同，小费听给。点心如鱼塘街大华斋老髓卷，洞庭春（西牌楼）之包子，南正街德园洗沙包子，老照壁火烧饼，八角亭九如斋面包，均脍炙人口，均有秘制佳妙。

长沙面粉馆，近年来颇为发达，所售的不仅面粉、馄饨，兼营酒酿冲蛋、莲子粥。至于面粉吃法，有软面粉曰“浓排”，硬则“带迅”，又叫“落锅起”，软硬适中“二排”，多则“重挑”，少叫“轻挑”，或叫“扣”，汤多曰“宽汤”，无汤叫“干”，无葱曰“免青”，不要酸菜曰“免酸”。码子有三冬、酸辣酥、卤菜、杂酱牛之别。鱼塘街清溪阁，中山西路于春斋，中山东路秘香居，福寿桥和记，育婴街祥春斋，苏家巷半雅亭，走马楼甘长顺，中正路醉和祥，南正街德园、福华楼，长沙一般人士，喜欢早茶夜面者，无不趋之。

以上各店均将稍大者略述之，惟该业以税捐过多，难以负担，尤以筵席税，虽名曰代缴，实因未能完全收齐，赔累不堪。迭经呼吁，要求免征，或减轻税额，未获结果。

（《和平日报》1947年12月26日）

山东果产择言

李仲持

哎（山东人之第一人称）山东人也，别处哎不懂，自家总知道，本刊编者坚嘱撰《山东果产择言》，好么！哎也顾不得出次丑了，就讲这题目吧。“在家靠父母，出外靠朋友”，小兄弟学着老乡卖拳，朝诸位先生，唱个大喏，打几句客套：“小子这厢有礼，老板老乡，老朋友，哎说得不好，请各位多多原谅！”

肥城桃——肥城出的桃子，便叫做肥城桃，怕不说是谁，只要是尝过肥城桃的人，到了桃子出市的时候，总得纪念着吧。在肥城所出产的肥城桃，质量的巨大，竟出人意料之外，有同饭碗口大的一个，重量可以有半斤，其巨大便可想而知了。滋味的鲜甜清香，一上口便顺口流汁，可以在皮外钻了个小洞，用口吮吸，把桃汁吸尽，只剩了一层桃皮和一个桃核。颜色也十分好看，玉色带着朱点砂子。可惜这种肥城桃，不容易存放，所以南方很不易尝到。

莱阳梨——提起了莱阳梨，谁都可以知道是梨中最佳的一种，甜而鲜洁，嫩而爽口，在梨的一类中，怕没有再胜过的了。这一种梨，便是出在山东的莱阳县境，就叫做莱阳梨。到了秋天，水果店中，都得悬起了招牌，写着莱阳梨上市，作为号召，这种梨的有名，也可想而知了。

德州西瓜——山东一省，出产西瓜的地方很多，可是最有名的，只有德州所产的一种。西瓜的式样，是一种枕头形，俗名便叫枕头瓜，颜色有红、黄、白三种，以红的为多，而且最好，重量在十馀斤至二十斤之间，瓜汁丰富，其甜如蜜，是一种不可多得的美味。可惜这种德州瓜，移种在别地之后，瓜味便变了，大约是因了土质的关系吧。因出产不多，求多于供，价钱也不十分便宜，都要少至半元一个，不是寻常的贫民可以尝到的东西。

玫瑰葡萄——玫瑰葡萄出产在烟台，因味道带着一股玫瑰香气，所以叫做玫瑰葡萄。颜色是紫得十分鲜艳，每一枝上，结着如坠珠般的数十个葡萄，十分可爱，果皮是异常的柔薄，吃在口内，一些不夹杂着酸味，只觉得一阵玫瑰香味，直透脑门，又甜如蜜糖，比较了美国运来的洋葡萄，胜过百倍。在烟台一带的山地，种植玫瑰葡萄的人，不知多少，因此出产也多，国产葡萄酒和葡萄汁的原料，很多是从烟台采办，凡是用玫瑰葡萄做原料所制的葡萄酒和汁，比了在河南省出产的葡萄做原料的，滋味的相差，不可以道里计了。

烟台苹果——烟台除了葡萄之外，还出产苹果，在南方不论哪一处水果店中，总可以看到烟台苹果的市招，自然也是一种出名的产物了。颜色比了金山的苹果清而好看，滋味也甜而清香，不似金山苹果般的酸涩。

（《食品界》1934 年第 12 期）

江北吃的大观

何京寿

人同机器一样，机器不加油，就会陷于停滞的状态，不能行动了；人不吃饭，也就不能生存。所以吃在人生上，要算最重要的一事。但是“吃”，各人有各人的嗜好，各地有各地的特味。我现在将我生于斯长于斯的江北之吃，来叙述一下，且为简明起见，分普通与特别两类。“普通”包括着一日三餐，以及各季的食品；“特别”则包括请客、婚丧事的吃。

普　通

一日三餐

早上，商店居家，都吃粥。粥又可分为两种，一是白米粥，二是元麦磨成的粉粥，米虽用，但很少，所以比白粥经济，普通人家，以此种为最普遍。其馀还有粟米粥、高粱粥，不过吃这一种的人，大概是穷得不堪人的人家。烧饼也很普通，形式和上海的蟹壳黄差不多，但要比它大两倍，价格只有两个铜元，而一般年老的人还叹息地说：“从前一个铜元可买三个，馀下一钱，还可买一包咸生姜呢。”方饼，上面有芝麻而内层没有咸与油。打饼，在平底的锅子里烘的，切成一块块的斜角形。这都是早餐的副食品。油炸桧、麻团、圆子，这比较是上等了。再上一等，就是面、包子和饺子。早市最为热闹，时间也最长，从四更天起，供给瘾君子吃的麻团，首先上市，一直到十二点钟，富翁少爷起来吃点心止，都是早茶的时间。

吃中饭，普通总在两点钟左右，店家以初二、十六吃大荤，初八、念四为吃小荤，平常总是一点平淡的菜蔬而已。所吃的米，大都是陈米，因为陈米的涨性足，很耐吃，不过吃惯新米的人吃陈米，就嗅到一种异样的气味了。在米价高至二十元左右的时候，当地就是中等以上的人家，也都用粟米麦以及豌豆混合起来吃。

夜饭在江北，并不像上海人吃干饭，他们同早上一样的吃粥。肴菜是本地所做成，萝卜干、咸瓜子、臭豆腐等，考究一点的，买两只麻雀，或是切点牛肉与咸肉，时间总在八九点钟。

时节食品

现在从过年谈起，好几处地方是吃馒头的，馒头在年以前就做好，是特地请人到家里来做的。馒头做得白不白，大不大，多可预卜来年的运气。做的数目很多，一直吃到二三月里，还有同时做的白面糕、黄面糕，那直要吃到六七月。过年的菜，都是陈年做好的，新年中可一切不必烦神。新正、十三看高灯，吃圆子，（编者按：无怪江北时调有“小妹子去看花灯”。）十八落灯，吃面。“高灯圆子落灯糕，今年吃过望来年”，这真是写实的俗谚。

清明有一种特别吃品，柳摊叶烧饼，据说有清神明目的功用，当然这也是胡闹。清明节的前后，以吃饼食为最盛行，里面包青菜与肉，或用虾米豆腐，的确很可口。薄荷饼也很盛行，再后还有茄饼，中秋的藕饼，做法都是一样。

端午节和他处一样，都吃吊屈原的粽子。黄鱼在江北，只有这一时流行，所以端午节，无论哪一家，总要买条黄鱼的。中秋节也是吃驱元立明的月饼。（编者按：月饼为刘伯温发明，系将起事计划藏诸内，秘密命令革命诸人起事。）另有一种涨烧饼，整块的摆在锅里做的，其实并没有什么好吃。

重阳佳节，早上吃重阳糕，夜间吃重阳酒，这是工人做夜作，和有闲阶级不吃晚茶的一条鸿沟，俗语说：“吃过重阳糕，晚茶就要抛；吃过重阳酒，夜作不离手。”因为此后日短夜长了。

腊八有腊八粥，富人家，粥里有果子、莲子，配合成的十样景，其实普通人家的腊八粥，连盐、米、油、菜、番薯、芋头、萝卜算在一起，倒也是次等的十样景呢。

一直到年底，做馒头的时节到了，“雪花儿飘飘，馒头儿烧烧”，此情此景，直最堪人玩味。

特　别

请客

请客可分为早茶与中饭两种。

请吃早茶，大都是很熟悉的亲戚朋友，久别重逢，早上到吃食馆子里，顺便谈谈；或者因为有事，请人说话，在馆子里，很舒适地可把一件事解决下来。私塾学生，当送他的子弟入学以前，必定要请先生吃一次早茶，这时可以重重地拜托先生，同时并可以决定读什么书。馆子里的东西，有包子、饺子、鸡面、长鱼面、炒菜等等。至于一个人跑到馆子里去吃一顿，在江北简直是没有这回事。

请吃中饭，普通的是八大碗，次之是六碗，四盆子那是请乡下粗大汉吃的，不过四盆比六碗还要来得实惠。六碗是个敷衍账，开头的一碗也是所谓最拿魂的一碗肉，下面至少要衬大半的萝卜或芋头，菠菜绿豆饼也照样算一碗。比八大碗上一等的有六八四，就是六碗八盘四个碟子；再上一等的，那么就是六八四中再加一只八宝鸭子。“做菜容易请客难”，客人大都是姗姗来迟的，午时洁樽候酌，偏偏要到二三点钟才到，不过主人也未必能遵守请帖上所书的时间，久而久之，这就养成了我国一种普遍的最可恶的“不守时”的恶习惯了！

婚丧事的吃

婚事，早上来恭喜的，请吃圆子，假如收了人家的礼，那么过后就得请一次客。

丧事在头七前几天，凡是亲戚，或要好的朋友，或是来磕过头的，得请一次“知客酒”，不过，这只有富家才可以做到。请到“知客酒”，一定是很讲排场的。头七吃面，普通台子上只有一碗生姜，考究的有六盘。过后，还有一次“谢客酒”，当然，这要看交情的深浅和送礼的多少了。六七去作吊的，是当天请吃中饭。这几种酒，大都是六碗或六碗八。

（《食品界》1934 年第 10 期）

不堪回想的沭阳饮食

张瘦鹤

“都市酒肉臭，沭阳粗面少。树叶与豆浆，视同希世宝。”

提起沭阳，我脑海里便幻想出一荒凉的衰颓的地方影像来。沭阳是江北一个苦瘠而又是土匪区域里的小县，地方贫寒，人民野悍。我曾在那里住过两月，对于当地的风俗民情，略知一二，现在，我单谈他们的饮食。

在江北，一过了两淮，便没有稻田了，所以沭阳的人民的主要食品就是面。面的制法很多，日常是糟面卷子、切面条和面疙瘩数种。他们不爱吃米饭，嫌煮米饭费事，又说米饭吃不饱。其实在我们看来，煮米饭要比制面饭来得省事，至于吃米饭不饱，倒是真情。因为我们惯吃米者而一旦吃他们的面食，吃时虽觉香美，可是吃不多少，腹中便胀得不舒适，不得不辍箸了。这完全是习惯的原因，但我们也可看出南北人性质的不同来。

他们一日只进两餐，上午十时左右与下午四时左右两次。有钱的人家，往往在十二时后，略进食物，谓之点心（他们谓之赏点心，意指日中时之点心）；晚八九时，略进食物，谓之夜点心。名为两餐，实则四顿。

那里所谓富人，只可说是不虞冻馁的人罢了，穷人倒充满了沭阳的县市和乡间，很多人家穷得连面都吃不起，吃些高粱粉、包谷、马铃薯和各种的粗杂粮，粗粝得不能下咽，他们惯了，颇觉津津有味。最可怜的，是我目睹的一某姓的穷家庭，他们竟以豆浆、树叶为食，豆浆并非豆腐浆，而是一种做粉条滤下来的汤水，酸味比镇江原坛的滴醋还厉害，臭比双刀牌臭药水更加甚，不要说是吃吧，旁人闻闻也恶心，但是他们没有办法，却当它蜜汁般地爱护！这种情况，实在太惨了。救济农村声浪，喊得声透青云，这般衮衮诸公，知道这种情形么？连梦也没有做过。

可是走进绅董的家里，情形便大不然了，一样有珍美馐肴馔，醇厚的旨酒，款待宾客。他们面食做得真精细之极，花式真繁多之极，样样都好吃。最使我不能忘掉的，要算玉黍面摊薄饼，制得精美绝伦，吃到嘴里，几不知其为玉黍面。

沭阳著名土产，第一要算高粮酒，苏北地方，除去阳河大曲以外，就要算沭阳产为最佳。当地人都爱喝酒，而且酒量也十分豪大。外路客人到了，原泡决不能尝，只可吃吃花酒，因为酒力太猛，所谓花酒那是渗水的酒。

（《食品界》1934 年第 11 期）

江北谈吃

剑　鸣

在束发受书的时代，就尝到远别故乡的滋味，随着老父，由皖西桐城迁居到淮东阜宁，再二年，由阜宁又客居到盐城、东台以及兴化，“客久便为家”，我承认江右各地，是我第二故乡。值得我们回忆的便是盐、阜、兴三邑，肴菜与酒，大概是到过以上三处的人们，必然可以证明我以下所写的几样，是实地风光。

小狗腿爱为释手

朋友，你不要误会这小狗腿是人家豢养的狗腿，却是田野中捉来的野兔腿儿，这可算是真正的野味一种，在阜宁的镇市上到处有得售卖的。不过，售卖小狗腿者，并不是菜馆饭店里，却是专门贩卖的小贩，用红釉五香以三伏秋油蒸制出来，安放在一只小木桶中，掮到街头巷尾去售卖，他们并不像上海的一般小贩，在力竭声嘶地狂喊，只利用两片竹板，“薄，薄，薄……薄薄，亦薄薄……”不断地敲着，人们便知道卖小狗腿的来了。他们所卖的，更不一定完全是兔子腿儿，大凡兔子身上所可吃的地方，皆得分配均匀，四枚一块，任凭你择选。在民十二年的春间，曾一度任江苏省长的韩国钧，到阜宁邑益林镇去调查出产事业，他的侍从，偶然以小狗腿相进，他竟诧为生平未遇的美味，在返回海陵的时候，特地聘请一个烧煮小狗腿的专家，带回家去，常年弄给他吃，这倒可算吃小狗腿的一段佳话呢。

蟹黄羹美味无穷

在上海，到九秋菊盛的时节，不约而同的洋澄湖大蟹的旗招，遍布于各马路之旁，而买蟹的人们，在未买之前，又必再三询问，详细检查，所要买的是否是洋澄湖的出产。但我敢说，这是无补于实际的，洋澄的大蟹，除肥大而外，实在没有其他的好处可言。在盐阜两邑之间，中多水潴，尾闾导水入海的叫做射湖，长约二百馀里，所产的蟹，大半是青甲白肚，皮壳极薄，牝者皆是双黄，或者三黄，其轮廓虽没有洋澄湖伟大，但味极肥美。在九月间，我们到菜馆中去叫一盆蟹黄羹，可以供四个人狂啖。所谓蟹黄并不像浇头般做做样儿，他们却能名副其实，一盆上桌，黄光灿烂，一些也不掺假，蟹黄的下面，只多垫四分之一的鱼翅，或海参，用鸡汁煨润，鲜肥醇馥，无以复佳。已故《中国晚报》主任沈卓吾，曾对人云："日啖蟹黄两大碗，一生愿作阜宁人。"并非过甚其词，实在是肺腑之言，有李隐公癖的人们，阜宁不可不到。

（《时报》1934 年 1 月 19 日号外"饮食特刊"）

靠鱼面饼

这种东西，是盐城的杜制佳品，但只有二、三、四三个月，在市面售卖，过了四月，就没有了。靠鱼，亦名杀子鱼，人们因为这个"杀"字难听，便将它呼做得胜鱼，形状与上海的小靠子鱼是相同的，不过是盐城海边所出的，骨头与刺皆是特别松软的，所以吃靠鱼饼的人们，一概是连骨刺咀嚼的。至于靠鱼饼的出卖处，并不在出名的几家菜馆，却是一间小门面的酒菜馆里，专门售卖。制法是将刚出水的小靠子鱼（靠子鱼出水便死，如经六小时以后，即腐馁不鲜），去头及肚肠，用水洗净，浸在原秋酱油中，另以极细麦面调作薄糊，用一只腰子形的有柄铜盆，先置面湖，再放靠鱼，然后用面糊封头，在荤素油的锅中炸熟，佐以滴醋，其味之美，不可形容。而价值又非常之廉，每一块，只售三十文（现在听说已涨至五十），如果吃四五块，已经满足，确是平民化上等的小菜儿。

春韭蛤蜊

在春天应时的鲜美小菜，盐城是很多的，春韭蛤蜊，尤其是应时品中最重要之一种。大概在杏花蓓蕾的时候，海滨民众，便将挖出来的鲜蛤蜊，车载担挑，到城里来售卖，这时刚才萌芽的春韭，也正做席上之珍。菜馆里卖春韭蛤蜊，获利并不丰富，有时遇到老顾客，还得赔本，因为春韭的价值昂贵到极点，蛤蜊的代价亦较平时高出三倍以上，一盆上桌，至少须三斤蛤蜊、半斤春韭、四两地栗，更杂以金针、木耳、香菌之类，他们的订价，不过一千铜钱里外。上海人吃蛤蜊，可谓笨极，而不合乎逻辑，大都连壳煨汤。可是盐阜的菜馆中，炒这一只菜的时候，皆是用刀将蛤蜊劈开，取出生肉及汁，下锅煎炒，其鲜美的程度，实能超过平常一切的煎炒品。不过这一吊大钱的数目，在上海是渺乎其小，充其量四毛小洋而已矣。在盐城，一个小资产阶级的人们，到菜馆里去，都舍不得享受这只小菜，否则，便有人指他每菜千钱，过于浪费呢。所以，春韭蛤蜊，无形中就会成贵族化的小菜了。

荠菜春卷

我们时常感觉到上海的荠菜味淡不鲜，这个缘故，就是上海所出的，皆是人家专门种植出来的，已经失掉它的原来美味。盐阜两邑的荠菜，皆是取诸田野中，并不专门种植，在腊尽春来的时候，农村里的小儿女，便应合街市上的需要，终日在南阡北陌，寻觅荠菜儿，换取昂贵的代价，大概每一斤至少售得三四百文。菜馆里买到荠菜之后，洗净切碎，拌以鸡丁、香肠，少夹些冬菰、木耳，用面皮包叠裹卷，在纯净麻油中炸透，色、香、味三者俱佳，要是拿专门考究外表的上海春卷来比，那真是相差霄壤咧。

（《时报》1934 年 1 月 26 日号外“饮食特刊”）

油炸的叫哥哥

也许是这一种吃法，太野蛮一些吧，然而，“俗则不怪”。淮东各邑的乡村中，到了三伏的炎天，为着保护瓜豆的嫩苗起见，成群结队地到田中去捉叫哥哥，因为叫哥哥是损害幼苗的蟊贼。在以前捉来的盈千累万的叫哥哥，大都是供圈中的猪猡大嚼一顿。到后来，捉的人渐渐地没有从前那样起劲了。东沟镇有一个绅士姓常，忽然出代价到乡间来买叫哥哥，据说，将叫哥哥的头爪剪去，在油里炸熟，拌以伏秋及麻油，酥香可口，是下酒的妙品。乡间人起初不敢吃，后来小试其端，如法炮制，果然是别饶风味。此风一开，吃叫哥哥者，日多一日。尤其在水灾之后的次年夏间，他们吃叫哥哥的机会到了，因为水灾之后，有许多大鱼穿了很多的鱼子在田间，未及孵化，水已退去，到次年经暴烈的日光一晒，鱼子就起了化学作用，一方面变成蝗螨，一方面变成叫哥哥了。民国十四夏间，我在一个乡间佃户的家中，很啖过几顿，的确名不虚传。

人头不及鱼脑

有钱的人们，真会想得出来吃，天上飞的，地下走的，河里游的，只要能吃，无不一一从而吃之。淮东的大汉全席，不常有，惟当喜丧大典的时候，资产阶级为着装脸面，必然有大汉全席的设备，一席的代价，在三百至五百元之间（按内地的食料新鲜，价钱极贱，如果在上海恐非千元不办），所有的小菜，共分八大、八小、八蒸、八烤、八煨、八炒、八冷、八燥，总计六十四道菜，外加五道点心。这些小菜的当中，有一盆红烧的鲫鱼脑，可谓穷极奢侈。将肥美的鲫鱼头脑，用刀劈开，挖出脑汁，集腋成裘，一盆凑满，至少需得一担左右。还记得已故的奉系将领杨宇霆在清江时候，某镇守使为着奉迎上司，预备大汉全席，通令召集运河里的渔夫，限令两小时，捕取肥大鲫鱼五百斤，结果只送到一百十斤，这位镇守使，不问青红皂白，拉来两个渔夫的首领，执行枪决，所以到现在，还有“人头不及鱼脑贵”的话柄呢。

娃娃要披绿袄

特别的小菜，便得有特别的名号，读者瞧到以上这个名词，怕不移想到“猪八戒偷吃人参果”的那一出上面去么？“娃娃”是小孩的别名，吃小孩而称鲜美绝伦，岂非惨无人道。然而不然，所谓娃娃披绿袄，实在就是荷叶清蒸肉圆而已矣。这一项小菜，在盐城的各镇市上最盛行，以猪的后臀剁成肉酱，用荷叶一只一只像粽子般地扎好，安放在尺许高圆的小竹笼上，用文火蒸熟，不油不腻，又香参爽，是夏季菜肴中绝唱的食品。上海的酒菜馆虽多，只有杭州饭庄弄得还不含糊。

甲鱼居然带枷

在十五年前，兴化以北盛行这种残忍的吃法，自从发明家圆空和尚，果报式的被火焚毙之后，一般人恐怕做圆空的第二，便不敢吃了。圆空和尚是一个专门考究吃的馋僧，他吃甲鱼，与众不同，将锅盖上钻一个酒杯口大小的圆洞，一只活甲鱼买来，将头套在锅盖的圆洞里，盖上锅，锅里放满了豆油，用火烧了起来，甲鱼被热油烫得难熬，势必张开嘴来，和尚乘它张嘴的机会，就将料理从它的口中灌下去，待到甲鱼被油炸熟，料理已经深入它的骨缝里层，吃起来，堪称绝味。不料在这种吃法风行之后，这位圆空大师的乌枫庵，深夜起火，圆空宿在楼上，因为楼梯烧断，不得下楼，就将头伸出一个圆形的窗孔，大声求救，救火的人们，一齐将水龙管子对准他喷射，仿佛是甲鱼枷在锅盖上灌料理的一般情景，但他终于皮焦骨烂，“一佛升天”了。要谈果报，那是迷信，不过从人道方面着想，这种吃法，委实有些不应该啊！

（《时报》1934 年 2 月 2 日号外“饮食特刊”）

吃在扬州

弃　疾

俗语说:“着在苏州，吃在扬州，游在杭州，死在徽州。”的确，扬州人吃是很讲究的，尤其扬州的点心最为著名。

扬州的茶馆最多，茶馆里就有精美的点心，所以外方人初到扬州，有两件重要的事，第一上茶馆吃茶，第二游瘦西湖。其实在我们扬州人看来，瘦西湖所以会名闻遐迩，博得各方游客的赞美，除了清幽的风景之外，无疑的，隽美的扬州点心的妙味，也自有其吸引的效能。

扬州茶馆，不仅遍列在热闹的教场等处，即是瘦西湖畔、隋堤上，也开设着好几所，“绿杨邨”更是其中最著名的一所。当你游罢倦归的时候，走过“绿杨邨”，去饱餐一顿，尽兴而归，是如何的愉快啊!

再谈茶食店、饺面店、饭菜馆，等等，在布满大街小巷，几于触目皆是。茶食店中，在端午节前卖绿豆糕，过了夏季，又是中秋月饼，过此便接卖年糕了，一年四季都有不少应时的妙品。饺面店夏至前卖春卷，夏至后是端午粽，端午后即售开花猪油白糖馒头。饭菜馆的应时鲜食，更多得不胜枚举，如春季煮刀鱼、烧鮰鱼，夏季清蒸鲥鱼、红烧黄鱼，秋季螃蟹、大肉圆，冬季野雉烧猪肉……还有种种应时的鲜食，真多得很，写不完。

这里，又得作无病的呻吟了。这年头我觉得天老爷太不公平，否则扬州人同样生有一张会吃的嘴，却又为甚么有的天天上茶馆、菜馆，而有的却连得喝薄粥、吃山芋干也难求一饱呢？

扬州人大概从前太会享福，太会吃喝了吧，所以到了现在，就见“物极必反”，很多人便见面有菜色，再没那样口福的享受了。

（《海报》1942年5月12日）

扬州人的吃

报　人

虽然“吃在广州”，其实扬州菜，扬州点心，也自有它的相当好处的。扬州人对于吃也非常考究，先拿“茶”来说吧，扬州人吃的茶，大概是杭州龙井、安徽魁针，以及扬州本地出产的珠兰，这三种茶叶拌在一堆，放到火上去烤，火是柴上面加花的，那么这三种茶拌在一堆烤起来的茶叶，泡出茶来，可以说是色香味俱全了，龙井是色，魁针是味，珠兰是香。扬州点心分粗细两种，粗点心如肉包子之流，以富春园的最出名，该园有个张师傅，手艺高明；至于说细点心，砖街上余麻子家点心，都是酒席上用的，平常去买的人很少，因为价钱很贵，如酥合、枣泥苹果、豆沙佛手等等。

讲起扬州的烧饼，有名的只有左卫街陈小四子一家。他家的烧饼是别创一格，与别人家的做法不同，别人大都同黄桥烧饼一样，他家的烧饼是放在铁盘上烤的，两面都非常清洁，不像黄桥烧饼是贴在炉子里面去烤，不甚干净，而且有一面烤焦了不好吃。

陈小四子今年已有五十几岁，他脾气很怪，做烧饼的秘法传侄子不传儿子。他有三个儿子，大儿子前在清华大学读书，现在日本留学，二儿子在沪江大学读书，三儿子也是在大学读书，三个儿子的教育费，都是靠着陈小四子做烧饼赚来的钱，由这一点看起来，已经是够希罕的了。

扬州菜馆不大卖酒席的，都是随意小吃，顶多如六大六小，八大八小，叫做大便饭与小便饭。可是，你别误会为“大便”或“小便”的饭，那却糟了。还有扬州的红烧狮子头，很著名。狮子头做法很难，第一肋肉同肥肉合渗了以后，成分是不同的；第二斩肉的时候，有着一定的刀数，肥肉应当斩几刀，肋肉应当斩几刀；第三放面的时候配合要均匀，多了就会吸在一起，少了又会散开来；火工也非常的紧要，到了相当时候就要拿起来，大概做一锅狮子头的时间，要四十分钟，

因为南京新开了一家卖扬州菜点的瘦西湖食堂，因而联想到扬州吃的种种，写了这么一篇。

（《星华》1936 年第 1 卷第 9 期）

高邮蛋

冠　英

"卖高邮蛋！"最近一两个月来，在街头巷尾，时常听到这种清锐的叫卖声，内中有妇人，有小孩，有壮年小伙子，有龙锺老太婆，他们手中都提着一篮白色的鲜洁的鸭蛋，沿街嘶唤着。从他们身上的衣裳，和土头土脑的模样儿看来，无疑的是才由农村跑出来的。近年来，农村经济破产，使他们不能安居生活，齐大伙儿带着这惟一的土产品——鸭蛋——来自都市中求售、糊口，这情形也够可怜了。

平时在店铺里和摊贩上，非十个子以至于十一二个子买不到一只的高邮蛋，现在从他们手中，七八个子就可以买到。这固然是他们的纯朴天真，不晓得欺骗抬价，但在这百物落价的时候，他们怎能不贬低价格出售？实在，七八子儿一个真吃得过，剖开来，里面鲜黄油润的颜色，使人可爱，品味的优美，的确非别处出产的所可比拟。在这夏天晚间，浴罢纳凉，以之佐食绿豆粥，真是别饶风味呢。

高邮是苏北的一县，城沿运河，河西便是一片汪洋的高宝湖，地土肥沃，湖滨一带的居民，多以养鸭为业，千百成群。因为鱼虾等供给采取的充分和便利，所以产下来的蛋，肥美异常。最著名的尚有一种双黄蛋，比寻常蛋要大，内面蛋黄有普通两个大小，是两只蛋并在一道产下来的。作者昔年负笈淮阴时，道经高邮，船泊码头，即有许多乡妇上船兜售，曾一尝双黄蛋，色鲜味美，殊胜寻常，至今犹令人回忆呢。

（《申报》1934 年 8 月 25 日）

高邮咸蛋

周　贤

高邮咸蛋，是很驰名的佐酒佐粥品。咸蛋，本是极普通的一种东西，凡是有鸭子的所在，几乎都有咸蛋的腌制。不过高邮咸蛋，却自有胜于别处所产咸蛋之处的，因为高邮咸蛋不只其形体较他处所产之咸蛋为大，就是其蛋白之嫩，蛋黄之富有油质，均非他处所产者所可比拟，尤其咸而不苦不涩，鲜美而不含蛋腥气，更非他处所产者可及。

高邮咸蛋之所以能具有这样的优良之点，一方面，果然是因为高邮鸭的品种之佳，因为高邮鸭，普通每尾之重量，总在四斤至六斤之间，也有重至七斤以上的。在一般农人的家庭中，大率均以豢鸭为一种重要的副业。每一家庭都有一人专司豢鸭之职的，常以一叶扁舟，放鸭于芦苇丛中，觅食鱼虾，所以所产之蛋，较为巨大而优美。同时在别一方面，因高邮所产咸蛋用的黄泥，据说也是比了别处所产的黄泥，较多碱性，所以能使所腌成的咸蛋，蛋白嫩而蛋黄多油。

但是因交通不便，所以真正的高邮咸蛋，运沪销售的，并不怎么多，大半都在镇扬一带发售的。因为加上了高贵的水脚运沪，虽能获得善价，然而获利之厚，正与销售于镇扬各地的不相上下呢。

（《紫罗兰》1945 年第 14 期）

南京生活（节录）

倪锡英

至于南京本地人的生活，他们却是非常引为舒适的，早晨爬起身，便上茶社，这茶社却与苏州一带专卖清茶的不同，里面备有各色点心，简直便是一家点心店，而南京本地人，当他们约朋友去吃点心的时候，总是说："喝早茶去！"

这些点心店在夫子庙一带最多，大半都是扬州人开的，因此那招牌上总是写着"维扬细点"等字样，想来这喝早茶的风气，也不是南京人固有的习惯，说不定还是从扬州传来的。那些茶社的场面都很大，每处能容好几百人，早上八九点钟时，食客便络续而来，四方桌上全都坐满了，一阵香烟缭绕，热气氤腾，弥漫了全室。食客们来喝早茶的目的，一面固是充饥，一面也是专为讨论什么问题而来的，就是没有问题的人，也喜欢找几件可资谈笑的事情来大谈特谈，因此整个茶社的内部便哄哄然了。茶房们在人丛里似穿梭的鲫鱼，托着点心盘来来往往，额上淌着大汗，因为食客太多，而点心是要经过客人点定了再做的，厨房又这么小，产不出大量的点心来，于是便供不应求，一桌客人坐下去，起码要等上个把钟头才看见把点心送来，而食客们的肚子却早已饿瘪了。

在许多茶社中，以"大禄"和"六朝居"最有名。除了扬州帮的茶社以外，还有广东帮的点心店，在南京也是极多的，其数量还超出于扬州帮以上。近来吃广东点心的人要比进扬州茶社的人普遍，其原因是因为广东点心店正和扬州茶社相反，很安静而迅捷，吃来没有扬州馆那样费工夫。

南京还有一种特式的小吃店，叫做宵夜馆，几乎全是回教徒开的。是一种惠而不费的小吃店，食品的种类很多，大半是甜食，著名的如“五仁元宵”、“酒酿元宵”、“糖莲心”、“芋艿”、“糯米粥”之类，咸食有“五香牛肉”、“茶叶蛋”等，都是很可口的食品。南京还有几种著名的特产，便是板鸭、花生米和南京豆腐干，到南京去的人，都喜欢带些回去送人。

南京著名的菜馆也很多，这因为是首都的原故，首都既是一个政治中心地，政治上的应酬当然是忙的。许多菜馆中牌子最老的，要推老万全酒栈，全城有好几家老万全，古董一点的吃客，都以上老万全为最合理。这正如买剪刀必到张小泉，而剪刀店大半都叫张小泉一样。其实老万全的菜不一定有胜人处，而老万全的酒，却是比他家香冽，这或许是老万全的所以会叫响的缘故。除了老万全以外，中菜馆中以设备及菜肴见胜的，还有金陵春、海洞春等家，徽馆中世界饭店，川馆中有蜀峡饭店、浣花川菜馆，广东菜也已成为南京一般人所嗜好，著名的粤菜馆有安乐酒店和广州酒家等家，都是极出名的。至于西菜，以励志社青年会及中央饭店最著名。

南京的菜馆虽说如此多，这不过是供给一班有闲阶级解闷逐乐的地方。要是讲到南京的吃“包饭”，却是很糟，第一是价钱贵，普通每一个月总得化到十元以上，还吃不到好菜；第二便是菜味恶劣，因为南京本地的厨司，对于烹调术是不十分高明的，做菜喜欢多放汤，结果烧碗青菜会成青菜汤，烧碗牛肉会成牛肉汤，味儿解淡了，便不堪下咽。所以在南京，除非要上馆子才能吃到好菜，但一上菜馆，价钱便非常贵，如果把房租和饭食合算起来，南京的生活程度比上海还要高得多，在上海化了钱还能得到舒服，而在南京，却是化了钱得不着舒服。

（《南京》，倪锡英著，中华书局 1936 年 8 月初版）

旅京必读：首都的“吃”

本刊记者

首都在昔隶于扬州府治，其烹饪的方法，当然师承扬州，远不如苏州之吃，小巧玲珑，喜欢用糖。其调羹制味，大都酱油盐醋等为日常必需之物，味多厚浓，故红烧蹄子、红烧大肉、醋溜黄鱼、小炒穿汤等，均属质重味鲜，实非他处人士所能一尝鼎脔。家庭中之一日三餐，各自不同，大抵清晨均以点心果腹，普遍者烧饼数块，或馒头数个。一般人正午都食煮饭，早晚则为炒饭，馔食多为应时菜蔬，荤素相参。普通宴会，均由家庭办菜，小康以上者，多请厨师制办，鲜有上馆子者，此为普通的现象。至若贫富之吃，贵贱悬殊，贫者多于拂晓时，往豆腐店购买原汁豆腐浆，和以白糖，味殊醇厚，价廉物美，趋者若骛，亦有仅以油条数根，即可果腹。

大锅杂碎、肉圆菜汤等，亦非富有者所乐享受，杂碎之中，举凡牛马驴子之肺腑心肝，色色均全，肉圆则亦不尽猪肉，和以蔬菜，加以油盐，均以大锅煮熬。业此者，多有一定地点，在昔秦淮河畔，棚户鳞比，多售此物，其顾主均为黄包车夫、苦力同志，以铜元三枚，可满购一大碗，再泡陈硬烧饼油条，或稀粥数碗、萝卜两片，即可饱餐一顿。富有者，穷奢极欲，各不相同，所谓“朱门一席费，窭人百日粮”，其他有闲阶级又自不同。更有所谓上馆子者，大都在正午或黄昏时候，齐集酒楼菜馆，或高朋满座，或三两对酌，亦有一二角之时菜，味亦不恶。略一考较，则鱼翅（近多以海赤马代）海参，整鸭整鸡，上酒席场面者，起码自拾元左右起至三十元左右止，其较华美者，更无定价。因荤菜价值过昂，故蔬菜日来乃有起而代之的趋势，此亦菜食之一个转变也。

奠都前，菜馆多高挂“淮扬菜馆”招牌，其后乃渐有浙绍之侵入。奠都后，大餐馆应运而生，同时复因京都旅人复杂，复有粤菜、川菜、山东、陕西、山西等菜馆，风起云涌，苏州之纤细，北方之广博，均无不包罗。更有投机者，雇用女招待，生涯颇为不恶。就地而论，以夫子庙、太平路、中山路一带为其总汇，望衡对宇，铁锅刀勺之声相杂，觥筹呼喝之声交错。究其中，川菜以皇后、撷英等稍佳，浙绍馆则老万全、六华春最著，粤菜馆则以广州酒家为佳。至规模较大者，如中央饭店、安乐酒店、世界饭店，则各式均备，惟中央以川菜较佳，安乐以粤菜为著，其他如陕西等，则均规模狭小，宜于二三知己，低徊浅酌而已。维扬馆则已如秋扇之捐，与陕菜馆同一命运矣。

点心有晨昏之分，午之点心，则有糖粥、糖藕、糖芋、山芋、油炸千层饼、糯米粽子等，纤细小巧，各有风味，均不亚于苏州食物也。据记者所知，菜馆虽多，而教育人士之宴会，都喜在老万全、六华春；大宴会如婚丧之举，都在中央饭店、安乐酒家等处，习惯相沿，莫知其然。至于本地风光及著名之物，与为各商店之专美者，则有南捕厅之豆腐脑，殷高巷三鑫楼及市隐园之烧饼，桃叶渡万年青之绍酒，贵人坊清和园之干丝，坊口转复兴之南京板鸭，夫子庙魁星之镇江肴蹄，他如金钰兴熏牛肉、万成轩牛肉面，均相伯仲。惟金钰兴近来因其茶房小账任意需索，对客傲慢，一般老主顾，均对之裹足，影响营业不少。此外复有雨花路马祥兴鸡酥等，均藉藉有名。早几年时，已故行政院长谭延闿，偶游雨花台回城，至马祥兴小酌，对所作馔，甚为赞美，此后每星期即一光顾。近来政府人员，每值假日，亦均往小酌，故生涯蒸蒸日上，则亦由破坏之房屋，改为整齐的门面了。

（《新生活周刊》1935 年第 63 期）

首都食谱

洒　支

南京为首都所在地，各省人士纷至沓来，顾人地生疏，关于食物一项，茫然无所知者实居多数，因就其美者分别述之，曰《首都食谱》，庶老饕知所问津焉。

肉　食

猪肉食法甚多，余所嗜者为白拌肉，制法甚简单，春季于肉肆中购肋上肉（俗呼肋条）一块，白煮使烂熟，然后切片，加顶好酱油与醋，与煮熟之春笋或蒌蒿同拌，味殊美，此家常风味也。屠户取精肉及肠肚、舌尾、豚蹄，入釜中，熬陈卤浸之烹之，傍晚出售，烹成之清肉曰腊肉，腊肉与肠肚等件统称之曰熟切，味极肥美，最佳者当推九儿巷口某肉肆。又火腿铺之香肚、香肠，亦脍炙人口，最佳者当推大彩霞街周益兴火腿铺。至牛羊肉，居人食者尚少，制法似不及江北之佳。

鸡　鸭

鸡鸭店随在皆有，业此者多回回人，最驰名者为恒源、韩复兴两家及其分店。鸭非南京特产，大都来自江北，畜之约三匝月，始可食。宰而去其毛，曰小晶鸭；涂酱于皮，煮之使透，曰酱鸭；火炙使皮红，曰烧鸭。但皆不如盐水鸭之肥美，盐水鸭肥美时期有二，一在初春，一在仲秋，后者适值桂花初放，故又美其名曰桂花鸭。至冬则盐渍之曰咸板鸭，或简称之曰咸鸭，有生熟两种，生者曰鸭坯，销路至可惊人，盖远近皆目为新年无上馈赠品也。惟自煮鸭坯，往往肤裂油走，肉老乏味，殊觉可惜。其实鸭店煮鸭，无他巧妙，只须将整鸭煮至一滚时，取出，浸入冷水中，再煮再浸，如是者三四次，自无裂肤走油之弊，而后用文火煮之使透，即可食，然结果有时究不及市售者之佳，异矣。烤鸭不及北京甜鸭之美，但在东牌楼宴乐春会食时，可嘱对门刘天兴鸭店代制挂炉鸭，味既可口，价亦不昂。诸鸭除水晶鸭须整个生鬻外，皆截其肫肝翅足，零鬻之，曰鸭四件。鸡只油鸡（俗呼桶子鸡）一种，冬令始有，味绝鲜，截其肫肝翅足等件，菹而鬻之，曰鸡四件，亦曰鸡杂碎，佐餐颇可口，下酒尤佳。

鱼　类

鱼类甚多，非隽品及由他方来者概从略。白色无鳞者为鮰鱼，肉肥。细身多刺者为刀鲚鱼，肉细，春令有之。扁身细鳞者为鳊鱼，肉细嫩。金鳞黑脊者为青鱼，肉尤细，四时皆有。白腹黑脊，至冬尤美者为鲫鱼。长身细鳞者为白鱼。似白鱼而较粗者为鲈鱼，则以冬鲜者也。右述诸鱼，皆宜鲜食，惟冬季白鱼、鲈鱼，有先盐渍而后熏食者，佐餐极下饭。炒鱼片家制者俱不妙，惟在各大酒馆则为拿手菜，通常用青鱼，旋来旋制，肉嫩味鲜，令人百食不厌，而以桃叶渡口老宝新之炒鱼片为尤佳。曩者贡院街问柳园即以是而驰名，今则园易主矣。

蔬　菜

初春有黄韭芽（俗呼韭黄），首夏有牙竹笋，皆隽品也。冬有白芹、雪里蕻、瓢儿菜，味绝佳，蔬圃中之特产也。年菜有所谓十样锦者，清香可口之蔬食也，无论贫富，皆以此点缀新年，制法先将十种蔬菜加顶好酱油分别切丝烹熟，而后合炒，惟配合失当，味反不调。余家十样锦，似颇可口，其材料则胡萝卜（盐渍晒干）、冬笋、臭面筋（制法详后）、白芹、黄豆芽、木耳、金针菜、生姜、酱瓜、秋油干十种也。

腐　干

豆腐干随时可食者有三，曰秋油干，曰五香干（俗呼五香臭干），曰蒲包干。以秋油干为佳，下关善制之，味淡可供品茶，故又名茶干。生豆腐干有二，一曰白豆腐干，可煎可蒸，投白豆腐干于腌菜陈盐卤中，隔宿取出，蒸食之，别有风味；一曰白页干，销路大半在茶社，剖成片，缕切之，曰干丝，浸以秋油，配以生姜、芹菜、笋尖、虾米之类，物虽微而味甚美焉。干丝制法有二，曰烫曰煮，烫干丝似较煮干丝为美，惟贡院街奎光阁、新奇芳阁、六朝居等清真茶社善制之，荤馆亦有此，特价值过昂耳。豆腐乳市售甚多，最佳者为南捕厅街全美酒栈。

点　心

点心日凡二次，晨食之，曰早点心，下午增一小餐，曰中点心，可述者不外包饺面之类。荤馆点心之佳者，有贡院西街小乐意之炒面，与夫黑廊巷庆和园、利涉桥松鹤楼、贡院街万全酒栈、长松东号、大禄茶社之肉包、肉饺。大禄茶社系扬州帮，价稍昂。教门馆点心之佳者，有道署街万成轩之牛肉面、牛肉水饺，与夫贡院街奎光阁、东牌楼宴乐春之菜包、菜饺（菜饺夏季有售），奎光阁、新奇芳阁之鸡面、羊肉面、酥烧饼亦佳。他如东牌楼陆万兴之糖煮藕，贡院街卫生斋之酒酿元宵，亦可食。

（《申报》1927 年 12 月 30 日）

南京的吃

王　人

吃在中国是最有研究了，而且各地的口味不同，虽有好坏，不过各有特长，每处均有拿手的特产。

南京小吃店特别多，这是在穷公务员的城市中，特有的现象。在各式各样的小吃店中，广东和苏州二帮最受欢迎，从大的粤菜酒家，到街道云吞大王的摊子，占着南京吃食店的大多数，苏州馆子因为价昂的关系，没有像广东馆的发达，津式与扬帮当然亦拥有一部分的吃客，川菜与大梁豫菜馆，亦有他们的家乡客，至于南京本帮，都是教门馆，名菜当然亦有。

中华门外，有一家马祥兴，虽然是老式的南京馆子，但是一向很有名。敌伪时代，“三滴水”吃出名的美人肝、英雄胆，至今仍受吃客的欢迎，而门口的汽车，亦从东洋卡车，改了 AAG 的吉普，与“使”字照牌的小轿车。

（《真报》1948 年 6 月 12 日）

吃喝玩乐在南京

赵启民

南京是西沿长江，南障雨花台，东屏锺山，北倚幕府山，四临靠山傍水，所以南京城的城墙，几乎没有一处不是曲折的。城既曲折，以致城内的街道也尽是歪七扭八。在这里雇车或指路，向来都是拿左右以替方向，莫说别处人乍来南京，就是南京人在没太阳的时候，也常会摸不清东西南北。可是你不要怕转向就不肯到南京来，南京不仅在沿革上是历当首都，而且在人生的享受上，这里也极吃喝玩乐的能事。

南京人的食物，向来以大米为主，普通人家购面的很少。面的用途，大约可以说仅限于做点心，如早点的烧饼油条，午点的包子，晚点的馄饨蛋糕，以及筵席上的饺子蒸卷等等。主食之外，此地喂养鸡鸭的很多，油鸡和板鸭虽很出名，但此地人吃它的时候却很少见，不过因为鸡鸭多，而且价格也和别的肉类相差无几，所以拿鸡鸭佐餐，并不像北方那样费难。尤其是鱼类，因为地靠长江，当然吃鱼也是非常方便。这里所缺的只是没有“炮”、“烤”、“涮”那样好吃的羊肉。羊在这里吃不着很多的草，长的个既不大，肉也总有股呕人的膻气。倒是猪肉，虽已卖到七块多钱一斤，但人们还是照样抢着买。除肉类以外，南京的豆腐确实比北京的豆腐好吃，嫩而不懈，细润得好像江南女子的皮肤。还有豆腐干切丝，此地叫做“干丝”，用肉或猪肝炒，佐以姜醋，这是在北方不易吃到的极好的下酒菜。更有一种黑灰色的豆腐干，叫臭豆腐干，街巷里常有小贩担着挑子，一头摆着碗箸，一头有个大锅在煮着满锅的臭豆腐干，许多人围在锅旁，人手一碗，一个个吃得津津有味，可是在没有吃过它的人，不要说吃，只那股气味，早已会使你闻香就马上加鞭了。水果在南京可以说是缺产，一切都是既劣且贵，惟独水产物，菱藕和荸荠等，既鲜嫩又硕大，花钱不多可以供你吃个饱。

茶在南京好像不若北京那么讲究，这里没有熏茶，只是整叶放在盖碗里生泡，按说龙井应当好，可是实际上它比不过北京，而南京人之讲究吃茶的精神，却比各地人都不在以下。这里的茶馆普称茶社，茶社差不多都带楼房，不但多而且地方也极宽广，由早至晚，那里面总是挤挤的，有闲的人，常会把整天的光阴抛掷在茶社里。等到红日已没，再由茶社转入浴堂，所以在南京有句俗语："早起皮包水，晚间水包皮。"吃茶的精神，于此也可见一斑了。茶而外，酒也是喝的一种。南京的酒，烧酒少黄酒多，黄酒也就是通称的花雕，每个大饭馆差不多都有自备的瓶酒，瓶上印着"老雕"、"二十年太雕"、"远年花雕"等字样，可是真正的老雕，怕早已被前喝者喝得精光了。好在如今的醉翁们其意多不在酒，而在借酒酬酢，互相为欢。就好像茶社里面坐的人，有些个确不为吃茶，他们的目的是在讲和彼此的误会，南京人名之曰"讲茶"，讲茶如果讲不和，常会以全武行来做结束。最近更有人利用茶社，作为操纵暗市秘密交易的场所，以致喝之一途，在南京已显然地起了一种畸形的变态。

南京好玩的地处很多，玄武湖、莫愁湖、雨花台、燕子矶等都是名闻全国的。每当夏末，荷花盛开，划只小船荡在玄武湖碧绿镜平的水面上，那种天然的风味，确非燕城内海、昆明可比，置身于此，却也可使你忘尽了战乱一切。不过，普通人们除非因为天热无法，不得不来此一讨清凉，一般的兴趣却多集中在秦淮两岸。那里有迷魂醉性的场地，歌舞女以及野鸡们的住家，找不到一颗灵魂，然而却也能把你的灵魂销沉在她们的怀里。若说南京的玩，当要以此为最盛。

据说王玉蓉就是秦淮歌女出身，现在在上海演剧的曹懋麟，也是从前秦淮河畔的名歌女。的确，这地方盛产着歌舞名姝，而且名姝们也会圈拢着肯去成千动万花钱的大爷们。

一条小小的街衢，开设着女子服装店有八九家之多，那就在秦淮的沿岸。

可是你千万不要参观秦淮河，那不但是两岸垃圾，满河的秽水，而且相离几步远，彼处有个妇人在倒马桶，此处便有位老太婆在淘米，对岸还有个女孩在那里洗衣服。她们都是破落户，不是故意来做什么点缀，而那几只“更将炮艇作兰舟”故的破画舫，都已破得比破粮船还要难看些。不过，那里也不并非完全无趣，如果你不怕臭水熏你。

……

写南京的吃喝玩乐，我只能写到吃喝玩，乐，并不是没有，夫子曰:“乐在其中矣。”可惜我还不曾进到内里。

（《国民杂志》1942 年第 2 卷第 7 期）

南京的茶馆

萍

南京人上茶馆，现在不一定是有闲阶级“早上皮包水”的一种消遣主义，而是含有一种作用，例如请托朋友的事体，接洽一种问题，打听谋事的机会，平常无谓的应酬……甚至于打架、评理都得上茶馆去泡上一碗，因而茶馆里的生意，是绝不会受到市面不景气的影响。

我们从《儒林外史》上，可以看出几百年前南京茶馆的情形。但是当时的茶馆，一种是在名胜地方，专门供给游人憩足的；一种是在荒僻的路间，专门供给行人打尖的。等到夫子庙得月台、德星聚两家茶馆成立后，热闹地方才算有了茶馆。不过这两家茶馆，并不是意在供给一般人享乐，而是供给开科时，背着书篮到南京来的考先生们欣赏秦淮景色的。我们从这两家招牌上想一想，便可明白，“得月台”是采取“近水楼台先得月”诗意，当然够吉祥；“德星聚”这三个字，更把一般考先生们恭维得好听极了。所以这时的吃茶，成为一种风雅事体，凡夫俗子，似乎不足语此哩。

科举停止以后，至民国六七年间，辟贡院为市场，除新奇芳由承恩寺迁至新市场外，六朝居、奎光阁、大进步、飞龙阁、迎水台、松鹤楼、大禄、市隐园、民众茶社、义顺……环列夫子庙一隅，于是触目皆茶馆了。

记得早几年南京的夏天，秦淮河还在热闹的时期，有几家临河的茶社，供给人们避暑，如览园、鉴园、水竹居等，多半是私家园林开放而成，眼前花石，垣外笙歌，大足消遣永昼，夜间张灯煮茗，俗称作茶灯。市隐园设棋子供人对弈，这种所在，足称为热闹场中的清凉世界。至于茶船，自一火之后今已不复存在。他如麟凤阁、飞龙阁、月宫、群乐、鸣凤等各家清唱茶社，虽曰茶社，却又醉翁之意不在酒了。

（《世界晚报》1936 年 9 月 12 日）

南京的茶点
——新都话旧录

佛　茜

南京喝茶之风，向极盛行，所谓“早上皮包水，晚间水包皮”，就是指喝茶洗澡而言，这几乎是必要的生活条件。夫子庙就是喝茶的集中地，大禄茶社号称为维扬细点的翘楚，于右任先生就是一个老主顾；新奇芳阁和六朝居是本地人喝茶最热闹的地方，吴稚晖先生是这两家的老主顾。此外金陵春、万全、海洞春、绿杨村这几家，在秦淮河，夙著盛名。金陵春有一厅堂，题曰“停艇听笛”，这里是文人集合之所，像杨天骥、高友唐都是无日不到。在甘介侯、朱朴之到南京的时候，也到大禄一连喝了多少天的茶。后来苏式细点流行到南京，有全家福等等的创设，可是这个煮干丝，就不分苏式、扬式、京式，家家都特意精制。后来逐渐蜕化而为茶室和咖啡馆，丹凤街的美的咖啡馆有四位女侍，一时颠倒了不少名士和当代闻人，从最新式汽车到老爷汽车，每天不断；夫子庙的好莱坞继续兴起，几乎作为秦淮歌女会客谈情之所。许多真正喝茶之地，逐渐变为门可罗雀，一直到鼙鼓动地，只有新奇芳阁和六朝居还是门庭如市。今日再回首南京的茶市，也不免有盛衰历尽话沧桑之感。

狄膺是什么地方都要去尝试口味的人，据他说，南京茶点最好的地方，要推中央大学旁边的一家茅草屋中的无名茶室，他们每天售三小时的茶点，过时不候，座上客有中大的男女学生，有达官名士，有贩夫走卒。吴稚晖、张乃燕、楼桐孙都常常到此，赞口不绝。蒋梦麟和陶曾穀女士在热恋的时候，也到此茶点以后，才一个到部办公，一个回家休息，暂赋离别，各自东西。

（《新都周刊》1943 年第 12 期）

南京的糖食

白　虹

走过几爿土产公司，陈列着关于南京的食品，总不外板鸭、香肚、肫肝、百合、果仁等，寥寥几种。其实京中的糖食，很有好些可口的呢，不嫌嘴馋，且介绍几种于后。不过有句话须先说明，即购办时，务必向南京城南的大茶食店，万不可偷懒，就近在下关采办，因下关没有较大的茶食店也。

浇切片，酒芝麻作的薄糖片，有生熟两种，尤以熟芝麻的香脆好吃。

水皮糖，系一种软糖，最合于童叟之口。

白果糖，类于糖果，但不粘手。

松仁玉带，松仁作的糕片，轻松适口。

椒盐烘糕，状为长方块，香脆胜于饼干。

桃片，核桃做的糕片，薄而脆。

橘糕，小块软糕，有橘香。

炒米团、炒米糕，炒米作成之团子与饼子，可久藏，亦香亦脆。

此外，南京的炒米，亦炒得特别好，松脆，且可久藏，开胃妙品。

（《时报》1934 年 1 月 26 日号外“饮食特刊”）

饺面馆

王　橘

今天，我又一个人钻进“饺面馆”，享用我自己认为丰美的晚餐。

这里是我常来的地方，而且我每次来都是独自一个人，我知道许多朋友或同事一定不喜欢在这样小的地方吃饭，与其强拉他们来，让他们弄一肚子不高兴回去，莫若自己悄悄一个人来的好。

饺面馆的字号，我始终没有注意，我只记住它是设在建康路，它的门口向南，正对着贡院西街，坐在店里可以看见许多人，想逛夫子庙的人进街口，逛完夫子庙的人出来，这许多人里面，绝少有人注意路边还有一个小饺面馆存在。

在这里吃饭，只有锅贴、馄饨、肉面、单面，没有菜，连所谓“干切”（牛肉）也没有，吃酒都是到外面去买。我是欢喜吃些酒的，每次去了，总让堂倌持瓶外出沽酒，他们往往为六两或半斤酒，跑一身汗去买，买回放在我面前，然后找个茶杯送过来，没有酒盅，就举着这茶杯喝。每个小方桌上都有一只瓷罐，装着数十双筷子，用的时候，自己像抽签似的抽出两枝筷子，便手帕揩一揩就可用，他们并不预备甚么纸片，或银托子银架子之类。

下酒物，蚕豆瓣和花生米皆可，锅贴是现成的，有时门外挑担卖驴肉，三块钱便切满一小碟子，这样吃一些饮一些，匀出时间向外看看，向屋子里隔坐人物看看，无穷滋味也就在这个时候。

这时，屋子里也许充满了人，也许六张桌子只有两张桌子有人，他们不是在满头大汗地吃面，就是用箸夹住锅贴，三分之一又三分之一地吃下去，他们或者无暇去留心四壁上的东西，我却能有东瞧西看的闲刻。

譬如墙上的镜框吧，玻璃罩着一幅刺绣的吉祥画，绣了一枝牡丹，花上伏着一只雏鸡似的鸟，后面一轮红日，最上横绣四字“金鸡独立”，用这四字来祝饺面馆开幕，合适不合适姑不去管，有趣总是有趣的。仅仅这样一个镜框，至少可以看上三四分钟，那么正好呷一口酒下去了。

墙上除了法律顾问受聘证书和营业许可证外，还有旧的标语，新的标语，钉在对联旁边，又伴着卖药广告画，画着假笑的女人，戏将标语及广告上的字，和“吐痰入盂”连串在一起，真可构成一个小笑话，凭这小笑话就足资佐酒。

堂倌们都是赤背，给人的印象只有朴实，并不比穿着雪白围巾的 Boy 讨厌。他们绝不永远瞪眼望着你，随时预备过来逼问：“再添个甚么菜？”我最怕堂倌不给客人一种自由，他逼着你添菜，逼着你吃完赶紧走，饺面馆的堂倌却没有此种情形。

最好还是晚饭的辰光，隔壁旅馆的小茶役，一趟两趟跑过来，替旅客叫面叫锅贴，默默听他谈旅客与旅客间的趣事，男人与女人间的丑事，那孩子带着咒骂说得有声有色，堂倌们听着好笑，也许帮忙骂两句漠不关心的信口腔，引得面向壁吞馄饨的人也忍俊不禁。这时小茶役所要的东西煮好，由他笑嘻嘻地拿走，偶一回首，汤面险些跳出碗边——我觉得一边吃酒一边看这短剧，顶有趣不过。

铁钩子上，吊着猪肉，伙计摘下一片，切了切放在木墩上，明晃晃的两把刀，顿时舞动起来，“冬冬，扑扑扑，冬扑冬冬，扑扑冬冬……”刀剁着肉，肉在扑扑冬冬的节奏中糜烂，变成锅贴、馄饨的内容。切肉的大概都是小伙计，他剁肉时那种洋洋得意的神态，带有另一种画意，他如果发现有人在注意他的“剁之艺术”，便越像李逵一双板斧似的耍出许多花样，头上汗水滴在肉末中也不顾。

我每次闲看小伙计剁肉，总和在初冬阳光下看女人织毛线衣一样，一样会感到欣快，感到一种莫名其妙的欣快。

有时，“小开”从阁楼上下来，上衣披在肩头，启开存钱的抽屉，拿出五元红票两张，掖在衣袋里，告诉司账一声，微笑着走出去。他也许是去逛夫子庙，也许去听扬州小戏，比那些大餐馆的“小开”花头玩得小，他不会将一群舞女引回来，在自家馆子里作威作福，乱喊酒，乱要菜，乱使唤堂倌，他仅仅带十元钱在身上，如此“小开”之如此小开销，也可归入“小趣味”之列。

坐在饺面馆里向外看，傍晚的街景，比白昼更为热闹，往往由熙熙攘攘人群中，钻出一个黄包车夫，到饺面馆灶台旁边，先打听价钱，然后要一碗单面吃，面煮成很烫，他吃得很急，于是，汗流如雨，一碗面顷刻即光，付过钱，用大毛巾揩着前后左右的汗，转身就走。这一顿晚餐需时至暂，顶多不过五分钟，却是一顿真正为疗饥而吃的饭。黄包车夫吃面时的镜头，坐在福昌饭店高楼上，绝对无机会去领略吧。

还有一次，我在这儿碰见一个中年妇人（自然是穷人），没进门时先问好了面价，然后缓缓步入，从身上掏出一小块饼子，等面做好以后，就着饼一起吃，吃得很慢，像很吃力，一碗面完了，又要半碗，起初堂倌不肯，后来妇人从袜筒中将所有的钱拿出来，重新数了一数，还是不够买两碗面，堂倌也无法，只好又煮了半碗，那妇人将半碗面吃下去，汤完全喝干才走。我送她的背影出去，狠狠喝了一口酒，因为，我也是估量着自己囊中有多少钱，才敢钻进饺面馆的。

身上有很充足的钱，到大馆子去未尝不可，但要吃得舒服而心平气和，饺面馆倒不失为一个好去处。如果吃腻了大馆子的人，偶尔也走进小饺面店，一定会惊讶，居然还有这么一种味儿。

今天，我又一个人钻进饺面馆，我很高兴，一半也是因为它像些北平“大酒缸”的缘故。

（《人间味》1943 年第 2 号）

吃小馆子

露

一个朋友请客，说是去吃北门桥的饺子。他又再三申明，北门桥的饺子是南京有名的，我们似乎非去不可了。这种饺子店是清教门里的人开的，所以饺子的馅儿一概没有猪肉的。在北门桥这条大街上，此类店有好几家，样子都差不多，我想里面的货色总也差不多。

我和我的朋友踏进了一家店门。那家店门口就在做饺子，临街的一只桌子上放着几盆鱼、牛肉、鸭肫、豆腐干之类的熟菜，苍蝇在它上面做了临时的食客，也没有人关心。走进里面，就有几只桌子，有两只桌子已给人占去了，我们在靠近外口的一只桌子上坐下来。我向四面一看，四周是黑漆漆的，没有一些亮光，也没有好的空气，屋檐上和墙壁上厚厚灰尘，蜘蛛又在各处角上建筑了它们的网，到处的浓痰合着四面乱飞的苍蝇，真使一个讲卫生的人在里面不敢呼吸一口空气。

我面对着墙壁，这样可以使我的视线平静下来。对我的墙上贴着一张菜单，一边是一张送子图，另一边是一条字，写着“财宝进门”。一个伙计走过来，光着一个上身，肩上挂了一条抹布，问我们要什么。我是完全没有主意了，我的朋友要了一只炒鸭杂，一盆素鸡，二十只饺子，四两白干。我那位朋友是金华的乡下人，他从小习惯了这种环境，所以他当时满不在乎，使我很羡慕他。我起先可算蹩拗，但后来一想，中国人菜里苍蝇叫卫生苍蝇，中国不知有多少人在这种圈圈里打转，于是我就勇敢起来了。我喝着酒，吃着菜，觉得津津有味，我那时的自由远胜过我在一桌酒席上。我邻桌上的三个人，面前放着一小碟菜，各人面前有一包花生，一边猜拳，一边说笑，好不快活。我看着他们，真觉得他们是有福的人。

我们两个都饱饱地吃了一顿，才四毛多钱，这不够在大馆子里给一次小费，而我们所得到的随便，所看到别人痛饮大嚼的趣味，决不是在大馆子里可以找到了。所以，我想一个人要是能经历到社会上各种生活的情形，那他的一生是最有价值的了。

（《中央日报》1935 年 9 月 23 日）

鸭与瓢儿菜

卢冀野

“南京”，最容易使人联想到鸭子。有些到过南京的人认为鸭子的确具有特殊的风味，却也有人以为不如北平“填鸭”来得好。我是南京的土著，儿时读甘熙《白下琐言》和陈作霖的《炳烛里谈》，其中说到南京鸭子的制法，论其名称至少有三十种不同，而现在所存者，不过六月的“水晶鸭”，八月的“桂花鸭”，冬月的“咸板鸭”（一名吊坯鸭，和广东的腊鸭类似），以及酱鸭、盐水鸭、烧鸭、烤鸭、熏鸭七八种而已。除烧鸭宜于切丝炒炙外，其馀都可做独立的食品。

十年前，有“三兴”为鸭店之三大名作，那就是黑廊街韩复兴的盐水鸭，武定桥刘天兴的烤鸭，和沙湾濮恒兴的烧鸭。“三兴”皆在城南，所以论者以为南京之鸭，城北终不如城南。《儒林外史》上虽曾提到北门桥，提到板鸭，可是北门桥的鸭视“三兴”已有霄壤之别。鸭子的煮制，在南京各鸭店都有祖传秘法，不能告人。可是鸭子并不是本地生长的，大约每年分春末、秋初两季，鸭贩从江北把养好的鸭赶过江来，各家喂它们独有的食料，费一两月工夫后，便把外来的鸭变为“土货”了。这正如南京的人，土著的少，大都从外方到此落籍的一样，越是靠南城的，居住越久，乍来初到，总是爱居城北的。

吃鸭的手术，第一是选料，“鸭头”、“鸭臀”和“鸭四件”，最为一般人所爱好，而不善于吃者往往弃去。鸭头不独脑有味，眼有珠，就是扁嘴上一层薄薄的皮，也有味道。大概言之，鸭头是宜于下酒的。至于鸭臀，在南京有一句特别赞语，叫“松子香”，就是说吃鸭臀如吃松子一般味道，所以宜于下粥。而“鸭四件”者，指翅、臂言也，南京人取之配以“交头”，如萝卜之类，烧煮一碗，用以下饭，非其他菜肴所可及。照此看来，爱吃“鸭脊”、“鸭腿”，实际上还不知鸭味之美呢。第二，从切法去研究，鸭头应一劈两半，横截嘴部再用一刀，为切法之最简单者。“脯子”（即脊部之肉）切宜薄，腿切宜厚，在支解全鸭时，是应从腹部着手，假使先断其脊，则于鸭肉之纹理为不顺，而烹煮之火候亦因以失其标准，此又吃鸭的人所不可不知者也！第三谈姿态，吃鸭头要用手，不可用箸，而撕鸭皮用箸，有特备之箸法，就是反手用箸，轻轻地一揭，不费事而全皮脱体。这在二十年前，南京有一位侯老先生最以此著称著名的。你既选定合意的材料，按着适宜的切法切好，再应用最恰当的姿态来吃，夫然后始能充量地体会出鸭之真味。这也是南京特产的“鸭”底独有之理论与实际。倘若聪明的读者，把这吃鸭的手术推用到其他方面，也自然会称心如意，觉着其中妙不可言！

我虽在上面侈谈“鸭论”，而私心最慕是不大著名的“瓢儿菜”，或者菜味比鸭味还要真实些。说起瓢儿菜来，有人会比拟到“搭锅菜”之类，实在与其他一切菜不同，其形似瓢，故名。清初蒋虎臣先生诗云：“荒园一种瓢儿菜，占断秦淮一段春。”此菜之由来已久，于此诗可以为证。到了霜后，气候一天天的冷起来，我们的瓢儿菜却一天天的好吃起来。用一个小小的火锅儿，切几片冬笋，加一点鸭油，于是“咬得菜根，则百味不想”。（朱晦庵夫子说：“咬得菜根，则百事可做。”我平昔不大服膺这句话，一来是菜根之味，比菜叶好，何以不说菜叶；二来有饭吃已是难往，何必说菜。百事能做的，往往连饭都没有吃的，何论菜根；果有菜根可咬，未必能做百事也。）我并不提倡卫生，也不是潜心学佛，植物的味道终觉较动物（肉类）来得清甜和淡，而南京之瓢儿菜实为百菜之王，过南京者可不吃鸭，而不可不吃瓢儿菜也！

我虽是南京人，终年不在南京，尤其在现在的南京，对于我多少有些隔膜，姑以南京人的吃言之，这两大特产，有可得而言焉。至于南京人除了吃，还有可得而言者，让我慢慢去想罢！

（《谈风》1937 年第 8 期）

鸭　说

泽　铣

“忆新都，制鸭冠寰中。烂熟登盘肥甘美，加之炮烙制尤工。此间亦有呼名鸭，骨瘦如柴空打杀。”

为生活而挣扎离开了家乡的我，每饭不忘的板鸭，终因在异地不能大嚼，思想起来，好不令我垂涎三尺也！

鸭有四种，板鸭、盐水鸭、烧鸭、酱鸭，虽然是同曲异工，然而可以说是各有其味。

鸭铺的老板，多是回教人，每当宰鸭的时候，照例要请清真寺的老师到店里来，拿着牛耳的小刀，口中喁喁有词，在筐里呷呷地杂乱叫一群的鸭，刹那间已被那无情的利刀……杀了，放置在水盆里泡着，用拔毛的刀拔净一根一根的毛，把肚里的杂件一样一样的取出，鸭的杂件，有鸭肫、心、肝、膀和脚，土语叫“鸭四件”，这都是零星售卖的。

再说鸭的种类：

一、板鸭，是在十月里作的，将洗净的鸭，用多量的盐腌透，嗣以老卤浸之，用石头来压，使味入骨，越数日取出，陈列着店堂里的天花板上，有趣的土话名叫“吊鸭坯”，购之馈赠亲朋。就是到了夏天，既不会腐，也不异于原味，并且可以用来和猪肉煨汤，味极可口。至于每天店里所卖的板鸭，是将鸭坯用沸水煮一刻钟取出，凡三次即熟，其味鲜美，肉皮油润。有嗜酒癖者，以三角的价值买鸭腿一只，且饮且嚼，再佐以鸭四件红烧猪肉，那味之美，真是非笔所能形容了。

二、盐水鸭，八月里制造，又名桂花鸭，味淡而香，肉肥且嫩。倘以肉卤鸭肫，佐而食之，益觉大快朵颐，饭欲猛增。

三、烧鸭，是用火烤的，鸭皮脆酥，鸭肉稍老，须用鸭油和酱油浸而食之。其外将鸭肉撕成细丝，以鸭油、酱油、醋、酒炒白芹菜，这名叫"芹菜撩烧鸭"，也可以说是南京的特菜。

四、酱鸭，是用酱制的，味稍逊于盐水。至于鸭心、鸭肝可以炒笋片，但是要洗涤净洁，否则必有血味，那就未免美中不足了。

综上所述，鸭的制法和吃法，大概是这样的。讲到鸭铺之最老者，味之最鲜美者，要算南京的韩复兴。素嗜鸭癖的我，当写完这篇稿的时候，满口的垂涎，已经流下了。

（《食品界》1933 年第 3 期）

南京鸭

梁　公

金陵所产鸭，自来甲于海内，如水晶鸭、烧鸭、酱鸭、白拌鸭、盐水鸭、咸板鸭之类，正所谓四时各擅其味，美不胜收。

烧鸭秋后最嫩，白拌鸭清爽可口，酱鸭、水晶鸭四季均佳；盐水鸭淡而有旨，肥而不浓，以初春时为上品；咸板鸭，味清不腻，便于携远，旅客喜购之。

其制法，水晶鸭去毛浸水，生鬻诸市者；烧鸭举叉火炙，皮红不焦；酱鸭，涂酱于肤，煮使味透；熟后拆骨，碎拌酱醋者，称白拌鸭；盐水鸭，渍于盐水而煮者；鸭在冬季盐渍日久，则呼为咸板鸭。

将鸭腹中所有之件，俎而沽之，则名曰“杂碎”。

鸭行有三集中地，一在水西门外，鸭行最多，有二十馀家；一在下关，鸭行有十馀家；一在中华门外，鸭行亦有四五家。

水西门外行鸭，由上江一带，巢县、和县供给；下关行鸭，由津浦线固镇、明光、乌衣供给；而中华门外行鸭，则由湖熟赶来。

各鸭行生意均佳，最旺时日销十馀只，殊足骇人。销路偶疲，则下关行鸭，装运上海，而水西门等处行鸭，则到市上兜售，俗称“烂兜”。

（《世界晚报》1936 年 8 月 3 日）

闲话南京鸭

刘舫舟

南京的板鸭是最有名的特产，除了南京人有福气，能常常吃到这种美味外，凡是经过南京的人，也必定要购买一些带回家去，或赠送朋友。所以在火车内，轮船上，常常可以看到一个个的板鸭篓子，杂在行李堆里，把板鸭带去更远的地方。

鸭子普通用盐腌制的，叫做盐水鸭，此外还有烤鸭和酱鸭等。盐水鸭的制法，是先把鸭子浸在盐卤里，依照鸭子的老嫩，浸一夜或五六个钟头，便拿出来烘干，再用白水煮熟。烤鸭是用“糖稀”涂抹后，经火烤熟的。制酱鸭用的佐料比较多，先要在鸭皮上涂麻油与糖熬成的汁，然后再加酱油、五香、桂皮、葱、姜来煮。

鸭子的来源，以安徽的巢县、含山、无为、全椒、宣城为最多，南京附近的句容、溧水等县也有一小部分。养鸭是这些县内农民的副业，所以这种城里人的享受，使农民获得一点生活上的补助。鸭贩买到鸭后，以肥瘦分成三四等，卖给鸭行，鸭行卖给鸭店。有些鸭子收来时太瘦，鸭贩便把它们喂肥，再卖出去。

喂鸭子的食料，有麦、稻、杂粮等。有一种“细皮白肉”的肥鸭，是用蒸熟了的谷子喂养的，只有这种鸭子才能制成最好的“白油板鸭”。鸭子愈肥愈好，因此有些鸭店把鸭子买来以后，就尽量用食料来填喂，并且使鸭子只吃不动，只要几天，便成了肥鸭。

养鸭的人为了大量生产小鸭，特别用一种“火坑法”，把鸭蛋放在隔层的缸里，缸外徐徐加火烘炕，缸内温度适当时，小鸭就会脱壳而出，这样便可能得到大群的小鸭了。

南京的鸭店，有好几家都是开了几十年的，历史久，生意也很兴隆，每家每日的销量，好的时候，有数百只之多。一年中鸭店生意最好的时候是中秋、腊月，因为中秋和年节，大家都要买鸭来送礼。

板鸭既是南京的特产，所以靠着鸭业吃饭的人很多。据统计，包括鸭贩、鸭行和鸭店里的人，一并算起来，约有一万人。

南京的板鸭，正如金华火腿一样的有名，但价钱却还比火腿便宜。倘使各地农村里有池塘水沼，大可提倡饲养，实现副业生产发家的号召，着手饲养小鸭，对于农家经济的补助，实在是很有好处的。

（《农业生产》1949 年第 4 卷第 2 期）

不堪回首话月饼

艾　飞

“残暑不禁随手过，东篱又近菊花时。”

从报纸的“应时月饼”广告上，揭开秋的序幕。近来的街景，是属于中秋月饼的。

说到近年来月饼的变迁，也足够令人兴沧桑之感的了。

月饼也有派别

正如现代政治一样，月饼也分派别。提起南京本地的月饼，小而味纯，几乎有“退化”到只是历史上一个名词而已的情形。如今市上的月饼，非“广”即“苏”，并且，广东月饼的繁荣，有打倒苏式月饼，取而代之的趋势。

南京广东月饼的大本营，有冠生园、大三元和马庆康三家。以月饼阵容来说，大三元的花色多，冠生园的品质高，马庆康是走中间路线，以装潢压倒冠、大。

大三元的月饼阵容之堂皇，可称叹为观止。抄一张样品单来欣赏欣赏，计有金腿、烧鸡、鸭腿、叉烧、金钩、五仁甜、五仁咸、五仁素、枣泥、豆沙肉、豆沙素、酥皮豆沙、奶油莲蓉、蛋黄莲蓉、莲蓉素、酥皮莲蓉、奶油椰蓉、椰蓉蛋黄、蛋黄豆蓉、豆蓉肉、豆蓉素、百果……有二十三种之多。这些如同化学方程式的名词，身心不健全的人看了，简直可以变成神经衰弱症。

冠生园的，就“简化”多了，只有枣蓉、莲蓉、豆蓉、冬瓜、蛋黄豆蓉、五仁、金腿、蛋黄、五仁咸、百果、豆沙等等。

马庆康是抄袭冠、大的，并且兼做苏式月饼，装的匣子，十分精致。

至于苏式月饼（普通将扬州月饼与苏州月饼混为一谈），以采芝斋、小苏州、稻香村等数家为号召。从名目上，也可以鉴别出来，计有五仁、椒盐、夹沙、五仁豆沙、冬瓜、玫瑰、松子、枣泥、火腿等几种，别出心裁，彼此竞争得十分厉害。

此道经营不易

目前，生活惨苦，平白地卖几斤月饼尝尝味的人家，究竟是太少了。因此，做月饼生意的行家，一秋靠八月十五，全凭“成事在天”。去年的中秋，雨中度过，良宵苦雨，生意黯淡。

说到这一行经营，倒也不是容易的。如果和月饼店老板聊聊买卖情形，总是一唱三叹。这年头儿的困难不说也可以领悟的，成本贵，工资高，顾客购买力弱，造成萧杀的秋景。

但冠生园今年仍雄心勃勃，有十万月饼大计划。日来，重金聘请粤籍师父二十馀人，日夜专做月饼。在许多月饼师父中，讲地位，还让做馅子的为最高，连薪带红，一月可以收入三四百万元，其待遇，似乎部长之流，还得瞠乎其后。

广东月饼的特色，容光焕发，饼皮薄，焙烤到家，都非经过专家的手不为功，而这些“专家”，也就成为各月饼行家争聘的目标了。从老板的神情上看起来，似乎是争聘一位技术高明的师父，比大学里争聘一位名教授还不简单似的。

其实广不如苏

如果，我们拿广东月饼和苏式月饼作一比较，是很有趣的，而我的结论是，在色、香、味三者当中，广东月饼都要比苏式月饼略逊一筹的。

广东月饼，重的约有五两，普通的计重一两，气魄雄厚，外皮作健康色，望之很严重，使你仿佛看到南国海滨的武士，巍巍然有不可侵犯的神气。但是，“内容”芜杂，乱七八糟，一口咬下去，有不知何味之感。

苏式月饼，白皮起酥，小巧玲珑，就像江南姑娘似的，生有一张白中透红的脸蛋，弱不禁风的身材，妩媚雅韵。

假定说，苏式月饼是一首“杨柳岸，晓风残月”一样意境的词，那末广东月饼，就像一篇“燕赵多慷慨悲歌之士”的堂皇文章。假定说，苏式月饼的味道，像冰心女士的《春水》小诗，而广东月饼，就仿如徐志摩的散文，一连串繁复的形容词，浓得化不开。

苏式月饼，使你会联想起江南风情，一双纤手拿着月饼，竖起兰花似的小指，慢条细理的往嘴里送，而广东月饼，使你想念起茶坊的喧嚣，狼吞虎嚼。

苏式月饼是文弱而有韵致，广东月饼是粗犷而丰富。我说，广不如苏。当然，你也有苏不如广的理由。

不谈月饼身价

最好不谈月饼身价，一谈就“诗意”索然了。

去年，冠生园里最好的月饼，价格是每只一千元。当时，社会人士口诛笔伐，大有“该杀该杀”的愤慨。而一别经年之后，今年的月饼身价，又高抬几何？

广东月饼中，如奶油、椰蓉一类的，是每只一万五千元，起码的如豆沙、百果者，也要卖到一千五百元一只。苏式月饼，是以斤论的，一只纸匣里藏着四只（约一斤），起码是二万元，那种营养不良，皮黄肌瘦的，也卖到一千元一只。

我于民国二十八年进大学，当时向学校贷金读书，四年下来，连学费、膳费在内，一共贷金二千馀元。而今日，一只金腿月饼的价钱，足足可以培植当年七个大学毕业生了。

再说，抗战初期，在南京一万五千元，很可以造一幢典雅的小洋房了；在今天，只不过换得月饼一只而已。如果有人正咬下一口月饼时，一想像咬下了半幢房子，其心情又如何？

写到这里，数数已经有了二千多字，以稿费论，只够买两只月饼，心头不免沉重起来，再想写也写不下去了。

（《中央日报副刊》1947 年第 1 卷第 8 期）

镇江的美味早点

镇江人

的确，镇江的早点太多了，四面林立的茶馆酒市，差不多每个茶馆，总有面店酒肴，而且花色众多，镇江才是早点大王呢。

假如我们走进他的门，至少要化去几毛钱，因为点心不仅一样，什么茶啦，酒啦，菜哟，花色真多！

这里先谈比较普遍一点的食品，咱们镇江，比较富一点，必有一种习惯，一起床，人有脸洗过，就会走到茶馆去，而他们的小半天的时间，终消耗在这里的。

茶馆设置，多数在楼的上下，里面布置，尚称完备，对于顾客又很恭敬，我们坐在桌子旁边，堂倌就来招待我们了。首先是一壶清茶，继则热腾腾的百页、原梁、肴肉、小笼包子，食量大的人，可以统统装在肚子里，不然，任你怎样的口味，也吃不了它。

现在来介绍两样著名早菜的作法。

（一）烫百页，在上海很少看见，它的作法，先以百叶切成条子，置放碗中，再把水烧沸，放少许碱水，然后再把百页放滚水中，少停，即用麻酱油相拌和，再加滴醋数滴即成，诚为最经济最美味的早菜。

（二）肴肉的作法，蹄子最佳，如果我们买五毛钱肉，最好全是蹄子，到家里先预备一只钵子，用清水洗净，把肉放下，用竹筷捣之，再用重盐腌下，以肴水重腌之，用板或砖石压之，至第三日，先用相当的锅子，将水烧开，稍放一点五香桂片，再把肴肉放下，俟水沸，即取出，用刀再切成肉片，摆在碟中，吃多少，切多少，吃时用生姜切成米粒，再和醋蘸之，其味更美。

（《食品界》1934 年第 10 期）

镇江干丝

敏 仲

朋友！你如果足迹多到些地方走走，在开眼界增阅历之外，还可以尝到不少各地方的隽妙食品。虽说现在上海等处已有许多土产公司开设，把各地著名土产食品，介绍给都市里的人，但终不及你自己到那地方吃到的来得真、善、美。

这期本刊上，我且来谈谈我路过镇江时，吃着的镇江干丝，事情是已在六年以前了，到如今六年以后，我还不曾忘却呢。

镇江干丝，为脍炙人口的镇江名产，仅仅这价值不贵的简单东西，能驰誉全国，可见自有它的真价值在了，这好比川菜的豆腐一味，妙绝人寰，一样的异曲同工，无独有偶。

那年我于役扬子，渡大江而北，每次必经过镇江。有一次，和老表何君从扬子回里，过江后并无耽搁，径乘人力车赴镇江车站，待车回常州。

那站，时候尚早，距车到时刻，还有一两小时之久，我们便在车站附近的一家馆子里泡了壶茶，买了些小吃局和纸烟，消磨时光。表兄忽然想到吃干丝，他说："镇江人常常吃茶佐以干丝，风味别具，我们不妨一试。"我自然赞同，当下叫堂倌弄一碗干丝来，不多一刻，热腾腾地拿上来了，用开洋、酱麻油同拌，干丝切得细而且长，细得真和一根丝一般，当然入味透极啦，在上海的镇江馆子里，哪里吃得到这般细的。

我们一会儿便吃完了，再来一碗，越吃越够味，接连吃了四碗，方才罢休。这种吃法，有人或者以为要说是饕餮之徒。其实那碗并不大，何况我们是路过镇江，难得吃着的东西，如何可以不吃一个畅，此番吃后，何时再到镇江一快朵颐，不能预定啊！

果然六年多了，还没有机会再到镇江去。今年我想到南京去一趟，回来的时节，假使能到镇江，勾留若干辰光，那末干丝妙味，决计不肯轻轻放过呢。

在上海到过镇扬帮馆子里去吃过这东西的朋友，你们要是有便到省里去时，千万再一试他们本地的，比较比较看，到底我是不是夸张地宣传！

（《食品界》1934 年第 9 期）

天下第一菜

猫　庵

江苏省政府主席陈果夫，他是个办党的能手，这是大家知道的了，哪知他还擅长烹饪之学，本来调和鼎鼐，与治国平天下的道理，正是相仿的。陈先生最近，发明了一种菜，在新年中，特邀了省会各厅处局荐任以上的官员，一尝那样菜的滋味。那样菜是用鸡、虾、番椒、锅巴四样东西作原料，混合起来，陈先生特起了一个名称，叫“天下第一菜”。

我们在菜馆里，时常吃到一样普通的菜，叫“口蘑锅巴汤”，是蘑菇烧了汤，临时把油氽的锅巴倒下去，做得得法，非常香脆。我吃到这样菜的时候，往往想到，倘使蘑菇汤而换了鸡汤，一定味道更美。现在陈果夫先生所发明的“天下第一菜”，大概便是这个意思，而且于鸡汤之外，还有虾仁，虾仁之外，还加番椒，一则更鲜，一则提味，料想这“天下第一菜”的可口，不禁使老饕馋涎欲滴。

鄙人于遥想美味之馀，不期有两种感觉。陈先生的意思，为一般民众，太无抗敌勇气，为引起民众的注意起见，发明这样菜，鸡是有勇气的，善于抗敌，虾能伸屈，知进退行藏，锅巴是硬的，番椒富有刺激，都是合于人生立身之道，提倡之后，好叫民众每餐不忘。不过以我说起来，简直可以称它做“抗敌菜”，一来是使民众容易记忆，二来国难当头，使民众大家知道抗敌的重要。

一个人的口福是应该谋的，这与人身的健康，大有关系；鱼虾之类，本来是应该给人类吃的，倘若一味像冯玉祥那一般的专吃窝窝头，这算什么呢？“天下第一菜”的原料，都是好东西，当然味道很鲜美，我因此觉得，陈果夫比了冯玉祥，率直得多，对于民众，是不当虚伪的！

（《金钢钻》1937 年 1 月 20 日）

常州糟扣肉

蕉　心

我们的故乡——常州，可以说是一些出产都没有。从前驰誉全国的篦箕木梳，因为制造者的墨守陈法、故步自封的关系，更兼之近年来妇女们都把三千烦恼丝付之并州一剪，这篦箕木梳不如从前的需要，所以也一天天地衰败下来了。

但是也有一样不为人所注意的食品——糟扣肉，现在却颇为一般人所赞赏，本地人固然喜欢它，别处人吃了之后，也会念念不忘地赞口不绝。每值废历新年，更是家家户户所必备的美肴。听说在上海今年已经有人制了出售，可是因为宣传的不得法，晓得的人还不多。

记者现在特把它的制法写在下面，以为吃了再想吃而不知它怎样制法的外乡人告。

向肉店里买了块五花肉，切成四英寸正方，入釜加酱油和酒（少许，用以解腥）煮熟，取出，候冷再切成二英分薄之肉片，在肉皮上涂以酱油店所出售之颜色少许（意在色泽红润，不涂亦可），肉皮向下，装入粗饭碗内，然后盖以陈酒糟（糟坊有售，在糟应用前，应先在锅中略炒，并去其硬块，再加糖及酱油等作料），在糟上加生姜一片、葱结一个，隔水蒸四五次便可。食时，另倾于菜碗中，于是肉在上，糟在下矣。

糟扣肉的制法并不难，所化也不算贵，以一元的代价，可制成五六碗。它的妙处在于肥而不腻，气味香厚，而且烂得和豆腐一般，就是平时不吃肥肉的人，也可以吃上一两块。

（《申报》1935 年 12 月 31 日）

谈谈小吃

老吃客

民国十三四年间，笔者服务新闻界，不过两三年，还是以小弟弟资格，充当外勤，那时的老搭档，便是现在号称大帅的阿德哥。我们两人，都兼着上海通信，所以上午就要出发，东奔西走，分工合作，在下午四点多钟，发出上海快信，便算丢了一块石头。傍晚时候，笃定泰山，两人走过崇安寺，一定要寻些小吃开开心，然后再到报馆工作。那时的情形，和现在大不相同，身边有了一二块钱，已经很够请客吃小夜馆，有了几毛钱，也可以吃吃小点心，所以对于吃的一门，我自问比了我们阿德哥，要精明得多（阿德哥服帖哦，我可不是吹牛吧）。当时凭我吃的经验，曾在报屁股上，以“老听客”的托名，发表过几篇“小吃谭”，读者按址尝试，从未上当，谬承赞许。岂料事隔二十年，情形大变，带了几千块钱，要想到崇安寺吃点小点心，实在无从打算，巡视一周，废然而返，结果花了五百块钱，吃了一块硬绷绷的大饼，聊以充饥。回忆前情，不禁感慨系之，兹就廿年前记忆所及，爰笔追述，不啻白头宫人谈天宝遗事也。

彭家里牛肉汤

崇安寺西首老棚下茶馆前，有一个牛肉汤摊，老板彭家里，亲自动手，切肉烧汤，外加老板娘娘跑堂。所用牛肉，最好的是“肚沿”，既肥且嫩；其次有“胸侧”、“腿花”、肚子、心肝等类。汤汁鲜美，肥而不腻，每碗起码铜元十枚，如果化了五分大洋，更是考究，外加了线粉及新大蒜、加利粉，并用胡椒一洒，端上来真是喷香触鼻，食欲大增，再化四只铜板，买大饼两块同嚼，实在其味无穷。吃完立起来，摸摸嘴，不过每人化了一角钱不到，比现在太湖厅一客西点，似乎实惠得多哩。自沦陷时期以至胜利，这名驰全县的彭家里，久已不见踪迹，现有的牛肉汤，实在没有胃口。

（《大江南》1947 年第 5 期，署名二十年前老吃客）

豆腐花

豆腐花一物，江南各地皆有，但是总不及本邑的产物为佳，苏沪等处营此业者，也是邑人，然后一尝之后，便没有转头生意，据说是水质的关系。从前城厢豆腐花担不下百馀副，笔者虽未尝遍，因嗜此成癖，似以城中斜桥下阿和（辣油、酱油，妙无伦比），及南郊黄泥桥上阿二（此人在前清业此，后来改业戏馆，复演变为马路英雄，人称驼背阿二）两副担为最佳。现在崇安寺皇亭前靠西有一豆腐花摊，摊主名洋油箱阿金，出品为佳，生涯亦不恶。此人别无嗜好，喜欢叉叉小马将，输亏了便要停几天生意。民初每碗仅卖一两只铜板，战前几年也不满十只铜板，现在因为笔者久矣不尝此味，听说每碗需一千元以上，连大饼、油条，便要两三千元，殊堪骇人。此外尚有荤汤豆腐花，味虽较胜，但一究其原料来源，恐怕要令人作三日呕了。

（《大江南》1947 年第 6 期，署名二十年前老吃客）

莲子羹八宝饭

现在崇安寺金刚殿后面，有老夫妇两人，摆一食摊，专卖莲子羹、八宝饭、菉豆汤、藕粉、南枣汤之类，大部分甜食，生涯不恶。

有客光顾，恒由老翁亲自料理，老妇司出纳，另有跑堂两名，奔走招待，有条不紊，应付裕如。据笔者所知，摊主龚长山，约民国十年左右，来此设摊。初以崇安寺小吃摊彭家里，颇负盛名（本报第五期曾记彭家里牛肉汤，遐迩驰名，一度改售莲子羹、八宝饭，亦具特殊风味，嗜者趋之），龚长山初来崇安寺，不知自立，竟冒牌彭家里，以资号召，生涯勉堪维持，但不能瞒过老吃客，终有婢学夫人之嫌。嗣有寓居普贤南院之星相家郑三近者，力劝龚长山，谓事业无大小，贵能自立，冒人牌号，终非久计，应对出品力加改良，以资竞争，自能立足。龚从善如流，力加改进，并添龚记牌号，廿馀年来，颇能别树一帜，营业鼎盛。彭家里久不见其踪迹，龚长山乃得雄视崇安寺矣。

（《大江南》1947 年第 7 期，署名二十年前老吃客）

糖芋艿

芋艿宜植于砂土，本邑市上所售，以宜兴产者为最佳，肉软且糯，和赤砂糖煮之，谓之糖芋艿，秋季小吃中之妙品，城厢内外，设摊卖担者，其数颇众，盖亦时令食品也。惟多数不肯用真正粢糖，或改用糖精，或置少许颜料，使成深红色，诚恶劣极矣。城中售糖芋艿最著声誉者，以崇安寺旧皇亭东南角之王阿梅，此老瘪其嘴，驼其背，平时售甜粥，秋初改芋艿，担设崇安寺，而由其住家里黄泥桥，煮就挑来。以前每碗铜元五六枚，战前亦仅十数枚。现在王阿梅早归道山，由其孙婿承衣钵（孙女素贞，前号称甜粥西施），仍在原址设摊营业，本年每碗已售二千五百元，营业亦远不如前。城外则以北门外黄泥桥堍糖芋艿，范围较广，每天雇用女工削拣芋艿，据闻其营业数额，每日达数百万元之巨，行行出状元，洵非虚语。

（《大江南》1947 年第 8 期，署名二十年前老吃客）

生煎馒头

无锡点心，实在不敢恭维，以沪苏常各县而论，无锡点心，确是有点乡下人派头，以前不是大碗多念的面，便是皮子饱满的馒头，此外只有大市桥大馄饨、汤团、粽子、糟糕之类，以笔者的弱小胃口，实在不敢领教。本报前刊小吃，写的以二十年前事居多，处世不能抛开现实，单谈过去的事，有点不合时宜，为迎合现实计，只好截去了“二十年前”的头衔，来谈谈现在的一般小吃。

在崇安寺老茶馆听松园门前，今春新摆了一个生煎馒头摊子，每天在清晨，由老板亲自手制，分饷顾客。他用的馅，却是新鲜猪肉，清洁异常，仅雇小童两名，以供奔走，每个售五百元，短短三四个钟头，全部售罄为止，下午不再营业。其初大概因为发酵方法不大佳妙，馒头皮子有点死扣扣，不大松翻，近来已加改良，惟所用辣油碟子，恐是川人口味，不大合江南人胃口。秋凉后馒头馅如加蟹后似用姜丝、镇江醋为宜。

提起这馒头老板，却是大大有名，他原来也是重庆回来的抗战义民，原籍是本邑北乡洛社，名徐林山。抗战军兴，西退至渝，为生活所迫，乃在重庆市营生煎馒头，营业最盛时，每天可用面粉两袋。由此起家，积资甚巨，乃改营运输货物，先后失败凡八九次，尽耗其资。胜利以后，遂挈眷东归，所谋辄左，仍操故业。每日在下午歇业后，喜与人作象棋嬉，棋品不恶，胜负不形于色。闻其语人，一遇机缘，尚须别谋发展，摆摊生涯，非其素愿云云。

（《大江南》1947 年第 9 期）

大馄饨

民国元老吴稚晖先生到锡，第一个节目，便是到大市桥过福来吃大馄饨，因此轰动了仰慕稚老的邑人和新闻记者，成了集中点。

实在过福来的馄饨，不过是具有历史意味，即为久离无锡难尝家乡风味的吴稚老所怀念而已。稚老素性淡泊，生活享用极简单，平时尝惯了酸辣滋味，一旦回乡尝此甜咪咪的家乡风味，当然要称赞不止了。要讲实际，过福来的大馄饨无一可取，是落伍了。

大概在民初五六年间，记得在普贤北院的西隔壁，有一家对店，招牌是青莲室，书家钱枬家、陆志翔等，恒在该店盘桓，笔者亦属座客之一，下午腹饥，辄在左近馄饨店（大概在昔丹凤茶馆下面，即今大陆药房址）定制每只制钱五文的大馄饨十只，当时大馄饨只售两文一只，五枚铜元可充一饱，肉馅之大，不逊于现在三百元一只的王兴记大馄饨。嗣后该店迁至升泉楼下面，就是现在的王兴记。在战前的出品，确乎比众不同，据说因为所用酱油及味精、虾米等类，一切不肯马虎所致。现在因为各物原料剧涨，一切开支增加，不得不处处打算，所以出品便远不如前。虽然还有对面安乐和新口兴，也有大馄饨号召，较之王兴记也未见高明，现在每碗廿只，售至六千元。回忆三十年前的五枚铜元一碗的定做大馄饨，不禁有今昔之感了。

（《大江南》1947 年第 10 期）

汤　团

从前糕店里多有卖汤团，用普通米粉加馅，每枚卖制钱三五文。民国初年，有江阴人陈二泉，在崇安寺皇亭内，摆一汤团摊，用挂水粉（即水磨米粉）制，馅分猪肉、夹沙猪油、菜肉、芝麻等数种，每枚初卖铜元一枚，较汤团店出品高明多了。后来又有大批江西人，肩挑汤团担，不分昼夜，奔走各街巷叫卖，粉亦挂水，不过用馅不及陈二泉的考究。二泉死后，由其妇与媳继其业，近来改设在孙记茶馆门首，时做时歇，生涯远不如前。后起者，乃有崇安寺山门西首之六芳斋，出品不恶，但以物价飞涨，汤团一枚，已需法币六百元了。

（《大江南》1947 年第 12 期）

锡珍糕

提起锡珍糕，使我想起了锺亮卿，大概在民国十三四年，锺在盛巷桥北首做糕团店，每天下午卖锡珍糕，有玫瑰、夹沙、百果等馅，每只卖铜元三枚，我和亡友葆诚、逆初，由县府采访新闻出来，常到他店里去吃两块。有一天，杨重远（其时杨办《天闻报》）也来同桌进点，一定要抢会账，摸出两只角子，还有找进，我们三人，不免还要向他道谢一声。锺亮卿后来又到马路上开五芳斋，却是以汤团著名了，没有几年又停开了，在崇安寺皇亭里，摆了多年小吃摊，至今还在。他大概是糕团店出身，所出糕团都很出名，但是近年他时常变换花样，据我所知道的，他做过汤团、鱿鱼、藕粉、菉豆汤、锡珍糕等等，近来因我不嗜甜味，所以好久没有去吃了。崇安寺里卖锡珍糕的，以前还有金刚殿西面的五芳斋，也颇出名，生涯不恶。自从五芳斋停歇，由其伙某，在山门口摆露天摊，招牌六芳斋，也有锡珍糕，花样更多了，如粽子、汤团等等，因为他比锺亮卿的五芳斋，和崇安寺五芳斋，多了一芳，所以花色也多，生涯也更好了。

（《大江南》1947 年第 13 期）

吃在无锡

微　子

为了一个亲戚的丧子，到无锡去了一趟，虽则短短三天，倒给我吃了个畅快。

秋风起，无锡崇安寺的皇亭里，就改变一个新的姿态，卖八宝饭的改售新白莲子羹，卖甜粥的变了桂花糖芋艿。我记得那卖桂花糖芋艿的老者，终有二十年的光阴逗留在这皇亭的一角里，精神还这样的顽健。据说，他的命运和《玉堂春》里的崇公道一般，耽误了孙子，螟蛉了一个孙女，可恨这几个孙女都不能克传衣钵，把那老者的汗血钱，无形中消耗殆尽，否则他二十年来的糖芋艿生意，终将弄上百把万，何苦还要胼手胝足呢?

四角菱在无锡是怪出名的，尤其大孙巷出产，又香又糯，我在惠山二泉亭里，购到二斤，八十元钱，并不算贵。据那卖菱的说，再迟半月，四月菱就可上市了，现在早货不多。只要小箕山有这么少少的发客，我能吃到新货，真幸运啊。

临走前的一夜，亲戚请我在迎宾楼吃晚饭，什么鳝参、虾仁、蟹翅等，吃得我嫌它的滋味太好，价钱太便宜，假使在上海，我就没有这口福了。

（《力报》1944 年 9 月 4 日）

无锡的脆鳝与江阴的软鳝

扬子江

笔者世居江阴，且请先说江阴的事。

江阴地滨长江，在前清是无锡、常熟、靖江、泰兴等江南北八邑童生会集来考秀才之所。在那时候，江阴新景园的面，是极为邻县七邑童生所称誉的，而时值夏令，下面最佳妙的菜，却又首推鳝丝！譬如现在我们约朋辈三数走进江阴的餐馆（无论你吃面或喝酒），那摆满桌子的菜碟，除了一两碟“子虾”之外，其馀便全是鳝丝了。而且假如你吃了不够，堂倌也还会不断地添上来的。这可见江阴地方对于吃鳝丝那东西的擅长。

但鳝丝却又有脆鳝与软鳝的不同。脆鳝仿佛是无锡的特产，江阴虽也间或有，却便没有无锡的做得好，适如其度。反之，软鳝却便是江阴的特制品，无锡的餐馆里是根本没有的。

有一次，路过无锡。无锡的朋友请吃面，吃到一碟脆鳝，那朋友便得意地介绍说：“这是脆鳝，是无锡的特制，别地方是没有的。”我吃了几筷，虽也觉脆得可口，却总嫌不如江阴软鳝之有味。于是便接着说：“是的，脆鳝别地方虽没有，但我们江阴的软鳝是更其有味的，有便不妨请到敝县去尝试一下，评较评较看！”当时，那朋友竟没有响，而两只眼睛却充分显露着一种不相信的神气。在他以为，无锡的脆鳝是应该可以独步的。

又一次路过无锡，那位朋友却便笑嘻嘻地和我说：“诚然诚然，江阴的软鳝比无锡的脆鳝要好吃得多，实在是其味深长！”那位朋友是读过古书的，所以谈吐很文雅。谈到后来，我知道他已经跟几个朋友一起到过江阴，并且尝过那美味的软鳝了。“闻名不如尝味”，以前的鄙薄一变而为今日之誉扬，那也难怪。

题外的话扯得太长了，如今且说一说脆鳝与软鳝的制法。

一、初步的料理

所谓初步的料理，无论做脆鳝或软鳝都是相同的。那便是说，把一条条生龙活虎的鳝鱼拿来杀死，抽去肚肠，洗去污血，然后放到沸水里面，约摸过两三分钟时候便捞起来（也有人把完整的活鳝鱼放到沸水里再捞起来改洗去骨的，不过那太脏一点），捞起来之后，可用锐利的小刀在鳝鱼的背脊骨上左右划开，那脊骨自然会去掉，而所剩的都是纯肉了。至此，初步的料理遂告终止。

二、脆鳝的制法

先配合五分之一的酒，五分之一点五的糖，五分之二的酱油，五分之零点五的盐，再加老姜三五片，以吊鲜味。然后把洗净的鳝丝放进去浸透，约二十分钟（如时间允许那是愈久愈好的）之后取出，可即投入煮沸的油锅里（猪油最佳，豆油亦可），至略枯而还不至变质的时候捞起来，便是脆鳝。食时香脆，蘸醋吃或蘸酱麻油吃，随客的便。

三、软鳝的制法

做软鳝是先把鳝丝放到油锅子里去煎煮的，在方法的先后程序上，恰和做脆鳝相反。做软鳝在油锅里煮的程度切不能至于枯的地步，等满身皱起，核心亦煮透的时候便可以取起来了。取起来之后，即可浸在和做脆鳝相仿的作料里，最好能用铜锅放在文火上再炖半个钟头，否则便那么浸三五个钟头也行。吃的时候有汁，可不必再蘸什么，江阴人是欢喜夹些姜丝吃的。

脆鳝、软鳝的制法，已略如上述，大概煮得好煮得不好的焦点，全在料作的配合和油煎的久暂上！读者如能照此法煎煮，当也不会上当。至于做得好不好，那是无锡和江阴两地的庖丁们的特长了，我们当也不会轻易学得到的。

笔者个人，始终还是软鳝的赞扬者，那味道要比脆鳝深长得多了。

（《申报》1934 年 8 月 25 日）

苏州食谱

金季鹤

弁　言

在苏州有四句韵语，很含着格言意味，就将演绎起来，很可抵得一部人生哲学。先说那四句曰：“吃是受用，着是威风，赌是对冲，嫖是落空。”分明把人生的嗜欲，嫖赌吃着四门，给拆得穿里穿，道得透里透，而且分得清里清，正不啻圣经贤传一般地教人闻而警惕。从这四句上剖析起来，嫖的所谓落空，原是生张熟魏，暮楚朝秦，红粉骷髅，争比得昙花泡影罢了；赌的所谓对冲，原是枭雉平分，胜负各半，来去无凭，徒托诸幸运罢了；着的所谓威风，原是锦绣纷华，绮罗靡丽，观瞻自壮，终不免虚荣罢了。只有吃的所谓受用，才是山珍海错，选隽撷英，既大快乎口腹，亦有益于身心，不必食前方丈，即园蔬水产，及时鲜肥，清福正亦不浅。嫖赌可以倾家，着固不伤元气，惟吃吃是最经济的享乐法，所以受用两字，下得最确切不过了。苏州人号称优闲分子，在最会受用的原则上，吃之一道，当然不肯含糊，非但不含糊，还尽力地讲究上去，五味调和，千珍错列，试与苏州人谈吃，没个不津津有味，休说是东家好，西家坏，这家太甜，那家太淡，通能判别得头头是道，连制法的高下，作料的轻重，品质的精粗，火候的宜否，多能回报出爷娘家来。所以单论一条观前大街，千门万户，排列着这多店铺，中间食物店可以占一半，而最能赚钱的，决不是金铺绸缎铺，还是让食物店。苏州无夜市，而做半夜市全夜市的，又要让食物店。至于别地人来游苏州，买回去的东西，大包小扎，一定还是食物。就苏州市面的金融，能输出而吸收外地金钱者，也要推食物，而苏州人在外地经营的商业，开的店铺，也大半是食物。哈哈，苏州整个的精神，全在一张嘴，而古今称道的三吴灵秀之气，归根也锺毓在一张嘴，所以既善说，又善吃，嘴的两部曲，苏州人真能占尽了。不过我给苏州的食物吹了一泡牛，临了又得贡献一些子心得，原来苏州的食物，同一名称，同一式样，而美恶之间，大有分别，浑不在牌子的新老，规模的广狭，名声的响不响，这就连苏州人自己，犹未必人人认识得清楚。作者虽非吃王，却自认是须菩提祖师门下一位信徒，现在大发宏愿，要就一愚之得，为我同嗜者做个识途老马了。

（惟以后随得随书，并不分门别类。）

（《金钢钻》1935 年 4 月 8 日，署名季鹤）

松鹤楼小蹄胖

谈吃，开宗明义就应谈菜馆，谈苏州的吃，当仁不让就应谈苏馆，要谈苏馆，当然要这家馆子完全苏式，不染一丝别派的色彩，而它的精神，直可以踢翻京式而压倒徽帮。喏，提起来名头真响朗，离苏州团团几百里地面，讲起苏州菜馆，脑筋里定印着那松鹤楼，别地人光降到苏州，不上松鹤楼饱嚼一餐，回去了一定会互相抱怨。松鹤楼已有五十年历史，老板是六公司，执全权者姓张，无锡人，他还在蘋花桥兼开天和祥菜馆，天和祥是包办整席的魁首，松鹤楼是零拆门市的头牌，油腻饭统给张老头独霸了。在前年张老头死后，归其寄子陆某经理，据说在管理上已稍形陷落。松鹤楼的菜，能得深入人心，颠扑不破，妙处就在通俗，而能适合苏州人的胃口，假如炒虾腰、脊脑汤、红杂拌等，虽若粗陋不登大雅，却多能不失固有的真味，设使你要点出花色新颖，卖相漂亮，那你就认错了招牌，更失去玩乡下大姑娘的本旨了。至于松鹤楼的牌子菜，够称价廉物美，最深入中下级社会心理的，就是小蹄胖。蹄胖而曰小，当然不是全蹄，只像手掌般大一方，不论萝卜、春笋、胶菜作底，清汤白漉，味鲜腴适口，只售一角六分，很可以佐一餐而不致淡出鸟来，所以每天能售去百馀只，在这薄利多卖上，倒很能赚到丰厚的利息了。松鹤楼的面，虽不及观振兴，而花色面在观前街上应推独步，面浇头像烂肉浇、爆鱼浇、鳝浇、鸡浇，可以单买，售价二角八分（约有四碗面的浇头），颇合宜于佐饭下酒，它生意广，镬头大，味儿自然透多了。听说松鹤楼的主要生意，并不靠本城人，更不靠外路客，却全靠四乡八镇的土兄，虽然土兄们派头不大，三四客只唤一个清烂污，一碗清血汤，小蹄胖当然有分儿，饭可至少会吃上廿碗廿添头，但是多里掏弄，正称得松鹤楼的顶门主客。所以松鹤楼参透了土兄们的心理，店里尽赚钱，尽可翻造起三层洋楼来，而始终不加修饰，仿佛乡下财主的派头。单瞧当门那顶小面灶，发誓不肯拆去，宁使进出的吃客们，熏得出眼泪来，据说土兄们进城想下巴动，一瞧见那家菜馆门面洋气，比乡下城隍庙还气派，他们就决不敢踏进来，一则自惭形秽，二则怕多费冤枉钱，三则认不清是菜馆或竟是衙门，闯错了吃罚科。其实乡下土兄们不识字，只认得门首有一顶小灶，才是松鹤楼，所以松鹤楼的小灶，要比文魁斋的乌龟还吃价呢。

（《金钢钻》1935 年 4 月 29 日，署名季鹤）

观振兴

在苏州吃点心，像什么布丁、槟格、三明治、下午茶等欧化食品，应当丢开，说到本地风光，最主要自然是面。苏州的面，从前皮市街有张金记很著名，现在却要让观振兴了，地点在观前街正山门口，雄踞热闹的市中心，挂起五十年老牌子，生意一盛，货色就能求精，就能得新鲜。面浇的种类，并不多备花色，只有大肉、爆鱼鳝是普通的，而蹄胖、脚爪是已算贵族化了，更求丰富，可吃双浇，面也可以加十加廿。还有小肉面，是小块子红烧肉，那是应时特品，小肉和鳝拼浇，谓之小鸳鸯，大肉和鱼拼浇，谓之大鸳鸯，聊以变更花色，使吃客一食而得两味。所以在春夏之交，小肉上市，小鸳鸯面要求过于供了。到盛夏还有白汤面，生涯益盛，因为白汤就是原汤，味清而腴，极宜于暑食，不过原汤有限，往往一市即罄，后至者率抱向隅之憾。至许多取巧之肆，惯以盐卤相充，不肯放弃主顾，反至于牌面走样，大不值得了。自从风行机器面之后，店肆多贪其便捷，大率乐用机器面，然而机面性硬，远不及切面之糯滑可口，加之制手不精，多失匀和，且有碱气，吃起来不能爽利，像胶腻在喉咙间。而观振兴之面，即能免除此弊，制手亦见高妙，虽然谁都了解切面比机面阔，而观振兴面依然细狭，但它的狭面，还能比别家的阔面高明一点，苏人称之曰“速灵”，这瞒不过千万吃客的嘴巴的啊。至于吃客的点品，倒名目繁多，凭一碗面，可以加上十许种点品，像宽汤、烂面、弃皮、拣瘦、硬膘、大精头、免青或重青头等，可以连成一串，即面店之堂倌，亦练成一功，外人不能效学。假如堂里几十桌，每桌几多人，每人吃什么，点品什么，能一气喊下去，从无错误，而最难在若干桌同时起身，向账柜上回账，堂倌能认清走出的先后，逐人报告其所吃之账，随看人，就随记其所吃何物（有吃几色者），更随算其合值几何，再就其吃账之多少，加上带收之小账，而报时仍奔走侍应不辍，连臂叠踵，不爽毫忽，而观振兴更是自朝至暮，账柜前几乎没有空时，这种技能，正不是簿记学所能为功，而使会计师叫声惭愧了。在面之外，还有馒头、烧买、汤面饺，除馒头有玫瑰、豆沙、薄荷等馅，其馀通是肉馅，精美些是虾仁馅，应时有蟹粉馅，味儿一样能称无敌。这是苏式的普通面，至若京馆的拉面、徽馆的蝴蝶面，以及粤馆的伊府面，那不在本文之内，当然不谈了。

（《金钢钻》1935 年 5 月 19 日，署名锦浪）

陆稿荐与三珍斋

苏州的酱肉业，在饕餮界中，能占一部分势力。其实血红的卤，色彩既觉可厌，味道更腻而不隽，浓而不鲜，加之粗制滥造，好把劣肉搀杂，令食者发生恶感，其馀像酱鸭、腿胴、蹄筋，也不见得可口处，而每逢初夏上市的酱汁肉，号为肉林美味，鄙夫争趋，但近年也渐见腐败，竟有把奶扑、脆骨等夹杂其间，要拣精整的肉，简直不容买者作主，仅许多购者偶搭一二，已称大幸，因为一斛酱汁肉，精整者不及十之二三啊。苏州的酱肉业，既这样故步自封，而常熟的酱鸭店，就乘机移殖到苏州来，像马詠斋、老詠斋等，确能为苏人一换口味，一时叠迹开张者达六七家，这可与本地酱肉业以一大打击，不过近来也渐渐同化了。苏州的酱肉业，店铺不计其数，而牌号只有两种，一是陆稿荐，一是三珍斋，正比剪刀店的通是张小全一样。陆稿荐传下一段神话，据说当年苏州来了一个乞丐，拐腿烂脚，污秽得不成话儿，他天天出来，拐遍了全市，却人人掩鼻而过，竟日不能获一饱，后来他走上一家酱肉店去求乞，那老板倒颇仁慈，瞧他饿得可怜，就布施了金钱，还供给他饭食，那乞丐得到这善人，就天天捧着空肚子上来，总吃得饱致致下去。这样过了多时，一天那乞丐又拐着腿来了，微笑地向老板拱拱手，说要上别码头上去了，只因受恩已久，无以为报，敬以随身一条稿荐奉赠，聊作纪念。那老板对着那肮脏的稿荐，暗暗好笑，但他是一片诚心，岂能相鄙，便称谢收下了。又过了多时，店中营业渐见起色，要修饰店堂，眼看这条稿荐，委弃在墙角里，虱子已像走马般爬出来，老板就教把来当柴烧了。不料这稿荐刚丢入灶门，那一斛酱肉，顿时透起一股香味，直从厨下冲出来，散到满街，猛刺入路人的鼻管，竟使人人馋涎三尺，不期然地争掏腰包，要来买那酱肉，自然一斛肉顷刻而尽。这样天天烧酱肉，天天有香味会引人入胜，从此大发其财，把规模扩充起来。那老板知道神秘就出在那稿荐上，而赠稿荐的乞丐，分明是仙人铁拐李化身，便名其店曰陆稿荐。到如今，东也陆稿荐，西也陆稿荐，而那仙人光顾的陆稿荐，还开在崇真宫桥堍，不过香味恐已被老李收回去了。许多三珍斋中，现在要推察院场口坤记三珍斋最出色当行，也是百馀年老店，而能力图改进，在暮气沉沉的酱肉业中，创造新局面，生涯可推独步。馀若醋坊桥和兵马司桥的陆稿荐，因地处闹市，可与颉颃，而成鼎足之势。惟苏州之酱肉业，再不力求精良，恐终难免于淘汰啊。

（《金钢钻》1935 年 5 月 29 日，署名锦浪）

老仁和馆炒圈子

稍微在吃菜上注意一点，大都是欢迎家庭菜，而对于馆子菜竟像勉强得很。是啊，一菜有一菜的真味，鱼是一味，虾又是一味，青菜是一味，萝卜又是一味，不比馆子菜一例的原料，差不多是千篇一律的啊。苏州的馆菜，京徽而外，粤菜只两三家，教菜只一家，京江馆是镇江菜，他若川鄂湘闽等菜，却付之阙如了。苏州本地菜馆，前回已经记过，应推松鹤楼，不过松鹤楼还脱不了菜馆色彩，价值除小蹄胖之外，多谈不到平民化，若要谈到平民化，脱除菜馆色彩，以求诸价廉物美者，那就应数到饭店菜了。苏州的饭店，同行不下数百家，他们公会里发行一种符号，木质漆画，大不盈尺，上面写着个“天”字，占满了全幅，绘一个人，席地而坐，正靠在天字的捺脚上，捧了一碗饭，在大口地送进嘴去，这取意是在靠天吃饭吧。那数百家饭店，也大多庸庸碌碌，什么鱼肉豆腐、辣汁鱼头、咸肉粉丝之类，不过，一个人化了四毛钱，真可瘪了肚子进去，挺了肚子出来，还可以咂嘴舔舌，抹上一嘴油。然而事业不论高下，行行会出状元，微末的饭店，风头健起来，照样能凌驾京馆而傲视西菜。就在苏州饭店中间，提起那老仁和馆，谁都会咽一口唾沫，把脑袋点个不住，齐道一声好，原因是老仁和馆的菜，很有七八成像家庭菜啊。店开设在阊门上塘普安桥，就在桥面上架起两大进房屋，双开间楼面，足足有百年历史，虽然近来又开了一家新仁和馆，开在它十步之内，却罚咒争不过它的生意。它烧得一手好饭店菜，就小至冷盆的白鸡、爆鱼、腊肉，也能不失真味，远非菜馆子那样只重外表，不讲内容，开了眼认识是鸡也，虾也，肉也，闭了眼竟不知是皮纸块，是棉花团，还是木柴爿呢。就那装入箩头养在河水里的鲜鱼活虾，捞起来投进镬子，还扑扑地跳个不住。爊什么风胖腌鲜，那又真不含糊，妙到舌尖。一时也背不清许多，而最脍炙人口，吟诵于老饕们嘴上的，厥惟炒圈子。这是把猪大肠拣选最肥的，切成圈儿，烹龙炰凤玉脂泛，端上来不由得腴香激鼻，浓味滋涎，简直氿没话头了。不过上饭店去就根本应吃饭店菜，要是点起馆子菜来，那非但瞧作大菜盆子，就味儿也决不会高明的啊。

（《金钢钻》1935 年 6 月 9 日，署名锦浪）

茶食糖果

苏州以善吃著名，既善吃，自应善制，那苏州善制的食物，究是哪一种呢？苏州的菜，正是乏善可陈；苏州的点心，又是无长足述。喏，苏州所善制者，厥在茶食，厥在糖果。苏州的茶食糖果，作者并非阿私，倒确能当得精美两字，虽不及洋式的漂亮，然味道决不相差，而比较能减少几分富贵气，又不及乡式的结实，然价值并不悬许，而比较能免除一种泥土气。于质料方面，采办既丰，选剔更精，就制造的手法，尤是苏州独有的技能，父传子，师授徒，虽然终生湮没在那作场里，朝爬糖，夜爬盐，干着机械的生活，可是终生的衣食问题，就永久不用愁得，而那几个名手佳丁，居然也会在这市场一角，红过了半爿天，自有各家的老板来礼聘，来偷挖，享受特殊的优俸。是啊，货色的高低，味道的美恶，连带及生意的盛衰，全系在作场司务手里。至于配料先生，那是上级伙友，除却经理之外，让他最为重要，设非老板的心腹，决不会当此重任。整担的原料，粗至豆荚花生，细至松子杏仁，从正路上谈，要费要省，积久计算起来，为数就很可观，这统是配料先生的权衡，也可以见得配料先生的本领，还有发女工，中间也颇有出入的啊。

苏州的茶食糖果业，那专营作场批发的不计，大小殆不止百家。茶食一道，谁多承认要推观前叶受和，那各式酥糖、猪油糕、鸡蛋糕，号称独步，而滋养饼干，是它独家发明，价廉物美，颇宜作小孩食品。道前街桂香村，也多特长，像百果糕、条头糕、方糕，很能流传众口。而糖果是人人知道首推采芝斋，可称无一不精，其西瓜子、杏仁、梅皮、脆松膏，尤擅胜场，但近年采芝春崛起以来，力争上游，处处可以争胜，也许渐成超越之势。稻香村的熏鱼，怕走遍苏城，谁也望尘莫及，隽美鲜腴，可称独绝，就所制鸡鱼肉松、凤尾鱼、虾子鲞，也多不错。那东禄、悦采芳，只随众浮沉，并无特善之点。在观前之外，几乎多不足述，大致因地点关系，生意一清淡，货物就欠新鲜，牵连着质料和制造方面，也差逊一层了。只有苏州的月饼，那是最恶浊最无谓的东西，观之不美，食之无味，但每年中秋，全城的月饼生意，真大得惊人，据称这是他们最妙的机会，最幸福的买卖，大凡一年来卖馀的糕饼之类，囤积着一定不少，到月饼市里，就一啯脑儿多会制成油酥，推作月饼壳子，而卖馀的糖果，当然就可以作月饼馅子，这不是绝大的利薮么？

（《金钢钻》1935 年 6 月 29 日，署名锦浪）

苏州食谱[①]

南宫生

吃在苏州，以前早有这句俗谚，所以苏州人的吃，最是讲究，精美可口。凡是到苏州去游玩的人，都得在苏州尝尝苏州风味，回来的时候，又得带一些苏州土产，尤其是糖食，差不多成了到苏州去回来必备的东西，可见苏州的吃，早已为各地的人所公认。但苏州的食品，也不是样样都好，也须看出产的东西，和经售的所在，方能称为美味。常有同样的一件食品，在一家店内所售的，精美绝伦，换了一家，便味同嚼蜡了。所以对于苏州食品，必须要知道哪一家著名和可口，方能得到鲜美的滋味。年来苏州，寓公日多，去游玩的人，也渐渐增加，对于苏州食品的明瞭，却也是件很重要的事情。南宫生生长苏州，而且在吃的一门，曾三折肱其间，颇能选择精粗美恶，特著《苏州食谱》，俾游苏的人，到了苏州，有名不符实之叹，不知道自己没有明瞭苏州吃的情形，因此没有得到好的食品。闲话少说，且选食品。

松鹤楼

松鹤楼是苏州饭店式的一家面菜馆，开在观前大街，所卖的东

① 仅此一篇，未见续刊。

西，有面食点心，有饭店式的饭菜，也有酒菜馆的菜肴，是一家纯粹的苏州面点酒菜馆，牌子甚老，在苏州的声名，也早已传播，到苏州去的人，大都知道有松鹤楼这么一家菜馆，生意之盛，在苏州菜馆，可以零吃的中间，可称第一。但是松鹤楼的菜肴，并不是有菜皆妙，也须得其门径。最可口而精美的，似以下的几种。

蟹黄油——现在西风猎猎的时期，正是横行将军上市，松鹤楼便是有蟹黄油一样可口的名菜，好处在满盆都是蟹的黄油，毫无一些蟹肉搀杂在里面，而且都用清水蟹蒸熟剥出，而含有蟹的真味。煮法亦好，蟹黄嫩而蟹油并不融化，滋味又咸淡可口，略带甜味，价亦不贵，每盆只六七角。苏州菜馆的蟹黄油，松鹤楼可算第一。

卤鸭——卤鸭是一种带甜的鸭块，在夏季上市，至了中秋之前，便没有了，每年如此。在这时候，菜馆中的鸭，常把鹅来充数，松鹤楼卤鸭，确实是鸭，肉嫩味美，价极廉，小盆二角六。大盆三角二。这时便有一种卤鸭面，一小盆卤鸭，一碗阳春，苏州人到了松鹤楼卤鸭面上市，大多要去尝一下子，可知味道是不错题的了。以前售这种卤鸭，只有松鹤楼一家，现在又有吴苑对面一家，说是由松鹤楼的厨师出来开的，所以滋味一般无二。

（《金钢钻》1935 年 12 月 5 日）

吴中食谱

老　鱼

吴中虽以食品著名，然佳者实少，岂各人嗜好不同欤。余吴人也，姑就喜啖者述之于后，非可语于老饕之流也。

游苏者必往城内松鹤楼就餐，实则松鹤楼菜极平庸，价尤昂，于夏间卤鸭面、蟹时蟹黄油，尚可一吃。

观前丹凤楼徽面、蟹市中虾蟹面，味尚胜，馀肴无佳处。

小食胜于菜肴，惟皆汇集于观前，黄天源之小圆子、栗子白果汤、元宵，皆隽；观振兴之蹄膀面，肉糯面细，风味独绝。

玄妙观内，食品摊排列如城隍庙，汆鱿鱼、鸡鸭血汤，均不及上海城隍庙，独排骨嫩而香，盖入油一沸而起，肉未煎老；海棠糕与梅花糕，白糖较豆沙为佳。

上海人必在采芝斋购糖果，其实观前之糖果，叶受和、悦采芳、采芝春，难别轩轾也。酱鸭则必取龙凤斋，酱肉则以三珍斋为尚，野鸭则须往东小桥。

着甲、鲃肺，俱吴中独有之品，烹煮不妙，腥味中人，非佳品也。

（《金钢钻》1937 年 3 月 11 日）

小食谱

郑逸梅

苏州是一个讲究吃的地方，无论点心或菜肴，都制作绝精，尤其是家庭点心，很有几种别出心裁的制法，现在介绍三四种在下面：

一、灯圆

已故词人天虚我生陈栩园，有两句诗说："毕竟女儿身手敏，胭脂和粉作灯圆。"灯圆是苏州有名的点心之一，用洁白的糯米粉，搓成一颗颗的小圆子，煮熟了和以糖霜，那是元宵上灯家家必备的食品。

二、枣泥饼

先把枣子煮熟，剥皮去核，捣烂成泥，然后和以糯米粉、松子仁、胡桃肉，装入木制的模型中，有海棠式的，有梅花五出型的，有秋叶状的，其他或如葫芦，或如圆篮，或如古钱，或如素琴，剪成一块块的箬叶，涂上麻油，把枣泥饼，从模型中倾倒而出，置在箬叶上，用蒸笼蒸透，然后供食，甜而不腻，香而清腴，那是非常可口的。

三、玉兰片

采撷新鲜的玉兰花瓣，榨压去汁（否则汁水带着苦味），用鸡蛋、面粉、白糖，调和浸透，入油锅中汆炙，馨逸之气，扑人鼻观。寻常茶食店里出售的伪玉兰片，决没有这种风味。

四、鲜藕粉

葑门外的莲宕，产着巨量的藕和莲房，藕百孔玲珑，丝丝入扣，嫩的切成片儿，可佐闲食，较老的把它刨成丝末，用绢沥取其汁，成为白色浆状的东西，沉淀在碗中，沸水一冲，和入白糖，那便是鲜藕粉，清香鲜隽，非南货铺所购的藕粉可比。鲜莲子煮着吃，也是别饶佳味，几不知人世间有五侯鲭哩。

至于菜肴方面，也有几种可以介绍的，兹略举如下：

一、绿豆芽塞肉

把若干根绿豆芽，中间包一条肉丝，用豆腐衣的边扎缚着，然后烧煮。

二、芙蓉蟹

先出了蟹肉，拌上作料，再装进蟹兜里，面上蒙以鸡蛋糊，或用面浆，手续真多极了。

三、田螺

田螺是江乡风味，鲜美绝伦，但苏州人因为价太贱，视为寒蠢气，于是又要为之变形。先把田螺在水里煮透，单挑取螺头，和猪肉一起脔切成酱，加入作料，重把它塞进螺壳去，然后煮食，这样就觉得富丽气了。

四、蒸鸡蛋

把蛋壳攒上一洞，掏取蛋清、蛋黄，入器调和，塍以虾仁、冬菇丁、火腿末之类，拌以作料，然后还装入壳，用纸黏封洞口，蒸而食之。试想从黄豆大的窟窿，掏取蛋清、蛋黄，就该把筷子插入，缓缓捣和，倒握着待其一滴滴流出，已非易事；再要从小窟窿里，重施还魂灌入的工作，真是难之又难。但是苏州的女子，都很有耐心，她们不怕麻烦，往往异想天开地发明特殊的食物，以上所说的，不过略窥一斑罢了。

（《少女》1946 年创刊号）

苏州谈吃

吴赞廷

倘使说中国是一个善吃的民族，那末苏州是最能表现这民族性的一个都市。

的确，苏州人的饮食是非常讲究的。有的是有地方性的，西瓜子一定要苏州的黄埭乡出产的，麻饼一定要苏州的木渎乡制造的，咸肉一定要苏州的角直乡腌的，烧酒一定要苏州的横塘乡酿的。有的是有牌号性的，采芝斋的松子糖，悦采芳的南瓜子，叶受和的桃片，稻香村的瓜糖，都是最讲究的。有的是有时间性的，黄天源的炒肉团子，只有六月里有，并且一定要上午九时左右才买得到，因为太早还没有做，太迟又已经卖完了。有的是有技术性的，西津桥的团子，一定要吃得恰到好处才见得到肉，因为一口咬得太多，就已经把肉吃掉，一口咬得太少，又还没有咬到。

在苏州，不只是出了相当代价就能够饱你食欲，你还需要养成相当的忍耐心，因为当你踏进松鹤楼点心店，对堂倌说出了你要吃的东西之后，就是坐等着二小时，你也不能叫快些，因为这样，他们就知道你是外行，不给你道地的东西了。

在苏州，不只是你出了相当代价就能够饱你食欲的，你还需要改除你爱清洁的习惯，因为玄妙观里尽多着十分破败、十分污秽的店铺，却能够造出你有意想不到的十分美味、十分可口的东西。

……

你还不信苏州是对于饮食最讲究的一个都市么？那末有书为证:“艺术女人的腰是和苏州牛皮糖般的满舌头的甜，满牙齿的软。”有名的散文作家朱自清先生用苏州牛皮糖来形容艺术女人的腰，你想，艺术女人的腰是世界上最甜最软的东西，那末苏州牛皮糖的软和甜的程度也可以想到了。

“老桂花开天下香，看花走遍太湖傍。归舟木渎犹堪记，多谢石家鲃肺汤。”这是国府要人于右任先生的诗，你想苏州石家饭店的鲃肺汤，是这样有味，能够使一个国府要人出了钱，还要作诗写联子去谢。

的确，倘使说中国是一个善吃的民族，那末苏州是最能表现这民族性的一个都市。

（《时报》1934 年 2 月 2 日号外“饮食特刊”）

苏人之善吃

灵　修

苏人之对于口福，真不肯辜负，甜酸苦辣，休说辨别得津津有味，就自家动手做起来，也能头头是道，无有不得心应手，考究到骨子里去。布尔乔亚当然打起精美的食谱，普罗同志们也各有经济的门道，所以苏州的食品店，计算起来，不下千百家，而家家至少有一种拿手戏，可以超出他家之上，譬之观正兴的面、黄天源的油余团子、叶受和的方糕、稻香村的熏鱼等类，才跕得住脚头，要是老跟在人家屁股后头，发咒会人影儿多没个踏上来。就使那所谓拿手戏者，或者今天走了一点样，买客们就能很幽默地回报出你主眼来，汤水薄啦，馅子多斩了几刀啦，糖用得次一肩啦，粉少筛了一批啦，诸如此类，开发出来，不由你不领教，不由你下回不留心。在这众口考量之下，苏州的食物，确能保持纪录，兴旺起来，竟能有新纪录发现。所以外人到苏州，必得买几色著名食物回去。但外人只稔熟几块老招牌，本为识途的老马，哪知苏州人全得力在一个“掏”字，只因老招牌从前果然不错，做得出名，而新招牌既挂了起来，一定要力争上游，求制胜之法，以与老招牌争短长，而博顾客之光临，那自然要聚精会神，致力于货物的精美了。所以新招牌昨天未必精美，今天或能改得精美了，而老招牌去年确是精美，今年或者反不精美了，更或老招牌纵能保持其固有的精美，而新招牌竟超越它的精美了。苏州人就能从一粒芝麻起，而粉而馅而油酥，到做成一块大饼止，全能掏一个透，这并不坍台的，一样化钱吃东西，就吃得大大的入胃了。

（《金钢钻》1935 年 1 月 19 日）

引起我三十年前的馋虫来了

饥耳生

时常在本《钻》看见金季鹤先生谈苏州的食物，又常说起观前的松鹤楼，把你三十年前的馋虫引起来了。那个时候，我还在苏州当一名候补知县老爷，也是松鹤楼的老主顾。同寅之中，若抚署文案处江君、杨君，六门厘局坐办陈美南，铜元局总文案王蒃君，他们都是相信吃松鹤楼的，尤其是松鹤楼的卤鸭面与蟹黄油，好像是百吃不厌，时常叫人去关照，留几客卤鸭面，等到衙门公事一毕，就不约而同地到楼上来了。吃过之后，望东几步，就到云露阁吃茶，他们本有一围棋会在那里，还有卖糖食的阿四，天天弄惯了的，各种糖果就送上来，我是不会围棋的，就一面观局，一面吃茶吃糖食。总要弄到上灯时候，才回衙门里去吃夜饭，差不多成了一种功课。现在除了鄙人同陈君二人外，他们几位，都先后变为古人了，回首前尘，真觉慨然。

苏沪一带有一种恶习，蟹必曰蟹粉，鳝必曰鳝糊，最是可恶，极好的东西，用许多纤粉一来，把真味全行失去。松鹤楼的蟹，却没有这个习气，它虽然有时也用一点粉，却不讨厌，可以与天津的紫蟹并驾齐驱。天津的蟹，除姜醋外，不用别物，清爽之至，与松鹤楼可称双美。

若要谈到鳝，那就要让还清淮地方的馆子了，他们的名字叫炸软兜，真是极嫩无比，而且清爽之至，决不用一点纤粉，还有一种拌了吃的，叫炝虎尾。这两样菜除了清淮，别处不能有的。有人说它那里的鳝，与别处两样的，特别来得嫩。这话也未尝不是。他们的花样甚多，能够办全鳝的酒席，然而那些不过是些花色而已，最好就是这两样。

因为说苏州松鹤楼，不觉联带说到别处。清淮地方，人都不大注意，其实那边的出产和食物，好的极多。食物如瓶装有卤的山查糕、金橘糕，翻毛月饼虽北京顶出名的某某店，也及不来它，小茶馓胜过广东鸡蓉面。至于馄饨，他们称为鸡汁淮饺的，实在漂亮之至，我以为无论何处的馄饨，皆不能及。出产之品，说不尽许多，那里的蚕豆，颗粒比上海要大出三四倍，还有蒲菜，就是做蒲包的蒲，嫩尖儿炒了吃，绝妙。至于所出的北面及洋河大曲，上海哪里吃得到呢。

（《金钢钻》1936 年 3 月 20 日）

苏州菜

猫　庵

苏州地方只可居住，不宜游玩，鄙人于昨报上说得很详尽了。今天我还得来谈谈苏州的吃，更足以证明苏州地方的平常。

记得有一年，我独自到苏州，下火车正是吃饭的时候，便在阊门外一家著名的餐馆里吃了。一个堂倌报了许多时鲜的菜名，我想难得到苏州来，总应得尝尝时鲜，所以点了一味鲜蕈炒虾仁，一味便是于右任老先生所赞美的鲃肺汤，等到端上来，一菜一汤，都是挺大的盆碗，鲜蕈不过是咸而已，鲃肺汤又腥得要命，至于那所谓鲃肺，只有几薄片飘在面上，下边都是些鱼肉，原来一只肺他要削成几片，薄得风也吹得动，汤又一些也无鲜味。吃完之后，一算账连茶饭小账，在二元以上，我想真不值得。

于是我便研究起来，在苏州上馆子吃饭，真是为难，你一个人走进去，点一样菜，未免自觉寒酸，至少点两样，实在两样一个人决计吃不下，因为他们的盆碗，都是很大，从来也没有小吃和半卖的办法，那菜又特别的贵，像我点的时新菜如鲃鱼鲜蕈之类，每样须在一元左右，滋味好倒也值得，无奈滋味又不佳。譬如初到苏州的游客，总想尝尝苏州的特产，然而所得到的结果如此，钱又化得不经济，除非是昧了良心，才能说自己的故乡小菜好吃。

苏州著名的菜馆，那种守旧和不变通的心理，正是五十年如一日。你踏进去，顿使你起一种不快之感，一阵油气，冲进你的鼻管，那房子是大而且破，桌子因没有了漆变成白色，一块台布好像半年没有洗了。那种样子，足以增进食客的恶劣印象。我因此想，在苏州开菜馆，为甚么一直是这个样子，不肯改良改良，房屋不必如此大，布置则稍求清洁，不很好吗？

还有苏州菜馆，从来也没有小吃部的设备，一两个人，使你有难上菜馆之叹，这也是苏州人的顽固成性，不随着时代进步的！

（《金钢钻》1937 年 3 月 15 日）

吃在苏州

秉　谦

七八年前，也在这枫叶渲红、桂子飘香的时候吧，我负笈杭垣，寄身在背山面水的之江。有个苏州的同学，带了些土产到校，多蒙分润，既快朵颐之后，就草了一篇《吃在苏州》的小品文字，在《时事新报》的“青光”栏里发表。有位广东朋友，大名我已经忘记，却坚持“吃在广州”，和我大打笔墨官司，最后他盛气凌人地提出百馀元一个的广东月饼，来问我寒酸的学子，尝过没有？我说这是贵族化的吃，和苏州平民化的吃，怎能相提并论？辩论才算告了终结。寒暑数易，恍然如昨。我真梦想不到会飘泊到山明水秀、人文荟萃的苏州。确是幸运，从前吃是纸上空谈，现在和理化室内的劳作一样，可以实地试验了。

本来衣、食、住、行，是我们日常生活中的要素，假使把人生详细地分析，谁不是为衣食奔走？扩大一点说，世界的恐慌，不景气，面包问题，不也是重要的主因吗？

就是圣人也说：“食色，性也。”人从呱呱坠地，直到奄奄一息，数十年的过程中，没有一天能和“食”字脱离关系——除非疾病。“三日不食则饥，七日不食则死”，更有定论。所以我来谈“吃”，一般道学先生，也不致视我为饕餮之徒吧。

苏州是鱼米之乡，天堂福地，所以吃的方面，较之他处，也略胜一筹。你走到熙来攘往的玄妙观里，就闻到很浓的五香和葱韭气，那里有异味斋的猪排，糖醋的，椒盐的，肥美可口，悉听尊便。

有五芳斋的豆腐浆，按卫生的原则来说，是最富滋养料的，但是提到豆腐浆，总使人有点淡苦的回味。我第一次和个本地同事逛玄妙观，他首先倡议去吃豆腐浆，我非常奇怪，以为豆腐浆有什么好吃，及至尝试以后，才觉着别有风味。浆里杂着虾米、海皮、麻油、辣椒、醋、酱油……“五味调和百味香”，我们吃得口滑，又连了一碗，每碗价只铜元十六枚，可谓价廉物美了。再有热气蒸腾的加蟹馒头，油光润露的黑色鱿鱼，厚薄匀和的藕粉，也颇令人垂涎。在人丛当中，有叫卖梨膏糖的，吴语软侬的调子，已够使人伫足，至于糖的好吃与否，我却没有尝过。其馀的零摊小铺，综错排列，简直是集小吃之大成了。

苏州的糖果，并不是我替它做义务宣传，早已是驰名遐迩。国联调查团光临敝国的时候，不是特地到苏州来采办糖果吗？糖果店的门口，像开陈列展览会般地排设着许多小橱和彩色玻璃瓶，里面五光十色，名目繁多，它对人们，尤其是视糖如第二生命的小孩子，具有伟大的魔力，什么巧格力、古克力……当非我辈所能染指。在“又要马儿好，又要马儿不吃草”的情况之下，我最喜欢的是奶油松子糖，糖的外面，有洁白透明的玻璃纸包着，吃到嘴里，鲜甜适口，而且松子还有“延年益寿”的好处。这是别处独无，苏州仅有的，我特向读者诸君简单地介绍。

在清茶馆里的吃，那就更平民化了。几个铜元一包的西瓜子，可以消磨很多的时候，名目也有好几种，如甘草、香水、玫瑰等，既小而脆，所以吃的时候，和普通阔背瓜子，或是瓜子大王不同，倒要有点吃的艺术呢。还有洒满甘草末的五香豆、青梅、橄榄……在谈笑风生的当中，夹着些剥落声，也是苏州别有的茶馆风格罢！

时序是秋令了，水果店的门口，都设着糖栗的炒锅；街头巷尾，满着熟菱和洋澄湖肥蟹的叫卖声；炒白果的担子到处都可看见。坐在家里，无举足之劳，得着鲜美的食品，只有天堂的苏州，可以享受。

至于陆稿荐的酱肉，潘万盛的腐乳，都是从前的贡物，而今的异味。其馀好吃的东西，真是美不胜收的多着呢！

想到广东百馀元一个的月饼，和“食费万钱，犹无下箸处”的贵族化的吃，有什么两样？我以异乡寄足的立场来说，吃在苏州，当之决无愧色吧。

（《申报》）1933 年 11 月 12 日）

苏州糖食店营业的概观

碧　桃

苏州商业繁盛的所在地，大概可以分为两处，一处是阊门（中市大街和城外马路），一处是城中心的观前大街。观察近几年来商业的趋势，观前街有胜于阊门之象，而糖果茶食的生意，阊门尤其是不及观前街，所以本篇单讲观前街糖食的营业。

苏州观前街糖食店中，牌子最老的，要算稻香村了。糖食店中的稻香村，好像是肉店中的陆稿荐，所以别处的糖食店，用稻香村的牌号的很多。后来在稻香村的东面，添了一家叶受和，这两家都是糖果茶食兼卖的，出品营业，都不相上下。

在稻香村的西首，有一条横巷，名唤洙泗巷，从前巷口有人摆设一个小小的糖食摊，所制的糖果，异常可口，尤其是水炒瓜子，人人爱吃，因为拣选得匀净，所以生意很好。积了几年，颇有赢馀，就在洙泗巷的西首，开起店来，名叫采芝斋，专卖糖果，不卖茶食，可算是稻香村、叶受和的劲敌。

后来又有人在玄妙观正山门口，开设一爿糖食店，叫一枝香。起先专卖糖果，后来也兼卖茶食，但是茶食的出品，不及他家，营业上不免因此多少受着些影响，所以今年秋间，趁翻造门面的一个机会，把茶食部取消，仍旧专卖糖果。

还有一家，唤做悦采芳，开在采芝斋的西面，一枝香的东面。其实这悦采芳是采芝斋一家开的，所以于采芝斋的营业上，丝毫没有影响。

更有已经闭歇的文魁斋，本来在玄妙观中摆设梨膏糖摊几十年了，牌子也算很老，可是后来在观前街开了店，营业不佳，只好关门大吉。

以上所述的，可算得近几十年来观前街上糖食店的略史。开设店的虽多，但是却相安无事，并没有剧烈的变迁和竞争。可是到了民国十四年秋间七月里，风平浪静中，却起了一个很大的波涛，从此各糖食店，入于优胜劣败竞争的时代了。

谁不知“商店装饰学”影响于商业的盛衰很大，可是苏州糖食店对于装饰学，实在太没有考究了，店面的装饰，仍旧是数十年前的老式，好像不如此不足以表显它的老牌子，什么窗饰咧，光线咧，价目单咧，包纸咧，罐匣以及罐匣上的说明书咧，更其是陈陈相因，丝毫没有刷新改善的表见。直到去年——民国十四年——受到一个很大的打击，便是新开了一家东禄。

东禄据说是上海人开的，它的位置是在稻香村的西，悦采芳的东，采芝斋的对面。它的房屋是新造的，一切装饰、布置，比较上没有他家可以及它，晚上的电灯，照耀如同白昼。开张的时候，是在阴历七月上旬，其时月饼将要上市，本来月饼的生意，首推稻香村，但是东禄的出品，倒也不输于它，并且所用装月饼的纸匣，比较美观些，所以顿时轰动了苏州城里城外的人，你也到东禄去买月饼，我也到东禄去买糖食，新开张的数天，店里店外，竟挤得水泄不通，有些人出了钱，竟买不到东西，营业的旺盛，可以想见了。

那时几家老牌子的糖食店，以为苏州人一窝蜂，新开店的生意，本来要比较发达些，等到日后时过境迁，自然会淡下来，倒也不在其意，于是也乘此机会，廉价大放盘，吸引顾客。一班主顾，落得便宜，有些已跑到东禄，因为人挤买不着东西的，有些怕到东禄去受挤的，都跑到老店里去买，还有已到东禄买过东西的，也跑到老店里去再买些，带回去，以资比较。那时观前街上的各糖食店，都是利市三倍，做着一笔好生意。

在起初大家以为东禄生意的旺盛，不过一时，谁知事实上却不然，一年以来，营业甚好。大概的原因，一方面固然由于出品还不差，但是一方面多少总还靠着商店的装饰罢。于是几家老店，都受着大大的影响，内中尤其是牌子最老的稻香村，不知为了什么，营业竟致一落千丈。有人说，稻香村的茶食还不差，只因它店里的伙友，对待顾客，略欠和善，所以有些人不敢上它的门了。这种捕风捉影之谈，也不能作为它失败的证据。

现在的稻香村，却不比从前了，也有很体面的店屋，和很旺盛的营业。原来今年夏间，已盘与别人，翻造新屋，在旧历七月廿四日，重新开张。同时一枝香也在今夏把门面重新翻过，取消茶食部。两家同于廿四日悬牌开张——不过一枝香在七月十四日起，已经先行交易，正式悬牌，则在廿四——那几家老店，也照抄去年的老文章，廉价放盘，于是又轰动了苏州城里城外的人，都跑到观前去买糖食茶果。

货色的确不差，价钱又很便宜，尤其是“蜜糕”的生意最好。“蜜糕”出板，每天只有两三回，逢到将近要出板的时候，店门前的人们，手中拿着铜元，都站在那里等候，一到出板，顿时万头攒动，人声鼎沸，几百只的手，高高举起，大家抢着去买，煞是好看，若是摄入电影，倒是银幕上绝妙的资料。

已失败的稻香村，重张旗鼓，以后它的营业如何，此刻还不能断定。但是据记者的推测，它若然从此蒸蒸日上，能恢复从前的老牌子，那末明年月饼汛里，叶受和说不定也要照抄它的文章，那时苏州人又有便宜的糖果茶食吃哩。

各糖食店的作场，都在观前街的附近——像洙泗巷、清洲观前等处——假若我们到它们作场里去参观一下子，那讲究卫生的，包管要不敢再吃它们的出品哩。这是记者亲眼目睹的。要请各糖食店的店主，特别注意些才好。还有那些废弃的东西，随便丢弃在门前街上——像豆壳、渣滓等类——未免妨害公众卫生，可险得很，也要请各店主注意些公德才好。警察先生们，终日价在观前大街商业繁盛的所在站岗服务，维持秩序，那些僻街小巷，不值得光顾，不过治安卫生，不是一部分的事，以后还要请你们高抬贵步，常常到那些作场的附近查察查察，如有堆积的秽物，赶快饬役夫扫除，替人民造福，功德无量。

各作场雇用的工人，除了制糖果、做茶食，是他们的本分外，此外杂务——像扛货、抬重等事——都要做。像一枝香今年夏间因为翻造房屋，把原来的旧木料，运到作场中，都是工人们扛的，足足扛了几个黄昏。逢到竞争放盘的时候，需要一多，只有日夜加工赶造，很为辛苦，但是他们的工钱，至多只有五六块钱。

住在作场附近小户人家的妇女，倒另外有一种特殊的职业，就是替各作场拣西瓜子、剥长生果（花生），等到夏秋之间，毛豆出市，还要剥毛豆，以备各作场制“熏青豆”之用。可惜今年天气亢旱，而且奇热，毛豆的收成不佳，供不应求，各作场出了代价，都没有买处，那预备拣毛豆的妇女们，预算表上，倒失却一笔收入哩。

（《商业杂志》1926 年第 1 卷第 2 号）

没有招牌的采芝斋

范烟桥

上海人到过苏州的，或者没有到过而嗑过甘草、玫瑰、水炒瓜子的，都知道观前街有一家苏式糖果店叫“采芝斋”的。主人姓金，起初是摆糖食摊的，日积月累，有了钱，化摊为店。所制糖食，以微酸而不流涎的山查糕、甜而不胶牙的脆松糖独擅胜场。苏曼殊所念念不忘形于简牍的粽子糖，更是价廉物美的平民化食品，三十年前，一个大钱，就可以买一粒来尝尝，所以连沿门托钵的，也可以堂哉皇哉做主顾而一享口福。那金老生下三个儿子，都能侍业，我们常见金老头顶挽了一个揪髻，拄着一根长拐杖，悠闲地在观前街上走着，不知道他是不是信道教的，可是他的招牌是郑孝胥写的，在“九一八”那年，他忽然把招牌铲去了，不知道是不是深恶其人。一直到他去世，三个儿子分开了悦采芳、采芝春两家，像三家分晋、三国鼎立，后来为了到上海来开分店，还闹了一起广告战。而起首老店、发祥之地的采芝斋，始终没有挂起招牌来，和上海文魁斋以乌龟为记，叫人认明不误，方法不同，而很有一点幽默味的。

（《大观园》1945 年第 1 期，署名含凉）

月饼小识

范烟桥

月饼者，象月之团圞，以为饼，中秋节之应时物也，故茶食店榻橥，必书“中秋月饼上市”。伎家打秋风，手提肩负，皆此五色斑斓之月饼匣子也。旧时苏城月饼，装薄木片匣，而外裹以白纸，上盖以招纸。俗讥身瘦而食量甚宏者，曰“月饼匣子”，亦以其外观虽怯而内容实丰耳。自东禄新张，乃易以五彩缋画之厚纸匣矣。马玉山装置最美，而以价昂，问津绝少，一般传统观念，尤其不信仰广东点心，况月饼又以江浙间为佳耶。

江浙间新嫁娘第一度中秋，必以月饼馈遗亲戚，取花好月圆之意，而大家赏给佣役，亦必于节犒以外，媵以月饼。故一年月饼之代价，其数颇可惊。往岁稻香村、叶受和、野荸荠、凌嘉和数家，莫不先期预制，未雨绸缪，中秋以前若干日，咸叠之如堵墙，顷刻即罄。

去年江浙构兵，适在此时，苏人流离趋避，不遑宁处，岂有心绪，点缀景物，故生涯骤形冷落。幸镇守使周夫人，以是日慰劳伤兵，购去月饼不少，并闻曾有某军官亦来采办大宗月饼，以饷前敌苦战之兵，则此团团者，顾有许多可纪念之历史在焉。

有老饕者言，普通月饼重一两六钱许，前此观前茶食竞卖，最重者达二两一钱而强，今虽仍以廉价相标榜，实在已暗中走转，仅得一两八钱弱。然个中人云，两败俱伤，已耗去千金以外，故有嫞和同盟之说，大约忍痛不到中秋矣。

谑者谓，苏人所以踊跃购月饼者，亦以去年未吃今年补耳。

（《半月》1925 年第 4 卷第 20 期）

点心篇

范烟桥

上海的印象，总以为苏州人讲究饮食的，其实苏州哪里能够及到上海的包罗万有、综合四海。不过苏州人对于点心，似乎比上海人认真一点，倒不是高贵华侈，而是在平淡中显出精彩来。譬如面，在上海除掉花色以外，鱼面肉面，是味同嚼蜡的，并且潦草塞责，决不刻意求工。在苏州却是极有经济，不仅是著名的店铺，有着颠扑不破的滋味，而且同样的一碗面，老吃客有各种不同的吃法，好像书画家的点品，却并不加价的。譬如汤团、方糕、烧饼、馒头，许多极平常的点心，哪一家最好，都有其特长，不是随处可吃的。因为苏州人的朝餐，大都依着《易经》所说的“不家食吉”，总是到茶寮里去吃点心的，而几个熟朋友，各本经验所得，推荐出来，再经过品评，便确定了它的好坏，毕竟《孟子》说的“口之于味有同嗜”，此是有相当理由的，多数人说好，准不会坏了。还有一点，也是上海不及苏州之处，就是苏州人吃点心，以价廉物美为惟一标准，不像上海人不计较这些的，上当还算是漂亮，假使这里的价钱贵，而实际并不出色，包管结果无人顾问。上海人到苏州吃点心，必须向苏州人请益，否则徒然成为洋盘而已。一般人都说，松鹤楼的卤鸭面是独擅胜场的，可是卤鸭固然不恶，那面却远不及观振兴，舍短取长，方称内家耳。

（《快活林》1947 年第 49 期，署名烟桥）

鸥夷室酒话

范烟桥

一

吾乡有一谚曰“酒落快肠”，盖言快活时饮酒，不易醉也。然吾人往往于百无聊赖时，借酒排遣，不亦适得其反欤。就余之经验言，在不快活时饮酒，其量顿窄；狂欢飞扬，则酒力有如神助。故能于不快活时勉强而行之，使之饮过其量，自然有一种忘却本来之乐，所谓“一醉解千愁”，可与“酒落快肠”语，互相发明也。

女子能饮者少，惟余戚陆女士有一斤量，且饮后面不改色，惟桃花上面而已。二姑母少时亦能饮，近年事增，且病咳嗽，故临酒惴惴，浅尝辄止矣。

任杏生姻丈有母，每夜必饮，任丈亦宏量，虽在外酬酢，已饮多酒，既归，仍须奉卮与其母同饮，否则不欢，寿逾古稀，犹能饮一饭盂云。

劝酒之具，多不胜计。余家有一酒仙，立磁碗中，覆以幂而露其顶，贮水便浮，用时以指捺之使下，指去，任酒仙自起，视其面对何人，何人当饮。惟略可舞弊，且有时界限不易分清也。

任君味知家有套杯十事，大者容酒十两，小者容酒半两，中间等差增减。用之有两法，一则拇战，一则射覆。拇战以先负者饮小杯，而大杯则为最后五分钟之决胜。射覆先以一物于密处置任何一杯中，故杂列十杯于盘，令人猜度，不中则注酒于所举之杯而令之饮，中则藏覆者饮全盘，其已饮去者免，事虽简单，而颇具精思。有时须置小杯中，使人不屑视之；有时须置大杯中，使人不敢尝试。盖不中，须自饮，酒力不胜者，往往避之。有时须置折中之杯间，使首尾均不能中，黠者察言观色，令人捉摸不定，纯乎心理作用，要之仍不脱“知己知彼，百战百胜”之金科玉律耳。若其馀不能命中，留剩一杯未猜，则亦归负于猜者。故最后之一猜，万目睽睽，固无异诸侯军作壁上观也。

酒令中飞觞最为普遍，然以限制略严为佳。譬如限唐诗，限宋词，限《古文观止》，限《四书》，若随意举一成语，未免太滥太宽，必至杜撰而后已。某日星社雅集，飞一片字，瞻庐举乾隆谐作“一片一片又一片，二片三片四五片，六片七片八九片”，三句，几至遍席皆饮，哄堂大笑。

酒筹佳者绝少，余在先施公司买一嘉定竹刻之唐诗酒筹，制作尚精，惟中有一筹，注“妻妾不和者饮”，殊为少兴。盖妻妾不和，为家庭间隐事，而男子所讳之者，若拈得者勉强附会，必使受者寡欢，不知何人作此恶剧也。眠云有象牙酒筹，惜刻字粗劣，而选句与注脚又不甚贴切，去年元日曾一度用之，咸为象牙太息不止。

（《红玫瑰》1926 年第 2 卷第 25 期）

二

家大人在里中有蝴蝶会，每择春秋佳日，各以一两簋家肴与会。先叔蔼人公曾制一酒筹，选古诗中之有“秋”字者百馀句，饮美酒，吟佳句，颇有一唱三叹之致。后各以事牵，此举遂废，而酒筹亦为吾辈玩弄散失殆尽矣。

用酒筹者，须各有耐性，往往拈得一筹，席间尚无此事发生，宜密藏此筹，勿使人知，俟事有凑巧，乃举筹相视，便觉趣味盎然。

最易博人笑噱者，为击鼓催花令。以最不善饮者至隔室，或背席坐击鼓，而席间以花相递，鼓止，花亦止，花止于谁何之手，谁何当饮。善击鼓者，时而疏如滴漏，时而急如骤雨，使在席者无可捉摸，人人有急求嫁祸于人之念，一种急促匆忙之态，殊可笑也。

酒与诗连，谓之风雅；酒与花连，谓之风流。雅与流孰美，酒人能作一转语否？就余所感触，饮酒赋诗，只能合少数程度相仿佛者为之，若杂以不能吟咏者，必至隅座不欢，小而言之，酒令之稍艰仄者，煞费思索，酒政亦同于苛政矣。至饮酒对花，为狂欢之最普通者，一笺飞去，片刻人来，调笑解颐，清歌悦耳，酒量之增加，在不自觉中，然一涉荒伧，便少韵致，故此等遣酒方法，不可少，亦不可多也。

吾里有酒人姓钱氏，每醉必言鬼事，谓夜眠后，须往城隍庙前作皂隶，人因称之曰钱捉鬼。一日，忽谓其家人曰："今夕须多治酒食，因余奉命往捕一恶人，孔武有力，非多饮酒不能壮胆增气力也。"家人如言供张，钱果痛饮倍一于平时。眠后见额泚涔涔，若甚惫者。及醒，叩之，钱曰："幸不辱命，已致之神前矣。"问在何所，钱答之甚了了。往诇之，果有一人暴卒云，相戒勿声，恐受神谴也。

（《红玫瑰》1926 年第 2 卷第 26 期）

三

吴门酒家几乎遍地皆是，可知酒人之多。以观前而论，已有七处，每至电炬初明，座客渐满，胡天胡帝，不知天地为何物。虽甲乙之际，烽火连天，警告频闻，不遑宁处，而老主客仍须向柜台应卯也。

善饮酒者不上菜馆，以菜馆重菜不重酒也，而酒家则反是。春时亦只红心山芋、马兰头，一则碧绿如翡翠，一则嫩红如珊瑚，成绝妙色调，且爽脆可口，不下珍羞。然有数客，并此亦谢绝，仅以一铜元易甘草五香豆二十馀粒，可下酒一斤，斯真专为吃酒而来矣。

护龙街渔郎桥畔有一酒家，以家常便馔饷客，如白切肉、笋片荡里鱼、莼菜汤、虾子豆腐等等，令人有出自家厨之疑。惜其地湫隘，略无花木之胜，若置之西子湖边，必能招得几许诗人词客来也。

前年金狮巷小仓别墅卖酒，以扬州厨子治菜，趋之者甚众，以价昂渐多裹足，且皆以现成瓶酒供客，尤为酒人所弗喜，因瓶酒易败味，制者往往和以烧酒，于是辛辣干燥，不堪向迩矣。然风帘微飏，花气袭人，绝好一酒场也。后以主人王乔松将弃其星卜之生涯，归老田园，乃杜门谢客焉。

每至胜地，逸兴遄飞，往往苦恨无酒，否则何止浮一大白，然余有小友任君孝则，竟死于是。任君读书省立第一师范，秋深与同学结队往天平，天平距苏城须三十馀里，彼等自负健足，乃步行焉。至山麓已甚惫，且告腹枵，乃就村人购牛肉、烧酒，登山择胜处，且饮且啖，不觉酩酊。逾午相率归，酒涌而力不胜，至中途而颓然倒矣。同学睹其状，有如重病，大恐，亟招山兜舁之返。就医，医谓酒毒已化入血液脏肺，不可治，逾日而死。其人英年有才，如此夭折，殊可痛心。此事可作广长舌，为酒人作一前车之鉴也可。

（《红玫瑰》1926 年第 2 卷第 28 期）

姑苏酒市

范烟桥

观前、阊门的酒店，比较富丽一点，但吃“戤柜台”酒，不减其惟酒是吃的风度，所以在同一酒店里，丰俭大相悬殊的。

几家酱园，也卖酒的，论理酱园自己酿酒，决不会坏，可是实际上远不及酒店里的酒。因为前者不过是热闹一下，并不专在酒上博利，而后者却是以卖酒为营业，不能不考究一点。而且老吃酒的，在酒店里，口味吃得不合，尽管可以换。

香烛店也有酒可买，不过是经营者多绍兴人，带卖些绍兴酒而已，倘然有熟人，倒买得到陈酒。可惜他们只有冷酒，没有热酒，不能上店去吃的。

到了晚上，酒人上市了，每一家酒店，都是“座上客常满，樽中酒不空”了。有的独据一席，自斟自酌，他并不觉得孤独枯寂的；有的呼朋引类，团坐了一席，甚至两三席连起来，拇战斗酒，闹得四座皆惊。冷热不同，趣味随之而异。最好是拣一家离市较远的地方，和二三素心人且谈且饮，闹中取静，合乎中庸之道。护龙街宜多宾巷口，有一家姓沈的酒店，适当其选，他们还会煮菜，是家厨风味，鱼虾蟹最新鲜，素菜也可口，座位不多，就不至喧闹了。

至于菜馆，未尝不能吃酒，可是到了那里，在势是酒菜为主。除非像观前的松鹤楼、易和园，城外的义昌福等家，只吃几样下酒菜，不至为堂倌所薄视。

战前的酒价，一个“免四”不到一毛钱，所以轻而易举。偶然有朋自远方来，去吃一回酒，彼此已经醺醺然颇有酒意，也不过化上一两块钱，惠而不费，比邀到家里去合算而便当。现在可不对啦，一切都得加上一倍，而且时鲜货还不止呢。

酒，总得推尊绍兴，前几年绍兴酒运不到苏州，便由绍兴人在苏州酿。据说虎丘水、太湖水酿酒都好，因此苏州就取绍兴而代之，连别地方，也苏州权当绍兴酒了。不过在苏州，除掉家里旧有的以外，不容易吃到好的陈酒。酒店里为了资本关系，不肯多存，开了瓮，卖不完，又舍不得当“料酒”，不得不七拼八凑，混过去完毕。所以上海倒有好陈酒，只有肯化钱。

苏州有许多园林，都不卖酒，不会利用风景卖钱，就是虎丘，也只卖茶。山下有一家酒馆，没有好酒，并且离开虎丘，已看不到风景，那里有酒，只求果腹而已，要像西湖边上的楼外楼，以青山绿水作酒场的背影，在苏州是找不到的。

（《国光》1946 年第 1 期，署名烟桥）

洋澄大蟹

张叶舟

两个容易缠夹的湖

秋风起，蟹正肥，浙江路一带的蟹摊，和星棋罗布的栗子担，同时“上市”了。根据栗子必须“良乡”的理由，不论浏河蟹、浦东蟹，也都挂上了“洋澄大蟹”的牌子。

每个上海人爱吃“洋澄蟹”（按洋澄湖应作阳城湖，惟俗写通作洋澄湖），原和爱吃“良乡栗”一般，可是，洋澄湖在哪里？大都是茫然不知所答。七年前，我自己就闹过一次笑话。

——那时候，我和妻还相识未久，我们彼此夸赞故乡的土产，她就提起洋澄大蟹来，我笑着说：“洋澄湖不过邻近你们昆山罢了！上海人是不明地理的多，尽管由你们去乱说，正如平湖西瓜去冒充海宁瓜，同样的永远拆不穿！但是瞒不得我……”这倒弄得她诧异起来：“依你说，洋澄湖不是属于昆山县的吗？这个倒要反来请教你了！”我连忙打开《江苏简图》来说：“看见吗，这是苏州，也就是吴县，这里是角直，那儿是车坊，洋澄湖在昆山的边缘，说与昆山毗邻是可以，论辖境不是属于苏州的吗？”我理直气壮地说完，她笑得前仰后合，终于说：“我再问你，这是什么湖啊？”我说：“洋澄湖啊！”她说：“你仔细瞧清，这里不是明明写的澄湖吗？”我武断地说：“这何尝没有看清，澄湖不就是洋澄湖吗？”她说：

"少了一个洋字，如何可以强迫它一定就是呢？本来是两个湖，你凭什么理由要把它们合在一起呢？"于是，她又取出一幅《江苏详图》来，在昆山分图中，我看见了洋澄湖在县境西部，位于正仪与唯亭之间，而澄湖呢，方才《江苏简图》所载的，与苏州分图完全相同。她扁扁嘴说："是二个湖呢？一个湖呢？"我只好抱怨《江苏简图》的不清楚，自知地理智识浅薄，闹了一次笑话，只好叹口气说："洋澄湖与澄湖，两个好容易缠夹的湖啊！"

混水湖与清水蟹

两年后，我和她已经结婚，有一天到苏州的木渎去，我们的船经过澄湖，妻遥指那黄浊的水说："看见吗，这是一个浑水湖，而洋澄湖中的大蟹，是以清水著名，只要如此一想，就决不会再有缠夹的了。"

据妻子告诉我："洋澄湖里的水，正和澄湖相反，清绿可爱，平静的时候，可以洞见河底游鱼和水草，因为洋澄湖的深度，原是有限的，但每逢水涨时候，倒也汪洋一片，狂流万顷……"

妻又说："蟹是水族中最平凡的东西，不论哪一条河，地不分南北东西，水不分咸淡浊清，都可以生长的。不过，洋澄大蟹闻名全国，除了'清水'的关系外，还有一种特别有的标记，那便是每一个蟹上，有显明的一个'工'字形，俗称'工字蟹'，这和松江的'四腮鲈鱼'同样的特别，即使在距离洋澄湖不满五十里的夏驾河内，要想发现一个工字蟹，是绝对不可能的事。因此，连昆山的小孩子，对于洋澄湖蟹的真伪，可以立刻辨别，不像上海人，啖着冒充的洋澄湖蟹，还是津津有味，并不知道自己已经上当哩！"

幽美的洋澄湖

数年来，我已到过洋澄湖畔多次，这名蟹产地，是一个幽美的风景区域，湖畔点缀着稀稀落落的垂杨，湖心遍植着一排一排的蟹簖，偶然有渔人驾了一叶扁舟，荡桨中流，捕捉鱼虾，或有许多村童，嬉戏湖滨，施展惯熟的手法，看他们摸得一只一只的大蟹。这种景象，美极了，却又是别具风韵，是西子湖、玄武湖、永安湖、南湖……各大名湖中找不出来的美点。

生活在这样静谧的湖畔的居民，都是有幸福的！村姑们带着娇羞偷偷窥探那些陌生客，脸上泛现天真的笑意，微露洁白的贝齿，当她们被你凝望得不好意思，赤着足飞逃回去时，再回头投送给你一个媚眼。这种诱惑，使你不得不说句良心话："她们实在美！"

她们都是勤劳的一群，不是在田间帮助男人们工作，便是在家中织布，晚上，她们或者睡在蟹棚里，看守着红灯，防备偷蟹的人们——蟹是被她们"守"着啦，许多神秘的传说，也从蟹棚子里散播出来。比方是，同村的阿贵生，趁着翠云姑娘熟睡在蟹棚里的时候，偷掩了进去，等到翠云惊醒觉过来，发见了使人羞答答的情形，只好索性不敢声张了……

这样"美的故事"，在洋澄湖畔每一个角落里，都可以随便听到。我用怀疑的目光搜集那些风流成性的村姑们，莫非她们都是传说中的主角吗？

不错，幽美的洋澄湖，加添上了这许多神秘的故事，是格外值得人们爱恋的！

伟大的蟹簖

说起蟹簖，我们江浙一带，也可以看到，不过都是小规模的，最阔只有两三丈，但洋澄湖中的蟹簖，纵横交叉，最巨大的蟹簖，有数十丈阔。蟹簖的一端，连着蟹棚，也像湖心的水亭，那是给守夜的人们睡觉的地方。当蟹们被红灯的光引诱，沿着蟹簖爬进了蟹囤以后，守望的便可在蟹棚中垂放下蟹罩，连一个也不能免脱，都可装入预置着的蟹篓中。

这样的捕捉方法，最简单也没有了，成绩好一点的，一夜天捕捉数百只大蟹，也并不困难，而且小小的一盏红灯，点它一夜也费不了多少钱，所以只要蟹簖安排好了，此后捉蟹就用不着费多大本钱。难怪有的人家安排好了几个蟹簖，依赖着“蟹季”的收入，足够他们一年的开支了。

但是，安排一个蟹簖，照目前的竹价，最小的起码也得数百元资本，大一点的就得数千元。听说在洋澄湖里要安排蟹簖之先，必须先安置竹桩。由深识水性的人，泅泳到河底，担任此项工作，所以要完成一个蟹簖，原不是一件容易的事情。

这些伟大的蟹簖，碰到大飓风，难免有吹折可能，普通的风浪，是不会撼动它分毫。又因为蟹簖是软中带有韧性，所过过往船只擦过蟹簖，彼此都不会受到什么损伤的。

神秘的蟹洞

蟹有洞，正如飞鸟有巢一般的不足惊异。

记得幼小时候，常常到钱塘江畔去游玩，看见一个个隆起的小少堆，我们就喊着:“这是蟹先生的家！”那些捕蟹的人们，持有一端缚着铁钩的长竿，很迅速地向这些小沙堆拨开，等到那长竿提起来时，一只海蟹就被铁钩拉出洞来了。有一次，我也探手到蟹洞里去捉蟹，被一只大蟹钳得我痛哭，从此再也不敢轻易造访蟹先生的家了!

可是，洋澄湖中的蟹族们，没有沙堆来掩护它们的“家”，只是把“家”建造在湖岸边。

神秘的蟹洞，东一个，西一个，零零落落散布在湖岸的周围，大概是没入湖水两三尺的地方最多。那些摸蟹的人群，也是最杂乱的一群，有中年农夫，有壮年农妇，有少年有少女，有十多岁的孩童，他们都是赤足赤脚，穿了一条短裤，腰间挂了一个小竹箩，上身矛盾地穿了棉背心，赤裸着双臂，弯着腰，在浅水中摸索，看他们的样子，每一个蟹洞都似熟悉的。当他们的手伸出湖面时，一只只肥蟹也跟随他们的手送入了小竹箩。我真奇怪，他们的手皮如何老练，不怕蟹螯钳痛？我也奇怪，他们的手法如此纯熟，几乎不会虚摸。听说这样摸个大半天，也有数十只蟹可得，除了回家可供一家人大嚼一顿外，剩下的拿到附近小市镇上变卖了，也不无小补。不过，近两年来蟹价高贵，摸蟹的人一多，要每天摸得数十只蟹，便很困难了。

米珠薪桂蟹涨价

记得二十七年秋天，我到洋澄湖畔去买蟹，一块钱可购二十只，还是争先恐后地要挨卖给我。那时候的米价，一元钱恰巧可换一斗米，如果一天能卖去三十只蟹，一家人就有肉饭好酒吃了。二十八年秋天，蟹价增至一元五只，二十九年一元两只，三十年一元一只。今年呢？五元三只，折合旧币不是要三元多一只吗？和二十七年的蟹价，已是涨了六十多倍啊！乡间米价新币二十元一斗的现在，米价的暴涨还追不上蟹价呢！

据不大正确的统计，洋澄大蟹，运销到外埠最多的时候，四个月“蟹季”，数在一百五十万只以上，就是卖最便宜的价钱，也得十万元左右，以这巨大的数目，分配给洋澄湖畔数百家居民，虽说不上如何丰富，也是相当可观了。可是现在，蟹价虽高，销路也呆滞了不少，去年仅约销百万只，今年说不定还要减少。同时，依赖捕蟹为生的人们，反而日见增多，难怪蟹民的生活，要叹喟生活艰难了。

蟹的输出及路线

“洋澄湖蟹”这名字，在江南各大城市中，差不多是没有不知道的。虽然要吃到“货真价实”的洋澄湖蟹，是十分困难，因为洋澄湖面积有限，产蟹究属不多，要普遍广销整个江南地域，自然不敷分配。于是，冒牌的洋澄湖蟹到处充斥，弄得真假莫辨，有钱吃不到好蟹，已是极平凡的事情，还有什么话说呢？

据说，要吃真的洋澄湖蟹，只有在昆山、苏州两地可以吃到，这是两地距离洋澄湖最近的缘故。凡是运往青浦、嘉定、太仓、松江、上海、浦东……一带的洋澄湖蟹，都以昆山为集散地；凡是运往嘉兴、杭州、湖州、无锡、常州、宜兴、镇江、扬州、南京……一带的，都以苏州为集散地。“近水楼台先得月”，距离愈远，经过几个“转手”，不用说中途都被“掉包”的啦！有一位蟹贩曾幽默地说：“洋澄湖蟹运出来时，只只是真的，不过，等到运得到目的地，却只只变了假的了！”

严格说来，直接一次可以运送到的，像昆山到上海，苏州到南京，“掉包”的机会和可能性也比较减少。假使中途须火车、轮船、公路转运数次的，那就真货愈弄愈少，比方洋澄湖蟹运到湖州、德清、桐乡一带，先从民舟送到苏州，再由火车送到嘉兴，再以轮船或汽车送到湖州，末了更以快舟运至所属各县市，几经转折，赚饱了中间人，结果是出了“高价”，吃些“假货”罢了。

洋澄大蟹的特色

“不怕不识货，只怕货比货”，这两句话，说得最对也没有了。在没有“比较”之下，任何浏河蟹、浦东蟹都可以冒充得过“洋澄大蟹”，可是，在两两相比下，就是小孩子，也容易分辨得清，何况是聪明又精明的上海人呢！

原来，洋澄大蟹以“清水”著称，它的蟹壳，青绿得可爱，决不像浏河蟹、浦东蟹那样的黄浊得可憎！就是同在昆山境内所产的蟹，像青阳港蟹、夏驾河蟹、茜墩蟹，虽与洋澄湖距离不过数十里，但蟹壳已没有如此青绿了。至于和钱塘江中出产的赤褐色海蟹一比，那更是不可相提并论啦。

洋澄大蟹有蟹螯与蟹脚，都是长得十分饱满坚实，尤其是脚上的毛，又长又密，好像女人的眉毛，十分美观。再说它的本身，椭圆形中带有方形，不像普通蟹的生得不尖不圆，毫没有“雍容华贵”的气象。

蟹上的“工”字形，这好像是“洋澄大蟹”的“注册商标”，他家不得“仿冒”，也是无从仿冒。这，我在前面已经提及。

如果你已经晓得了洋澄大蟹的味道，你一定可以觉得，洋澄蟹的蟹黄极其结实，蟹肉十分鲜嫩，不像普通蟹的一般泥土气，除了一包水以外，简直没有什么蟹黄与蟹肉，俗称“水通蟹”。吃惯了“水通蟹”的人们，偶然能吃到一次“洋澄大蟹”，自然是格外见得它的“好处”了。

蟹的寿命能活多久

谁都知道乌龟是最长寿的动物，蟹呢？恰巧相反，是最短命的了，一年一度，也就是蟹的一世。尤其是蟹被捉以后，挣扎不到数小时，往往就要死的。不过，要是懂得贮藏方法，它们的寿命，也可以延长到数天或数月之久。

这里有一个很简便的试验：你从街上买回一个活蟹，把它放在极大的篮子或缸里，听让它自由爬动，你以为这样总可以使它活得比较久长一点吧，其实，你是想错了，它爬不了数小时，等它爬得力尽的时候，便是它“一命呜呼”的时候。或者，你以为蟹是生长在水中的，你把它捉来也放在水中吧，那无非是格外促其速死一点，因为“活水”与“死水”不同，每一个养蟹专家，很能明白此中奥秘。

所以，当你们到市上去买蟹，贩蟹者总是把蟹一个个缚成一串交给你，这样你带回家去，只要在任何地方一挂，就可以让它们活到数天之久。蟹贩子的蟹，一篓篓的放在摊上，一皮皮的叠个紧紧，也可以使蟹的生命，维持到一星期或十天之久。

在洋澄湖的居民，对于蟹的贮藏法，研究有素。他们把九十月中捉到的蟹，放在极大的瓮子里，让蟹和蟹重叠着，隔数日放入一些稻穗，上面压有重物，这样，可以贮藏到年底或新年里，取出来煮食，还是活的。所以，在别的地方，到了十一月，蟹已绝迹，但洋澄湖畔居民吃年夜饭时，还有蟹羹可吃哩。据说，贮藏得好的，可以使蟹的寿命，延长到半年以上。

腌蟹醉蟹与酱蟹

洋澄湖畔的居民，对于蟹的吃法，真是比上海人考究得多，他们除了和上海人一样的煮食鲜蟹外，并把吃不完剩下来的蟹，制成腌蟹、醉蟹与酱蟹，可以经久不坏，随便什么时候取食，都是味美异常。

制造的方法极其简单，一只只蟹用盐抹过，或者浸在咸菜汁中，经过相当时日，就成为腌蟹；和酒糟一起放多少时日，或加放一些花椒之类，便成了醉蟹；如果浸入纯粹的鲜酱油中，加放茴香之类，不到半个月，便成美味的酱蟹了。

洋澄湖畔的居民，每以腌蟹作为佐粥妙品，而以醉蟹拿来敬客，轮到过时节的日子，方吃酱蟹。我曾在那里吃过一次年夜饭，除了大鸡大鸭外，一大盆酱蟹，这是别有风味，永远使我不会忘记的。可见得他们把酱蟹当作“上品”。至于腌蟹，他们在啖着的时候，总是说：“我们真苦，下饭没有好菜，老是吃一点腌蟹……”

如果要用一个恰当的比喻，洋澄湖畔农家的“腌蟹”，和普通人家的“腌菜”与“咸鱼”差不多。醉蟹呢，不上不下，算不得佳肴，也不能说是劣菜，用以敬客，在他们已是十分客气了。

但是尝过了农家自制的腌蟹、酱蟹，再去进食市售的腌蟹、酱蟹时，你只有摇头皱眉了。因为前者有说不出的美味，后者不过是一些咸味罢了！这正和我的故乡海宁一带，家家能自制香郁味美的酱肉，难怪海宁人到了上海，对于杜五房、陆稿荐的著名酱肉，买了一次不愿再去上当第二次了。

蟹羹蟹包与蟹面

为了昆山是产蟹的地方，到昆山菜馆中去点菜，请你千万不要忘记了“蟹羹”，因为上海的蟹羹，大都是假的多，是一些“鱼肉”与“咸蛋黄”冒充的，在蟹价高贵到如此的今日，要吃纯粹的蟹羹，走遍上海是吃不到的。

我的妻是昆山人，她的拿手好菜，便是一只蟹羹，到我家中来吃过饭的人，都盛赞过“蟹羹”一菜。我有几个知己朋友，逢到有蟹的时候，总是特地跑到我家中来，要点吃这一只菜。其实，昆山菜馆中的蟹羹，烧得比我妻子更名贵十倍，有时加上一些金腿片、鲜肉丝，其味美得更是不能形容。价值也非常便宜，六年前只要二角五分，现在虽要开价到七八元，但和上海一比，还是便宜了一半呢！

其次，昆山的蟹肉包子，是和南翔馒头同样的驰名远近，一层极薄的皮，里面包的都是蟹肉、蟹黄、蟹油，只要幻想幻想，已足够垂涎三尺的了！和上海沈大成所号召的蟹粉馒头一比，又是小巫见大巫了。最便宜的时候，是五分钱一个，现在呢，也要卖到五角一个，并且做得比以前小得多了。

蟹面，更是极其有名，我在两年前，写过一篇《昆山的鸭面和蟹面》，说到它的滋味，是走遍江南各大城市，也是吃不到的。昆山正阳桥一带，面馆栉比，还像上海派头雇用了女招待，他们一天的开支很不小，但他们的全部生意，有蟹的时候，靠的是蟹面，无蟹的时候，便卖的鸭面。凡是远近的游客，到昆山去的，别的事可以放得下，一碗蟹面或鸭面不下肚，总似乎有点不开怀的。从前两路路局出版的“游览指南”中，对于昆山的名点名菜，特别提出的，便是“蟹羹蟹包与蟹面”。

节近重阳蟹话多

季节将近重阳，昆山是平原地带，“登高”的话不感什么兴趣，就是爬上像“土墩”似的马鞍山上去眺望一下，并不是全城收在眼底，而只见高楼大树障蔽了视线，其“高”也就可以想见。倒因为昆山是产蟹名地，俗称“九雌十雄”，那是说一到农历九月，雌蟹的黄已是长得结实，交进十月呢，雄蟹的油也是长得满满了。所以，每逢重阳佳节，上海人狂啖着老菱，正是昆山人“持螯赏菊”的辰光到了。

（《杂志》1942 年第 10 卷第 1 期）

谈谈景三潭蟹

老　饕

鞠有黄花之候，正持螯饮酒之时，而蟹之美，实无过于我乡景三潭所产者。地在三家市西北三里许，相传明副使茅贡，曾以此贡于朝，作天厨之珍。余固老饕，而嗜此尤甚，每一念及，辄馋涎欲滴。

景三潭蟹之美，在于团。其肉之柔嫩，又其馀事也。蟹，甚巨，而黄实多油，入口而化，肥美绝伦，倘益以紫芽姜、镇江醋、嘉定酱油，与二三知己，酌绍兴之酒，殊令人欢乐忘忧。

三家市市上所售之蟹，真属景三潭所产者，十仅二三，必择其背上作兀字文，螯端呈紫褐色者，则蓑衣色紫，而非凡品。

阅者诸君，有疑我言乎，曷到三一尝试之，倘尧葱舜韭，的是可口，将何以谢我?

（《太仓明报》1946 年 11 月 3 日）

木渎鱼鲜

敏　仲

提起木渎，不期然而然地会令人脑际幻出一个山明水秀之乡出来，的确，这不是幻想，木渎虽然不过是个小小的乡镇，但因为灵岩山的名胜，名闻全国，这小小的乡镇，也就为了历史上地利上的种种关系，到如今已是成了十分热闹富庶的一个市集，而地势上的优势，用了“山明水秀”这四个字来形容，尽不必另外用累赘的词费描写了。

从苏州南星桥下趁轮船，不过一个小时便到了木渎。走到了木渎镇的街上，一路闲眺，这里一面的人家，都是傍水架楼，一面的人家，开出后门来便可以看见山。你想，这样的住宅区，可是都市里的人们所能希冀厚着吗？从热闹的街市走完，渐渐地向上山的路上走去，可以看到有许多粉墙粉壁、黑漆大门的乡镇上大户人家，这在都市中人又以为是不足奇的，但这里面住的人家所享受到的自然的享乐，恐怕一辈子不是摩登的绅士、大都会中的布尔乔亚们所享受得到，真够教人羡慕。

就在木渎的镇上，有一家遐迩闻名的石家饭店。

石家饭店，现在是扩充得规模宏大，迥非昔比了，听说已有旅社部分，供外来的游客驻足安憩，而酒菜部分，也更见无美不备。我已有四年不到灵岩山去，最近的情形，自然不大详悉，可是从前的木渎的好处，现在是不会两样的。我就把我从前去的时候的事，记下一些，供我自己的回味咀嚼，并以供诸君去游春时的一些指导罢——我就是单说石家饭店的鲜灵风味“鱼鲜”。

那一年，可不是春天，而是气候高爽、风日宜人的中秋时节，我和内子一同去游灵岩，预定上午游山回来，便在石家饭店午膳——这是到木渎去游山的人一定的规律——在上山之前，经过石家饭店门前时，将手里携带的累赘东西，都寄放在石家饭店里。

游完灵岩山下来，到石家饭店，已经快要打一点钟了。我们上楼坐定，赶紧便点菜，肚子委实打饥荒了。点好菜，喝了些茶，就走到临街一面的楼子栏杆边去闲瞧。

那时节，石家饭店隔街望衡对宇的那一面房子，就是他们烹调佳肴的厨房部分，做好了菜，都从那面热腾腾地托到这面楼上来。我们瞧他们弄菜，瞧得越等不得了，便催堂倌快些把菜做好拿来。

菜是来了，一共点了五样，两个人可吃不了，无论怎样饿，总吃不下这许多。因为他们的菜，可不像上海菜馆里那样“假”，按“假”字的意思，就是瞧上去很满泛，其实一吃便碗底朝天，不是真的着实。都是大盘儿的着实经吃，为了风味的灵鱼，尽量地吃喝，酒醉饭饱，还是剩肴过半，因此懊悔不曾多同两个人来吃。

我们点的五样菜当中，一样蜜汁桂鱼，一样炒虾仁，一样奶汤鲫鱼，一样炒蟹粉，还有一样却是肉了。五样中，四菜都是水里的“鱼鲜”，这就是石家饭店去吃菜的目的，因为到石家饭店而吃肉不吃“鱼鲜”，无异“入宝山而空回”了。

他们的“鱼鲜”，鲜、灵、真、美，这四个字可称道出了好处。因为木渎镇既是山村，又是水乡，他们镇上，没有隔宿之鱼虾，石家饭店我们吃饭的楼上，临河一面凭窗望下去，河下便有人在打鱼捕虾，他们烹烧的“鱼鲜”，一出水即烹割入镬。你想，还会不鲜，不灵，不真，不美吗?

别石家饭店四年了，这鲜灵的“鱼鲜”风味，时时地想起，忘不掉下。我想，在最近的将来，我总还有机会去吃几次。

有一点要告诉诸位读者，你们倘使去木渎，在石家饭店饭时，最好同个本地人同去，便是苏州城里人也不大行，因为外路人去，他开门账出来，价目里有些像杭州人说的“刨黄瓜儿”，这却是明明吃的亏，应得注意。

（《食品界》1934 年第 10 期）

昆山的点心

京沪铁路管理局

昆山驰名的是鸭面，昆山的面馆，大都售鸭面，鸭面最好的地方，正阳桥小菜场附近有亦宜楼、中央菜馆，百花街有协协馆，高板桥有四时春等。这几个面馆的鸭，白净肥美，汤亦清鲜。鸭面以外，四时春的胡椒虾蟹面、菜心虾仁面，冻鸭也可尝试一回。

吃鸭面要在早上，愈早愈佳，食客到馆，堂倌送上鸭浇、鱼浇、卤肉浇、鳝浇、腊肉浇等，每种各一盆，任客选择，早到的可拣上品。每一浇盆，以四个计算，每个现值铜元十二枚，剩馀扣算，此系指鸡、鸭、腊肉可分的，如鳝、卤肉浇不可分的，虽有剩馀，仍作四个计算。

吃面时，各馆有鸭血汤赠客，味极鲜美，不另取费。

面有汤面、拌面的分别，汤面中又有白汤（即鸭汤）、红汤（即鱼油）、卤汁三种，拌面有干拌、镬拌两种，煮法不同，味亦各别。

下午有小笼馒头、汤包、水粉团子、虾仁馄饨、烧卖、水饺等。

（《昆山》，京沪铁路管理局 1934 年 1 月初版。篇名为编者另拟）

常熟的吃

俞友清

常熟的酱鸡，变了苏州人的佳馔，开设在苏州观前的有龙凤斋、马詠斋等多家，好像同采芝斋的西瓜子，互相媲美了。照我们常熟人看起来，除了酱鸡酱肉以外，特产的东西很多。像潭塘的金爪蟹，不亚于阳澄湖的出产；大河的虾，壳软而薄，梅雨后，有脑有子，他产所不及；长江中的海白虾，味道尤加鲜美；古里村的水蜜桃，漕泾的深水菱，横泾的马铃瓜，雪沟的西瓜，顶山的鲜毛栗子，宝岩的白杨梅，都是水果中的佳品。别地的人，恐怕一时不能知道，所以也不闻名了。春秋佳日，结伴游山，一尝西门外的山前豆腐干，和北门外的紫熟菱，这是游虞山的人，类能道之的。米类中的香粳血糯，也是常熟的特产，据说在逊清时代，作为进贡之品，可惜血糯的出产，日见其少了。其他零碎食物，不可胜数，大约和别的地方相同的吧。

现在常熟的特产，大概以马詠斋的酱鸡酱肉最为著名。据我所知，吴江严墓镇的酱鸡，实在不亚于常熟，可惜没有人替他们鼓吹一下，否则和枫泾镇的丁蹄，堪称伯仲了。比较起来，常熟菜馆吃些东西，胜于苏沪一带，所以于骚心、康南海辈，从前常作虞山之游了。

（《申报》）1933 年 11 月 12 日）

常熟香锅及其他

王希卿

灵气独锺的虞山

虞山是世家公子的安乐窝，骚人逸士的小桃源。它有玲珑姿态的风景线，风雅清丽的士女们，一切优容自然的动静景物，构成了灵气独锺的虞山。旅居作客的我们，谁不留恋故乡的种种呢，那样清澈流动的溪水，清闲安乐的社会，真值得我们加以回忆。

烹调五法

虞山人文地理既占着这样的优胜，饮食一道，我们不言即知是非常讲究的。总括起来，他们很明白烹调五法：（一）原料选择，（二）分配适度，（三）色彩调和，（四）软硬兼备，（五）火候老到。第一，原料选择埋虎，任你手段高明，口味终究要大受影响，调味品亦然。第二，菜分主要和配料两种，他们能熟谙菜的个别滋味，且明白应以何种滋味为主，而增减其分量。第三，色彩能促起食欲，例如说白煨鸡、冬菇炒榻颗菜，我们都是为了它一是白如脂玉，一是绿得可爱，假设鸡煨得漆黑，菜烧得太黄，那末食者的心理估计，价值就未免低下一级。又如菜色是绿的，而加以乌黑的冬菇，再加上几片纯白的冬笋，吃的人必定惹吃得多了。第四，要软硬兼备，例如吃冰淇淋，到口即化，太无咬嚼，最好同时吃蛋卷，所以桌上几样菜，应当是软硬齐备。最后火候老到，各地都很注意，只是我们更注意这一点罢了。

马家的肉

马詠斋老板可称食品博士，肉松、鸡松都是他首先发明。他以挑担出身，凭他优厚天性，创造出许多异味食物来，下节叙述的香锅，也是他试验成功的。可惜他们主张保守，不肯追随时代，就是罐头上的招牌，字句既不伦不类，形式又陈腐不堪，而本地人反常常说到“慕加格肉”（注：即马家的肉，常熟读法也），认为名贵非凡，要是稍加改良，前途真未可限量。

香锅秘法

据说江苏武进地方，有所谓臭水也者，系集合几种原料，密封起来，日子久了，会变成特殊滋味，就把豆腐、百页、豆腐干之类，浸过一夜，明天蒸食，据称鲜美异常。四川人也有菜汁，把各种生菜投入，浸透了再取食。而常熟香锅（本地人称之奥锅）原理虽同，原料及成绩则大异于是。

制法颇奇怪，其原料为丁香、肉桂皮、大茴香、根松、山芳药、细心白子（以上为植物药草类），平均分配，置旁待用。砂锅（即瓦罐）大小，最佳能容两鸡。豆油一碗熬熟，酱油一斤，陈酒一碗，三种液体倾入锅中，然后以药草投入，互相煎熬，待药味透出，即可应用。将来投入一切肉食共煮，虽起初不免药气，日子一久，药气渐退，则其鲜香程度，非圣手或任何调味品，所能做到。如日久汁少，可重加酱油、豆油、陈酒等，香料则非必需矣，其奇妙有如此。

（《食品界》1934 年第 11 期）

马肉与瞿鸡

高无双

虞山特产颇多，其绿毛龟、无尻螺两种，固已彰彰在人耳目，惟仅能作供赏品，不能供诸老饕也。此外若潭荡金爪蟹、糖斗桂花栗，亦属特产品，但其味极平常，故不赘述。今所记之马肉、瞿鸡，则确为他处所无，而别有风味也。

马肉

马肉非马之肉也，乃马氏所制耳，其味较三珍斋、浦五房之酱肉为胜，其形大而且方。考马氏制肉之由来，却有历史在。马氏年已七十馀矣，少年时，嗜食如命，凡有能食之物，彼无不搜罗殆尽，虽价贵亦所不惜也。偶获奇珍异味，彼必穷思极想，考其制法如何，质料如何，且有时亲自烹饪，增减质料，广约亲朋，狂啖大嚼以为快。如是者十馀年，家产因之中落，无何，乃用尽心机，忽思得一制肉之法，每日购肉数十斤，如法炮制，固极味美价廉，携篮赴烟铺中兜售（其时尚在专制时代，故烟铺林立不禁），生涯鼎盛，乃设摊于寺前街，不再作兜揽生涯。数十年后，获利甚丰，而马肉之名，几无人不知，至今寺前街上之马詠斋，盖即四十馀年前马氏所创立者也。现因远道来购者日多，故特设分肆于苏沪。人或疑之为马肉，实则非也，特不知其历史耳。

瞿　鸡

常熟陶家巷口有一瞿店，开设已数十年，以糟鸡著，其味嫩而香，洵美味也。该店主人，年已不惑，在弱冠时，曾染阿芙蓉癖。彼有至友某君，鉴其年少忠实，用计欲探得制糟鸡之法，并愿以五百金作为传授费。瞿不允，盖家传之秘法，安肯一旦道破耶，某君遂与之绝交。惟该店每日仅制四五头，以售罄为度，故一届午餐，前往购买者踵相接。人以其为姓瞿者所发明，故以瞿鸡名之。

（《申报》1929 年 12 月 1 日）

记常熟马肉

徐卓呆

常熟的马肉，是很有名的，旅行过常熟的人，大概都晓得，或者也曾尝过。这马肉并不是马身上的肉，仍旧是猪肉，不过卖这肉的人姓马，因此出了名，大家便叫做马肉了。这姓马的人，出身很低，起初不过每天提着一只篮，闯闯酒馆茶馆。不过他有两种特点，做了他永远的广告了。第一是他煮的肉，红烧而色淡，其味绝鲜；第二，是他为人谦和，做生意非常客气，因此买他肉的人极多。过了几年，他居然开了一爿店，卖肉之外，兼卖鸡与蛋，烹法相同，人家称做马鸡马蛋，生意极发达。常熟本地人不必说，过路人必定要买他的马肉马鸡马蛋，当它常熟著名土产，拿回去送亲友。你如果到他店里去买东西，那老板很谦和地过来招待，还要包了一包肉松或鱼松，说道："这是送给你吃的。"因此，娘姨大姐们，很喜欢到他店里去买东西。他生意一天好一天，就在苏州开设分店，把苏州数百年的陆稿荐也摇动了。

（《机联会刊》1930 年第 1 期，署名呆）

东山白羊肉

朱少飞

又是羊肉上市的季节了，每条街上，小茶馆跟面馆子的门前，都有着一条羊担停歇着。绿色的干荷叶里边衬着白片的肉，切上三四百文，上面馆子来一碗光面，上小茶馆来上五十文老麦烧，搁起了脚喝一口酒，手指儿挟片肉，怪悠闲地边吃边跟人们谈闲天。在这时节，上街不来上这一下，似乎不算阔气的。

东山的白羊肉，实在没膻气，担子离你十来步，鼻子会闻着那股香喷喷诱人咽唾沫子的味儿，假使早些儿，那肉块里还在冒热气呢。

挑羊肉担人的总地点，在大水桥南边的一个村庄，叫做吴家湾，村里几十户都是靠着羊过活的，除了冬季替全东山养羊的庄户剪羊毛，冬季里就挑羊肉担了。虽则他们的过活都靠之于羊，养羊的却很少，这几天每天全村里要杀掉几十头大绵羊，都来自浙江省的南浔跟太湖南各江口的羊贩子，一船销掉，跟着一船又开到村里来了。

每条羊肉担，一冬可做三四百元钱，生意会如此大，却大在可欠账，要是你天天上街的，他们就给你记账，所以有的户头到年底算算账有十来块钱。坏户头到讨账时，甚至不上街躲羊肉债，所以到大除夕那天，有着讨羊肉账剥衣裳跟掮大门的把戏。

挑羊肉是最辛苦的，白天杀，晚上头鸡啼就出担了，最远的要过蛤蝃岭到白沙、北头。像到我们后山的，经过干山岭、塘子岭而抵杨湾村，爬山过岭，挑着重担子，要经过这末崎岖的山岭跟不少村庄呢。

据说他们烧羊肉的方法，使人听了很奇怪的，只用一灶稻草柴烧着，焖在锅子里，到头鸡啼把骨出去，肉移置到担盘里，就挑着出来了。

（《申报》1935 年 12 月 31 日）

东山羊肉

叶奕城

我总是这么想，要是我们能把东山的羊肉用罐头装储，销到外路去，一定可以风行全国，甚至畅销欧美。可惜我们太保守，一百年前拿荷叶包包，如今呢，还是拿荷叶包包，所以只有东山附近的人才能享此口福。

我喜欢“腰和”，腿板太瘦，尾巴又太肥，“腰和”正适得其中。至于羊腰子、羊肚、羊脑等等，我觉得倒没有什么好，难得吃一点，尝尝新奇是可以的，但常常吃便不行了。

我小时候一到冬天，便天天早起，自己去买羊肉。我那时太天真，我以为那卖羊肉的很爱我，他一定特别多给我一点，因为他常常摸摸我的头拍拍我的背的。有时我觉得太少，便老老面皮，用一套外交词令，经过了一场激辩，甚至于用威胁恫吓的手段——那就是对他说:“下次不到你这里买了。”——那卖羊肉的看我是老主顾，总以敦睦邦交为宜，于是乎又“饶”了薄薄的一小块肉。假使现在叫我在大清光早起来，为了区区一二两羊肉在寒风中跋涉一次，还得费一番唇舌，我委实没有这勇气。可能那时候的我特别馋一点罢！但羊肉自有其本身价值，才能对我有这么大的吸引力，这是谁都不会否认的。

十二岁离开了东山，买羊肉的乐趣，吃羊肉的风味，从此隔绝，除非有人从乡里带出来。但与尊长同席，处处为礼教所束缚，不能畅所欲吃，何况羊肉又是隔了夜的呢。

后来我吃过四川的粉蒸羊肉，西安的腊羊肉，更在一位北方同学的家里吃过几次涮羊肉，其中除涮羊肉以吃法新奇可试试外，前二者都是很脏的。腊羊肉外面涂一层红颜色，不知是什么东西，吃的时候也不弄热，就切了片拿上来，真不能想一想。粉蒸羊肉的蒸笼，你也最好不要去看它，不然吃的时候也要呕的，里面又加了一点山芋，甜勿甜，咸勿咸。涮羊肉同鱼生汤的吃法差不多，外面寒风紧刮的时候，与家人围坐在火锅四周，你帮我加辣，我帮你加酱，骨肉间真正的爱流露无遗，内心里自然觉得特别温暖，所以我始终认为吃涮羊肉，并不在它的味道而是在它的风趣，它可以使父母子弟们互相合作，在内心底深处燃起爱之火，以抵御寒气之进袭。

当然我并不是武断地说东山羊肉胜过一切，我只是说，就我吃过的羊肉而论，都比不上东山羊肉。你若不信，不妨装了罐头试试看，若是销不出去，你来问我。

（《莫釐风》1949 年第 3 卷第 6、7 期合刊）

肉松创始之述闻

碧　城

某日乘汽船自安亭赴太仓，船中有两人，口操太仓乡音，出酒对酌，佐以乡味肉松，且饮且谈，津津有味。客问："肉松风行遐迩，据云创始太仓倪鸿顺，今虽上海商埠之广大，卖肉松者，亦且挂倪鸿顺之老牌，犹之老三珍、陆稿荐之酱鸭、酱肉，非用此牌号，不足以标高贵之格。倪鸿顺之肉松，亦犹是乎？"

饮者一人停杯答曰："固也，然而创始肉松，并非倪鸿顺，盖赫然一有声政界之大员实创之。其人为谁？则太仓钱调甫中丞讳鼎铭者是。钱公当同治初年，苏常沦陷之日，以举人代表苏松太各属，请兵于两江总督曾公。曾公乃派李公鸿章率师从上海入手，遂以肃清各属，钱公亦遂投笔从戎，其后官至湖南巡抚。阅是时抚院官厨中，颇多调味高手，善创新食品，不拘拘旧法，惜未经仿效随园老人，著一食谱，以嘉惠老饕。然即此肉松一味，使太仓特享盛名，又大有造于倪氏，成绩已不为不美矣。按肉松制法，有特殊秘诀。据云须用蛇油，可使日久不坏，储于器中，无庸抽去空气，与今之罐头食物相筹矣。又奇者，既用蛇油，能辟蚊蝇，推此理也，微生物或不易滋长其中乎。至于味之鲜美，亦以用蛇油之故。闻钱公退归林下，常制肉松以饷客，则出鸿顺之手。鸿顺盖尝随公湘省日久，颇解烹调，公归，授以制肉松之法。其后公没，鸿顺乃出其技，设一肉松摊，即用己之姓名，印纸作牌号，年馀，积资稍丰，遂租屋设店铺，年复一年，生意隆盛，今则开张于通都大邑。盖其子若孙矣，惟仍用蛇油与否，则不可得而知。太仓虽创始处，今不甚考究，然犹以‘倪鸿顺’三字为招徕主顾之牌号。将来或更用‘起首第一家’等字样，势所必至也。”

客闻而唯唯，余乃笔述之，以备编纂乡土史者之采择。

（《申报》1932 年 7 月 14 日）

吃在松江

张健帆

松江的名肴，似乎只有冬天西北风起，秀野桥下的四鳃鲈，最为出名。这鱼的形状，和塘鲤鱼差不多大小，取其肥嫩。可是每年这个短促的时期，产量不多，于是更觉名贵了。去冬，我初游云间，因为西北风未起，到得太早，没有尝到四鳃鲈，引以为憾。

最近重到松江，畅游一日，可是离吃四鳃鲈的季节更远了。松江的菜馆，本推松鹤楼首屈一指，去岁我曾登楼尝试过，却和上海的苏锡帮菜馆的滋味，不相上下，并无特殊的名肴，印象不佳。如今在松鹤楼斜对面，又多了一家迎宾楼，完全是无锡菜，脆鳝、排骨和抢虾，滋味很佳，可以和无锡的迎宾楼媲美。

这天，白蕉、孙雪泥二先生，也携眷到松江一游。《茸报》主人沈瘦翁引领他们到岳庙前食摊上，大吃豆腐花，谁都觉得津津有味。松江的岳庙，无锡的崇安寺，苏州的玄妙观，和上海的城隍庙，一般热闹，独多吃食摊，可是松江的食物，种类不多，又少著名的土产，就显得非常贫乏了。

（《导报》1947 年 6 月 4 日）

松江四鳃鲈

甲辰生

光阴流水般的过去，一转眼间，又是仲冬季节了，在这天寒地冻、瑞雪初飞的时候，那著名的松江四鳃鲈，又成了应时的食品、宴乐嘉宾的珍物。

松江的鲈鱼，本来并没有什么特别的异味，不过因为经过诗人的吟咏，以致流传到如今。

松江产生鲈鱼的区域，虽不止一处，但是，鲈鱼却有三鳃、四鳃之别，以四鳃者为贵，产于松城秀野桥下一泓清水之内，产量至少，其他各处产量虽多，却都是三鳃。

鲈鱼初上市的时候，四鳃售一元一斤有奇，三鳃者可得二斤至三斤不等，最便宜时一元四斤。

在松江城内几家馆子里吃鲈鱼一品锅，价目没有一定，要看吃的人多少，譬如四个人吃，每人两尾，配以其他食品三四，如鸡片、肉片、冬笋等，初上市约一元六角，久之则为一元二角了。

家中宴会，如需用鲈鱼，须一二日前至鱼肆预定，否则届时不能应用，因四鳃鲈只秀野桥下一处出产，每天是供不应求的。

鲈鱼出水即死，其性有如鲥鱼，因此之故，携带到别处颇不容易，此或即为珍贵原因之一。若京沪、沪杭间，有火车交通，可以朝发午至，亦颇多专足来购者，携带之法，必须将鱼置于糠皮内，始能保其新鲜而不至变味。

鲈鱼之味，端在鲜嫩，故其食法，必须生食如食野鸡肉一般，而主要烹调，尤非鸡汤、冬笋等品佐之不可。

沪上的浦东，也产鲈鱼，而且产量极夥，但系三鳃之类，市上目为常物，价亦平贱，实则鲜嫩比松江之鲈，有过无不及，嗜鲜者也大可一试呢。

（《申报》1935 年 12 月 31 日）

沪壖食品志

孙家振

本报按：海上漱石生，为孙玉声先生别署，四十年前，曾任《新闻报》总主笔，以遭失偶丧明之痛，一时意懒心灰，乃自动谢去，然厥后复创《笑林》等报，开小型报之先河。近徇本报之请，先以斯作饷读者，先生诚为今日之“上海通”，吉光片羽，皆有考据，弥足珍贵者也。

引　言

昔袁随园作食谱，志庖厨中一切烹饪，传为美谈，然仅就其个人之家庭而言，系狭义而非广义也。余为沪人，生沪长沪，而老于沪，第家食素崇节俭，欲步随园作一食谱，戛戛其难。然频年口腹所及，于沪地所有社会之食品，除邑志载之薛糕，以余生也晚，不获亲尝外，其他类尝快我朵颐，觉有已成过去者，有现尚留存者，有出于土产者，有制自人工者，有关乎时令者，有沿为习俗者，有可以为法者，有宜乎改良者，似均有一记之价值，设能成一小册，颇足供人茶馀酒后，作为谈助之资。适《晶报》需本地风光稿件，征及于余，爰蒐集题林，草此《沪壖食品志》以报命。余年迈矣，屡拟投笔养闲，度劫馀之岁月，惟于胸中所韫藏之乡邦事物，每觉一经触及，深以尽情倾吐之为快，抑且友辈征稿，固拒太属不情，乃至一再常为冯妇，思之殊自哂也。

（《晶报》1938 年 11 月 11 日，署名海上漱石生）

人和馆三丝三鲜

上海南北市所有酒馆，以邑庙馆驿桥浜南之人和馆为最老，馆主殷姓，本邑人，开设约及百年。彼时沪俗淳朴，犹无全翅等，席中所有主菜，乃为三丝三鲜。馆主因注意于此，三丝刀锋齐整，汤汁鲜浓，于面上略加鱼翅者，谓之翅丝，价目较昂，配置尤为精致；三鲜中鱼圆粉嫩，肉圆细洁，类皆入口即化，加海参者谓之参鲜，必令火候到家，无生硬艰于咀嚼之弊。其馀一切汤炒，亦俱适口者多。以是邑中有喜庆之家，酒席多令其包办，生涯有应接不暇之势。每值清明、七月半、十月朝，城隍庙三节迎会，各会首当值之人，或假座设宴，或令备席送至其家，统计不下数十席，或百馀席之多。同治间因有人见而羡之，于邑庙东之大街，另开一听月楼，希图与之竞争，地址既佳，屋宇又较为宽敞，菜亦力求精美，无为各主顾不受招徕，数年后知难而止。人和馆根基稳固，未为动摇。然至光绪中叶以后，各菜馆趋时改进，彼仍墨守成法，故步自封，卒以暮气日深，竟致渐遭失败。逮至馆驿桥拆平，桥堍建筑马路，沿浜成为小街，于是更地利尽失，主人乃无志继业矣。

（《晶报》1938 年 11 月 12 日，署名海上漱石生）

大餔楼之蝴蝶面

上海之徽州菜馆，以南市大餔楼、法租界醉白园最为著名而最老，其萃楼及公共租界中之聚宾、聚乐、聚和等园，皆在其后也。而大餔楼尤开设最先，历时已将百年，昔在龙德桥如意街北口，局面不甚堂皇，座上每常客满，而迩年又添设分馆于中华路大码头大街西口，在去岁“八一三”以前，门市甚为热闹。惟徽菜馆素不讲求正席，故张筵宴客者甚少，定备全席者亦不多，而小吃如炒鳝糊、醋溜鱼片、红烧羊肉、红烧园菜、凤爪汤，及冬令之羊糕等，俱颇别有隽味。且尤以面点著称于时，凡鸡火面、烩羊肉面、鳝丝、蟹粉、虾仁、爆鱼、鸡丝、鸭片诸面，莫不价廉物美，足供老饕大嚼，过桥者益觉丰满逾常，嗣更创行一种大锅之蝴蝶面，足敷三人饱食，更谓便宜之至。各徽馆见而效之，今已风行全市。他若各种炒面，亦俱取价不昂，主顾有嘱送者，可以立时送达，车资不取分文也。

（《晶报》1938 年 11 月 14 日，署名海上漱石生）

新新楼之烧鸭饽饽

新新楼，上海创始之京菜馆也。初上海民风崇俭，菜馆只有本帮及徽州、宁波二帮，至北市开放租界以后，始有各种菜馆至沪开业。新新楼为京菜馆之首先设沪者，时在清同治年间，地址为昔英租界南京路一洞天、老新衙门之左，即后改铁房子之小菜场相近。彼时余尚髫龄，曾侍先大父一再宴宾于此。余幼年之记忆力甚强，故至今犹能忆及，有一次席间食烧鸭饽饽，由先大父手剖鸭片相赐，并为代裹于饽饽之中，蘸甜酱令食，谓此系京中食品，味果佳妙，惜价过昂，一鸭须洋八九角之谱，是为余得食烧鸭之第一次。逮年终后，读仓山旧主袁翔甫先生《上海竹枝词》：“北客南来听未惯，是谁叫嚷要爸爸。”盖即咏此而嘲南人强操北语，呼“饽饽”音似“爸爸”也。然鸭价当时一头需洋八九角，先大父已以为昂，孰料今竟一鸭洋三四元，肥硕者犹不止此，较昔增高至三倍许。第自河南菜馆创始填鸭以后，趋时者争嗜填鸭，梁园等之食客，皆惟填鸭是尝，京菜馆烧鸭风头，似觉不无受挫矣。

（《晶报》1938 年 11 月 19 日，署名海上漱石生）

聚丰园之戏酌酒

演剧侑觞之举，自古有之，文言谓之彩觞，俗呼为戏酌酒。然上海尺地寸金，菜馆中无处建造剧台，以致不能演戏，故昔时喜庆之家，有排场阔绰者，只雇弹词一二档，戏法一二班，略资点缀而已。自光绪初叶，福州路聚丰园京菜馆开幕，其正厅基址宽敞，经理人匠心独运，创设一活络戏台，需用时临时装置，不用则立可拆卸，使无占地之虞。时适京伶李毛儿，在金桂轩搭班演剧，以包银甚微，不敷开支，招集贫家之十馀岁女郎，授以生旦净丑各戏，艺成令应堂会，每台计戏四出，洋十六元，赏封加官封及箱力外加。自聚丰园有戏台后，生涯为之大盛，“毛儿戏”三字因此得名，而聚丰园因可请戏酌酒，营业亦为之鹊起，正厅必先期预定。至于所演之戏，当时仅《满堂红》、《鸿鸾喜》、《游龙戏凤》、《二进宫》等演员不多之剧，以全班角色，只有十数人也。若夫聚丰园出名之菜，为一品锅，及炸八块、吴鱼片、爆鸡丁等，纯系京菜，盖其所雇庖丁，半系北地名厨，故获烹调得法也。

（《晶报》1938 年 11 月 20 日，署名海上漱石生）

三十二围扦客菜

上海昔时筵席，类皆注重围扦，以围扦之多寡，定酒席之高下。所谓围扦也者，在菜碟内以小竹扦扦高水果糖食，围于席之四周，以作美观者也。故起码席只四荤盆，不放围扦；稍丰者八围扦，荤盆外加两水果及两干果，水果必扦高者；再丰者十二围扦，系四荤盆、四水果、两干果、两糖食；最多者十六围扦，则荤盆、糖食、干果、水果各四碟者。然喜事款待新客之菜，往往有用三十二围扦者，菜碟席间无处陈列，则每碟皆双拼之，名之曰鸳鸯盆，于是十六碟成为三十二矣。然凡设备此种盛宴之家，其后半每备有烧烤席（详下）。如有屋深邃者，另设于别厅中，并供有磁铜玉石一切古玩，使新客玩赏，谓之曰看席，又曰翻席，以前厅翻至后厅也。此风在光绪初中年间最盛，富家夸多斗靡，几于举邑若狂。至庚子国变后始杀，盖各处地方不靖，官厅捐税纷繁，乃不敢踵事增华，有归真返璞之想，围扦仍回至十六为度。至民国建元，打倒满汉筵席，始将围扦盆一律撤去，易以四冷盆、四热盆、四囫囵小果盆焉。

（《晶报》1938 年 11 月 25 日，署名海上漱石生）

烧烤席

沪地酒馆市招，昔有一方曰“满汉筵席”，以汉菜外尚有满菜也。然而虚有其名，满菜未尝获睹，即询诸菜馆中人，亦俱游移其辞，不能报告菜名。只有所谓烧烤席者，于宴请新婿或新舅时用之，或谓其即满菜，第前半席之汤炒一切，仍皆为汉菜也。当烧烤登筵之时，若在原席进餐，值宴者必每客前先换胡桃大之景泰窑高粱酒杯，满斟烧酒，并有大葱及甜酱各两碟，分列台之四隅，薄饼两大碟，置于台之中央。然后始上烧烤，乃系烧猪四盆，两肥两精，烤鸭四盆，俱已批成薄片，便于下箸。同时更于各客前进满茶一道，茶杯系外镶红木，内为点锡所制，杯中其实无茶，满装莲肉、桂圆、松子、瓜仁、枣子、石榴肉等品，结顶并有橘皮、橙皮切成之红绿丝，及彩色小绒球两个，颇为美观，饮者但微饮糖汤而已。烧烤食毕以后，另易红茶一道，谓之熬茶，亦曰奶茶，乃为咸质，似用熏青豆汤酿成，故有熏青豆浮于杯面，并略有牛乳。所云烧烤席者如是。然新客赴此盛筵，当于席赏之外，另给发烧烤赏，于值宴之人，视此至为隆重也。

（《晶报》1938 年 11 月 27 日，署名海上漱石生）

旧历新年之三道头茶

沪俗昔重旧历新年，幼辈须向尊长贺岁，即在等辈亦然，以是报往践来，自元旦迄初三、四，各家酬应甚为繁盛。客既屈尊到门，主人当殷勤招待，首先乃为敬茶，此必然之理也。第在富豪之家，其茶有多至三道者，计第一道为米花茶，曰“兜辏茶”；第二道莲心桂圆茶，曰“连贵茶”；第三道始为清茶，有杯内杂以橄榄两枚，曰“元宝茶”。此三道茶奉过之后，再以年糕、春卷等四点心为进，客有食有不食者，以到达之处既多，不敢一一饱领也。客当登门贺年之时，主人若家有儿童，使之向客致贺，客须给以压岁钱，同光间为红头绳穿之制钱一百文，多者双百，至阔绰者易以红纸包之香港毫洋，始有改给为大洋者，旋又各人每给钞票，而为数乃大于昔数倍矣。至于主人给来宾之轿封、随封，轿封每人两包，六分者每包足钱四十文，八分者五十四文；随封或给六分，或给八分，视主人之手面而定。亦有随封发八分一钱（六十八文），而轿封发一钱，或一钱二分者（八十二文），则为最丰之家，下人必欢声雷动矣。

（《晶报》1938 年 12 月 1 日，署名海上漱石生）

包财馄饨

沪俗以旧历正月初五夜，为财神下降期，商民宜先期迎接，以冀终岁生涯胜利。于是初四夜潮来之候，各处爆竹喧天，鼓乐载道，比户争相迎迓。其桌上之供品，当日以时际承平，每多金银元宝等物，互示夸耀，至翌日始撤。祭品则财神茶、财神酒及海味桌面，水果、糖食、干果之外，更有财神蛋一盘。元宝鱼两尾，以金鲤鱼系以红线，蓄小缸中陈列之。三牲用猪蹄一、雌鸡一、青鱼一，若为五牲，则加牛羊蹄。且有希图得意外之利用野鸡者，谓神若飨之，可望其赐给野财，此种异物，堪谓滑天下之大稽。且各种敬神仪注，除牲醴外，类无点心，惟接财神因在夜间，故有夜点。若用面者，曰财神面；用绍兴年糕者，曰元宝汤；而有由商眷包裹馄饨者，则谓之包财馄饨，鲜肉、虾仁、蟹粉、鸡肉，各馅俱备，为食者所最喜，是则敬神云乎哉，仍不过徒供人之餔餟耳。况所有一切祀品，除元宝鱼一对，照例放生外，其馀亦皆烹炰燔炙，快人杂颐耶！

（《晶报》1938 年 12 月 4 日，署名海上漱石生）

吃年东

沪俗有所谓吃年东者，自旧历元旦日起至初十止，凡至戚友家贺岁，每有留请午膳，或夜膳者。具所食之物，即为年东，大抵千篇一律，系三丝、三鲜、块鸡、块鱼、脏汤、蛤蜊汤、块咸肉、走油肉之类，亦有碟子，乃如意菜（即黄豆芽）、安乐菜（莳菇、荸荠同炒之咸菜）、鸡杂、赚头（即咸猪舌）及瓜子、花生、福橘、橄榄等等。然在前五日内，隔岁煮备较多之家，固尚容易对付，而五日后，则每渐见为难。于是发生拜年潮之俗语，相率传为笑柄，其词曰："拜年拜到年初六，灶头间里有鱼呒不肉。拜年拜到年初七，砧墩板呒啥切。拜年拜到年初八，只只碗空呒设法。拜年拜到年初九，客人走在路上像只离食狗。拜年拜到年初十，只好一根门闩直赶出。"嬉笑怒骂，可云淋漓尽致。此风自光绪中叶后，沪上市廛日繁，新年各吃食店，初四起概已开齐，吃年东者渐无兴绪扰及戚友，愿赴市肆酌，即在备者之家，亦以此种菜为日过久，食之令人有碍卫生，故亦渐少制备矣。

（《晶报》1938 年 12 月 6 日，署名海上漱石生）

开果盘

俗例逢旧历新年，缙绅家及各宅堂中，每皆备有果盘，以作敬客之用。惟妓院则藉此博赏，定例自岁朝起，至元宵至，客如入院狎游，第一次须先开果盘，故每有吝啬之人，此半月内不向走动，至十六日始往院中，因讥之为十六大少者，统计不在少数。然在同光之间，开果盘之费，尚不甚昂，长三书寓，不过八元，阔者十元；幺二院，阔者八元，起码六元也。光绪末叶以后，盘资每岁增高，始多至二十元、三十元，且有院中小本家及房侍人等，向客贺年，索压岁钱，于是乃非五六十金不可。至于盘中糖果，乃开盘时之仪式，则至今仍率由章，仅龟奴于献果盘时，少戴红缨大帽一顶而已。龟奴即将果盘献上，半跪称某大少恭喜，房侍接盘启盖，取糖果一一敬客，随口报告吉语，橄榄曰元宝发财，西瓜子曰开口和合，南瓜子曰交南方运，桂圆曰团团圆圆，熏青豆曰亲亲热热等。逮稍坐有顷，龟奴又以点心四碟进，必为年糕、蛋风糕、小馒头，房侍又续报吉语，曰高高兴兴、赚金条、四季兴隆等词，而开果盘之大典乃毕。若特别有交情者，另有一小果盘，满储广东细巧茶食精果，必庋锁橱内，勿令人见，须夜半后与知心客共食之，则此盘虽可并不耗费分文，然其人能得到此资格，平日浇裹之资，固不言而喻，揆之殊不便宜也。

（《晶报》1938 年 12 月 18 日，署名海上漱石生）

开台酒

上海妓院定例，每逢旧历新年，不论长三书寓及幺二院，类嬲稔客开果盘外，更须嬲令吃开台酒，为期亦自元旦为始，至元宵至。盖此时各院，首正甫届花事阑珊，一则非此不足稍增热闹，一则妓佣辈贪图有双下脚，利之所在，不肯放松也。然开台酒之菜肴，其实与平常酒筵无异，仅鱼翅登筵之时，龟奴头戴红缨大帽半跪，呼某大少元宝来，形式与开果盘同。且席上有铜花竿一对，燃一红四两烛两支，又福橘中点安息香数支而已。开台酒狎客为场面计，双台者多，单台者少，亦有自开果盘后，即连续举行者，最为院中所欢迎。更有于酒前或酒后碰和者，则妓及房侍等，尤笑逐颜开，招待非常亲热。说者谓妓院逢节例差，狎客固当承应，庶几于平时冶游之际，万一腹中枵饿，可在院中便饭，由妓供应肴馔，无须客自解腰包，晚间吃稀饭亦然，所谓施得春风，乃有夏雨，此语固自近理。然思妓之金钱，试问何自而来，无非出自客身，是则仍为客自己之钱，不过由彼经手，遂若美人之贻耳。

（《晶报》1938 年 12 月 29 日，署名海上漱石生）

年　酒

沪上旧历新年，公馆宅堂主人，有所谓请年酒者，或假公共场所，或自在家举行，盖为联络感情，并同贺岁禧也。此种年酒，往往雇聘名厨，煮备特别菜肴，颇足以供老饕大嚼，且席间或有梅花、春兰、水仙等会，并邀请曲社奏曲，殊觉风雅绝伦。以是光绪末叶，自新正初十以后，至二月间止，请年酒之风盛行，每日几于络绎不绝。惟是为岁既久，弊害则随之而生，主人良莠不齐，客亦薰莸各异，于是竟有假春酒之名，为赌博之举者。请酒四五席，先以麻雀挖花为消遣，打牌数桌，主人居间抽取囊资，逮至宴毕以后，牌骰之声铮铮然，竟致牌九摇摊，俱有输赢，虽大小不一，然小亦须百金数十金，而各人乃达旦通宵，非至天明不散。越日，负者希图翻本，设宴再请，不过须易一地方，以防官厅查究。如是转再相请，此大好之年酒，赴饮者成为畏途，相率不敢复往。故至宣统初叶，各处无形消灭。今已仅存年酒名词，频年来不复见人宴请，即商家或尚有之，皆在各菜馆各西餐馆矣。

（《晶报》1939 年 1 月 4 日，署名海上漱石生）

特别之年酒

沪俗于光绪末叶新岁风行年酒，上篇已详记之矣。然尚有特别二事，未经道及，兹再补述如下。钜商仁记洋行、老公茂洋行、盘记号主等，当此数年之中，尝设宴于大新街丹桂戏园，或石路天仙茶园，先期折柬邀宾，简曰某日彩觞候教，旁注假座某戏园。是日上下全包，午正开锣，申刻入席，一切设备由主人主持。在正厅设戏座三排，而自第四排起，概排酒座，约可三十馀桌。楼上则在楼面正厅及各包厢，约二十馀桌。至四点钟开席，台上锣鼓喧阗，席上觥筹交错，各客俱顾而乐之。惟至五点一刻钟，即须散席，略行蹋促耳。尚有一事则为妓女，假座戏院，并不宴宾，故其请简曰彩茗雅集。所邀之客，皆手帕交，以是每届不多到者，只二三十人或十数人。而排场则自第三排正厅起，一字式列桌六七张，成一联席，罩以彩球，席上设高脚大银盆十六只，满盛精细水果、糖果、干果、干点之属，并于每座前，置香槟小银杯。客到，由房侍开香槟酒以进，并呈自泡清茶，继之以莲肉桂圆汤。各妓有饮有不饮者，稍坐移时，俱向主人告别而去，故四时后必已散尽。然是日之往来于席次者，因在新年，类皆珠光宝气，身上足值万金，幸处升平时代，并无路劫之虞，非若今日各妓，罔不栗栗危惧，不敢炫耀华妆也。

（《晶报》1939 年 1 月 19 日，署名海上漱石生）

上灯圆子落灯糕

“上灯圆子落灯糕”，此昔时旧历新年，沪侨之流行语也。上灯为正月十三，而落灯则为十八，或二十四，参差不一。总之，上灯夜须以圆子祀神敬祖，落灯夜必须以糕为飧也。按圆子即为汤圆，其馅甜咸不一，甜者为豆沙、白糖、芝麻、胡桃，咸者为鲜肉、荠菜夹肉、猪油萝卜等等，并有不用馅而为实心者，则白糖圆，小者曰花核圆，各视人之嗜好而制。糕则黄白松糕、蛋风糕、百果糕，亦无一定。其实隔岁十二月二十三夜，送灶各用汤圆，人皆早经食过，糕则重阳日为食糕之期，并非须在上灯落灯，始足快我朵颐，乃老饕家多此一举耳。至于上灯时所悬之灯，彼时电灯、煤气灯、汽油灯等，概未发明，乃向小东门王长兴等灯店购买，其或有聚宝盆、顺风舟、刘海洒金钱，及元宝、荷花、走马一切，皆玻璃或矾珠、明角所制，且可出资租赁。故灯节时，各灯店生涯颇形热闹，而城隍庙更有纸灯，十色五光，倍增绚烂。今自民国成立，灯节在打倒之列，各灯店始一蹶不振，仅纸灯市尚在，圆子与糕，则庙期俱已无形消灭矣。

（《晶报》1939 年 1 月 29 日，署名海上漱石生）

年　虀

食品中之咸虀等物，是供下酒下饭下粥之需，为居家终岁所不可缺少，沪俗昔时纯朴，故每年恒有自制者，谓之年虀。最普通者为盐虀菜，每与雪里蕻同腌，其味绝隽。彼时菜价甚廉，每担仅制钱三四百文，雪里蕻亦只五六百文一担而已。春不老，系切水萝卜为骰子大小，浸糖醋中而成者，洁白如玉，食时入口松脆，清而微甘，第若制时不得其法，则皮黄肉韧，粘齿胶牙，味同嚼蜡矣。金花菜，俗称草头，于瓦瓶内腌之，食之亦甚可口。罗汉菜，产自南翔一带，丛生野田之中，上海四郊亦有，一菜有嫩头数十枚，状若罗汉，故以罗汉名，此物不能煮食，只供生腌，可纳于瓦瓶之中，杂以橘皮、橄榄同腌，至成熟后，饶有至味。腊乳腐，以豆腐为之，用花椒、盐、橘红、香菇为辅，芬芳扑鼻。糖醋大蒜头，浸晒至五六年后始食，辣气与臭味全无。咸菜卤浸连壳花生，别有佳味。馀若风鸡、腊肉、糟鱼、醉蟹、糟蛋等品，皆可自制，既比市沽为洁，价亦当然较廉。是皆年齑中昔时所有物也。今则世风丕变，虽有盐齑等犹相沿未绝，然大致已不复如前之多多益善矣。

（《晶报》1939 年 1 月 31 日，署名海上漱石生）

塌地菘·银丝芥

上海之农产物，为木棉花，衣被苍生，无不仰其厥功甚伟。然四郊亦产菜蔬，且有特别之塌地菘、银丝芥二物，载在邑志。按塌地菘，俗呼为塌棵菜，简称则曰塌菜，凡菜叶皆蓬勃向上，惟此独塌地而生，色深碧如苍玉，远望之田田若荷叶形，经霜后味清而腴，较别种菜优而且美。与鲜肉及冰豆腐同煮尤佳，若欲素食，则可与冬笋同炒，然即不用冬笋，亦自有彼之真味也。银丝芥，俗名细叶芥菜，亦呼芥辣，宜于用醋烹煮，至半熟即可入馔，若过火即失其真味，不堪入箸矣。烹芥辣须用好醋，并杂以冬笋片及冬菇、香蕈等提鲜，则与塌地菘相较，实此逊于彼。其同以特别著者，缘此二物概皆不能易地，若令偶经移植塌地者，必即暴长，细叶者必变作蔓生，而菜味亦必骤易原质，与寻常之各菜无异，甚或翌年必与种子萎毙。盖二物于乡土观念甚深，蔬中之有血性者也。

（《晶报》1939 年 4 月 22 日，署名海上漱石生）

黄泥墙水蜜桃

沪壖地近海滨，四郊无森邃林，原以是土产物绝鲜嘉果。惟桃园则有之，昔在西门内黄泥墙，即今之蓬莱路，园主卫姓，邑中风雅士也，半耕半读，清同光间，幽居于此。初仅种桃十数株，作春来游览之地，嗣以结实甘美，乃添植数十株，并将园址扩大，四围缭以黄泥短墙，近处居民，以此间素无地名，遂以“黄泥墙”三字名之，而日久乃大噪。园中桃实，亦愈结愈佳，园主除来取贻赠戚友外，有来宾欲购者，亦令园丁承应之，于是游客可自行在树下选择，采下后权其轻重，给值携去，且有当场即啖者，咸谓桃味鲜甜如蜜，非他处所可同日而语。名士李华，作《水蜜桃谱》以揄扬之，言桃上有红色小圈如鹅毛管者尤佳。出版后，桃之销数激增，有供不应求之势，园主乃又添种若干树，是为黄泥墙水蜜桃最盛时代。逮后是处人烟渐盛，屋宇日多，各桃树受浊气侵害，难以生存，先后萎折，即幸留者，亦开花不多，结果无几，遂呈一蹶不振之势。民国肇基以后，是处辟筑马路，桃园乃遂毁灭，而桃种则相传已移植于西南乡之龙华，故龙华桃之名大著，且多一种合盘式之蟠桃，亦负盛誉。然不久以近镇工厂林立，烟煤熏灼，不利诸树，爰又分移漕河泾犁角尖一带，而龙华桃乃又落伍矣。

（《晶报》1939 年 4 月 25 日，署名海上漱石生）

高桥店玉露柿霜

玉露柿霜，系天花粉与洁白糖，微渗薄荷汁所制。天花粉即大瓜根，俗谚所谓“要吃天花粉，铲起大瓜根”，即是斯物，铲根磨成细粉，殊觉煞费工夫，而制时又须手法灵敏，每方由一骨牌式之小模型内脱胎而成，其质甚松，触之即碎，故殊不易完整，糕师畏之。而食时则入口即化，厥味甜而不腻，且使齿颊生凉，无须咀嚼之劳，老年人每嗜食之，童稚亦然，以是销数颇为畅旺。苏松各茶食店，昔多善制之家，俱负盛誉。上海各茶食肆，虽然亦有制售，第皆不甚精致，惟县西街之高桥店，实为首屈一指。高桥店主人徐姓，儒而隐于商者，以不欲人知其名，故设肆并无商标，只自称曰高桥店。所有店中一切糕饼，皆由主人督伙精制，玉露柿霜为其一种，他若整块之大茯苓糕、猪油糖糕、黄白松糕，亦俱比众为佳。又有一种豆沙馅之高桥饼，其味尤为特隽，闻此项豆沙乃采小赤豆复壳磨粉，以玉盆糖炒成，故作淡赭色，与寻常之豆沙有异，高桥镇各茶食肆，皆仿行之。第自徐氏谢世，其后人操歧黄业，无志于此，店遂荒废。

玉露柿霜，乃致制法失传，仅茯苓糕、高桥饼等，今高桥镇上尚有，惟饼中之馅，有杂以枣泥者，已不若豆沙之清甜爽口矣。

（《晶报》1939 年 5 月 5 日，署名海上漱石生）

撑腰糕

旧历二月初二日，相传为上海高昌乡土地诞辰，凡迷信神权之人，昔时皆入庙以牲醴祝嘏，并献寿桃寿糕，至送神后，由会首将糕桃等分给敬神各家，以代神赐，特美其名曰撑腰糕，谓食后能保腰背不疾，四时无病。其实人若腰背感疾，岂区区糕力所能支撑，此等造谣之人，堪云不堪一哂。而馋涎欲滴之徒，得此一言，遂各大食特食，以期各保健康，甚至是日早晨、中昼、夜半，所食者无不为糕，将新岁留馀之绍兴年糕、苏州年糕、黄松糕、白松糕、蛋风糕、枣子糕等，或煎或炒，或冷食，或蒸食，总之自此以后，不令厨内再留。盖各糕为日已多，本岁如春暖较早，不无物质发变，设再不食，将不可食，以是借撑腰之名，决计其作一结束也，然而糕则已食罄矣。若以卫生而言，此种久备食品，平时并不慎密庋藏，一任风饕尘蚀，及至一旦食下，保无有微生物为祟，致发生痢疾，或积滞等症，是则撑腰徒有其名，充肠适攘其害。今自民国成立，打倒旧历新年，此俗始获革除，未始非社会之幸也。

（《晶报》1939 年 5 月 6 日，署名海上漱石生）

虱 蟹

虱蟹，八足双螯，其赋形与无肠公子无异，惟壳小于钱，即比之蚕豆瓣，亦尚不足，故名以蟹，而讥之曰虱，喻其小也。每岁旧历清明前十许日，吴淞口一带江岸，随潮涌至，潮落后胶滞滩畔，累万盈千，渔人捕之，俯拾即是，售诸市肆，厥价视是日所获之多寡而定，故有时甚贱，有时极昂。购食者以其体小，不能煮食，只捣之成糊，滤取其汁，加入生鸡蛋调和之，摊作蛋皮，曰蟹糊皮，味之鲜美，实所罕有。滤汁后所馀渣滓，不可倾弃，当与鲜蛋共冲作蛋花汤，曰蟹糊汤，亦饶有隽味。又将虱蟹以好酱油浸透生食，略渗葱姜末及胡椒粉以解寒，其味亦较醉虾、醉蟹为佳。惟是应候而至，为日不多，一过清明，即应候而灭，不可复得，须至明年再得尝新。昔宋代诗人范成大有诗咏之，以志物质之异，可知虱蟹之名，宋时已有，实为上海水产中特别隽品，是与张翰蓴鲈并传，特一在秋时，一在春日，且一则遍乎全省，产额甚广，一则囿于一隅，产额无多耳。

（《晶报》1939 年 5 月 7 日，署名海上漱石生）

戏馆中之果碟点心

沪上当同光年间，戏馆如雨后春笋，蒸蒸日盛，有昆班、京班、徽班、山陕班等，大小虽各不同，排场则均一律。当时招徕座客，敬礼俱甚殷拳，以是正厅包厢，昼夜皆备果点饷客，并赠香茗，红淡俱有。正厅系小方桌，每桌六客，桌上例陈瓜子四碟、水果一碟、茶食一碟。包厢每间八客，陈列相同。瓜子，概系水炒，碟中水果为小生梨，或小橘子，或带壳水红菱等，茶食则云片糕数片，或橘红糕十数粒而已。逮戏演至中场以后，又例进热点心一道，普通为花核圆（即小糖圆），夏秋则菉豆汤，皆不取分文者，座客虽以其淡而无味，类均不食，然亦心领其盛意也。茶碗则分有盖、无盖二种，包厢正厅有盖，边厢无盖，以示区别。而妓女与洋人之茶碗，则其色必与堂中特异，如堂中皆绿色瓜楞碗，妓女与洋人必为白色；堂中皆白色瓜楞碗，妓女与洋人必为绿色，因戏资俱较常客加收二角也。此种戏园优待来宾之风，至光绪中叶，始除去果碟，既而因热点心食者无人，一并止赠，惟茶则直至舞台成立，改泡茶壶茶，另外取资，碗头茶始俱废弃，约计已在光绪末叶矣。若大案目年终请客，照例在十二月内拉局一次，是夕备具高脚玻璃果盆，陈设优等果品，中场后且有大肉烧卖，或馒头等饷客，则概须向客索犒，实闻后来掗装果碟之风，与园主当日对待顾客之心大异，当非始料所及也。

（《晶报》1939 年 5 月 8 日，署名海上漱石生）

广东茶馆之茶食榼与点心

沪壖茶馆林立，昔时麇聚之处，南市在城内邑庙豫园，北市则租界繁盛之区皆有，然业此者皆本帮人，或苏帮人，其他未之有也。光绪初叶年间，英租界河南路广东路口，有粤人创开同芳居广东茶肆，对邻又有怡珍居继之，一般金碧辉煌，装饰非常耀目，茶具亦富丽殊甚，所售之乌龙红茶，味浓色艳，嗜茶者皆饮而美之，谓为他处得未曾有。而各茶桌上，且俱有四方之茶食榼一，分格陈列各种广东茶食，如无花果、糖金柑、金橘饼、冬瓜糖等，任客选食，标明价格，每件计洋一分或一分五厘，以迄二分三分，于惠账时结算。且更为招徕计，一至中午以后，兼售叉烧馒头、豆沙猪油及猪油包子，与鸡蛋糕、伦教糕等。各种点心，食客既可当场就食，亦可用纸裹带回。如是者数越月，两家生涯一般兴盛，于是效尤者接踵而起，各处乃皆有广东茶馆，其设备一切，皆与相同。至民初建国以后，怡珍先以房屋期满收歇，未几而同芳亦即辍业，两主人类皆满载而归。其他之广东茶馆，则已于茶馆业获得位置，先后有开无闭，惟茶食榼则今已废弃不用，点心亦或制或不制矣。

（《晶报》1939 年 5 月 30 日，署名海上漱石生）

南北市菜馆之变迁
——沪壖话旧录

孙家振

上海菜馆林立，大中小不下数百家，难以枚举。然在租界未辟以前，当以城内馆驿桥浜之人和馆开设最久，主人殷姓，世守其业，历百有馀年之多，然房屋湫隘，纵翻造后，亦不甚宽敞，致在馆宴宾者，常觉座客寥寥，惟以烹庖甚佳，故多送出之菜，绅商遇婚丧喜庆等事，每令包办，营业故得维持不敝，三丝、三鲜、参羊、四喜肉等品，尤为著名，以彼时风尚，皆重视此等菜肴也。

邑庙东街之听月楼，房屋较整，设备较精，就馆设宴之人，恒多于人和馆，遇三节会迎会之日，各会首咸在此聚饮，以是生涯亦甚不恶。惟包办之菜，终年远不如人和馆，以致不能持久，今收歇已久矣。

小东门外之集水街，有甬人设长兴馆，钱庄业、参药业、花衣业、木业、豆米业、咸货等等各商家，皆宴宾于是，营业甚为发达，乃于龙德桥北堍嘴角，另开一馆曰南长兴。是处地当冲要，房屋亦甚轩敞，入座玻窗四辟，客咸乐就开尊，钱业、豆米业、花衣业人尤多，以各业之商号，俱近在咫尺，便捷也。

回溯数十年来，沪南除此四大菜馆，其馀实皆等诸自郐以下。今南市因商业不振，南长兴已经收歇，虽如意街尚有一大酺楼，至今仍在，第系徽馆，其局面难求开展也。然城南之菜馆，虽渐趋落寞，城中之肇嘉路（前名彩衣街），有人就故绅李晋三君旧宅，改设一大规模菜馆，曰大富贵，屋址宽展，厅事轩昂，足供近日假设婚丧喜庆等之礼堂，以是恒座客常满。又西仓路有人赁沈心海画师之住屋，设大吉祥菜馆，亦足以与之颉颃。而西门外中华路一带，亦市面勃兴，近有名园酒家及鸿运楼与徽馆丹凤楼等，相继开设，此后殆为华界繁盛之先声。

至于南长兴、北长兴二菜馆，当时有一事足资纪念者。南市素来无煤气灯，电气灯亦未设立，故一至黄昏以后，不能如北市之城开不夜，室中仅燃煤油灯取亮，每室高悬一盏，四角辅之以玻璃方灯，或绢制之书画灯，桌上则以铜蜡台燃红烛两支，夜宴时之设备如是。然四方灯例不燃烛，各系虚悬，苟见其燃，则室中席上，必有人征花侑觞，始有举此。盖馆有定章，客如叫局，馆中为之燃灯助兴，以副灯红酒绿之名。妓若久坐不去，或客续叫二排，则易烛以燃之，必至妓散后始熄。是为四十馀年前南市特有之风趣，非老于花事者不知。或问南北长兴馆如是，听月楼、人和馆若何？则听月楼、人和馆皆在城内，彼时门禁森严，入晚至九时后即闭，客皆不能征局，故并无此举也。

法租界之菜馆，以大马路鸿运楼为最老，菜亦最为著名，红烧翅尤为脍炙人口，房屋亦甚宽大，且以鸿运题名，商业中取其口谶极佳，遇新开行号，或缮立议单，及预备纠股等事，相率趋之若鹜，喜庆等设宴者亦多，迄今数十年来，蓬蓬勃勃如故。后起者为八仙桥之八仙楼，及最近所开大世界间壁之桃花宫，亦皆局面堂皇，营业蒸蒸日上。小东门外醉白园徽馆，新北门外其萃楼徽馆，亦颇有悠久之历史。

英租界菜馆最多，最初著名者，为新新楼，今已久闭。四马路开京菜馆聚丰园，规模最为宏大，肴馔亦精，嗣以是处翻建房屋，不得已乃致歇业。正丰街有凤来仪（今为上海楼旅馆），亦尝一度名噪于时。五马路复兴园，创业亦已甚久，前后厅地址宽展，宜乎其设宴者多。平望街馥兴园，为前湖州丝商陈辂青君旧宅，改设犹未及多年也。二马路今之泰和园，前为燕庆园，旋改太和园，今始名泰和，屡易其主，然近岁力争上游，基础颇臻稳固。大新街雅叙园，主人薛氏，为天津籍，初仅一小食馆，以售锅贴、饺子、炸酱面等著名，后始改为菜馆，烹调甚佳，营业饶有起色，会因翻造房屋歇业，人咸惜之。同兴楼、致美楼（前名致美斋）亦京菜馆之佼佼者，今皆在四马路。

粤菜馆以杏花楼为首创，然其始为消夜馆（彼中人谓之宵夜），客食一汤一炒，当时只需小洋二角，可谓廉之又廉，以是人争趋之，为之利市三倍。竹生居、奇珍等亦崛起，杏花楼乃改为大规模之菜馆，今首屈一指矣。虹口之味雅等，亦资本雄厚之粤菜馆，以三蛇菜、龙虎斗、烧山瑞等菜著名，惜日寇扰乱后，大受打击，骤难复原。冠生园、梅园酒家等，菜美价廉，人咸啧啧称道。冠生园更支店甚多，足为粤菜馆别树一帜。

川菜馆，始于小花园之都益处，今迁爱多亚路。消闲别墅、陶乐春等，菜亦甚佳。美丽则以不善经营，致遭亏闭矣。

镇江菜馆，始于二马路之大雅楼，肴肉、干丝及面点一切，颇有京江风味。

杭州菜馆，始于知味观，醋鱼、庖蛋，不亚西子湖边。而爱多亚路之杭州菜馆，地址宽展，座位舒畅，故宴宾者尤纷至沓来，座客常满。

云南菜馆，曾一度开设，即在今杭州菜馆原址。然以口味不甚合时，未几即闭。

徽菜馆，市上最多，四马路之聚宾园及聚乐园，当推杰出。

南京菜馆之最著者，首推宝善街春申楼，兼售面点，春卷及两面黄之炒面极佳，后迁于南京路，则生涯反不如前，旋附入大世界，今拆出已久，主人无志经营矣。同时四马路有新申楼，则仅售面点小吃，不是谓菜馆也。惟宝善街之顺源楼，主人亦南京人，专办教门全席，亦售零拆碗菜，油鸡、板鸭、牛肉丝、鱼肚汤等最佳。又大新街春华楼，亦教门菜馆，闻能烹全羊菜。石路之金陵春，曩为教门菜馆之最巨者。是南京菜馆，亦颇有其价值也。

闽菜馆，以二马路小有天为巨擘。

湖州菜无巨大馆址，每值冬令，有湖州火锅，堪以一试，锅中多鱼圆、鱼脍，味鲜而松爽特异，惟其气略腥耳。

湖州菜、常熟菜、无锡菜，饭馆有之，余谓勿以馆址湫隘，望而裹足。试观俗呼“饭店弄堂”内之正兴馆，亦系饭店，恒有乘汽车、包车而往者，盖志在烹鲜，不当以地限也。

鸡肉锅烧、牛肉锅烧等，为日本食品，其店皆在虹口，为日本人所开，曰料理馆，伺应者每多年轻下女。当倭奴未经开衅以前，华人往者甚多，今稍有血气者，皆当过门不入矣。

西菜馆，一呼番菜馆，亦曰大餐馆，始于四马路之一品香，其房屋今已三迁，乃在西藏路，初时餐价极廉，每肴仅小洋一角，如值龙虾、青蟹等缺货，始或略增，亦不过角半、二角，至三角为最多，惟当鲥鱼初上市时，则售至四五角，食后赠客咖啡茶一杯、雪茄烟一支，例不取资。继起者为一家春、江南春、海天春、金谷香、大观楼、一枝香等，亦皆在四马路，惟金谷春则在大新街迎春坊口。名虽西菜，有英、法、德、俄等之别，实则业此者皆华人，司庖之大司务亦然，仅烹饪时参以西法，食时各用刀叉耳。逮后以嗜此者众，粤人所开之各消夜馆，亦每兼售西菜，适当西菜价渐增昂，彼乃廉价以招徕之，于是西菜馆暗受打击，江南春等先后停业。近惟一品香、一枝香、一家春、大观楼及新开之静安寺路雪园等，资本雄厚，营业开展。一品香且兼设旅馆，尤立于不败之地。若夫西人经营此业，始于南京路二十七号之宝德，厥后虹口一带继之，惟旦晚二餐，食必以时，非其时谢绝座客，故华人往者究鲜。至法租界之密采里饭店，英租界之利查饭店等，则皆为西人会食之所，华人殊少涉足也。

素菜饭，上海初无业此之家，只城隍庙西首陆露轩，能备素席，其实乃一面馆，不足侪于菜馆之列，虽四时鲜蔬毕备，然倘欲立办数席，非咄嗟所能具，必隔宿预定而后可。以是茹素之人，昔时倘欲宴宾，皆群趋西南城之一粟庵，或北城内福田庵，以斯二处之僧寮，其香积厨皆善治素斋，最为适口也。今一粟庵已废，改为教育局，福田庵亦仅存遗址。而伍老博士廷芳，在北市之三马路，发起一素菜馆，曰禅悦斋，专供茹素人宴会之需。自是而菜羹香继之，又有功德林、觉林等，先后开设，皆为盛大之素菜馆。于是即并非平日茹素之人，亦有挈伴呼朋，一尝蔬笋滋味者，而以夏秋时为尤多，当雷斋素、观音素封斋之前，更觉座无虚席。其正席菜之定价，自十元以迄十数元不等，与荤席不相上下，贵在口蘑、冬菇等品，及最时新之边笋、冬笋、竹笋，与夫蚕豆、枸杞头、豆苗等之甫经上市者，亦其价甚昂也。今大世界之二层楼，亦有一素菜馆。豫园内凝晖阁茶肆旧址，改开素菜馆曰松月楼，且有乐意楼、素香楼等，生涯亦俱不恶，乃知上海嗜素之人，固亦不在少数也！

（《金钢钻》1932 年 11 月 22 日－28 日，署名海上漱石生）

南北市茶寮之变迁
——沪壖话旧录

孙家振

上海昔日茶寮，视为惟一消遣之所，故皆在城内邑庙之豫园，湖心亭、桂花厅、凝晖阁、绿波廊、玉泉轩、老四美轩、新四美轩、群玉楼、董事厅、钱粮厅、船舫厅、鹤亭、鹤汀等，每日座客常满，遇新岁及四时佳节，尤似蜂屯蚁聚。园外惟旧教场之玉液清一家，茶客恒寥寥可数，以人皆趋而至园也。今玉液清已久闭。绿波廊屋已翻建，易名乐圃阆，仅存楼面三槛。玉泉轩则自原屋翻造三层楼，易名春风得意楼后，茶客较前益盛。四美轩、凝晖阁等之各房屋，半已改建市廛。仅老四美尚存，其半辟作书场。而帽子厅原址新建一春风乐意楼，售茶兼售素菜。董事厅原址，则新开一里园茶社，亦有书场。桂花厅曾毁于火，重建后改为菜馆。惟湖心亭兀然如昔，且九曲桥修建之后，风景较佳于楼前。

其馀城内之各茶寮，素著者为彩衣街之畅叙、太平街之一诚楼、虹桥之一叶青、县前街之三阳楼。三阳楼为县中胥役麇聚之处，在县涉讼之事主等，每亦间一存临。自光复后，县署迁移至蓬莱路，此茶肆遂门可罗雀，旋即闭歇。

西门外万生桥昔有二茶楼，一曰留芳阁，一曰万年楼，遥遥对峙。谑者谓“留”与“流”同音，“流芳百世”、“遗臭万年”，不图于此二楼见之，当时命名者何未之或思，以致贻此话柄，今已皆不复存在矣。

南市之各茶寮，昔推新码头里街留憩阁，瀹茗者多商人；大码头肇源楼、洪升码头顺风楼，皆为船帮中人。今则以沿浦滨之指南、白玉楼等，为茶客最多矣。法租界万云桥北堍（即陆家石桥），昔有一湘园，装修最为富丽，后改茗园，茗客多上流人。沿浦滩亦有巨茶肆，则在轮船上服务之茶客居多。

大马路各茶肆，其规模宏敞者，在大自鸣钟捕房附近。新北门外有丹桂楼及月华楼，昔时亦局面堂皇。英租界茶馆最多，杰出者昔推洋泾浜之丽水台，后易名真谷春，是处当时接近花界，粉白黛绿者，望衡而对宇，以致茗客至此，恒流连不遽去。三茅阁堍之占春园，后改载春园。又棋盘街之爱吾庐、风生一笑楼，宝善街之松风阁等，亦皆为昔日极盛之茶寮，松风阁多喁喁情侣。而六马路有朝阳楼，以地势稍僻，社会男女间遇不惬意事，每假座开谈判于此，致当日有“松风阁轧姘头”、“朝阳楼拆姘头”之谚。若在今日，则轧姘拆姘，公然无忌，无须以茶寮作秘密窟，可知风气之日趋淫荡，今更远不如昔也！

棋盘街五马路嘴角，光绪初有粤人设一广东茶肆，曰同芳居，其时可谓异军特起。肆中之下层楼，售粤东糖果糕饼，茶座内亦有之，故当时桌上皆陈列一金漆果盘，任客选食，每件仅收洋一二分，并有蛋糕及叉烧或豆沙包子等之点心，味殊可口，茶则以乌龙为最佳。未几而对面之角嘴上，又有人开一怡珍居。自此广东茶肆，风气大开，渐见福州路、南京路及虹口等处先后开设。今同芳、怡珍虽闭，此种茶肆，固仍方兴未艾也。

福州路青莲阁、第一楼、华众会、四海升平楼，皆茶楼中之佼佼者。青莲阁最初时下层卖酒，故以青莲名。华众会生面别开，曾一度于楼中陈列鱼、鸟、大蛇、蝴蝶等标本，装置玻璃橱及浸于玻璃瓶内，任客观玩，以广招徕。青莲阁、第一楼则渐为雉妓翔集之所，第一楼后毁于火，改建为五层楼，生涯反不如昔。今则各茶楼因翻造房屋，皆已先后收闭，惟青莲阁移至大新街，得以依然存在，各雉妓且仍麇集其间，一如往日。福州路则仅后开之长乐，岿然如鲁殿灵光矣！

至于茶寮之清雅者，昔有二马路文明雅集，即今洗清池浴室旧址，为名画家山阴人俞达夫君所开，窗明几净，绝无纤尘，室中书画高古，陈设清幽，且时有奇花异卉，供列案头，足以恣人玩赏。在沪北热闹场中，诚难得有此清凉世界，故文人雅士，咸乐趋之。有萍社诸同文，恒每月钩心斗角，各制谜语若干条，入晚悬以待射，获中者酬以谜彩，兴复不浅，亦有约伴下棋，或擫笛品曲于其间者。而茶则不用碗而用壶，茶肆之有茶壶，实造端于此。后惜以屋租期满，房主收归翻建，无地可以迁设，俞君乃废然而止。迄今回首前尘，犹令人眷眷于心目间也！

若夫南京路一带茶寮，昔以一洞天、一壶春为最著，近则以全羽春房屋最宽，茶客亦较为整齐。而浙江路之萝春阁，早茶亦多上等佳客。他若虹口之各茶肆，大者半属粤式。

闸北则自去岁“一二八”日寇扰衅之后，市面一时难以复原，百业大为减色，遑论茶寮，言之殊可慨也！

（《金钢钻》1932 年 11 月 29 日 - 12 月 2 日，
署名海上漱石生）

上海菜馆之鳞爪

熊

上海各式菜馆之多，甲于全国，十里洋场，颇似一菜馆博览会，无论何省何帮，皆有一二家于斯陈列，供吾人之大嚼。作客沪滨，欲一二日一易口味，当有二三月之异味可尝，上海人之口福，诚不浅哉。

上海普通社会之宴客，大都用苏帮菜，以苏帮在上海之历史最为久远，习惯使然也。近年来标新立异之菜馆日多，而苏菜则依然故我，失势多矣。四川馆宴客为近来上海最时髦之举，川菜馆亦确有数味特殊之菜，颇合上海人之口味，而为别帮所不能煮者，奶油鱼唇、竹髓汤、叉烧火腿、四川泡菜等，皆川菜馆之专利品也。个中最享盛名者，厥为都益处，最初设在广西路，只一开间门面，后移至小花园，现迁至爱多亚路，布置装饰，较原处为华丽，地位亦较宽敞，即杯筷台面等，亦焕然一新矣。汉口路之陶乐春，亦纯粹川菜馆。消闲别墅、南轩，虽标闽川菜馆之市招，但川菜占大部分。

苏式菜馆规模较大者，有平望街之福兴园，前后有大厅二，喜庆宴客，最为适宜，菜中有名龙凤腿者，颇有名。其馀如五马路之得和馆、大庆馆、大鸿楼、鸿云楼等，俱隶苏帮旗帜下，地位不大考究，而菜很结实，主顾多工商界中人。

上海之宁波菜馆，亦极发达，宝善街之复兴园，法大马路之鸿运楼，二马路之太和园，为上海鼎足而三之宁式菜馆。鸿运楼之鱼翅，在菜馆中独享盛名。复兴园之菜，则较为细洁漂亮。小东门之大吉楼，菜亦甚佳，水果行及咸货行等宴客，大都假座于此，以其地段适中也。八仙桥之状元楼，地位亦敞，食客甚多。

京菜馆在上海亦占一部分势力。京馆中之堂倌多北方人，招待顾客，最为周到。雅叙园、悦宾楼、会宾楼、同兴楼四家，为上海京菜馆之最有名者，其中以雅叙园之资格为最老，该园之粉蒸肉，已享受十年盛名矣。

汉口路之小有天，闽菜馆也，经其同乡清道人之提倡后，生涯极盛一时，近年遭川菜馆之打击，吟“天天小有天”之上海人日稀矣。西门外之福禄馆，亦售闽菜，规模虽小，菜颇可食。又北火车站附近，亦有闽菜馆多家，据友人云，以中有天为最佳云，暇当尝之。

广东菜馆，以北四川路之会元楼、粤商酒楼（即前翠乐居）及先施、永安附设之东亚、大东等酒楼之馆址最大，喜庆丧吊等宴客，假座者颇多。杏花楼为上海最老之粤菜馆，生意亦历久不衰。味雅一类菜馆，标名太牢食品馆，其地位介于大酒楼与宵夜馆之间，以售牛肉得名，蚝油牛肉，味最美，价亦不贵。

镇江菜馆，仅新老二半斋，地位较大，菜亦地道，馀皆不甚著名。

徽馆之多，在上海菜馆之总数中占其半，无论城厢租界，无徽馆踪迹者极少，稍著名者为聚乐园、聚丰园、聚元楼、醉白园、其粹楼等，其中以醉白园之资格为最老，而麇集于福州路一带者尤多。

素菜馆最先设立者，为禅脱斋，功德林继起，无藉藉名，后经沪埠巨商大贾之佞佛者之提倡，始轰动一时。自功德林发达后，中国素菜遂起一革命，所谓豆腐面筋之素斋，几无人顾问矣。

本帮菜之有名者，只小东门内之人和馆，和小南门外之一家村二家，其馀皆属饭店，不甚著名。

西菜馆以华人自设者，最合我人口味，真正西菜，嗜之者颇鲜。太平洋、新利查、一品香、倚虹楼、大观楼、一枝香、品香楼、一家春、岭南楼，南京路之东亚、大东、惠尔康等，皆供国人饮宴之西菜馆，其中以一家春、一枝香之资格为最老，一品香之西洋色彩最重，倚虹楼之烹调最合上海人之口味，招待亦殷勤，故生涯特佳。一枝香午餐公司大菜最佳，晚餐稍逊，不知何故。

以上略述上海菜馆之大概，挂一漏万，在所不免，尚望今世易牙，锡吾教言，不胜感荷。

（《申报》1924 年 12 月 21 日）

上海菜馆之今昔

梅　生

沪上菜馆林立，山珍海味，极海内外之精华。昨余与熟悉该业中人谈及三十年来菜馆之变迁，颇足记述，爰拉杂书之如下。

菜馆业初惟有徽州、宁波、苏州三种，后乃有天津、金陵、扬州、广东、镇江诸馆，至四川、福建馆，始于光复后盛行沪上。徽馆兼售汤面，可随意小吃，取价尚廉，租界中以法租界之其萃楼为最老。宁波馆现尚盛行。扬州馆昔日有淮阳九华楼，当时风行一时，现已歇业矣。苏馆如五马路之得和馆、大庆馆，生涯甚好，中下等社会，多乐就之，以其价廉物美也。天津馆现存者，以雅叙园为最老，此外悦宾楼、鸿宾楼、会宾楼皆继起者也。广东馆初惟大马路有之，专售消夜，每客两熟两荤，一汤一饭，只需铜元二十枚，且可两人合食，其后则遍设于四马路各处，四马路之杏花楼，四川路之会元楼、翠乐居等，均广东馆中之大者，设筵称曰开厅，另雇粤中音乐吹唱，开厅之价，需数十金。镇江馆，如新老半斋、大雅楼，小吃开筵均可，价亦尚廉。四川、福建等馆，均于光复后始开设，盖当时遗老丛集沪上，如樊樊山、易实甫、沈子培、李梅庵诸辈，文酒风流，均集于小有天、别有天、醉沤斋、式式轩诸家，而闽蜀菜馆之名，因之大噪，士夫商贾之请客者，意非此种菜馆，不足以表盛馔，每筵之价，需十金以外。今醉沤斋、式式轩已闭歇。蜀菜馆之新起者，有都益处、锦江春。他如湘之桃源馆，开设未久即闭。

至中国人所办之番菜馆，始于一品香，每人大餐一元，小食五角，当时人鲜过问，其后继起者渐众矣。外国大餐馆之始开者，为法租界之密采里，今已闭歇，馀如客利、礼查、金隆，均旅馆而兼售大菜者也，此外尚有别克登、卡尔登诸家。虹口日本人所设之料理馆，如六三亭、松迺家，为彼国之著名者也，料理每客三元，并有艺伎侑酒，但华人之不解日语者，须由彼邦人同去，亦有小吃，如吾国边炉之类，分鱼片、鸡片、牛肉片诸食，每餐二三人食之，代价约一元许。

此外饭店酒店诸类，变迁各异，他日当别记之。

（《申报》1925 年 11 月 10 日）

谈上海之饭馆

吴天醉

上海一埠为中国第一繁华都市，旅客云集，故华租两界饭馆林立，诚以食为民天，凡人一日不再食则饥，食固为人生三大需要（即衣食住三项）之一，不可一日或缺者也。沪上饭馆有一优点，即代价划一，老少无欺，惟初至之旅客，或虽寓沪已久，而不习焉者，对此茫无所识，亦殊感不便。况迩来米珠薪桂，百物价昂，生活程度逐年增高，自奉俭约者，苟入饭馆以图果腹，尤不可不讲求“经济”之吃法。谚云：“万事无如吃饭难。”又云：“吃饭亦须经验。”其斯之谓矣。兹且就沪上各饭馆述其概要，以作南针之指示。

沪上饭馆约分四大帮，即本帮、苏帮、无锡帮、宁波帮是也。饭馆同业自去秋公议增价后，或已改售洋码，或仍售钱码而增其价。此四帮饭馆开设于各马路，大抵双开间门面，气象堂皇，且有楼座，外观华美，形似乡间之大馆。惟可识别者，饭馆厨灶即在大门内，路人经过，可以窥见，而大馆则不然，其厨灶不可得见（广东小馆亦然）。又沪上各饭馆之市招，但书某某馆，并无某某饭馆字样，旅客尤不可不知。客苟入馆但谋果腹，其经济之吃法，宜就楼下座，择价廉物美而又清洁之菜肴为佐餐品，聊以充饥可也。苟准备出钱稍多，则宜就楼座，较为雅洁，食品亦较为精美。随意小酌，各式汤炒盆碗菜，凡大馆所能供者，几无不应有尽有，而价则较廉多矣。其味亦有甚可口者，如南京路饭馆弄堂之各饭馆，其最著者也。

价廉之品，除荤素冷盆，可自行参观选择外，如红汤、血汤、煎豆腐、芋艿羹、豆芽羹、肉丝豆腐汤或羹、骨浆、油猪肝猪肠汤、黄豆汤、咸菜豆板汤等；价稍昂者，如炒肉、咸肉、咸菜肉丝汤、清蛋汤、荷包蛋、虾米蛋汤、肉丝蛋汤、黄豆肉丝汤、榨菜肉丝汤、线粉蛋汤、爆鱼线粉汤、三仙汤、三丝汤、鸡丝蛋汤、炒鱼豆腐、汤卷、生炒、炒卷、小白蹄、干咸肉、白肚、汤酱、黄鱼羹、炒三鲜、炒鳝丝、炒虾仁或虾腰、炒鸡片、炒鲭鱼、虾仁炒蛋、蟹粉虾仁、腌鲜、大白蹄、油炸蹄、油炸黄鱼、大肉圆、油爆虾、排骨、白鸡、时件、醉虾等等。

其他不遑枚举。以上但略举其价廉普通之品，因见每有客入座不能举其名，故略举之为旅客告。总之，每看宜先问价，则有预算，庶可不致受欺，而免阿木林、洋先生之诮耳。

（《申报》1927 年 6 月 24 日）

上海的餐馆

瘦　鹤

餐馆是关系人生的口身的营养，所以也是社会重要的商业，繁盛的上海，大小餐馆不下数千百家，而各帮餐馆，派别很多，列之如下：

（一）大餐馆

大餐馆烹饪的方法，都仿照欧美，著名的像一枝香、大东酒楼、东亚酒楼等。

（二）京菜馆

京菜馆雇佣的厨司，都是北方人，风味都迎合北方人的嗜好，著名的像悦宾楼、同兴楼、会宾楼等。

（三）苏菜馆

苏菜馆烹调的滋味，都为苏省人士所喜，北方人叫它“南菜馆”，著名的像大庆楼、鸿运楼等。

（四）广东馆

广东馆又叫粤菜馆，都是粤人所开设，菜味烹法，完全粤派，虹口一带最多，著名的像杏花楼、安乐园等。

（五）川菜馆

川菜馆的膳品，大概四川和云南、贵州人都欢喜吃它，著名的像大雅楼、都益处等。

（六）闽菜馆

闽菜馆又称福建馆，食品都为福建人所好，像汉口路的小有天便是。

（七）维扬菜馆

维扬菜馆的膳品风味，介乎京馆、苏菜馆之间，为山东、安徽和苏省江北人所喜，著名的像老半斋、新半斋、第一春、聚和园等。

餐菜馆的派别，既然各有不同，其间的等级，也大相悬殊。最上等的就是大餐馆，房屋又高大又幽深，客座又清净又雅致，每上一次菜，所有刀叉用具，便调换一次，盛菜的器皿，又极其洁净，先进一汤，再上鱼肉、点心或饭，末次便上咖啡、水果。外国人所设的餐馆，每餐要七八元之贵，普通还是吃公司菜好，但是不能点菜罢了。

上等的餐馆，就是各帮菜馆，膳品也很精美，座位也很舒畅，价钱却比较贱了。至于普通的餐馆，大概称为中等餐馆，价钱却很公道，凡是寻常宴客，最是相宜。下等的便是便饭馆，屋小位窄，但图饱腹而已。

餐馆的等级，既如上述，而其中的弊端也难以指数，大约等级愈高，弊窦愈多，现在在下分别写于下面：

（一）最上等餐馆

最上等餐馆就是大餐馆。大餐馆的账房，是专司银钱出纳的人，例如佣人的薪水，从他发给，顾客的菜账，由他经收。倘使佣人是他的亲友，便容情宕账，顾客中有平时认识者，便放滥账，任延欠，或者客人的账已收，却入于私囊，种种弊端，指不胜屈。又像大餐馆应用的食物和啤酒、罐头等，都有一人专司进货，叫买头先生，买头的弊，或把次等的货品，报上等的价钱，或支取现钱，向上家欠账，至于收回佣、买小货，却是普通的作弊，不足为异的。大餐馆里的西崽，他的作弊，不下于账房、买头。因为精干的西崽，都为大老阔少所信任，所以对于餐馆的营业，大有关系。台上排列番茄、辣酱油等瓶，原来是预备食客临时应用的，西崽却把空瓶来调换，售于外间。又如菜账为十元五六角，食客如数付给，他却托辞是老主顾，把十元到账房销账，干没五六角。倘使明知其弊，认真挑剔，他就联合管工厨夫，全体告假，拉其平日的熟客，到别家交易，营业便要大受影响了。

（二）上等餐馆

上等餐馆便是各大菜馆，他们所用的堂倌，碰到外帮客人往往大敲竹杠，而厨夫等辈，和堂倌通同一气，凡是外帮客人点菜，便把腐败的或隔宿的食品应客，倘使食客加诘责，他们便大言欺人，说吾帮菜法，本是这样，而不熟情形的食客，往往给他瞒过，给他愚弄。所以在下劝读者诸君，自己是哪省人，还是到哪帮去的好。

（三）中等餐馆

中等餐馆的局面，比较上等餐馆略小，食客的品类，也比较混杂，而一切物价也比较便宜。凡是食客携带物件须要留心，否则容易遗失，往往脱下长衫，挂在壁上，等到吃完要穿，却已不翼而飞，问问堂倌，也不能追究，因为菜馆中有一种匪类，衣服行动，很是体面，同在进食，临走便穿着别人的衣服而去，倘使被本人看见，他就假做错误，认差了事，否则，便据为己物，出门就可换钱使用了。还有外乡来的孤客，一人自酌，此辈便殷勤拼桌，有意亲近，问姓问名，并把自己所点的菜，请他同食，若是老于世情的人，便毅然谢绝，倘使是初出茅庐，不知人心变幻，虚与周旋，等到酒兴酣时，彼托辞而去，于是一切菜账，都是一人惠钞了。但是此种骗局，都和堂倌暗通，甚至有灌醉之后，盗取身边财物的。所以中等餐馆以二三人同去为宜，否则，切不可和人合桌，以免受了苦无处申呀。

（四）下等餐馆

下等餐馆就是小饭馆，此中菜品大都为劣货，座位局促，人类卑下，都是隔宿腐败的食品，加盐加酱，重烧过拿出来应客，往往吃了生病。所以此等餐馆，大概是无家室的苦力，和小贩、光棍，是他们的主顾，稍有体面的人，决不敢一涉足的。

（《上海常识》1928 年第 44、45 期）

酒　店

红　鹅

本篇所说的酒店，是专卖酒的酒店，虽也有下酒的酒菜，然而还是专靠所卖的酒好歹，藉招徕主顾。

从前四马路的豫丰泰，颇有盛名，夜市散得极迟，往往一二点钟时候，还有许多酒客，纷纷光顾。章东明的牌号，在这种酒店中，算第一块老牌子，凡是欢喜喝酒的，都欢喜喝章东明的酒。四马路、大马路、公馆马路、南市，无处不有章东明的酒店，究竟哪一家是真正的老牌子章东明，却非是喝酒的内行人，分辨不出。王宝和酒店，在上海这类中的酒店队里，也算是一家好酒店。王裕和酒店，与王宝和相差一字，据说是和王宝和特地做鱼目混珠的。高长兴酒店，也有许多的喝酒人，欢喜喝他们的酒。言茂源在四马路，生涯的挤摊，不下于豫丰泰，但是常常打债务官司而关闭，可算是酒店中多事的酒店。余孝贞在小东门大街，从前小东门花烟间盛时，余孝贞的酒，极盛行于花烟间中，因此有余孝贞花酒的雅号，自小东门的花烟间被禁迁移，余孝贞花酒的雅号，便渐渐地被湮没不彰了。章同源，章同茂，都和章东明相差一个字，自然不言可知，抱着冒牌的用意了。老同顺酒店，据说他店里的酒，也可以一喝。陈贤良的酒，欢喜喝的人很多。同三美酒店里喝酒的人，堂子的乌师最多，在乌师帮中，同三美的酒，很有些佳誉。方壶酒店，是新开一家酒店，据他们自己说，他家的酒，确实从绍兴产地运来，在上海酒店中，算是第一家好酒，方壶地在香粉弄中，酒色香粉气，倒是绝妙的好词呢。

大概喝酒的酒人，差不多都是酒店中喝的。上列诸家酒店，便是喝酒人所称道的。有许多糟坊，也有兼卖热酒的，但是糟坊所兼卖的热酒，不及酒店的酒多多，喝酒的人，情愿喝酒店的酒，不愿喝糟坊的酒，糟坊的酒只可用在菜中调味，不能供人过酒瘾。饭店菜馆中的酒，须看他们邻近有否有好酒店开着，若是邻近有好酒店开着，他们也有好酒卖了。酒店中常把水和在酒中，尤其是一般小酒店，和兼卖热酒的糟坊。

还有一家同宝泰，所卖的酒，也是上品。这同宝泰不特在上海有名，在天津也很有名，天津三不管后面，有同宝泰分店，天津人逢有大应酬时候，所喝的酒，定要在同宝泰买的。王裕和在天津也开着一家，但是终不及同宝泰的生涯好啦。

（《上海常识》1928 年第 43 期）

馒　头

红　鹅

上海点心中，有馒头一种，名目花色，甚繁且多。茶楼中所卖的馒头，名为生煎馒头，此为极普通的馒头。有一种曰山东馒头，实心无馅，食此者北人为多，上海本地人，则不甚对胃口，又称山东大包子。广东点心店中，所卖馒头，如拆烧包子、腊肠包子、水晶包子，其味较上海本地生煎馒头为佳。小笼馒头价昂而味美，种式亦多，一种为镇江式点心店所卖，亦称镇江馒头，每笼置馒头十只，即以笼奉客，秋时蟹肥，馅中杂以蟹肉，故又称蟹粉馒头，可可居、新囗居，皆以此种馒头著；又一种称金刚馒头，亦称南翔小馒头，馒头较小笼馒头之馒头为小，而价亦较昂，其佳处则为皮薄馅细且含汁露，城内邑庙中，有专卖金刚馒头之馒头店。然面店中，如老福兴、囗如春、近水台、四时春、冯大房，亦有出卖，但终不及邑庙中所卖者佳。面店中，有以小馒头入油氽之，名曰油氽馒头，一名油里氽，惟味殊逊。市上有小贩呼卖油包，此为宁波式馒头，以猪与糖，复杂枣泥、瓜子仁者，曰水晶油包，其味亦不恶。广东馒头，除拆烧包子、水晶包子外，有鸭肉或鸡肉大包。此种包子有二种，一种则鸭与鸡皆不去骨，以示其为鸭鸡肉制馅；一种则去骨，以示考究耳。北方点心店中，有天津馒头，亦为馒头之一种，价殊廉，尚可一嚼者。茶馆中多有卖生煎馒头者，糕团店中偶亦有笼蒸小馒头出售，昔时甚多，今则不多见。西人所食之面包，沪人俗呼为外国馒头，制面包最佳，首推福利面包房所制之面包，沙利文、康生亦以善制面包著名。别有一种奶油面包，较平常面包价昂，而味则大佳。江北人所食之馒头，有以粟米制成，北方称棒子馒头，粗粝不堪下咽。野鸡馒头即野鸡团子之变相，粥店中多有出卖。六月一月中，上海点心店或有停止卖荤馒头者，茶馆则改卖素馒头。上海馒头大概，可尽如上了。

（《上海常识》1928 年第 44 期）

冷饮陈列馆

影　呆

天文家曾预言过今年没有夏天，我们听了也不觉得什么，而冷饮商闻之，会直跳起来。如果真的没有夏天，那冷饮品的销路，将出一记冷门，而要永远地冻结在冷宫里面了。可是照这几天的情形看来，太阳高挂，中午时节，柏油路面开始溶软，夏天毕竟有的，天文家胡说八道，冷饮商又转忧为喜，破涕而笑，振作起精神，着意于生意经上面了。

的确，夏季是冷饮品的世界，马路边，街道旁，哪一处不见冷饮。自初夏起展开了，直要到中秋后才静寂起来，经过的时间那么长。整个的冷饮季，上海人不知要消耗几多钱于冷饮上面？否则街头路角，何来如许冷饮商贩？可惜没有确实的统计，不然，这章消费的数字，一定大有可观。

冷饮市是跟天气的凉热而转变的，几日来天气一热，冷饮市突呈活跃起来。在东方巴黎的上海，制造冷饮的工厂，规模最大者，当推美商海宁洋行，厂址在虹口，日军占领期内，曾遭毁损，机器也被搬去或毁去一部，但胜利后，经过几个月的整理，到现在出品又相当快速，预备在整个冷饮季中，以最迅速的方法，供给冷饮于全市食品商店。

提起了海宁洋行的冷饮，便会不自觉地联想到美女牌来，美女牌是海宁洋行的特种标记，凡是海宁洋行的出品都以美女为记，而烟兑店、水果行门口，所陈设的黄色冰箱，也有美女牌为记。据说这种冰箱，还是战前租得，现在是没有了，成了奇货，旧有的租户，再也不肯退租或转租给人的了。

就上海的冷饮市作一个鸟瞰，那么烟兑店、水果行之类，大都兼营，而食品店里，也设起雅座来，称之曰饮冰室，门口挂起旗子，随风招展，另有一种新的气象。他如舞场、酒吧、电影院、京剧馆，都有冷饮供人选购，而几个公园里面，也设有冷饮的地方。这样看来，我们每到一处，如果想消暑解渴，是不忧买不到冷饮品的了。

大世界一段食品店很多，而一到夏天，那边也成了冷饮集中的市场。一般的食品店，都点缀一新，设有冷饮的雅座。有几家广东店，还陈列了全部制造冰淇淋的机器，当众制造。而青年会附近有一家出售北平酸梅汤的商店，更是出名，闷热的日子，一天到晚有青年男女，排了队买酸梅汤呷。

再看到马路上，凡是行人较多之处，走道上面，走不多步，就有冷饮摊子，露天摆着。桌子放满了汽水、鲜橘水、可口可乐之类，汽水可以开瓶卖，大杯、小杯，随你意，和卖茶的孩子，隔马路对立着，这是苦力与车夫的消暑解渴之所，每年此日会出现在街头的。

看到各个出售冷饮的商贩所备货品，自冰淇淋、鲜橘水、棒冰、白雪公主、汽水、刨冰到凉茶、凉粉、绿豆汤、地力膏，中西合璧，一应俱全，不啻使上海出现了一个冰饮陈列馆呢！

（《申报》1946 年 6 月 11 日）

饮冰室巡礼

张若谷

冰淇淋这三个字，就是大英语 Ice Cream 的译音。

冰淇淋的原文译义，是“冰奶酪”。聪明的广东人，替它取了这样一个很花妙的名词，不知道也曾被收到《辞源》续篇中去？在广州，据说除了冰淇淋外，还有许多形形色色不统一的名词，像什么“冰结涟”吓，“冰结凝”吓，“冰麒麟”吓，也有缩笔写做“冰其林”的……在这样热的天气，恕我没有工夫去做考据工作了。

出卖冰淇淋的地方，最好的名词，要算是广东大文豪梁启超的“饮冰室”。

“饮冰室”原来是梁氏的书斋题名，他的《饮冰室文集》和“饮冰室主”这两个名词，是这般广东人所视为最风雅的而且值得夸耀的名词。

在上海，究竟有多少的饮冰处？我虽没有做过精密的统计，但是饮冰室的主人，广东人，一定是占据大多数的吧。

现在趁这几天冰淇淋大倾销的当儿，让我来随便谈谈上海几家特色的饮冰室吧。

上海资格最老的第一家饮冰室，恐怕谁都知道是沙利文吧。总店在南京路，静安寺路和霞飞路也都有了支店。他们出卖的冰淇淋，种类最多，巧立名目，开一张单子，价钱从半元到一元左右，名目虽多，但是味道仍旧一样，不外乎“冷”和“甜”。

有一种名词最香艳的冰淇淋，叫做“花旗大姐姐”，冰淇淋上，放了一个猩红的小樱桃，是女人樱口的象征，两条鸡蛋饼干，或许当是女人的腿膀，几块酸溜溜的菠萝蜜，是不知道象征女人的什么东西。

在外白渡桥百老汇路口，有一家普济药房，他们的“苏打冰淇淋”，掺入了种种果子露，其味之佳，的确在上海可以推为第一家。普济药房的果子露，味道浓厚，刺戟非常，去年的价值，是一元钱三客。据说他们是药房，并不在乎靠卖冰淇淋的收入，他们只应酬惠顾买果子露的主客，当做一种尝试样子而已，所以饮冰室就设在玻璃柜旁，二只小圆台，四只小圆凳，此外没有什么东西了。他们每天下午六时后，便要“打烊”，而且礼拜天是“封关”，不做生意的。

在霞飞路尚贤坊附近有一家高丽人开的金文饮冰室，价廉物美。还有一家宝德公司，据吃过的人说，也是价廉物美。但我只吃过朝鲜冰淇淋，的确名不虚传。

上海有不少贵族式的饮冰室，圣母院路霞飞路口的马赛饮冰室，布置富丽，像是宫殿一样，他们的三色冰淇淋，三种味道，价钱也不怎样贵。至于隔壁“复兴馆”的屋顶露天饮冰室，地方很凉快，可是冰淇淋的味道，却并不见得高明。

西摩路和百老汇路的 Federal，有一种“桃子冰淇淋”，味道也不错，代价却很可观。

在神秘之街的北四川路，饮冰室林立，尽你是个怎样贪杯的人，也是数不清楚他们的牌号。在去年，在奥迪安大戏院对面，有一家小小饮冰室，价钱比众公道，冰淇淋也做得很卫生，味道也不能话伊坏。那里有一个美丽的老班姑娘，常在室中殷勤招待客人，所以生涯非常兴隆。“一二八”之后，我久没有到北四川路去了，不知这家小小饮冰室今年还在继续营业吗？

（《战争·饮食·男女》，张若谷著，上海良友图书印刷公司1933年3月初版）

上海酒店巡礼

张若谷

“嘴在泥里，脚在肚里，若要问他年纪，看他肚皮。”

这是一个由我父亲口传下来的一个谜语，谜底是什么东西？倒要烦劳诸位读者们，绞一绞脑筋，猜一猜，若然猜不着，请看下文，便知分晓。

我从小便跟着我的已经故世了三年多的父亲，早上到城隍庙九曲桥湖心亭吃茶，黄昏到庙前街小酒店里去喝酒，这是我父亲在生时的两种仅有的嗜好——所以所有城内庙前街——现改名为方浜路了——的酒店掌柜和酒保小主，他们都认识我，我也都认识他们。

我最初到的酒店，是开设在听雨楼旁边的叶森泰酒店，那一家酒店规模虽不大，营业也不很发达，但是店里所藏的酒，的确都是“远年”花雕。老板自己掌柜酒店，招待，煮菜，叶老板亲手炒的宁波炒面，别饶一种风味。他曾在旧校场另外开了一爿叶森盛号，可惜开张不久，后来不知怎的，两爿酒店都闭门大吉了。

在城里庙前街上，现有王三和、福露桢、泰和信三家绍酒店，而最出名的，要算到王三和了。住在城隍庙附近的人，逢到有人贪杯的时候常说“留心吓，不要吃得王三和成”来劝阻，王三和居然变成了一句俗话，可见它的资格老了。

以上四家酒店，我跟父亲都去过。父亲的酒量虽不大，但是每晚必到酒店去，不避风霜雨雪。他老人家从不“登楼”去坐“雅座”，却是喜欢坐柜台里面，坐在“太白遗风”和“刘李停车”的长招牌下，面前放了一盆发芽豆或者花生米，一只酒筒，和一只高底的蓝花碗，一壁和“堂倌”闲讲，一壁举盏慢慢儿一口一口地呷下去。

每晚只喝“本色”二碗——酒店的老买主，都有一个小折子，上面记的账目，都用碗数计算，不用斤数算的——到了节上结账时，可以再打一个折扣，付钱时酒店里附送一瓶“五茄皮”或者“虎骨木瓜药酒”，平时的酒菜，也可以一同记在折子上。这些都是一般和酒店开来往户头的人所习知的事情，也不用我来细讲了。

从去年起，我因酒友火雪明的介绍，逢到有兴致的时候，常常到旧校场的源茂泰去，这一家酒店里有一个麻脸酒保，做人还有些兴趣，他是常常陪同客人们豁拳助兴，他的拳头很有路数，败的时候少，因此酒的销场，自然也多起来了。

在南市第一家资格最老的酒店，是董家渡的王恒裕，历史总在五十年以上，住在南市——即在租界的一般有杯中嗜好的人，真可以谁个不知、哪个不晓董家渡有爿王恒裕酒店。这一家的酒品，在上海也可算到第一家，从前只卖酒，不卖菜，而且有一个特例，便是不收小账，若使饮客高兴出付小账，他们必定很客气地辞谢不受。据说，这是一种中国老酒店的陈例。

在法租界公馆马路有两家老酒店，章东明与章同茂，历史也都在四五十年以上。永安街的醴香阁，酒菜的食谱，都用戏名，里面有一个堂倌叫做王大的，跑堂跑了二十多年，他有两个儿子，现在都做洋行先生了。

公共租界上的老酒店多得很，善宝泰与同宝泰是兄弟酒店，同宝泰有一个圆脸方耳的酒保，名字叫做弥陀，据他自己说，在那里服务已有三十四年了。他说同宝泰的第一个老板，是开设某药房的，他每天晚上必到四马路一家酒店去打尖。有一天（时在光绪十五年光景），他纠了几个酒友，在吃柜台酒的时候，忽然发见酒的味道有些走样，就向酒保交涉，那个酒保答道："再要喝好酒，除非自己开酒店。"于是，同宝泰酒店，就在一个礼拜后"开张大吉"了。

同宝泰究竟开了有多少年份，我虽不能详细知道，但是有一个酒仙，他在那里已经喝了二十多年的酒了，酒店里的跑堂，都把他当做一个最有交情的老买主看待，常把三十年以上的陈年花雕给他喝。这位酒仙，大家都尊称他做金老板，凡是和金老板同桌喝酒的人，不但常可以喝到最上等的陈酒，而且可以不论吃多少盆的发芽豆，只算一盆的价钱。这种吃法，是酒店对于老买主的一种特殊优待，其名叫做"飞盆子"。

听说，同宝泰一年的酒生意，可以做到一万元左右，据弥陀说："他们的店里，去年一共卖了二千四百石米。"我听了觉得真奇怪，酒店里怎样卖起米来呢，他替我解释道："酒的原料都是用米，每石米可以酿酒四坛。一坛'行水'，有四十斤重，'双加重'有五十斤，至于酒的年数，在酒坛上都有标记……"

一时兴致所至，东扯西拉，居然写成了这样一篇不成样的酒经文章，现在自己看看可以结束了。可是，读者中或者还有人要问我："开首那个谜语打的是什么东西？"我可以装做喝醉的样子，假痴假呆地不做答复，因为你们都是聪明人，早会一猜便知的，何必我再来饶舌呢？

（《战争·饮食·男女》，张若谷著，上海良友图书印刷公司1933年3月初版）

上海的西菜馆

洁

不论大宴小酌，逢到请客，首须考虑的便是将用何种方式出之，一般地说来，往往以中菜或西菜作为一个先决问题，然后再计议地点、菜馆、酒肴及其他。这种情形在喜庆堂会，或业务上宴会，或亲友间欢叙等，几乎成为破费考虑斟酌的一个问题。这在从前物价低廉的时候，还不用斤斤较量，奈在近三两年来倒不得不缜密地计算一下，不然的话，单是加一小账，再加小小账，连带堂彩难民捐、干果台茶等“苛税杂捐”，到付账的时候，已够使你心惊肉跳，尴尬不堪了。

爱吃西菜的，认为有五种优点：一，有一客算一客；二，价目固定；三，不必主人横敬竖敬地噜嗦个不了；四，不宜酗酒猜拳；五，整洁高贵。于是西菜在近十年来真是风靡一时，时髦人当然不必说，学时髦的也管不了大菜刀会割破舌头，至少是不用筷，以面包当饭，这已够新鲜的了。

大菜司务以甬广两帮居多

西菜是跟着洋大人的关系而来的，而洋人足迹所至，最先必是海口，同时广东、宁波两地的人，刻苦耐劳，富于开发精神，所以追随洋大人在船上工作的很多，这才学得一套煮大菜的本领，当非偶然的。

广东帮大菜馆，从前和宵夜馆是一而二、二而一的，像石路广雅楼和五马路的竹生居等，在二十年前三角小洋一客大菜，有面包、白塔油、果酱、一汤、一鱼、一饭，还加咖啡一杯和香蕉一只。这种店铺现在几乎绝迹，所存者只曾满记和东新桥附近的几家，但价目至少每客三元半，而且还没有白塔油，香蕉也不翼而飞了。这种菜馆演化得最进步的要算冠生园，现在南京路总店楼座，中午尽多大学生光顾，那里还有四元半一客的西士呢。另一种广东帮的西菜，比较更高贵——那是指当年的市况而言——就是四马路一带的一枝春、一家春等，且注明番菜馆字样。在十多年前，四马路的红倌人要尝尝夷人风味，常常光顾那些番菜馆，但，听说目前的营业已很清淡了。

甬帮西菜馆多设在东区

靠近外滩的几条马路，全是洋行区，昔日的繁荣，单看汽车挤塞在那些大厦的门口，已可见所谓大班大写康白度之流的威风了。于是一班宁波帮大菜司务，都拣择这一带相当的地段开设了好几家西菜馆，一天的营业只靠一顿中饭，另外早茶和晚点作为带头戏，一到夜晚，那里的顾客便寥若晨星，正所谓“早夜市面不同，整天只靠一中”。那种馆子的菜是大锅菜，因为中午前后，全是洋行职员在差不多的时间落写字间，于是一窝蜂地挤到这些菜馆里，不择座位，不择味道，嚼了一顿便算数。所以同时招待一大帮顾客，只得用一大锅菜去应付，那里价钱稍廉，上菜迅速，巴望顾客吃完，起身就跑，那才可使前客让后客，而且许多老主顾，有专门伺候的仆欧招待。可惜，太平洋战事的结果，把四川路、江西路一带弄得生气全无，洋行大班销声匿迹，这才害得仆欧们长吁短叹呢！

要问宁波帮西菜的味道，吃过青年会西菜——八仙桥和四川路的会食堂不同，前者是甬帮，后者是广帮——都能体味到。至于最高等的宁波帮作风，恐怕要算金谷饭店吧，那里午餐十二元半，晚餐十五元，较开幕时已涨起三倍了，但门庭若市，这大概是地段坐落得优良的关系。

外国老班的西菜馆

西菜馆老班很多是外国人，但正要上灶下灶、配菜下锅的全靠来路货司务，近年来已不复见。十年前老吃西菜的，把指头一翘，说南京路 Marseille 的法国大菜，风味之佳，真是无出其右。是的，最使小孩子欢喜的，莫过临走时的一包糖果了吧，其他何尝有异。听说这菜馆关门之后，大菜司务头脑马瑞曾帮过新都饭店，亦轰动了一些老爷姨太太之流呢。

德国来喜饭店的猪脚，也是老吃大菜的“西菜经”之一，听说那饭店的女主人，每天必躬自在厨房里打转，但真正动手的岂不还是咱们贵国人，好在有德国老班，总算道地的德国菜了。从前一元五角的全餐，还奉送道地柠檬冰水等，现在已是二十六元，而且还追随了中国作风，加一小账，以敦睦谊哩——可不知道外国食客是否一视同仁？

首创 DDS 咖啡馆的白俄老板，听说出盘时已经赚饱，早把法币折换了美金，横渡太平洋到美国去另开 DDS 咖啡馆了。即使现在的继任老板，身边亦复麦克麦克，标榜俄国贵族大菜，高贵的中华仕女，于欣羡沙皇巨室的穷奢极侈之馀，很愿来此一尝异国佳味。只是可惜，近来缺少了一帮英美豪客，这才有些冷静，听说每客亦不过二十元稍出关一些罢了。

还有一枝异军——印度咖喱饭馆，这也是西菜馆中一枝标新立异的菜馆，主力军便是咖喱鸡或咖喱牛肉拌饭，还有椰子粉、糖浆等，弄得甜咸皆备，爽辣俱全，确是有特殊风味的拌肴。这种菜馆在江西路有两家，现在因鸡贵，牛肉贵，椰子来源绝，道地的咖喱粉不易买，听说成本大增，加之顾客减少，所以营业亦大非昔比了。

（《政汇报》1942 年 3 月 25 日）

饮食琐谭

津　津

罗宋大菜，因为霞飞路上的几家罗宋菜馆，设备简陋，价钱便宜，东西粗糙，似乎已不登大雅之堂了。

但是霞飞路和静安寺路上的两家DD，就是标准罗宋馆，不过东西非常精美，不要说霞飞路上的罗宋大菜馆及他不上，就是上海任何哪家西菜馆，都不是他的对手。只是东西既好，价钱也昂贵，吃一客公司菜和喝一些儿酒，至少要预备电杆一根，和蹩脚罗宋菜馆的八毛钱可以吃一菜一汤一红茶，面包尽吃的派头，真不可同日语了。

普通罗宋大菜馆，可以吃吃的是鸡片生菜、明虾生菜等冷盘，东西虽然不十分细巧，不过容量相当丰富，可以大快朵颐了。至于热菜中，如炸牛脑、煎牛肝等，毫无滋味。还有盛在锅子中的罗宋汤，一块牛肉，老得像脚底皮一般，一眼眼也没有鲜味，真是倒胃口之至。一样的吃一客罗宋公司大菜，我宁可到五芳斋去吃一客虾腰客饭了。

（《上海日报》1940年6月16日）

粤人之食品

刘自强

谚云“食在广州”，是则粤侨菜品，或有一二可供谈助者。试观虹口、武昌路、崇明路一带，粤人开设之餐馆酒肆，几触目皆是，每届华灯乍上时，各餐馆酒肆，则皆座客常满，樽酒不空，斯亦可觇粤人喜饮嗜食之一斑。

粤人食品，几无奇不有，蛇狸猫鼠、狗鱼山瑞等，均视为珍品。顾嗜蛇者尤众，据餐蛇云，烹蛇以愈毒愈佳，若金脚带、金钱豹、过树雄等是，烹时配以肥鸡、鲍鱼、木耳等品，故益觉鲜美，闻其效能祛风补血云。若以蛇与鸡同烹，则名龙凤会，亦名龙凤配。蛇与猫同烹，则名龙虎斗。他若山瑞、狗鱼、果子狸、咸田鼠等，亦均为粤人之所视为珍品而嗜食者。

粤侨酒肆，若四马路之杏花楼，南京路之东亚、大东二酒楼，北四川路之会元楼、粤商楼，其最著者也。会元、粤商，楼座极广，且交通利便，故粤人之设喜庆筵席，类多就此。杏花、大东、东亚三处营业，则以外省人为盛，此缘地址关系。往岁武昌路中新开之安乐园酒家，陈设极其华丽辉煌，稍具粤垣酒肆雏形，在沪埠粤侨酒肆中，可称巨擘。馀如崇明路之陶陶、味雅、冠珍等，亦有几分号召群众之能力。至若面食粥品之宵夜馆，则如过江之鲫，纪不胜纪矣。

粤人菜品，取名颇为奇特，如鸡片嫩菜同炒，则名“凤穿竹林”；蟹膏嫩菜同炒，则名“碧玉珊瑚”；清炖鸽蛋，则名“七星伴月”。种种奇名，不胜枚举，是亦足资谈助者也。

粤酒肆每届冬令，有所谓边炉菜者，系以小铜锅置小炭炉上，中置沸汤，自取配菜，就汤中煮熟而食者。所备配菜，为鲜虾、生蚝、蛋子、嫩鸡片、腰子、鱿鱼、鱼脍等物，聚朋三五，随煮随食，寒冬食品中之最有兴趣者也。

武昌路有小酒肆名章记，著名之小酌店也。该肆厨子，为粤人劳某家厨，所烹菜品如菊花鱼脍、奶油扒鸭、鸡丝脍翅、鲍脯等俱极可口，且取值亦极低廉，故该肆容积虽小，而营业之盛，在宵夜馆中，固足自雄也。

粤人烹菜，同一物品，而可烹作十数味者，如味雅之牛肉，最为脍炙人口。该肆所烹牛肉，有茄汁、咭汁、青豆、堆盐、蚝油、菜花、架厘等，美味各不相同，观此可知粤人研求食品之有素矣。

粤侨家常菜品，最便利者，莫如烧味。烧味种类亦夥，若火肉、火鸭、火肠、排骨、乳猪，而乳猪尤佳。乳猪系择肥嫩之小豕，用火烤熟，食时其皮松脆，其肉柔滑，为下酒妙物，然苟烤之不得其法，则又难于下箸也。

（《申报》1925 年 12 月 27 日）

到广东酒楼去

松柏生

我看本报到第三十一期，玄玄先生的大作《虹口》里面“知道广东规矩的，到广东派的饮食店里去吃些东西，着实便宜”的一段，我便想到到广东的酒楼去饮茶的常识了。

俗话说得好，“食在广东”，这句话儿真是不错的，远在美国，近在日本，他们国人都很喜欢食大中国的广东食品，听说美国人设宴，也有用广东菜的，至于日本呢，在那木屐滴得地响个不休的日本热闹地方，都见有“支那料理”的名字，其实所谓支那料理者，通通都是广东食品，店主也是广东人，日本人最喜欢食的，首推叉烧面了。闲话少说，言归正传。

饮茶就是吃点心，广东人叫做饮茶。广东的酒楼多数设在虹口，著名的有北四川路之群芳居、粤商酒楼、会元楼、粤南楼，武昌路之安乐昌记。虹口以外的地方也有酒楼的，可是价目比较贵些，倘若要便宜，还是到虹口来罢。下面所讲的价目，都是属于虹口一带的酒楼。

我们想食广东点心，首先要有一种常识。我们到酒楼去吃东西，价目很廉的，倘若去买回家里吃，那么要比较贵一点了，这是一定的道理。照叉烧包来讲，倘若去买一角大洋，只有五六件，若是去吃呢，那就有十件了，所以食广东点心，还是去食便宜。

饮茶的时刻，最好在上午八时至十时，下午十二时半至三时，在这个时间去吃东西，就有很多的食品，都热腾腾地一种一种拿出来的。倘若不在这个时候，就没有什么好东西吃了。

酒楼点心固然很廉，可是茶是很贵的，每盅茶有五分、一角的分别，五分银的坐在大堂广众里面，一角的就坐在小房子里面，茶有绿茶、红茶、菊花茶种种。我们除非不去吃东西，去吃了总要吃得一饱，倘若只食三四件普通的包，那么一盅茶五分，三四件包三四分，一共八九分。食不过三四件包，就要八九分，那就不合算了，所以总要多食才称便宜。

我们入座后便有人来问要什么茶，倘若是孩童，两人一盅茶也可以的。当各种点心一种种拿出来的时候，你要什么就拿什么。普通的，同虾饺、烧卖，每件一分；他如鸡包，同其他比较好些的点心，每件二分；荷叶饭（荷叶包着糯米，里面有很好的材料），每件四分。其馀还有很多很多，读者诸君去吃的时候，就可以看见了。倘若带了三角左右，总可以吃到肚子胀起来了。

座位最好是近着厨房一边，因为点心都是从厨房里拿出来的，若有了什么鸡包、荷叶饭种种美味的东西，可以立刻得到食了。倘若深深地坐在里面，恐怕没有口福了，因为那些宝贵的食品，没有很多，而且人人都喜欢吃的。所以近厨房一边的贵客，都先食完。

吃完了，肚子饱了，碟上剩馀的点心，可以带回家里去，价目同在那里吃一样。若果叫他们包数件带回去，那么就同去买的价目一般。所以想带多点回家，还是多要数碟，食剩带回去，比较便宜。

粤商酒楼现在改为日夜都有，新近加添女招待，下午一时起有各种魔术、四簧等表演，夜间还有滑稽语剧，可是夜间没有五分银一盅茶的，每盅茶要一角一分。会元楼门口有报纸出租，进内饮茶的，可以租来看看。

广东人有一种“不屈”的态度，所以到酒楼去饮茶的时候，唤那些招待员，不可以用一个“喂”字唤他，“喂”字下面，还要加一个“伙计”、“朋友”、“兄弟”等名词。

（《上海常识》1928 年第 34 期）

广东食品之异味

天吃星

广东食品，其出产有与他处异者，大者如毒蛇，小者如泥虫，蛇则沪上粤店均有之，沪人亦数见不鲜，故不必谈，我今特谈泥虫。泥虫凡二种，一出高州，其长如箸（与此间之泥鳅相似）；一出阳江，其状如一指，土人以置粥中。昔余客阳江时，夜间与友人食粥，售者问："要虫不要虫？"友人听以为葱也，答曰："吃！"不意粥来，乃满碗皆虫，友竟不能下咽，余尝试食之，亦不觉其美，不知该处人何以称美不置也。

禾虫，生田间，二三月则上市，形如蜈蚣，色青红相间。嗜之者极多，谓其味甚美，且能治脚气，店中有腊而出售者。余畏其形状，未敢请教也。

腊鼠，鼠之为物，最为污浊，他处人鲜有食之者，而粤人则喜食之，谓其可以生发。其鼠较他鼠为大，或有执而腊之者，如腊鸭然，卖腊味之店家，亦有出售。余在粤中，各物皆食，独于狗猫鼠三者，未一染指。某年余在惠州，人有馈竹鼠者，余以其虽名鼠而非真鼠，故一尝其味。该鼠生于竹中，以竹为食，故其肉颇带竹香也。

（《金钢钻》1936 年 1 月 10 日）

广东菜在上海

春申君

上海是一个奢华虚靡的地方，除了衣着的讲究以外，还注意着吃菜方面。因此上海的各种菜馆，满布在街路的两旁。

上海的菜馆，向以京苏两种为普遍，然而时至今日，广东人已经把他们生硬酸辣的特殊的菜味，移送到虚靡奢华的上海地方。现在上海的广东菜馆，日日在继续进展之中，自虹口一带为起点，推进到四马路、法租界，以及于正在开展中的老西门。

广东菜馆在上海发达的惟一原因，可说是在清洁。向来上海的菜馆，除了西菜馆而外都是龌龊不堪，非但台凳碗筷涂满油腻，而且空气恶浊，使人不耐久坐。惟广东菜馆，内部布置精雅，红木椅桌，参与新式用具，令人心爱，同时碗碟筷扦，也是洗涤得清清爽爽，使人不加厌恶。再说烹饪方面，尤其特点，色素虽是单纯，菜味却很浓厚，举箸大嚼，口胃可以大增。兹且略加介绍，以告读者：龙虎斗、龙凤会、三蛇会、果子狸、鸡鲍大翅等几种，是为补阴的名菜，相传龙济光督粤时，日啖此菜，以为亲近女色之助。其他如干烧鱼翅、红排网鲍、共和大燕、凤爪水鱼、蟹钳广肚、炒广鱿、清炖冬菰、蚝油太牢、炒响螺、炸子鸡等等，也特有风味。其价格自数角以至于数十百元，而名贵之中山筵一席，最大者竟至千元以上，实为全国菜价中之无出其右者，所谓“富人一席酒，穷汉半年粮”，现在竟超而过之。

上海人之喜欢吃广东菜者，除旅居在上海的“丢那妈”以外，其他的一般人，可说是同有此好，而且在虹口一带菜馆中，我们时常可以看到木屐的东洋矮鬼也在举箸叫好，中国菜而能得外国人欢迎，广东人的确可以夸示于上海了。

广东菜馆的茶役，也和其他菜馆不同，他们穿了白色的号衣，分别照顾着座上的客人，在他们硬绷绷的性格中，对待客人，倒是惟命是听，没有一些儿不周到的地方，但是我们要叫唤他们，是“伙计”而不是“堂倌”。

广东菜馆的茶是十分考究的，客人上座，必是每人一壶，红的绿的，定价自五分以至二角、三角不等。这项费用，据说是归伙计收取的，还有茄厘油酱，不由菜馆供的，也是归伙计自备的，而在生意兴盛的菜馆中的伙计，他们每月的进益，最高的在二百元左右！

要是外帮人，初上广东馆不善点菜，最好的办法，还是吃和菜。那末他们可以绝不欺侮你，照例烧给你，使你不会觉得不便宜，如福州路清一色酒家，有时一元二角的和菜，竟有一色起码的鱼翅，这在旁的菜馆，恐怕是很难得了。

广东菜馆的饭，也和其他菜馆不同，把瓷盅蒸煮，不硬不柔，清香可食，而其计算标准，以盅数而论，大抵每盅为五分。同时广东菜馆的酒，也是别具一格，如青梅酒、糯米酒等，微甜而酸，而江南人所称谓绍兴的好酒，则很少有人家代售，盖此例一破，有失广东菜馆之特殊风格也。

广东菜馆的用具，大都是国货，虽至一牙扦之微，亦必自广东搬运而来。关于这一点，亦可以看出广东人爱国心之如炙热烈了。

上海广东菜馆，大小果然不下数百家，兹择其大而有名者，略举如次：虹口有味雅、新雅、会元楼、粤南楼、醉天、安乐园、陶陶等几家；南京路福州路之间，有冠生园、清一色、梅园、味雅支店、杏花楼、南园、燕华楼、大三元，以及三大公司的酒菜部等几家；法租界有金陵酒家、冠生园支店等几家；老西门有冠生园支店、名园等几家。观其趋向，大有席卷而来之势！

（《上海周报》1933 年第 1 卷第 20 期）

粤菜馆与宁波菜馆

老　飨

上海商人中，要算“宁”、“广”二帮的势力最大。宁波人的市面顶大，上中下三等，项项来得，动不动“阿拉”宁波同乡会，团结力与广东帮相仿。记得有年四明银行闹挤兑时，宁波人上至巨富豪商，下至贩夫走卒，做小本营生的摊头都起来收兑四明钞票，该银行的巨浪就不久即告敉平。由此可以见他们乡梓观念非常浓厚。

广东人虽没有“宁帮”的声势浩大，但是他们经营的商业在上海非常雄伟，都不屑耗巨资，专究装潢，像著名的永安、先施、新新、大新等几家公司，都是广东帮商业的大本营。粤菜（即广东菜）业近来非常发达，非“广帮”也相率地去尝广东菜味。

沪战前的四川路，广东菜馆林立，尽是广东世界。现在南京路上除四大公司设有酒楼外，还有大三元和冠生园等几家，四马路上有杏花楼和梅园等几家，爱多亚路上的金陵酒家，都是居广东帮酒菜馆领袖。在布置方面，竭尽装潢之能事，钩心斗角，有美皆备，一椅一桌，弹簧坐垫，玻璃桌面，一箸一匙，雕龙画凤，精致不群，进身其中，无异皇宫。所以到广东馆子里去，非但谋口腹之惠，简直求身心所适。还有辟出许多小房间，携侣同往，既可免抛头露面的伧俗，畅谈衷曲，极好的所在呢！菜的定价方面比较上贵点，烹法大都半生半熟，不过非常鲜嫩，一席酒几百元也有，除军政要客、豪商大贾外，穷措大休想染指。自从市面不景气以来，小吃店群起，生意分外的兴盛，这些大酒家，当然受到相当的影响。“小鬼跌金刚”，大酒家不得不急起直追，故有小吃部之设，永安和大三元还设茶室点心等，这都是生意眼，抓着顾客的心理，实行贱而又美的主义。

普通的广东菜馆，有印好的食谱，分门别类，标明价格，随意点叫。伙计送上一张点菜单，要吃啥就点啥，他们冷盘中以叉烧、油鸡价值最贱，小酌的话，点下二冷盆，用以下酒。热盆中最普通的是炒牛肉、炒猪什，炖牛筋一味最鲜美便宜，烧牛尾汤、草菇汤最便宜。如果不善点菜吃法，不必到大的广东馆里去吃。

中等的广东馆，三马路、四马路一带不少，像清一色等，可以用点“和菜”的法子去叫，一元二角起至三四元都有，随着人数的多少而定，可省却一只一只点的麻烦。还有省的吃法是夜宵，与客饭相仿佛的一炒一汤，每客不过三角，吃起来也很实惠。广东人生性硬绷绷，不专巴结小账，他们那里的“堂倌”大都是广籍，不善逢迎。你招呼他们时，不要叫他们“堂倌”，因为他们不喜欢人唤这个名称，最普通的叫声“伙计”，而广东音的“伙计”如同上海音的“镬盖”相仿。他们愿作“盖”而不喜做“官”，可发一笑。

宁波菜馆反没有广东馆这样的多，因为大都的菜不合一般人的口味，除“宁绍”二帮人外，光顾的很少。宁波菜不重油而多腥，胃弱的人，就不敢领教。上海的宁波馆叫状元楼的很多，其中以湖北路大新街转的状元楼为正宗派。战前的虹口也有不少的宁波菜馆，像西安路的大东园，是著名的一个，规模相当的大。他们的装饰不像广帮，但是有着很容易记的识别，里面虎黄色的家具，一望而便知“宁”色的风气。他们的“伙计”大都很灵活，“善观气色”，对外帮人来光顾，不十分“巴结”，所以要上宁波馆，非同几个“阿拉”同乡一起去，才不致受亏呢！

（《上海生活》1938 年第 2 卷第 1 期）

本埠徽馆之概况

毕卓君

本埠徽馆，几满百家，徽馆在餐馆之方面，占有相当之实力。查本埠餐馆除番菜社外，尚有苏帮、闽帮、镇江帮、扬帮、京帮、甬帮、粤帮等等之分，而其间以适应中等社会之需求者，则为徽帮。在上海未辟为通商口岸之前，便有徽馆之设立，此盖由于徽馆之传播最早，无市无镇不有徽馆之存在。考其徽馆之得名，缘于徽班与徽州盐商典商而益著，又以徽州烹饪调羹，别出心裁，徽馆出来者渐，固有甚为悠久之历史。本埠徽馆，今日可谓一重要时期，何以故？在三十年前，徽馆不满二十家；在二十年前，亦不满五十家；民五以后，陡增为六十馀家；民十以后，激增至一百有奇。甲子以还，江浙屡有战祸，目下得以存在者，仅八十家左右。顾此八十家中，颇有不少难以为继者，此不尽由于时局关系，或亦徽馆自身之影响。上海生活程度，日高一日，物价逐涨，不待智者言之，徽馆菜价，未能提升几何，即其所提升者，亦不敷补逐涨之物价，益以各帮馆业之竞争，难于免乎淘汰之波虑。又以徽馆当局，类皆拘守陈规旧矩，未克尽量改进，如装饰、布置、设施等项，较诸他帮馆业，自有愧色，而于菜肴种种方面，亦未克随机应变，徽馆之营业，安得不为呆滞？吾为眷念徽馆起见，特撰概况于后，而殿以今后当有之方针焉。

本埠徽馆之分布

以最近之访闻，徽馆亦不下八十馀家，除其间正在组织与复行组织或因别种关系而停顿者不录外，谨为揭表之。在闸北方面者，有大统路之大庆楼，宝山路之复兴园、宝华楼、永乐天，蒙古路之新宾园，恒丰路之同义园，海宁路之大吉楼，鸿兴坊之凤凰楼；在南市方面者，有老西门之丹凤楼、第一春南号，豆市街之最乐园，小南门外之沪南春，大东门外之大餔楼，小东门大街之新民园、太和春，小北门外之新中华，里马路口之畅乐园，虹桥头之第一楼、福庆园，九亩地之大庆园，城隍庙前之江南春，三角街之三星楼，王家码头之大华楼，七星井之七星楼，民国路之吉庆楼，老北门之荣华楼，十六铺之太白园，小东门外之醉白楼；在英租界方面者，有天妃宫桥之三阳楼，广西路口之申江春，吴淞路之凤记共和春，老闸桥之聚丰园，北四川路之申江楼，盆汤弄之鼎新楼，抛球场之聚华楼，北河南路之新华园，北四川路之同春园，新闸路中之宴宾楼，虬江路口之沪江春，虹口之同乐春，泥城桥之惠和园，福建路之善和春，北山西路之民和楼，四马路之民乐园、第一春、聚和园，广西路之大中楼，西新闸路之西华春，重庆路之重华楼，兆丰路之兆丰楼，提篮桥之海国春，华德路之民华楼，西藏路之万家春、四而楼，四马路之聚元楼、亦乐园，北江西路之同华春，昼锦里之同庆楼，棋盘街之天乐园，仁记浜路之四海楼；在法租界方面者，有公馆马路之中华楼、八仙楼、胜乐春，南阳桥之南阳春，唐家湾之富贵春，东新桥口之鸿华楼，曹家渡之一家春。综观徽馆之分布于上海者，不下八十家左右。设立最久之徽馆，上海未辟为通商口岸以前，即有徽馆之设立。以故三十年前，徽馆之实力颇大。今日驾徽馆而上之闽帮、粤帮、京帮等，尔时不足以抗衡之，至若今日如火如荼之西菜社，尤非当时之敌手。就中成立最久者，莫如小东门外之醉白园。盖醉白园成立后，经已七十馀载，洵为本埠徽馆之先导。其次如棋盘街之天乐园、胡家宅之聚元楼、盆汤弄之鼎新楼，均皆成立已经三十馀年，其基础之巩固，可不待言。又其次为南市里马路口之畅乐园，计自成立至今，亦二十馀年。若九亩地之大庆园，亦十有四年矣。四马路之亦乐园，约与大庆园同时创立，故其资格较老也。

本埠徽馆之派别

本埠徽馆，几满百家，但徽馆须分两帮，一曰绩帮，一曰歙帮。绩帮为徽馆之先河，歙帮则为后起者耳。以实力言，则歙帮不如绩帮，以绩帮原绾徽馆之专业，其历史甚为悠久。歙帮乃脱胎于绩帮，仅得自树旗帜于徽馆之下而已。如复兴园、天丰园、民乐园、第一春、畅乐园、醉白园、中华楼、惠和园、聚元楼、亦乐园等六十馀家，悉属绩帮。至于歙帮，则仅闸北之大庆楼、天妃宫桥之三阳楼、吴淞路之共和春、北四川路之申江春等十馀家耳。以营业之精神言，则绩帮又在歙帮之上，绩帮重整饬，歙帮则失于萧散，绩帮更克互相辅助，自为歙帮所不可及，如何家不能支持，则群谋设法以补救之。惟自民十以后，歙帮崛起，的有蒸蒸日上之势。乃自民十三以来，频受顿挫，致目下方在养精蓄锐之中，未足与言抗衡绩帮。

组织法之大略

本埠徽馆，虽不下七八十家，资本有轻重，场面有大小，营业有盈亏，派别有歙绩，而其内部之组织，则大致一律，所可奇者，徽馆颇少个人单独投资，几乎完全为合股办法，徽馆之不克拔萃，毋乃亦以此乎。查徽馆之在本埠者，除有悠久历史几家外，其资本额均不十分浑厚。第其内部组织，则无不同:（一）内账房一人；

（二）外账房一人，兼管堂簿；（三）小炒司务一人或二人；（四）副刀一人或二人；（五）下面一人；（六）蒸笼一人；（七）二炉一人或至三人；（八）烧饭一人；（九）面司务一人；（十）出行一人；（十一）堂倌二人或至十馀人；（十二）下手三五人或十馀人；（十三）经理一人；（十四）协理一人。无论馆之大小，至少亦须十八九人，多则三十、四十人不等。

馆业之团体组织。本埠徽馆，无虑上百家，合计馆主员役，当在三千左右，向无团体之组织，各存自扫门前雪之见。九六以后，有馆业公会之组织，比时所加入者，悉为绩帮，由绩帮领袖路文彬君为会长，并加入安徽旅沪劳工会，以壮声势。但当时不甚重视公会，除一致要求馆主改良待遇外，几无所事事。厥后又有所谓馆业公益会，该会乃歙帮领袖朱志卿等所发起，亦仅为沟通声气之机关而已。至于如何联络，以遂馆业之扩充，如何救济失业员役，以敦该业之风化，惜当局未遑顾及，不无缺憾。日者，更有所谓饭员公会，不论歙绩帮均得加入，至于如何进行，俟诸异日再行报告。

本埠徽馆之概况，既如上述，而徽馆之前途，颇堪注意，不第旁观者为其积虑，即徽馆当局，亦未尝无此心也。徽馆至于今日，可谓将入淘汰时期，倘不再谋改进，其何以存在耶？他帮之竞争，渐占优胜之列，惟徽馆则仍牢守陈旧，殊不知人心之趋向，根于潮流之何若，又以生活程度与方式，与日而俱进，徽馆之因循自误，其危险实堪罄述耶。然则徽馆欲获自身之存在，其惟徽馆自身策划所以改进乎？余不揣谫陋，谨抒予之所知：第一须不分绩歙帮，而有同舟共济之决志。予有友朋数四，均经驰驱徽馆业中，其所言颇为中肯。彼云，徽馆绩歙两帮，隔阂甚深，徽馆不在乎馆数之增加，而在扶助既已成立而垂于倒闭者，更应集合群力，而成一大规模之徽馆。小规模之徽馆愈多，则财政与人事，愈为纷散，而其结果，必为他帮馆业所排挤。诚哉彼所见。复次，徽馆之厨司，只知牢守徽菜之范围，不知撷人所长，藉为参试之资，尤不肯虚心研究，以致了无进境，老于就啖徽馆者，莫不具此感。希望徽馆之厨司，以后须打破自己家园之谬解，而为徽菜改良之事功。又其次，徽馆执事对于原料之购入，务须择其上乘者，盖余尝闻不少之吃客，都因其味不合胃口而搁箸。调烹上固负其责任，而于原料方面，未免失诸粗简，抑有进者，徽馆馆地，窄隘者多，窄隘尚不妨，无如太不重清洁，吃客既至，再行抹桌，即此一端，可以知其概矣，此而不加注意，深难以广招徕。余亦新安人也，不觉言之痛切，愿徽馆当局，其勉之乎。

（《申报》1927 年 4 月 21 日）

谭谭上海的素食

定　九

夏来了，寒暑表上的水银柱，突飞猛晋高升，藏首畏尾的电扇，也张牙舞爪，呼呼作响了。时令关系，肉食者流的“五脏殿”，都起变化，厌恶荤腥油腻，需要干净素食，“六月素”便成上海社会的摩登名词。吃素本是比丘尼们分内事，六根未净、五蕴未空的凡夫俗子，怎能口挂“阿弥陀”拒绝鱼肉山珍进口呢？但这年头儿，佛光普照，经咒神通，斋戒吃素，才显吾辈国民信仰之诚，可“澹他灾”、“消自孽”呵。

总之，吃素既合卫生之道，又属应时之举，确是善哉善哉。上海丛林像静安寺、清凉寺、海潮寺、法藏寺、小灵山……等几家寺院的素筵，细洁味美，很得布施者道称道，允推上海素食“素食之宫”了。近年来名流们沾染居士化，不持欧化“四点一刻”，却握精圆佛珠，表示菩萨心肠，“予善人也”。因此宴会酬酢，不少于高贵素菜馆举行，派克路的功德林、霞飞路的觉林、福煦路的觉庐为素食三大亨，规模较小的，有汉口路供养斋、浙江路香积厨、三马路禅悦斋等几家，这里统属居士、佛婆、高僧、妙尼宴叙之所，食谱精美，所以价格方面，反比普通荤筵来得贵哩。

平民化的素食馆，当以邑庙为大本营，六露轩、乐意松楼、春风月楼牌子最老，南市小南门外水神阁救火会隔壁施家馆，专售素菜素面，已具近百年历史，市招上写出“五代祖传”，和近邻姜衍泽药店，同属这条街上的“老大哥”。

上述六露轩等，整桌素筵虽也拿手，但光顾的人不多，以面食为主，冬菇、麻菇浇的，和虾仁、鸡丝面售价相仿，油条子边尖浇的，售十六铜元一碗，加辣油、芝麻酱后，别有风味。晨夕前往果腹作早点的，日卖满座，生涯鼎盛。

素菜上乘的，心裁别出，模仿荤筵，十分像真；下乘的，便脱不了豆腐、面筋范围，香净、冬菇、边尖、鲜笋……更属药里甘草，各色菜都可放入。可口而实惠的素菜，有五香油面筋、素烧鸭、白斩鸡、拌饭柱、炒冬菇、炒素脏、炒榆肉、炒鳝丝、奶油白汁菜心、口蘑豆腐、橄榄菜、炒十景、冬笋麻蘑菇汤、青豆泥银丝卷等。

热天日日吃素菜，是须讲求经济，功德林等只可偶然尝试，惟六露轩等，价目克己，池座也很洁净，茶色更地道，游邑庙之馀，前往就食，合二三知己，家常便饭，的是六月素的会食堂呵。普通人心理，荤贵素贱，岂知素菜价格，半数以上比荤菜贵，譬如一色炒冬菇，代价六七角，倘点这样的二三色，已一元开外了。所以经济的吃法，不宜点菜，还是一元钱和菜上算，有炒冬菇、炒十景、一冷盆（素鸡或素鸭）、一大汤（三丝汤、榨菜汤、雪笋汤），足供三客饮量，岂非便宜多吗？

爱面食的光顾那里，尚有更经济的吃法，叫一碗香净或冬菇盖浇面，跑堂的必先把浇头送上来，沽几两酒，单个人独酌，其乐陶陶，最后以面果腹，三四角小洋，酒、菜、面全部解决，只此一家，别无分出的括皮（经济俗谚也）吃法。

上海繁盛马路各家菜馆，到了夏日，也改售素菜，迎合“六月素”一笔买卖，炒十景一色，也很味美。普通住家命佣役持器去买，佐餐下酒，简便而实惠哩。

（《时报》1934 年 6 月 1 日号外“饮食特刊”）

菜饭小史

熊

大约十年前吧，我写过几篇吃的经验，那时都谈些西菜、苏菜、川菜等，有人开顽笑，送了我个吃学博士头衔。说也惭愧，十年后的今天，每况愈下，谈起弄堂口的吃了，这虽是我吃的落伍，也同各商店大减价大廉价一样，是社会上一种不景气。弄堂口的吃，也不可看轻，此中滋味，是汽车阶级所欲尝而不能的。我先介绍一家赫赫有名弄堂口的吴记菜饭店，菜饭一名咸酸饭，是一种家庭中菜肴，到了冬季霜降后，菜也肥了，肉也上市，一时高兴，吃吃菜饭，换换口味。

从前老清和坊有一家燕子窠内，老板叫阿和尚，烧得一手好菜饭，几只燕子都吃得滋味好，赞不绝口。后来这老板一看，菜饭如此受人欢迎，大有可为，才把燕子窠收歇，砌了一副三眼灶头，专卖菜饭，用张红纸头写了“和记”二字，贴在后门口。现在菜饭店名某记某记，都从这“和记”二字上发源的。和记的地位关系，专门送出，或拿碗来买，你要去上门吃，只好请立。但是有几只燕子爱吃如命，一到午夜十二时，这小小灶披间，站得转身不过。和记的菜饭，经过几位燕子在各燕子窠一揄扬，顿时生意兴旺，利市三倍。也有人加入资本，在清和坊沿街，正式开了爿和记菜饭店。这家菜饭店是现在一般菜饭店的鼻祖，虽然目下出名的菜饭店是吴记，如果与和记一比，只好称声后起之秀。

和记现在关之久矣，什么原因？大约内讧而已。自和记关闭后，吴记独享盛名了。在和记黄金时代，一时菜饭店如风起云涌，五、六两马路即有十馀家之多，六马路一家棺材店，亦划出一部分卖菜饭，也可想见其盛况了。菜饭能得人欢迎，在乎猪肉烧得透而入味，和记起始出卖只有脚爪四喜肉，后来各家有排骨鸡鸭等，直至现在，连烧甩水、炒虾仁都有。我想不久的将来，一定有爿摩登菜饭店，带卖白搭土斯、来路牛尾汤。这种发展，恐阿和尚所意料不到的。

“吴记”得独霸一时，亦非偶然，店内有三个人才，一个叫秦继根烧菜饭，一个叫王巧林烧浇头，一个叫叶柏生做堂倌。继根烧菜饭极有把握，不烂不硬，恰到好处，一锅卖完，底下一张饭衣，不焦不枯，有很多顾客，候到这个机会，讨块饭衣吃吃，据说香脆喷松，与平常饭衣不同。王巧林是个麻面大块头，他烧出来四喜肉，色彩鲜艳，透烂入味。柏生他在菜饭界中，有地位的，他首创一种喊法，若脚爪和四喜肉双浇菜饭，他只喊三字“一爪四”，添饭五分，加块四喜肉，即喊“添五加四”。现在菜饭界三杰，因在吴记发生小账问题，已脱离吴记，另开一义记，在五路电车路口，几位吴记老主客，被带去不少。

（《时报》1934 年 1 月 26 日号外）

大世界的吃

熊

大世界的吃，可以称得无美不备了，从甘草梅子、五香豆起，到中西菜止，凭你选择。换句话说，你爱吃哪一样，就有哪一样。我于大世界虽不三天两头到，然而一月中也要惠临四五次。去年春季，我在诗谜狂的时候，每逢星期六日，白天进门，非至深晚不出，所以晚饭时常在里面吃。现在我将在大世界内吃的经验，写在下面。

西菜室的布置，如沪宁路头等车，而南京路福禄寿点心店，亦布成头等车式，然大世界创作在九年之前，后起的福禄寿，只能目为抄袭了。西菜室招待很周到，一视同仁，不像普通番菜馆的仆欧，只看客人手上金刚钻克拉的大小为标准，像我这穷措大跑进去，他们就不大欢迎了。我在西菜室，吃的大都是公司菜，所以菜名不大注意。有一次吃到一客豆蓉汤，滋味绝佳，烟黄鱼亦不差，烧来恰到火候。别的菜也还可吃，化一元二角钱吃一客公司菜还连门票，真真吃得过。我自从西菜室被诗谜摊占领后，一直没有吃到好滋味，现在西菜室已恢复了，有暇当再来尝尝。

中菜当大世界开幕时，为春申楼承办，现改为京菜馆。所谓公司菜，与普通菜馆的和菜、广东馆的宵夜相伯仲，而我独赏识中菜馆之春卷，当春申楼包办时，春卷尤为考究。十馀年前，南京路春申楼（现金城银行址）的春卷，极享盛名。几位老吃客，当能记忆。

自总店倒闭后，大世界中的春申楼，便改为京菜馆，而春卷尚存春申楼馀味，煎来色黄松脆，自与市上出卖者不同。

素食间闻为城内松月楼承办，不知确否。据说拌饭滞极佳，面很不差，就是太轻。老饕如我，对于素食当然不大欢迎，如要详细地写出，等我问了隔壁吃常素的好婆，再细细报告罢。

二层楼上大鼓场边的锅烧，是仿日本料理。锅烧分鸡肉、牛肉二种，以白菜及线粉打底，价亦不贵，每客六角，极适于二人小酌。食法与广东店之边炉鱼生异曲同工，堂倌将一小铜锅，置桌中之煤气炉上，先取鸡油熬溶，继将白菜煮熟，然后加汤，再以糖、盐、酱油等和入。至此堂倌之职务已尽，以后则自将鸡片或牛肉片烫食，饮酒吃饭，无不相宜，所以很受一部分游客之欢迎。我吃锅烧时，大概在晚间十一时许，作为半夜点心，二人共食，一客锅烧已足，无容再添盆菜，所费较别处一顿点心，经济得多。

大世界的营业时间，从午正十二时起，至晚一时止，中间隔着一顿晚餐。游客中当然有等经济的，将点心当作晚饭的代用品，所以大世界内的点心，也五花八门。点心中当推锭胜糕资格最老，糖粥次之。大世界开幕时，我只十三四岁，当时贪玩，晚饭老不肯回家去吃，锭胜糕和白糖粥，时常惠顾。至于滋味如何，我因好久没吃，无从报告，但想到八九年前吃的味道，一定很好。所以我这里郑重介绍给一辈小朋友，你们要玩，怕回家吃饭，锭胜糕和白糖粥，很可吃得呢。

髦儿戏场边之豆腐浆和油豆腐，味道之崭，无与伦比。有人说豆腐浆内有味之素，我想未必见得。味之素的代价极贵，售八枚铜元一碗，再加味之素，未免太考究了。据我观察，所用豆腐浆，较别处为浓，又用上好酱油，再加开洋、虾子等附品，用如此作料煮成一碗豆腐浆，当然不鲜也要鲜了。

油豆腐味亦佳，与粢饭担边出售者不可同日语，煮得极透，如月旦先生有下无上的牙齿，也能吃得。不过我对于此摊地址，很有遗憾，因为有好多游客，很想去吃，碍于一件长衫，坐下去有些不雅，就是我有好几次也跃跃欲试，但终究没有这般勇气。如果诸位要看我吃豆腐浆，总在晚上十二时许，游客稀少的时候，豆腐浆摊上面朝里坐的，即是区区。

（《大世界》1926 年 4 月 20 日、25 日、29 日、30 日）

谈豫园的吃

吃　客

南市最著名而热闹的地方，要算城内邑庙的豫园，那边商铺林立，到了星期假日，游人络绎，尤其是在旧历腊底年头，真是士女如云。像这样热闹的所在，吃的一件东西，当然是不会少的。在下平日治事之馀，每好到豫园闲步，所以熟悉此中情形，现在把吃的一部，先来谈谈，也算给游人们来介绍一下。

讲到吃素斋素面，有松月楼、素香斋、乐意楼等三家，其中以松月楼牌子最老，营业亦较盛；素香斋从前曾有不支之势，近来已渐有起色。不过这种蔬食处究竟欢迎的人太少，平日生意本不见佳，要逢着星期日，或旧历的朔望，靠一般进庙烧香的善男信女来光顾，维持那门市，而且一个冬菇浇，售价要三角八分，作料甚寡，价也不廉，其他的素肴价目，便可推想而知了。

其馀面食点心的店铺，规模较大者，如桂花厅、松运楼、洽兴园，有盆菜，有汤炒，可随意小酌。次之如老福兴、协兴馆，专售南翔馒头，有九曲桥畔之长兴楼。又有新开之新兴馆，专制排骨面及馒头，但开市不到二月，已关门大吉，足见开吃食店，也不是容易的事。又专售油面筋百页，有豫园新路后面三家，有几家点心店，也有带售的。

庙门内，老松盛和老桐椿的酒酿圆子，也很有名。此外有一家顾顺兴，除了售酒酿圆子之外，还有鱿鱼等可吃。至于大殿下面的小食摊，更是星罗棋布，目不暇接，有小大菜，有鱿鱼，有牛肉汤、牛肉面，有鸡鸭杂汤，其他如春卷、馒头、水饺子、油豆腐线粉、糖粥等，都足以适口充肠，这种普罗化的食摊，居然也有摩登妇女置身其间，所以生意都很好。从前还有糟田螺和毛蚶，据案大嚼的，大抵是贩夫走卒，现在有鱿鱼起而代之，又因要拉较上主顾的关系，这种粗俗的食品，早在淘汰之列了。

在环龙桥附近有一个饼摊，专做葱油饼、韭菜饼、蛋饼，也有悠久的历史。又柴行厅弄内，有肉粽、豆沙粽，及甜的咸的油酥饺、小馒头，都很可口，不过这都是专跑书场的，每日下午三时至五时，是他们营业的机会。

写到这里，吃的东西，差不多都是包括在内，应有尽有了，以外的一切，有暇有再谈吧。

（《金钢钻》1936 年 1 月 23 日）

吃在上海特辑

《申报》特稿

据说咱们中国，是一个以“吃”著名的民族，从物质的吃，一直到精神的吃，无不兼收并蓄。大鱼大肉固然爱吃，甚至连从事教育，也叫做“吃”教书饭，连信教也叫做“吃”教。而在上海这些大都市里，到处都可以享受你所要享受的口福。这原是“吃”的都市呵！

办完了公，走到马路上，想找个餐馆来填饱肚子，或是约了几位朋友，想出去低斟浅酌一下，若是你对酒馆饭店不大熟悉的话，你准给炫目的市招，菜肴的香味，搅得糊涂。酒馆饭店，马路上多的是，什么广东菜、北平菜、四川菜、河南菜，甚至印度菜、马来菜等，五花八门，然而，酒馆饭店虽多，良莠却有不齐，碰着好的，自然尽量享受，满意而返，碰着不好的，化了钱还不算，换来了一肚子的不舒服。

最好，你先打听明白某一家食店是特别擅长某一种食品，如某一家以挂炉鸭出名，某一家以炸排骨出名，某一家的面食特别可口，某一家的咖啡特别讲究，打听明白，那么在选择饭店时，先已有一个大概的观念。

注意那些门面神气，家具考究，侍役制服漂亮的餐馆，不一定就会有好的食品，也许装修外观的钱，常会在食品方面取偿的。有些简单粗陋的食店，倒常会有意外精美的食品，当然，碗碟必须清洁，地板桌椅也要干净，卫生毕竟要紧！

先看门前的菜牌子，菜色是否合你的口味，免得进去坐了下来，却觉得那些菜都不合口味，平添许多麻烦。在食单上，你常会看到不少离奇的菜名，什么“神仙饭”、“爵爷鸡”、“踏雪寻梅”、“母女会”等，虽然有些的确美味，但你应切记你来这里的目的是吃菜，并不是吃菜的名称。新奇的菜名，并不一定便是新奇的食品，不要被餐馆老板所玩弄！

留心你打算进去的菜馆，如果闻到一股浓厚的油炸气味，那么还是劝你过门不入，因为油炸的东西，烹调起来比较可以马虎些，迅速些，而且不大新鲜的食物，也可以用油炸来掩饰一下。上等厨司，是常以烤、炙、炖来烹饪的。

以“舞蹈表演”、“名歌手演唱”、“爵士音乐”、“女招待”等等号召的，不少是为了食品不足动人的缘故，纯粹为了“吃”，不必踏入这类餐馆，如果为了“声色自娱”，那当然又作别论。

总之，你得打定主意，你到菜馆中的目的是为了“吃”的享受——其他一切都丢开！

“吃”的享受

要“吃”，请到上海来！

俗语说得好，“着在苏州（一说杭州），吃在广州”。不错，苏杭乃产绸之区，可是他们的衣着，未必比上海人来得漂亮、华贵。广州的吃，固然闻名，然而在广州，也毕竟只能尝到本乡风味。只有上海，才集“吃”的大成。

这儿有粤菜馆、闽菜馆，川菜馆、平津馆、苏锡饭馆、镇扬点心、徽州杭州的馆子，以及其他各省人开设的馆子，应有尽有！这儿可以吃到四川泡菜，吃到广东的叉烧，吃到南京的板鸭，吃到杭州的醋溜鱼，吃到河南的铁锅蛋，吃到福建的西施舌，吃到镇江的煮干丝，吃到江西的甜火腿，吃到……不论“南甜北咸，东酸西辣”，这儿都有！

这儿有十几层的大酒店，有本地风光的菜饭馆，有装潢别致的西菜馆，有面食店，有茶食店、小吃、包饭作、咖啡茶座，几百种不同方式的营业场所，正在为全市五百万人的“吃”而活动着！

“吃”是人类的本能，是人们必不可少的活动，同时，也是一种享受！一种应有的享受！

穿着毕挺的西服，在高贵的餐厅里啃着火鸡腿，和坐在小面店的长凳上吃着阳春面，甚至在大饼摊旁嚼着大饼，在“吃”的意义上，是丝毫没有甚么不同之处！

旧历年底又快到了，年夜饭，春酒，家家户户又该为着“吃”而忙起来吧！马路上的菜馆更其显得热闹，店门口挂着的鸡腿、腊肠，也似乎更引诱起行人的食欲。

谁不想痛快地“吃”一顿，谁不想让自己的肚子得到最舒服的享受——若是你的钱袋许可的话。

西　菜

凡常住上海的人，除了生活过分低下贫苦的不计外，差不多喜欢跑跑西餐馆，所谓“吃大菜”是。说起来，西菜确比中菜经济些，现在一般人家举办喜事，也是西菜飨客的较多，不过也有一部分人，以“吃大菜”为荣耀的，这不免带有要不得的国民劣根性。

最初上海西菜，不过供应外侨，像礼查、汇中等，都由外侨经营，国人之好时髦者，亦偶尔光顾。其后外侨来沪者日增，吃西菜之风，亦较普遍，西菜馆相继创设者不少，其中也有由国人经营的。橘逾淮而为枳，西菜到了上海，已变了质，除由外人指导烹调外，许多中国人所弄的西菜，皆富有本国风味，以配合中国主顾的口味。

西菜也有许多式样，正像中国菜有粤、川、徽、闽之分一般，较盛行者，为德国式和法国式。法国本以烹调精美著称，昔日上海麦瑞西菜，名闻一时，可作为法国菜的代表。麦瑞停业之后，水上饭店、新都饭店，都假名麦瑞厨司，据说上海西菜名厨，十之八九为麦瑞所传授。至德国菜在上海，像来喜、华府等，也会受一部分人欢迎。

目下上海的西菜馆，就其性质言，可约略分为三个区域。福州路西段近跑马厅一带，这一类的西菜馆，像大西洋、中央、新利查、晋隆、印度咖喱饭店等，专供上海一般享乐男女去请教，所以它们的生意，大部分在晚上，但也有机关团体的宴会。外滩四川路一带的西菜馆，那是多得数不大清楚，有的装潢考究，气派华贵，有的却因陋就简，布置朴实，这类西菜馆的生意，大都靠写字间里的人员，所以公司菜的价格，差下多很一律。至于霞飞路一带，完全是俄国菜馆的势力。其他还有散布各处的小西餐馆，那是广东店的附属品，不能列入西餐馆之内。

目前，西菜业生意还算不错，尤其是国人崇尚“美化”的时候，“欧美大菜”、“丰腴适口”等的字样似乎更能吸引国人了。至于“罗宋大菜”，则因售价较平民化，类为公务员及学生们所欢迎。

三十二围扦的盛筵

昔日酒席，注意围扦，围扦愈多，愈足表示其高贵。所谓围扦，乃是水果糖食，上置竹扦，陈列四隅。最起码的筵席，只设四荤盆，不用围扦。稍丰者始有八围扦，即四荤盆之外，再加两水果两干果。更丰者十二围扦，四荤盆，四水果，两干果，两糖食。多则十六围扦，荤盆、水果、干果、糖食各四碟。每逢喜事款待上宾，有多至三十二围扦者，每碟双拼，名曰“鸳鸯碟”，十六碟成三十二色矣。围扦一多，往往无处陈列。此风盛行于光绪初年，庚子以后稍杀，围扦以十六为度。民国以来，打倒满汉筵席，围扦亦一律撤去。

船　菜

船菜向来驰誉全国。吴中山明水秀，胜迹如林，从前一班有闲阶级，每逢春秋佳日，结伴出游。城乡相距稍远，河港又歧，非舟莫达。于是一舸中流，凭舷细酌，确是雅人雅事。治菜者多属船娘，颇娴烹调之术，菜极精洁。

从前大加利以苏锡船菜著称，做得十分细致，不过取价昂，营业不盛，现已改为专办喜庆筵席的苏式菜饭了。后来又有一家绿舫，同以船菜相标榜，今亦关门大吉。这颇有诗意的船菜，目下上海人是无福享受了。

雄视同业的粤菜

粤菜在今日，无疑地是酒菜业中的巨擘，本来“吃在广州”的一句话，是够诱惑人的了，何况烹调确是精美，“色香味”俱臻上乘，不特广东人忘不了他们的家乡风味，即各地的人也无不跃跃欲试，加以粤人长袖善舞，扶其雄厚的资本，完善的设备，使粤菜营业，蒸蒸日上。今日上海第一流的菜馆，几乎已是清一色的粤菜馆，尤其是“华”字辈的几家酒家，杯盘精致，排场阔绰，更足傲视同业，够得上华贵两字，但菜价高昂，也不免令人咋舌。二十年前，一席猴脑或烤猪，已非千金不可，照今日的物价算起来，恐须数百万，甚至数千万了。广式菜馆原有大小之分，规模宏大、设备华丽的广东菜馆，固然一席千万，使穷小子望而却步，但也有很简陋的小馆子，照样可以尝到粤菜风味，虽然菜有精粗，味有美恶，但价格和大馆子比较起来，却“相去不可以道里计”。

考广式酒家，起先在上海，原不甚发达，像从前在北四川路上的味雅、会元楼、西湖楼、洞天等店，规模虽然够伟大，但顾客只限于旅沪的粤人而已，外帮人是绝少去光顾的，即是小吃，没有广东朋友的领导，也不敢去上宵夜馆。

那时的粤菜馆，约略可以分做三种：一种是高等的，如会元、岭南、西湖等酒楼；一种是适宜于小酌的，如味雅、橘香之类；又有一种西式的小“大菜”馆，在当时也颇受市民的欢迎。除了第三种全市皆有外，其他两种，都集中在武昌路、北四川路一带。

当经济恐慌的潮流袭击上海时，一般高级广式酒家，因为开支浩大，而营业又不振，支持不住，都纷纷改组。次等菜馆，便应运而生，一变以前方针，竭力将菜价减低，促成其经济化和零卖化。果然，在这样一改革以后，上海人对于粤菜不像从前那样趔趄不前了，而粤菜业也就此交上了好运。

所以粤菜馆的发达，还是不久的事。抗战发生后，虹口成了特殊区域，本来聚集在那里的粤菜馆，纷纷迁移，南京路和福州路成为大广东馆的集中地，如新雅、大三元、味雅、冠生园等皆是。永安、先施、新新、大新四公司，因主持者全是粤人，所以附设的菜馆，均以粤菜为主。嗣后红棉、南华、荣华、美华、京华等先后成立，由于设备富丽，资本雄厚，经营又得法，业务蒸蒸日上，甚至要找一家宴会场所，非到粤菜馆中去找不可。第一流的馆子，几为粤菜业所包办，像金门、康乐、红棉、大三元、新雅、美华、新都、杏花楼、南国、大东、万寿山、五层楼、京华、荣华、新华等，均粤菜馆中之佼佼者。国际饭店的中菜，也属于粤菜一派。其中以杏花楼的历史为最悠久，迄今已三十年了。至于中等以下的粤菜馆，那是每一条较热闹的马路上，都有一两家，爱多亚路一带，满目皆是。胜利后的北四川路，小型的粤菜馆，也恢复了战前的盛况。

其次该讲粤菜的内容了。粤菜烹调精致，早已脍炙人口，像鱼翅、鲍鱼、信丰鸡等，有口皆碑，不必细说。几样炒菜，不仅味鲜可口，即颜色之美，亦令人垂涎欲滴。几个名手厨司，更是花样百出，假如有人每天去吃他四样，在一个月内，决不会炒“冷饭”。冷盘在粤菜中虽不十分讲究，但柱侯卤味、明炉叉烧，也是大家所熟知的。其实在广东，吃的东西很多，果品中的荔枝、柑橘，称为珍品，点心中的叉烧包，茶食中的窦公饼，也颇特异，不仅在菜肴上出名也。

粤菜之得名，不在“精”，而在“奇”。猫狗蛇猴，均为佐餐佳肴。尤其是蛇肉，可以煮出许多名称来，如同鸡合煮的叫“龙凤会”，同果子狸合煮叫“龙虎会”，有用三种蛇合煮的叫“三蛇会”。在广东馆子门前，时常可以看到“今日准宰金钱豹”等的字牌，这就是通知顾客本日有新鲜大蛇应市。

据善于吃蛇的广东人说，蛇肉非常鲜美，并有祛风、去寒、活血、强身、润肤的功效，所以每到冬令，非吃不可。在粤菜馆的玻璃橱窗内，常有蛇陈列着，蠕蠕地在铁丝笼中活动，外乡人看了不免胆怯，但他们却司空见惯。剥了皮的蛇肉，洁白肥嫩，使粤籍老饕们垂涎三尺。蛇胆又能明目，对于人体大有裨益，一杯膏浆，滴上几滴胆汁，那碧绿的颜色，也是怪动人的。广东本有一种专吃蛇胆的风气，其法将活蛇用很纯熟的手法，把它的胆取出来，说来令人可怖。

猫和猴子，是粤菜中的珍品，在那些专卖野味的广东馆子中，用着广告，大大地宣传，“今日宰猴大王”，“滋补老黑猫”上市，用红纸写着斗大的字，在门口张贴着。吃猴脑是很惨的一件事，一张中央开洞的桌子，猴头刚露在外面，那圆溜溜的眼睛，向四周的座客呆看，尚不知死之将至。其时用铁锤将天灵盖击破，大家用匙来勺脑汁吃，那猴子的哀鸣，有点“闻其声而不忍食其肉”，但好尝异味者，却满不在乎。

其他如龙虱、桂花蝉、禾虫等，都是难看得怕人的东西，但粤菜中亦视同珍品。

“吃在广东”，斯言非诬，而粤菜馆遍设于海内外，既因粤人善于经营，复因菜多特色，营业发达岂偶然哉！

教门馆中涮羊肉

回教徒不能吃普通菜馆里的馆馔，于是有专为回教徒而设的菜馆，称为教门馆，如春华楼是也。那里一切遵照教门规则，菜肴是很洁净的。

教门馆以牛羊肉闻名，尤其在这吃羊肉的季节，像南来顺、洪长兴的涮羊肉，颇为人所称道。炉火熊熊，浓汤欲沸之时，把红白相间的花肥羊肉，用筷挟着，在沸汤里涮上一涮，渍着酱油、酱豆腐露，和其他酸辣香甜的佐味材料，自然芬芳扑鼻。此时一杯酒，一筷肉，且食且饮且谈，真是“此中有真味，欲辨已忘言”了。

异军突起的川菜

川菜的特性，尽人皆知，那种特别的辛辣味，刺激着食客的味觉，使人吃起来觉得又舒服又好像有点难过，有时甚至吃到舌头痒，嘴巴痛，眼泪直淌，但是还舍不得放下筷子，这便是川菜的魔力。这一层，上过四川馆子的人都领略过。川菜中自然也有一些没有辛辣味的，但因为烹调的别致，同样有它的特性，这对于吃惯了本地菜的上海人，拿来换换口味，倒是挺不错的。据说，有些川菜馆里，还不时有外国主顾光临！

川菜在上海流行，仅不过十年间事，可是它那清腴辛辣的滋味，已诱惑了不少人，有一度居然成为最时髦的菜馆，素为上海人所欢迎的粤菜，反屈居其下。现在川菜势力，虽已退居粤菜之下，但仍不失为菜业中的一支劲旅。在昔川菜全盛时代，广西路小花园一带，有好几家川菜馆，华格臬路八仙桥一带，竟变为川菜馆的天下。每当华灯初上之时，车水马龙，座客常满。川菜最早成名的是“都益处”，那时的确震动了上海的老饕们，此后广西路的“蜀腴”、华格臬路的“锦江”等，相继而起，于是别有风味的川菜，才为沪人所重，香酥鸭、贵妃鸡等几味名菜，便流行一时了。

川菜馆里，女老板独多。锦江经理董竹君，原籍江苏，于归四川，故以川菜闻名。梅龙镇上座客，颇多艺术界中人物，这是因为女主人吴湄，有声于话剧界的缘故。新仙林隔壁的上海酒楼也是女主人，乃画家朱尔贞、朱蕴青所设立。艺术家和川菜有缘，她们都是有修养的人，经营方法，当然与众不同。

川菜不仅别有风味，即名色也十分别致，像“姑姑筵”，就是一个很动人的名词，在抗战几年中，轰动了整个山城，西上避难的下江人，一有钱都要想尝些异味。姑姑筵是一位名叫王老太爷所创制的，他曾做过一任知县，当过前清慈禧太后的御厨，烧得一手好菜，可是菜虽做得好，脾气却很特别，他又不靠此营生，高兴时答应下来，不高兴时便拒绝了，价目则特别昂贵，在抗战初年，每席已非三数十元至五六百元不办。但据说不论贵贱，菜实在是差不多的，不过没有一样不可口，没有一样不出人意外而已。这位王老太爷，的确是易牙再世，可惜现已去世，但姑姑筵却已搬到了酒菜馆中，谁都可以问津了。

扬州地处长江运河之交，昔日海运未通之时，实为交通要冲，又是盐商麇集之地，故饮食亦极讲究，肴馔点心，莫不精美。上海亦有扬州菜馆几家，大都兼卖点心，而点心营业，反胜于菜肴。近来扬点和川菜，好似结了不解之缘。有几家川菜馆，像绿杨村等，大都兼卖扬州点心，“扬点川菜”，合为一词，人人皆知。成都的小吃，也是很有名的，他们为什么不卖川点呢，是上海人不欢迎么？上海人好尝异味，经营川菜的老板们，大可一试。

北平菜

早年的上海，民风崇俭，菜馆除本帮外，只有徽宁两帮。直至租界开辟，始有各地菜馆，其中以北平菜，当时称为“京菜”，营业最盛，取徽馆之地位而代之。官场酬酢，京菜最宜。首创者为新新楼，在今南京路新新公司对面，此乃同治年间事，北平菜在上海，即在其时奠定基础。

平菜馆的营业，日盛一日，相继开设者亦渐多，至民国初年，四马路一带，几乎全是平菜馆的世界。直至粤菜馆兴起，改良营业方式，食客遂舍平菜而趋粤菜，平菜营业，逐渐下落。但今日平菜在上海，仍有一部分势力，如规模较大、年代很久的会宾楼、悦宾楼等，已设法改良，兼顾外表，不单从质的方面取胜了。

“南甜北咸”，平菜以味咸为主，但事实上，并没有平菜这一种特别菜色，只因当初北平乃“帝王之都”，开封、广州、四川、扬州、福建等各地特色的厨师都汇集一地，各使手段，在王侯之家，争个高低，结果逐渐受了城市风的洗炼，制出了非在平菜馆中就吃不到的口味。譬如像开封的名菜，倘到开封本地去吃，却只能尝到粗劣的乡下味道，断没有平菜馆中煮得考究入味。其实沪上平菜，乃是山东菜而不是北平荣，山东菜又分登州和济南二派，上海平菜乃登州菜的变相，去其糟粕，存其精华而已。

平菜自受粤菜打击后，竭力改良，终不能恢复昔日之盛。然大宴会中，平菜虽敌不过粤菜，可是在小吃方面，却足与粤菜匹敌，比川菜要有势力得多。平津食品，以面食为主，售面食而兼售菜肴的，不知有几百家，其中三和楼规模最大，中的小的，遍布在大世界附近，门口挂着熏腊，煮着锅贴，蒸汽腾腾，十分热闹。老吃客，一定还知道一爿甚为著名的平津小吃馆，叫做“吉升栈门前的小馆子”，在福建路福州路南的一个弄堂里，因弄内开着一爿吉升栈房，故有此称，其本名为“福顺居”，反而不为人所知。上流社会的人，不因其设备简陋而裹足，店里还保持数十年前平津馆的习俗，没有账单，全靠堂倌口报。

徽菜在没落途中

“无徽不成镇”的黄金时代，早已过去，上海的徽馆，也渐趋没落了。不过徽馆在上海，已有很悠久的历史，在平菜未盛行前，全是徽菜的天下。今日徽馆因抱薄利多卖主义，故仍拥有不少顾客。

徽馆的范围，总是不大不小，介乎中庸之间。在上海，徽馆的踪迹，是不难找的，这类馆子中，有一特色，就是里面除却厨房间的庖丁以外，其馀账房间、跑堂、打杂伙计等，无一不是徽州人，有着浓重的地方风味和保守气息。

徽馆里最擅煎炒的拿手菜，是清炒鳝背、炒划水、炒虾腰、炒鸡片、醋溜黄鱼、煨海参、走油拆炖、红烧鸡、三丝鸡等。如果踏进徽菜馆要点菜的话，上列各菜，照着各人的胃口点去，确是他们的拿手杰作。

当徽馆全盛时代，沪人宴客，不用全翅，而以三丝三鲜为主菜。三丝刀锋齐整，汤汁浓鲜，略加鱼翅者称为翅丝，价较昂贵，配置则特别精致。三鲜中鱼圆嫩而肉圆细，入口即化，配以海参，谓之参鲜，火候到家，故不生硬，皆是徽菜精品。

一般徽馆在早午两时，还带做些面点生意，像火鸡面、划水面、鲜汤螺仁锅面等，东西很地道，而价钱也相当克己，老饕们最为欢迎。还有一种特别菜，即大血汤，烧得非常地道，据说，这血汤收入是归入伙计名下的，由老板垫本，卖下来的钱，除去了本钱，利益由伙计们分拆，所以伙计们对于大血汤的生意，特别巴结一些。

上海的徽州菜馆，早年南市大餔楼，与前法租界的醉白园均颇有名，其萃楼及聚宾楼和聚乐等园，皆在其后，尤以大餔楼开设最先，迄今已百馀年。起先设在龙德桥如意街北口，局面不甚堂皇，座上每常客满，后来又添设分馆于中华路大码头大街西口，小吃如炒鳝糊、红烧圆菜、凤爪汤及冬令的羊膏等，别具隽味，尤以面点著称于时，又创行“蝴蝶面”，足敷三人饱餐，非常便宜，各徽馆亦均见而效之。

近年来上海的菜馆酒肆，有了很大的改革，经济菜和便宜菜，普遍流行市上，这对于徽馆最为不利。而且一般经营徽馆的，大都保守为主，不思改进，因此营业日趋衰落，其势力已远不如从前之盛了。现存徽馆，较著名的有大富贵、老大中华及鼎新楼几家。

杭州菜及其他

杭州西湖，名闻遐迩，“醋鱼”、“莼菜”便占了西湖的光。论其滋味，确有动人的地方，凡是游客，总得上楼外楼去尝它一尝。沪杭虽近在咫尺，但从前上海人对于杭州菜，却不大注意，早年大世界畔的杭州饭庄，大家不过认作一爿通常菜馆。自杭州天香楼到上海来设立分店后，杭菜始为沪人所嗜，本来天香楼在杭州，是挺有名的，上海分店，因此也同杭州一样的热闹。还有石路上的知味观，也以杭菜号召，生涯颇不恶。

闽菜在上海，虽仅昙花一现，但也露过头角。那时的小有天，经清道人的赏识，一班遗老们，把它当作“西山”，朝朝“寒食”，夜夜元宵。论闽菜本有特点，善用海鲜，可惜现在已继起无人了。

镇江亦通商大埠，吃的一道，并不后人，硝肉胜于火腿，狮子头到口即融，不烦细嚼，可惜油腻得厉害。现在上海的镇江馆子，较大的只剩了老半斋一家。新半斋已改换牌号了。

所谓满汉筵席

从前酒菜馆的门口，都挂着“满汉筵席”的市招。考满汉席本分等级，满席分六等，一等满席，用面一百二十斤，物品为玉露霜、方酥、夹馅各四盘，白密印子、鹁蛋印子各一盘，黄白点子松饼各两盘，盒圆例用大饽饽六盘，小饽饽二盘，红白檄子三盘，干果十二盘，鲜果六盘，砖盐一碟，陈设高一尺五寸；汉席亦分三等，一等汉席有鹅鱼鹑鸭、猪肉等三十二碗，果食八碗，蒸食三盘，蔬食四盘。

普通酒菜馆中的所谓满汉筵席，乃汉菜以外，另加满菜，然所谓满菜，已仅有虚名。从前请新亲上门时所用的烧烤席，或者即是满菜。烧烤席之前半席，皆为汉菜。至烧烤登筵，值席者在客座前，换上景泰窑杯，大如胡桃，满斟烧酒于中。四角分置大葱甜酱各两碟，中央另置薄饼两大碟，然后送上烧猪四盘，两肥两精，烤鸭四盘，薄批成片。同时再进满茶一道，杯为点锡所制，外镶红木，杯中满装莲子、桂圆、松子、瓜仁、枣仁等物，顶覆红绿色橘皮丝，外观颇美，座客不过沾唇而已。食烧烤毕，又易熬茶一道，味咸，似为青豆酿成，略加牛乳，此即北人所嗜之奶子茶。所谓“满汉全席”，如是而已。

（《申报》1947 年 1 月 16 日）

食在沪江

忆　荷

海上为东方的惟一都市，五方杂处，各国人士云集，于是食在沪江，亦分门别类，以供各地人士之需。即以国人而言，如粤菜、川菜、徽菜、苏菜、宁绍菜、上海菜、平津菜等不一。西菜，则分俄式、法式、德式、英式，印式等较少。

菜肴之在海上，各有所长，粤菜取其生而鲜洁，苏菜采其火温而熟烂，宁菜则咸而简，川菜取其辣而增鲜，上海菜则取脂肪重，徽菜则丰而精，平津菜则长于爆而鲜，西菜则取其洁而精，不若国菜之质味混沌而腻。以粤菜言，海上新雅、大东、金门等均佳，最名贵者为猴脑，然食时须以锤击之，未免过于残酷，故鲜少食之，其次为龙虎斗，即蛇肉和猫肉合煮，其味绝鲜，且可御寒，而且补阳滋阴，然亦不常见之，其次无他名贵。苏菜中以红栗子鸡，用温火煨之，其味绝鲜，以外为小死人清炖横行客，即田鸡与蟹肉清炖，其味亦超于任何菜肴。宁帮菜，以梅蛤炒樱桃与清蒸鳗鱼为最名贵，然黄泥螺、蟹酱则不敢领教。徽菜以桂花栗子、甲鱼驰誉，惟有时间性，仅春秋二季有之，春季则为菜花甲鱼，更较鲜嫩。川菜则有辣子鸡、辣子黄鱼最佳。平津菜中以酸溜鱼片、爆油鸡、烤鸭为绝佳上品。此外尚有杭菜，但仅天香楼一家为纯粹者，有三虾炒蟹粉、鸡汁粉蒸肉、一鸡三吃、一鱼二味等名菜，惟有时尝有黄瓜被刨之举，尤其在杭地。

在上海，讲派头，红棉、金门，惟价格绝昂。普通以招待周到、经济实惠为平津菜馆，如三和楼、春华楼等。如欲求低价者为本帮馆，咸肉、豆肉以至红汤、血汤。而低级者更有之，为黄河路之苏北饭馆，然菜肴均为小卖品，即菜馆之剩菜混合者，亦即什锦菜也，食客均为下流人物。更次者亦有之，集中于五马路、石路、泥城桥、新闸桥畔之露天饭店，出卖咸酸饭，系黄米与小卖之混合物，二百元足可一饱，食者以丐为多。

于敌伪时期，海上因缺乏粮食，各酒楼菜馆改用供应面点。于抗战胜利之时，海上因谣传伪币作废，一度市上各酒楼饭馆以至面点甚之大饼摊均相继停业，使国人苦不胜苦，有钞票无处用之苦。总之，食在沪江，民众饱尝苦楚，尤其敌伪时期，市侩利欲熏心，操纵囤积之下，不知祸害几许苍生，胜利后依然如是，如此食在沪江。

（《海晶》1946 年第 29 期）

吃，先说上海
——上海的吃五花八门

袁　馀

吃是人生最重要的问题，越是文明的国家，对于吃越是讲究。

上海是代表远东文明的一大都市，所以对于吃的问题，素来很是讲究。年来人口增多，旅居在上海的，各方人士都有，因为环境的需要，所以餐室菜馆、酒楼茶寮，也日见其多。同时因为顾客吃的嗜好不同，所烹饪的方法也各有异别，最普遍的有北京菜、四川菜、广东菜、福建菜、杭州菜、宁波菜、扬州菜、镇江菜、常熟菜、本地菜，还有各种西菜、印度菜、犹太菜。

北京菜和四川菜，因为烹调得方，滋味最为可口，同时雇佣的侍者也极有礼貌，对于顾客，招待周到，所以生意也最好。广东菜的烹调，各种菜几乎一样滋味，所以除了广东人以外，其他人士去宴客聚餐者，极为少数，广东菜馆有几种特殊的蛇猫这一类的菜肴，则又为其他菜馆所未有。广东菜馆的侍者，一副“不二价”的广东面孔，最为讨厌。他们对于会说广东话的顾客，还有礼貌，对待不会说广东话的顾客，好像吃了不给钱的样子，这是使我们非广东人最不满意的。

杭州菜馆烹饪的鱼，是有名的，为其他菜馆所不及。宁波菜则滋味特咸，善烹海味。福建菜则注重酸辣。扬州和镇江菜馆的特殊菜为“肴肉”和“干丝”，别有风味，为其他菜馆所没有的。常熟菜略带甜味。本地菜最适宜上海人的口味。西菜较为清洁卫生，并且宴会时的形式秩序，也比较中菜整齐，所以中上阶级人都欢喜在西菜馆宴客。印度菜和犹太菜，滋味相当不错，不过价格略为贵些。在虹口一带，因为日本侨民较多，所以日本餐室比较多些，不过记者对于日本菜是门外汉，不敢加以批评。

最经济的餐室，是浙江路、东新桥、大世界附近菜饭店，他们的菜肴，只有肉、鸡、排骨、牛肉、辣酱、蛋这几种，化二三角钱可以吃一顿饱，可称价廉物美。

还有些餐室，是专门卖客饭的，三角的一菜一汤，五角的二菜一汤，饭可以听客人吃饱，在现在各样物价都贵的时候，这也算得经济实惠的餐室了。

上海的茶室，现在是最发达的时期，每一家都有人满之患，有的夏季有冷气，冬季有水汀，使顾客在夏季忘记天空的骄阳，在冬季不知户外的风雪，这是何等舒适，无怪营业要发达了。不过几家规模小的茶室，因为设备简陋，所以营业依然凄惨。

绍兴的酒在中国是有名的，虽然外国酒怎样的名贵，我觉得色香味三者，都不及绍酒的好，所以上海的绍酒店每当夕阳西下的时候，每家总是客满，有些规模大的酒店，还兼营着菜馆呢。

上海人的口福真好，要吃什么就有什么，不过这句话是对有钱的人讲的，没钱的人还是在空着肚皮挨饿呢。

（《和平月刊》1939 年第 6 期）

吃的门槛

吃　星

关于吃的问题，笔花先生已经在上期本报上说过，现在我有几个吃的小门槛，供献给读者，不妨试试。

跑到面馆里去吃面，堂倌问你先生吃什么？你如果欢喜吃鱼面的，回头他说“本色”，吃肉面的，叫“拣瘦”，要油水多的，叫“重油水”，还有“轻面重浇”、“重面轻浇”这几句话，堂倌听了，一定知道你是老门槛，决不会怠慢，并且照样要高声叫道“要地道些”。无论什么面店里，早晨的面，一定来得多，因为早上是一本正经当点心吃的，一过十点钟，说也奇怪，一样化钱，那面就要少去许多。

到小饭店里去吃饭，最合算的要算炒肉、咸肉这两种肉，也要分出几种底，有菜底、线粉底、豆腐底，听各人欢喜。譬如你踏进饭店想吃白菜烧肉，便对堂倌说道：“炒肉三块，菜底。”于是来的肉格外大，汤也格外多，因为堂倌晓得你是吃精。

五芳斋的汤团，肉来得多，沈大成却不及五芳斋，可是粉却比五芳斋来得糯。还有一样，一客糖山芋，五芳斋只卖八分，沈大成却要一角二分，而且货色还不及五芳斋，这四分钱岂不出得冤吗？油面筋、白叶结要算邑庙大殿前所售的最好，租界上所卖的都靠不住；酒酿圆子靠邑庙大殿前左首的比较右首的来得有味，不信，可去一试，包你看得出左首的客人一定比右首来得多，老吃客都欢喜上左首的那一家，也是这个道理。四马路三山会馆对面顺兴馆是上海有名的老牌宵夜馆，从年初一开到大除夕，从来不关门的，因为它全靠夜里生意，时候越迟，生意越好，要算椒盐排骨、鸡骨酱最有名，滋味的确很好，吃过的人都晓得，老上海没有一个不知道顺兴馆的。这样一看，出品一定要好，不怕没人来吃。

盆汤弄先得楼的羊肉汤，在全上海要算独一无二了，价钱也很便宜，过桥每碗三角六分，盖浇三角，一律小洋。比较起来，吃盖浇来得合算。

言茂源的绍兴老酒，的确是真正的绍兴货，不比别家有名无实，所以要吃绍兴酒还是到言茂源。现在当令的洋澄湖蟹，也要算言茂源第一，不过价钱最大，吃精朋友自己从外面买了蟹去叫他们代烧，出几只角子也办得到。日升楼、大春楼的面亦很有名，因为面条来得细，汤水来得鲜，其中要算蹄子面、咸菜肉丝面最好，价廉物美，别家所不及的。

大世界对面的青萍园，偷鸡桥的九云轩，都是出名的天津馆，牛肉锅贴、蛋肉面、炸酱面都很可口。四五六、快活林、福禄寿、精美等食品公司，货色当然很好，可是价钱却很贵，门槛精的人不常去吃，所以这几家食品公司的营业，倒还不及五芳斋、北万兴哩。

普通的广东大菜，价廉物美，好像北火车站的协兴、武昌路的曾满记、劳合路的陶乐园、浙江路的广雅楼，价廉物美，座位清洁，要算炸猪排、鸭片饭、杂锦饭、火腿爆鱼汤，销路最好，吃的人倒也不少。顶便宜的到北火车站协兴里去吃一客炸猪排一角二分，加哩牛肉汤一角，牛肉丝饭一角二分，三样东西一个人吃得很饱，而且还是小洋，门槛精的朋友都喜欢上上这种馆子。

半夜里叫卖的广东馄饨，价钱很贵，东西并不好，大半是宁波人居多，他们叫的“广东馄饨”四字，是学的广东腔，其实还是柴拉……呒高……

（《大常识》1928 年第 6 － 9 期）

谈谈吃的门槛

慎　敏

吾人且来谈谈平民式的吃的门槛，至于贵族式的山珍海味、欧西大菜，则没有这个资格，只好免开尊口，不弹高调。

你如果踏进饭馆，或是到点心店里吃点心的时候，就在楼下觅一个座位坐下，不必到楼上去光顾。因为楼下的菜价便宜，可称价廉物美，楼上的座位虽然宽畅，可是价目增高，小账也随之而加上一成。所以善于经济学的朋友，大都在楼下果腹，其地位虽狭窄，食客虽拥挤得不能容膝，但片刻时间，一餐即罢，既无伤于大雅，也无碍于卫生。经济的办法，不得不如此也。假如要绷场面的阔绰，身心的舒适，则不在此例。

还是一个小小的问题，须当注意。大凡普通馆子里的揩面毛巾，经过了数十人的揩拭，涕泗臭汗和油腻的成分，充满了尺幅大的面布，还是不揩为妙。至于规模大一点的馆子，则市货市价钱，堂倌不惜工本，既用香皂洗涤，又用花露水洒得喷香，可谓物质文明与精神文明，并驾齐驱了。

乡下人上饭馆，最喜欢吃炒三鲜，或是咸肉豆腐汤，取其实惠而价廉也。但饭馆中人，则以这种交易，最为硬黄，俗语所谓不是生意经也。但不独乡下人喜欢吃肉，就是劳心劳力的人们，也何尝不喜欢吃肉呢，因为吃了肉，肚子不易饿的缘故。

你如果到陆稿荐或是浦五房里去买猪头肉，也有一个小小的门槛，头虽一头，而门类却分为数等，舌头为门枪，耳朵为顺风，鼻头为鼻冲，也有所谓脑角和下戳等名称。假如你叫不出别名的话，那末他们就当你洋盘了。

到饭馆里吃东西点菜，也有一定的名称，肺头叫做翰林，鸡鸭什叫做事件，猪肠叫做圈子，腌鲜叫做咸淡肉，甲鱼叫做圆菜，以及红白豆腐、油渣豆腐、炒三冬、川糟等等名目众多，不胜记载。上列的食品，老上海的吃客，大都明瞭，也毋庸在下赘述。因为乡下人上饭馆，尚未明白食物的别名，所以在这里连带表白一下罢了。

你如果性急而经济时间的话，那末必须找一家生意不大热闹的馆子，非但座位宽畅，而且菜肴地道，时间迅速，堂倌招待，亦极周到而谦和，非若生意兴隆的馆子里的堂倌先生，给你一个晚爷式的面孔。

街头巷尾摊上的鱿鱼，大概仇货居多，因为仇货鱿鱼，发头足，卖相好，价也不贵，所以摊子上的老板，为营业关系，也顾不到仇货不仇货、爱国不爱国了。

（《申报》1933 年 6 月 14 日）

“吃”的经验

黄俊生

吃着嫖赌，吃居其一。但是凭良心论，吃的一事，也不能与嫖、赌并列，在下对于着、嫖、赌根本不赞成，不要说有什么经验，连最浅近的常识都没有，当然不敢乱道。“吃”的一件事，却好像化不少钱，略为讲几句吧。

现在上海的点心，实在吃不起，要经济而别有风味的点心，在南京路上永安公司对过的惠通公司，楼上有一种拆烧包子，每盆四个，一角大洋，颇堪一饱。这种拆烧包子，有一个特点，拆烧的香味，果然不必说，它的皮子，松而且甜，虽是面粉做的，好像鸡蛋糕一般。四马路的杏花楼也有这种包子，很是有名，但是杏花楼的包子，零售每个三分，只能带回自己重蒸，倘然到杏花楼去吃，那末未免小题大作，还是到专做小食生意的惠通公司，比较可以少看大馆子里堂倌的面孔。

拆烧包子，五马路、武昌路、东新桥一带的广东小吃店都有，但是皮子松而且甜的，却难得吃到。

城里的点心，固然是价廉物美，像城隍庙的小馒头、油面筋，乔家的汤圆，名不虚传，可是座位太不考究，叫我们有一些体面的人，好像不配踏进门去。

沈大成、五芳斋、北万馨点心的味道，确实不差，我也是一个老主顾，可是对于座位、布置、器具、设备太不考究，希小希小的地方，聚了不少吃客，堂倌的怪叫声，灶头上的打镬子声，烟气人气，迷漫一室，蒸人欲醉，加之堂倌们的“老爷面孔”，着实难受。吃的东西，虽是不差，老板们和堂倌们也该改良改良，虚怀若谷，采纳群言，那末生意一定超过新式的吃食店哩。

沈大成的东西，我以为什锦过桥面、水饺、春卷还好。有时我在先施、永安一带，身边又不到一块钱，不敢踏进大东、东亚、精美、福禄寿，便到沈大成吃一碗什锦过桥蛋炒饭，或是虾腰过桥蛋炒饭，或是虾仁过桥蛋炒饭，不过四角多钱，居然一菜一汤一饭，但是他的饭本来是很少很少，叫他“加二分饭”，那末可以一饱了。五芳斋、北万馨的二面黄（即炒面）很可口，我吃起来，总关照“愈黄愈好”，一个人倒也吃不下，可是虾仁浇、什锦浇等，价钱未免太大，还是肉丝浇入胃，这是我的胃口。

新式的食品店，近来非常发达，这种店完全因为五芳斋、北万馨一类中式店的布置太美观，招呼太周到，音乐太曼妙（打锅声叫唤声），所以即使新式食品店价钱略昂，但是人们仍欢喜去。

我以为许多新式食品店中，比较的讲起来，精美的花式和滋味最好，四五六也有几件别致的味道，快活林菜量最丰富，而价最便宜，福禄寿价钱最贵，而四五六的价值也不小，烧菜之慢，要推四五六是第一了。

（《常识周刊》1927 年第 5、6 期）

老饕谈吃

简　公

老饕寓沪有年，对于沪地食品，门径之熟，如识途老马，尝津津为余乐道曰：

口之于味，人所同嗜，固不必一品香、全家福、陶乐春、小有天之八珍罗列，始堪过门大嚼也。点心则五芳斋之虾仁馄饨，先得楼之羊肉大面，近水台之汤包等，均已脍炙人口，惟价略贵。求其平民化者，则有口原坊之牛肉汤，东新桥一带之菜饭，尚洁庐胡同口之排骨面，满庭芳之鱼肉粥，城隍庙大门口之酒酿圆子，均饶风味。夏日饮汤，则郑福斋之酸梅最甜。冬日充饥，则大世界间壁之糖栗更妙。至于油豆腐、豆腐浆，各马路沿街均有出售，化铜元仅四五枚，或七八枚。此外有味而多寡，物之贵贱，而能解决口欲也。

余聆老饕之言，因患胃弱，未能一一尝试，空使涎垂三尺也。

（《金钢钻》1934 年 1 月 12 日）

到小菜场去
——都市漫话

霖

无论哪一个人，直接或者间接，和小菜场总有若干的关系，从老米饭青菜汤吃起，到燕翅席贵族大菜止，从喉咙进去到肠胃，再从肚里化为肥料出来，这一个大循环里，总逃不了小菜场的过程。在小菜场里，我们可以看见蔬菜鱼肉、虾蟹贝介种种动植物品，各样东西有各样不同的颜色，不一致的气味，青黄赤白黑，甜酸苦辣咸，应有尽有，包罗万象。小菜场好像一个雏形的社会，错综繁复，分子最多，而且贵贱不同，阶级显明。研究社会科学的，对于社会上经济的组织，物质的支配，总得有深切的了解，才可以明白社会上种种现实状况的由来。我们到小菜场去，我们要研究小菜场里的哲学。

女太太们上小菜场，好像上战场一样，小菜场里的菜贩们，自然都是“严阵以待”的，为了几个铜子或者几棵菜而起争执，并不是稀奇的事。伊们对于菜蔬的选择，鱼肉的拣剔，不厌繁琐，不怕费事，眼睛鼻子手指头，都是相互并用，以求最后的决定。至于价钱方面，那是比较物质还来得重要，顾客们互相探问价钱，竟和探听军情相仿，菜贩向顾客讨价，又像下战书挑拨一样，唇枪剑舌，闹个不了。等到东西买到手，精神也就差不多了，在上市的时候，没有一个小菜场里，不是闹得震天价响的，大约就是这个原因罢。

当你走过小菜场的时候，你不妨放慢了脚步，作五分钟的观察。菜贩们立在自己的摊后面，眼睛不是对顾客的篮里望，就对着自己的筐里看，嘴里一面喊着，手里还要联贯地动着，这无非是推销和招徕的意思罢了。譬如卖萝卜的菜贩，他要常常翻动那菜筐，拣最大而肥白的萝卜，拿在手掌里抛动着；鱼摊上的鱼，多半没有气息的了，鱼贩们还要卷起了衣袖，伸手在水里捞动，其实伸手到水里一捞，至少可得两三尾鱼，他却在水桶里兜上几个圈子，然后紧紧握住了一尾鱼，好像鱼要跳走的样子，出水的时候，还在那里摆动着，这无非是示意顾客，鱼是“活”的，实则鱼贩嘴里的“活龙活跳”，意思就是“不弄不跳”罢哩。

至于买小菜的顾客们，他们脸上的气色，就有种种不同样的变化。譬如一位女太太要买竹笋，伊走过笋摊的时候，脚步就慢了，眼睛望在笋筐里，打量了一会，才后问价钱，这时她的脸色至少含有希望的表示；笋贩所讨价钱，如果过大或者奇贱，脸上的表示又要一变，价钱讲妥了，就开始拣选，如果那一只笋的头太长太老，照例要叫笋贩削去，笋贩因为削去得多了，分量就要减少，不能多卖钱，于是薄薄的削掉一角，女太太不同意，必定要他多削，这时候她的脸上就有重大的变化，因为经济的原理最简单，人家便宜就是自己的吃亏，当然不能不慎重其事。最后一步便是给钱，铜子好像子弹，决没有虚发一颗的道理。

从早上六七点钟直到上午九十点钟，小菜场里的人，进进出出，忙个不停，鲜艳的颜色和腥臭的气味，同时送到人面前来。那里面有悦目的青红色，有自然的泥土气，有可怕的血肉，有不和协的腥臊气味。小菜场的地上，十天总有十一天是潮湿的，里面的空气混浊的时候较了清净的时候多。摊菜的木架，陈菜的筐箩，都是小菜场里惟一的用器。当天还没有亮的时候，深黄的灯光下，就有许多的菜贩，挑了他们的货物，赶上菜场去。不多一刻工夫，枯瘦骨立的架子上，就堆装了不少的肉鱼，以后越聚越多，木架子渐渐地隐藏起来了，直到吃过中饭，那一副一副的架子，仍旧露骨地向着人。

除了有菜市的时候，小菜场里就一点没有趣味可言，冷清清的水门汀上，东一块湿，西一块干，四周除了一根根柱子以外，毫没有装饰。不过在早上就大不同了，一样一样的东西陈列起来，横摆的，竖放的，堆起的，平铺的，一种种都不同样。有的一个人管理七八只筐箩，有的除了一堆葱姜以外，复有别的东西。至于附带的买卖家用品的小贩，也有借了小菜场做大本营的。此外糟坊、南货铺、火腿店等，更有不少开设在菜场的附近，因了小菜场而附带产生的店铺，一时也说不尽。不过荐头店的开设在小菜场附近，间接之中实然含了直接的意思，想来决不是偶然的。

上海全市所有的小菜场，计算起来，总不下三四十处，单就公共租界而论，就有虹口、新闸、爱而近路、汇山、东虹口、马霍路、百顿路、北福建路、梧州路、松盘路、杨树浦等十三四处，菜摊的数目全数在四五千左右，工部局每年在各小菜场所征收的摊捐，将近二十万元，其数也甚可观了。普通的菜场只盖平屋，规模较大的就有一层或者两层楼房，大都为水泥建筑，南京路的铁房子小菜场，一部分卖“生的西菜”，虹口小菜场里面花色最多，告诉我们国际口味的地方不少。

小菜场里的情况，四时不同，菜蔬鱼肉也有时令的关系，小菜场告诉吾们气候的变换，同时也告诉吾们社会的情况，至于市政的良窳，居民的习常，小菜场更是一个绝妙的“问讯处”哩。

（《申报》1930 年 2 月 27 日）

上海的另一角落
——小菜场点心摊巡礼

文　琴

为了要找些新奇的尝试，特在一个仲夏的清晨，提着菜篮，携着小伞，不用随员，只身到附近的白克路小菜场去买菜，乘便在旁边作了一个点心摊的巡礼。在百物昂贵的现在，当然，这点心之类的东西，也被卷入涨价苦闷的漩涡里了，从摊主们的诉苦声里，摘录些鳞爪，也可以算是一个社会另一角的报道吧。

因为时间尚早，白克路上行人还稀，三三两两的娘姨大姐们和装满了菜蔬的独轮车，以及送货的脚踏车，暂时点缀着这静谧的街道。白克路梅白格路的三叉路口竖着一块牌子，“单乘车辆，此路只准由南向北，不准由北向南”，这块牌子居小菜场的西北角上，向南数去十来个门面和向东数去二十来个门面，长宽相乘，便是这小菜场的面积了。这个小菜场规模不及八仙桥小菜场的伟大，市面还不及陈家浜小菜场的繁荣，但是也算小巧玲珑，不失为一个上乘的小菜场。如果嫌别的菜场烦扰，也不妨到这里去采办，准会给你满意的收获呢！

就在这菜场的北面边缘上，排列着各色的点心摊基，冷热荤素干湿，莫不应有尽有，蔚为大观。其中以大饼摊为最多，约占其十之三四而强，我因知道大饼近来涨成二分一个了，想从他们从业者的口里知道些其他情形，于是走近一个饼摊，先买了两块大饼，果然比以前大得多了，旁边还有比油酥饼的直径长二分的圆饼，是一分一块。其时一个老婆子正在煮着一块薄饼，我就以恭而且诚的态度问她：“老奶奶！这叫什么饼？”于是她的话匣打开了，她说这是油饼，一毛钱一块，以前是五分一块；旁边厚而且硬的名叫强（不知是否此字）饼，要卖五毛钱一个，这是切开来另卖的；油条二分一根，她说油条比以前长多了。又说到面粉之贵，以前卖三元一袋，如今要卖六元多一袋了；芝麻一元两斤，从前可以买到四斤五斤哩；煤屑一担价钱四元馀，以前不过两元就可以了。这时她的油饼已经煮好，把扁锅往上一提，我发现下面烧的是煤球，她又申说这个炉身浅，不适宜于烧煤屑，她又沉痛地说：“唉，煤球也贵了呢，三元三角一担！”她真挚地看着我，我同情地点了点头。

右首的芳邻是一个粥摊，一碗碗热腾腾的白粥，还有绿豆粥蹲在板台上，桌旁坐了几个苦力，正在嘘嘘地喝着粥。过粥菜有黄豆、花生、乳腐和皮蛋，除前三者有主顾赏光外，皮蛋却无人顾问。一大碗粥售价四分，一小碟豆二分，一小块乳腐一分，只要化六分钱，算可以买一个饱了，挺实惠。刚要转身走去，瞥见桌上的玻璃框子里有一张鲜明的红纸，只见上面写着疏疏的几行小字，我还记得“诸位顾客，请原谅，六分找进，七分找出，本主人白”，真觉直率可爱，不过我不大明白它的真意，大概是关于邮票和毛票的问题了。

再过去是一家卖豆腐浆的摊基了，板凳上坐着一列顾客，其中最引人注目的是一位留着八字须儿的老先生，半偻着身子和坐在身伴的小女孩合喝着一碗豆腐浆，碗置在她的面前，他们一面喝汤，一面吃着粢饭，好像津津有味，小女孩吃得很慢，老者手握着羹匙，欲下未下，那种老子爱子女的真情，表露无遗。

这里也有冷饮室，也算是别致的一隅，这里布置得相当的清雅，够得上鹤立鸡群了。桌上铺着白布，板凳上铺着蓝布凳衣，这凳衣和桌上的黄色碟子映成对比的颜色，顿觉眼前明亮起来。玻璃框子里的价目表上可以看出，有卫生菉豆汤、百合汤、冰汽水等等的名目，而标着的价格也很克己。这时汽水架子的搁板上睡着一个赤膊壮汉，正在回转地打着鼾声，骤然见之，不免一惊。这样的配置，实在太不相称了，好在此时还没有顾客，让他去追寻着糊涂的梦吧，我又匆匆地走了过去。

我还得一述最兴隆的摊基了，它的招牌——一张贴在墙上的红纸——名叫美味居，从吃客们的埋头大嚼，与夫旁观者的咽着馋涎，就可以证明此牌名副其实了。摊面虽然很小，可是在无形中却也分着三个等级：靠街的板凳上坐着三个黄包车夫，他们的蓝布衣服上背着号码字，真像开运动会时的运动员，不过数目很大，记得一个是九〇六七；横里板凳上坐着一列白色的吃客，最里面的一端傍着一张小方板台，端坐着一位戴着老光眼镜的老先生，他是荣坐在高尚的雅座里了。他们有的嚼着牛肉大面，有的吃着阳春面，有的怪悠闲地咪着高粱茄皮，价钱可并不贵，牛肉大面九分一碗，阳春面五分一碗，茄厘牛肉汤六分一碗，庄源大的蒜豆烧六分一小盅，五茄皮八分，次酒也有五分一盅的。如果你不慕虚荣，喜欢讲实惠，我愿意介绍你去试吃一顿。假使不嫌麻烦，先到对面买就一团粢饭，再到这里叫上一碗茄厘牛肉汤，或者加上些胡椒，或者酌上一盅蒜豆烧，所费无几，落得一个醉饱，真是上算极了。眼见那位老先生吃毕，捋着胡子，长咳一声，扬长而去，几个苦力也拍了拍肚子，很精神地提着车杠走了。这里的老板周旋在各色的主顾间，好像很乐意，但是，出乎意表的，他也染着了流行调儿了：“你不要瞧这里的生意好，现在各样东西涨价了，我们自己的吃能够挨过已经是很好了。”他露着满心苦恼参半的笑容继续地招待着顾客们，无论如何，在我看起来，他是暂时是不失为一个点心摊的幸运儿哩。

当然，其他还有藕粥、汤山芋、煎面、煎馄饨、粽子、圆子之类的点心，但观乎前述的生活情形，也不难料想到其他了。我在这里徘徊了许久，好像引起了大家的注意，篮里的大饼已冷，于是转入菜场，置身于喧嚣的世界里。

（《申报》1939 年 8 月 15 日、16 日）

在大食堂

老　饕

上海大食堂，闻名已久了，到了今日方始去尝他们的滋味，吃了以后，再来饶舌，似乎可以不必了。这个，我并不是强辩，在老吃客门槛精的朋友们，新开店大赠品的时期，都裹足不去光顾的，因为食客一多，菜肴难免不周到，调味方面不能兼顾咸淡，假使与他们讨论讨论，或知照他们如何改革，客气一些，道歉对勿住，不然，或许要受白眼呢。这些，与大食堂无涉，不过，是吃的经验之一而已。

大食堂的布置，果属摩登，分西菜、中菜、小吃，划分三层，最高的第三层是西菜，底下兼门市的是小吃、饮冰室，酌乎其中的是中菜部，曲折的楼梯，玻璃的壁灯及挂灯，都含有图案式，白色的台布压着玻璃，酱油渍再亦不会沾着了。招待蓝白对搭，白的是男性，蓝的是女性，假使以一个适当的比例，男的是细崽，女的是魔术师的助手，然而形色上的美，与实际上的吃有何关系，我却不知。

“取消加一”的广告，早已印入我的脑筋，大表吃客的同情，那种莫名其所以然的“加一”，简直要使人少光顾几次，还有小账的问题，亦是很麻烦的。现在大食堂竟然想得到在每只台子的玻璃底下压着一张字条，分着两行，写着八个字，“小账随赐”，“取消加一”。“随赐”当然随吃的本人的高兴为标准，赐与不赐，没有强讨的理由。

欣然坐下，茶水手巾纷至沓来，揩过手授上菜单，蓝白侍者两旁侍立，悉听我们吩咐，威严十足，招待周到，使我受宠若惊！一时难以启口，就说道："放在这里吧！我们点了再叫你。"先对当日的菜单上看了一看，只见写在镜框玻璃上的大标题是"和菜"，两字下面的是价目，分着三档，五角、一元半、二元半。我们两个人吃，倒有些为难。再翻如蓝色小丛书般的菜单，其中项目分汤、炒、冷盆、蒸点、面食、饭、酒等七项，以次看下，最贱的是两角，如榨菜蛋汤、炒蛋；炒蛋加虾仁，要六角五分。蒸点以客计（一客大概是五只），起码一角半。面食分汤炒，炒者加一倍馀，价较蒸点稍大。蛋炒饭两角，加名目，加铜钱。以据冷盆白鸡为例，不折不扣四角大洋。若与宁波饭店（注：此饭店为合甬人口味，并不是专卖咸肉豆腐、茭白炒虾的小馆子）比较，加上"加一"，除去小小账，还有五分可省。点菜计算起来，两个人吃一顿夜饭，非三元不可下楼，若以和菜，五角不够，一元半似乎太浪费菜肴，我想浪费一些菜肴，金钱总可以节省许多。不胜替该堂惜，和菜此举太亏本了（注：此以菜单定价比例）。

滴铃一揿，侍者即来，我就吩咐："依照一元半的和菜，不知可能换几样吗？"他回答说："可以，可以，换什么东西？""一只宁蚶，换乳鸡；一只青苗鸭掌汤，换生鸡片汤。""我去问问看？"他说着走下楼去了。我想假使可以，两只菜照他们的价已经要七角五分，还有咸肉、虾仁炮蛋、栗子焖鸡呢，一定吃不下这许多小菜。侍者回来道："可以的，用什么酒？"我们本来不吃酒的，为了菜肴多的缘故，就添了半斤酒。

两只冷盆先来，八块不满二分厚的咸肉，堆满了西餐中放面包的盆子上，一盆乳鸡亦然，乳鸡之嫩，塞满了我的牙缝，费了四根牙签，方始吃完了一盆所谓乳鸡。炒蛋上来，使我一呆，什么啦？这是奉送的吗？不敢问，恐怕做洋盘，夹上筷当中有几只虾仁，大概这就是所谓七角五分的虾仁炮蛋了。不过，炮与炒的两个字，在老吃客都明瞭了的，什么大食堂竟然这样的马虎呢。

栗子焖鸡来了，生鸡片汤亦来了，都装在大菜的盆子里，假使饭不拿上来，人家还当我们做人家，两个人合吃一客大菜呢。饭浇了汤，粒粒可穿在线上，害得我一碗半饭，吃了半个钟点。

账来二元零三分，茶饭三角，酒一角三分，代买香烟一匣一角，付了二元一角，七分算作“随赐”了。横着做丹阳客人，只次一遭，下次不会来了。

我将黄色的账单拿在手里，只见当中还印着挖空的四个“取消加一”的大字，滑稽得极。反覆一想，或许吃一角半的总便宜的。不过，饱不饱我不负责任，因为我们两个人吃了一元半的和菜，还加二角饭，盆子底只只可照天花板。走出门口，并不觉得肚皮膨胀，这可见了。若以吃的经验论，大食堂不宜大食，虽则“取消加一”为号召，实际上菜价比别家贵得许多。仔细想来，不是无补于实际吗？

（《皇后》1934 年第 13 期）

上海的“饭店弄堂”

雨　子

上海有一条弄堂，是界于江西路和四川路中间，还有一条横弄是通着南京路的，说起来，并不希奇，是狭小的一条弄堂而已，它的原名是慈昌里，但是那好像人们不容易记起，但是一说起“饭店弄堂”，附近一带谁也不会忘记而说不知道。弄堂而名饭店，它的意义是很透明的。

原来那条横弄，十家倒有九家开饭馆子，或者卖买吃食的。招牌一块荡在屋檐，“晨餐大王”、“龙门饭店”、“邱福记”……各式各样显映在你眼里，那里有广东味、湖南味、北平味、苏州味，你对于哪一门熟悉的，那末就走哪一路的馆子。为什么那里会有这许多的主顾呢？这一带原是办公室和写字间的大本营，四川路、江西路、宁波路、南京路，全布满着银行、公司、银号、钱庄、商店，不是有许多办事员，要为了自己的吃饭问题上着想吗？就是那里，可以解决你的三餐，只要你缺少的不是钱。

每天早晨，从十点钟起，那里就热闹起来，粢饭团配着油豆腐线粉汤、大饼和油条、蟹壳黄、菜心素馒头、大包子、冷面，各样的早点心，全上市了。一个摊也好，一爿店也好，坐满着的是人。经济一些，化六个铜板就是两个大饼，要舒服些，两三角钱也可以下肚。这地没什么等级，穿长衫的也有，穿短裤的也有，赤膊赤脚的也有，各人拿出各人的钱，找择自己爱吃的东西。你吃你的大肉面，我吃我的阳春面，铁锅子敲得刮刮尖声地响，碗声，人声，吃食声，钱声，那时候，台上弄得杯盘狼藉，店小二忙得不亦乐乎。

雅致的，狼藉的，看各人的环境，每人的背肩上有否沉重的事，草草完结了早饭，上办公室的，上写字间的。这条“饭店弄堂”，还有午餐、夜饭，有些人也靠在那里。

近正午十二点，“饭店弄堂”又在热闹起来，那时候的人更多，一些零吃是收了场，铁锅子响得更尖，有时候不巧，你会挤不进去。在这地最普通的客饭，大概两角小洋，一菜一汤，由你吃饱肚子的饭。若说要舒服些，那末由你化自己的钱，点几样菜，来半斤酒，再弄一二只冷盆，但是这地方就少这种主顾，吃饱了，掷两角小洋，拍拍肚皮就走，那却是“饭店弄堂”里常见的事。

还要特别说起的是邱福记，若是忘记了它，对于“饭店弄堂”是有损失的。它在那弄里是有惟一的带有别国风味的店，他们的卖买，是一些茶类，如咖啡、可可、牛奶，可以充饥的也不过一些蛋糕、土司、牛肉，及别的点心，然而看起来清洁和简单，吃的人并且很多，但在经济人眼光里看来，是不经济的。一盆牛肉，两块土司，就吃饱肚皮的，还得让文绉绉的人们，若说为了解渴，去喝一杯清咖啡，化十个铜板，虽没有“佳妃馆”的浓厚气味，但是异样又走上你的心头。早上、正午，还有下午，下办公处的人作为点心，热闹的局面，时时展露在江西路口的小屋里。

“一杯冷咖啡，土司两块，咸。”

“牛奶可可，红烧一块拣瘦，罗宋半只。”

“清咖啡，两块甜的……”

咖啡从壶里流下来，土司从火炉上拿下来，涂上奶油或 fam，各人慢慢地吃起来，满意地走了。

邱福记虽则陌生，记住一个公认的绰号，叫“小崇明”。

每天袋里没有钱的人，最好少走到那里去，要耐受不住你的嘴涎的呀！

（《新民报》1935 年 8 月 22 日、24 日）

普罗饭店速写
——下层阶级的啖饭所

韦　格

所谓普罗饭店，就是大众化饭店的别称。普罗一词，系英文普罗列塔利亚的简写，如文学上有普罗，小资产阶级与贵族等区别。本埠饭店林立，露天饭摊，不能与高贵的饭店并立，因僭以“普罗”名之。

大雨伞下的长餐桌

路过贝褅鏖路、平济利路、马浪路一带，在人行道的边缘，能见到一列一列的长台子安放着。无论是大好天气或雨天，总有一顶大油布伞在那台子的一旁矗立着。长台子上零乱地陈有一只只发着乌光的盛器，因为有的是木制的，不能一律说它是罇。一只绝大的筷笼，足能容纳几十双筷，这些竹筷，已失去原来的外表，而像上过霉色的厚漆一样。磁碗残缺的居多，与荒山的古塔相近似。油水从最高一只碗序循滴下，长台的下倾处，姑且称它为盆地，就注满了水。台旁的大铁镬，正四射着满锅饭香，吸引那已觉饥饿的人。一辆空的人力车缓缓过来，车夫正准备暂停营业，饱食一顿特快午餐。同时摊上的小伙子，见有空人力车拉过，会跑上去拉了车杆，强制地招徕生意。这种饭摊的顾客范围很广，连荐头店里在等候命运的男女，也相率前往果腹。

咸菜·黄豆芽·白饭

这样简单的饭店里，居然也有菜单，自然这不能和文瑞印书馆所印的相提并论，但玻框一具，墨痕数行，倒亦别有风致。其实他们没有菜单也行，因为每只罇里所盛的如咸菜、豆腐、黄豆芽之类，即已明白告诉了顾客，而且种类有限，价格一律，老吃客早就肚里有数。普罗饭店里的座上客，大都没有"坐相"，有把脚翘在凳子上的，有左手抓背右手执筷的，姿态互异，形状各别。吃饭时则无一非狼吞虎咽，而且速度惊人，这也是米价越贵，穷人饭量越大的明证。

穷得这样还寻开心

浣纱溪畔的西施大约并未呈请专利，以致她的芳名到处为人袭用，汤团西施、豆腐西施……之外，普罗饭店林中，也难免来一个饭摊西施，猜度起来，这是穷极无聊的小六子、小三子之类所给予略有几分姿色的饭摊女郎的雅号。有时行经普罗饭店，看见三五座上客，正与当炉女厮缠，少女锅铲一举，作欲下击的姿势，口中骂着"死不要脸的，穷得这样，还寻什么开心"？但黄包车夫大多是穷得不堪，缺乏绮思，如遇娇声呼车的，一手揩嘴，忙着拉车就跑，生活要紧，也顾不得饭后不宜剧烈运动，以及秀色之可餐了。

他拉车，我坐车

黄包车夫中也不乏富丽人物，有一次在饭店弄堂楼下吃饭，桌少人挤，并坐者适为一短衣赤足朋友，吃好惠钞，我的二元六角，他的却超过我二分之一，起初以为他是外滩的扛棒，力用得过分，所以饭也吃得过分，万不料他是黄包车夫。走出门首，见他往黄包车的车杆内一站，从垫子下拿出自来火，开始吸嵌在耳朵缝里的烟尾，因为我当门犹豫，就向我嚷：“先生，拉块去？”春雨缠绵，道路尽湿，不忍糟蹋布底棉鞋，就以六角钱成交。饭时并肩而坐，饭后他拉车，我高踞而坐，可见得我辈坐车的虽比拉车的舒服，但他们跑跑普罗饭店的，有时也有豪举呢！

（《申报》1942年3月12日）

黄包车夫的吃

顾　后

我是住在闸北的，而在出门时，也是步行的多，所以对于上海黄包车夫的生活，比较知道得还详细。他们有家庭的，每天所籴的米，总是一种下等的叫做罗尖米的，这种米较有涨性，能耐饿，但那硬的程度，在平常人就不堪领教了。没有家庭的，就胡乱买些粗糙低贱的食品来充饥，偶然上饭馆去吃一碗高丽红汤（注：高丽红汤，是血汤内放着猪油渣同煮），或咸汤豆腐，已经算是大快朵颐十分破费了。此外，在街头上设着小摊，专门供给他们的食品，换句话说，就是专做黄包车夫生意的，是有下列的种种。

比较略具规模的，在街头支架几块木板，上面陈列各种菜肴，也有鱼肉，也有白饭，而主要的菜，是一镬热气腾腾的青菜豆腐汤。在这里花了十馀个铜子，就可果腹，并能尝到鱼肉的滋味了。

在街头放着一只圆形的大铅皮桶，里面煮着稀薄的粥，另备几味小菜，大都如黄豆芽、青菜、萝卜之类，每一大碗粥，只售三四个铜子，而那菜是不另取资的赠品。这种摊旁，常有车夫们蹲在车上，捧着大碗，“福六福六”地吃。

我们平时吃汤圆，大都的目的在换换口味，但黄包车夫吃汤圆，却完全在止饥。这种汤圆，每个售价虽只二枚或三枚铜子，但比平常的要大一倍，而且是实心没有馅的，吃的时候，只在外面洒一些白糖，大概吃了四五个，也挺饱了。

还有一种油煎粉饼，是最近发明的，是用米粉制成饼状，放在油中煎熟，那油中是放有红糖的，所以也有一些甜味，每个厚厚的饼，也只售二枚铜子。此外，有一种烤面饼，也是专供车夫吃的，售价尤廉，三枚铜子可买两个，不过止饿的力量，当然要比粉饼弱些。

常常有种小贩，提了一大篮的面制的各种油炸的食品，又提了一铅壶的热水，跑到车夫多的地方出售。食时先来一碗水，把食物化在水中，然后用筷或用手指划食，

在这暑天中，黄包车夫们也食水果，也吃刨冰，也饮冰冻果子露。不过他们吃的果子，都是腐化的，如出二枚铜子，便可买进一大堆荔枝；刨冰是一枚铜子最多两枚铜子一杯的；冰冻果子露，也只售一枚铜子一瓶。他们的目的在于驱热解渴，卫生不卫生，在他们的经济上，却不允许稍加考虑了。

上面各种食品，虽然也有他种劳动者光顾，但大宗交易，还是仗了那些黄包车夫。他们拿劳力换来的半属消费的钱，养活另一辈穷人，他们的功绩，着实足以让人钦敬呀！

（上海《大公报》1936 年 8 月 1 日）

上海早晨的吃

剑 峰

“饮食男女，人之大欲”，上海人是讲究享受的，于是各式各样的饮食店，就应社会的需要而陆续开设了。不过各饮食店所注重的，大都是五点钟以后的夜市，因为上海一班资产阶级，都要到下午三四点钟，才肯起身，晚上才是他们活跃的时候，饮食店的注重夜市，一大半就在他们身上。至于做早市的呢，只有些范围狭小的饮食店，以及几爿规模较大的像五芳斋、老半斋等几家，其馀都以为吃早餐的都是些薪水阶级，哪里及得上资产阶级的一掷千金，毫无吝色，所以不高兴另外去附设一个早市了。

上午的饮食店虽然不多，但是吃客们因为肚子饿的驱使，是非吃饱不可的，所以一般小本经纪的就应大家的需要，在四川路、江西路一带开起许多小吃店来了。这种店范围虽小，货色倒实在不差，价钱而且非常便宜，像一客牛奶麦糊，在大菜馆里至少要卖两角钱，他们只卖十五个铜板，一盆罗宋汤，外加还奉送两块面包，只售三十个铜板，实在可以说是价廉物美了。不过地方实在不太高妙，因此洋行里的一班高级职员，都不高兴到那里去，有的到青年会去吃五角钱的晨餐，有的到老半斋去吃两角小洋一碗的咸菜蹄子面，经济些的，在写字间里差出店到摊头上买十个铜板粢饭、六个铜板的油豆腐线粉，也尽够果腹了。

在上海这许多早点中，我以为五芳斋的头爿面取价价廉物美了，每碗只售一角大洋，滋味可实在不差，不过要去得早，在八点钟以后去吃，那末恐怕早已因为存货不多，完全卖光了。此外青年会两角大洋一客的咖啡滨格，也实在不差，在别的西菜馆中，吃一次滨格和一杯咖啡，至少非加一倍的价钱不可，而东西还没有他们的地道啊。

末了，我要声明一句，我是以吃客的立场来说话的，并不是替他们做广告，兜揽主顾啊。

（《金钢钻》1936 年 12 月 23 日）

上海最著名之汤团店——永茂昌

鸳　池

吃、着、住，是人的大欲，三样当中，吃是第一要紧。请看呱呱堕地的小孩，第一是要吃；路上的乞丐，呼喊的声音，无非是要吃。至于着和住，是次要了。

中国的物质文明，却不能敌得过欧美各国，然而吃的东西，样式多，滋味好，却为各国所佩服。记得五年前，上海总商会欢宴美国各商界领袖，内有密斯脱卫尔和我谈到吃的问题，大称赞特称赞中国的饭菜。前年德国科学家勃利博士到上海，我和他茶话，他吃了我国的杏仁酥，津津有味，连吃了四个。去年十一月里，有五百多个美国男女学生到上海来参观，各团体在东亚酒楼公宴他们，和我同桌的学生，也赞美中国吃的东西，吃到鸽酥一只菜，更是狼吞虎咽，自己吃完了，还要看别桌上的这样一只菜，他们觉得狼狈得很，有些不好意思，就对我说，出门人在兴致浓的时候，常常失礼的，请你原谅。

以上我说的，却有些文不对题了，不过我要证明中国的吃的东西，确实超过欧美各国的，那末我要“言归正传”了。

上海地方吃的东西实在多，并且是考究。菜馆呢，点心店呢，茶食店呢，到处皆是，广东的、福建的、四川的、镇江的、本地的食物，都可吃到。凡是到上海的，差不多都要到英租界大马路、二马路、三马路、四马路的菜馆吃一顿饭，但是永茂昌的汤团，却非老上海真真考究吃的人，吃不到的。

上海卖汤团的店家是很多，到大马路五芳斋、北万兴、沈大成、福禄寿、大罗天等点心店，都可吃着汤团，味道也很好。不过专做汤团，且有研究，老上海考究吃的人知道的，要算永茂昌是“那么温”了。从前三牌楼曾经有一爿汤团店，开了九十五年，可惜现在已经关门大吉了。永茂昌开在上海城内乔家栅，我们到了上海西门，走到蓬莱路，经过上海县衙转弯，便到乔家栅。

永茂昌的铺子，是一个旧式的点心店，双开间平房，并无一些装潢。然而去买汤团的人，自从朝晨六时到深夜二时，络绎不绝，只不过午时到一时空一些。做工的人，每晨三时就要做工，一天卖去汤团有五千多个，每个二十文，共计卖钱一百千。另有贩卖五人，拿了光漆桶，上有“永茂昌”、“南北二家”、“并无分出”等字样，桶内满贮汤团，在城内与华界相近的法租界一带，常听见“豆沙圆子”的呼声，因为上海人常呼汤团为圆子。在路上呼卖的汤团，外滚有赤豆粉的，贩卖的人，向店买来每个十七文，卖去每个二十文，一天生活就可过了。

汤团的种类，分鲜肉的、百果枣泥的、豆沙猪油的，价格一律，每个二十文。讲到物料，均是精选，汤团皮子，是用水磨粉做成的，米是金坛出产，每天要用一石五斗；所用的肉，每天要一百二十斤，猪油三十斤，都从英租界打狗桥浦五房买来。

枣子都去皮，赤豆是天津货，不用崇明出品。赤豆磨成砂后，在日光下晒干，再放在石灰里逼干，并不像平常店铺，用火炒干，有一阵气味的。

永茂昌所用的物料，既是精选，制法又和他家不同。团子中的肉汤很清明，绝不混浊；团子的皮，光滑异常。物料成分的配支，都由店主自己动手，我问他用什么法子，他绝对守秘密，他说：“物料成分支配，是不能告诉人，一拆穿，不能开店了。”

店主是李一高君，安徽和县人，现年三十五岁，祖和父都是营汤团业，祖父在苏州四摆渡开过汤团店，李一高君就生长苏州。后来搬到上海，在城内挑汤团担，生意很好，自朝至暮，无片刻休息。到了民国二年春，沪绅王一亭君娶媳，召李一高君汤团，预备在酒席上享客，众客吃后，满口称赞。那末王力劝李开店，李就拿五年来赚下的钱一千元，在乔家栅开了店铺。这时候民国二年二月，营业果然发达得很，恐怕别人开店竞争，就到县署立案，说明将来开一分店，南北共有二家。现在分店已于去年十一月十号在城内城隍庙前左近开张了，营业也很发达，每天可卖钱达到七八千。老店工人有三十三人，分店七人，工钱六元到十元。工人的工作，最重要的是支配物料成分，现在店主自己做这项工作；次要是烧团，因为过生过熟，都要被顾客诘责的。

永茂昌的汤团，除店卖和贩卖外，大旅社像一品香、远东都要来请去做团。团子名目更多，有西米的、冰糖的、油煎的，并且到场监制，均是店主亲自出马，没有功夫，那么情愿不做。对于货物，决不迁就，价格也很贱，每桌团子，只取四百文、二角、五角不等。看官们若要尝试尝试，可写一张明信片去通知，店主就来接洽。哈哈，我决不拿佣钱的。据店主人说，每年春季，哈同爱俪园大请客，必请他去做团子，数目在一万以上，这可证明永茂昌货品的著名了。

看官们，我做了这篇永茂昌的营业状况，得若几个营商发达的要诀：（一）商店对于出品，第一要研究，制造必须完美。（二）商店所用原料，须要上选，不可用次货凑数。（三）店主和店伙，必须合作，努力前进。（四）行业不论大小，若能够用力做去，也可著名，俗话说得好，“行行出状元”。但是我对于永茂昌，有些要求，希望店主对于配支物料成分的法子，不要这样守秘密，恐怕后来要失传呢。

（《商业杂志》1927 年第 2 卷第 1 号）

十年来我的上海饮茶生活

薛幹公

我从小的时候，就高兴上高楼了（粤省茶居多有楼的），对着那闹热的珠江，看着那来来往往的游人，饮着那“热热辣辣”的茶，尤其是对于叉烧包、虾饺、烧卖，常发生兴奋的食欲。

点心是肥腻的，多吃了，当然会感觉不快，但是吃完叉烧包，饮一会茶，吃完虾饺、烧卖，又饮一会茶，那反觉其有味呢！

一个人东南西北去求食，自然不能株守家乡。我在十二岁的当儿，跟着老父北上津门，在那里一滞七年，不要说没茶居可饮茶，就是故乡风味也难得一尝呢。

一、小壶天抢鸡包

五四运动后一年，我便离了天津负笈上海了，那时我不过十七八岁，正是食欲发展的时期，哪能忘情于饮茶呢？当时上海的茶店，还没有今日的多，而最享盛名的，就是小壶天了，小壶天以叉烧包为最著名。我最先到小壶天饮茶，是我哥哥同我去的，饮的是三分银茶，盛茶的是用老式的局盅，可是有盖而没座的。人是非常的多，大多是短衣赤足，一足竖在椅上，一足垂向地下的。不久点心出笼了，一位企堂张开了大喉咙，叫着“叉烧包来了”，于是双手捧着蒸笼，迈步向着客人处走来，这“叉烧包”三字才出了口，众人视线都齐集起来，一处要四只，一处要八只，好像不要钱买的一样，轮到我座位时，已经是四大俱空，一无所有了！我只为忍着食欲，再候机会，等第二次来。可是左又不来，右又不来，每每吃不到两件东西，便要起身“走人”的。这还不要紧，等到出鸡包的时候，只要蒸笼才从厨房搬出，座客都一齐立起欢迎，一、二、三！大家都离了座，直奔向那蒸笼处，急急拿了碟，自己动手，拾了几只鸡包，摆在碟上，笑微微地打着胜鼓回座。不到一会，完全抢光了，那抢着吃的同乡，对于那吃不着的乡里，大有自鸣不凡之意。大家都笑着说：“一分银一只鸡包，是要蚀本的。”那时所有点心，是每件俱售价一分的，鸡包当然不肯多做，吃的人哪能不抢呢？

该时有茶饮的地方，还有会元、粤南、美南、群芳、利男，虽各有特点，我是不常去的。

二、广东楼冲淡茶

小壶天开不到几年，便给房东收回店址，租给海宁医院，我便改到武昌路广东大酒楼去了。广东楼饮茶的人不亚于小壶天，点心也不在小壶天之下，而令我最注意，而永久不忘的，却有一桩事。有一次，我同两个弟弟去饮五分银茶，我本来叫两盅茶的，那位博士只送一盅来，我也落得贪便宜。不错，我来的目的不在饮茶，而在吃点心。可是吃过一件叉烧包后，点心便不运到我处来了，我还不要紧，可是两位小弟弟便东张西望了，可是点心无论如何不向你的桌送来，即使侥幸送着走来，但不到我桌前，便向左转了。无可奈何，只有多饮几下茶。

旁边站着那位博士，便不住地给你泡开水，真所谓“点心不来开水来”。后来我觉得他是受别一位博士交代过的，我不知同他有什么仇，却一味叫人冲淡我的茶。我见此情形，只能一走了之。后来我才知道这是赶客人的方法，叫做“冲淡茶”。

三、西湖楼赶早市

不久安乐园同西湖楼都开幕了。安乐园的茶起码五分，火车座的一角，我虽然去过数次，但总没有西湖楼来得舒快。西湖二楼卖三分，三楼卖五分，我每星期六、日由校中出来，高据三楼一角，来一种点心，吃一种，四角小洋便可以吃到肚胀起来。因为叉烧包还是一分一件，其他贵的也不过二分，除了五分银茶，有二十多件东西吃，就算每件都是两分价的，也可以吃到十多件，并又饮茶，焉有不饱而且胀呢！因此之故，我便大请客了。该时尚属求学时代，同学多是外省人，有时高兴起来，天还未亮，便约了一班同学从徐家汇步行出来，西湖楼还未生火呢。外江人对于饮茶却是异常的高兴，大家都时常叫我请吃叉烧包，奇极。在饮茶点心中，叉烧包并非上品，但是为饮茶的无不谈叉烧包，这到底是什么原故呢?

四、粤南楼吃炒面

西湖楼何老板不久西归，西湖楼也就关门了。西湖楼的关门，却是小壶天的开门，因为粤南酒楼在小壶天的原址开张了。粤南的点心虽不错，价钱却贵了，每碟却是四分的，而点心不过两件。我那时已经出来做事，经济也较宽裕了，饮茶的代价，便从五分而改为一角了。粤南点心固佳，而炒面尤属价廉物美，二角五分的鸡丝炒面，真是“吃出菩萨”来。不过有时所掺入的猪肉，是有异味的，这真是美中不足啊！

五、旧新雅饮岩茶

十六年夏，虬江路口的新雅便开幕了，好贵的茶，起码是一角的。那时饮茶的人也不多，但是饮过茶的人，一方面说贵，一方面说好，好的是什么？是地方清洁，座位舒适，而茶叶更是上选。而最难能可贵的，第一就是这种精神能够继续维持下去，直到今日（十年了）；第二，新雅的茶，不是等到全壶喝完才泡开水的，因为全壶喝完才加水，那茶便没茶味了；第三是肯用真材实料，宁愿价钱卖贵些；第四是肯常常擦抹器皿，铜器尤光亮照人。我因为就近的原故，便离粤南而到新雅了。

新雅的架厘鸡是特别有名的，饮茶的人除了吃点心之外，最好叫一味架厘鸡饭。架厘鸡之美，不在鸡，而在汁，说不定汁还比鸡贵吧。新雅架厘鸡之所以享盛名，闻是有好几个原因的，第一是用真印度架厘粉，第二是除了架厘之外，还要加椰汁和奶油，鸡之价值，还在其次呢。

六、憩虹庐啖粉果

这时还有一间小小茶室，在福生路附近，便是最为人称道的憩虹庐了。这间店是半家庭半商店式的，可惜太讲究“骨子”了。粉果是最特色的，到吃时才“新鲜热辣”地蒸出来，其馀亦独出心裁。来饮茶的却不少，生意本来够做，不知为了什么也关门了。

近来北江西路的虹庐生意不恶，点心亦可将就，不知同憩虹庐有关系否。

“一二八”的时候，虹口一带的茶居都停顿了，四马路、爱多亚路一带的广东酒家都卖起茶来，什么清一色、羊城、金陵、岭南、红梅都有茶卖，我最赏识是红梅酒家。“一二八”之后，好几间已取消卖茶了。

七、近来的饮茶

近来饮茶的地方更加多了，南京路的新新雅、冠生园都负盛名，而永安的女招待，尤脍炙人口。虹口一带，如陶陶、冠珍也卖茶了。如园、天天，也同旧新雅竞争起来。谈饮茶的文字，也为各小报所乐于登载的。上海人也效尤起来，真是漪欤盛哉！而好饮茶的我，因为文字生涯，更与它结不解缘，差不多每隔一二天就要去饮茶的，好饮茶诸君，如要同我会面，请到新雅便可以见我了。

（《粤风》1936 年第 3 卷第 1、2 期合刊）

闲话点心

耻　生

或午前午后，小饥小吃，是叫做点心，可是毫不饥饿也进点心，现在孤岛上最多这种人，有人称他们文人雅士，有人叫他们高等难民。这种人常约着二三知己（投机），或是街头不期而遇，围坐品茗，少进甜咸，也是叫做点心，说起来还是闲情逸趣呢。

拉车的停着车儿咬大饼，做贸易的约主顾吃老半斋，也是叫做点心，虽然缺少闲情逸趣，可是毕竟实际主义者，一个为充饥，一个为生意，贩夫走卒，并不是缺少天生闲情逸趣，就是缺少口袋里东西，这叫是不幸而生在贫穷之门啦！

在这种年头，有点心吃的人们，真是幸福极了，有多少人两餐饭还没着落呢。但是常在点心中过日子，也不是佳象。记者曾见两个朋友，一个袋里有钱就吃，或是两个大包子，或是光面一碗，吃过去算，吃几回没一定；一个是心潮来杯牛奶，胃痛再试试蛋糕。一个是要吃没有钱，一个是有钱不能吃，问问他们吃了饭没有？回复总是才吃过点心。可见点心的口福，太多也不佳，太少也不好，可是现在的光景，像前面那个朋友拿点心来度日子的多着呢，或许光面一碗也争不到哪！唉！

闲人逸士和富商大贾，拿吃点心作消闲逸事，家里雇了点心司务不算，还要上上馆子，往往一盘东西，吃不了一半，就弃如垃圾，实在并不是一定吃不下，不如是不足合其架子。曾经听见一个朋友率直地骂过这种人，骂得真有理，这种人有得吃就糟掉天物，没有吃时什么事都会干得出来，本来和瘪三有怎样分别呢？

记者在故都时，寄寓在一家亲戚家里，主人太太最会弄点心，日有更换，变化殊多，甜咸酸辣都备，中西京川扬广咸有，可是她自己吃得又很少，估计每月点心的流费，足以养活一家经济门户。

前年回到老家去度暑期，赤日当空，偶然缓步到陌上凉棚里，看着耕种的大小男女正吃点心，冷饭凉茶，瓜干炒豆，福录福录正往嘴里送，看看真是好吃。这种点心，切合经济学上的原理，可谓最适合的利用呵。

繁华的上海，点心铺子本来五步一家十步一所，什么楼、斋、居、春、馆等一派招牌，大多数是卖面食，自广东店星期美点一来，茶室盛行，走上南京路、霞飞路，只见酒楼菜社挂着茶室的幌子。这种广东茶室是一向有的，二十年前宝善街有怡珍、同芳两家，虹口的群芳居、重元楼资格亦甚老，不过当时的茶客多数是粤人，外帮人极少前去。据说不能普及的原因，广东茶博士太硬绷绷啦，不晓得到现在粤帮食店的盛极海上，就是靠茶博士硬绷绷的原理。

招待工夫最周到的要算京馆子，扬镇也不错，但是上海人的皮胃也古怪，有时竟不吃这种功夫。记者听得好几个朋友说过，一坐下来心未定，侍者立在桌旁问着吃什么东西，真觉得不好的印象。广东侍者就不是这样，沏了茶放了碗筷走开，让客人想着吃什么再叫，并且您吃一样也好十样也好，决不会兜搭什么菜什么点心，所谓悉听客便，经济吃客果然欢迎，阔客也无曾不欢迎呢！讲到点心的味道，不是广东点心一定好，镇扬京川也不错，因为堂倌太道地，看见您点膳完毕，就来手巾接着开账，使吃客背若芒刺，欲留不能。记者有一次在亚尔培路一家茶室吃点心，一客生肉包子后想再来碗面，不晓得账单已在眼前，虽然并不就逼走，可是以后再也不高兴走去了，留着恶劣的印象。

外有一种小账问题，吃点心给小账本来不相宜，可是有许多堂倌往往给你看晚爷面孔，因为你不给小账之故。但是新式的茶室就不是那样，可是考虑到老式点心铺的堂倌待遇，不给小账又是困难问题啦。

（《商业新闻》1938 年第 1 卷第 8 期）

谈月饼

穗　芳

一年一度的中秋佳节，眨眼又要到了，各茶食店内的中秋月饼，又上市了，他们都在那里钩心斗角，用了五颜六色的绸布，扎成了各式各样的彩，有时还装了五彩的小电灯，无非是要使路人注意他一块“中秋月饼”的招牌。

说起月饼，也可以分为广东月饼和本地月饼。广东月饼当中，也可以分为两派，一派是广州人做的，一派是潮州人做的。本地月饼当中，也可以分为苏派和宁派。

广州人做的广东月饼，南京路先施公司、马玉山糖果公司、五马路同芳居、爱多亚路张裕酿酒公司、各大小广东食物铺，及虹口一带，均有出售，每只的代价，总要大洋一角半左右。它的馅子，有甜百果、咸百果、豆沙、绿豆蓉、南腿等多种，一只月饼，差不多有好重咧。

潮州月饼，与广东月饼却两样的，一个是圆而厚，一个是大而薄，比较本地月饼，约大四五倍，五马路元利糖食店、勃郎林糖食店等，均有出售，代价较广东月饼稍廉。它的馅子，是用糖与猪肉捣得烂而润的，吃起来要粘牙齿的。

本地月饼，苏派和宁派是差不多的，它的代价，较广东月饼便宜得多了。本地月饼，用白纸糊成的，每盒约洋六分至一角左右，而且还有四只咧。他们的销场，较广东月饼广得多，堂子帮节边送礼，都用本地月饼，如大马路老大房、邵万生，偷鸡桥天禄，四马路稻香村，石路的王仁和等的月饼，现在堆得很为好看，有时还搭成各种花样，等到一到八月半，所有的月饼，可以销售一空，后来者，还有向隅之叹咧。

从前的月饼盒子，都是不考究得很的，近三四年来，大家竟在盒子外面的装潢上，考究起来了。一只盒子，做起来也要几分洋钱的代价，因为用了五彩的石印，印上了什么嫦娥奔月、花好月圆、中秋赏月、唐明皇游月宫、蟾宫折桂等等图画，使买客得着一种美观的外感，来作成他们的生意，这也是卖月饼老板们的一种招徕法啊。

（《申报》1925 年 9 月 23 日）

谈月饼

飞　天

时序的轮轴，机械地循着轨道推进，火伞高张的炎夏刚才度过，而金风送爽的新秋又降临到人间来了。人类的胃肠，经过漫漫长夏所纳瓜水的浸灌，一到秋天，口中感到苦而无味，于是对于略为浓厚滋味的食品，感觉到需要。月饼，就在这种需要之下，应时产生，供应世人。

月饼产生的历史，现在也无从稽考起，不过在某人的笔记上，曾经记下这样一段富有兴趣和革命性的小掌故的。据说在元末的时候，朱太祖洪武集合了许多英雄，酝酿起义，但是当时鞑靼防备得极严密，没有下手的机会。于是由刘伯温先生的计划，利用月饼，把举事的日期和方法，制诸饼内，分送各人。当时虽事机泄漏而举事失败，可是月饼却因此得享盛名，而年年中秋，予人长相思了。

说起月饼的派别很多，而此中具有势力而足以代表某一部分的，当推“广式”和“苏式”二种。所谓“广式”和“苏式”，自然“月饼人人会制，各有巧妙不同”，出品各有各的特色，花色各有各的门类，销路各有各的市场，价格各有各的高下。在表面上粗看起来，好像是并行不悖，难分轩轾，其实我们细细研究起来，很可以看出两派过去消长情形的一斑。

在二十年前的上海市场的月饼地盘，完全为“苏式”所霸占，“广式”的月饼，不过应时点缀，在市场上的势力，真是微乎其微。

后来，年复一年，“广式”的销路逐渐畅旺，而“苏式”的销路，却日趋落后。寖至今日，上海月饼市场的势力，完全为“广式”取而代之，市场一天天的扩大，制品一天天的改进；反之，“苏式”的市场一天天的缩小，制品一天天的落伍。

有“因”必有“果”，有“果”必有“因”。我们推敲起“广式”所以抬头，“苏式”所以落后的原因来，不外是下列的二种原因：(一)“苏式”的制法陈旧，不知改进；(二)“苏式”的配味简单，不能适合各省人的胃口。而“广式”却相反的，制造合理，配味严谨，在这样有力的对比之下，不难找出“抬头”和“落后”原因来了。在现世界里，什么都不能逃出“适者生存，不适者淘汰”的天然律的，月饼何能独免呢？

现在，让我们把“苏式”和“广式”的月饼阵容及其制造的情形，作一个简单的透视吧。

“广式”月饼阵容中，地位崇高，坐第一把交椅的，当推“冠生园”。关于“广式”月饼的制造情形，我曾经在去年到素负盛名的“冠生园”参观过，参观后的影象，还很深刻地萦回在脑际，现在让我简要地写一点出来，供读者的研究和同业的参考。

“广式”月饼的原料，计有杏仁、瓜仁、麻仁、合桃仁、湘莲子、金丝蜜枣、金华茶腿等数十种。据他们的负责人告诉我，这些原料，都是先期向产地采办的，而在制造以前，经过一番严密的拣选，拣选之后，就从事配味的工作，配味的工作真是一件非常吃重的工作，严谨地、小心地从事，一钱一两，都有限度的，配好之后，还要经过一番严格的审查，审查完毕，才推上焙炉，从事焙制。我作痴呆地问他们引导我参观的张君说：“配味的工作，为什么这样小心？多一点，少一点，有什么关系呢？”张君回答我这样说：“如果我们对于这层工作不注意，我们的月饼，哪里能够得到‘各省人均合胃口’的好誉呢？”于是，随着张君走到科学焙炉的旁边，这焙炉是造得够伟大的，正中装着一只轮形的焙架，正在交替地转动着。我带着惊异的口吻问张君:“月饼只有几个月的生意，你们难道为了制造月饼,而制起这样大的焙炉吗？”张君经验地回答我说:“这是烘饼干的焙炉，我们不过善为利用吧！因为‘广式’的月饼，形式比‘苏式’的月饼大而厚，非经过火力均匀的焙炉焙制，不能尽‘生熟均匀’的能事，这种焙炉，烘出来的月饼，便是无生熟不匀之弊，而且出货迅速。现在普通的制造家用唐炉焙制的多，但是用唐炉显然有二种缺点：一、火力太大，月饼易焦；二、青炭燃烧，有碍卫生。”

回过头来，再把“苏式”月饼的制造阵容作一个简说吧。

“苏式”月饼的制造家中,“老大房”、“稻香村”等很有名，而且在数年前出过风头的。不过近几年来，势力一年年的薄弱，销路一年年的减少，真有每况愈下之概。不过，话又要说回来，他们现在还拉住一部分的食众。

关于“苏式”月饼的制造情形，除了配料、形式、制造手续迥然不同外，一般的方法也是大同小异。为了节省篇幅，不再赘述了。

读了上面的一般，关于“广式”、“苏式”的消长情形，固然了然于胸中了,就是“广式”月饼的抬头和“苏式”月饼的落后原因，也有了个水落石出了。今后我很希望“苏式”月饼振作起革命精神来，对于制造方面，痛下一番改进的功夫，保留“苏式”月饼的特色，迎头赶上去，将来不但有重振声誉的希望，而且还可以在食品史上，开出一朵灿烂的异卉来。同时，希望“广式”月饼的制造家，仍本过去奋斗的精神，努力上去，谋中国食品事业更大的发扬！

（《机联会刊》1935 年第 126 期）

月饼琐谈

黄转陶

月饼状团圆，故俗于中秋食月饼，以中秋有团圆之月也。今我弗谈中秋之月而谈中秋之月饼，傥为老婆所乐闻欤。

老式月饼，均装以极薄之纸匣，装满既不美观，形式又极粗陋，其馅亦不外豆沙、白糖、百果、枣泥数种，取价低廉，每枚仅铜元三数耳。苏州之稻香村，以月饼著，所制即为粗陋之品，而每逢团圆节届，月饼上市之候，利市三倍，购者塞途，八月未过，无不售罄，故稻香村每岁之收入，以月饼为大宗。犹忆江浙战争，苏人避难沪上，桂花香时，战祸未罢，于是月饼乃大受影响，稻香村是岁即以亏绌闻矣。

月饼既以稻香村为最佳，然其式样则十馀年来如一日，未尝求形式上之美观，而吴人购者，亦十馀年来不衰，良以不尚形式而以味胜也。

上海月饼之盛，胜于苏州，每逢八月，各食品公司，无不争奇斗胜，蔚然为月饼之林。往往巧立名目，制为异形，以取悦于顾客，其价且十倍于苏州稻香村所制者。沪人好奢，即此月饼一端，以足窥其馀矣。

吾人行经精美之食品公司时，常见有硕大无朋之月饼，陈列于玻璃橱中，月饼之上，复缀以种种五颜六色之糖果，缕成蜿蜒屈曲之花纹，行人见之，觉徘徊不忍遽去。店中人善于运用脑筋，可谓穷思极想矣。惟此种月饼，仅足以供观瞻，不足以快朵颐。盖吾辈非老饕，见之实不忍使之遭齿劫也，如以之为礼物，则确称馈送品之上乘。

月饼之馅，愈出愈奇，有为吾人所不知者，然珍奇之馅，终不及豆沙为最酥腻，枣泥次之，百果则下驷矣。故月饼之肆，必多备豆沙与枣泥，否则，必致求过于供矣。

初时稻香村之月饼，最大者只若英饼，今亦稍稍大矣。沪上普通之月饼，大如英饼之四倍，每匣盛四或二，匣上每绘以五彩之花纹，间有绘嫦娥者，取月里嫦娥之意也。

食品公司之大者，每届秋令，恒陈列各种月饼，供人参观。今岁安乐园，且开一月饼大会，邀新闻界前往与会，一时颇多佳话，亦月饼声中之佳趣也。

（《申报》1926 年 9 月 21 日，署名转陶）

殊味的月饼

张菊屏

月饼在我国，可算得流行最普遍、消费最繁夥的一件茶食了。可是各地的名称，虽然都叫它月饼，其实形式口味，各各不同。在上海最通行的，要数广帮、苏帮、宁帮三派，列位早已吃得腻烦了，如今只拣不甚风行的几种，记述出来，和列位辨味家讨论一下，也算换换口味吧。

潮汕虽然属于粤省，可是他所营的商业，往往自有一种特殊精神，和广州不同，他们所制的月饼，尤其是绝无同点。广帮月饼的外壳是蛋酥的，潮帮却是油酥的；广帮的形式厚而小，像一只鼓；潮帮的形式薄而大，像一面锣，那最大的，有七八寸直径，但是高度，还不到一寸哩。馅的花色，有冬瓜糕、冬瓜糖、枣泥、豆蓉等六七种，虽没有广帮那么多，可是做得极其细致。那冬瓜一味，尤其是他们的拿手好戏，委实有比众不同的优点，别帮做出的，怕终跟他不上吧。他们的店肆很小，大约一开间店面的多，门口摆着一架夜不收（即糖食摊），两旁橱格的上层，却陈列些泥塑戏出，当做装饰品，是不肯出卖的，想也是潮汕的风气这样罢。还有福建的厦门帮，装潢出品，都和他大同小异，这是境地接近的缘故。宝善街上，有爿叫做源利的，是这一帮的老前辈，在前清时候，阖上海只有他一家，现在却到处都有了。源利到了七八月间，专做月饼，其他茶点糖食，一概不卖，完全成了一爿月饼店，倒也很觉特别啊。

四马路望平街转角，有正书局旧址，从前开过一爿广东茶馆，叫做奇芳居，他们所做的月饼，不是广州派和潮汕派，却也有些两样，把在下历年所尝过的，比较起来，似乎要数着他们的最好了。这种月饼，大小厚薄都和苏派的差不多，而且也是油酥外壳，鲜明洁白，顶上带点嫩黄，形式很觉可爱，最奇的是毫不透油，放在纸匣里，经过几天，匣上不沾一些油渍，倘若一层层把它揭开，都是薄如蝉翼的片子，毫没粘合破碎的地方。人家的冬瓜馅，因为和了糖，便不能不带些黄色，只有他们的，却雪白透明，像玻璃一般光亮，真不懂他如何做法的，那滋味的甘芳爽口，直到现在，回想起来，还觉得津津有味哩。他们的月饼，只有一类，并不分大小，也没有贵贱，价值每个只钱三十馀文（约合洋三分左右），可算得价廉物美了。那时在下常常购食，好在味不很甘，更觉百食不厌。后来奇芳闭歇，像这样的月饼，直到现在，还没人仿制，真是可惜啊。

前年有位徽帮朋友，送我十来个徽州月饼，不知他哪里去买来的，想必也不离上海吧。这月饼把白色芝麻屑，和上糖面，当做外壳，黑色芝麻屑和了糖面做馅，内外的颜色，虽然两样，其实一般口味，并没有壳和馅的分别，用油极重，装在匣内，把个匣子全沾了油污，像浸在油缸里的一般，看来是一些不和水分的，而且用的是菜油，吃的时候，倒还不觉什么，只觉得一味甜极罢了，不过吃过之后，鼻管里常留着一股菜油气，很是讨厌，这是吾们不惯吃菜油的缘故，不该便算月饼的坏也。但是他们的做法，似乎太笨了，因为用油太重，触手就碎，拿在手里，便染了一手的油，委实没有技术价值哩。

（《申报》1928 年 9 月 29 日）

谈重阳糕

菊　屏

重阳食糕，无殊中秋食月饼、端午食角黍，虽素不喜糕者，亦必勉为一尝而后已，此时令上之习惯使然，由来远矣。糕之制法，以干米粉和糖蒸煮而成，因中多粳米，故松而不软，味实远逊于年糕。今之茶食店，万物力求精美，此糕倘能改良，则销数之巨，安知其不能并驾年糕、月饼哉。为述重阳糕之品类如下：

重阳糕，圆形而厚，大者足尺许，高三四寸，面划斜方纹，置红绿橙子、枣肉、胡桃于上为点缀。此糕大都碎切零售，惟赠送亲戚，作盘礼用者，则购整块。其味不甚佳，数食即生厌，反不如寻常之叶子糕也。

叶子糕，方形，面作叶子纹，大可一尺，厚四五分。此糕料同重阳糕，有红白两种，红者稍软。中秋前后，即已上市，普通人家，均购此以应重阳之令节，取其轻便，而味亦不恶也。

软糕，此惟叶榭镇有之，实即叶子糕也，惟粉白如雪，质软可爱，因得为一方之名物。他乡之人，多有特购为节礼之用者，然究非美味，多食亦易生厌。

茯苓糕，即叶子糕中夹白糖一层，少入桂花。重阳诸糕，此为最适口矣。

（《申报》1925 年 10 月 27 日）

谈谈叶榭的重阳糕

菊　屏

一年四季，不知有多少良辰嘉节，可是古来历法专家规定下来的吃糕日子，却只有新年和重阳。新年呢，界限很宽，自从隔年吃起，一直吃到元宵节后，还不算过期。独是重阳，却只一日，必须九月九日吃的，才算时髦，若不在此日，便是吃了，也不肯承认吃的是重阳糕哩。因此上，在重阳日吃糕，越发觉得有味了。

重阳糕的制法，大概是拿米粉和糖放在尊糕罐上蒸煮而成的，那形式有特制和普通两种。特制的是圆形，横径一尺三四寸宽，二三寸厚，一尊的重量直要二十馀斤，顶上点缀些桂圆、蜜枣、红丝、橙丁之类。因为蒸儿太大了，不容易蒸透，反不如普通的柔软，倘若一个不小心，还会夹生咧，一尊糕的代价，须要袁头三四颗，人口少些的人家，把它当饭吃，也要吃上几天，可不要腻烦吗？所以只有绅富人家，买来送亲戚，摆阔气，才用得着。平常杀杀馋涎，倒是普通的实惠哩。普通的又叫做软糕，是七八寸大的方蒸，厚只三四分，切做大指般阔的狭条儿，上面再浉上很密的横纹，和百叶窗形状差不多，因此也有叫它叶子糕的。蒸儿既这么小，价值自然轻便了，化上三四角小洋，便能买它一尊，而且也有零卖的，三条五条，都可买得，这才配得上我们焚大吃客的胃口呢。这糕虽说是重阳糕，其实八月以后，常常有得出卖，不过名义上终算是重九节的应时食品罢咧。

叶榭是浦南奉贤县属的一个小镇，市面虽不大兴盛，可是他们的软糕，却有比众不同的好处，名气也很大，凡属到浦南去经商的人（按浦南产花米很旺，米即南港米，前去收买的水客甚多），多少总要买些，拿回来分送亲友，因此上这糕的名气，就慢慢地传遍了浦江流域，和南翔的馒头、泗泾的腐干一般，称为上海附近的名产哩。可是这糕，并不是徒有虚名的，委实有人家做不到学不像的几个好处，第一是颜色十分洁白，望上去几乎误认是一盘白雪，吃在嘴里，很是柔软，却又绝不粘齿，并且另有一种特别的甘芳之味，简直百食不厌啊。最好不过的是冷了也不发硬，隔了一二夜的冷糕，还是松软如绵，像新出笼的一般适口，这真不懂他哪里来的秘诀呢。记得前清末叶，有一年冬里，十分寒冷，浦江中浮着无数冰排，经过了十多日，还不融解，那时在下恰从浦南乘船回家，经过叶榭时，买了四角钱的软糕，因为坐着冷得实在受不住了，只得躲在被窠里，饭也不想吃了，拿冷糕来充饥，吃吃停停，在船上挨了二十个钟头，方才到得家里，糕也吃完了。这一回幸亏叶榭软糕，维持我的肚皮，不然是真要饿得臭死咧。

那双眼睛，最是势利，瞧见了珍贵些的食品，就灼灼地注视着，巴不得拿来一口吞下肚去，舌头呢，却最公道，不论东西的贵贱，只讲味道的好歹。列位辨味家，何不趁这吃糕令节，尝尝叶榭软糕，你的尊舌，必定深表同情，十二分地欢迎啊。

（《申报》1926 年 10 月 15 日）

年糕之种种

崴　蘋

年糕为应时茶点之冠，其销量之大，食期之永，虽月饼犹瞠乎其后，重阳糕更无论已，盖月饼至中秋而即止，年糕则逢元旦而益盛也。查沪上所售之年糕，原有苏派、浙派之别，苏派甘柔而适口，浙派芳香而坚洁，各擅其胜，莫容轩轾。近则凡属茶食肆，无不兼营并蓄，已无派别之殊，惟糕团店中所售之淡年糕，犹自别标一帜，茶食肆尚未仿制耳。兹条举其品类如下，倘得阅者诸君，为政其谬，则尤记者之幸也。

猪油年糕，是即苏派之正宗，法以糯米粉和糖煮熟，捣使和匀，遂加入猪油、玫瑰、桂花等物，搓成长条，工事已毕。此糕桂花者色白，玫瑰者则微红，顾其红色，胥以颜料染成，故吾人购食，以白者为宜。

桂花年糕，此为浙派，盛行已久，自猪油年糕昌盛以来，渐趋冷淡。制法于糯粉中稍入粳粉，水量极少，力捣而成，故能久藏不败，但益干硬而已。此糕虽有黄白之殊，仅因糖色而异，其口味与价值，均无分别也。

条头年糕，质料与猪油年糕大同小异，但不加猪油，且变其式样为细长条，取其利于零卖耳。其有制者，先将豆沙包裹于糕内，如一大汤团，然后搓之使长，其馅自然均匀，亦制者之手术也。

淡年糕，原系宁波派，先将淡米粉搓成团，煮熟后取出力捣，随即制成牛舌状。此糕属于糕团店，其来自宁波者，能久置不暴裂，久浸水不浑，其色亦较为洁白。食时汤煮油炒，或甜或咸，均无不可。

元宝年糕，以桂花年糕之料，制为锭状，惟财旦日祀神用之，无食者。

寿桃年糕，又名糕桃，质料同上，亦惟祝寿及迁居时，用为礼盘。

万年糕，将万瓜（即南瓜）煮烂，和入白糖米粉，搓成糕形，置蒸笼中蒸熟，亦有印成花文，或以豆沙为馅者。此乃家庭中应时食品，风味绝佳，店肆中无制售者，亦憾事也。

（《申报》1926 年 1 月 7 日）

谈谈庄家行的粽子

巌 蘋

各乡镇往往有一种出名的食物，像南翔的馒头，叶榭的软糕，泗泾的腐干，枫泾的冰蹄，都是别镇上所做不来学不像的独得之秘。可是庄家行（在浦南，属奉贤县，距上海约百里）的粽子，尤其芳香适口，肥美绝伦，倘若尝过了一半，便是有巴掌飞来，也得暂时忍耐着，待吃完了，再讲脸上的痛不痛哩。现在端阳节届，就把来介绍给列位辨味家，当个应时的节礼罢。

庄家行粽子的好处，第一在芦箬的别致。它这芦箬，不是寻常的芦箬，却是一种竹叶，叫做箬竹，而且每裹必采鲜叶，所以别有一股芬芳之气，令人闻之垂涎。他们粽子的品类，甜的咸的，应有尽有，那普通滋味，随处都有的，可以不用说它，其中最是使吾食而不忘其味的，该要首数腌鲜粽了。这腌鲜粽，是拿腊肉和鲜肉合凑做馅，腊肉是乡间家庭食品，在严冬的时候，把鲜肉腌制而成，店肆里是向来没有售卖的，那腌制最得法的几块，简直是肥美芳香，色味俱胜，便是有名的什么云南火腿啊、兰溪茶腿啊，也未必能够胜过了它。列位可还记得松江的竹叶熏腿吗？也不过是腊肉上熏上些儿竹叶香味。这腌鲜粽，一般也是腊肉而沾有很浓郁的竹叶清香的，便可知它的风味，委实不同凡俗咧。

还有一种骨头粽，倒也有特别的口味（这种骨头粽，上海售卖的很多，可奈肉小得和鼠尾一般，淡而无味，不能并论），这是拿一块肋肉，连骨裹成的，吃起来不知怎的，总觉和常肉不同。有人说，好肉生在骨头边，骨中原含着与众不同的美味，只是人家因它是骨头，都不注意罢了。如今他把一块生骨包在粽内，上劲地一煮，拿骨中真味，完全煮到粽子上去，自然要其味无穷哩。这话似乎倒也有理，或者就是这个缘故罢。他们的粽子，裹得很松，煮得很透，把那米粒煮得像黄豆一般大，馅肉已到糜烂的程度，所以入口便化，毫不粘嘴，只觉得一股清香，直冲鼻管，那口中含着的一口粽子，已经自然而然地钻下肚子里去了。

庄家行离上海不远，列位辨味家何不仿照南翔去吃馒头的办法，也去试这么一试呢。倘说滋味不好，回来尽可和在下理论，追偿损失；好呢，请带几件回来，酬报介绍人。

（《申报》1926 年 6 月 14 日）

烘山芋与早点心

亦　庵

从前有一个时期，我是实行废止朝食的，倒并不因为看了蒋竹庄先生的《废止朝食论》而废止朝食，实在是当时觉得朝食的不需要，早上起来肚子既然不感觉饥饿，何必定要循例吃点东西？有些人名为废止朝食，而每天早上却要喝一杯牛奶和两枚鸡蛋，而我在当时连一杯白开水也不喝，因为早起的以后两三小时内，实在没有胃口，与其没有胃口而勉强吃点东西，不如干净地不吃。

自从这几年以来，脏腑也随着时局的变动而有点变动了，也许因为日常所吃的太薄啬了，肚子里油水太少的原故，很容易觉得饥饿，从前早上提不起来的胃口，现在也大开而特开了。一早起来，便想吃点什么东西，尤其在冷天，早起不吃点东西，觉得特别怕冷。

在从前，天天送来一瓶 A 字号的鲜牛奶，每月所化不过三四块钱，鸡蛋不过六七个铜板一只，面包每只卖十来个铜板，就是最高贵的白塔油也不过一块多钱一磅。现在呢，这些东西非大富的人家不能吃，像我们以摇笔杆为生的，只可形诸梦寐。不得已而求其次，则粢饭油条亦已渐渐消减，大饼油条也像气球一样，越升越高，越高越小。隆冬的早市，比较易求而尚为我辈能力可及者，其惟烘山芋乎？

远在十年之前，曾写过一篇《烘山芋礼赞》，其中有几句话是：“若以烘山芋来跟糖炒栗子比较，则其情形就有如乡下姑娘比一位交际花。……当它从那简朴的煤烘炉里拿出来时，便从它自己本身蒸发出一种朴素而不妖冶的香气。……当那奔驰得累极了，身体冷得发抖了的黄包车夫，掏出七个铜子，买它这么两三团捧在手里时，未入饥肠，已够温暖了……烘山芋的成本没有什么，除了本身的代价就是一点回烟煤屑以及人工报酬而已……当它的价钱卖得低时，'缙绅大夫难言之'，倘若烘山芋卖到三块钱一磅时，我想西餐席上，白磁盆中，将与银质刀叉周旋起来了。"

对于烘山芋，我虽早已加以赏识赞叹，然而实际上买来吃，在当时还是很偶然，因为比烘山芋高贵而可口的东西还多着，而都是我当时能力所能买得起的。常买烘山芋吃者，只是黄包车夫之流而已，时到如今，烘山芋的身价也随着一切物价飞黄腾达起来，本来可以吃得较高贵东西的我们，比较起黄包车夫来，未免有望尘莫及之叹。他们摸三两块钱出来买烘山芋吃满不在乎，而我则不能不先下一番考虑。然而在一切早点心中，烘山芋还是比较平民化而可以吃得起的。

从去年的冬天起，我在辣斐德路金神父路附近发见了一个卖烘山芋的摊子，从此以后，几乎每天早上总要作成他三四元的生意，以供我一家数口的早点之需。这个数量，说来惭愧，然而力之所及，止于如此。有时山芋尚未烘熟，要伫立在炉旁等候，就乘这当儿跟他闲扯起来。

他卖的烘山芋是用秤称的，我问他卖多少钱一斤，他说每斤一元六角，每两一角（烘山芋而用秤称也是亘古未有的新闻，大时代的新作风也）。同他闲谈之下，知道生山芋的来价是每担八十元，即每斤八角，每天可以卖两担。我对他说："每天一百六十块的本钱，可以卖三百二十块，这利息也很可观了。"

他叹了一口气道："你老板（惭愧，我并没有老板的资格）别以为这生意好做，其实也没有多少好处，一百六十元的买价外加百分之四的捐钱、车钱、买煤的铜钱，虽是回炉的煤屑，价钱可不小，另外又在捐照会等等。山芋烘过，水分干了，还要轻了多少，卖一块六角一斤，实在没有多大的好处呀。”

他虽这么说，但是我总相信他有相当的好处。直至最近去买，忽然不见了他的山芋炉子，而由另一个人在那里摆设另一种买卖的摊子了。我问他卖烘山芋的哪里去了，他说烘山芋此地不卖了，卖山芋的人到乡下去了。于是我惘然去买另外一种东西来充早点。

前天，家里的一只镬子破了，叫来一个路过补镬而兼补碗的人在后门外补镬子。恰巧我打后门出去，看那人非常面善，禁不住问起他：“你不就是卖烘山芋的吗？”他对我也似曾相识地答道：“是的，老板。”“你怎么不卖烘山芋了？”“烘山芋卖不下去了。这两天山芋卖到一百二十块一担，烘好卖出去非两块多钱一斤不可。两块多钱一斤的烘山芋，还有多少人来光顾？因此就不得不改行了。”“你倒本领大，能烘山芋，能补镬补碗，什么都会。”

我口里在夸赞他，我心中却为他的烘炉悲悼。我在十年前说的“倘若烘山芋卖到三块钱一磅时……”的话，不幸而相差不远矣，大概西餐席上的白磁盘子和银质刀叉已经在等待着了吧。烘山芋呀烘山芋，你的身价日高，我们同你的关系也就日远了。

（《新都周刊》1943 年第 1 期）

浦东的馄饨担

妫　公

馄饨担在上海，几为供给上海民众一部分食物的大本营，吾们从午后傍晚时节开始，直至深夜而达天明为住，到处不难看到一副副的馄饨担子底踪迹。所以有人说，馄饨担在之在上海，已为不可缺少的一种东西了。

上海的馄饨担，是纯粹构成一种船型的，所有灶锅、肉、馄饨皮子以及各种调味品，都安置在这副担子上面，挑的人，一肩荷着两头，事实上，并不觉得什么累赘。所以不少人说，馄饨担的构造，确是非常合乎经济科学原理的。

现在让我来讲目下浦东的馄饨担罢。说起浦东的馄饨担，它的形式，和上海的却迴然不同了，浦东的馄饨担子，是脱胎于广东帮卖馄饨面的担子而成的。担子前面，作圆筒形，上面放置着两个铜锅，一锅是烧汤的，一锅则专作烧煮馄饨之用；后边的一个担子，下面用竹质制成，也是圆形，上面则搁上一只木盘，盘中安置捏好的馄饨，和调味品及原料等，最上头还架起一个玻璃罩子，这是防避灰沙和不洁东西侵入的，而油灯则扎缚在前面担子的木竿上。所同于上海的，不过也由人用扁担在中间挑着行走而已。

不但浦东馄饨担，和上海异殊，就是担上所售卖的馄饨，大部分也和上海不一样。浦东的馄饨，比上海来得讲究，肉和皮子，较上海的馄饨为优，滋味也相差远甚。因为浦东担上所用的汤，是用肉骨头来煮成的，不比上海只加些猪油罢了。就是价目上，也是浦东的要贵一些，浦东的馄饨担，他们通常以十只馄饨为一碗，每碗铜元十枚，折合起来，每只馄饨要售铜元一枚。担子上也带卖着咸菜面、蛋、线粉、菠菜等等一类的东西。

浦东的馄饨担，多数是做夜生意的，虽然也有着少数人，兼营下午的生意，可是为数到底极少极少。一般挑馄饨担的人，以江北和本地两帮人为限，颇少有别处人加入的。

（《社会日报》1937 年 6 月 24 日）

闲话酸梅汤

泽　民

溽暑困人的炎夏，要是有钱的话，当操作得辛劳的时候，喝上一二杯可口的冷饮品，我想总是人人赞成的罢。

这几日来，冷饮品正是最应时的当儿，无论汽水、刨冰、鲜橘水，或是冰结涟……一切的一切，我多爱喝，不过顶难解决的条件，便是衣袋里缺少这万能而又万恶的金钱！

参透了“别人骑马我骑驴”的人生哲学，有时候倒也会过着“君子安贫，达人知命”的生活来。

难为了两条飞毛腿，把早出晚归的车资省下，在每夜经过大世界郑福斋的时候，就购杯酸梅汤喝，味道委实是不错，熬制够称精美，冰镇确也到家，由甜里透出乌梅的酸味，呷了香留齿颊，凉生肘腋。这并不是作者有意瞎吹，吃过的人十九道好，同时还是道地国货！

有人说：“酸梅汤不大卫生，生水熟水还是个问题，何况杯子又不干净，你喝我喝，并不经过清洗，无非在水缸里漂一漂，究竟不及汽水等来得可靠！”话呢，倒也实在，不过据上海卫生试验所把各种冷饮品化验的结果，大部分糖精放得太多，有的还放入有害的防腐剂和有毒的肥皂精，而且水分里还有不少细菌。这样想来，冷饮品简直一样也不能吃。

酸梅汤要是材料用得好，手术精细，熬炼得法，未始不是夏令绝好饮料。只可惜我们江浙人不懂做法，据说在旧都北平，前有九龙斋，现有信远斋，都是数一数二制酸梅汤的专家！

在上海，同福斋是落伍了，郑福斋比较著名，上门去喝，似乎觉得不大雅观，要是能够拿瓶去装，带回家来，慢慢地和家人们分尝一杯，的确别有风味。

末了，从喝酸梅汤而得到一段大道理，就是“物竞天择，适者生存”，莫谓这区区一项酸梅汤，也有优胜劣败的昭示，鉴于那同福斋的没落和郑福斋的崛起，便是一个铁证！

（《机联会刊》1936 年第 147 期）

糖炒栗子

亦　温

一天的工作是完了，我从写字间里吐了出来。

走上南京路，人儿已浴在黄昏中，萧萧的风，已带来不少秋意。瞧着街头什锦，在这不景气的氛围里，似乎也非常萎靡、萧条！独有那几家水果铺子，灯光辉煌，正炒着栗子，预备应市。

俗话说："糖炒栗子，难过日子。"的确，栗子一上市，天气就会寒冷了，冷，对于我们站在薪水阶级的小市民，委实是种可怕的威胁。

自己是一向主张"人生有酒须当醉"的，挨近了栗子摊，掏出了由汗血换得的两毛钱，一纸袋的栗子到了手。我怀着热烘烘的栗子，兴冲冲地踱回家去。

把栗子分饷家人，自己也吃上几颗，我一面剥着栗壳，一面瞧着纸袋："从前的栗子，不都是用粗纸包的吗？现在样样考究了，栗子也用纸袋啦。嘿，栗子也时髦了！"

由栗子的包装，我又联想到今昔栗子摊的装潢。在从前那摊的四周，不过挂几架红红绿绿的镜框。后来，镜框是销声匿迹了，接着留声机出现在摊头。现在呢，情形又不同了，留声机跟着镜框一样的落了伍，继起的，是无线电收音机了。

我瞧一瞧纸袋上印着的红字，不期然发现"良乡魁栗"已易称"栗子大王"了！在这"大王热"的今日商场，本来无一而不可称大王，只是人家是钢铁大王、煤油大王、汽车大王，而我们却是瓜子大王、花生米大王，和这个栗子大王！

栗子叫大王，名称上是进步了；栗子的包装，由粗纸而改为牛皮纸袋，当然也进步了；栗子摊的装潢，由镜框而留声机而无线电收音机，似乎益发进步了。可是牛皮纸、无线电收音机，无疑地十九是洋货，就在这个栗子的“进步”中，每年又不知增添了多少漏卮呢！

（《机联会刊》1935 年第 129 期）

白 果

陈灵犀

“烫手热白果，糯是糯来大是大；一个铜钿买三颗，不卖来就要挑过。”

刚吃过西瓜，白果的叫卖声，又声声送到耳边，物候更换，岁月如流，听到白果的叫卖声，便使人悚然知道秋的季节，已到人间。虽然这几天的秋老虎，还是那么热得可怕，然而总觉有点秋意了。欧阳修说秋声是从树间来，我却认为秋若有声，那便是白果的叫卖声，即不然，也该说是秋的报道。

一个铜钿买三颗，白果在我孩时候，的确还曾吃到这种便宜货，后来却逐渐增高，到一个铜板买三颗，如今是一个铜板有时连三颗都买不到，物价的增高，大概和人们的年龄，是成为正比例吧。在我再活个二三十年后，也许要几个铜板，才能买到一颗白果。

如果卖白果的是个苏州人，他用着软语曼声，唱出叫卖白果的曲子，倒也很动听。但说白果好像鹅蛋大，却未免宣传得太夸大了。我从来不曾见到那么大的白果，要是有的话，也该送到博览会里去陈列着了。可是叫卖的人，不管白果到底有怎么大，总是夸大地吹，说好像鸭蛋大；买的人也从来没有人去责问他的欺妄，要他拿出鹅蛋大的白果。因为欺骗夸大，都是这个社会里做人做买卖的一种技巧。

一壁在曼声叫卖，一壁用着贝壳，在铁镬里炒白果，发出那种“壳落壳落”的声响；现在更用那碗爿瓷片，在镬里炒着，又笃笃地在镬沿敲着，这正好比举行大廉价的铺子，雇了乐队在吹奏着，吸引顾客，方法倒也相当聪明，可是那声响却刺耳得很，我听到了便会感到厌恶。

白果的味，带些苦涩，是果类中的劣品，不知何以也会成为应时食物，爱吃的人那么多。把白果制成羹汤，加入冰糖，味还不差，可以吃吃，但这原因还是在冰糖上，所以我吃白果羹，只爱喝汤，不吃白果。有人笑我何不直捷痛快地便喝糖汤，这个诘问，我可没话回说，却也并不曾听信这人的话，便去喝糖汤。

普通的果类，都是吃外边的肉的，白果却不然。我们所吃的是白果仁，白果是落叶乔木，春天开花，很小很简单，没有花萼花瓣，色白，带些淡绿，初秋结实，形状很像杏子，颜色也是黄的，外面有薄皮，内含肉质，有核，包着一层白色坚硬的薄壳，这便是我们所吃的白果，因它色白，故名。经霜后，皮肉都烂，才能取核作食。为什么它的肉不能食，只能食它的仁？那就莫明所以然，也可说它是果类中的怪物。我对于这怪物的认识，还是新近从一位乡下人嘴里听来的，大概有许多都会人，都还不知道。

白果是银杏树的结实，其实该称它做银杏仁。大的银杏树，有十丈高，前年游南岳，还见了一株六朝时代的银杏，还会开花结子，想不到六朝人种树，到现在还能使后人得食其果。我的故乡，没有银杏树，在江浙地方，也难得见到，除了庙宇里之外。银杏一名公孙树，原因是它成长得很慢，要公公手里种植到孙子手里才得有果吃。大概也是如此，种的人便不多，谁愿下本钱，做这远期生意？

味既苦涩，照理孩子们总不欢迎它，但雪儿们，却时常向他母亲要钱买食，因为孩子多，总要买十多个铜板，才够分配。他母亲见了买来的白果，不免在噜苏着，以前一个铜板可买多少颗，现在是贵得多多了。是啊！以前我和雪儿那么年龄时，向妈妈要二个小钱，可在小手里买到一把，如今……如今是做父母的人也不容易做了！

烫手热白果的叫卖声，又传到耳边，给孩子们多化几个钱，倒也不必疼惜，所疼惜的倒是一年容易，非多化几个钱，便能把光阴买转来的！

（《杂写》，灵犀著，1939年2月初版）

谈排骨面

枕　绿

“君子务本”，谈起排骨面，先得一提排骨，是不是？

俗话说：“好肉生在骨头边。”这自然是老饕的经验之谈，凭这理由便设定了排骨在食品中独立的地位。在我国人崇羡外国派的心理之下，那西餐里也有猪排一味，更是倍增其声价。

我们中国菜肴里设备的所谓排骨，只是骨多肉少的零星小块罢了。正式的排骨，却是猪身上成排的肋骨，逐根附带着多量的肉，给割成整齐的大片，很合孔老夫子“割肉不正不食”之旨的。生胚的排骨，上海各家鲜肉铺里可以应命照办；熟排骨，那些陆稿荐型的熟食店里长备供给，可是不及沿街的担头上当场油煎的多得主顾。

会做买卖的小经纪人，设摊在街头弄口，煮了和有青菜的饭，另外煮着红烧排骨做饭面上的浇头，叫做排骨菜饭，带回，就食，随你尊便。这么着，有饭有肴，荤素全备，三百大钱可图一饱。这最完美的也最普罗化的饭餐，自然很为劳动阶级及小市民层所欢迎。于是竟有做这小买卖发了财的，也可算是“穷则变，变则通”了！

骨一变，至于饭，饭一变，至于面。排骨面应运而起，不也是时势造英雄么？中菜馆里是不备这种整块排骨作肴的，面馆和点心店里有同样的缺憾，这些也是给与排骨面单独成业和易于立足的机会。这原是小本的营生，只需简单的设备，其地点是街头弄口，厨具是一炉二锅，招待来宾的摆场是把几块长木板搭成餐桌，两旁安置几条长凳，类于排骨菜饭业的情形就成了。这排骨面和排骨菜饭，正是一脉相传的姊妹行业呢。

在上海，大新街（即湖北路）上四马路南首一带，最多做这项买卖的，颇有店多成市之概。此地居沪市之中心，自然百业易得发展。他们居然各家题有招牌名字，以便各拉生意，贵客认明招牌，庶不致误，其营业之不错也就可见咧！

其中有一家，牌名“和合兴”，因陋就简地设在一条弄口，至今维持着这个原状。原来此地有这一业是他家开辟的，生意也是他家最好，在旺盛的日子，一天竟可有近二百块钱的买卖——别瞧这一业是区区小道，却也很有可观咧！其主人原是在名伶常春恒处当跟包，执着贱役的，不知怎样他忽然心血来潮，想到在这里做这一项买卖的念头。如今他是“泰山”——安如泰山——了！旁人见着不免眼红，纷纷赶在他后边，设摊包围在他家左近处，更有租赁了店屋大摆场地干去，但终难和他家争胜。

有人问那和合兴的主人：“瞧你家的排骨面，每碗里不到一筷子那么轻寡的面条儿，随便比哪一家出卖的汤面的量都少，怎么自会有这许多生意可做？”

“请你秘密着，这便是我的买卖占得胜利的真因呢！想罢，在这地段，光临的顾客多数是上等商人和斯文一派，他们光临的目的多份在要尝一些滋味，顺带着点一下饥，论他们的胃口是很有限的。我们供给的真味原是在排骨里，不在乎面。面少，肚里松动，其舌本上才得保留那鲜美的味觉，津津然历久似还有无穷的馀味存在，潜伏下后日再来的好感。若把多量的面塞饱了他们的肚子，他们还会感到什么回味？多化成本反坏了事，不值得多咧！”那主人含笑讲出这一番大道理。

果然，那儿的座上，就瞧那邻近各个摊上也是，常有摩登的男女和豪华的顾客光降着。他们到此自会不嫌其地方之促狭与卫生之不讲，怡然高据着，手执排骨而大啃大嚼呢！于此可见那个主人，实已把握住了他的大份顾客的心理，无怪好运常临在他头顶上——虽曰未学，我必谓之学矣！

据个中人的经验之谈，排骨红烧，瞧来似乎便易，可是其火候和咸味之程度，都须恰到好处，也非老手不办。面汤里用和味料——如味精等品——提起鲜头虽不可少，好酱油的置备尤不许吝啬含糊。就那面条儿，也必须是人工杜切的，越细越适口，不宜省事买办机器面应用。

排骨面总是小买卖，所以其利息倒还不薄。譬如：每块生胚排骨的成本约计十一个铜子，卖价是十六个子儿，一客要着两块，便也有十个子儿的毛利了。吃得排骨没有不吃面的，每碗光面的成本约计四个子儿，却卖十四个子儿，又得毛利十个子儿。此外，五茄皮酒的瓶子放在桌上，预备顾客中有习惯把面下酒的，供给他们每一杯酒收十个子儿，也可有一半的利息。加一的小账照例已算在大账里了，上海的吃客多数爱装面子，又很乐于另外给着小小账，这是上至老板娘娘，下至洗碗的学徒都有份的，拆账时皆大欢喜！

如今做这排骨面的生意的，渐渐扩成普及化，终将会每条马路上有其踪迹。但瞧，在那素以小吃生意荟萃之区著名的城隍庙里，从前是独吃不到这排骨面的，今年重阳节上，便也有一家排骨面店设在得意楼左近开张了，尝试过的人都加称美，认为有与和合兴的出品并驾争长的资格咧！

我今把这又鲜又够点饥的食品献上本刊读者的面前，原是要留下这一点小品东西，来调剂一下诸位平日研究工商业不免枯闷的情味的。如果诸位中有的动起食指来，至多是累及多费着两三册本刊的代价就够了，我可也算不得怎样的有伤阴隲呢！

（《机联会刊》1935 年第 131 期）

刀鱼面

范烟桥

这几天刀鱼快上市了，以前上海只有镇江馆新半斋、老半斋有得吃着，不知道现在那些镇扬派新型菜馆如何？刀鱼是狭而长的，满身生着芒丝骨，刺住了舌上，急切吐不掉，因此粗心浮气的人没有这个耐性，往往不肯尝试这滋味的。实在它的鲜味，在一切鱼类之上，又细又嫩，下酒最相宜了。刀鱼煮的面，却是出骨的，只有极细微的鱼肉留在汤里，倘然不识货的，正会诧异他们在搪塞欺骗。我在宜兴，闹过一个笑话，见有刀鱼，便向同伴中竭绳其美，等到煮好端上来，大家一吃就给芒丝骨刺得舌挢不下，话都说不出来，便放着让我独享权利，我是懂得吃法的，老实不客气据以细嚼缓咽，大餍所欲。第二天我又要吃刀鱼，大家群起反对，说除非这一样菜的钱，你自己挖腰包。可是他们已上了我一次当了。

（《新上海》1946 年第 18 期。署名含凉）

街头面包摊

吉　云

在美国货充斥于市的上海，吃的方面，不但美国罐头在畅销着，连平民食粮的大饼油条、粢饭豆腐浆，也受美式配备的吐司所压迫得透不过气来。其他国货制造品，所受打击，更不言可喻了。

以前每天早晨出来买粢饭豆腐浆的娘姨，现在主人更变命令，捧了个热水瓶铁匣子，在购买摊头上的牛乳吐司，虽然主人并没有改变，但是因为吃了美式食品之后，好像身份已经增加了似的，或许他们作着如是观。

新兴事业的面包摊，已流行在每条马路的角里。一副作台板或是一只长形有轮子的活动柜台，上面铺着各式的餐毯，几幢美国罐头，装得高高的，和面包并列着。花色并不多，除了面包之外，只有咖啡、可可、牛乳（都是炼乳）、白塔、果浆等几种。做这种营业的，大抵只有两个人做搭档，一只炭炉，既可以煮水，又可以烘面包，的确是一种本轻利重的买卖。卖相也比较清洁卫生，因此中流阶级，也成了他们长凳上的吃客。

每一个摊都有着动人的名称——吉普社、好莱坞、DDS等，价目单上照大食堂一样，用着英文，虽然主顾中间，并没有英美国籍，但是非如此装洋，上海人是不肯“上簇”的。他们的价格，大抵一律，清牛乳二百元，咖啡牛乳、可可牛乳三百元，白塔吐司、果浆吐司二百元，也有咖啡可可牛乳卖四百元的，并不怎样轩轾。

但是吃量好的，至少要吃两客，才能果腹。不过究竟是平民化的东西，就是小职员也可请教。

作者曾向摊主讨教过，每天大约可做五六万生意，全上海已有一千多摊，每天所销的美国货，也很可观。不过他们这种营业也不容易做，一天之中，只有早晨生意最好，晚上已经可以罗雀，中饭更冷落得可惨，原因是吃不饱，只能作为点心之用。

他们情愿领取照会，不过做不到，于是一不留心，便要捉将局里去，并不要罚款，第三次要把所有吃饭家伙，统统充公，落得本钱都完结，空手回家。天气冷起来，或是连落几天雨，谁肯再坐在风里雨里吃呢，所以眼前生意好，将来迟早要本钱吃光的。

（《机联会刊》1946 年第 188 期）

天堂杭州的“吃”

大　风

“上有天堂，下有苏杭”，苏州人和杭州人的讲究穿和吃，那是通国皆知，自古已然，于今为烈。不过，杭州人的讲究“吃”，似乎较苏州人更胜一筹。外地人到杭州后的浅浮观察，有如下的一个印象：杭州人，穿了绸长衫到米店里去籴半升米，是常常会看到的现象，并不希奇。还有，当了衣饰到小菜场去买个西湖混鱼，那也是很普通的事，数见不鲜。所以说“吃在杭州”，倒是眼前实在的写照。

杭州的几家菜馆，什么小菜好，只要一经评定，他们就会藉以生意兴隆，例如悦小来的酱鸭，高长兴的咸肉，王润兴的鱼头豆腐，西园的混鱼，正兴馆的面……非但杭州人相信它们，就是外路人吃了也赞美不绝，真具有“美味东南”的成绩！

还有杭州的小吃，更属有名。除藕粉、榧子、小胡桃外，还有大井巷胡庆馀堂大门口摊上的甜酒酿，甜蜜蜜，醉醺醺，别地像它那样制得好的真是少有。又新民路大昌酒店内的油豆腐千张包，软而嫩，香而鲜，实在够得上别具风味。还有延龄路新大昌酒店门前的牛肉线粉，香味扑鼻，入口欲融，即酒席上的鱼翅亦不过如此而已。更有那齐云阁门口的烧饼，疏松芬芳，也为别地所不及，所以马二将军当年在抗战前吃过这种烧饼，也大大地赞美过一番哩！

（《新上海》1947 年第 69 期）

杭州酒菜馆

白云居士

杭州各旅馆，皆各有厨房供膳，惟游客出外游览，须折回就膳，颇不便利，且杭州有各种著名酒菜，游者不可不尝。如绍酒虽产于绍兴，其精品实多运销于杭，各菜馆皆有上品，尤以新市场之朱恒昇、陈正和、碧梧轩等酒家，营业为盛。著名杭菜有醋溜鱼、莼羹、江鲥、湖蟹、鱼头豆腐、盐件儿等。醋溜鱼以湖上之楼外楼者称佳，莼羹系取湖中莼菜嫩尖，用鸡汤、火腿丝等烹煮者，湖上之杏花村及楼外楼皆有名。钱江鲥鱼、西湖蟹皆味美，上市时各大菜馆皆有。鱼汤豆腐以新市场之西悦来为有名，盐件儿以王润兴为佳。此外，素菜有新市场之功德林及素香斋，粤菜有花市路之钱塘及聚贤馆，川菜馆有平海路之大同及味中味两家，津菜有迎紫路之聚丰园及仁和路之三义楼，西菜馆有青年会食堂及冠生园、天真等数处，点心小品以知味观营业最盛。

（《游杭快览》，白云居士编辑，浙江正楷印书局 1936 年 9 月初版。篇名为编者另拟）

杭州酒业馆

张光钊

酒以产于绍兴者为最佳，杭与绍仅一江之隔，交通利便，不数小时，可以往返，故杭州不乏无佳酿也。延龄路之碧梧轩、陈正和，仁和路之朱恒昇，著名酒家也，其馀小肆，到处皆有，随时可以小饮。菜馆性质复杂，大别为西菜、中菜二大类。西菜以青年会大菜间、中央西餐社、天真消闲西菜馆、新新旅馆大菜间等为最著，但非纯粹外国式，所谓中国式西菜也，烹调投味，虽适中国人口，但本地人多不欢迎，故此项营业，尚未发展。价目有点菜、公司菜之别，公司菜大都自七角起至二元，光顾大都是外来人物为多。最近中央西餐社，有中菜西吃，其营业方法，别开生面，故尚称发达。中菜则有各处之风味与烹调，以北平菜馆为最普遍，从前称京菜馆，著名者，有迎紫路之聚丰园，规模宏大，陈饰富丽，仕宦筵宴，多设于此，延龄路之宴宾楼、吉庆楼，花市路之天香楼，仁和路之三义楼，迎紫路之西悦来，外西湖之太和园，羊坝头之新民园等，皆不亚于聚丰园，全席零点，设筵小酌，均可听便，擅长之菜为西湖醋鱼、炸溜黄鱼、京炒虾仁、栗子炒子鸡、糟溜鱼片、美味卤鸭、清炖子鸡、虾仁锅巴、干菜鸭子、莼菜汤等。其他如知味观、西园、虹月楼等之小酌，德胜馆、王顺兴之件儿肉、鱼头豆腐、三虾豆腐等，亦非他家能及。川菜则有平海路之大同川菜馆。粤菜则有花市路之聚贤馆，并兼售岭南名产，亦别有风味也。仁和路之金德记，津菜馆也，专售面食，如大炉面、炸酱面、水饺子、锅贴儿，菜有木樨肉、红烧肉、炸牛肉丝、酸辣汤等为特长，近亦兼售平菜及饭。素食有龙翔桥之功德林，延龄路之素馨斋、素春斋，为佛门子弟所必需，净素处也，擅长之菜为素油鸡、素火腿、素烧鹅、炒素、鳝丝、炒冬菇、炒什锦、口蘑豆腐、蘑菇汤、菇巴汤等。

（《杭州市指南》，张光钊编著，杭州市指南编辑社 1934 年 3 月初版。篇名为编者另拟）

意园随笔（两则）
——“天外天”的当垆艳

易君左

最近游了一次杭州，在灵隐的“天外天”吃了醋鱼及带鬓，味鲜无比。按醋鱼一名醋溜鱼，即宋嫂鱼。《武林旧事》载，宋淳祐间，每逢德寿三殿幸游湖山，小舟时有宣抚赐予，汴酒家妇宋五嫂善做鱼羹，至是侨寓苏堤，尝经御赏，人竞市之，遂成富媪。所谓醋鱼，系似鲩鱼蒸熟，用酱醋烹调而成之汁以和之。何谓带鬓，即以鱼尾以上之下肚极肥嫩处，批成薄片，以麻油盐及姜末调之生食，与日本的生鱼片同。

从前都说湖上之菜以“楼外楼”好，现在都艳说“天外天”了。“天外天”的菜为什么好呢？则有一段画意诗情。

“天外天”酒楼挂有一副对联，上联是什么“得趣中趣”，且不管它，说句老实话，也忘记了；下联是“人儿如玉，在天外天”。原来这“天外天”的老板姓倪，倪老有一位掌上珠倪慧娟小姐，秀外慧中，其人如玉，善于交际，活泼玲珑。她认识的人不少，不仅是杭州小姐，浸浸乎是沪杭线一带的标准小姐了。她常常带着厨子到上海各地为人治筵席，“天外天”之名大著于江南。

游西湖的人必游灵隐，游灵隐多食于“天外天”，食“天外天”多为访问倪小姐。当垆少女，妙绝人寰。无怪有人征联：“可人儿倪家少女最妙。”似乎为“天外天”出广告拉生意，此殆现代生意经一般的作风欤？

莲芳聚水

在杭州吃了两处有名的小馆儿，不是那最著名的王馆儿，乃是一家叫做莲芳馆的，著名的豆腐皮包子，内团冬笋丁、火腿片、香菇、虾仁诸鲜味，炖在绿豆粉热鸡汤内，故风味甚美，每碗七百五十元。莲芳的粽子也出名。地址在旗下。

另一家则为聚水馆，在洋灞头，最著名的是面，附卖名噪杭垣的羊蹄子，面以鳝鱼、虾仁作盖面者为最佳，味新淡鲜美，一人可吃两三碗。

这两家小馆儿，非老杭州老饕餮，不容易知道，知道了，就应该去吃吃啦。杭州有些地方，尤其饮食之讲究，极像成都，但是成都还没有这两样珍贵的美味。

（《国民新报》1946 年 12 月 6 日、7 日，署名君左）

杭州素食

朔　风

日本人盛称“中国料理”，西洋人也钦佩中国烹调手段之妙，国联调查团驾临中华之时，还几次的下馆子，可见中国确是吃的国家。

在这吃的国家里，一般的名贵味美的菜，多半是用鸡鸭鱼肉之类所做成。现在我介绍几种，是以普通的菜蔬所制，这几味菜是杭州的口味，读者不妨一试。

素　鸡

这是一种以“千张”制成的食品，也有用豆腐皮做的。制法是以千张或豆腐皮卷成卷状，外用唐布包裹，用绳扎紧，放在沸水里煮之，煮得了之后，里面的豆腐皮或千张即相黏而成卷状之物，然后就把它切成一片一片的，再用油炸，炸黄了再用笋干、蘑菇等和酱油之类的佐料烹调，然后就算制成了。

这味菜非常清爽可口，较之一般的荤菜，恐怕强到万倍。

素　蟹

这虽名为蟹，其实和蟹不知相差多远，形状既不相类，味道亦迥不相同，简直“风马牛不相及”也。这名字也不知是什么人给起的。

究竟，它是什么东西做的呢？怎样做成的呢？老老实实的几句话，就是用胡桃，先把它的皮稍加捶击，使之有了裂痕，裹以甜酱，用清油炸之。

这种食品，为和尚常用之物，味道极香，而且极酥，用来佐酒是极妙的。

有　福

这是一味甜菜，是过年吃年夜饭的席上用的，其取名之意，大概也就在此。

制法是用江米、薏仁、莲子、藕片等东西混合煮成，成后，加以山查、青梅为点缀，形似此地之腊八粥，味则不一样，盖其中无豆故也。

（《北平晨报》1936 年 2 月 5 日）

湖州人的吃

治

我不是说湖州人的吃是天下独一无二的，乃是希望从我所说的湖州人的吃，引起其他广东人的吃、河南人的吃，等等，可以汇成中国人吃的大观。虽然，我们湖州（现在叫吴兴）人，在吃的一件事上，的的确确有可以叫人羡慕的地方。因为湖州是位在太湖的边上，城厢四周又有许多河道，所以鱼虾是特别闻名的，上海人所吃的虾，大部分是从湖州方面运来的。虾的吃法，当然很多，炒虾仁，灼虾球，最为普遍；腐乳跳虾，尤为一般人所喜欢，一盆生虾，端上席面时，还在跳跃。其实这吃法，不但在卫生上有极大危险，而且味道也不及我们家乡中的炝虾，其法把生虾剪去须脚，浸在好酱油中，加些酒、花椒、葱，盖在碗里，约十分钟之后，其咸味浸入虾肉，味较美于跳虾。

鱼的种类很多，最特异的，要算四五月间黄梅时所产的鳑鱼，或者叫它逆鱼，因为这鱼向着逆水游的。它有形状像鳘条鱼，狭长的身体，最大不过五六寸，嘴不像鳘条鱼那样尖，并且没有细骨头，有一肚皮鱼子，有些像女人家所用的线板，所以也叫做线板鳑鱼。它的吃法，先把鱼鳞、鳃板、肚肠洗去，把鱼子仍旧装入肚中，用盐水浸润片时，然后浸以酱油，放入油锅中灼之，使成焦色，与上海所常见的烤子鱼一样，不过烤子鱼肉爿既薄，又有扁长的尾巴；鳑鱼是燕尾形，肉又厚，味较鲜美，这种鱼是他处所没有的。

又有一种叫鳑皮鱼，似鳊鱼而小，头尾尖小而身扁，与上海人所豢养的热带鱼相似，不过是银色的，长不过一二寸，这鱼也是湖州的特产。吃法有用上述鳑鱼那样油氽的，也有清炖的，味亦鲜而且嫩。

鳜鱼、鲫鱼、青鱼，虽不是湖州独有的出品，但总不及湖州乡下人家豢养在自己鱼池里的肥美。他们从习惯上所用的饲料，能使它特别肥胖，什么饲料，恕我不能知道。不过当我们到乡下作客的时候，他们从鱼池里捉来几条鲜鱼请客，清炖鳜鱼，又嫩又鲜，任何有名的菜馆里都吃不到。游过杭州西湖的人，都要称赞西湖上醋溜鱼的味美，原因就是把养在西湖里的活鱼，当场捉来蒸熟，但还不及我们湖州乡下人在鱼池里当场捉来的好。西湖醋溜鱼，大概是青鱼或草鱼做成的，不过他们都是从普通河道里捉来而用竹笼养在西湖中，它的肉爿不如家池里的肥嫩。用这样鲜肥的鱼做成菜，不必用什么特别的烹调，也总是很好吃的，只要放一点猪油、老姜、盐、酒、葱之类，在饭锅上蒸熟，便成为十分可口的美菜了。青鱼的肚肠与肝脏就叫做“卷菜”，像上海正兴馆一类的饭馆里所炒的秃肺，就是这一样菜。外国人吃鱼，把鱼肚里东西丢掉，吃鸡鸭都把头脚丢掉，然而我们中国人却会把这些做成美菜，特别这卷菜、秃肺一类，在上海也是脍炙人口的。

乡下人有什么喜庆，大都雇用一班厨司，自办酒菜，厨司手段的高下，都以炒醋鱼的好坏来衡定。我曾看过一个名厨司的炒法，他把鲜活的青鱼连头连尾切成小块，烧起极旺的油锅，油里放一些辣椒，一面把酱油、酒、盐、糖、醋等物，放在铁勺里，等到油锅中冒着青烟的时候，把铁勺中的东西与鱼块同时倒入锅中，马上用铁勺在锅中一溜，使鱼片上都沾着浇料，便沿锅边倒下一二勺热水，将锅盖密密地盖上，不到一分钟，锅盖周围冒出烟气，即行揭开，加些葱姜末、胡椒粉、麻油在上面，便成了特别的美菜，又鲜又嫩，普通菜馆里是吃不到的。

在乡下也吃着过刚从竹园里掘出的毛笋，鲜嫩无比。南乡山中，每多广大的竹园，黄黄的泥土上，矗立着十多丈高的毛竹，地上收拾得一根杂草都没有，春季里专门挖笋卖，挖出的笋，都是又粗又大，每只竟有二三十斤重的，可以有各种吃法。我们最喜欢把它刨成细丝，和以肉糜及虾肉等料，包成馄饨，比广东的云吞、福州的便食，要好吃得多。

同时，在秋季里产生一种菌，名叫寒露菌，色是白的，每一颗不过像铜元大小，放在油锅中氽透，然后把它浸在上好酱油中，也可以有各种吃法。最好是煮以鸡汤，下面条吃。有人说它有毒，且不能与蟹同吃，但是我曾吃过朋友家自制的寒露菌蟹粉面，真是鲜美非凡。

东乡南浔一带，特制一种香大头菜，也是别有风味，与云南紫大头菜不同，在上海也常见有南浔人背着一只篮子叫卖的。双林的羔羊肉，也是闻名的，煮法特别，既没有膻气，又鲜美异常，上海盆汤弄先得楼羊肉面，就是从那里传来的方法。

特别有一种茄菜卤，也叫臭卤，差不多人家都有自制的一甏，就是把吃剩的腌茄菜腐烂在甏里，再加些笋头、香菌、胡椒等物，让它一同腐烂到相当的时候，全都变成了卤，那时可以把像苋菜根、毛豆荚、蚕豆等物品浸过一夜，便成美味。最普通的要算臭豆腐干，上海福煦路光华大戏院附近有一家叫臭豆腐大王，乃是深得其法。加上笋衣、毛豆、辣酱、豆油，在饭锅上蒸熟，也是美味。

乡下还有两种特产，一种叫“熏青豆”，那是把嫩黄豆（也叫毛豆荚）用炭火烘干的，他们常常泡在茶里请客；一种叫“窝滞”，那是把糯米饭在锅里摊成薄片，干而不焦，加些白糖泡以开水，便成佳美的点心。

此外，如鲜菱嫩藕，是水果中的特产；泗安酥糖，是茶食中的特产；诸老大粽子，是点心中的特产；螺蛳肉清嫩鸭，是酒菜中的新发明。以及菱湖的嫩豆腐，乌镇的酱鸭，梅溪的酱油，等等，都是远近闻名的食品。

（《帆声月刊》1944 年第 2 期）

桐庐夜市中的敲更馄饨

天　游

敲更，现在已经不通行了，因为稽查宵小有巡察队，报时有标准钟，根本不需要值夜的更夫。而寂静的夜，深长的巷里，不时闻击柝之声，而且这柝声之起，每夜总在九时之后，虽不合节拍而断续地流动着，从巷中敲进巷里，从前门敲到后门，直到天明方止。城里的住民听惯了，不觉得这声音的聒噪，依旧能圆他的好梦，惟乡下人初来城里，疑心城里依旧通行敲更。其实是馄饨担子，这样敲着，以号召顾客。和敲更不同之点，不用锣，不合节拍，而且从九时起会敲到天明。但和敲更终觉有些类似，因此而号这些馄饨担子叫做“敲更馄饨”。

他以昼作夜，睡了一整日的觉，晚了才起来，料理他的生意。打面皮，切肉，劈柴，配料儿，都亲自料理，不假手他人，或许他也并无伙计，或家眷的手可假。

市面落了，小吃店也收炉了，他便挑着担子出门做他的买卖。他挑着碗盏、料儿、裹好的生馄饨、生着火的炉子、已煮沸了水的锅子，约莫六十多斤重的一副担子，而馄饨店里所有的作料和生财，他应有而尽有了。

要是城里的居民，都是日出而作，日落而息，一到九时以后，尽呼呼入了睡乡，敲更馄饨岂非就会断绝了生意。好在城市中的住民，总有若干异乎乡下人的生活，他们在电灯之下围坐着谈天，已经成了习惯，要是在九时就熄灯而睡，除非他们家里有怕聒噪的病人，久坐难免要腹饥，腹饥就作成敲更馄饨的生意。

有年青媳妇或花姑娘的人家，每夜有人来打麻雀，她们照顾敲更馄饨的生意，一叫起码五六碗。其外，乌烟铺、红丸铺，都是敲更馄饨的老主顾。

他非但知道哪几家是乌烟、红丸的老铺，也知道城里及乡下来的老枪。更从冷眼窥出县政府里的某科长、某某部里的某委员，在转某人的念头，每夜必到她家里打麻雀。也知道某家的媳妇或女儿太烂污了，会给旅馆里茶房叫去陪旅客睡，一早回来，买他的馄饨充饥。

但他自己知道是社会的弱者，把一切糟糕的情形，看到眼里，放入肚里，并不敢胡言乱道，并且巴望社会永远这样糟糕下去，他的馄饨担子，每夜有生意。

（《社会日报》1935 年 3 月 26 日）

越游食录

萧绍长途汽车公司等

茶园

萧山茶园，以东门之东升楼地位最为宽敞，碗茶百数十文，壶茶小洋一角。

绍兴以花巷布业会馆内之适庐为最著，院落广长，轩窗开豁，四周游廊，茶室数十间，亭石池沼俱备，几榻舒适，冬夏皆宜，地处僻静，尚无烦嚣，内附浴池、照相馆及戏院，间设书场，为娱乐聚会之所，茶资与萧山相仿佛。其他如县西桥之第一楼、天香阁，大江桥之越明楼，屋亦宽敞，皆临市街，往来便利，茶资较廉，故营业甚盛云。

酒馆

绍兴酒馆，以大街沈永和为最著，水澄桥设有秀记酒坊。分绍酒、烧酒二种，绍酒中以善酿为最佳，次为花雕、加饭、竹叶青、远年等；烧酒有白玫瑰、五加皮、冰雪烧等，瓶装坛装均可，肴馔俱备。其他如大路之泰记，下酒品白鸡、鸡汤豆腐，颇觉可口。福禄桥下之大雅堂，庭院清幽，亦足以停车小饮焉。

菜 馆

萧山菜馆之最著者，为东门新市场之四季春，春夏时之莼菜羹，及湘湖鲫鱼、虾仁等，味美价廉，甚为适宜。尚有市心桥之鸿运楼，离萧山车站较远，惟菜稍逊。

绍兴菜馆最著者，为轩亭口之一一新，清洁宽敞，菜亦新鲜，各界多集宴于此。其他西街之李传有、李大有，大街之杏林楼，新河弄之同春楼，小江桥之大庆楼，昌安门外之聚昌楼等，亦有美名。各馆之鸡腰、越鸡、鲜虾仁，尤为越中特产，别饶风味。

嵊、新两县酒菜馆，大都混合经营，比较著名者，在嵊则有雅叙园、又新园，在新仅协兴馆一家，所治肴馔，味颇适口。

（《越游便览》，萧绍长途汽车公司等编著，
汉文正楷印书局 1934 年 8 月初版。篇名为编者另拟）

绍兴的家常菜

金　鼎

并不夸大，绍兴的确是一个山水秀丽，风景宜人，值得使人依恋的故乡。会稽的山岗耸峙着，山阴道伸展着它修长的腰肢，在下面，绍兴老酒的发源地鉴湖就静荡荡地躺在那儿。在这样美好的环境中，无怪历代产生了许多的诗人和文士，歌咏下许多美丽的诗句。

绍兴风气质朴，人人都具有不俗的头脑，倘你看过绍兴戏，那你可以认识它飘飘然回到古代去的风度。不仅此也，就是几只家常便菜，也往往风味别有，而能使外地人拜倒的。至于本地人，自是更缺不了它。绍兴人一到外地第一件事，必急于寻找越菜馆子，而行囊中亦必先留一角，安置土产，以备在客中取食，聊当乡味，绍兴人的依恋故乡，多半是为此君吧。

绍兴的烹饪，不用重油浓汁，崇尚轻描淡写，所以很能保持原味，即使一汤一菜，亦必鲜洁可口。都市中对于吃，中西罗列，可说是极洋洋大观了吧，然而京菜粤菜，多如富家闺秀，粉饰过当，惟有绍兴小菜，这才如乡下姑娘，天真未凿哩。主妇们哟，精鱼美肉，你们想也周转得烦腻了吧，那何妨来试一试乡下姑娘的滋味呢！

干菜鸭

干菜肉与笋煮干菜，干菜是绍兴最普通的家常菜，不论贫富，家家皆备的。每当菜市大旺，主妇们必有一番忙碌，她们把菜晒干、收藏，凭了祖传秘诀和自得经验，多有杰出的工夫而能使它非常鲜洁。干菜的吃法极多，最经济而便当的只须把干菜切细，在饭锅上一蒸，浇点麻油，就非常香嫩可口。绍兴人家中多养鸡鸭，倘有客不速而来，只要把鸡或鸭杀翻，拔毛去肠，实以切细的干菜，不用加什么油盐酱醋，落锅一煮，即可供客。在热天，菜蔬容易坏，倘干菜和肉同煮，就可以藏至十馀天之久，而且肉的油腻，都被干菜吸净，清洁而滋润，极合热天食用。但煮时锅须严盖，否则浓香四泄，是很可惜的。其他有考究的，每把干菜加笋，煮过再晒成干，以备泡汤或蒸食，这自然更鲜洁的了。

笋　干

笋干各地都有的，然惟有绍兴家藏的才和淡鲜洁，至如宁波、上海咸货店里出卖的，盐花成粒，徒有其名而已。食法也可和肉同煮，切小段加麻油蒸食，或加入别样食物。至于切点小片在各种汤中，也很鲜美。笋干以淡笋制的为最佳，干菜以油菜制的最适用，在上海邵万生一类绍兴人开设的南货铺都有出售，价很便宜的。

豆腐乳

记得徐蔚南曾把他的故乡比做一方臭腐乳，诚然，绍兴是被地痞、恶棍和“党老爷”掏得乌烟瘴气了的，然而在另一面，人民却仍是安分守己，保持着过去世纪的乐天的生活，所以也正像腐乳一样，它的臭和龌龊，正是爱吃的人的香和鲜洁。普通的制法是把

"压板豆腐"（比普通豆腐较坚实）切块，裹在稻草中，放置阴地，待出白花甚高，即移入瓮中，浇以老酒、花椒，隔一月许，就可开瓮供食，这叫醉方。另一种加入红米，切得同棋子大小的，叫棋方。但此极甚的，对于这两种，仍嫌不能过瘾，于是想出一种臭方，天气暖热时，把"压板豆腐"霉得更透，如烂香蕉般，着物即苏，表面白花生得更高，使白花干后，起一层厚皮，于是加麻油和醋，烈香洋溢——这在不惯的朋友是要掩鼻的——老饕垂涎三尺了。

活　蛋

活的蛋，这名字很新鲜吧。是在春天，母鸡们生蛋宣告结束，整日地钻在窠里，实行孵卵。到小鸡还没有钻出壳时，就将它拿来，和酱油在水里煮，是时小鸡已成雏形，但因蛋壳之厚，遇热只能在水中轻轻动弹而已。既熟，剥开，鲜美异常，因手续之烦，滋味之佳，售价于是亦贵，好点的每元仅可得数枚。因此绍兴有大规模的孵坊，甚至以母鸡不敷，改用人工孵之，兼有鸡雏尚未出壳，半途而夭的，叫做喜蛋——实即死蛋——活的蛋，可以生敲活剥而食之，绍兴人诚然是异想天开的。

醋溜鱼

绍兴因鉴水之佳，鱼鲜也是有名的。法以活鲢鱼斩块落锅，起粉，加葱姜及酣，滋味以头尾最佳。绍兴昌安门一带，治此极精，一般老饕往往有因这而不辞跋涉的。

（《食品界》1934 年第 10 期）

绍兴干菜及其吃法

云 父

这句话也快有十年了，我因为养病而寄居在过去的旅馆大王黄驾雄的别墅里。黄某贫寒起家，从绍兴跑到苏州来，全部财产不过大钱八百文，由折纸元宝，而改业皮匠，再改鞋店、旅馆，经之营之约摸有廿年工夫，不但名震吴城边，就在十里洋场，颇有一业托辣斯之概，于是也循着富翁的生活公式，造花园，竣工还不上一月。

黄某有弟，擅放大炮（俗说牛皮），没事常来和我谈谈，一口绍兴土白，一派胡闹意识，在我，养病乏味，听听山海经也颇用得着。一天，他忽开讲绍兴干菜，据他说制造要如何如何，我已记不清楚，好像手续之繁，如同修炼仙丹，态度之郑重，恨不得要斋戒沐浴。又据他说，大病之人，只消麻油清汤一碗，加上干菜一撮，饮之足疗宿疾。他又告诉我吃法六种，当时听了腹诽不止，吃法我至今还能记得，这因为我好吃，有闻必录，所以还没忘却。今年夏，我供职商育会，厨房绍兴籍，从乡下带出许多干菜，制汤骗先生们下饭，我还是第一次尝试，便惊为异味，随即向他买了四斤，照大炮黄某的秘法试验，果然，样样灵验非常，阖家大喜。过了几天，像哥伦布发现新大陆，忙着去告诉我的朋友胡顺之（既非“胡适之”之误，亦非“适之”之弟），料不到他朝我一笑，道：“啥希奇！根本是某干菜公司广告单上学来的，倒劳你来献宝！”接着他在抽屉里掏出来给我看，自然，我上了黄某的当了，大炮毕竟靠不住，读者诸君，其亦不妨尝试之！（编者注：本文绝非广告，试看上述公司而名之曰“某”，并不说明何家，即可明白。编者尚有告者，制法确有相当价值，但干菜不妨托绍兴朋友从绍兴带来，味既鲜灵，价亦便宜。）

泡　汤

干菜冲汤，法甚简便，可称三四钱放在碗内，用开水十两冲和，取盆盖紧，俟五分钟，加各种调味品，启盖佐食，非特馨鲜之质，透露可口，且久食又能健脾开胃。若用冷水和菜（照上述分量），共煮五分钟，其味更鲜。

烤　麸

用干菜烤麸，可先将花生油或猪油放在锅中，待油已沸，以洗净沥干之面麸，倾于锅中煎余七八分钟，加黄酒少许（即绍兴老酒），欲咸欲淡，酱油或盐酌加，再用干菜放入，拌和滚透，就可佐餐佐酒，若裹面包亦甚相宜。

煮　肉

肉本腻性，惟干菜煮之，非特减除油腻，且使鲜味倍增，又可久藏。其法将肉切块，先放于锅或罐之内加绍酒，约煮七八十分钟，俟成熟，再将干菜十分之三四拌入滚透，即可佐食。

煎　鱼

鱼多腥气，若用干菜煎和，便无此弊，且鲜味可口。如煎黄鱼，用黄酒一二两，白糖一撮，焖盖滚透，然后启盖，将干菜拌和，稍和开水，煮五分钟即可。

烤　笋

干菜烤煮春季之毛笋，冬季之冬笋，夏秋间之鞭笋、燕笋等，均极相宜。干菜与用鲜笋之分量多少，随便煮就之。

油　焖

用干菜二两，绍酒一滴，油半两，均放碗内，上盖盆子，于饭锅中蒸二三次即可。馀如炖鸭、烧鸡、炒虾，均可随意应用。

（《食品界》1934 年第 12 期）

梁湖年糕宁波粿

渡 云

“年年高，节节高，一年四季赚元宝。”农历年终岁首，家家户户，总得备些年糕，煎也好，炒也好，来一碗汤糕更好。在上海，有应时而开的年糕店，可是只可现买现吃，不能久藏。在敝邑宁波乡间，年糕成为整年食品，务农人家做点心吃，农忙时是惟一的充饥物，因此必须久藏不变，梁湖年糕具有上述条件，因此很出名。

梁湖是旧绍兴属上虞县的一镇，该地产有一种梁湖米，性比晚米还软，比糯米硬些。先把那米浸上二十天，然后沥干，或干磨，或水磨，务求细腻。用柴火烧蒸，求其熟透。放在石臼中，用人工舂过，取出，用双手尽力抟捏，直至使有黏性。此种年糕，美味可口，久藏不坏。上海年糕，普通用的杜米，工料口感不足，若浸入水中三五天便要腐烂，不能与梁湖年糕比。绍兴、宁波，也用梁湖米种，所以做的年糕，也叫梁湖年糕。

还有一种米粿，只有宁波有。先用纯粹糯米（内不搀粳粒）擦白（糙米一斗要打八折），浸入水中半天，取出沥干，由蒸笼蒸熟，成了糯米饭。放在石臼中，由年青壮丁，用力去舂。一人提石捣子舂，一人翻臼内熟米饭，一起一落，舂至筋疲力竭，调班再舂。这样要舂上数十分钟，变成糯米团，由臼中取出，摘成粿团，由男女同工，放在手心，拍成饼形。若防黏性，可在手心放些面粉，拍得大小均匀，光滑，一个个安置板上，等待凉透，浸入水中，要吃取出。甜食和细沙白糖清炖，咸食和年糕烧汤，滋味美妙。在上海也有宁波粿出售，可是糯米不纯，舂工不到工夫，不及宁波当地的来得好吃。

（《申报》1946 年 2 月 2 日）

专门讲吃之温州郎会

般　若

温州对于有产阶级人家的子弟，都称做郎，如第一个子弟称大郎，第二个二郎，第三个三郎，似乎有些像日本样的称法。

郎会，这就是温州有产阶级子弟所聚集的会，他们都是没有身家的担负和忧患，因此他们才得时常聚集于一处，喝喝酒，猜猜拳，各极一时之乐。所谓郎会的意义，也许就是这样罢。

郎会没有什么组织，也没有什么明文章则的拟订，他们只凭各人的兴趣，同时大家也各有嗜酒的酒癖，于是便约同好的八个或十个人不等，面定每八个或十个人于每周轮流为主人，并且风雨无阻地一定集合在某一酒馆，吃的东西也预先说明，花费也预先规定。这样的周而复始，结为一个团体，目的只在吃，郎会的作用便是如此。

郎会虽然没有什么组织，但郎会的势力在温州，几乎是人人皆知。最初的温州，有所谓“六元两角五”的酒席，便是由于郎会而取名，这意思就是说，郎会时常以六元两角五分钱，吃了一桌都有规定的酒菜。如果我们也要吃像郎会的酒菜，那就只须说要“六元两角五”便够了。现在郎会里那班郎，晓得过去那么刻板地吃，似乎太不适口，所以应时而由酒馆自办时菜，酒馆里的堂倌或酒保都晓得郎会里的主顾，一些不敢欺侮，自然而然以很好的酒菜弄出给他们。大概菜馆之所以这样的巴结于郎会，就是靠了郎会里这班郎替他们做了义务的广告。

所以，假使你是一个客地人，一旦到了温州的酒馆里边去，酒保问你要吃什么菜，你只说要吃“郎会”所吃的菜，自然便有好东西拿来给你受用。“郎会”二字之所以传播得那样迅速，原因也就在这里。路过温州的人们，不妨也尝尝温州郎会的菜的滋味。

（《金钢钻》1937 年 1 月 12 日）

关于东阳火腿

新运视察团编审组

东阳以火腿为出产之大宗，且负盛名，盖以其选择猪种，及制法胜他处。东阳火腿皮薄足细，腿心长厚，精多肥少，冠于全浙。

其制腿法，第一步检选猪腿。东阳猪种以南乡横店、东乡吴良附近等地所产为最优，选择猪腿之重量，每只十斤左右为度，过大过小均非所宜。养猪者通常以猪重八十斤即宰之，将猪腿售于腌户，倘猪腿过大，则须减价脱售。

其次为割腌洗晒。先将猪腿上面黏结之薄油膜用刀割去，并将露出之骨及肉，各加剔刮，然后糁食盐少许于其上，略置，使之拔出血水，然后用盐微搓皮面，并糁食盐一层于肉上，以精肥肉均无露出平放于定制之腿，越一二日，视盐已融尽，再将食盐糁上，约四日，盐复融尽，三次加盐，至十多日后，见盐已渍透皮部，精肉成紫黑色即可翻盐。堆置十馀日，精肉转成鲜红色，肥肉带黄白色，不见丝毫血水，乃将腿浸清水内，洗净外面盐分，晒日光下，四五日待皮现红黄色，肉上出油欲滴，即可悬挂于屋内通风处，承以竹管备滴油之用。

悬挂之腿，至黄梅节后，聚放清水内，洗去外面腐霉，晒干，用刀修割匀整，成尖长形如竹叶状，乃装入篾篓中。每篓装四十只，至多四十五只，计重百八十斤。此时即可雇筏舟运销出售矣。

腿以冬令置者为佳，味淡而香浓，不蛀不坏，价亦贵昂。东阳腿业公所规定，霜降后、立春前为制腿时期，即正冬腿也。间有名春腿者，制在晚春，不惟成本轻，售价廉，即色香味三者，亦无不稍逊于冬腿。至制腿用盐，与天时温度有关，温度高，盐易融化，用盐较多，反之用盐可稍少。平均腿重十斤，用盐十二两左右。至早冬晚春，则盐多味咸，是时且须加硝，否则即易腐坏矣。

东阳火腿，驰名已久，百馀年前，以南乡寿塔期方姓制者为著，嗣上蒋之虹巢、九峰继之而起，执东阳腿业之牛耳。所谓东阳火腿出上蒋者，以上蒋腿之声名卓著也。上蒋为东乡一村庄，离城三十里，业腿者有十馀家，出产火腿约占全县二十分之一。每在运售时，往往较他腿价格为高，即以其所选择猪种，精审大小故也。

东阳专业制腿之工人甚少，故腌户大多系自制，不假手工人，即有工人均属包工性质，即每腿一件从加盐洗晒至修整装篓为止，工洋一元，并供给膳食。每一工人每年可制腿二百件左右。至腿贩则向屠户买得鲜腿转售与腌户，从中赚得佣金，及运力费，此亦农民之副业。

此外还有一“上蒋火腿运销合作社”之组织，社员有一九八人，每股五元，现有股金九九〇元。目的在求火腿运销之合理，免去许多无谓之竞争与损失，此实一良好现象也。

（《东南》，新运视察团编审组编著，

扫荡报社 1936 年 9 月初版）

福州饮食店

周子雄等

福州的菜馆

福州的菜馆，规模不大。闽菜最著名的菜馆，要算是宣政路（即双门前）的聚春园了，其次便是南轩。西餐最著名的菜馆，是南台田墩的嘉宾。专备粤菜的菜馆，从前有下南路的广州第一楼，此外南街的马玉山，粤点也很著名，南台苍霞洲青年会的“定食”，五角钱一份，两碟菜，一碗汤，饭管饱，但是不能在那里喝酒，因为教会是禁酒的地方。福州饮食店，大约分为三等，一等菜馆，中菜西餐都有；二等菜馆，只有中菜；三等菜馆，因为兼卖零碎食物，人们把它叫做“清汤店”，它的菜价比一二等菜馆，却是便宜些，但是地点不适中，招待也不大好。

菜馆一览

一等菜馆十家：聚春园，在宣政路，电话四八五八；南轩，在上南路，电话四八三一；三山东亚，在东街路，电话四六七九；嘉宾，在南台田墩，电话二四三二；西宴台，在南台牛弓街，电话二三九八；大东饭店，在南台田墩，电话二四五九；西来，在台江路，电话二九九六；东南，在台江路；闽大，在中山路；广州第一楼，在下南路，现已歇业；马玉山，在南街，电话四五四零。

二等菜馆五家：可然亭，西大路，电话四八二一；小有天，西大路；四海春，宣政路；大新菜馆，中洲；福聚楼，在新桥头，电话二四三五。

三等菜馆四十三家：一品香，宣政路；小有天，南后路；江山楼，上南路；福禄园，下南路；日月星，南门兜；碧兰亭，上南路；味和，上南路；乐升楼，上南路（又称猴店）；聚英楼，小桥头，电话二四五三；亦兰居，津泰路；亦兰居分号，南台横街路，电话二四一四；一新楼，下道；隆记，河口嘴；迎仙馆，西门兜；福星馆、林万华，府前街；小陶园，按司前；新南，宣政路；宜乐天，井大路；醉月楼，仓前桥头；广南星，舍人庙；新福聚，前街；聚兴菜馆，岭下洋；和记酒馆，岭下洋；新玉楼，蓝蔚石；南华，南公园；一品香，福新街；华新楼，福新街，电话二四三六；美雅轩、三合兴、四海楼、西园、美花楼、东园，以上在福新街；五凤楼、望鹤楼，在河务街；醉玉楼，灯挂街；新龙轩，舍人巷；如兰亭、乐天楼、合成福，在三保前街；一清泉，三胶亭；青年会，苍霞洲。

福建菜一览

提起世界上最讲究“吃”的人，要算中国人，所以日本人都喜欢吃中国菜，而中国人之中，最讲究吃的，要算是广东人了。但是福州人对于吃的方面，也很讲究。福建菜有八九十种，每种菜的价钱，由几角钱到一块多钱，兹列示如下：

新鲜鸡，一元四角四分；红白素鸡，一元四角四分；三味鸡，一元四角四分；炖全鸡，一元四角四分；樱桃鸡，九角六分；香油鸡，八角八分；白片鸡，八角八分；黄焖鸭，七角六分；烂卜鸭，七角六分；三味鸭，一元五角二分；真燕丸，五角二分；小长春，四角八分；七星丸，五角六分；大盘炒，四角八分；八素汤，五角六分；炒八素，五角六分；四宝菜，六角四分；十锦菜，七角六分；

十锦凉菜，五角六分；清炖羊，五角六分；红烧羊，六角四分；加梨羊，六角四分；小炒羊，五角六分；蒸蹄包，一元二角八分；紫芥肉，九角六分；荔枝肉，六角四分，洋烧排，七角六分；溜排骨，五角六分；酱排骨，六角四分；炒腰花，五角六分；炒肝胗，五角六分；爆肝花，六角四分；炒肚尖，七角二分；汤泡肚，七角二分；双脆汤，七角六分；爆肝胗，五角六分；小炒肉，四角八分；炒肉片，五角六分；炒虾仁，六角四分；白炒瓜片，六角四分；红烧瓜片，五角六分，明煎瓜、松子瓜，六角四分；红糟鳗、干糟鳗，均六角四分；黄焖鳗，五角六分；炊糟鳗，六角四分；醋溜草，六角四分；炖全草，九角六分；抱蛋银鱼，五角六分，醉蚶爿，五角六分；鲟片，七角六分；三合鲟，七角六分；红鳅鱼，五角六分；炒□块，五角六分；干边蚊，五角六分；香油虾，五角六分；瓜烧白菜，九角六分；蚊丸白菜，九角六分；贝汁草致，九角六分；冬菜草，七角六分；炖七星，八角八分；炖河鳗，一元四角四分；清汤蚌，一元六角，炒海蚌，一元六角；炒竹蛏，八角八分；竹蛏汤，八角八分；炒西施舌，八角八分；西舌汤，八角八分；蟹丸白菜，一元一角二分；香露白菜，九角六分；明煎虾，九角六分；洋烧瓜，六角四分；春饼，六角四分；薄饼，九角六分；块羊肚，六角四分；炒羊肚，六角四分；羊肚丝，五角六分。

还有甜汤，如二莲汤、粉包汤、杏仁汤等，每碗四五角钱。点心方面，有千叶糕、四方饺等，每碗也要四五角钱。

酒　席

福州酒席最上等的，便是燕窝席，每桌三十块钱；其次是鱼翅席，每桌由十四块钱到二十块钱；再次是鱼唇席，每桌由八块钱到十二块钱左右。人们请客，必须头一天先向菜馆或酒席馆预定酒席。酒席的菜，通常每桌四碟真果、四个夹盘、四个炒碟、六个海碗，外加甜汤点心。酒席便宜的有“福州厨”，但是“福州厨”，没有菜馆那样方便。福州菜以海蚌蛛蚶为福州特产，人们多用它飨客。

吃菜的方法

福州人吃菜，除预定酒席外，通常多行拣菜的办法，不过拣菜吃的，价钱比较贵些。普通三四个人到菜馆，最好是吃“和菜”，所谓和菜，就是饮食店方面替我们拼成几样菜。大概一块钱有两碗菜、一碗汤；一块半有三碗菜、一碗汤；两块钱有四碗菜、两碗汤；三块钱的有六碗菜、两碗汤；四块钱的有四碗菜、四碗汤。但是他们所拼的菜，我们如果认为不合意的，也可以随便更一两样。

中西菜比较

福州人很少吃西餐，一来因为味道不习惯，二来因为西菜用具的不习惯，尤其是因为西餐的面包，每人最多一块，人们吃了西餐，一会儿肚皮又饿了，回家的时候，还要煮稀饭吃。所以比较起来，喜欢中菜的人，还是居多数。

（《福州便览》，周子雄等编辑，环球印书馆 1933 年 11 月初版。篇名为编者另拟）

莆田的饮食

管人初

莆田是福建东部的一个小县，很不使人注意的地方。为了它在山海环抱之中，地位既偏僻，教育又不普及，因此一切风俗，都和外界完全不同，单拿食品一项来讲，也是很特异的，真可以略述一些，介绍与读者。

普通膳食

每日大概有四餐，工作忙的时候，也许是五餐。吃的是厚粥，过年过节，才吃一二餐饭，小菜倒和江浙等地差不多，不过不用汤。

特产食品

一、龙须面——形状如粉干，用米做成，因此又叫米面，患病者颇为相宜。若用笋丝、肉丝、菜心丝炒来吃，那较炒面就好多。此面福建各地都有，上海也有得买，不过不及莆田的好。

二、擦粉——那是一种纪念食品，纪念明朝倭寇侵闽时候的食品，用面粉、短面、肉菜、海产品约有十多种，混合调成“糊”一般的东西，那虽是一种混合吃品，吃起来倒也别有风味。

三、光饼——那也是纪念戚继光平倭的一种食品，味同苏式月饼，中有一孔，甜而有味，也有加桂圆汁水的。

四、米糕——因为当地居民，大半航行南洋一带经商的，因此在路途中就用一种米粉糕做干点，做得很可口。

五、桂圆，荔枝，以及水果——因为它地位在次热带，水果出产很多，尤其是桂圆、荔枝名闻全国（按莆田即兴化），我们不是都知道用桂圆炖湘莲，补且可口吗？

以上约略地介绍了一点了，此外还很多，如青蛇是他们最高贵的食品，而江浙人以为奇怪的，还有奇异的海产品，因为它的地点都近海。我还须声明，我并不是莆田人（我的故乡是浙江海宁），因为职业上的关系，和他们接近已有五六年，所以稍为明白些。

（《食品界》1934 年第 10 期）

台湾的吃

桐 叶

台湾是海岛，海鲜自然第一。龙虾味腴，但不若海蟹的脆嫩。新鲜鲍鱼，味如鸡蒸笋片。一次在基隆市府欢宴中，全是蛤蚌虾蟹各式海味，西记者说："我们今天，一交跌到深海里了！"但咸水鱼终觉没有鲜味。台南游安平城，见沿堤筑成鱼池，放水饲鱼，但市府席上所供各类鱼鲜，仍属一样滋味，大家都怀念淡水鱼的甜嫩，海水鱼所不及。那儿鱼翅比较便宜，但烧法不甚讲究。说到水果，香蕉又好又便宜。西瓜终年不断，但自南而北，甜味深淡，因时而异，譬如台北现已不很甜了，再隔一个半月，便臻上乘；台南不消半个月，已甜起来了。高雄方面恐怕还要早些，我们上月底本月初去时，刚刚一周，轮遇到处吃不到的好西瓜。新鲜波罗蜜，吃时稍加细盐便无酸味。还有木瓜，味如芒果，而无洋骚气，最为可口。甘蔗分两种，一种节节相距太短，只宜制糖；一种节长，可供咀嚼。但台湾短节的多，长节的仅见，植蔗者，皆不作闲食用的。

（《今报》1946 年 9 月 23 日）

广州食话

禹　公

谚有“生在苏州，食在广州”之语，可见广州人食之研究，是甲于全国者。记者亦曾一次旅居广州，知之颇详，兹录一二于后，以供阅者。

广州人酷嗜甜味，无论烹制何种菜式，咸以洋糖为主，完全甜食，亦甚欢迎。广州城内有街曰惠爱，其中卖甜品之店者，如“炖牛奶”、“莲子茶”、“奶露”、“蛋露”、“杏仁茶”等不下六七十间，于是亦足以推测广东人之嗜甜味矣。

其制菜之方法，千变万化，不若吾苏之呆板。牛肉一物，在苏人制之，不出十种，而在广东人，则指不胜屈。兹举例以明之：滑牛、菜软牛、蚝油牛、羌芽牛、辣椒牛、牛抓、滑蛋牛、清炖牛脯、卤牛、汾酒牛、牛蛋等，以上就其最普通者言之，至若不闻其名者，尚不知几许。广东人制菜之妙，可见一斑矣。

广州生活程度高，是以食物昂贵，况且经过多次军队之蹂躏，更不堪问矣，无产平民，饿死于途者，常见不一见。鸡子每斤至少需洋八角或十角，鸭子亦不下六角，其馀如海味、海鲜等，价格之昂，令人吐舌，中等人家，亦难一尝佳味，何况无产之平民乎。

广州食品，单论菜式之最贵者，名生翅，生物来自日本者居多，价值每碗，现成者六七十块，二三十元块者，已属下乘矣，所以许多人咸知其名，而不知其味也。

广东人食品虽有研究，而卫生一道，间亦有不顾及者。例如狗、猫、鼠等等污秽之物，亦作美品待之，更有所谓“龙虎会”者，法以最毒之蛇，杀之而与黑猫共同煮之而成，记者亦曾试尝之，其味确鲜美无比。照土人说，此为补气血之妙品，但是否属实，姑听之。

广州之云吞，亦著名之食品也，其制法大异吾苏，有鱼皮云吞、蛋皮云吞、鸡肉云吞等名词。所谓鱼皮云吞者，是以鱼肉打成云吞之皮也；蛋皮者，是以鸡蛋和面打成之云吞皮也。云吞之馅，大概以叉烧、猪肉、鸡蛋种种为之。其汤则以大地鱼、猪尾骨、瑶柱等煮成，可称绝味。但其价格，不甚昂贵，大抵每碗只需铜元六枚或八枚左右，此又可见广东人做生意之肯用本也。

（《申报》1924 年 12 月 21 日）

吃在广州

风　从

世界上以吃著名的民族，要称我们中国，而吾国有一句俗语“吃在广州”，由此可以见到，广州人之于吃，又是国人中最讲究的了。全国的各大都市，哪儿没有几家广东馆子，而广东菜的口味，又是怎样地在被人们称赞着！在北方，像京津一带，也有若干的广东馆，不过，它们仅是规模较小的罢了，纯广州式的酒家和茶居，是还没有的呢！

我们在北方，用早点多半是上豆腐楼——这里除开有产阶级——一碗豆腐，几个烧饼馃子，便解决了。在广州一带可不然，吃早茶得上茶居。茶居中规模大的，有六七层楼的建筑，可以容个千儿八百座。可是，著名的几家，晚去了一会还找不着座儿呢！进得门来，堂倌先问喝什么茶——这儿可少有自备茶叶的——泡茶之后，他的事没有了。过一会儿，另有几个专托点心笼子的，托着一笼一笼刚出锅的点心，像鸡蛋包、叉烧包、马拉糕、虾仁蒸饺等等的，从厨房中出来，一面走着，一面吆喝着点心的名目。客人们拣着要吃的，叫他们留下一碟或以上，要是第一次没要着，也就是十分钟左右吧，第二批的又出笼了。至于要吃现做的，像炒面、汤面什么的，就要告诉跑堂的提前给预备。

上这里喝茶的人们，主要目的固然是解决吃的问题，然而很少进门就吃，吃完就走的，原因是，那儿的人们以茶居为朋友会谈以至接洽事情的所在，所以一吃早点用上三五个钟头的，很是普通。人们喝茶，用早点，吸烟，阅报，以至谈得相当时间，要想候别人走开补解决睡眠问题似的，所以一入座就事，好像下澡堂代理发，吃饭以至说话和消磨时光，都满在茶馆中办缺，是办不了的。茶居的营业鼎盛时间，是从早晨八九点到正午，过了午饭口，就很少有人光顾了。

午饭在广州，是不太重要，原因便是早晨吃过丰盛的点心，或者在离开茶居的不久，便到了午饭时间，所以没有特别的考究，普通是便饭完事。不过广州人的家常便饭，菜肴也比较丰富，大概地说起来，是两三个热菜，一二碟咸鱼呀什么的，可是汤菜和别处不同一点，第一是在汤中搁些枣儿呀什么的补品，第二是有时竟搁些败火的药品，所以味儿有时就超出菜汤的范围了，还有一点是汤特别多，要是五六个人吃饭，至少有三碗或者四碗同样的汤，分放在饭桌的角上，备人取用。我第一次看见广州人喝汤，真有些惊讶他们的大量。

请客吃饭，通常是晚餐，可是这一顿的范围，包括下午的点心，夜饭，以至午夜的宵夜。情形是这样：饭馆——广州叫酒家——就等于变相的旅馆，一个厅——大型的雅座——包括二三个房间，内中还有榻床，以备客人休息。请帖上明是七时或八时入席，主宾们在下午三四点便到齐，先拉开桌子，凑上一两桌麻将或者扑克，玩过了一阵，来些窝面、包子等点心，接着再玩牌，到八九点钟才正式吃饭。饭罢或继之以玩牌，以至深夜，由饭馆预备宵夜，像鱼生粥、鸭片粥等，做客人们的夜点心。常常盘桓了十数小时后，主宾才尽兴而散。所以一饭之资——包括种种开销——三五百元是太不称回事呢！广州的几个著名酒家，是聚在都市的另一角落，那高大的建筑，辉煌的灯光，一到傍晚，车马喧嚣，笑语腾欢，热闹的情形和持久，远非他处——指广州、香港一带以外的地方——的酒楼、饭馆所能望其项背也。

还有一种专卖夜宵的小馆，它仅是一二间的门面，供平民们的一快朵颐，人们在娱乐场所散场后，可以进去吃一点粥类或者小酌。通常的情形是，在进门的旁边，就有一个粥锅，里面熬好了稀饭，旁边陈列着切好的鱼片、大虾片等等佐料，吃客点什么，很快地加上油酱等入锅一开就得，办法倒也简直快捷。要喝两盅吧，菜码是低廉异常，普通一个菜是一毛至二毛钱，花上一块钱，一个人大可以酒足饭饱，所以这种夜宵夜馆子，除了深夜外，平常午晚两餐，也很有些人们跑去吃饭，原因是较比大的饭铺来得经济。广东还有一种艇仔粥，那是游艇上预备给客人充饥的，也就是一种享乐的产品罢了，有时口味还不及宵夜小馆做的得吃呢！

（《新轮》1941 年第 3 卷第 12 期）

食在广州

秋

有一天，鲩鱼从佛山带了十二只弯弯曲曲的鸭脚来，同来六人，每人恰巧分到二只。我拿着鸭脚，仔细欣赏它底颜色及构造，很觉得诧异，因为我不曾看见过这么奇怪的鸭脚，我家乡的鸭脚也不是这个样子。我问鲩鱼：“叫什么名？”“鸭脚包！太乡里！”鲩鱼气恼恼地说。

我不作声了。我嚼着，细细斟酌它的滋味。我吃到一半时，咬到一块肥猪肉，一股油膏便从牙缝里迸了出来。我赶忙从嘴巴里拿出来看，一团猪肉正端端地放在鸭脚包的中间，我忍不住又问了：“怎样做的？”“拿生鸭脚，中间塞些猪肉、鸭肝、鸭肾，再用鸭肠在外面捆起来，在火上煨到熟了为止。”当时我的脑中立刻浮现着“食在广州”。我不觉怔了一会儿，便笑了起来。

南方人比北方人精灵些，就是上海学生，还要屈在到上海求学的广州小子之下呢。广州人还肯用精细灵敏心思，对食物研究。广州人连什么都可以弄来吃，就是连狗、猫、老鼠都食。广州河南的贩卖狗市场，随时可以见到广州人蹲在棚前，撩起衣袖，放出豪爽的态度在大嚼呢！更奇怪，广州人还要捉些红红绿绿的仿佛蚯蚓加了毛脚的禾虫来磨烂，加下猪肉、鸡蛋、豆腐蒸了便食，像“油虫”般的龙虱，更是当做上味，平常的食物，给广州人一弄，便成咸、甜、酸、辣几十色菜。看起来，似乎肮脏得很，但那味儿却是好得无从形容的。天然出产的水果类，也令人一看到便流涎三尺，苏轼还要“日啖荔枝三百颗”呢！

广州的街道，哪有一条是没有“食”的铺子，我们无论到什么地方，都可以见到餐馆。广州满处都有茶楼、餐楼，我所以认为给广州人请食一餐饭是无上光荣的事。

广州人不但会弄食，而且会食。广州人的牙齿、舌头真利害，一嚼便是咸、甜、酸、辣几十味都可以来的，肚子更是像橡皮制的，“肚子饱，口不饱”，不知要吃到哪时才止呢！

广州人吃东西的姿势，更是好看，尤其是女人，指儿尖尖，嘴唇儿薄薄，拿起一只“鸡翅”，撕撕嚼嚼，不上几分钟，便只剩下几条骨头的了——更有些牙齿尖的连骨头也嚼了去。

有幸我走到“食的天堂”——广州来，虽然我多得了胃痛病，向腰包掏多几块钱叫佣人煲“凉茶”，但我觉得因为“食”而死，也是“诚心所愿”的事情了。

（《培道学生》1935 年第 3 期）

“食在广州”的新年风光

梁　友

“食在广州”这句话，大家都会说的。大概广州的人们，对于饮食，是特别肯研究，而且肯把金钱花在饮食上吧！事实告诉我们，你试看看，最普通拿一只鸡来说，打开各家的食谱统计一下，大约总有五六十个菜式，由此便可以类推了。再从饮食店看一看，真个有五步一楼、十步一阁的热闹，这便知道了。新年善颂善祷，人生以饱醉为第一要义，待我把广州市新旧历新年关于饮食的风光，写在下面，并以此颂祝阅者诸君，从这回新年起，得到晏安饱食！

新历新年——机关、银行、公司……这都是奉行新历的，对于新历元旦，自然是例假。有许多大商店，平日和机关、银行、公司，惯来往的，对于新历新年，也不得不在半奉行之间。所以许多都把老例的春茗（即岁首请年饭），移到新历新年的时候举行，凑凑热闹，效效时髦，所以邻近新历新年，宴会请柬，便像雪片飞下，同日数起，自恨肚皮太狭，而且没有分身术吧！关于春宴里面的食品，有许多名目，是新年特有的，都充满着吉利的色彩。像“燕贺鸿禧”，是上汤蟹黄（蟹的脂肪结晶）燕窝，“鸿图大展”是蟹黄大翅，“金花报喜”是百花香露鸡，“利路宏开”是柱侯猪利（粤俗呼舌作利，以忌讳蚀字音），“元宵佳景”是元肉（俗呼龙眼作元）、杞子炖鸡，“海棠春瑞”是清炖山瑞（鳖类，广东特产），“祥云涌现”是石耳云吞（馄饨，粤呼云吞），“春满杏林”是席中的甜品，山楂杏仁露。像这类的食品，名目很多，“更仆难数”了！各茶室对于新年食品，也各出心裁，巧立名目，制出不少的应时点心，像什么“春风得意”，是煎的什锦春饼，“恭喜发财”是发菜烧卖，“如意吉祥”是腊肠卷，“富贵长春”是上面压成牡丹花形的蛋黄莲蓉酥，“寿考吉祥”是做成桃形的羊腩卷，“千祥云集”是玫瑰豆沙千层糕。像这类的食品也很多，也是“更仆难数”了！

旧历新年——旧历新年，为着有数百年历史风俗关系，所以不止商店里有特制的食品，就是人家也有很多制品。就广州市来说，家家户户，必预制油炸食品，应新岁的需要，叫做“开油镬”。像“煎堆”，将爆谷和糖胶，搓成浑圆形，用糯米粉做外皮，油炸而成的；“茶泡”，将芋、甘薯、花生仁、蚕豆、豆腐干、慈菇、粉片，切成五六分大面积的榄形，用油炸成，食时用以泡茶的；“芋虾”，将芋切成细丝，调些糯米粉和食盐水，缀成半月形，上面掺些芝麻，用油炸脆的；“油角”，甜的用甜豆沙做馅，更加些玫瑰糖或桂花糖在里面，咸的用鸡肉粒、火腿、香菇、冬笋粒、青豆仁做馅的，俱用糯米粉做外皮，做成新月形，用油炸成的，这也通称做“软角”，更有名“硬角”的（亦名脆角），用白糖、芝麻、青蔼屑、花生仁屑等做馅，也是用糯米粉做外皮，放在油锅里，用慢火久炸，所以经过很久的时候，也很脆的。制法，以小为贵，故有小至像花生仁一般的。关于油炸食品，还不止此，其馀都是大同小异的。其次是“年糕”，甜的用片糖水、猪骨和糯米粉，上面加些红枣、莲子、瓜仁、榄仁等蒸成的，通称年糕。用粘米粉的，称“松糕”。咸的用芋或萝卜，切成细丝，和液状粘米粉，加些腊肉粒、虾干、花生仁，蒸熟后，再加些红羌、炒芝麻、煎蛋丝、芫荽、葱在上面，食时均切成小块，用油煎之。这类食品，在新年里，用以飨客者。各人家则自正月初一至十五日，遣女仆，用漆盒肩着，分馈亲友，叫“送年茶”，这是敦睦谊的。“人日粥”，初七这天，称人日，说大家的生日，晨早家家户户都做些“三及第粥”（即猪肉、猪肝、猪肠）。

"灯菜"，十五日以前，人家都拣吉日来挂花灯，制些"灯菜"，分馈亲友。晚间有些人家，更设宴邀请亲友，叫"灯酌"。"灯菜"是用芥菜蘧风干，再用滚水淋过，放在瓦坛里塞固，二日后取出，便成富有辛辣味的风菜了，再将它切成片段，和于酸萝卜片、酸甘薯片中，上面加些炒芝麻、辣椒酱、芥子酱、芝麻油，很是可口。新年食品，十九是腻滞难消化的，得此助助胃力，是很合卫生上的调剂法则的。

我们总感觉着旧历新年里，无论居家庭，访亲友，在在都不愁没东西吃！"食在广州"这句话，在新年里，更觉来得切实而确当！

（《南星》1940 年第 2 卷第 1 期）

珠江回忆录（节录）

戆 叟

紫洞艇

杯酒联欢，社会酬酢，在所不免，矧十里洋场，此风更盛。然征花侑酒，酬酢之中，仍具娱乐性质，乃迭次翻台，只求为主人之阔绰，未暇计作客之奔波。在记者系局外人，本无资格月旦，惟个人思想，似此举无非受人主动，表示豪华，实不足以娱嘉客，未审当局诸公以为然否。

记者曩日在交际场中，不独视征花侑酒，固求居处物质文明，宾主得有自由乐趣，就使视吉凶两事款客，虽稍有体面之家，秩序礼仪，极多考究。然于款待之间，务求宾客安适，俾不至以庆吊为畏途，惮于酬酢（此节叙述略紧，下期摘录）。至在于珠江紫洞艇设筵宴客，未必尽如人意，然以吾人目光所至，除家擅园林别墅之胜，嘉肴美酒素具者不计外，佥觉酬酢娱乐，两得其宜。想读鄙录诸君，曾身历其境者，定不乏人，或不至所言过谬。

计珠江紫洞艇有大中小三等之分。大艇有九艘，如流觞舫、枝香舫、风月满长江舫、澄花舫、一叶舟等，曩日在珠江稍涉足酬酢者，类多得识其名。他如中小艇，大约总逾二三百之数，其丛泊处附近谷埠（鸦片役前为沽售谷米艇聚处，当时已为珠娘藏娇艇所停泊，迨筑长堤，珠娘迁往东堤陆居，紫洞艇亦从之他徙矣）。艇之布置格局，由艇首直入，先达会客处，两傍排列公座椅八，茶几四，中间圆桌一，傍伴以四凳；再进为谈话处，两傍分列两人对坐之书案桌、大座椅及罗汉榻等；更进则大罗榻对峙，为特别谈话及私人娱乐处；最后为聚餐处，处后有小憩息室，床帐幕等均具。聚餐处圆桌环列可坐十三十四客以外，粤俗习惯，若征花侑酒，入席时各花除有要故外，必须荟集侍候出鱼翅时敬客人酒，斯时客与珠娘等虽聚二三十之众，该处均能容纳有馀。艇之两傍除挂照身大镜外，则用玻璃窗牖代壁，空气充足，各处用博古式嵌刊字画之玻璃片落地罩分隔。夏日在艇头之处，分列睡椅茶几纳凉，更得饱吸珠江新鲜空气。艇之家具，均多用紫檀嵌螺甸，帘幕则绣五色丝绸，富丽堂皇，堪称雅俗共赏。侍者环立，以目听，以眉语，茶杯则随客坐位转移，不离左右，俗谚有谓“茶杯有脚”，是即指此。肴馔茶点，比之市上酒楼所制，以精巧美观胜，款式极多，颇堪可口。即使一连宴客数日，或朝夕两膳，均能食谱翻新，极快朵颐，且由本艇厨娘自制，不事外求，随时立办。更有特点足为纪述者，则善于烹调海鲜，传闻遐迩。记者今日录之，尚觉涎垂口角也。

紫洞艇停泊面对珠江南岸，当夏日夕阳西逝之际，凉风袭人，江水清漪，微寒侵体，须御夹衣。故老于珠江交际之阔绰客，夏季夹衣以生纱缝制，初秋夹衣以熟纱为料，显分时令，至有八季衣服之分。更有往来江面自备之三扒艇（当时未有小电船，艇仿小轮船式，有客舱，稳快简洁，用三扒桨，故曰三扒），携同茶叶、茶杯、碗箸、面盆、毛巾、水烟筒、衣包等随带赴席，极其自由。主人则令厨娘先备晚膳，于六句钟左右时款客，以免枵腹。入夕笙歌盈耳，灯烛辉煌，恍如仙境。至九句或十句钟始行正式入席。无论征花与否，在紫洞艇宴客，此种习惯居多数，缘在紫洞艇宴客，不独只求酬酢，对酒当歌，人生几何，酬酢中仍求娱宾之乐也。

紫洞艇所惬社会人心理者，因随处可令其挪移停泊，倘家室近水次者，则无异多一船厅，留客饮食起居均便。且我粤人稠，烟户多之市镇，以交通近江河为夥。迎神赛会演戏，紫洞艇赴会者麇集，无用另求旅社。又内河风恬水静，在艇几如居陆，艇在江上行驶，用人力在艇外两傍人行道摇橹，虽觉厌其行程迟慢，倘用小轮船拖带，更属稳快，无往不宜。大紫洞艇亦可用小轮船拖带，然用作游船他往者无多，缘往来停泊不若小艇之便也。

紫洞艇最有价值之日，为夏历端午节，该日雇价比之寻常日几及倍蓰。其馀则夏历元旦至十五日为游花埭时期，夏历七月中元后为水上超幽放水陆（下期详叙）及中秋节时期，其雇价虽比寻常日稍昂，然比之端午节日差远矣。工界是日均休息，商店午后闭门，均谓往看龙船，几至万人空巷，人众挤拥江滨。大紫洞艇必须预先雇定，以免捷足者先登，缘交际家以该日名为看龙船宴客，即使无大艇雇，亦须有中艇，方不至失其平日声誉。莺俦燕侣，午后聚集，极其欢娱之乐。间有数艘大艇以新鲜花在艇头高扎牌坊，争艳斗巧。寻常疏于酬酢者，亦往往震于看龙船名目，雇紫洞艇，奉高堂携眷属或邀客作尽日之欢，多于预先定艇，临时所雇者，俗谓卖剩蔗，即沪所谓蹩脚艇，习俗如此。其实藉看龙船为名，借佳节之馀闲，以欣赏水面风光而已。

所谓龙船亦非争赛快慢，实无足观。到日只有龙船三数艘，各自鼓桨回旋江上。间有俱乐部近水次者，先一日高树赤帜，中嵌“珠海争先鼓浪来”句，龙船得知先后而至，在水次回旋后，由俱乐部赠每艘龙船同人酒一坛、鹅一只、赤布标一枝，名为犒龙船赏标。当龙船回旋之际，惟闻龙船锣鼓声、音乐声、燃炮竹声、小轮船汽笛声、缉捕船之向空燃大炮声，纷至沓来，无非为龙船而设。大紫洞艇仍停泊原处，中小紫洞艇随处停泊，小轮船及渡客小艇与各式运载艇往来如梭。艇娘均着新拷绸衫裤，似表示庆贺佳节。计一日之费，亦属不赀，无非为奢侈之用。然默忖当日情形，似觉楚弓楚得，尚不至漏卮过甚。阅者诸君以为如何？

紫洞艇之为我粤人所见重者，每见人家园囿广厦，每有建一厅在内，名曰船厅，均仿紫洞艇格局布置。又闻侨胞在海外谈天，竟有谓‘返国必须到珠江盘桓欣赏紫洞艇，以慰幼离乡井’之句。记者尚忆及当时香港某巨商，在珠江购置紫洞艇一艘，即以伊个人之名命作舫名，书额悬于艇头，公馀之暇，由香港奉其两位高堂回粤娱乐，在艇流连数天。馀时其艇任他人雇佣，以免旷废毁坏。其两位高堂，久客南洋而荣旋故里者，且年均逾花甲以外，养志、娱乐、保守，三者并行，令人艳羡，可称之为富贵而归故里，或不至于名失其实耳。

当逊清光绪中叶之间，在谷埠藏娇停泊从中，尚有名瘦谷艇等数艘，仿楼船式，以楼上布置若紫洞艇格局，作宴客酒厅用，楼下仍为藏娇处，然非征花侑酒客鲜有到此，以其深入重地之故。自珠娘迁东堤陆居，紫洞艇他徙，记者亦谋食他方，就使遄返里门，逗留已为日无多，加以公私鹿栗，酬酢固之多疏，紫洞艇更未涉足，见闻已陋，无可讳言。惟此稿缮成，适被友人检阅，据谓民国以来，紫洞艇已大加改良，富丽堂皇，肴馔丰美，实非畴昔可能企及万一。记者上述各节，系逊清光绪初中等年，曾亲目睹，自笑眼光如豆，不值识者一哂也。

（《粤风》1935 年第 1 卷第 3 期）

饮食琐谈

广州食品，烹调巧制，素具美名，为时所重，欧美人士亦多所赞许。记者生斯长斯，自问尚非门外汉，孟子所谓“口之于味也，有同嗜焉”。然久客他乡，人事变迁，曙后晨星，间尚有存者。回思曩日品评，昨是今非，容有未当，今濡笔择录，以冀研究食谱者，藉此指正焉。

信丰鸡

十七甫信丰米铺，素以售酒著名于时，迨复以畜软骨肥鸡脍炙人口，于是在对门另辟一小店沽鸡，又自蒸熟鸡在门市零售。始初在店楼上仅设凳桌，布置简陋，以供不速之客惠顾饮食，除蒸鸡外，尚常备有炖陈皮鸭小碗，大约一鸭分为四小碗，味高价廉，又有清汤煮四川夔州面，馀无他物。欣赏者以其酒美肴佳，自朝至夕，顾客麇集，非久候不获馀座。店东以营业发达，乔迁于鬼驿市，仍属本街，大约离信丰数十武而已，改名为双英斋酒楼，添办海鲜炒货，有散座房座，居然大酒楼，肴馔虽非精品，然尚属不恶，门面与座位比之以前在信丰对门，判若天渊。但炖陈皮鸭小碗取消，改为大碗炖陈皮全鸭，且调味亦不及曩日之佳矣。

鬼驿市向为西关售卖上等海鲜菜蔬等店丛聚之区，西关殷商富户厨司朝夕云集，加上附近打铜街、十七甫、十八甫，大商店林立，四乡水客（俗称城市附近村镇朝来夕返，买日用品之客），往来辐辏。双英斋地介中心，每于上下午际，顾客更觉拥挤，应接无术，于是加建重楼，增多座位，然座位虽多，肴馔调味反为退后，不独不能与未加建重楼时埒，竟致尚不能与联兴街大肴馆并肩颉颃。有人云，食清炖水鱼，送到台上，系全碗得水鱼壳。调味烹制固之不佳，而厨内管理谅系不得人所致。惟四乡水客震于双英斋之名者，仍纷至沓来，而所谓讲究食家因之裹足不前，即应酬小酌之客亦改而之他矣。以局外人骤睹，实觉其不致因此稍受损失，据传闻其内容，则谓已屡易东主，及后竟至倒闭。说者谓另有他种原因连带关系，厨房之弊，系属一大份子云云。

腊肠

晏如、晏栈两店可称为大名鼎鼎腊味专家，推销外埠极夥，本地亦远近驰名。若以腊味为交际送礼品，舍两店之制外，似不成敬意，因外观鲜明，欢迎者众也。然而讲究食家则嗜十七甫奇有海味杂货店所制之腊肠，虽价目尚比该两店稍昂，且外观鲜明亦未能与颉颃，乃反不以为逆，缘调味佳胜，晏如、晏栈均不能企及所致。说者谓两店每日用豕肉既多，则美恶兼收搀集，在所不免，至外观鲜明，则用硝增其色，内部调其美恶，非加重糖不为功，两皆不宜，致失原来真味。惟奇有则不然，选肉既取其精，调味原料均皆上选，务求得其真味，以邀主顾考究者垂青，则价目虽比他家稍昂，想亦当见谅矣。记者僻处河南，虽奇有腊肠间亦尝试，然往往就便向附近福场院华光庙前胜隆杂货店购腊肠（该店并无他款腊味售）为助膳品，售价又比奇有每斤价目多三分。询之店伙，据谓伊店系家人妇子生意，人手不多，晒晾场既不广，每日只可出腊肠三四十斤。惟此种营业，原料固当求精而且，当然天时人事缺一亦不为功。故每晨往市市肉，无一定交易之店，非精肉不取，晒晾必须足够时日风热，倘遇霖雨经旬，宁可乏货应客，不求靠火烘焙，有失信誉等语。复云河北顾客亦不惮渡河着人来购，所以尚胜奇有一筹。该店主人系南海县盐步人，故所制腊肠系盐步款式，肠身肥壮，每斤用麻绳不多，非若晏如店等腊肠幼小可比，每斤取多价三分，实系弥缝麻绳之缺云云。记者系嗜食家，非制腊味家，虽试其口味确系可靠，但说者所论晏如、晏栈，及胜隆店伙之谈，是否信据，我粤旅沪制腊味专家者人材众多，无俟记者哓哓置喙也。

膏蟹

十七甫奇有店所沽顶角膏蟹，人所共知真实无伪，惟取价极昂，非考究嗜食家不惜金钱者不敢往购，酒楼饭馆亦不敢过问，寻常人家更难染指（此说在当日则然，今日非所论矣）。查膏蟹系天然生产生物，并非人工所制造，何以奇有店独得专利权，似令人不甚明瞭。缘曩日无所谓菜市，以各菜蔬飞禽海鲜羊豕肉沽售店丛聚之区即为菜市，城厢内外大菜市，系大南门口、鬼驿市、河南漱珠桥三处为最繁盛，而三处之中，以鬼驿市为冠，因市附近西关大商店殷户鳞集，虽近宝华坊十五甫等处，尚有第十甫德兴桥菜市，然厨司欲购佳肴，仍非赴鬼驿市不可。奇有店地址名虽为十七甫，实与鬼驿市毗连，其所沽膏蟹不独在鬼驿市可称为巨擘，即城厢内外亦可称为巨擘矣。至其原因，则各市购蟹均系向蟹栏转购来，而奇有系与蟹栏订有合同，膏蟹运到栏时，非由奇有先行拣选后，不得零售与他人，宁可价值稍昂在所不吝。故考究嗜食家，欲快膏蟹朵颐，而取其最佳者，非向奇有购买不能如愿以偿。在蟹栏不专售与奇有，亦难觅得善价而沽。习惯相因，而膏蟹竟致为奇有专利品矣。但有一节，欲购肉蟹，则不必向奇有，而伊店所沽亦未必比他人实佳。奇有奇有，确系名副其实焉，今日可称之为膏蟹大王矣。

鸭腿面

入民国以来，记者虽屡有里门之行，然劳顿征尘，除稍有应酬被邀赴席酒楼外，已无暇与二三旧交遨游小酌，鸭腿面久已不知其味矣。回想从前酒楼饭馆，其茶面价目表所列之鸭腿面，不过徒有其名，倘顾客要鸭腿面，则堂倌必以刚卖毕，鸭羹面则尚有为对。计鸭腿必须预先炖软滑，方能上碗；鸭羹系将鸭肉临时切粒，再加笋粒、冬菰粒、猪肉粒，同烩作羹，便捷利溥。以鸭腿面为号召之具，故俗呼食鸭羹面者为阿耕（即沪寿头），因与鸭腿面同价目，实受酒楼所愚。惟浆栏街苏公轩酒楼则不然，其鸭腿面，可谓名冠全城，知名者极夥，直可云有历史之价值，取价亦廉，每碗合今日小洋一毫而已。当时高第街尚有一家酒楼名为苏乐轩，大约同是一家人，但未审谁先谁后，其鸭腿面调味已难与苏松轩匹，且每日预备供给顾客亦为数无多，非若苏松轩自午至午后四句钟前后，均无以乏供对。但该酒楼堂倌手段甚滑，倘约三数友人同往食鸭腿面，荷包内必须多备馀款，否结账时窘于应付。缘登楼入座后吩咐食鸭腿面，堂倌随即询问饮酒否，此系寻常之事，无足为奇，更之鸭腿颇可为下酒之物，倘答以取若干两，堂倌送酒来时，必随带红瓜子一碟，另以客为标准，如两客则再送冷荤素小碟各一，荤碟价目略比素碟昂些，如三客入座，则两荤一素，如四客亦不加碟，惟个人独坐亦须惠顾一瓜子一荤碟。倘系与堂倌有交情之客，由堂倌手送瓜子散置桌面上，不用碟载，即作为特别优待，不算入账矣。向无酒面同时送来，而不随带小碟之规则，因瓜子小碟芥酱槟榔等系作小账计。饮食毕，盥面水与槟榔每客各一份，面水与槟榔每客约收小账今日之小洋半毫，以三客计算，连鸭腿面在内，饮酒不多，小洋十五毫左右足敷有馀矣，以今日生活程度之高，计可谓廉极。荤碟以酸炸猪排骨、糟鸡鸭翼、卤鸡肫肝、鸭脚等类，素碟酸菜、炸茄芋片等类，均皆颇可口。而竟有等经济家，未登楼之先，已预戒只食鸭腿面不饮酒，惟求得达目的，不计堂倌欢迎之不欢迎也。该轩尚有一种猪肉丝汤面，称为街坊面，赏识者众，因味高价廉焉。

（《粤风》1935 年第 1 卷第 4 期）

饮食琐谈（续）

鲤鱼，鲥鱼

记者久罹胃病，时发时愈，客岁春间复发，入仲秋更剧，每有饮食下咽毕，瞬即吐出酸水，饱胀难堪。某庸医误作膈食症治，几将不起。某医本属同乡，且称久习江浙派医术，极有心得。记者向乏医学识，医者父母心，况以古稀之年，虽死亦不至称为夭，故任其所拟诊治，不敢为逆。惟家人等见情形日非，大不以某医为然，另延李医生遇春先生施诊，则断为非膈食症，且以次日无需再诊服药，此系老症，不能急求速效，只可日以鲜牛奶、鸡蛋、麦粉等代饮食材料，逐渐调养，自能复原为嘱。又承友人见告，以西药GLUCOSE-D（译名丁种葡萄糖）代糖和牛奶，营养极佳，可治胃病。试之果见大效，刻已荏苒一载，饮食如常人，胃病不见复发。奈卧病经年，举步尚觉虚软，久已杜门不出，以读书作长日消遣。五柳先生谓好读书，不求甚解，每有会意，便欣然忘食。记者反是，好读书每不识其解，便欣然想食。儿辈于某星期日晨，邀记者同往虬江路新雅茶楼品茗，记者嗜食已惬心怀，加以新雅茶点精致，肴馔可口，布置美丽，招待周到，均皆脍炙人口，遐迩闻名，记者久已赏识，于是整衣同往。到座适晤粤东中学教育家黎君，更觉欣幸。

缘自抱病以来，酬酢久疏矣，无意中谈及黄河鲤，记者足迹所至，向未履及河南郑州一带近黄河之区，惟曩年于役绥远城，曾啖由包头运至黄河鲤一尾，时届冬令，虽失其鲜，然美幼嫩滑尚未至变。黄河鲤尾无愧称为八珍之一，视吾粤所产远甚。我粤鲤鱼味虽厚而肉粗，嗜者甚鲜，惟俗例奉神之三牲，缺鲤鱼不可以他等鱼代，或者以鲤鱼能化龙，故视之重耶。包头系居郑州黄河上游，两地产鲤相较，有无优劣之分，未能判别。惟忆故乡甘竹滩，相传滩上游与下游所产鲥鱼，下游较优于上游。记者少壮时好奇心盛，在当时奔驰广州、苍梧两地，甘竹滩系轮船所必经之道，于是预交款托轮船友人，由广州上驶梧时，先向滩下渔者，嘱打便最大最鲜鲥鱼三数尾，价值昂贵在所不吝，惟求必获，俟轮船由梧下驶，夜半经甘竹滩取鱼，次晨船抵广州，记者携鱼返舍烹饪，与家人等同啖并分馈亲友，均以市上所售实难较此并肩，人言非虚等语。记者又经将滩上游之鲥鱼烹食比较，确不能比优胜于滩下所产，是否心理作用，亦未可料。但在梧州所食，则实属自郐以下矣，俗云臭泥气也。说者谓广州鲥鱼三月上市，梧州须在六月初间，此系由下游至上游之明证，焉得不疲倦失味。然鲤鱼可以随地产生，似不能与鲥鱼相提并论，俟有机缘至河南之黄河得尝鲜鲤，方敢哓舌，姑在此志之。抑以记者之愚，默忖甘竹滩下游鲥鱼，味美优胜，尚居素著名于时之吴淞江鲥鱼伯位，或讥以为乡曲之论焉。

荷包生翅

沪埠粤人酒楼有此称谓，其他酒楼多名为排翅，大约烹饪喂汤，则大同小异，而形式则各具巧思。所谓荷包翅者，以其形若每件去衣之沙田柚肉，内含浓汁，用箸夹之不破，入口则软滑甘腴，其味佳美，难以名状，有清炖、红烧之分。惟以食毕，而所盛翅之簋，无馀汁点滴为贵，故又名为收汤翅。至未制为柚肉形者，烹调尚易，则统称为生翅焉。

查从前广州姑苏酒楼所烹饪之鱼翅，系用一种熟翅（有专以生干鱼翅，洗净去沙，煮熟晾干，然后沽于酒楼者，名为鱼翅店）为原料，味不甚鲜美。自逊清咸丰季年陈厨子发明，自将生干翅洗刮去沙，即行喂汤，是为荷包翅之嚆矢，迄今数十年尚蜚声不坠。现目只闻有生翅之名，而熟翅则淘汰将尽，陈之魔力可谓大矣。

陈系潮州人，为某宦之厨司，佚其名，或以陈厨子，或以潮州陈呼之，有巧思，善揣摩某宦心理，其烹饪所用原料，无非系山珍海味，亦非异人者，而一经手调，即特别精妙可口。宦素具讲究食家之名，乃独赏识于陈，每食非陈烹调，几不能下箸，虽日食万钱，亦所不吝。由此陈厨子之名大著，宦场中人，宴上官嘉宾者，非声明借重陈厨子帮忙不为欢，亦不成为敬意。宾主赏赉优厚，陈亦藉此积蓄成家。然衣服尚具工人本式，时届冬令，间穿狐裘（当时工商界所御裘多属红狐爪为趋时）、窝龙袋（对开衿窄袖短褂），向不穿长衣。惟出入则二人肩轿代步，人亦不觉其傲也。

某宦去粤，陈以所蓄营肆筵堂酒庄于卫边街，其门面仿北平老式饭庄建筑，租赁一回字门口（俗称谓，略似沪之石库门口）大厦，入门即睹收钱银账柜枱及厨灶，自称为杂架酒楼，不知是何取义，不入姑苏酒楼同行公会。其燕席中不独荷包翅与熟翅大有分别，甚至寻常冷荤素围碟点心，亦另具巧思。当时卫边街、司后街、后楼房一带均属衙署公馆荡子班（女优演堂戏兼侑酒清唱，恍若北平之像姑，谙普通方言，招待客极殷勤周到，与珠江名花异，宦场中人酬酢趋之若鹜，额廉访下车示禁，致仕去粤，死灰复燃，张南皮督粤始行严禁净尽），肆筵堂地介其中，大有应接不暇之势。续后同兴居、一品升、贵连升等随之蜂起，宦场人因之以其地址相毗连，且亦合口味，远而至于南关、西关（俗以城外之称），殷商富户宴客，若非杂架燕桌，暗讥以为主人不知味也。

光绪中叶后，西关泰和馆、文园等崛起竞争，记者已客苍梧，不甚明瞭其真相。惟合肥傅相督粤，则贵连升烹饪佳妙，风靡一时，迨至岑西林督粤，声誉尚炽如故。记者间由梧返里，亲友设筵相邀，多数以贵连升燕席招待，舍近在咫尺之泰和馆等，致记者未得啖尝其烹调，至今尚不敢评以月旦。岑当时提倡，宴会除冷素荤围碟点心外，其肴馔不得过十簋，以为廉俭由伊作始。记者所赴亲友之宴，虽系海碗荷包生翅，其馀则九大碗，贵连升价目已非二十金不能问津矣，倘用大翅改代包翅，需加二十金，只用大翅一海碗三十金。人谓岑实导人以奢侈之渐，缘十六簋均皆上选之品，价目焉得不昂，斯亦岑始料所未及也。

当时巡警道王某厨司，有易牙之称，岑西林宴客每借重代办。时记者友人与岑之要人某后补道，同秉造币厂提调员差，厂离督署匪遥，加以厅事轩豁爽朗，面对荷池，傍布假山流水，泉声淙淙，极得自然之乐。人与地均皆岑所赏识，故僚属宴岑者，非借座造币厂厅事，借用王巡警道厨司制菜，岑几不乐赴。间稍酩酊之际，辄对僚属发言，谓愿当造币厂提调，不羡两广总督之语，闲情旷逸，趣语横生，记者系得之友人所传闻。且岑又嗜食蛇，以久膺疆寄之大吏，而竟为乡邻广州风俗所诱惑，注重于食，谚云“食在广州”，洵非虚语矣。

王道厨司亦粤人，曾习杂架酒楼手势者，故王道署中食客满座。记者友人公暇约数人访王留晚膳，肴只六簋，且无燕翅等贵重品，乃烹调佳美，一汤一汁之微，其味均皆可口，同座极快朵颐，赞不绝口。次日偶晤其账房，问及昨夕一席之需，所费十八金，不觉挢舌。计思六簋平均，每簋不过三元，较之目今百金一翅，八百金一翅桌，则又觉小巫见大巫焉。

在光绪十年左右，一品升等燕桌，以四冷素荤、四热荤、四水果、四京果、四糖果、点心两度、八大簋（内海碗荷包生翅）、八小簋，名为燕翅全席，价目银七两，合今日广毫十元。另挂炉鸭一只加广毫一元，若加烧乳猪一只，广毫至多四元，尚要声明惠爱街清风桥某烧腊店（此店最脍炙人口，记者已忘失其名）所烧，否则不值此价，共费不及十五金，已觉堂哉皇哉宴客矣。乃相差十年馀之间，只十大篕一桌，已涨价至二十金，以一桌八大八小之价，仅能敌一篕翅，生活程度之高所致也。

此后姑苏酒楼全改用生翅代熟翅。及肆筵堂收庄歇业，在于何年，记者已难忆及。惟小北二牌楼占三元，闻系陈厨子后人所制，价廉味高，嗜食家赏识者众，交易多长久熟客，故又能代客打算省费装局面。其制法系以大碗包翅，而用炸绍菜（天津白菜）为底，盛以海碗，令食者稍不留心，即无从判别有绍菜为底。只此一篕，已可省出二金，若桌数多者，多省夥矣。客有喜事宴席，嘱其到公馆烹饪，交易在价值二百金之间，事后送账单至公馆收款，必随单跟馈燕翅一品锅一具、点心两碟，大约其价值亦需数金，以手段招客主顾。在他等酒楼冷热荤等等，不过作为陪衬之品，不甚注意，而占三元则否，如冷荤之酸绍菜、炸芋头片，热荤之炒鸡子、豆苗炒鸡丝等，并非贵重，所值亦微，而竟有指明必需备者，可见其遗传巧制仍未失焉。

记者别离故乡，瞬又经三载矣，桑梓之念，耿耿于怀。乃本届廿四年双十节，承《粤风》月刊社主人，借座陶陶酒家，以第一次联欢会庆祝，设宴招饮。入座则畅叙均属同乡诸公，目睹则皆是红木（粤谓酸枝）家具，陈设堂皇，堂倌全系同乡，招待周到。斯时记者恍若已抵故乡，身心愉快之极矣。陶陶酒家本以广州肴馔烹饪巧制著名于时，不独记者个人所称许，故该夕宴桌嘉肴适口，快我朵颐。酒半同乡诸公表演乡音，或高歌乡曲，记者向不善歌，乡音则珠江南岸之音，与城市普通话无异。惟幼随先叔肄业于逊清八旗驻防之同文馆，同学友均属驻防旗人，故稍习旗人语，至今未忘，虽亡国之音，本无可取，然亦可藉此略审当日同城民旗杂居数百年概况。我粤系革命发源地，闻今岁扩大庆祝双十节，我等羁旅海上，岂可不追随附骥，以尽主人之欢。诸公既表演乡音乡曲，记者则本欲表演驻防旗人语，以向诸公献丑，俾博一粲。惟因酒美肴佳，不觉酩酊，举步为艰，是以不果。席散扶醉归寓，急寻黄粱之乡。次晨仍秉习惯，上午四时离卧榻，啖我之牛油多士，饮我之牛奶架啡茶，回思昨夕之欢，陶陶烹饪之美，直可谓贵连升等杂架酒楼，后起之秀，将来升堂入室，未遑多让。茶罢，触及荷包生翅发明之历史，拉杂记述，用作向《粤风》月刊社主人息壤。明岁庆祝双十节招饮，老汉更要饱饫陶陶酒家巧调红烧大翅也。

（《粤风》1935 年第 1 卷第 5 期）

饮食琐谈（续）

南乳羊肉面

羊肉味略带膻，有草羊、绵羊之别，大约绵羊多产北方，草羊产南方，沪滨除欧美人及清真教民外，寻常鲜见有为助膳之需，故市面酒楼、西菜馆，似甚罕备。惟广州市面则不然，若从前鬼驿市双英斋、都城隍庙内福来居，均常用炖便杞子羊头蹄应客，取价亦廉，擅名于时。至卫边街同兴居羊肉包、羊肉面，嗜者亦夥。酒楼宴席红炖绵羊、清炖草羊、炒绵羊丝等，亦是常备之品，极属普通。售羊肉店以归德门四牌楼为丛聚之区，业此者均属清真教民。各市间有沽羊肉者，皆由四牌楼贩来。惟十三行怡和大街口杏春茶面酒楼，羊肉面则脍炙人口矣。

杏春楼座不甚广，且均属散座，并欠雅洁。据人云，该楼主人从前在沙基粤海税关前摆摊，卖牛腩卷粉起家，创杏春楼茶面点心，以南乳炖羊腩面、鸡丝汤面、锦卤（炸云吞或条板面为底，上盖烧鸭、叉烧、白切鸡、煎蛋、卷鱼脍等件于面，有刘伶癖者多嗜之）擅名于时。但座中啖羊腩面者众，以寻常红花食饭碗盛之，值今日小洋一毫可购三碗，倘食量宏者，泡茶一盅，点心一二碟，羊腩面两碗，否则一碗，亦可敷其老饕，所费尚不及小洋两毫。鸡丝汤面与羊腩面同价。有谓其羊腩肉，由稔友在香港、省垣往来轮船逐日由港带来，因西人不食羊腩，价已不昂，加以买手及携带均得其人，所以羊腩丰富，又调味火候两得其宜，他人焉能竞逐，几视为专利品。然亦当时生活尚佳所致，自量力不及人者，则不欲蚕夺他人之业也。

惟当时稍肯向谷埠花丛及紫洞艇涉足者，均不肯向杏春问津，缘座上客品茗者，谷埠鸨奴艇侍者（俗称阿社）居多数。谷埠咫尺即属怡和大街通津水步，彼辈以相近匪遥，易于往来，日夕有暇，即借此谈天，虽不至自称阔绰之人，亦岂肯与此辈同座，更恐受彼辈暗中所讥为打小算盘贪便宜之友（讥诮鄙客吝者谚俗），有失观瞻，宁可裹足，不敢过门尝此美味，故杏春羊腩面，可称为平民化焉。

其馀茶居酒楼，亦间有羊肉包、羊肉水饺供客者。如曩日长寿里之某茶楼（忘其名）羊肉包，每日出笼均为捷足者争先抢夺，以得啖为快，想所嗜有同情。但记者近年返里，均未暇向茶楼涉足，故乡人尚肯嗜食否，不能加以武断。惟家人在此间买羊肉返寓，红炖或清炖，并非妙手巧制，而亦不觉其膻。惟回想曩客北平，除向清真馆啖羊肉外，若购回自制，稍不得法，竟难下箸。说者谓北方绵羊食干草，南方食青草，故有分别。此间酒楼、西菜馆之不用羊肉，大约以嗜者鲜，并非以其有膻味，然耶否耶？

架厘鸡

五十年前香港欧美西菜厨司某（此后简称即某西厨司），佚其名，番禺人，以善制架厘鸡得名于时。其实某之烹调得享盛名于欧美人者，不独架厘鸡一种，缘国人啖西菜者，多属滥觞于架厘鸡，且亦与其历史其关系，故旅香港有年，说及善制架厘鸡之西厨司，即无不知为某矣。某初为香港么地源行厨司法国人之火鸡撑（俗称学师徒弟），稍不如意，即手足交下，某受之不逆，因法厨司性暴躁，鲜有能受之者，虽小技之微，天亦劳其筋骨，率抵成名。至今香港尚闻其历史，人可不自勉耶。

么地洋行为香港西商之巨擘，夫妇广交际，食客满座，据传月中饭食一项，除由本国输来外，在香港开销亦非四千五千金不敷支策云云。某处最盛时代之日，系为香港总督（俗称大兵头，习惯称总督，照英文译为首长，逊清称巡抚）暨全港欧美人最大之俱乐部西厨时，仍尚兼理数家大洋行厨司，所入虽丰，然某慷慨好义，金钱随手净尽，食客如鹜。故巡捕房（俗称绿衣楼）日夕轮派往督署当值之中西巡捕，某无不深相结纳，供给酒食，性所使然。虽未到过督署当值之巡捕，但闻某名，亦无不省识也。

当时香港有一苛例，虐待我国侨民。每夕过九时须携带街纸（系侨民店户向华民政务司登记事业门牌号数后，再行缮呈该司给发之入夕在马路上通行券，券内列请领店户之门牌号数，以用一季为期，届期更换，给发多少张数，视店户所营事业大小而定，若侨民有名誉及殷商，则券书请领者姓名，作为特别优待，一年一换，不许转借他人），以在道途遇站岗捕询问，立即交出查阅，否则视为犯夜论，拘留于捕房，次日罚金方得省释。若同行两人，亦须携两纸。他国虽无业游民，亦不受此苛例虐待，诚属不公之极矣。

友人在某寓入夕谈过九时，若无街纸携带，由某陪送其返。倘在马路上遇巡捕，即使某向未谋面，但某一报名，该捕即不敢过问矣；倘某遇相识巡捕，更可托其代送友人，无须自行陪伴。读刊诸公勿谓总督庖司威权所致，实系某向来慷慨手段所使焉。某极得港督夫人欢，竟不视作庖司看待。香港戏院逐日演戏，例要向华民政务司领取准许热照，手续甚繁，逐日所演节目，预先数日即须缮呈候批，否则临时或受干涉停演。自某请港督夫人莅临戏院观表演《六国封相》，大加赏识，某从中运动，此后虽仍逐日呈演戏节目于华民政务司，然而手续已省，实系某预告该戏院准备演《封相》，俾夫人到观，以为中国戏均若此焉，故无烦多费手续也。

某自此以后，戏院守门人无不知得他有惠于院，随时携友入座观剧，亦不敢向某讨取客位票券。一日某偶至戏院，睹有两观剧客人，因座位相争，几至动武，某旁观不平，亟呼戏院值日西捕，告以理由，将强霸占者驱逐，俾理直者得座。理直者随向某道谢外，加以寒暄，始悉系穗垣富翁携眷港游，而寄寓于旅社者，倘不获某旁观不平相助，则告诉无门矣。随邀某至旅社作知己之谈，某次日馈以最惬国人嗜西菜心理之架厘鸡。某制架厘鸡值虽微，而配制材料反多鸡价二倍或三倍，实在意中，穗垣西菜馆焉获得此种口味。此等逢迎，系某向来酬酢手段，人所共识，当时似非另有他意。日后某经营某大酒店，向富翁招股银一万圆，竟全数亏去。人谓某之架厘鸡，值银一万圆，未免谑而虐矣。

某经营商业实非所长，加以该酒店向寓欧美达官富客，非用欧美人为经理，未能招徕远客。某只可自行司理庖厨一部分而已，加之某之手段，食客三千，用人不当，无用多讳，费用既繁，暗耗更夥，焉得不失败，竟至破产，负债累累，饱尝铁窗风味。有人谓某当系狱时，港督往往就餐于狱，是否实有其事，记者不敢附从其说也。

某自破产出狱后，虽不至落魄无依，然环境大非昔比，幸其子经已成立，尚不至受家累所扰。然此等人要他藉就安逸，实做不到，继又创营一小西菜馆于水坑口。该处深入花丛，座上客以邀花侑酒为目的，并非注重哺啜，焉能展某所长，又复失败。转就某银行为厨司，出入仍坐两人肩之竹椅轿。斯时记者适亦就席该银行会计处，然服务殊途，彼此觏而甚罕，偶或相遇于途，目睹其憔悴情形，已异畴昔豪爽气概矣。

计架厘鸡已为吾人普通肴馔，嗜者亦夥，并无秘密制法，但所配材料，如生柠檬汁、鲜牛奶、椰子汁，则断不能少，其馀火候相调，亦所必需。故某厨司能享盛名于五十年前者，其所配材料，谅必更夥，否则材料之费，焉能所费倍于数鸡。记者以制架厘鸡，必须汁味浓厚，鸡身甘香松软滑，方属最低限度。至食时所用陪衬材料，在西人酒店亦属不少，各随所好，如西人酒店、游船等等，每午夕两餐，必常备架厘鸡为尾度之肴馔，嗜否任客各便。考架厘粉发明于印度，流入欧洲。至湿架厘或由欧人加以香料配制，亦未可料，近日售价甚昂，除西人酒店外，西菜馆谅所用必罕。日前本市四川路有印度人设店沽售印度食品，并售煮熟架厘肴馔，记者曾尝其架厘鸡，亦颇可口。近今已不获觅得该店，是否搬迁，抑或歇业，无从审识。惟虬江路口新雅茶楼，架厘鸡尚属巧制味佳，嗜者不妨问津，以审记者所言当否。

（《粤风》1935 年第 2 卷第 1 期）

粤人之食品

观　炽

粤友麦君，日昨为余爰述彼省人士奇嗜数则，颇觉有趣，特记之如下。

一、狗肉

每值夏至，好事者择肥稚的小黑犬，宰杀后，切成方块，如香蕈、蘑菇、豆腐皮等烩之，其味可口，有过于豚肉、牛肉者。俗传黑犬最为滋补，故宰烹多取黑犬。粤谚有云："夏至狗，无处躲。"于此可见粤人嗜狗一斑矣。

二、猫肉

食猫多在秋冬之季，因食之最能暖身。惟宰杀甚为惨酷，宰屠之法，以肥大之猫，活裹之草袋内，投诸水中，使溺杀之，然后去毛头脏腑，和各种药品炖之，或烩之以香蕈、红枣等，其加以蛇肉、鸡肉烩者，曰龙虎会。

三、鼠肉

非家中之鼠，乃田鼠也，每当秋收之季，出入田亩，窃食田亩之稻，故甚为肥大，农夫获之，售诸市中，每头约值六七角。其烹食之法，或烩，或风腊，用以佐酒，别具风味。

四、鱼生

每年到七八月时候，市上售鱼生店先后开张。鱼生是用鱓鱼一名鲩鱼做者，刮去鳞，挖去脏腑，起骨洗净，用快刀刮成厚二分许之薄片，再用萝卜切做细丝，且和各种果品，如文旦、橙、柠檬等，沃上酱油、熟花生油，捣而食之，入口冰融，甘味胜过常品。

五、蛇肉

夏月捕蛇者捕得后，去齿上市售卖，有湿毒之人，食之可愈，照俗说，此是以毒攻毒之方法。此种理由，到底可信不可信，在下不敢断。烹食之法，先将的烩鳞脱下，刮去骨酱，同鸡肉或同猫肉、药品等炖之，或和之以香蕈、枣子等，俗有“龙凤会”、“龙虎会”之名称。

（《申报》1925 年 12 月 27 日）

艇仔粥

培　淞

你到过广州荔枝湾，定会给一种食品逗引起你的注意，就是艇子粥。

烈日吐出火焰般的舌头，向你示威，在充蕴着苦闷的心儿内。一到晚上，定会悠然起了动机，寻一块清凉幽雅的地方去适意，那末荔枝湾必成了你的目的地。

当你漾荡在澜洄中，泛舟于绿荫下，幽游闲乐的时候，锐亮的音浪常要刺进耳鼓来，“鱼生粥”、“鸡粥”一阵喊声。

这是何等动人腻听的喊声啊！动人垂涎的喊声啊！因而弹起你尝尝滋味的心弦。

夏季人们燥渴的胃口，为饮了过分的水量，消化力停滞住，食饭反觉乏味，所以到荔枝湾的游众，浸在夜色沉寂的怀抱里，已不容易寻些滋润舌喉的东西，那时倘发现一种可口的食品，饥不择食，岂不是特别要赞扬“好”的一声吗？于是，艇仔粥就因此著名。

艇仔粥，包括了鱼生粥、鸡粥、鸭粥等，由小沙艇载着来往荔枝湾兜卖最多，烹制的材料，以鱼、鸡、鸭等肉为主要，配与油条、花生、海蜇等物，香脆可口，任顾主随意选择，这是荔枝湾特殊点缀的彩色。

最初得着盛名的是甡记，其馀尚有许多，恕未详述。

（《粤风》1935 年第 1 卷第 1 期）

沙河粉

希　三

“沙河粉”在广东小食馆子里是很有地位的一种食品，说起它的历史，却是很有趣的。

沙河离广州约有十里，是白云山麓的一个小村落。在离开现在数十年的时候，更是荒僻到无人过问的地方，全村除了三两家小店和零落的竹篱茅舍以外，便一无所有了。村中并没有幽雅的风景，可是为了它的地位是在白云山下的缘故，却形成了白云游客的休憩所。

从广州到来的游客，经过了十里长途，山色纵然可餐，所可惜的是医不了肚，因此这里的粉，便成为大众惟一的食品。俗话说：“米饭唔怕糙，饿时样样好。”何况粉是沙河的物产呢！那里的粉确比平常的来得嫩滑爽口，再加上调制的技巧，无怪乎食者要津津乐道的。

据说，有一次有一位贵人，从白云遨游归来，在那里饱吃了一顿粉，像发见了什么似的，马上宣传出去。从此沙河粉的名称，便为全广东人所注目，远近的人都以到此一食为荣，小小的沙河便弄得车水马龙，络绎不绝，竟因此繁荣起来，连汽车也通行了。

从来贵人的说话，无有不点铁成金的，一经品题，声价何止十倍。沙河粉之所以起名，当然不能例外，然而却为了它成名的缘故，现在各处都仿着去做，随处都有沙河粉吃，真正的沙河粉便因此不贵了。

（《粤风》1935 年第 1 卷第 1 期）

柱侯食品

炳　霖

佛山祖庙（祀玄天上帝的）三元市，有一间酒店，名叫三品楼，在佛山很有一点声名。内有一厨子名罗柱侯者，头脑清新，具有改革的思想。蒸猪头肉为彼店中之著名食品，很可以招得一些人客，但是味道虽好，不过许多人都嫌它过于肥腻，于是罗柱侯运用他的巧思，设法改良，经他一番的详细考虑，居然得到了成功。其法是先把猪头肉用水煮之至沸，然后取出用冷水浸透，再煮再浸，这样行了数次，直至把猪头肉的脂肪，完全取出为止，然后涂上酱料蒸煮，便不觉肥腻，转觉得非常的爽滑。因之食过的人，都交口称誉，所以没有多少时候，三品楼的蒸猪头肉，差不多全广东都闻名了，而罗柱侯的名，也跟着渐渐地显著了。

后来，他又想出一法，用花椒、八角、桂皮、谷牙、胡椒粒、草果等药，来浸煮猪的肚肠杂物，使成为另一种风味（即现在所谓卤味）。这样一来，简直给广东烧腊起一个大革命，因此罗柱侯的名更显著，而各烧腊店和酒店，也竞相仿制，于是卤味便成为佛山普遍的家常助餐的食品了。但是一时没有适当的命名，所以就仿东坡肉的例子，把发明人的名字作为这种食品的称呼，这就是柱侯食品的来源。

（《粤风》1935 年第 1 卷第 1 期）

中山薯粉

西河荆轩

人皆知西湖有八景，而不知我乡亦有八景；人皆知西湖有著名之藕粉，而不知我乡亦有雅致的薯粉。西湖藕粉因八景而出名，我乡薯粉竟不能亦因八景而显著。原因是，西湖有不少高人替它赞扬过，是以爱屋及乌；我乡呢？虽然山水也不错，可以从来没有高人名士赞扬过，就是道地的高人，也是少得可怜，当然是不可以同一而争炫耀的啊！

吾乡属中山县境，农户颇多，每一家农户都差不多种有番薯的，他们的番薯底出路，不是挑到街里去卖，便是留着自己受用了，一半饲猪，一半人吃。说到吃的方法，真是讲究得很了，因为一时吃不了许多，就想出做粉有方法了，制成这种粉之后，就取名为“薯粉”。

现在，让俺介绍介绍一下罢。

薯粉是用沙盘磨成的，(注：沙盘是一种周围有锯齿的瓦盘，中山人叫做沙盘。) 磨成这种粉的番薯，必须用“白番薯”才可以，别的不成。先把它洗净了身上的泥，也不用刨皮，就此握着在沙盘里摩擦，一经磨后，便成细细的粉末了，再盛入布袋，用重的东西压去水分，晒在阳光下一二天，就成很嫩的干薯粉了。这薯粉，能历久不坏，而且据云越藏得久的愈有益，和着白糖，冲滚水吃，要浓要稀，都随你落多少而定，浓的可以打成糕，稀的可冲做浆水，当你身体有些热气吃一碗薯粉，较胜过去吃苦药多多咧！白花番薯磨成的粉，更是可贵，能医腹疾泻痢等病。

现在，见着那些先生大人们，买着西湖藕粉来吃，不觉哼起一句：“故乡风味复如何？”

（《粤风》1936 年第 2 卷第 5 期）

芋　饭

羽　军

因为生活的鞭策，职务的羁绊，且以文学的笨拙不通，俗话说，献丑不如藏拙，所以对于“乡味”一则不敢也不能贡献给读者。这次承编者的再三叮嘱，实在人情难却，只好从忙中抽出些功夫敷衍塞责罢了。闲话少说，言归正传。

今天刮起北风来，才想到冬初是应该有一顿什么吃的，及回到家里，经孩儿们催买芋头要煮芋饭，然后知道“立冬”就在眼前了。因为我们乡下的风俗是这样的，一到立冬，农家就预备了一钵芋饭去孝敬“伯爷公”，其实是充饱自己的五脏府罢了。不过农家做的都很马虎，随便将芋头和葱煮些饭就算了，讲究的那就非同小可，因它的真材实料，所以会吃的饭桶，吃起芋饭来顶多的也不过三碗，若到四五碗的那是绝无仅有了。

想吃一顿顶刮刮的芋饭，成本也不便宜，但是广东人讲吃，对于钱一方面不理的，最要紧的条件是“色”、“香”、“味”，及合乎“真”、“善”、“美”。在我们家乡，不是随便哪一位厨师都会煮芋饭，这一套玩儿实在辣手不好搅，第一要有真实的材料而会分配，第二要有十二分足的经验，第三手脚要敏捷，所以不轻易动手，如没有把握，一个不好，就要煮焦不能下咽。

关于材料方面：鸡肉、鲜虾、江柱、香肠、栗子、五花猪肉、小广鳝和芋头等。鸡肉要切粒状，江柱要撕成丝状，香肠片切得薄，肉片、鳝花、芋头至要紧切成不大不小，因大块恐怕不熟，大小块于饭熟后不见芋。

它支煮法是，将生米和江柱、芋头、栗子、五花肉等一同先落镬煮，火要猛，到滚的时候，就要翻身，但翻身后，仍旧盖好，在这时的火稍为弱些。等个一霎那，再揭起盖来，将其他的配料倒下去，在这时还要落多量的猪膏，再全镬的将它搅匀，盖好，这时候火又要加猛一会儿，然后慢慢地收火候熟。

装起来吃了，那随各人所喜欢，加胡椒也好，酱油也好。还有一样是芋饭的饭焦皮，趁热的时候刮起来试一试，比较外国的煎饼，惟有过之无不及，各位不妨试一回，尝尝滋味。就目前市上的荷叶饭及其他等等，我也试过，敢大胆地说，没有这一味芋饭的“色”、“香”、“味”及“真”、“善”、“美”兼齐，这是敢扩大宣传的。

（《粤风》1935 年第 1 卷第 5 期）

薯芋两相宜

副　鹏

“谁共桑麻话，煨同榛栗餐。田家夸落实，土灶当消寒。……”

——王鼎《煨芋》

番薯和山芋虽不是广东的专产，也自有其特别之处，也许是我的心理作用吧。

从小我便喜欢番薯，在往昔崇明路清云里口，几乎每晨都可以找到这个买番薯的老主顾——我。

初回乡的第一天，恰巧对门伯母炊熟了一大镬番薯和芋，香喷喷的槟榔芋也有，甜滑滑的白番薯也有，拿来叫我吃，呵！我这嘴巴之福真不浅呀，何其逢辰也。

积久了，吃的经验深，因之分析力也不胡混，才知道番薯也不只是番薯，山芋也不只是山芋，正如南枝向暖北枝寒，一种春风也有两般呀！

就我们的乡下说，番薯有六种可分：

白番薯，肉白，性清凉，最宜于晒薯干，但不容易生长，故价亦贵。

血薯，肉呈血红色，藏之愈久愈甜，有人把它浸酒，说很为有益。

牛王薯，一称栗子薯，熟后肉极酥香，一如糖炒栗子。

沙梨薯，肉甚爽，清甜可口，生食最佳。

叶子薯，剖开略有白色的乳状脓，普通上市的，多类此种。

藤子薯，乳脓最多，肉较韧，多用于喂猪。

之外，还有“大番薯”，比喻蠢笨的人，不是真的另一种番薯。荷兰薯，是杂种冒牌的，也不能作数。

山芋也有三种可分：

槟榔芋，形长，味香，价也贵。

红芽芋，就是日常所食的蛋形芋。

番芋，据说是近年从外国传回的杂种，和红芽宇差不多，味稍香。

之外，又有“丢山芋”，是“一二八”之役，十九路军兵士抛手榴弹的别名，可算救国不忘乡味。竹芋，名虽同，其实完全不同，谐芋，属一种药材，地上茎和地下茎都与山芋无异，所差者，不能食，错食了，有病的倒没要紧，没病的喉咙必痒，患之，黄糖可解。

总上归纳起来，不外乎薯乸和薯仔，芋头和芋仔，换文雅点，就是子薯母薯，子芋母芋，种类虽多，每非区区而已。

关于吃的方法，也有异样的特殊风味，不同上海的一大炉一大炉地生生枉煞。

每当秋冬二季，那就是煨番薯的非常时了。他们把小泥块砌成帐幕形的空心炉子，烧着火把整炉子的泥烫得通红，然后放薯芋在里面，敲碎红的泥块，再用生土封固成一堆，不到一点钟，便可挖吃了。可是，话虽说得容易，砌这炉子的，非老手不能，要不是，时到盖炉顶的时候，会整座塌倒，一篑功亏，不由得你气也。

干食的除洒薯条之外，尚可以磨成薯粉和竹芋粉，功用和西湖藕粉相颉颃，也可以冲开水吃。可惜我乡虽也有八景，但终不及西湖，如果是及的话，怕不也一样会称中山薯粉。

（《粤风》1935 年第 1 卷第 5 期）

红烧甘薯

南　英

我本是吃番薯的，米桶无米，将它当饭餐。故对于怎样食法，自然比较知道详细些，何况它是家乡的特产之一呢。食法约有五种：一、烘，二、煎，三、炠，四、蒸，五、煮。“烘”，大家都已见过的，在冬天市上摆的塔形圆桶，这就是烘香薯；“煎”，将它切成片块，蘸了薯粉，放在油里来煎，这是第二种；“炠”，是半蒸半烧，不过吃起来别有风味；“蒸”和“煮”，恐怕大家都尝试过，不庸赘述。但是红烧番薯，相信大家少试了。如果味道做得好，连舌头舌落肚。倘若够火候，不缺猪油，末料配得适宜，那就它的味道甜如蜜，香如糖炒栗子，滑如燕窝，入口便化为乌有。它的清香爽滑，实非南京路沈大成的那种红糖番薯可比的。在汕市，只有一家酒馆会做这味东西，其馀的都不行。在下对于这味儿，虽不敢说是妙手，但做过吃过，实在不少次数，经验方面总算是充足的，不过怎样烧法，只好暂守秘密，大约在最近的将来，一定可以弄一顿给各位老友试试吧！

（《粤风》1935 年第 1 卷第 2 期）

白豆芽菜

乐　志

切碎白豆芽菜与琢猪肉同炒，味高价廉，系普通作膳品之一种，制法亦简，本非手续浩繁，人皆能办。记者自髫龄时习惯，至今仍嗜食之。惟不论家人暨亲友厨司所炒，虽均称可口，然细嚼其味之甘美，犹不及我家曩日所雇用之老佣妇手制，一物之微，尚觉若此，殊深感慨矣。

佣妇系先祖母所雇用，何时来我家，任用已若干年，记者均难忆及，惟忆祖母八秩寿辰时，该佣妇尚在我家，斯时记者已弱冠矣。我家虽不敢谓大家庭，然自祖母以下先伯母暨两叔父眷属同居，另有两叔父眷属寓居于外。佣妇系乡曲妇人，以为久服务于老主人，未免对少主间有疏于礼节，故多数以为傲慢，怂恿先祖母去之。但先祖母怜其贫老无依，不从众意，使记者得多享白豆芽菜炒琢猪肉数年，至离祖母膝下奔走衣食，是亦口福之幸也。

在记者食白豆芽菜炒琢猪肉时，以为系家常佐膳之品，向亦未留心其制法之巧妙，不谓习惯竟成嗜好，日后食他人手制，均觉不如，方审前人所制之善。计其制法，系将芽菜切至半寸长为度（不可琢碎失真味），置饭面蒸至七八成熟，捣烂原豉调和为汁，同琢碎猪肉炒即成。制法极简，以此法述之家人，亦不能追踪前迹，大约炒时火候之关系耶。

（《粤风》1936 年第 2 卷第 5 期）

菜角仔

志　远

“菜角仔”便是和粉果差不多的东西，也许可以说是中山粉果罢。粉果是以精小为贵的，可是，菜角仔便适得其反，它是越大越好。粉果的馅并不多，扁扁的像个挂在天空中的弯弯的新月，可是，菜角仔是涨得高高地装满了馅，除了占有半面之外，还得凸着肚皮来夸耀着。

菜角仔的馅是萝卜做的。萝卜到了冷天，它便摇摇摆摆地上市了，在我乡，萝卜最好的时候却是废历的十一二月，所以做菜角仔便一定要捱到这个时候。因而便有许多人在年底时做起它来，渐渐地它便成为一个俗例，它除了是冬季的美品之外，还被人家视为年糕般的年货哩。

菜角仔有皮有馅，究竟从何说起呢？我想，还是从心肝五脏说起罢，由里到外一步步地分解开来，是比较易于明白它的构造哩。

做馅的材料，除了主要原料萝卜之外，还得买鲜虾（虾米决不可用）、猪肉、香顺、蚝油和园西（即香菜）、葱等。材料搜集好了之后，那么，开始工作了，将那些萝卜用一种特制的菜刨把它刨成一条条的，刨时须注意，不过把它刨得太细，因为太小了，在煮熟了之后，便会变成一条条根样的东西，不能下咽，所以，萝卜要刨得粗壮一些。虾，我们把它的壳退下来之后，将那些虾壳放在盘里，用刀头把它捣烂加水。猪肉和虾切成小粒，香顺即须切丝。第一步材料处理，工作完了之后，我们现在来作进一步的工作了。

第二个步骤就是将刨好了的萝卜，放在锅里，然后将那些虾壳汤倒下去（要将虾隔出来），再放些糖上去煮。为什么要落糖呢？原因是萝卜性本带涩，假使不落糖，在煮好了之后，它便带有涩味，不大好食，所以要有这一步。煮，不可煮得太熟。萝卜煮好了，便把它倒在筲箕里，把水渗去，再用锅铲轻轻地把它压一压，使它的水分因此而减至最低限度。

第三步工作是将虾粒、猪肉粒和香顺等放在烧红的锅里，加油拌好，油要加些，然后将那些煮熟的萝卜倒下去，再加以靓蚝油去搅，如蚝油不易买，则靓酱油代替亦可。拌好之后，便把它放在碟里，上面加些园西，这样馅便好了。

现在我们得谈到它的皮了。它的皮是用粉做的，但粉有很多种呢，并不是随便用一种便行的。在这里我得分开来说，我得将城市与乡下分开来说。在乡下大家都是用萝卜来捣成粉，这就是普通叫的“占米粉”，乡下都是用这种粉做皮的。但在城市里，我们可以买得到“定面”粉，那么，我们最好是用它。假如我们是用“占米粉”来做皮，我们得将它放在锅里先煲，大概煲到七八成熟，就拿出来放在瓦盘里用力“搓”，最好是搓到它发出像放屁般的声音，这样，粉便搓好了。若果我们用的是“定面”粉，那么我们不必把它放在锅里煲了，我们只要用滚水冲下去，一面冲一面“搓”，假如大热，手不能下的话，那么，我们可以用锅铲来代手，至能够用手为止。

粉“搓”好了之后，把它摊冷，那么便可以包了。但馅也得要摊冷，如果不摊冷，包起来便会烂。菜角仔做起来，皮要薄，要馅包得越多越好。但如何做法才会包得多馅呢？我们可以先将粉一团搓成球形，然后轻轻压扁它，先揸外面，然后揸里面，这样，揸出来的包皮，馅便可以多包些。假若我们把粉团用东西压薄，又如何呢？那更糟，皮是够薄的，可是馅便包得不多。所以，做菜角仔想省点功夫，实在是难乎其难呢。

在揸皮的时候，最后是把粉团放在干粉里翻一翻，这样揸起来便爽手点，易于揸好。

包好了之后，便放在蒸笼里隔水去蒸。这时，我们便可以坐着等大嚼了。

（《粤风》1936 年第 2 卷第 2 期）

故乡的荔枝

梦　茜

离开了故乡，很快的过了三个年头，在此三年岁月中，我从故乡带来的许多观感，差不多已逐渐消失，并逐渐在脑袋中装换了一些异乡的情调。但偶尔把异乡的社会生活状况，与故乡的社会生活状况联想起来，却又不期而然地生了一种漠然的莫名其妙的期望。离别了多年的故乡，各方面总该有不少的改进了吧?

是的，故乡的确有了不少的进步了！从报纸上，从别人的游记里，从朋友们的来信中，我知道故乡是一日一日地在改进了，无论在建筑方面或其他的事业，故乡都在突飞猛进了。当这种消息传到了我的耳朵的时候，我真不知道该怎样来表示的我快乐才对呀！我思念着的故乡，料不到，别后又是三年了。

但我的怀念故乡，并不单在它的物质上的改进，我对于故乡的怀恋，一大半是因为它有着特有的景物。故乡的一切景物都是美的，可爱的，都是在异乡所不能领略的，我需得为它讴歌呢。其中最令我怀念的，要算是那围绕在我们周遭的荔树所结的荔枝了！

荔枝树在我们两广是多得可以的，只要是两广人，都会觉得我说得不错吧。我们家里也有着好几百棵，在我家的前后左右长着，简直连我家的全部都掩蔽了。五六月的季节，荔枝子早已从青色转变为鲜红了，墨绿的叶子里衬托着这累累的红艳艳的荔枝，这是一幅多么美丽的天然图画。“地势孤高石径斜，荔枝丛里是吾家”，的确，故乡的荔枝的确太多了，太可爱了。

荔枝的种类真够多，可是大半都给我忘记掉了，虽然我极力想在记忆之域里去寻求，但是这都没有结果，我只模糊地记得有什么“蜜糖荔”、“常荔”、“大头荔”、“丁香荔”，等等的名称，大约总有十数种吧。我最欢喜吃的恐怕要算“丁香荔”了，永远是那么的青青的，味道甜中带着一点清香，真的，它有着那一段特有的清幽的香味，使人闻着了也要垂涎的。其次要算到“蜜糖荔”了，有着蜜蜂糖般的味道和香气，但是却比不上“丁香荔”，我以为。

啖荔枝是件有趣不过的事，而且差不多每个人都喜欢的，老人，大人，孩子，都常常期待着荔枝节的来临，从荔枝开花一直等待着荔枝成熟。荔枝熟了，人们的食欲也算是暂时满足了，吃吧，大家尽量地吃个饱吧。

记得十年以前，自家还是一个六七岁的小孩子，那时节，心里也常常在渴望着荔枝的快点成熟，我们小孩子，除了和大人一样希望能够饱尝数顿之外，还希望能够来一个“荔枝仗”——也许有些人不大明瞭这种玩意儿，但是顾名思义，想来对于我们这个自撰的名词也会有相当的了解的。

好似是这样荔枝成熟的季节，我们小孩子的手里常常拿满了一大把荔枝子，一面吃着，一面将荔枝核掷过对方去，于是“战争”就开始了。光滑的荔枝核竟像子弹似的在我们周围飞过去，自己来不及吃，就拾着地上的别人吐出来的代替，有时也甚至用荔枝子来打了，一点也不觉得可惜，因为荔枝在我们那边实在太多了呀。“荔枝仗”的结束，大约总是因为家人的阻止，或者是因为任何一个孩子被核子打痛而哭了，方才停止。这种小把戏十年不玩了，现在想想，的确很有趣，虽然这种趣味只好在记忆之领域里去回味。

荔枝树大约在正月就开花了，花开过了就结实，一直到五月才成熟，但也有四月里成熟的，普通称之曰“四月荔”，但这种荔枝到底很少，味道也不好。

荔枝在故乡，买起来真够便宜，普通总是十几枚铜元一斤，“物以少为贵”，所以在上海等处买荔枝，至少总亦须数角或一元数角一斤，而且味道不及原来者远甚。无怪乎一些苏州的朋友们常常要羡慕我了，她们老是笑着对我说：“暑假你回去吗？来时别忘记给我带些新鲜荔枝来呀！”听着这些话，我也会本能地答应着：“自然！一定给你带来一大篓，好吗？”但是，天知道，我到甚么时候才可以回去？别后三年的故乡啊，告诉我，甚么时候我们才可以重逢！

（《粤风》1936 年第 2 卷第 5 期）

毛　茗

伯　尧

毛茗是我故乡特产中之特产，它之所以成为特中之特者，就为了它俩有相依为命的关系：毛茗须得我故乡的土壤，然后可以活得成，离开了便要憔悴地枯死，而且它的果子也很容易烂熟，所以不能伸长了脚步到都市里去出风头，眼看着蚝油、蚝豉和虾酱等一载载地乘船过海去了，它还老是躲在母亲的怀抱里，也许它淡于名利，爱乡心切，而乐于逍遥在这明山秀水间吧！

的确，我的故乡在我心中永远是山明水秀的。前临大海，后枕高峰，左右手抱着起伏的山峦，海中点缀着几条突直的岛屿，还有终年耸翠的树林（那里就是毛茗的隐所），羽毛般地插在后山，远远望去，宛如一只拍翼欲飞之鸡，村名，就叫做鸡拍了。这只有三百多家人口的鸡拍村，躲在中山港的西南角，和毛茗同具有深长的历史意味。

首夏的和风一到，我的心自然会想望到一粒粒玻璃弹子般大小的毛茗，慢慢地爬上了软弱的枝头，躲在长长的绿叶丛中受和风薰育。端阳时节，村人例是摘几束生的来敬神。捱过了大暑，便熟得可以上口了。

毛茗究竟是怎样的一种东西？看过的人可不多吧。它是一种野生的果子，却不是仙果，大小与鸡蛋相等，皮之上耸耸然长满了欹毛，毛与钉子般粗，二三分长，头大而尾尖，可不会刺痛人手，摸下去只感到软绵绵的轻松。色泽跟着皮变，先青而后青黄，则青黄而又变到淡黄，由淡黄又变成橙黄，由橙黄又变到蜜橘般红不红、黄不黄，这时已熟到十分，便毛褪而皮皱，食来便可口，便清甜，便凉滑。

毛茬的皮与潮州柑一样厚，可不松，皮与肉是贴得紧紧的。肉里包着许多核子，与枇杷差不多，可是食起来，不是爽，而不滑，滑得可以一啖吞下肚子里去，而且没有湿淋淋的水。

吃毛茬也要得其法，不得其法，便酸而乏味。老于吃毛茬的人，是连肉带核地吞下去。初吃毛茬的，往往吐出核子，单吃肉，恐妨吞了核子不能出，其实核子隔日便会夹在大便里排泄出来。

毛茬不但可口，还有益，听说吃了可以解渴清心，除热去湿，晒干了的小毛茬，可以做药材。

毛茬的形状与吃法已如上述，但摘法如何也得要谈谈。摘毛茬，也曾留下我短短的一段生涯，这段生涯也许是我一生中最可纪念的吧。十岁内外的时候，在乡校里读书，每于课后纠合了几个同志，偷偷地走上林边——我母亲是不喜欢我去摘毛茬的，恐妨手脚不定，一个筋斗滚了下来，但她也喜欢吃——却不敢深入林中，怕迷了归路，又怕遇着豺狼蛇虎。虽然这里的毛茬不多，但从大人的手中也会漏落几只。老实说，我们既去是不会空手走回来的，不管青与黄、生与熟，总要摘它几只才肯罢休。

毛茬的干儿是一根藤子，依傍着邻家的树木而扶摇直上，上到顶上，却伞子般地张开了枝叶。我们攀到顶上，坐在宝盖上面，仰望青天，俯视却不见地面，飘飘欲仙之概，是当然会感到的，而且坐在树上吃树头鲜，又当然有意想不到的美味。若果四顾茫无一物，那便未免要怅怅然又跑过别树去了。有时看见果还太生，便又会藏它到密叶下，留待异日去取。

母亲看见我手拿着毛茬，汗涔涔地跑回来，便一边笑一边骂地指着我噜苏几句，可是言还未了，毛茬的皮已掷在地上，肉已滑进她的嘴里去了。要是毛苕是不青不黄的，她就要说：“怪生的东西摘来做什么！”我也会答道：“你不摘，别人也要摘的！”

记得有一次，我纠合了几个小朋友，壮着胆子深入林中，从晌午摘到日落。这一回可称是收获最大的了，连枝带叶地摘了十多把，每把都有几只，扎成一束。因为树头鲜已吃够了，便拿去卖，怎知那时正是毛苕当令，家家铺子都挂满待卖的毛苕，况且时光已晚，只得挂起大减价的招牌，不顾血本地拍卖去了，每人分得几个铜元，都笑嘻嘻地跑回家去。

摘毛苕的第一门工夫是要晓得“游”树，这“游”字含义之妙，在未有爬过高大的树木有人看来，大概是不大领会其个中三昧的。因为毛苕的干子是藤，前面已经说过，韧得很，用硬手段是很难折得断的，而且藤子大多是高攀于大树之上，用竿去打，用圈去勾，用手去摇，都是白做不成功的。欲吃好毛苕，就要向笔直的树上去找，手没有枝柯可攀，脚没有桩子可乘，只有鼓起气力，双手抱住，两腿勒住，一步接一步地向着挺直的树干儿游上去，姿势有点和游水相像。精于游树的人，眼看他如春水行船，毫不费力，转瞬就跑上了几丈高的树上去，下来更不费半点工夫，滑梯般地霍落一声便落在地上站住了。可是功夫未到炉火纯青的，游到半途，便不能再进，于是下来未免可惜，上去又没有气力，只得眼巴巴地望着别人从这枝跑到那枝的摘个满袋，那就真糟糕极了。

摘着毛苕，吃着毛苕，一年一度，跳跳跃跃又过了几个年头儿。那时，我小学已经毕了业，就在那年的秋季，才吃完了毛苕，便进省城考中学去了。记得临走时袋子里还装上几个，在船上依依不舍地吃着啖着呢。

毛苕与我也算特别有缘，六七年来在异乡的求学期间，每到暑期回乡，逛了两个月后，临行总不亏我几只临别之赠。“再入林去摘它几只吧！”然而故乡的影子，回头早已在背后消失得无影无踪，而这一段过去的生涯，也渐渐和我远离了。

毛茸的历史，悠悠不可考，只知道懂得吃毛茸还是近二百年来的事。相传从前林边山麓，都累累挂满了毛茸，伸手可取，可也没人过问，不似现在的为人所希罕。后来有一个老妈子，到井边去汲水，毛茸低伸软腰，挺着毛，去抚摸老妈子的脑盖。她昂头一望，满眼尽是红滴滴的东西，可爱之至，便拚着老命，索性取个来吃，死活如何再算。怎知果未到口，鼻子已嗅到香泽，入口啖之，只觉一味是清，二味是滑，第三味是甘，并无毒质，于是慨然而叹曰："何其蠢也哉，信乎天不我欺也！"

自从老妈子发明了吃毛茸后，于是毛茸之生意兴隆，年年买空卖空了。远近村落的人，吃过此物，就有此癖，于是成群结队地走来采摘，我们乡人亦不加以禁止，可是于毛茸的本身，未免有嬲之不置之叹。

近年来，人们知道毛茸的根子可以治疮，纷纷去掘，因此毛茸渐少，我亦屡为毛茸的前途抱忧。但闻自中山县府迁于唐家村后（即今之所谓中山港），名人雅士，有啖毛茸之癖，毛茸一登龙门（中山港第一条马路叫龙庆门直街），声价十倍，尤为模范县长降格赏识。我正要以一瓣心香，为毛茸的幸运临风默祝了，怎知噩耗传来，县长以衰老之躯，仍不免要被逼离乡，亡命香港。于是县府又迁回石歧。毛茸乍失恩宠，命薄堪悲，那末我又要为之黯然了。

我年来寄迹江南，毛茸久无缘吃。"一二八"避难回乡，满想再啖几只，却又不合时宜，只望着绿叶子呆了，"毛茸，知我乎？"

（《粤风》1935 年第 1 卷第 3 期）

果子狸

乐 志

果子狸系最清洁之野味，只食生果，不食虫鼠等生动物，加以肉极嫩滑而甘腴。俗所谓豹狸，又谓花猫，肉之嫩滑实属不及，但讲究养身者，谓豹狸肉功能滋补，且有用其骨浸药酒者。故市面沽售豹狸，价值总比果子狸稍昂，心理作用使焉。此两种野味，西北江近山农村捕获虽多，然不及桂省之夥，故广州市面仍靠桂省贩来沽售。粤人食此等野味，普通制法均系煮熟拆丝，加鸡、冬菰、白花胶等丝为配料居多。

桂省贩运野味，如果狸、豹狸、海狗鱼、山班鱼等往粤者，多系途经梧州，到步就地沽售，或直行携往粤，原无定见。记者久客苍梧，幸得饱尝此种野味，因购买得地所致。惟食之既多，则往往考求特别制法。如以果狸（豹狸肥不及果狸，故腩肉不佳）腩肉斩块红炖及红扣，以腿肉加鸡、冬菰等配料同炒片或炒丝，再或除腩肉红炖外，其瘦肉亦斩块清炖。各等制法，似亦不俗，味尚可口。阅刊诸君倘未尝过，不妨一试，想亦许可，因得真味，不靠配料也。

有一种狸白鼻，尾有黑白间开，或七间，或九间，身有阴阳两具，俗呼为不求人，身躯略比果狸大些，馀与毛色等尚无大异。惟肉味腥臊，价值比果狸等平宜，嗜食者尠。但广州市所常烩便果狸之酒楼，大约用此种狸而代居多数，除非预定指明要果狸，方不敢欺人。在沪上酒家，谅无此等手段，缘贩卖者恐难于销售，不甚运来，且食客亦不吝价，在酒家何必有此欺人之举，食者似宜放心。如制烩不求果狸，照普通烩果狸法，拆丝加配料，味非不佳，惟宰之得法，便不觉其肉味腥臊。法先用酒灌狸醉死，用开水脱毛时，万不可浸及其耳，若将其头先行割去，然后用开水脱毛更佳。去毛后剀肚取出肠脏，以禾草烧火将狸烤炙至其皮将焦，复行出水，将水弃去，方煮熟拆丝，即与果狸肉味无异矣。烩山野老猫，肉味亦极佳，惟家畜嫩猫万不可食，谓能伤人。有人云沪地不宜食猫，是否之处，记者不敢品评，因记者在粤，家畜猫狗皆不敢食也。

我粤食狗肉者，以劳动家居多数，上中流社会食之者极罕，且又在警察律禁，更无人过问。故广州市摆卖熟狗肉摊，皆在警察区之外，稍惜微名者，断断不敢染指。记者在梧州之日，有友人由钦州驻防军队营回梧，邀食腊狗肉，初时记者辞之，谓不敢尝，异日晤及该友人，据谓伊之腊狗肉，与市面所售，判若天渊。缘在钦州防营，先买黑狗仔，喂以药物煮水所浸之饭焦，俟狗仔食至极壮宰之，然后腌腊，实非寻常混食肮脏之狗可比。且煮熟拆为丝，加配料同烩，甘腴且胜腊果狸，不妨一试，方知不谬等语。记者试尝之，觉其言非虚。加以该友自浸家藏数载之蛤蚧蛇酒，斟出碧绿色挂酒杯，如五加皮酒之挂杯焉，两均难获，诚快朵颐，且请其再矣。但记者尚有一说，未免过于荒唐。若无如友人所腌腊之狗肉，或自行腌腊之果狸，而只向腌腊店所购得者，似不可食，一则所腊之狗未必如友人之先行喂养，二则生动果狸等，价值总比腊狸昂。阅刊诸君审之，记者不必言之过赘也。

（《粤风》1936 年第 2 卷第 3 期）

食 蛇

乐 志

粤人食蛇，注重配材料，断无白煮熟即食。普通制法，先将蛇用瓷或瓦片剖开肚取出生胆，弃去肠脏，次用水将蛇肉煮熟，退骨（据云最毒系骨，不可不拣净）拆为丝。又将嫩鸡亦略煮熟退骨拆丝，加入冬菰、金腿、白花胶等，亦切成丝，与蛇肉丝、鸡丝同烹调，烩至火候适宜，食时再加柠檬叶，寻常食者多取此法。至于蛇皮切丝加入同烩，在食者之好恶，无关于味，好之者则谓蛇皮爽脆，恶之者则谓金脚带蛇皮其形可怕，既无关于味，不如弃之，无非心理作用焉。

惟粤人于养身滋补，谓蛇胆能祛除风邪等病症，又加以肉味佳美嫩滑，焉得不视为宝贵之食品，尽人皆然。有人云，将蛇腹略剖开取出胆，能数日不死，故售蛇人往往以此欺人，先取胆另售，而以鱼胆填补，则购蛇而食者，虽当面视售蛇人剖腹取胆，而不知不觉已受其骗矣。

至于是否将蛇剖腹先取胆另售，记者尚未得有确据，不过人云亦云而已。惟破蛇胆取汁冲以半热酒和匀饮之，确能祛除风邪，见效者众，非记者个人之阿好。然而食蛇者，尚有煮熟退骨后不拆丝，而切成块件，与花猫（又有呼之为豹狸）或果子狸切块件同烩，味亦可口，但食者心理作用，如加蛇皮同烩一般，似未得大众化也。更有以先出水喂透上汤鱼翅，用蛇肉拆丝同烩，若烂鸡鱼翅无异，食之更觉甘饴。总之蛇肉本身既有佳味，非他种海产物靠他物之味相助可比，种种配制烹调无不咸宜，故嗜食者日见其众矣。

据老于食蛇者，谓蛇于夏秋令，每夕由蛇穴出向吸露水，此系居最毒时间，万不可食，但交冬令蛇畏寒，深藏穴内，毒气已消，故食蛇者均在冬季。至食蛇者必须三种，名为一盒，可祛人上中下三部身体之风邪。一种身带青色，倘持其尾，该蛇伸直能作一字形，且由此树伸直可缠至他树，俗呼为过树庯，系祛人身上部风邪。一种身带黑色，其头能扁若汤匙，俗呼为乌肉或饭匙头，祛中部。一种身带黄黑精间线，俗呼为金脚带，能祛下部。三种有否正式名目，记者懒于检书考证，只有随俗呼之，大雅之讥在所不免也。

食蛇者于三种外，又有用水蛇，或一种金钱豹蛇（以其像形呼之），煮熟拆丝加入同烩，大约系供敷老饕而已，无所取义也。计两粤食蛇者日见其众，故捉蛇与贩蛇者亦日见增加，所谓救济农村，不无稍有裨益，更可藉此以铲除毒物，一举而两善备焉。虽每年所值金钱为数无多，加以价值既昂，且配制材料均属奢侈品，非寻常人可能嗜食。然其所配之奢侈品，尚系国货土产居多数，胜于鱼翅燕窝，鱼翅除琼州尚得少数外，但价值亦昂，寻常所用以舶来品居最，若燕窝则直属舶来品无可讳矣。

（《粤风》1936 年第 2 卷第 2 期）

田　鸡

志　远

田鸡的美味，大家都尝过罢，我想除了一两位生性特异者外，听见了“生炒田鸡”这四个字，便会流口水罢。是的，不错，田鸡，田鸡，我们的好美点。

这当然是无庸我来多嘴，关于田鸡的烹调，大家都是老于食道，而且它是无所不发挥其美味，只要说，随便就可以点上十样八样的新奇制法。这么一来，我该来说些什么呢？

凡物皆有雌雄，这是天经地义的立论罢。田鸡既为生物，那自然也有其雌雄之分了。可是在上海，我似乎并不觉得有多少人去斤斤计量于雌雄之分，只是挑大的捉，而且也似乎有点不大容易分。这也许是雌与雄，对于我们只求食的人太不发生关系罢。

无缘无故地来谈个雌雄问题，也许太注意于摩登化中的两性问题，连不关人事的田鸡也管起来，太无谓了。不，我并不是有这样大有胆量，来研究这时髦化的问题，只不过因为我本乡有这样的传说，田鸡是很补身体的，而尤以雄者为更见功效。而我是嗜此若命的忠实同志，一方面固然是为了它的肉香，一方面也未免不无有点希望它真如我乡的传说，一举而两得，既可口又补身。所以我便为了这口腹之癖，而研究到它的雌雄问题了。

说来也很奇怪，田鸡也如洋澄湖大蟹差不多，雌者总比雄者来得大些。不过，只看大细是不对的，皮色也有两种，一种深黄黑色，一种浅黑绿色，这该有点分别罢。不，我们不动手是没法去找出它们的好配偶来的。假使你是有点怕于捉它，那你只好希望我所提出的传说是靠不住了。我们要分它的雌雄，须得将它捉起来翻转它，使得它背脊贴地，腹脑朝天，雄的在颚下有黑点二，若人类之痣焉，它是左右各一，颇似建筑家之对称式的排置，雌的则没有，此两特别记号，也许是表示它是有睾丸阶级罢。这种特殊目标，虽剥皮煮熟，仍可见其巍然存在，以表示其大丈夫不屈之气概。惟此种分法，究属的当与否，则须证诸于生物专家，是因这种目认方法，是一种乡间贩卖此种动物者的遗留秘方，未经若何科学分析，也许是个无稽而不可考的妄谈罢。

雌与雄的滋养力如何，似乎尚难断定，但它的具有 Vitamen 的特性，则已证实。美国已有人在刻刻研究它的培养法，也已有特殊壮大的出品了。日本也有同样的研究与试验。其该提倡，从这两国的研究上似乎是无可异议的了。既确为补身的东西，则雄的较雌的更有效，似乎可以成立。我们可以看凡百动物，大多数都是雄者较雌者强壮，由此我们可以用科学的眼光来假设这个原理说是对了。

雌与雄，补身与伤体，且待专家来鉴定。既有此传说，亦不妨以姑信之的态度写下来罢，这样也许不是个无风之谈罢。

有人说，假如田鸡有毒的话，须食回该田鸡本身的皮才能解，所以为防其万一计，有许多人连皮烹调，更有以为非连皮不能表示出它的特味，这也许是有点太滑稽了。不过，世界上的事，多是“宁可信其有而不可以信其无”的，我们也不妨略留皮多少，以使其天衣无缝，不致有和豚鱼遭有同样的命运，也许可以减少我写这篇东西的罪戾罢。

（《粤风》1935 年第 1 卷第 2 期）

蚶

羽 军

大家都知道，蚶味鲜甜而补血，又能利水，实是一味奇珍。但是你不要忘记水土与气候是有关系的，就平常市上所卖的，很大颗的，这种是宁波货，而不是潮州蚶，味道远不及潮产那样来得清，且性带湿热，多食无益的。食蚶至要的，是熟即吃，不能歇久，所以这味儿吃起来也是不易的。

倘若你沽酒四两，鲜蚶半斤，那就妥了。这样来享受，实是人生第一快事。在明月之下，生一个小风炉，上面放一块薄瓦，将蚶上的泥洗净，等到你想食的时候，然后拿一颗放瓦上，歇几秒钟才拿起，开而吞之，这样，你的酒也不怕冷，下酒物，也不怕不新鲜。这种食法叫做“煅蚶”。因为这样然后够味道，足喉底，不会糟蹋。放在瓦上来“煅”，蚶肉直接受热，将肉紧缩，这样开来吃，又不会怕蚶血倾漏，更不怕蚶肉太紧缩，弄得没肉可吃。不过，又要末料了，是顶好用“三和酱”——辣椒、酸梅、八珍梅三种和合而成的。蚶熟了，蘸三和酱来下酒，你想这样来叹世界，味道兴趣是何等的浓厚呢！

（《粤风》1935年第1卷第2期）

清炖北菰

志　远

早几日在某一次饭菜中，偶然尝着一味清炖冬菰，这使我不得不手痒来写这篇东西。

“清炖北菰”是味很普通的家常美肴，似乎无庸我来饶舌。不过，“功夫人人有，妙处不相同”，这便使我有冒昧来谈一谈这一“卖野”哩。

在平常的便饭中，在盛大的宴会中，我常常会尝到这一味。但总有点使我觉得有点不满足似的，总觉得那圆大惹人爱的北菰，没有发挥其固有的特色似的，这也许是我的偏见罢。

清炖北菰的制法，其步骤第一步是将北菰浸在冷水里，加些靓酱油下去，然后将白糖和生油加到碗酱油水里去，所加下去的数量，并没有一定。为什么要加白糖去浸呢？因为北菰为一种菌类，其味本带涩，故加甜质于其中，以减少其涩味，且菌类为一种下等植物，易含有微生物，糖有杀菌之功能，也许可以藉此来预防它的毒罢。把北菰浸透之后，那么开始要动手烹调了。除了主要成分北菰之外，尚须加以陪客。炖北菰必须落猪网油，其次则落猪肉圆或肉片或虾肉等均可，但牛肉则切不可落。此外，尚须加以鲜百合，但海上鲜百合，其味带苦，则可代以荸荠。先以猪网油与北菰放在烧红的锅里“起镬”，再加姜汁酒。最好能于这时加以少许蒜头，这也是取其能消毒而已，别无其他用意也。继之就加水和配菜——则肉圆与百合、荸荠等炖之。不过，最要紧的是，不要忘了将那浸了冬菰的酱油汁倒到汤里去，因为这是它的全部结晶品呢。炖的时间，切不可太久，太久冬菰便不爽脆与香甜了。冬菰是这样的，在沸汤里滚上两滚时，其香味最盛，而肉也最爽脆。我们所以欢喜它，也正因为这两种特有性质。所以，我们切不可炖得太久。若怕北菰不滑，可用微粗的瓦器将其顶略加以摩擦工夫，则其结果，必使人感到有玉液琼浆亦不过如是之概矣。

烹调之法，确非笔墨所能解释得清清楚楚的，而且我只是坐井观天地来写我的文章，也许这是太平凡了，还望饮食专家不惜而加以教正，幸甚，幸甚!

（《粤风》1935 年第 2 卷第 1 期）

粤东橄榄

乐　志

橄榄一名青果，一名谏果，一名忠果（详见《齐东野语》），生闽粤诸郡，及沿海浦屿间。树似木槵，而高大数围，端直可爱，枝皆高耸，叶似榉柳，又若椭圆。二月开花，八月结子，立秋时方熟。生嚼味苦涩，微酸，良久乃甘美，能生津、止渴、开胃、下气、治喉痛、消酒毒等。

考橄榄原生于我粤，输入中原（《广群芳谱》增、《三辅黄图》）。汉武帝元鼎六年破南越，建扶荔营，以植所得奇草异木，有橄榄百馀本云云。《闽部疏》谓橄榄在芋原上八十里间，沿麓树之，苍绿可爱等语。故闽人尤重其味，云咀之口香，胜鸡舌香，所以福州橄榄，又称之为檀香橄榄。不知是粤先产，抑或闽先产，实无证据，而人均震于闽福州橄榄，以其爽脆色青，反将我粤所产置于后。我粤大约培植未得善法欤，殊令人怅怅。粤谚又呼橄榄为山方榄，原因实无从审悉。但有人谓广西两江峒中，有一种方榄似橄榄，而三角或四角，或以此致误耶。

香港新界大埔康乐园，为香港有名之大果园，占地数千亩，主人翁为中委前北伐五军军长李福林氏。园中广植四时花木，各种佳果。其特产黑痣橄榄，尤为脍炙人口，其榄生黑点愈多而愈香脆，较之著名福州檀香橄榄，尤有过之。历年运销南洋各埠，极为侨胞所欢迎，莫不争先购食，只以出产有限，每致不敷应来。本年广大种植，出产倍丰，现更分销沪地，分由各大公司鲜果行代售，其总发行所为四马路粤菜专家杏花楼酒楼，可谓所托得人。缘杏花楼在本市有数十年历史之粤菜专家，名传国外，遐迩均悉，以驰名之佳果，得有最大价值之总代理人，不胫而走，指日可待。阅刊诸君，想久已尝鲜，无俟记者介绍多赘也。

（《粤风》1935 年第 2 卷第 1 期）

九江煎堆

志　鸿

朔风四起，园林易色，纷红骇绿，荏苒无穷，擘柳条，萧骚无限，星移物换，转瞬一年。当此家家户户，忙于赶办年货之时，而不才所最嗜食，认为无上佳品之煎堆，则又应时得以大快朵颐矣。

煎堆为吾粤出品，然尤以粤之九江乡所制者，为最著名。九江乡属于粤之南海，出产品以蚕丝、鱼苗为大宗，时至冬月，则种桑养蚕，均非所宜也，妇女辈以终岁勤劳，故多趁此时期，各均“勾心斗角”，竞逞巧思，制造种种奇巧食品，以送亲友，用示其能。于是乎，久而久之，煎堆遂成为岁晚送礼之主要品物矣。但何以名此物曰煎堆，已不知其何所取义，大约因其为堆砌各果品等物煎之而成，故名之为煎堆耳。

广州市所制者，形浑圆，皮厚，馅劣，不松不化，不中食也，兹不论矣。九江所制者，扁而圆，径五六寸，厚仅五六分，皮薄如纸，入口不腻，异常松化，甘香可口，多食不厌，真佳品也。九江乡人之外出谋生者，无远不有，煎堆遂亦随之，无远弗岂，“九江煎堆”之名，遂亦不胫而遍天下。故设肆专营此业者，无不利市三倍，是亦九江出产之一大宗也。不才亦九江乡人，幼育于乡，十二龄因避兵燹来沪，遂家焉。“一二八”事变，曾一度返乡，得再饱尝此美味，然不久又负笈来沪。沪上每于废历岁晚，旅沪同乡，时有制此物出售，然大都得其形似，松化甘香，万万不及。不才嗜此已成癖，尤以岁晚为最，若无此物度岁，于心终觉不欢也。故无论何时，闻有亲友来往于沪粤者，不拘识与不识，亦必辗转干求，托其购买三五罐来沪，以供大嚼，不达目的不休也。家慈颇善制此物，乡居时每于岁晚，必亲自制一二百枚。乡人岁晚，家家制此，以馈亲友，以饷宾客，已成通例。然手术有巧拙之分，则制成之煎堆，遂有优劣之别。不才因嗜此，故亦略得其制法，谨录如后，以供同嗜。

糯米粉，以顶上白糯米洗净，搥至极碎，用幼绢筛筛之，曝干以备用。

爆谷，将糯谷炒至完全开花为止，是名爆谷，要用稻草，或易于燃烧之物作薪，以其易燃易熄，不至将谷炒焦也，吾乡亦有专营此业者。

其馀花生油、黄片糖为主要，至于花生仁、白芝麻、糖山橘及各种果子，可随意加减，不过取其甘香可口耳。

制煎堆先预制妥其皮，法以片糖溶于釜（片糖五斤，加水二斤），然后慢慢注以糯米粉，随煮随搅，用文火煮之，俟其完全如糊状，即可停火待用。

其次制馅，再用一釜溶化片糖五斤，另用竹筒盛爆谷十斤，以所溶之糖液浇之，随浇随翻动爆谷，务使均匀，再加花生仁、干果子等，则馅成矣。

煎堆之大小，随意所欲，其法先取馅约七八钱，压之搓之，使其齐整浑圆，然后取煮妥之糯米粉，置于竹筒，用小木棍慢慢碌之，务使其匀薄，以能裹其馅为止，必须完全裹妥，不稍露痕，乃烧油使滚，下锅以文火炸之，随时用铁筛压之使扁，炸至色黄如金，便成矣。

制煎堆之难，难在油炸时，因稍不慎，必至全将煎堆爆散，满锅均为爆谷，如此便难以收拾；其次制皮，亦甚重要，若皮稍厚，或糖分过多，便硬而不化矣。

（《粤风》1935年第2卷第1期）

全盒和糖果

亦 庵

在上海新年称作“百果盒”的那东西，广东叫作“全盒”。近年所见的全盒，跟我幼年时所见的，已经渐渐不同了，形式或制度的不同，尤其次，最重要的是其内容的变迁，这也许又属于中年人的感慨之一种吧。我知道小朋友和年青的人们对于这件事会不感觉什么的。

现在我们所见的全盒内容，其惟一尚未变去的内质，就只有中央一格的红瓜子（但有一部分居沪的人家已经上海化，而改用黑色西瓜子的了）。照我们广州的习俗，每个全盒，除了中央一格装着的是瓜子之外，其馀装的全是糖果，不像别处的百果盘里糕饼、枣子、豆等夹夹杂杂全有。

从前一般的全盒，只有两种形式，一种是圆的，一种是八角形的，木质加漆，颜色和所描的花纹不一，以福州漆制的为上品。尚有一种顶讲究的，里头的分格盒子是描花的磁质，外廓是红木的，上面盖着玻璃的盖子。后来有人把它的形式改成各种模型，或者像秋叶，或作四方，但是我觉得这些新花样都不很高明。后来又有几家糖果饼干公司特制的全盒出售，那更充满着伧俗的广告气分，如果客堂中一陈此物，便增加了不少商业化的都市色彩。

“糖果”的观念，现代人同从前的又不尽相同了。从前所谓糖果，是完全道地的国货，而且完全是由水果和糖煮饯而成的，绝对没有用到现在的所谓糖果内所含的及拉丁胶（Gelatine）、香料、颜料等东西。

说到糖果，我便想起那种老法糖果的制造法了。老法糖果的名色，最普遍的有下列的几种：糖莲子（这大约是价值最昂贵的一种）、糖莲藕、糖椰角、糖椰丝、糖橘饼、糖金橘、糖瓜角（这是冬瓜做的）、糖马蹄（荸荠也）、糖仁面（这是广东特产的一种果子）、糖天冬、糖姜、糖茨菇、糖佛手、糖荷兰豆等。至于其制法，大概都无二致。

因为幼年时曾寄居近在一家糖栈（制造糖果的作场）里，那便是有名的济隆新栈（这家济隆最著名的是糖姜，在当年，不特他们的糖果在国内有很大的销场，他们的糖姜每年销到国外的很可观，有好几十万的生意），所以对于他们制造糖果经过的手续常得看见。

在某些果子市价最便宜的时候，他们便大批买进，临时雇请一批女工来做洗涤、选剔、割切的工作。依着规定的形状切好子，散布在箩里，让它把水分略为风干，然后入镬。镬是很大的，大约有五六尺的口径，里面煮着糖汁（用的是什么糖我可忘了，似乎是用蒲包装着的土制白糖）。果子倒进糖汁里，由一位技师用一枝像船桨的东西把它搅着拌着，待到若干时候，便捞起来让它风干凝结。从镬里捞起来的时候，最惹得起你的食欲，那时的糖果全是透明而且热香喷喷的。等到干结了之后，便成为全不透明的了。

这样的老法糖果，比较现在的时式糖果，色香味都有不及之处，不过在那个时候的孩子们，做梦也想不到陈皮梅、樱花糖、棒糖等东西，而自从舶来的糖果销行之后，我们日常的生活又多了一个大漏卮。虽说已经有国人自制的新式糖果，可是其原料和器械取自何处，其装包的纸张、瓶罐等是否完全国产，亦十分值得注意。

在老法的糖果里，我最不爱的是糖橘饼和糖金橘，这是一点附带的声明。

（《粤风》1936 年第 2 卷第 2 期）

鹌鹑腊味饭

舟　心

冷是到了，在这样严寒的冬夜，“宵夜”是大家免不了的一套，最受人欢迎的，莫如煲腊味饭。腊味饭好是够好，不过，在我总觉得来个鹌鹑腊味饭，是还要觉得够味些。

市上也有鹌鹑腊味饭上市，不过，味总觉得较自家动手煲的要逊色些，也许这是我的偏见，外面做的东西，总不如自己家里做的来得好。这且不必管他，还是来谈我们的鹌鹑腊味饭罢，

鹌鹑的形状，有些像黄毛小鸡，圆圆的又像个肥麻雀。它是一种好勇斗狠的动物，容易瘦亦容易肥，我们买的时候，最紧要挑肥的买。还有一点，鹌鹑并不是像杀鸡鸭般地去了结它的生命，也不是像白鸽般把它的嘴一合便了事的，而是把它用力掼在地上掼死的。究竟为什么要这样做法呢？可没有什么理由可讲，只是知道大家都是这样做，不然，你就是个被人笑的外行了。

把鹌鹑一件件的斫了以后，第一步工作，是预先准备好一碗姜汁酒，就是把糖酒和姜加到最好的酱油里而成的一碗东西（姜可以不落）；第二步就是将鹌鹑放在烧红的镬里“起镬”，然后将那预先预备好的姜汁酒倒下去煮之；第三步工作是将你所要煲的米来洗好，并量出所需要的水量，俟刚才的所煮的东西滚上两滚之后，然后加水上去，俟等于所量米水之量为止；第四步工作便是将腊味和镬里的东西一并倒在饭煲里，和煲饭般的煲之，腊味可落腊鸭、腊

肠等。这样工作便完了，只有坐在那里等着饭熟，便好饱餐一顿了。

饭熟了，还有一步工作，就是把饭里的鹌鹑拣出来，放在碟上加些熟油、酱油上去，这就够你受用了。

单用鹌鹑煲饭，又如何呢？好是好，不过，为了油太少，便有些不甚甜滑了。单是腊味，又没有鹌鹑的香味。要两全其美，只有鹌鹑腊味饭了。

还有一层，在冬令当前，大家都喜欢炖点补品来养身，鹌鹑腊味饭便是无上的经济补品了。鹌鹑的功能，比鸡、水鸭、白鸽等还要来得大，在近日科学上虽无具体地分析出来，但它那强有力的体魄，是足够证明它本身是含有多量生活素的。这样，我们也许可以从它的身上间接地得到强身的原动力罢。且近日沪地的鹌鹑，比十多年前的卖价还要低落，每元可买九只鹌鹑，一家五口，只要杀上三只，就可以够一顿了，这岂不是一举而两得吗。

注：死的鹌鹑，煲起来是要差上好几百倍的，一定要将生的活活地掼死来煲，才够味儿呢。

（《粤风》1935 年第 2 卷第 1 期）

谈番禺乡间茶点

乐　志

乡居之人，招待亲友，素重情义，非若久居城市之人，虚泛应酬，有一种滑稽性质者可比。此可见其风俗之厚，缘聚族而居，不能自行独异，正所谓难相顾，疾病相扶持。惟居城市之人，则各立门户，竟有贴邻尚未审其姓名者，有“各人自扫门前雪，莫管他人瓦上霜”之谚。笔者虽系番禺属人，但世居城市，家人妇女久染城市陋习，实不足讳。然亲友乡居者尚众，故弱冠时代，肄业之暇，若废历元旦后，总有乡间之行，屡承挚爱情殷，更睹其族昆和洽，直令笔者无限艳羡。自问酬酢报答之未周，只可诿之习惯所致而已。

笔者乡间亲友，远居他县者亦不乏人，惟以附城市最近者而言，则番禺乡间，晨附早渡，午前即可抵水步，惟须旱行约两句钟，方能到乡。番禺所属各乡，几至家家妇女以善制茶点驰名，不独笔者所踵之乡。但乡例入门即款以早膳，谓恐远来受饥所致，次方款以驰名之粉果，入夕又款以晚膳。半日之间，三餐急备，井井有条，秩序不紊，独非得帮忙者众，焉能致此欤。若系我家，无非酒楼肴馔款待，即使丰盛，亦无足称。在笔者当时既快其朵颐，然目睹其应接之不暇，几令却之不恭，受之有愧，反觉此行多事矣。

番禺乡人既重于茶点招待亲友驰名，故女子在闺中即素所谙练，其所最注重者，为粉果既求其精，又求其快，一手能叠捻出粉果皮数片，韧而且薄，由外观之，能视其包内之馅，真所谓“人见人爱，神见神爱”，并非笔者所虚奖。缘乡所产系淡水虾，原只生剥，加以切碎冬菰、冬笋、蚝豉、叉烧等配合为馅，原只虾既鲜红而夥，可口兼及美术，用鲜蕉叶垫蒸笼，置粉果于上蒸熟，原笼随蒸随食，在茶室食粉果断不能及也。其次则长卷粉、鲜鱼皮（非预先制就者）云吞，均用鲜虾为主要馅。其他尚有多款茶点，笔难尽罄。总之以粉果而论，舍番禺乡间妇女所制，能出右者定鲜，有谓粉果系番禺乡间发明云。

粉果得皮薄而韧者，据云系用最幼之石磨，将浸湿黏米磨至极幼，再略加煮熟之黏米饭同磨，沥干水煮熟，搓之为皮，则得皮薄而韧。然而煮搓亦须有手法，否则蒸之，其皮必裂开。至加煮熟之黏米饭亦要有量度，不能草草将事。总之熟能生巧，或有秘传。今日市上茶室林立，粉果为茶点之普通品，试尝之定能分其优劣。又云粉果馅仍须以我粤真正顶幼芝麻酱同拌馅，味方能鲜，番禺乡间随处可买，原备人家制粉果之用，物以类聚，恐城市不易得也。

（《粤风》1936 年第 3 卷第 1、2 期合刊）

饮食篇

魏　修

“饮食男女，人之大欲存焉”，即使是和尚、尼姑和绝对独身主义也者，绝不能不饮食，有之，惟不食人间烟火之神仙而已。造物赋人以口腹，遂必须饮食，又赋人以舌头一根，于是便花样更多了。然而处此米珠薪桂之世，填腹之粮尚不易筹，则又怎么胆敢妄想有精美的饮食呢！若是在这儿拉长了脸如泣如诉地大诉其苦，未免有些寒村相，那么还是谈谈过去的饮食吧，此所谓之画饼充饥、望梅止渴者是也。

俗话说：“食在广州。”这话可说具有一百万分的真实性，广东的饮食足可称得上一声“价廉物美”。如若不信，则请静听俺把在香港、广州和澳门之地之饮食经历一一道来。

民国廿七年间，在香港，每逢星期日，必往酒家饮茶一番，为新纪元、大同、金龙等处之老主顾。一壶茶资一角钱，点心有五分一碟、一角一碟、一角半一碟等。最贵的是一个鸡批四角钱，而此鸡批长约八吋阔约三吋半，厚则亦有三吋半，统计其内有约一吋立方之嫩鸡肉七块，大小冬菰合有十只半之多，笋粒、虾仁则不计其数，此“批”足够一人果腹之用。烧乳猪一盆四角儿，猪皮烧得松脆异常，风味极佳。荷叶饭一包，其量足有大饭碗一满碗，内有鸡粒、笋粒、冬菰粒、干贝、虾仁等材料，售价也不过才二角。各式点心中我尤爱名为“叶仔”者，此点心外是二片碧绿的叶子，用竹签穿好，里面是糯米粉其皮，椰丝或鲜虾鸡肉其馅的团子一只，一对装一碟，售价才五个仙而已。饱餐一顿，一个人所费亦不过一元半左右。晚餐每喜至湾仔之东方餐室吃咖喱饭，咖喱牛肉饭一角半一大盆，咖喱鸡或咖喱虾饭则两角半一大盆，肉饭各半，即使食量兼人，亦足够果腹，售价之贱尤其馀事，而调味之美者，真有馀味绕舌，三日不消之概。

湾仔有街名“喂食”——意即嘴馋——者，整条街摆满各式各样之食摊，其售价之贱无与伦比，而闻说其调味之佳有甚于大酒家者，惜乎顾客皆为跣足袒胸之流，当时因年轻胆小，故未敢作一尝试。广州，在陶陶居左近有一酒家，已忘其店名，此酒家惟一之特点就是只售鱼类菜肴，别的肉食一概没有。他们用各种不同的鱼的各部分，配成各种不同之形，烹调出各种不同味儿的佳肴，虽是整桌筵席，也不会有捉襟见肘的现象。

文园，是广州之贵族酒家，建筑得非常雅致，房室居群树丛花之中，推窗望去，一片花草亭榭，美景如画。该店菜肴调味之佳，亦可谓首屈一指，且有侍女如云，个个如穿花蛱蝶般来往于筵席之间，增加“雅”兴不浅，不过售价亦较他店为高。

一天，与友人某闲步至街头，时已中午，遂步入一小酒家。先两人各来冰淇淋沙打一杯，再各来汽水一瓶，继之开始饮茶。所吃点心之碟，积有十四只之多，再点三只菜、一碗汤、二碗虾仁炒饭，饭后再各来西瓜一客。此次两人之食量诚足惊人，但其售价一共才银毫三元六角多，只好吃十分之一只大饼呢！

澳门的吃食不及香港与广州之价廉物美，但是喝洋酒倒是最便宜的，红酒，二角一杯，芹酒（Gin）、白兰地、威斯忌、薄荷酒，每杯各售四角钱，各式鸡尾酒亦不过自六角至八角一杯。故在澳门时，每天晚上必至中央饭店楼下酒吧间畅饮一番。与今上海洋酒论万一瓶、论千一杯之售价，真是不可同日而语了。

（《小天地》1948 年第 5 期）

香岛的酒家

佚　名

“食在广州”这句话，在今天要改作“食在香港”了，这里不单是广东菜惟一的本店，同时，四川、北平、马来亚、星加坡等地的食谱，也无一不备，这全拜受战争之“赐”。

广东人称大餐室曰“酒家”，虽然顾客不一定要喝酒，不过餐室而得到为“大酒家”的，规模总有相当。

年前香港未禁公娼，西区的石塘咀第一流酒家处的中心地带，女人、酒、食、公烟、麻将五大门主宰了一切。禁娼后，剩下了歌姬，而酒家虽剩下“金陵”、“广州”、“陶陶”三家，依然是城开不夜，这里的特点是可召歌姬侑酒，酒桌酒席，可以同时开建。

酒店业的东迁是近年来的现象。在中环，第一流的酒店相继兴建，因平面面积不及石塘咀的广阔，所以尽量地筑高。德辅道的“金龙”、“银龙”、“新纪元”、“大同”，即其代表。去年大道中又添筑了“金城”、“华南”，规模不相上下。

再向东边数过去，还有“英京”，它的规模要比中环的任何一间还大，遥遥追上石塘咀的几家。说及装修，自然比西区的更新一点。

以上所说的，全店起码有三四层，大抵楼上层的装修更讲究，而底下的专供给一般人士作“便饭”。

至于附在大建筑物上本身，只有一层的一流酒家，在中环的还有两家，即“华人行”顶楼的“大华”，和先施公司顶楼的“文园”，九龙那边则有弥顿道的“伦敦酒店”。

其实，任何大一些的旅店，大抵必附备中西餐室的，比较考究的，例如湾仔的六国饭店，跑马地的山光饭店，九龙的新口酒店，他们除了供给住客的膳食以外，均公开营业。

香港四面环海，鱼介类食品，特别丰富精良，而所谓“海鲜酒家”，就独标一帜，作为号召。尤以香港仔——香海背后的渔村——最为脍炙人口。那里两间著名的酒家，“庐山”和“镇南”，都是以鱼、蟹、虾等食谱来招引顾客的。

市区内亦有好些酒家以“海鲜”二字作幌子的，更有些在门前养一两缸鱼虾，作为广告，如湾仔的“新亚”就以“怪鱼专家”自命，真不知“怪”自何来。

吃惯了荤，偶尔间来一餐素食，亦别具一番风味。香港的素食店虽然不多，而顾客不见得尽是戒杀放生的善心人。

坚道上的“小祇园”，佐顿道的“新祇园”，轩尼斯道的“东方小祇园”，口口口道的“菜根香”，沙浦道的“佛世界”，跑马地的“佛有缘”，颇为个中人所乐道。但我先告诉你，讲究的一顿素食，并不比荤食来得便宜。

香港之有“外江菜”，自中日战后始。纯粹的北方馆子有两家，湾仔的“厚德福”和摆花街的“五芳斋”。四川馆子有弥顿道的“桂园”、德辅道中的“远来”，前述的“大华饭店”，除粤菜外，川菜亦颇合广东人的口味。其他广东的大酒家，近来为迎合“外江”顾客的需求，多添设川菜食谱，但换名不换味的居多，拢阖起眼皮来吃，满嘴是粤菜味。

就一般人来说，上广东馆子除了去大酒家以外，普通的多到饭店、茶室、粥面店来，因它比较经济而实惠，除非有特别排铺一二的需要。对于这一类地方，过些时日有机会再说个详细吧。

（《时报周刊》1941 年第 1 卷第 2 期）

香港饮食

陈公哲

广东地处热带，陆上之果木，海上之鱼鲜，较他省为盛，且粤人向研究食谱，而香港又为海陆交通之总汇，故茶楼酒馆，触目皆是，营业时间各有不同，非时而往，每有向隅之憾，详列如下。

茶　楼

每日营业时间分早茶、午茶二次，早茶由上午早晨五时起至十时止，午茶由中午十二时起至三时止，晚茶由下午七时至十一时止。其所食点心不拘多少，所坐时间不论久暂，有如上海之茶馆习惯。粤谚有云“一盅两件”者，指经济食法，泡茶一盅，食点心二件之谓。故每有晨餐一顿，只化银数分者。茶价由每盅二分起至一毫止，假定在二楼之茶价为二分，三楼三分，四楼四分，五楼五分者，房间则稍贵。其中有一习惯，茶盅饮干后，非将茶盅盖揭起，茶房（粤语称伙记）不来加水。相传在亡清时，满族旗人，有特殊待遇，每藉势以凌虐汉人，有无赖某，携其所弄鹌鹑，安置于已泡茶而复倾净之局盅内，茶房不知，照例揭盖冲水，误将其鹌鹑泡死，相起理论，结果茶楼赔偿数十两银损失始罢。于是同行会议，非自行揭盖候泡，虽饮茶至干，相候半日者，当无人理会，此点不可不知也。

茶　室

营业时间每日中午十二时起至三四时止，过此点心多数卖完，四时以后每兼营酒菜。饮茶时间如潮汛涌至，山阴道上有不暇应接之势，常有与他客并台同坐者，故每见后来之客，寻觅座位，逡巡左右者，饮食既饱，似不宜久坐。

茶楼与茶室，食完付账多在柜面，找账落楼，无须关心小账之赠与及多少，而无上海或内地之一种陋习，堂彩加一，再附加一或加二小账，以取悦于茶房者。然付亦不拒，受亦不谢，盖此已成社会之一种风气，本地人饮茶多不付小账。

酒馆兼茶室

每日由中午十二时起至三四时止，兼营茶点，一如上海茶室习惯。四时以后则营酒菜，至半夜二时止，招待周到，小账照例给与，手震给与无定。（近年港粤酒楼每雇用俊美女性招待——港粤称女职工——以取悦来客，而客人中有欲特别示惠多给与小账者，粤名之曰手震，言其多之谓也。）

石塘嘴酒楼

石塘嘴为南朝金粉汇粹之地，亦香港烟花集中之处。鸦片公卖，侨民可以自由吸食。其销金或未能媲美巴黎、纽约，然亦可称雄于粤澳，有如上海之福州路焉。迩年政府禁娼，乃易名唱局，等于上海之校书。酒楼营业较逊于前，因市面不景气，其菜价亦较前为廉，其营业时间为下午六七时至半夜二时。粤人每到石塘嘴宴客，其习惯被邀客人七八时到，先食便饭，桌价约二三元至十馀元不等，然后看牌听曲，每至午夜十二时或一时，然后大开筵宴，间有早开正桌者，一视其主人与客人之习惯焉。宴罢客散时，有男或女职工侍候穿衣戴帽，照例给与小账或多一元。

西人茶室

普通下午四五时为西人饮茶时间，有茶舞者，则由五时起至七时止。

餐　室

普通餐室营业时间，每日上午九时起至午夜止，随到随食。西人餐室，早茶八时起，午餐为十二时起，晚餐由八时起。

（《香港指南》，陈公哲编，商务印书馆 1938 年初版。篇名为编者另拟）

香港之吃

时　灵

香港现在可以说是集全中国的名食于一堂了，除了广东菜，还有四川菜、北平菜，上海、桂林小吃，这都是因为环境需要所造成的现象，为了平添几十万的难民，“民以食为天”，不讲究，哪还成为中国人的天性——好食？

别说那几十块一碗的鱼翅吧，也不必说所谓珍馐的奇怪的东西，香港人也一样地有食蛇、猴子、猫、龟、水蛭等类的，一点不觉得希罕，有钱人食向总喜欢闹花样儿，说不定将来有一天要吃到老虎的脑浆。反正这不是香港人的“代表食”便算，说它干吗？

这里是天然造成一个吃水产的乐园，港海外到处是像蚂蚁般的渔船。大的像鳌鱼，还有人每星期都出去钓它一次；小的像“泥虹”，就在过海轮船码头也见到许多人一篮篮拎出来。其他香港仔、赤柱、筲箕湾都有现成的海鲜发卖，一条五寸多长的“红石斑”，活泼泼地只卖你一毛钱，还有大得惊人的龙虾、斗门大虾，也不过几毛钱可以吃到两三个。住香港不吃海鲜才怪。

话虽是这么说，近来要吃“河鲜”可不大容易，因为自从广州沦陷之后，所有内地运来的“淡水鱼”，来源缺少。从前要说吃条珠江的“草鲫”或“土鲮鱼”，价钱和广州的差不多，贩鱼的在省港船靠岸时候，用大货车把运来的鱼，连盆带水一起搬到市场发卖，新鲜得和在广州一样。如今，虽还可以偶然吃到“土鲮鱼”，不过鱼肉可有点“强硬化”，不吃也罢。

在香港吃菜蔬却真有点意思，仿佛那些青葱可爱的东西，时常都含有眼泪似的，货价虽是相当的高，但贩卖的人总说是太不上算。你知道一担菜从新界运出来的费用要多少（广州和四乡来的不算），摊位的钱又多少，买菜的人硬说是昂贵，其实成本原是不轻，这一来四分钱方买到几根“白菜心”，谁还敢说“别饶菜根风味”。

米和糖，罐头食品，牛奶，都比较内地便宜，肉类相当的贵。水果有时价，货运流通的时候，价钱还公道，假如交通线又出了点什么毛病，那一个木瓜就非两毛不办，杂粮也是一样。总之，凡是从外面运来的东西，在这个年头，多少都有点比较昂贵。

这里有钱人很多，穷人也不少，生活的享受自然有一个“上下床”之别。有钱人住在这么繁盛的商埠，不多吃点好东西才对不起银行的支票，不过这种富豪的“食前方丈”和“一食万钱”的生活，写出来没多大意思，反正谁也知道食一顿饭要五十块钱起码不行。穷人的食法，总离不了“缺乏”两个字，这里的穷人比富人多，大家吃得不够，自然是满街上黄脸蛋的都有一层灰白色，我们叫做“菜色”，医生说就是“营养不良”。

（《迅报》1939 年 1 月 8 日）

再说香港之吃

时　灵

孙中山先生曾提倡过，中国人吃豆腐、猪血一类的东西，便是价廉而有滋养料的一种。据我体验得来，不知为什么香港的豆腐总不及内地的滑、甘、香，这大概是水分的原故，而不是制造的不但其法。猪血在这里是不容易买到的，大豆芽和小豆芽也一样地不觉得甜，想来亦是水的关系也不定。

此间好食之风，却很普遍，茶楼、酒馆、小食店、咖啡馆都有“生意如三春花柳”之势，怕麻烦的要算中午那一顿茶，几经艰辛好容易才找到座位。有一次，我在中环一带的茶楼、咖啡室都跑过了，真的是到处“额满见遗”，后来发了火跳上公共汽车，直到湾子一带找食，结果仍然要候补半个钟头，才“啖饭有地”，这真是一个苦头。

普通一个薪俸生活者，住在这生活程度高贵的地方，每月的收入，除了衣服、房租、一切什用以外，还有几多可以供给食料的消耗？何况物价是这样高涨，可省则省，吃饱便是“如天之福”，哪还顾到营养。不过，一般人的“食风”，由于一向不大注意运用补救的方法，去在价廉的食物中，摄取相当的滋养料。这一层是值得研究的，所以在今年春间，政府也曾下令组织一个调查委员会，着手研究居民食料，以便改良市民的营养。这个委员会，都是由香港的医生和专家组成的。

（《迅报》1939 年 1 月 12 日）

吃在香港

刘　郎

在香港，假使当你用一块钱的时候，你也要转一转念头，去折合金圆真会使你积忧成疾的。跟上海借了港汇到香港去用，实在到处下不落手，在上海像小开，到了香港便像瘪三。香港的吃，真是骇人听闻，这一回有许多老友，他们轮流着请我吃饭，三百元一桌，四百元一桌，多至五百元一桌的，他们在用，我在肉痛。我真的对老友抱歉，他们为了我，用得太多了。

香港的粤菜馆，以大同为第一，取价也最贵，其次是金陵、建国、金城等。我在大同吃过五次，金陵吃过一次，这里面的空气不甚宁静，最讨厌的是麻将牌声音，聆耳欲聋。不过他们的女侍是好的，虽然说不到国色天香，都温静得像人家的主妇。论环境之美，布置的精，我以为大华饭店第一，上海找不出这种好地方来，好比高罗士打与香港酒店一样，你能在上海寻得出这样裔皇华丽的咖啡店吗？坐惯高罗士打与香港酒店，再看上海的飞达与七重天，成了小户人家，什么光明咖啡馆之类，直是卑田院矣。

为了宴乐，为了要看山看海，又如要看张爱玲说的，红土崖以及一切建筑色泽的艳丽，这一生一世，香港是不能不去一趟的。可惜我太没有钱，一共住了八整天，吃坏了别人，也吃坏了自己。

（《辛报》1949 年 4 月 28 日）

吃在重庆

吴济生

本市菜馆，上中下三等咸备，上自范围阔大的著名餐馆，下至过早、宵夜的小吃食店，无不应有尽有。俗有“吃在广州”的谚语，是说粤东筵宴，水陆具陈，一食百金，豪侈无比的意思。但是川地对于吃食一项，虽不及广州的奢侈，至于花色繁多、精益求精的程度，并不后于各埠。这可见我国人无论任何一省，研究饮食的风气，到处如出一辙的。

（一）四大金刚的菜馆业

菜馆范围之最大者，以往当推留春幄（陕西街）、暇娱楼（县庙街）、重庆餐馆（关庙街）、滨江第一楼（下陕西街）等四家，号称菜馆业的四大金刚。自去年滨江第一楼停止营业，将全部房屋出盘与民生实业公司后，有成渝大饭店继起（三圣殿），范围与上述三家相伯仲，后来成渝大饭店也将大部分房屋辟为旅馆，仅留小吃部分以维门面，所以实际上只有三家鼎立着。上述的三家，都是层楼杰阁，夏屋渠渠，每家拥有明敞轩朗的房间若干号，专为婚嫁喜庆而设，标曰“某字号礼堂”，如该号礼堂，已有人租用，则于进门牌上标明“某府在某字号礼堂”，因每遇周堂吉日，同时举行婚礼者，不止一家，故于进门时标明，以免贺客的误投。这种礼堂，地位大的房间，可以敷设着十多桌的酒席，还是绰有馀裕。房间的四周围，悬着名家手笔的屏联字画，台上陈列着尊罍瓶花，布置得楚楚有致，一种色古香的风度，使投身其中的人，俗念为之一消。而菜馆侍役都是很整齐庄严，像是雁行一般地站着，听到指挥命令，就立刻嗷应着去做，没有遽色，也没有怠容，这都比下江菜馆布置的伧俗和侍役的浮滑好得多。不过上述菜馆，都是代办大宴会筵席，而不卖小吃的，内中推留春幄的牌子最大，范围最大，一部分的婚嫁喜事，还有赁它的礼堂举行以外，其他在现在状况之下，酒席生意，非常清淡，均有难以维持之势，所以各菜馆老板，利用着多馀的住屋，租给人家，坐收巨额的房租。一面将自己范围缩小，以资调剂，也未始非补救之计。不过照这种菜馆的趋势，无论如何，总须另变方针，以谋出路。因为在现在与未来，各方面经济力的减退，有加无已，这种大规模的筵宴，将来日趋没落，是无可讳言的了。

（二）小食堂

小食堂的形式，普通都于门前将鸡肉野味以及各种蔬菜之类，好像做标志似的统统都挂满着，同时门前悬出“今日开堂”的牌子一方，以表示今天是营业的，阶前陈列着松柏、冬青一类的常绿灌木数盆，这是本地菜馆的特有现象，为下江人所不经见的。这种菜馆，菜肴而外，兼售面点，咸甜皆备，花多繁多。至于本地菜肴的惟一特点，就在于“辣”，无论各种冷煎热炒，统以“辣子”为调和本位，真所谓“无辣不吃饭”。菜馆如是，家常也是如是。所以谈到“川菜”，没有一个人不联想到“辣”字上去的。据说渝地终年阴雾，少见阳光，潮湿瘴岚之气极重，惟辛辣之品，可以祛除瘴湿，抵抗阴寒，所以为日常生活必需之品。又本地人对于辣味，统称“辣椒”，“辣”取其味，而“椒”取其气，本是截然两物，当地人混而名之曰“辣椒”，又曰“辣子”。辣椒之中，有“干辣子”、

"胡椒末"、"广椒末"的分别，气味则以"干辣子"与"胡椒末"为最烈。目下下江人士旅渝日多后，本地菜馆，为适应环境起见，有几家菜牌上注明有辣、无辣字样，使食客点菜时，可以别择去取。

（三）本地的家常风味

关于榨菜的故事——榨菜一物，风行全国，人咸知为川地所产，而其缘起或未之知，兹特表而出之，以作食谱中之考证。距涪陵城不数里，有溪滨于大江之南，名洗墨溪。先是该地居民有邱寿安者，家世小康，平时自制榨菜多坛，藉供家馔，郇厨秘制，不过是也。前清宣统末年，邱君赴宜昌、汉口一带，随带榨菜十馀坛，分馈诸亲友，彼等初食榨菜，深觉制造得法，味极可口，同声赞美。邱君获此好评，还川后遂秘密经营，专以运销省外，继又联合戚友某，扩大资本，锐意经营，凡二年，获利甚巨。后二人以意见不合，宣告分股，各自经营。邻人见有利可图，遂设法盗其秘方，争相仿效，而日臻发达。以后涪陵榨菜，遂名闻全国，行销各省者，年值二百馀万元。以区区一菜，竟能风行寰区，而邱君之名转赖此一菜以传，也未始非一段佳话也。

泡菜——甘脆肥浓，足以快一时之口腹，不能作为普通佐膳的常味，古人所谓"盐虀"者，是寒素常食之品，即今时江浙等区的咸菜，于荤腥饱饫、肥腻杂沓之后进之，顿觉清净隽爽，无与伦比。盖人情于清绝时则思肥甘，于腻绝时又思清淡，大都如此。重庆地方有所谓"泡菜"者，其风味与下江之咸菜相等，而色泽的鲜美动人，更远胜之。大抵川人可说工于作菜，干的有榨菜，湿的有泡菜，都非他处可及。当地非但居家的制备着，以为每餐佐膳必需之品，就在各菜馆中，也预备着，于正菜之外，旁列泡菜数色，以应顾客之需。兹将其制造法略述于下：

泡菜材料，大都以青菜头、萝卜、白菜、莴苣笋、胡萝卜之类为多，或者用普通菜蔬也可，将上述各菜，切成小块形，洗净晒干，备就瓦器所制的泡菜坛，然后以沸水冲食盐令成盐汤，冷后，放入坛内，同时亦将各品放入，并加入食盐、花椒、干酒、糖等调和物后，把口封住，静置数天，即可取食。看菜已完，再以生菜放入，并陆续添加盐及糖酒之类，大抵最初一坛，味不甚佳，待后来水愈老，则菜亦日益可口。

回锅肉——回锅肉为适合佐膳之菜，以成都厨子烹煮者为最佳，故又名“成都肉”。本地菜馆中，每以之供客。其制法先将肉煮熟，再切成薄片，入油锅煎炒之，妙在肥而不腻，油而能爽。惟外省人啖之稍嫌味辣，或谓其隽处，亦即在辣上，如效下江制法，除去辣椒，风味必减，试之良然。

棒棒鸡——合川鸡丝，俗称棒棒鸡，此为合川之名菜。制法以煮熟鸡肉，擘作细丝，然后以酱油、醋、花椒、生姜、广椒等各种调和物交拌，五味错合，自成一种异味，最适宜于佐酒。此菜惟一特点，在啖后清芬辛烈，非特舌本留香，抑且快膈通肺，畅适异常，盖所谓气味俱胜者。但此种作用，其力全仗辣椒，故此菜非放辣椒，便不入味。

（四）过早与宵夜

重庆人有一种习惯，于未进早餐以前，必先往市上略进糕点之类，谓之过早。因此本市有许多甜食店散布各处，就为的便于当地人过早而设。又有许多小食店，名称如九园、十园之类，除售酒肴饭菜以外，亦备面点包子之属，咸甜间有，这是适宜于本市人宵夜的所在。

甜食店专售各种甜食，如馒头、蛋糕、汤团、银耳、米仁、莲子之类。又有所谓“发面糕”者，也是本地土产的一种，蒸白粉为之，发松得像蛋糕，又像馒头，味殊平平了，不见佳处。汤团为重庆名产，但市肆所售者，并亦未见高妙。此种甜食店，平时兼售豆乳，夏季则兼售冷饮。

最近苏常式之菜馆，应时崛起者，无虑十馀家，皆兼售面点，如小馒头、汤包、鱼肉面无不具备，而且清晨即有，下江人之过早问题，可以解决。更有一种下江人所开小店，门前摆着烘炉，出售各色生煎馒头及小烧饼，形式及代价，均与下江仿佛。又广东式之宵夜菜馆，如大三元、冠生园、南园酒家等，均负盛名，未被炸前，营业之佳，盛极一时。

晚上售各种食物之吃食担，群现街头，有面担，有汤元担，有馄饨担，憧憧往来，生涯很好，这和下江也差不多，无容再说。惟有一种叫卖“面炒儿”和“开水”的担子，“面炒”是黄豆粉、灰面、糯米粉的混合物，其状如蛋白，叠置大盘中，食时以家伙刨取细条，加以油、麻、酱、醋等各种调和物，制法与凉拌面相似，味则不如凉拌面之可口；并有专售“开水”的担子，因渝地没有老虎灶的设备，普通人家，缺乏开水，往往向这种担上去买。上两种都是下江所不经见的。

（五）外帮菜

渝地本为通商大埠，平、津、苏、粤各帮之菜馆，早已有之。惟自去岁以来，下江人士来渝日多，为适应需要起见，于是苏、扬、京、粤的菜馆，更如雨后春笋一般的多起来。惟均不售整席，而以售零拆碗菜及小吃为多，生涯极佳，每届午晚两场，群往就餐者纷至沓来，尤以政府下令疏散妇孺以后，及狂炸以前为最热闹。盖一般公务员家属，先已疏散乡间，而自己则留城办公，午晚两餐，只有就附近菜馆果腹，于是各菜馆，凭空增加一批顾客，座无隙地，利市十倍，其情形正与去年春间上海饮食店之生意兴隆一样。兹略述各帮菜馆情形，以见一斑：此间平津馆子以公园之燕市酒家为最著名，龙王庙街之天津龙海楼及天林春次之。苏帮之菜，首推松鹤楼（在柴家巷，五月三号晚间之炸，已毁于火），其次如五芳斋、乐露春（六月间被炸全坍），亦均不弱。镇扬帮之菜，有瘦西湖一家。广东菜馆，有冠生园、大三元、南园等三家，惟所烹之菜，较沪港等处，形味均损，因此间对于海产、水产皆所缺乏，易地而不能为良，无足怪也。欲领略成都菜馆风味，则有成都味（在小樑子）及成都新记饭店。至于国泰饭店、远东酒楼、南京味雅楼、南京浣华菜馆，则以南京帮之菜相标榜，中以国泰饭店范围最大，顾客亦最多，远东次之，惜五月三日晚间之炸，国泰、远东均付一炬。公园路之老北风，及会仙桥之中州老乡亲，两家皆以羊肉包子相号召，其实风味平平。茹素者，则有磁器街之上海紫竹林素食处。至道门口之南京奇芳阁，及清真教门便饭处，是为清真教门而设的，内中例不售猪肉。西餐社，沪港以外，有“曾经沧海，除却巫山”之感，此间虽亦有青年会西餐堂（公园路）、永年春（模范市场）、礼泰（新市场）、克利西菜社数家，不过都是粗具形式，物质缺乏，毋庸讳言，不能以沪港目光相期待。俄罗斯大菜馆，前者无之，自去年有鲁宋菜馆于会仙桥设立后，柴家巷之摩登俄罗斯大菜馆继之（炸后亦已毁），开设以来，生涯甚盛，然其情形，正与西菜社相仿，盖均之为环境所限，得备一格，已不落寞，正未容多所苛求也。

（六）自助饭

去冬总商会设有自助食堂，是切合新生活而又最平民化的一种餐室。其中布置，除客座外，一边另设着长柜台，里面放着各色的熟菜，大约五六种，底下有热度温着，不至于冷。废除堂倌制度，只有司饭、司菜、司账等人员，司账、司饭用男人，司菜的全是女子，食者一到以后，她们就在一种很清洁的黄色瓦盂上，替你把白饭盛好，大约正在适合一人之量的饱和点，不至于感到不够。饭的代价是五分，不过饭盛就后，须得你自己端着，再留心看柜面上的菜肴，如红烧肉、豆芽菜、菜烧豆腐、红烧洋芋之类，大约最便宜的为五分，最贵的为角半，你只要对合意的示意一下，她们就为你盛取若干，放在饭盂上面，如其一种不够，可以再点其他的菜，统统放在上面，你就自己端到座位上去吃，吃完后，又有一只橘子等类的水果，这是和西餐的水果有点相仿，随即有司账开就账单，就可付值出去。普通只要化上二三毛钱，点上二三样菜，就可以饱餐一顿了。因为没有堂倌，须得自己动手，所以叫做自助。可惜这餐室开了月馀就停止了。“自助”两字，非常新颖，我想下江营饮食业的，大可模仿一下，只要合于清洁卫生、经济平民化的原则之下，一定能为民众所欢迎的。

（七）姑姑筵

渝地有所谓姑姑筵者，极负盛名，是于家厨、菜馆而外，别具风格的一种筵席。此三字之名，有似乎牌号，然门前未尝悬此以为标榜，其性质有似乎菜馆，而又与菜馆不类。盖菜馆不择顾客，客多多益善，而此处则非相知介绍者，不易问津，且办筵席只限一二桌，多则不应，以故较普通菜馆，更加矜贵。近人陈友琴氏《川游漫记》有如下的一段记载：

“姑姑筵主人黄姓名敬临，年六十二，曾于满清时代供奉于大内，精烹饪，调味之美，虽古易牙不能过。此次刘督办特宴吾人于姑姑筵，见翁所撰白话联云：‘可怜我六十年读书，还是个厨子；做得来廿二省味道，也要些功夫。’又曰：‘做些鱼翅燕窝，欢迎各位老爷太太；落点残汤剩饭，养活我们大人娃娃。’语意中至有风趣。翁喜抄书，家藏万卷，多精本，手自抄之，每日十页或五页不间，今所抄成者，已满箱盈架矣。予见其工楷细书之《通鉴》抄本，叹为足与《四库》抄本媲美。刘督办赠以诗云：‘久耳佳肴说静宁

（翁之字），果然一饱两情深。长材治国烹鲜乎，新妇尝羹试味心。怀抱已饥惭饭颗，招邀朋餉契苔芩。相期灭寇来朝食，痛饮黄龙共酌斟。’翁为人办一席，必三数日前预约，不合意之人，每重金不能得其一菜也。全家男妇，均善烹饪，室宇布置雅洁，牙签万轴，手自揣摩，杯箸营生，以终馀岁。其子别张一帜，铺名‘不醉无归小酒家’，七字长名，他埠不多见，而成都竟自此竞相仿效，风行一时，盖蓉人好整以暇之表现云。”

按陈氏此记，作于民二十四年，其时翁尚居成都，记中云云，均在蓉事也。至二十六年春，翁移家重庆杨柳街至诚巷，居颇轩敞，迄今已阅二年，仍为相知治庖厨如故。今翁已于二月间归道山，笔者于三月间就询近状。据其家人告余，谓翁之遗业，现仍由其如夫人张氏继续主持，席价定为四十、五十、六十三等，大抵自五十以上，则加鱼翅一簋，顾客之欲准此而加丰者，则或百馀金，或二三百金一席，亦能为其代办。至此间菜肴原料，亦不过鸡、猪、鱼、羊、海味、蔬果之属，并无独特秘制，不过每一种菜，物料必求其新鲜，烹调必期其适口，总是郑重将事，不敢掉以轻心，以故筵席必须先期预定，而菜名则不能事先相告，盖如预先告知，设临时此品缺乏，或虽有而不佳，使竟付缺如，则无以餍食客之望，使以次物徒取充数，则又非求精之本意。但使食客于尝试之馀，认为满意，确有此项价值，则此间设筵之本意也。又谓翁年前迁渝后，其长子（名平伯）即上云在蓉开设“不醉无归小酒家”者，仍在成都主持业务，其治味源出于翁，而作风又自不同，整席与小吃均能代办，与姑姑筵有异曲同工之妙。翁仲子名廷仲，在三十军集团任兵站总监，年来战争方殷，转辗前方，迄无音耗。此番翁殁，亦未回籍奔丧，想见其勤劳国事，鞅掌戎机云云。综翁一生，以割烹著名当代，而其子一则踵父之绪，而不屑追随，能别出心裁，另起炉灶，于以见创作力之不凡；一则国步方艰，未遑启处，夺情移孝，可为现代军人楷模。是父是子，皆有大过人处，非寻常所能及也。

惟“姑姑筵”三字，不知何所取义，或谓小女孩群聚嬉戏，叠砖为灶，炊煮各物，就而食之，谓之锅锅筵，亦称“姑姑筵”，谓其女孩儿所作也。今翁以大烹任而题此游戏名称，与上述陈氏笔记所载在蓉时之联语，均足以表示其襟怀之洒脱云。

（八）水果与零食

饭后稍食果实，可以助消化，酒后稍进水果，可以解醒，足见水果对于人生，虽然不及饮食的重要，也是日常不可缺少之品，而在渝城四周，烟煤浓烈，气氛浑浊之中，尤以多啖水果为宜。水果种类至繁，而川地所产，乃呈畸形发达，像是橘子、黄柑、甘蔗、柚子则非常繁多，至于桃子、梅子、李子、樱桃、香蕉、梨头、杨梅、西瓜之类，则绝对稀少，因为难得和易得的分别，价值方面，遂大相悬殊。兹分述于左：

橘子——我国政府已定为国果,《楚辞·橘颂》曰 “皇天后土，生美橘树，异于众木，来服习南土，便其风气。”云云，其见美于古人如此。渝人呼橘子为“橘柑”，以内江、江津所产为最盛，此物数量之多，无与伦比。夏季市上，即有负担出售者，惟其时色尚青绿，味亦不佳，迨至秋末冬初，则朱实渥丹，累累满树，大街小巷，盈担满筐，陈列在道旁求售的，所在皆然。往年每辅币一角，可购二三十个之多，果实中物美而价廉的，无过于此了。惟去秋以来，因外省人纷纷入渝，群起而购，橘贩子亦乘机大涨其价，故去年冬季，橘价已涨到每角只能购买十枚左右，但是照下江人的眼光看来，这还比下江来得便宜。考橘子气香味美，功能防止坏血症，用以制酿橘子露、橘子酒、橘精酒等，芳洌清芬，为绝佳饮料。糖渍而压之，以作橘饼，又为糖食之良品。如将外皮曝干，即名“陈皮”；陈皮去内层白膜，则称“橘红”，功能化痰止嗽；又橘瓤满布纤维，包络如网，称为“橘络”，功能消食通瘀，均于国药中占有重要地位。渝地卖橘者，每于未及售完之橘，剥皮去络，售之药肆，所剥之整个橘瓤，如售卖不尽，随即丢弃不惜。据云，剥售橘络，较售整个橘子为合算也。又此间橘子产量既多，果农多不知保藏及加工制造方法，非于廉价期内，如数罄售，则腐烂败坏，无法补救，损失甚大。近顷经济部中央工业试验所，曾研究橘柑储藏及加工制造方法，已著成效。据橘柑之腐败原因有二:（一）由于橘柑皮上，寄生有青霉、毛霉、黑霉等细菌，此类细菌在橘柑皮上发育繁殖，即可引起橘柑之腐烂。（二）由于橘柑之果肉内，含有酵素，经过适当温度，酵素即起作用，能使果汁中之糖分酸败。前者可将橘柑以硫黄熏蒸法，灭杀细菌；后者须将橘柑放藏于低温之处，使酵素停止作用。故橘柑之保藏，必须灭菌与冷藏并用，冷藏温度宜在摄氏二至四度，方可安全保藏至四五月之久。至以柑与橘二者相较，则柑易于保藏，而橘皮至为脆薄，非腐败即干枯，不耐久藏云。

广柑——当旧历腊鼓初敲，橘子市面已将衰落时，又有一种柑子焉，代之以兴，色黄而浑圆，形色极似花旗蜜橘，至其甘酸多汁，风味隽永，实较橘子为胜，渝人呼为“广柑”。按李时珍《本草纲目》云:“橘实小，瓣味微酢，其皮薄而红，味辛而苦。柑大于橘，其瓣味甘，其皮稍厚而黄，味辛。”以此判橘与柑之异点，了然如画，故渝人称为“广柑”，可谓鉴别不误。广柑之价，较橘子为昂，去冬上市时，辅币一角可购得二三枚，迨至腊尾年头，其价陡涨，普通一元只能购到十枚，嗣后逐步上升，大者每枚竟涨至二三角，想上年决不至此，其为卖柑者之临时居奇，可不待言。（先是腊尾年头，下江人士多以礼物馈送亲友，广柑亦为最通行的礼品之一种，你买我也买地把价抬高，又因此物较橘子稍可耐久，一般居奇的索性保藏，慢慢地卖，所以价值一直高涨。）今时已届春暮，橘子早已绝踪市上，独橙黄色之广柑，大街小巷，犹有陈列待售者，惟价则奇昂，稍大者索值四五角，观其形色，倒还是晔晔然玉质而金色，至剖其中，虽非干若败絮，却因时间藏得差不多了，已经过相当温度，而将发酵，吃起来觉得水分有点酸败，非复如前的甘芳鲜冽，这样子不久也快要下市了。

柚子——此间所产柚子，有红瓤、白瓤的分别，红瓤的像沙田柚，白瓤的像文旦，吃起来味道不及沙田柚和文旦，不过尚可一吃。市上价目，每枚以大小为衡，大约不出一二角之间。其上市季节与广柑相同，至春初即行衰落，时令又不如广柑之长。

甘蔗——甘蔗为制糖原料，渝地所销售者，以红皮为最多，属内江、江津所产。又有一种皮色微青，茎干粗壮，与红皮者相埒，俗谓之大河甘蔗。复有一种白皮者，茎干细长，为江津产，俗谓之小河甘蔗。惟此间蔗味，较下江所产者为淡，大约因糖分略低之故。市上摊贩，常有榨取其汁以出售者。

梨——像天津所产的秋白梨、雪梨等，此地是没有的，只于夏秋之间有一种外皮黄褐色之梨儿，大者如盘盎，形式非常的壮观，剖而食之，肉粗老而多砢磊，不堪入口。此种梨头，渝人呼为鬼面梨，据云外皮极丑者，肉质尚可一啖；若外皮稍觉光洁，其肉必不堪食。余为是曾尝试数四，迄未见有佳者，无从征其言之信否也。

西瓜——西瓜为夏令消暑佳品，从前渝地并没有种植，附近也没有出产。自近年民生实业公司选种入川播种，才稍有生产，不过数量很少，又因地土关系，味道也不及下江所生的甘冽可口，而且价值也相当昂贵。

零碎小吃，可以消闲，可以怡情，惟久而久之，自成一种癖嗜，非此不可，则耽物丧志，亦非佳习惯也。重庆无十分可口之零食，仅有当地著名土产数种，列举如下：桃片——为合川名产，故此间之售桃片者，皆冠以合川字样，其实即是江浙各茶食店之核桃糕。此间所谓阔桃片者，阔度仅及江浙所售桃片之半，盖亦狭甚，而号曰阔，不知何解也，至于狭的，更其狭得只有小指般的一条，观其形式，殊为可笑。泡果——与苏常一带之楝花糖、浙绍一带之冬锦圆相似，以米粉为之，而炸以油，中心虚松，如无物然，味殊平平。又有一种花生糖，系以水糖、饴糖、花生米混合制成，入春以后，小贩肩负待售者，几于触目皆是，销路亦非常广大，然其味又不如下江花生糖之可口，其制造区多在夫子池一带。

瓜子与花生，为零食中之最普遍者。此间因西瓜缺乏，致西瓜子亦异常稀少。惟南瓜子则甚多，茶食店及沿街摊贩均有出售，有粗种，有细种，有盐炒，有淡炒，然不知何故，其味无一佳者。至于花生，在下江常吃者有二种：一是外壳粗厚，果肉肥大之大洋参；二为外壳细长而麻，果肉通常三四粒之黄乔参。渝地入冬以后，市上有一种形式似黄乔参之咸花生出售，数量极多，街头巷尾，无所不有。此物为距重庆市区三十有地号磁器口的名产，其制系以花生先在盐汤内渍透后，取出晒干，再经炒熟，其肉质洁白如玉，略带咸味，酥、松、香、糯，兼而有之，风味之佳，无与伦比。余于零食无所嗜，到渝后惟喜啖此，以为此地零食中之上品，殆无逾于此者，其他皆不足道也。所惜者市上摊贩，辄以箩筐之属，露列街旁，有时雨打风吹，未及售罄者，不免受潮化韧，即不堪食，又复搀杂于新制堆中出售，则良窳杂陈，使上口后，佳者仅得其半，令人难感满意。余意此物倘能合法精制，于花生未浸盐水前，先行拣择一遍，剔除其蛀坏、发油、不堪用者，炒熟以后，再经封藏得法，不使受潮，可以历久不韧，暇时取而啖之，真无上妙品也。此物仅行销冬季一节，入春后即已绝踪于市。

（九）小菜场一瞥

川省土力肥厚，气候温和，虽在隆冬无凛冽之时，又经年多雾，滋润弥漫，最适宜于植物的滋长。所以农产品如稻、麦、粱、豆以及菜蔬、果实之类，都成熟得很早，而且丰蕃异常。和江浙等处的气候比较起来，大约早二个月光景，像是隆冬的季节，下江正在雪虐风饕、举目无青之时，而渝市城郊园林，业已新绿遍地，春笋皆已解箨，曾不几时，顿成绿竹漪漪，万个迎风之象。又时令未到寒食，而红绽樱桃，竟与玛瑙晶盘，竞献清艳。蔬果之属，有下江尚未萌芽，而此间已经饱饫者，可见得天独厚，不愧为天府之国了。

山城内菜市极多，往往于各城门旧址及相当的赶集地点，陈列各物，待价求售，所在皆是。至于正式集中的小菜场，则在新市区、杂粮市、雷祖庙一带。这几处中，尤以雷祖庙小菜场的范围为最大，诸如牛、羊、猪、鸡、鱼鲜、菜蔬、果品，以及各式调味，如油、糖、酱、醋等类，无不具备，需要何物，立刻可以买到。不过你如不欢喜携筐长征，去人堆里厮混的话，那只消在自己门前留意过街叫卖的担子就得，因为渝地无论大街小巷，只要是有住宅的地方，就川流不息地有往来叫卖的担子，除掉鱼鲜和海味以外，其馀各式各样，照样都有，不过沿街叫卖的担上，价目虽比小菜场来得便宜，货色却不及小菜场的新鲜，这一层是要加以注意的。

因为附近各区，富于畜牧，所以猪、牛、羊等出品丰饶，猪肉一元钱可以购到三斤，牛、羊肉一元钱可以购到四斤左右，这比下江便宜得多了。惟羊肉因皮爿为制裘关系，业已连毛带革，全行剥去，出售之肉，零星散碎，不及下江羊肉丰腴嫩美。鸡肉也不及广鸡、越鸡的肥嫩。青菜，没有下江所产的肥大，大约精华全聚在根上了，原来青菜头是制造榨菜的原料，为川地大宗名产之一，系经盐渍后压榨而成，肉脆味浓，清芬殊绝，为盐菜中惟一的佳品，沿长江一带如酆都、涪陵、长寿、江北等县，均有大量制培，尤以涪陵所产为最多，也最著名（参见［三］“榨菜的故事”）。白菜也没有下江的肥大，有一种叫做莲花白菜的，苞叶葳蕤，形如莲花，故以为名。又有一种野菜叫做弟弟菜的，据说和荠菜相类，不过市上很少。萝卜有红白二种，都比下江所产者为大，尤其是白萝卜，大的每个重到六七斤，售时以斤计算。芹菜一名药芹，气味辛烈，甬人多喜之，不意渝人乃有同嗜也。菠菜、田菜，柔糯与下江同，而内含多量糖质，使纯以此菜燂汤，汤味之甜，像加饴糖一样，则又与下江异。胡萝卜表里殷红而细长，味不十分佳妙，而作泡菜时，于萝卜、青菜间拌杂一二，觉着赤白相映，色泽非常谐和。竹笋四时不断，现值冬末春初，所流行的为毛笋，形式粗巨，大者每株重至七八斤，售时亦以斤计。莴苣笋，土名莴笋，因其色青，此间呼为青笋，其叶在下江为弃物，而此地人以之入馔，名曰莴苣尖。豌豆荚与扁豆相类，其藤渝人谓之豌豆尖，择其嫩者，亦以作菜。蚕豆有大荚、细荚之分，售时有带荚、去荚之别。甘薯有红白二种，红者之甘芳，胜于白者，此间贫家以为食粮，或搀杂于米内食之。又江浙所产之青韭，叶细而短，蒜苗舒长如带，渝地与此相反，蒜苗稀疏短小，而韭叶有长逾两尺者，这都是不同之点。上述琐屑，无当大雅，笔者特就日常所见，拉杂书之，以见一斑云。

重庆虽号滨江之区，水产物却非常稀少。青鱼、鲤鱼之属，尚可在扬子江中网得，惟因难捉之故，数量既少，价复奇昂。市上新鲜活泼之鱼，每斤非一元不办，即盐渍之鱼，亦在五角以上，故渝人咸视鱼类为一种珍馐，寻常不以之供馔。但此间鲜鱼的丰腴嫩美，实胜下江所产多多，盖长江上游水流湍急，鱼类能在急流中游泳，其品质之粹美，自与安流中之鱼类不同，准优生学之原理以言，凡物之稀有者，其种必良，理固然也。至虾蟹之属，此间可说绝无出产，有之，亦惟春秋佳日，由好事之流，于下江运来少许，藉以应景而已。

（十）开门七件事的柴米油盐

米——重庆人所吃之米，分山米、河米两种。山米系本地出品，河米则从大河、小河运来的，河米的质地，不及山米，故价亦较廉。购米之处，有米铺及米市，米铺散处各地，而米市则在黉学街、米亭子、杂粮市一带。米铺所售者，以机器米为多，是山米抑系河米，不易分别。米市所售者，机器米和土法石滚捻的米都有，机器米糠秕尽去，而石滚捻的米则尚未尽净，所以机器米的价值比较贵点。量米的斗，有新老两种，每一老斗，约合新斗两斗六升半。譬如土法石滚捻的中档米，每石售价，新斗是十二元八角，而老斗就须三十二元；至如同档的机器米，新斗须十四元四角，老斗便须三十六元了。本地人的吃饭，多用蒸饭，是将米和水略为一炊以后，就把米捞出，另用蒸笼蒸熟，不似江浙人的将米和水煮到融化为度，所以饭粒很是僵硬，不及下江炊法的饭颗舒软而易于消化。

柴——燃料以煤炭为主，木柴只用以为发火之具，本地人称为发火柴。煤炭种类很多，有南炭、白炭、杠炭、煤块、连礶、煤球等数种。白炭、杠炭形式皆粗圆而长如条干（杠炭为青杠木所烧成，故名），火力颇为耐久。南炭及煤，皆属本省出品，南炭其实也是煤的一种，惟较生煤烟少而火力经久，为炭类中之佳品。以上三种，皆属无烟性质，可用以烧炉子。连礶的形式，或细碎如屑末，或作细颗粒形，其整块者则曰煤块，皆有烟，可用以烧大灶。煤球有机制及手工制造两种，机制者较手工制造者为佳。最近市价，南炭自大河来者，每担价约四元馀；小河来者，价约三元馀。白炭、杠炭均在四元左右，煤块每担一元八角，连礶约一元六角，机制煤球每担约二元四角。近来江南人旅渝日多，烧煤炭不惯，往往仍烧木柴，以故木柴销路，亦较前顿旺。木柴原料有松、柏、青杠三种，每捆售价约二三角之间，在朝天门河边一带堆积求售者，一望皆是。至煤炭聚处，则在千厮门河边一带最多，其馀不十分热闹之街上，亦多有煤炭店开设，惟以向江边购买，较为便宜。

油——渝地所用油类，有猪油、麻油、花生油、菜油、桐油、蓖麻油之属，江浙人所用之豆油，则此间仅能举其名而其物甚少。桐油为此间大宗出品，然只能涂饰物品，而不能调和饮食（另有专篇叙述），蓖麻油亦仅以供药用。渝人烹调食物，普通皆用猪油、麻油，至于花生油、菜油，则惟贫苦者以代猪、麻油之用。又贫家用植物油注于瓦盏，夜间燃之，以代灯烛，虽光焰较黯，然无如火油之煤气熏腾，则比较清洁不少。又有所谓莺粟花油者，本地人呼为雅片油，乃榨取莺粟花子之油而为之，据当地人云，其味之浓醰馥郁，不减麻油，以之调味，生浇熟炒，均无不可，惟须乘新鲜时食之，阅时一久，即不堪用。曩年此油颇为盛行，自莺粟既禁种植，此油亦遂绝迹于市矣。

盐——川盐分花盐、巴盐两种，花盐作颗粒状，巴盐则系粉末结成之块饼，重庆人以吃花盐者为多。花盐质地，色白而精，晶莹灿洁，味亦极鲜，江浙人现在吃不到好盐，当让川人出一头地也。然川地虽有如此好盐，而不能利用之以造好酱油，在此间酱铺购来，以及菜馆所备之酱油，咸而带涩，无一佳者。余尝不解其故，继而思之，盖酱之造成，固需盐力，然亦全赖日光晒曝蒸发之作用，江浙人之晒酱，于天气炎蒸时，将麦饼放以盐汤后，旦旦而曝之，时时而搅之，如是者数十日，使假烈日之力，底面蒸发俱透，于是色香味独绝，而家制之酱，较市沽者尤佳，则以家人妇子通力合作，不惜工本故也。今渝地终年阴霾，第一缺乏者好太阳，虽有好盐，无能为力，渝地之乏佳酱，职是故耳。

茶——在重庆最著名而普遍的茶，要算沱茶（即是普洱茶）。此茶初上口时，觉有浓烈苦味，未几即觉口角流香，津津齿颊间，其情与啖橄榄相仿佛，所谓味美于回也。如在饱啖油腻之后，饮此茶一二杯，即觉腥秽尽解，爽气大来，盖此茶非惟色味之佳，抑且功能帮助消化，而价又极廉，每斤不过一元馀耳。

酒——曲生风味，到处欢迎。此间之酒，多非本地所产，而是各地运来的，有大曲酒、橘精酒、干酒、茅台酒、绍酒数种。大曲酒是川省泸县名产，以高粱、小麦酿成，酒色清冽，有似乎绍兴之白烧酒，而没有白烧酒的酗，微带淡逸之致。橘精酒产于万县，气味较大曲为平和，而因酿合橘精之故，使饮后舌本流芳，香味津津，可说是酒类中的隽品。此酒档子极多，初购者每不易辨，以万县所出瓶贴上标有红字及绿麒麟商标者为最佳，去冬售价每瓶一元二角，今年市上极缺。其馀气味淡泊，实不堪饮。橘子酒味极平淡，犹如橘子露然，实不能称为酒也。干酒之味，似大曲而较酗，价亦较廉。茅台酒为贵阳名产，色之清莹芳冽，味之醇醰和平，较大曲、橘精等酒尤远胜之，允为无上佳品，惟价值殊昂。贮酒之瓶，作短圆筒状，首尾一式，样子颇为奇特，储酒质量，也不甚多（大约二斤多点）。此间每瓶现市须二元五六角，闻运至汉口，每瓶需十元，若运至上海则需二十元矣。绍酒通行海内，是酒的正宗，因山阴、会稽之间的水，最宜于酿酒，迁地则不能为良，所以别的县份都有绍兴人，也时常如法制酿，因为水既不同，味就远逊，然在绍兴本乡，佳酒也不容易常得，因为所酿的酒，未必皆佳，且新酿之酒，难以入口，即有佳酒，非藏蓄到五年十年，是不配称为陈酿的。绍酒之最佳者，号称“花雕”，多是世家大族自己开酿，择尤储藏，动经十馀年，以供男女婚嫁时互馈姻亲之用，所以储酒之坛，外面必施彩绘，名曰“花雕”。此酒之佳，全在陈酿，自当凌驾一切诸酒之上，且亦非市上所能购买而得，矜贵自不待言。嗣后流风日滥，寖失初意，凡绍酒之稍可入口者，无不冠以“花雕”二字，其实失之远矣。清梁章钜《浪迹续谈》有论绍酒一条云：“凡辨酒之法，坛以轻为贵，盖酒愈陈则愈缩敛，甚有缩至半坛者。从坛旁以椎敲之，真者其声必清越，伪而败者其响必不扬。凡蓄酒之法，必择平实之地，用木板衬之，若在浮地，屡摇之，则逾月即坏，又忌居湿地，久则酒味易变。凡煮酒之法，必用热水温之，贮酒以银瓶为上，磁瓶次之，锡瓶为下。凡酒以初温为美，重温则味减，若急切供客，隔火温之，其味虽胜，而其性较热，于口体非宜。至北人多冷呷，据云可得酒之真味，则于脾家愈有碍。凡此皆嗜饮者所宜知也。”云云。其言凿凿有精理，虽绍人之号酒户识酒性者，鉴别力亦不能再加于此。余到渝后，见重庆市上有售绍酒者，其名有“仿绍”及

"老酒"二种，据为当地人仿绍兴酿酒法所制，又有号称"绍兴花雕"者，据云确由下江运来，每斤售价一元，取而尝试，较"仿绍"等稍佳，而距"醇醪"二字尚远，然聊以解渴，慰情总胜于无也。

烟——纸烟一物，为各都市最普遍之消耗品，以重庆而言，每日之消耗于此中者，亦不知凡几。此间所行销之纸烟，向以舶来品为多，自战事发生后，国产品运输不便，于是外商出品之纸烟，销路乃大增，价亦陡涨，起码牌子，过去每包售洋一角者，今竟涨达三角，而贵族香烟如茄立克等，每听非七元不能一尝（按此尚是春初之价，目下决不止此，恐已断档矣），殊堪咋舌。据《新民报》载，重庆现有中西纸烟公司五家，以来货稀少，皆按日限止销数，且预先发出领购单，非有此单，不能买获到手，故一般零售纸烟之小贩，每日俱按时于午前拥集纸烟公司门前，争先批买。每日共卖出三十箱，每箱以一百条计，每条以五十包计，即每箱有纸烟五万枝。是可知重庆每日烧去纸烟达一百万枝，每箱以价值一千元计，则全市每日消耗于纸烟上之金钱，计有二万元之巨。此外由香港飞机上运来之大炮台、茄立克等，尚无从核计在内。以一纸烟之微，众沫漂山，积此巨数，良堪骇诧。去年本市烟商，曾拟定设厂自造计划，具呈财部，驳斥不准，未能实行，殊属可惜。又川地原有烟叶出产，足可供给本地消耗，有卷成似吕宋烟之烟枝者，不过气味浓烈，不如舶来雪茄烟之平醇。又有散售烟丝者，下江人士之旅渝者，对于纸烟之价值太昂，往往改吸本地卷烟及旱烟丝，亦未始非节物力而挽利权之一道也。

（《新都见闻录》，吴济生著，上海光明书局 1940 年 1 月初版）

重庆的吃

佚　名

重庆自被建为陪都后，市面的繁华，远超往昔，它不但是全国政治军事的中心，亦是文化与经济的腹地，达官贵人，文化工作者，豪绅巨贾，均麇集于此。中国是个讲究吃的国家，人口一多，经济一集中，那所谓馆子者，也便追踪而至。抗战初年，川馆子多，而下江馆子少，但到后来，下江馆子的数量已渐和川馆相等，调味又远比川馆子好，于是大有喧宾夺主之势，但因售价太昂，去吃的人，都是些贵族阶级，一般公教人员及工农大众，还是去上川馆子。虽然吃川馆没有吃下江馆子来得时髦，但它很适合一般人的经济水准，所以川馆的地位虽稍较低落，然生意却不恶。

重庆的下江馆子，最著名的是“无锡饭店”，其次有“三六九”、“乐露春”等。无锡饭店的砂锅大鱼头、面筋包肉，最为一般饕餮者所欣赏。同时还有“百龄餐厅”和“紫竹林”两家素菜馆子，虽然是卖的素菜，但价格并不比无锡饭店的荤菜便宜，我们也只有看看的份儿，却没有这资格去问津。

二三流川馆中，有一只既经济，又好吃，又富有营养的菜——豆花，这东西和上海的豆腐脑相仿，不加油，不加盐，是用白水煮就的，客人要吃，他就舀一碗给你，并给你一只调味碟儿，碟儿里放着酱油、麻油、芝麻酱、豆瓣酱、葱花等，用筷儿夹着豆花在碟子里蘸着吃，其味远胜于一碗红烧豆腐，售价呢？连调味只需一百五十元。

另外还有一种吃，是吃茶。重庆街上有一点异乎我们上海的，就是茶馆很多，上中下三等皆有。这些茶馆有它底好处，亦有它底坏处。好处是可以给行旅的人歇歇脚，补充一点水分。坏处是有了这些茶馆，大家都去坐，而且天天去坐，结果，一些没脑子的人无形中被它造成一种惰性，不但跑到别的地方去，生活上大感不便，甚至连事情都懒得做了，晋人"清谈误国"，四川人如果没有一点自制力，那就要"喝茶误事"了。

（《礼拜六》1946 年第 30 期）

重庆的饭馆

佚　名

旅川八年的下江人，几乎没有人没有尝过川菜的味儿，尤其是“成都味”，它利用“酸”、“辣”、“麻”三大特点，来向食客们大显身手。

重庆三四十家“成都味”，其中大的餐馆如醉东风、九华园等，小的则是成都饭帮经营。前者多承包筵席，胜利后海菜下跌，三万到五万的海参席、鱼翅席的承包，随之增加，十馀万一桌的豪华酒席，也有的是。承包筵席没有定价，完全看物价的涨落与主顾的需要大小如何而定。其中的获利丰富与否，自然不难想象。

苦煞的倒是成都饭帮经营的饭馆，非但很少遇上承包筵席的机会，就是阔绰的食客喊上两样“贵州鸡”、“豆瓣鱼”，或“坛子肉”这种名菜，加上半斤大面，三朋五友的便要猜拳行令，喧闹几个钟头。饭馆的席桌少，天天遇上这般酒客三五桌，生意就在逊色。禁酒令的开放，非但无补，反而有损，可是来吃“便饭”的，又多半抱定经济原则，一个人吃上几百块或千把块钱。假若奉公守法地按照七百元抽取百分之二十的筵席捐，加在食客身上，势必要招致不满，以后也不会再照顾生意了，所以饭馆只得自己垫上，月终结算，也是一笔了不起的损失。

要做一个餐馆撑锅，明说是三年出师，实际上非要有五年的学习才行。徒弟在餐馆里，最初是“打杂”，其次是“跑堂”，收拾碗筷，揩抹桌椅，拿帕子凉水，诸如此类的杂事都集于一身，干了一个相当时期后就练习洗菜切菜，看师傅做菜，然后才能出师。可是他们忙碌终日，所得的报酬，不过月俸三二千元而已，一家老小的供养，则完全依赖着用“楼梯账”与“高矮账”两种办法分得小费维持的。

小费的来源，除了加一以外，尚有“哲耳根”、“花生米”、“豆腐汤”、“血花汤”四样菜的收入，再加上每天以十元一碗的代价，将剩饭剩菜卖给穷苦人的所得，这笔数字相当可观，每天结账分拆，当然“灶门”、“跑堂”、“打杂”分得的数目各有不同，每天两三千元的小费，不算多，正因为如此，他们只要一歇炉，便都穷作乐去，酗酒，赌钱，看川戏，是他们最普遍的业馀消遣。

（《纪事报》1946 年 2 月 16 日）

甜食店

佚　名

甜食店是四川特色，而在甜食店门首挂着“汤元”上冠以“鸡油”两字的高牌，更是甜食店在雾季中向食客招徕的主要生意，至于那些放在玻璃橱柜内的一碗一碗盛着的银耳、百合、西米、莲子……都是些点缀，因为以二百八十元吃一碗冰糖银耳的人，究属少数。

甜食的生意，不仅因季节定盛衰，也是以晨昏定兴隆。六七月是旺月，因为那时搭售的有橘子火、汽水，这些热季的饮料，同时清水甜糟的食客，更是多得不可计数。何以又晨昏定兴隆呢？你不是看见“早堂”时间，许多甜食店兼卖豆浆和油条么？

甜食这两个字，顾名思义是缺少不了糖，但是一班甜食店并不完全用白糖，不是用糖精，就是用冰糖化成的水，因为这样成本会来得低些，而且也可以补救白糖不甜的缺憾。

甜食是一种吃不饱的零食，去吃的人，多少总带点“享受”或尝试的意味。重庆二百多家甜食店，资本悬殊，大的有每家数百万元，而两三千一家小的也有。甜食店的大小，完全只看这家甜食店所卖的花样多少而定，倒不是花样本身的价值。因为请这些做甜食的技师，是要一笔了不起的开销的。一家小的甜食店，便拥有五六个技师，炸油条的技师便不蒸白糕，蒸白糕的技师便不煮甜食。同时更因有“早堂”时间的限制，技师们故意卖俏地抬高自己的身价，老板在未请技师之先，一定同他言明不分小费，不分小费，薪水自然高。事实上他们多半不高兴分小费，因为不但徒弟伙众多，而且守钱柜的老板娘也要占一份，还要除掉买手巾的钱，生意不好的时间，的确没有什么划算。

还有一件奇事，甜食店竟也被征起筵席捐，老板对食客说不过去，只得免捐，但是政府并不曾对甜食店免捐。

（《纪事报》1946 年 3 月 1 日）

点心与茶食

徐蔚南

点心自然推广东第一，在广东的茶馆里，自朝到暮，有各式点心供给，简直叫你不要吃什么饭，有只要你吃点心过日子的样子。我到重庆去时，路过曲江，那吃茶点的风气，并不因面粉的珍贵而有所限制，依然和战前一模一样，茶馆饭店里吃点心的客人川流不息，拥挤得很。到桂林，像未坡酒家那一种的广东茶馆，也是天天客满。到了重庆，因为不住城内，便难得吃广东的点心了。在上清寺，两路口一带，点心是油条大饼，最为普遍，也最为大众化。美食家则吃豆浆冲鸡蛋，冲鸡蛋用糖调味，在上海四周是不通行的，凡是吃蛋大都是用盐的，所以不惯于甜味的豆浆冲蛋。河南式的薄饼，山东式的韭菜心饺子，偶然试一二回，也还有味道，多吃便觉讨厌。在上清寺街有一个无锡人开的点心店，以所制粢饭团出名，也带卖豆浆油条，每天早上只做二个钟点，就把一天的货色卖光，生意着实不差。时髦朋友要吃西点及牛奶吐司，我们实在不敢领教。第一，面包烤得那么不道地，加上莫名其妙的牛油，实在比任何东西都难吃；第二，西点也是粗制滥造，徒有其形式，而没有一点味道。新式的点心店，不管城里城外，一律店号叫三六九，不知哪一家是首创老店，所卖的点心，有面，有汤团，有春卷，有定胜糕之类，是下江味道。

城里的成都馆子，所做的面食，像红油饺子之类，味颇可口。

所谓红油就是辣油。每客饺子不多，大食家一口气可吃三四客。

重庆可吃的点心不多，好在普通一般人也吃不起什么点心的。家中有位好太太的公务员们，每月领到了雪白的面粉时，便做各种的面食，北平的薄饼哪，菜馅的饺子哪，牛肉馅的馄饨哪，随自己高兴要做什么，便做什么来吃。小孩子因为平素难得跟父亲上点心店，看见家中做了面点心，不管小肚皮里装不下，拚命抢来吃，一大盆的面点剩下一二个，留给他们的母亲，忙了一早晨的母亲。

糖果茶食比了点心似乎更贵，而孩子们是最欢喜糖果茶食的。做了父母的大学教授和公务人员，看见孩子们企望糖果的目光，常常感到一种压迫，觉得对孩子们很抱歉似的，每天朋友们来摆龙门阵，便不期然而然说道："现在的孩子们真苦，什么糖果都没有得吃，至多偶然买点沙炒豆，或者买点麦芽糖分给他们，而那么一些些的东西，真难得叫他们满足！"这情景在战时是如此，在战后何尝不如此呢。

（《论语》1947 年第 132 期）

担担面

立　祜

吃过抗战饭而又在多坡的重庆呆过的人们，要是并不健忘的话，脑子里大概总还有一个担担面的印象吧！

在战前，重庆的担担面，本是一名无名小卒，和它交朋友的，不过是车夫苦力之流的贫苦群，可是等到抗战开始，难民入川之后，担担面便时势造英雄地从此身价百倍，在它的公馆区如灯笼巷、字水街一带，每当华灯初上，在若干个担担面的四周，便围满了若干的摩登男女，而且大多是站在街旁屋檐下，或挤坐板凳上，端着一碗担担面，在那儿津津有味地吃着，大家习以为常，似乎都不觉着这样站着吃东西是一种难看。而这些摩登男女之中，多系公教文化人员和学生，当然阔小姐、大少之流也有，而它原来的同伴车夫苦力群则相形见少了。因此现在的四川小吃店，都以担担面为它们的打门菜，而以之号召顾客，变成它们的生意经了。

本来担担面这玩意，并没什么特殊，可是因为在抗战八年当中，大家对它是太熟习了，所以好多年离开四川以后，念念不忘地想吃担担面。在南京虽然可以在粤香村等四川馆子吃到它，可是已不再是从前那样的便宜了。唉！像我们这批可怜虫，吃一碗担担面的资格也快被剥削了，我希望再来一次逃难，好让我们重到四川，去吃平价担担面，享点难民的福。

（《小日报》1948 年 5 月 1 日）

吃在成都

牟敦珮

“穿在重庆，吃在成都”，这两句话在四川很容易听见，“穿在重庆”先不去谈它，谈一下在成都的吃。

凡是在成都住过的人，都会知道这些稍具名望的吃食，尤其是小吃，种类之多，声望之高，从建筑宏丽、设备俱全的大餐厅里的美肴，而至最简单、最经济的担担面，各有各的特别风味。

春熙北路近处，有家“鸡油赖汤圆”，也许有人奇怪，为甚么用“赖”字作汤圆的招牌呢？实在是在很多年前，有个姓赖的，开了个汤圆店，因为他具有特殊的技巧，而引起了顾客的好评，一传十,十传百，居然身价百倍，来欣赏者络绎不绝。老板死后，他的后代仍继续这个职业，挂起了“赖”汤圆的招牌。

赖汤圆的确具有特别的风味，笔者曾数度尝试。那门面并不大，正面仅有方桌四张，在弄旁另有桌子两三张。汤圆外表与他处并不怎么两样，馅是黑芝麻、鸡油、糖等，另有一小盆的芝麻酱蘸着吃。吃起来却是非常可口，与众不同。每天总是门庭若市，特别是在早晨，吃客像买户口米一样地排成长蛇阵，等候座位，更有许多的人赶来吃它的“名”的。我曾问店伙:“为甚么别人用同样的料作，而远不如你的好吃？”回答是“祖传秘方”！

“吴抄手”——抄手即馄饨，是一位姓吴的传下来的，味道奇美，皮子制造精巧，煮熟后可清楚看见皮内的肉，而皮子不会破。

因为生意兴隆，开了好几个支店，可是据有经验的人说，已没有吴抄手好了。

“麻婆豆腐”——一看就知道是个麻面妇人作的豆腐。她不用石膏作，大概是用卤。据说她的享名远在三国时代，诸葛亮派大军赴川北一带防曹兵进犯，当队伍经成都北门休息时，很多的兵去找东西吃，才发现了她的豆腐异于他人，一扫而光，其时天公作美，忽然大雨滂沱，阻止行军，兵卒们三天内大事宣传，于是无人不知，因为老板娘是麻子，就这样题了一个名字。麻婆红得发紫，风头十足，一脉相传至今，那豆腐店还是在北门附近开着。

（《申报》1948 年 5 月 1 日）

麻婆豆腐

潜　鱼

住在京沪的人们，到川菜馆去吃川菜，总免不了要叫一份麻婆豆腐。大家都知道麻婆豆腐好，我想除了成都人和成都亲临过麻婆饭店的人外，都只顺口说着罢了，其实并不晓得麻婆豆腐好在哪里。成都的麻婆豆腐究竟怎样呢，现在我特地来介绍一下，以便研究食谱的参考。

在前清的时候，成都北门外有个很平常的小饭铺，专卖街上过客的餐饭，也没有某饭店的招牌。因为它那里的豆腐比别处特别弄得好，那时老板正是一个姓陈的老太婆，生得一脸麻子，所以客人就叫她做陈麻子婆，豆腐也就叫做麻婆豆腐。这就是麻婆豆腐的来源。

这个麻婆饭店，到现在还是一个没招牌而且平常的饭店，一个陌生人到成都，恐怕还找不着，可见它的得名，完全是实际上的努力得来的，不像现在做生意的人，专凭宣传。铺子是一个二大间旧式平房，很古老的，没有油漆，家具也是新式的，有方桌四五张，长板凳二十多条，房子的右手一角，就是这个饭店的大厨房了。

至于它这里做生意，也和别处不同，它只卖一样菜——豆腐，另外就是饭了，这也表示它的专长所在。但是到此地来吃豆腐的人，都是特意来的，一些菜当然不满足，这时候它又有的通融办法，它也可以代做，不过仅仅要贴柴火作料费。

说麻婆豆腐的好处，也没有什么特殊的秘密，就是调味得好，弄得很烫。但是这两件事也容易，调味固然是成都酱油和辣子比京沪等处好，我想制法确大有关系，成都有两句俗话，说“千煮豆腐万煮鱼”，“豆腐只要吃得烫”，大致陈麻婆在这两句话上早已用了功夫，生意才这样红，不特京沪不及它，就是成都其他的饭店也不及它。庄子说，解牛的人，用了十九年功夫才神乎其技，不知道陈麻婆弄豆腐废了多少年的心血啊。

（《小日报》1937 年 4 月 10 日）

昆明的壮鸡米线

孙春圃

昆明羊市街有两家小吃馆，是云南最有名的本地馆子，一家是壮鸡馆，没有招牌；一家是米线馆，招牌叫宝鑫园。

云南养鸡有独得之秘，尤以武定县的鸡最为著名，羽毛丰满，肥硕可爱，大鸡有重七八斤的。这家壮鸡馆所用的都是武定鸡，又大又肥又嫩，每天总把煮熟的肥鸡十几只，放在大盘里，又白又嫩，摆在店门口，吸引顾客。我们一经过那边，不期然而然地馋涎欲滴，总要走进去消费几钱，沽半斤升酒（即高粱，性猛烈，滇人呼之升酒），叫两盘白鸡，蘸以云南本地甜酱油，其味无穷。宰鸡亦用著名司务，除皮出骨，得心应手，连鸡脚上的皮肉也剔得干干净净，最满意的一盘白鸡，块块是肉，从不夹杂碎骨，真如庖丁解牛，无理不解，值得佩服。

宝鑫园的过桥米线，名驰遐迩，的是不凡。滇人吃米线，与外省人的吃面一样，各县普遍，人人喜欢。米线是用白粳米冲至极烂，压成线条形状。过桥米线的吃法，同北平的涮羊肉相仿，沸滚的鸡汤一大碗，汤汁至浓，上浮油一层，可保持高温，米线另煮，再加生鱼片、生猪肉片一碟，鸡汤拿来，就把生鱼片或生猪肉片放进去，稍为一拌，鱼片肉片不煮而熟，鲜嫩无比，再放进米线，滋味之鲜，百吃不厌。另外再有小碟，装葱花、韭芽、豆腐皮等，必须用云南甜酱油蘸食，如果爱吃辣油，加些进去，色香味更觉完备。

云南人称这两家馆子，总连在一起说，看见朋友常招呼：“我们去吃壮鸡米线。”起初这种馆子只有云南本地顾客，抗战几年后，外省人到得很多，都想尝尝异味，只要一踏进这两家小吃馆，一吃之后，就被吸住。这两家馆子为迎合外省人的胃口起见，都改用上海酱油，吃进去虽然配合胃口，但已失却真味。战前云南没有咸酱油，只有玉溪县的甜酱油为著名，质地浓厚，其味甜腻，不惯的难于下咽。其实照我吃的经验，这种甜酱油来煮菜，的确不好，但是用来蘸白鸡和过桥米线的冷蔬菜，则另有风味。所以这两家馆子虽然改用上海酱油，迎合顾客的意思，我则仍是顽固脑筋，八年间，不上两家馆子则已，去则非用甜酱油不可。店主也认为我是识货主顾，招待特别殷勤。我非胶柱鼓瑟，实在对于好坏总要辨个明白，决不肯随波逐流，人云亦云，人家说我老顽固，我则处之泰然。

（《万花筒》1946 年创刊号）

“吃”在贵州

迟

“吃”在贵州，自然是最重要的一件事，而吃到盐真不容易，普通小民很难尝到，除非是大户人家，出了很贵的价才买得到一点。因此贵州的筵席有一种特点，在上席之前，桌面上除了冷盘外，另外有一大碟辣椒酱，和一大碟盐，坐席以后，主人必定行先将盐和辣酱全席的客人分送一点，表示敬意，碰着不惯吃辣的江南人，真是尴尬得很，接受固然不行，不接受又要失礼。大菜之中有一只名“宫保鸡”的，是贵州名菜，可惜来历不明。它的烧法是如此的，将鸡切成方块，用油和辣椒煎炸而成，绝对不放一点水，吃起来，味道倒很不差，只是太辣一点，吃到一半的时候，甜菜上来，倒是江浙一带当作补品的白木耳，在贵州这是一件极平常的食品。

贵州全省因为地势关系，多山少河，所以鲜鱼在贵州是难得的珍品，普通二三寸长的小鱼，江浙一带是拿来喂猫的，但在贵州人看来如获至宝，普通的酒席上，休想见到这鱼的影子，如果酒席上有了鱼，那末一定是“豪华”的宴会了。

住在贵州的外乡人，大概一定可以听到一种“旺子旺子”的单调响音，起初听见，总是莫名其妙，后来才知道是叫卖“猪血面”的小贩喊的。原来贵州称猪血为“旺子”，本地人极喜欢一种猪血和猪肠煮的面，就是有名的“肠旺面”，里面放了许许多多辣椒末子，使面汤变成红色，辣得不能上口，外乡人看了，恐怕连尝试一下的勇气都会消失，尤其是我们江南人，然而本地人却吃得津津有味。

贵州的“茅台酒”是有名的，初沾唇的时候，似乎很烈，但一入口中，就觉得平和、润冽了，想来好处就在这里，所以这酒是出名了。装酒的器具是一种粗糙的陶瓷瓶，瓶颈极短，瓶身极粗，样子却很古朴。

（《正气日报》1948 年 5 月 10 日）

贵州的特种食品

谭文炳

贵州是在西南方面的一省，遍地皆山，在中国内地要算是最贫苦的地方了。但是贵州有许多的特产，是外省不易见到的，现在略述一二，以告读者。

娃娃鱼

在贵州贵阳一带的河中，除普通的鲤鱼鲫鱼而外，特产得一种娃娃鱼。这种鱼是两栖动物，它的形状，完全和人一样，有手有足，能立能坐，头上眼耳口鼻皆俱，身上有鳞，口仍鱼口，颡下有鳃，以作在水时呼吸之用，大的有一二尺长，叫起来恰如初生的小孩子啼哭一样，所以叫做娃娃鱼。一年之中，在夏天最容易见到，当着夕阳西下的时候，它们便成群结队地爬上岸来，或坐或立，或叫或啼，远望之，犹如赤身的小孩一样，不过其性甚灵，见有人来，即钻入水中，所以捕捉亦不甚易。但是有时被渔人捕获，售于市上，残忍的人们，想尝异味，仍然把它们当做普通的鱼类看待，杀而食之，其味甚鲜，惟烹调不得其法，则味腥而难食了。若是它们命运好的话，遇着慈善的人，不惟不忍心吃它，而且替它打一双金耳环，戴在它们的耳上，作为记号，仍然把它们放回河中，以后渔人遇着它们，再也不来捕捉了。

洛湖辣椒

辣椒本来是到处皆有的，但是贵州的洛湖辣椒，是和普通的不一样。因为普通的辣椒，是一年一季的草本植物，而贵州的洛湖辣椒，乃是生长在大树上的，它的味道不惟比普通的辣椒好吃，而且无论何种菜，只要加上洛湖辣椒，虽在六月炎天，也能保持十馀日之久而不变味。所以普通的辣椒，每斤不过数百文，而洛湖辣椒，就非一二元一斤不可了。不过它们的产地，是在贵州的洛湖县，移到别的地方是栽不活的。这大概因为贵州人酷嗜辣椒成癖，每食非辣椒不饱，所以造物特别生出此植物来赐给他们吧！

其他的特产尚多，因篇幅有限，下次有机会，再来谈吧。

（《申报》）1933 年 11 月 12 日）

广西的吃

如　松

一个好动的人，总不肯死守一个地点。记者自从离开了繁华的上海，一向在外漂流，觉得非常舒适似的。在前年挥泪忍别了南京，上走湘鄂，一路会着了很多戏迷同志。在去年秋，才走到了广西的桂林，蒙当地戏迷同志三日一大宴、五日一小宴地请记者，吃了个糊里糊涂。因为生长在上海的人，吃到了平生未经吃过的东西，难免有些惊奇，经过了半年的经验，六个月的考察，才获到不少的智识。现在把新奇的几样食品写在下面，告诉上海一班爱吃的朋友和狼虎会。

（一）清蒸扁头风

扁头风是一种最毒的蛇，身长二三丈，头扁而发深红色，尾部并现五色花彩，满身现深青而带赤色，舌长而尖，含有毒质，施威时，扁头扩大四五倍，形状凶恶。市上发售，每条法币二三元不等，爱吃者颇不乏人。

（二）红烧黄鹿

黄鹿形状如小鹿，角特小而短，皮可做褥子，肉粗不易嚼，烧时虽用酱油、香料，腥味还是难闻。

（三）抓鸡虎

抓鸡虎乃是一种尖啸的狸猫，平时专偷鸡吃。杀时不用刀，先在冷水中浸死，然后去毛，用碗锋划开外皮，慢慢挖去五脏，用清水煮熟，加汤切块，味美胜一切肉类。

（四）龙虎斗

用扁头风会抓鸡虎同烧，整个狸猫，围以整条毒蛇，人人说奇鲜，外路人均不敢尝试。

（五）五香狗肉

广西人爱吃狗肉，有句口号是“一黑二黄三花四白”，就是黑狗肉最好，其次黄花，白狗几无人要吃。路上卖狗者很多，小黑狗价奇昂，南方人怕罪过，不敢吃。

（六）蛤蚧酒

蛤蚧状似壁虎，用来浸三花酒，服之可解一切内毒。浸在酒内，四足张开，满身疙瘩，看看都怕，反飨上宾，风俗太特殊了。

寄自迁江合山公司

（《锡报》1939 年 7 月 19 日）

食在广西

黄　华

民间有“生在苏州，吃在广州”之语，广州物品，的确多而且美，但看上海广州食品店之多，亦可见一斑。可是，广东人说广东食品好，广西人说“食在广西”，自夸其食品之佳，因为广西的食品，非但种类很多，而且滋味也和他处大异，所以在广西住久的人，没有一个不称赞它鲜美。笔者从前曾旅居桂中，亲尝其味，故特将该地的食品，写几句在下面。

一、菜肴，其原质以动物及海味占大部分，而蔬菜甚少。属于牲畜者，有牛、羊、狗、猫、猪；属于飞禽者，有鸡、乌骨鸡、鸭、鸽；属于虫类者，有蛇；属于海味者，有鱼翅、瑶柱、鱿鱼、虾、水鱼、螺、甘、鲈、黄鱼、青鱼等。每一原质之烹法及名目，约各有十数种以及数十种不等。

二、点心，其原质以面粉为主要，而以鸡蛋、糖及一切肉类为之辅。属于蒸食者，肉包、鸡包、鸭包、莲蓉包[①]、粉果、春饼、肉饺、虾饺、蛟饺、千层糕、蛋糕、蚧糕、粽子；属于炸食者，炸春饼、炸云吞[②]、炸软糕、煎堆；属于煎食者，面条（各种）、云吞、

① 莲蓉，即以莲子为粉，用以作点心馅，类似枣泥。

② 云吞，就是馄饨，惟桂人皆作云吞。

米粉条；属于酥皮者，旦挞①、加□鸡酥、牛肉酥。每一种常有十数种之不同，则各因其馅或□品之不同而别立名目，故不能尽述。

三、粥品，当然是以米为主的原质，而其种类亦多，约举如下：鱼生粥、牛肉粥、鸭粥、鸡粥、羊肉粥、牛肚粥。

四、甜品，如牛乳（冷热皆备）、莲子羹、鸡蛋茶等。

（《香海画报》1940 年第 203 期）

---

① 旦挞，系一种酥皮之点心。

桂林的“食”

徐祝君等

当你住到旅馆里以后，而你又不愿浪费你的金钱，那你在旅馆里吃饭，比较便宜的，但你如果要爽爽自己的胃口，我劝你还是上馆子为宜。

如果你吃惯了广东口味，而现在仍想吃广东味菜饭的话，中北路的西园酒家、南园酒家、居然酒家，中南路的东坡酒家，正阳路新开的白龙酒家，都是桂林最著名的广东酒店。广东酒家为道地的广东味，且以经济著名，不过客多地狭，厨师比较少，挤的时候去，往往等一两小时不得到口。

此外昌生园也还不错，不过昌生园虽也是广东酒店，而作风方面则有很多已经改变了。

“西园、居然，这些都是广东馆子，如果是江浙人而又好江浙口味呢？”

不忙，桂林的江浙馆子并不比广东馆子少。江浙馆子最著名的为小笼包饺和排骨，小笼包饺最好的要算中北路的大鸿楼，当你筷子夹起一只包饺，便有一股浓香的油汁由你底筷子夹处流出来，里面的肉馅子特别鲜，外面的包皮却是薄薄的一层，真是恰到好处，当你吃到最后的一个包饺在你口里咀嚼时，你将会不舍得咽下肚去，除非你有急事要走，或再添上一笼。

排骨，桂东路口的鸿运楼，桂南路阳桥头的都益处，都还不错。

中北路老正兴馆的客饭，比较经济，津津食堂的溜白菜确称特色。

你吃牛肉吗？最好请到中南路体育场转角处的回回馆去，那里又好又便宜。

如果你要吃得更经济一点，那你可以去找那些小馆子，有些小馆子的菜却也还马虎过得去。

川菜在桂林已获得了相当地位，尤其近年来，外路人来桂林日多，除了不喜欢吃辣子的少数江浙人外，他如湖北、广东、湖南以及上路贵州、昆明方面人士，都喜欢尝尝川菜口味的。川菜馆子仅美丽川、嘉陵两家，美丽川的历史较为悠久，是抗战的第二年开办的，早已闻名遐迩了；嘉陵则为后起之秀，开办尚不及一年。两家都以清洁卫生著名，菜之制作则各有千秋，如嘉陵的泡咸菜、回锅肉，美丽川的扣肉、干炒牛肉丝、糖醋鱼，都是大家每次必吃的。且有礼堂租用，做寿结婚都称便利，宴客亦简单，只消把你要的客人开出名单和地址，请柬可以由店方代写代送，到时你先到数分钟，你所要的东西早已为你预备好了，门口的黑牌上写上你的大名，“××× 先生在第 × 号”，客人来，往牌上一指，有茶房代你招待，送到你请客的客厅来，与你握手道“好”，烟茶早有茶房在旁边为你照料，你可尽管不理，餐后客走你付钱，两袖一抖，洒洒脱脱地走你的。

茶房为你招待，你喜欢给一点小账，一桌客给十元不少，漂亮一点给二十元，也不多，如果多给上五十元，茶房会说：“先生，太多了！”你不好拿回去，他们也就只好收下。

桂林菜口味也不错，许多广东、江浙人也常喜欢进出桂林馆子，因为桂林馆子的菜肴，除了川菜以外，没有比它再丰富踏实的了，味道也并不次于广东、江浙菜。所以有几家桂林馆子，如天然酒家、南强酒家、秀峰酒店，都是常常客满，他们的茶房虽不善于招待（这是他们朴实的习惯），但是他们不问客人索小账，很多人就喜欢这点洒脱。

湖南馆子，仅中南路维他命、依仁路锦华添两家，因为在桂林的湖南老乡相当多，所以它的生意也相当兴隆，据说味道也不错。吃得惯广西菜的，尤其喜欢进湖南馆子，因为它不但踏实，味道也有过之而无不及，不过价钱比较贵罢了。

此外还有许多味美而价廉的杂牌子馆子，也是最宜于小吃的。

（《桂林市指南》，徐祝君主编，自由报社 1942 年 11 月初版。篇名为编者另拟）

桂林的几种食品

徐祝君等

谈到“吃”，桂林总有些可以一吃的东西——但它并不是什么美馔佳肴，仅仅是几种平凡的食品，可是它却滋味美鲜，别具风味，谓予不信，请阅后文，管叫你垂涎三尺也。

首先说米粉，再谈辣椒酱、荸荠“消渣”，更有腐辣汤。

桂林米粉是负盛名的，只要是踏进过桂林的人，没有不要尝尝桂林的米粉，在本省邕、柳、梧等地，虽都有桂林米粉可吃，但却没有桂林的粼地米粉这样的滋美味道。桂林的米粉，最要的是在它的米粉线条的细软韧适，其次便是鲁水，鲁水是造成米粉味美的最要物质，当煮鲁水时，香料和盐味要配合得宜，否则便使味道失之过苦，或是咸淡失调，这样加进米粉里，便觉得“味同嚼蜡”了。可是桂林的米粉，无论是哪一间米粉店，或者是设摊担摆卖的，其鲁水都是特别的味美——一碗米粉在手，把粉条夹进口里，便觉得不油不腻，不硬不渣，一口味爽，满颊生香，这实在是桂林米粉所以驰名遐迩的原因。

至于米粉的种类，可多着啦，有牛肉的，猪肉的，牛喘的……但不管是哪一种米粉，因为鲁水好的原因，没有一种不是颇为可口的。

马肉米粉，许是桂林的特产吧，它是在每一年的冬季，方才出在市上的。它和别的米粉不同，是用很小的碗来盛的，在以前仅仅是几个湖南大铜元一碗而已，但现在可要国币四毛。吃马肉米粉须要煮热，越热便越爽口。倘若是腊过的马肉，那么其味更是无穷，不过这种味道，如果你不和老板谈得来，那是很难尝得到的。还有一种狗肉米粉，现因严禁屠狗，市上已绝迹，不过要是你有运气的话，在城郊或是附近的圩场上，还可以尝到一点。

在长江以南的省份，似乎多数是酷嗜辣椒的，好像北方的同胞喜欢吃葱蒜一样。

广西人有许多是不吃辣椒的，桂南的人对于辣椒，颇不喜欢，可是桂北数县的同胞，便嗜辣椒，自然桂林人也是吃辣椒的。不过桂林人之嗜辣椒，并不逢肴必椒，每菜必椒，是仅仅以之佐膳而已。

本来，以辣椒来佐食有种种的吃法，譬如川黔豆拌酱，湘鄂的辣椒酱……而在桂林则另外有一种辣椒酱，它并不是怎样的特别，但它却有与其他别的“酱”不同之处的。

桂林的辣椒酱，制法很简单，只要你具备了辣椒、蒜头、盐、豆豉……混合之后，用刀打烂，或以磨磨碎，便会变成辣椒酱，可是却没有市上卖的味道爽口。

的确，桂林的辣椒酱诚然可口，略用筷夹一点，送进口里，只觉得既辣又香，其味津津，尤其值兹冬日菜肴旁边，置酱一碟，以之裹菜，其味尤浓。一班川湘友人对于吃辣，大有经验，然对桂林辣椒酱，尤大加赞美，可知桂林辣椒酱味道的鲜美，和风味别具的一斑。

桂林的辣椒酱，是以瓦斗子来盛装的，面覆红纸招牌，装潢别致，倒是送礼的佳品。在以前，只有“天一”的辣椒酱，最享盛名，但现在市上已有许多装卖辣椒酱的了。

荸荠，桂林又叫“马蹄”，像其形也。本来，别个地方也有荸荠的，不过桂林的荸荠，却有它的好处，第一便是它很“消渣”，所谓“消渣”，便是一个荸荠放在口中，只须轻轻咀嚼，一会儿便浆水四溢，滓渣全无。桂林的荸荠便有如此好处，不但如此，它还大而且硕，令人生爱。

桂林的荸荠，有黄黑之分，质言之，便是从黄土或黑土栽植出来的区别。严格地说来，黑土栽种出来的荸荠，要较黄土的为优，便是它芽短实大，而格外“消渣”。

在过去，桂林荸荠可以输梧州、下广东，至于它的出产地，以城东的魏家渡出产为最多，也最为著名。每值每日清晨或午间，在城东花桥之畔的市集上，便有许多的荸荠担在摆卖着。荸荠，除了用作闲食外，本地的筵席，常有用它之处，如包蚝豉、三仙汤……等等。不过，那并不是它的正当销路哩。

腐辣，是咸的食品，它是桂林特产之一，它好像马肉米粉一样，在其他城市里，似乎都没有见过。

腐辣是面粉煮成加汤状的食品，里面再加以炒花生米、油豆腐、豆腐皮……从锅里盛到碗里时，再放进些葱花、辣椒粉，更觉得香气喷喷，令人馋涎欲滴。自然，等你喝或者是以油条裹起送进口里，那简直是更有说不出的味道，叫你越吃越想，越想越吃，尽吃不厌，直至肠圆肚饱而后已！

腐辣，是冬日最经济的早点，一碗腐辣，几根油条，才花国币数角，即可大嚼特嚼，饱餐一顿，自较吃几碗米粉，或者进其他早点，来得便宜。记得前数年，请客数人大吃腐辣，仅花广东双毫一枚，“早晚时价不同”，当然今非昔比了。

在桂林卖腐辣的地方，有店铺，也有摊担的，摊担的数目，那是不知其数，而店铺亦不在少，但以店铺言，中北路和中南路那两间的规模，要算比较大一些。

（《桂林市指南》，徐祝君主编，自由报社 1942 年 11 月初版）

后　记

去年六月，《南北风味》印出，居然受到不少读者的青睐。这是因为地不分南北东西，人不分贫贱富贵，都是必须吃并且也是喜欢吃的，至于吃好吃歹，玉食也罢，糟糠也罢，则是另一码事。衣食住行是人生四大要素，吃是其中最重要的，谁也离不开吃。故而谈吃的文章，就有人读了，借此怀念故乡的生活，追寻逝去的岁月，想象美食的滋味，填补饮馔的缺憾。

承李黎明先生之约，我就再编一本《南北风味》的续集。中国幅员辽阔，各地食材、烹饪、风味、习俗各各不同，饮食活动异彩纷呈，都有其存在的合理性。再说民国时期出版业发达，报刊杂志多如牛毛，而关于吃又是大众热门话题，比较衣饰、住宅、行旅等生活内容要多得多，毕竟是“民以食为天”。就内容而言，有谈饮食概况的，有谈风味特色的，有谈店肆摊贩的，有谈时令食谱的，有谈个中人物的。就写法而言，有的是一般情形的介绍，有的是个别现象的揭示，有的是历史沉淀的掌故，有的是琐碎细节的记忆，当然也有借着谈吃，反映出对现实生活的气质和风度。

这本续集，仍然以由北而南为排列顺序，按华北、西北、中南、华东、华南、西南而分区隶之；仍然坚持编选初集的几个原则，即专著不收，外国人写的不收，关于少数民族的不收，专谈茶酒的不收，介绍烹饪技艺的不收，泛泛而谈的不收，一篇中反映多地情形的不收。全书凡二百五十一篇，就数量来说，比初集又多了二十七篇。

历时半年，终于竣役，在我也算做了一件事。在编选过程中，得到北京赵国忠，天津王振良，广州周松芳，苏州何文斌、张琦诸君的帮助，这是需要感谢的。

王稼句

二〇二四年二月二日